新版

うつほ物語 五

現代語訳付き

室城秀之＝訳注

角川文庫
23963

はじめに

新版『うつほ物語』をお届けします。

『うつほ物語』は、わが国初の長編物語で、清少納言と紫式部も読んだ作品です。『源氏物語』以上に物語らしい作品だとの評価がありながらも、巻序の混乱や本文の重複などの乱れもあって、研究が後れていました。今回、全二〇巻を六冊に分けて、注釈と現代語訳を施しました。全六巻の内容をごくごく簡単にまとめてみましょう。

第一冊　巻一「俊蔭（としかげ）」の巻から巻四「春日詣（かすがもうで）」の巻
　琴（きん）の家を継ぐ藤原仲忠（なかただ）の誕生と、源正頼（まさより）の娘あて宮をめぐる求婚の物語

第二冊　巻四「嵯峨（さが）の院」から巻八「吹上（ふきあげ）・下」
　あて宮の春宮入内（とうぐうじゅだい）に向けての求婚の進展の物語

第三冊　巻九「菊の宴」から巻十二「沖つ白波」
　あて宮の春宮入内後の物語と、仲忠と朱雀帝（すざくてい）の女一の宮の結婚の物語

第四冊　巻十三「蔵開（くらびらき）・上」から巻十五「蔵開・下」
　仲忠と女一の宮との間のいぬ宮誕生と、琴（きん）の家を継ぐ仲忠の自覚の物語

第五冊　巻十六「国譲・上」から巻十八「国譲・下」
　朱雀帝の譲位の後の春宮立坊をめぐる物語
第六冊　巻十九「楼の上・上」と巻二十「楼の上・下」
　いぬ宮への秘琴伝授の物語

　本書第五冊目の読みどころを簡単に説明しましょう。朱雀帝の譲位を控えるなか、太政大臣源季明が亡くなり、藤原忠雅が太政大臣に、源正頼が左大臣に、藤原兼雅が右大臣に昇進し、藤原仲忠も大納言を兼ねて、藤原氏の勢力が優勢になります。懐妊が語られていた、春宮妃である梨壺（兼雅の女君）も、藤壺（正頼の女君）も御子を生み、さらに嵯峨の院の小宮も懐妊しました。そのことで、次の春宮は誰になるのかと、世の中は騒然としてきます。后の宮が同じ藤原氏である梨壺が生んだ御子を次の春宮にしたいと暗躍したことで、正頼方を不安に陥れます。朱雀帝が譲位し、春宮が即位して、新帝の意志によって、藤壺が生んだ第一御子が次の春宮に決まりました。どのように立坊争いを終息させるかは、新帝に与えられた最初の課題でした。騒然としていた世の中は平安を取り戻しました。
　この文庫で『源氏物語』とはまた違った平安時代の物語の世界にふれて、多くの方が日本の古典文学のおもしろさを味わってくださることを願っています。

室城秀之

目次

「うつほ物語」

	本文・校注	現代語訳
国譲・上		
この巻の梗概 18		
主要登場人物および系図 18		
一 藤壺の退出を機に、正頼の男君や婿君たちは自邸に移り住む。	20	128
二 藤壺、東南の町への退出を望むが許されない。	23	131
三 季明、病気が重くなり、実忠と正頼を呼び寄せる。	23	131
四 正頼と実忠、見舞いに訪れる。季明、正頼に、後事を託す。	25	133
五 実忠と宮の君、季明と対面する。	29	136
六 季明、位を返し、出家して、二月下旬に亡くなる。	33	140
七 藤壺、季明の死を機に退出する。	33	140
八 藤壺、東南の町の西の一の対に入る。	38	145

凡例

一 本書は、尊経閣文庫蔵前田家十三行本を底本として、注釈と現代語訳を試みたものである。できるだけ底本に忠実に解釈することにつとめたが、校注者の判断で校訂したところがある。校訂した箇所は算用数字（1、2……）で示し、「本文校訂表」として一括して掲げた。

一 本文の表記は、読みやすくするために、歴史的仮名遣いに改め、句読点・濁点、送り仮名・読み仮名をつけ、踊り字は「々」以外は仮名に改めた。会話文と手紙文には、「」を付した。

一 和歌は二字下げ、手紙は一字下げにして改行した。

一 内容がわかりやすいように、章段に分けて、表題をつけた。

一 注釈は、作品の内容の読解の助けとなるように配慮した。注番号は、章段ごとにつけた。注釈で、同じ章段の注を参照させる場合には注番号だけ、同じ巻の別の章段の注を参照させる場合にはその章段と注番号、別の巻の注を参照させる場合にはその巻の名と章段と注番号を示した。

一　現代語訳は、原文に忠実に訳すことを原則としたが、自然な現代語となるように、言葉を補ったり、語順を入れ替えたりした部分がある。本文が確定できないところでも、前後の文脈から内容を推定して訳した場合には、脚注でことわった。また、推定が不可能な場合には、底本の本文をそのまま残して、（未詳）と記した。現代語訳の形式段落は、現代語の文章として自然な理解ができるように分けた。そのために、本文の形式段落と異なるところがある。

一　この物語には、絵解き・絵詞などといわれる部分がある。本来的な本文なのか、後に加えられたものなのか、議論が分かれている。本書では、この部分も本文として読む立場を取った。そのため、ことさらに、「絵解き」「絵詞」などと名をつけずに、［　］で区別して、そのまま、本文として読めるようにした。

一　登場人物の名には、従来の注釈書を参照して、適宜、漢字をあてた。

一　各巻の冒頭に、「この巻の梗概」と「主要登場人物および系図」を載せた。

一　五冊目には、巻十六「国譲・上」、巻十七「国譲・中」、巻十八「国譲・下」を収録した。

国譲・上

この巻の梗概

源正頼邸に集まっていた男君や婿たちがそれぞれの屋敷に移り住むことになり、正頼邸の東南の町は藤壺の里邸として整備される。仲忠と女一の宮夫婦は、東北の町の寝殿から東の一の対と二の対に移り、源仲頼の妹も東の一の対の北面に迎えられた。二月下旬に、太政大臣源季明が亡くなる。季明の死は、一個人の死であることにとどまらず、譲位を控え、また、春宮の藤壺偏愛によって不穏な種を胚した宮中をも巻き込んで、深刻な政治的緊張をもたらす。藤壺は、伯父季明の喪に服するのを口実にして退出する。里邸では、寝殿を東西に分けて、藤壺腹の二人の御子が住むことになった。一方、その頃、梨壺が御子を生んだ。四月十六日ごろ、季明の四十九日の法要が催された後に、左

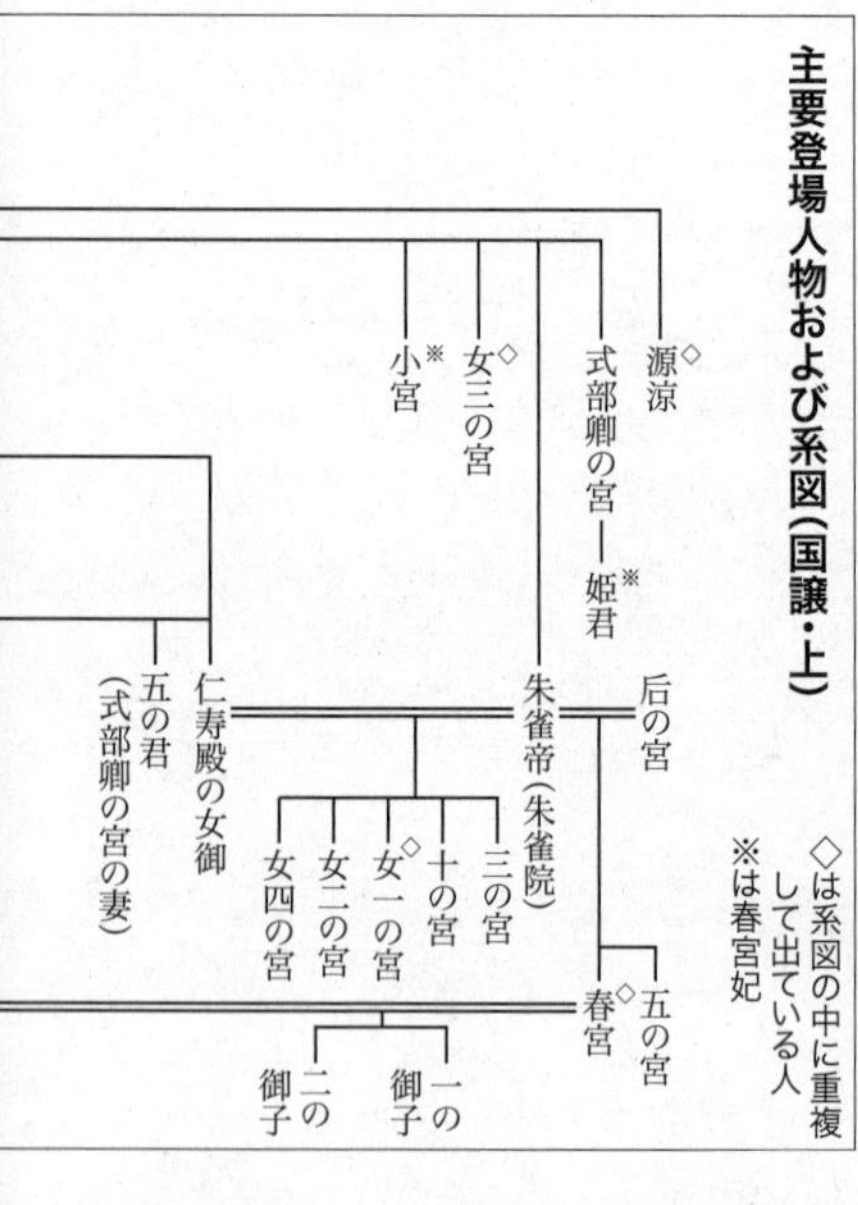

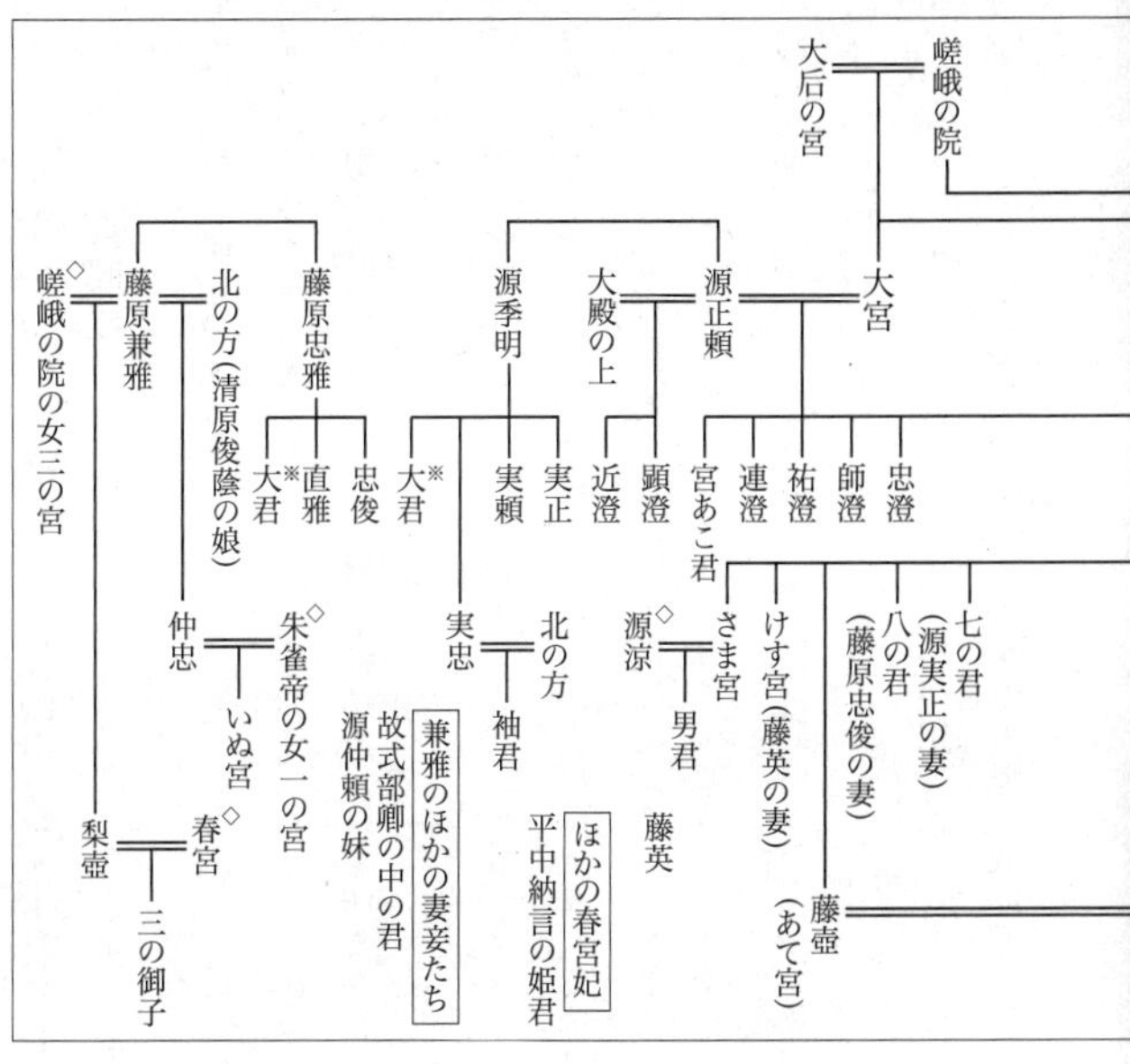

大臣藤原忠雅が太政大臣に、右大臣正頼が左大臣に、左大将藤原兼雅が右大臣に昇進し、仲忠も大納言になることで、政界は藤原氏が優勢になってゆく。また、小野に隠棲していた源実忠は、父季明の死をきっかけに都に戻り、正頼の願いで、中納言に昇進する。昇進のお礼に正頼邸を訪れた実忠は、久しぶりに藤壺と話をして、藤壺から政界に復帰するように要請される。

一　藤壺の退出を機に、正頼の男君や婿君たちは自邸に移り住む。

[一]右の大殿には、御婿の殿ばら・宮ばら、御子どもも、上達部(かんだちめ)にものし給ふは、[二]広き殿おもしろく清らに造りて、よろづの調度・宝置きつつ、殿の許し給はねば、え渡り給はで、狭(せば)き住まひをすることとむつかり給ふ。

[三]右大将(仲忠)は、「藤壺(ふぢつぼ)[四]まうで給ひぬべかなり。今日明日、女御(にょうご)・后(きさき)がねなどの、対に住み給はむには、いかでか上には上(のぼ)り侍(はべ)るべき。[五]西の対しつらひて、そこに渡り給へ」と聞こえ給ふ。[六]このおとど聞こしめして、「(正頼)げに。年ごろもむつかり給ふなるを、今は、さらば、殿々に渡り給へかし」とのたまふと聞こしめして、殿ばら・宮ばら喜び給ふ。

[七]源中納言殿も、限りなく喜び給ひて、まづ出(い)で給ひなむとすれど、藤壺待ちつけ奉らむと思(おぼ)すほどに、[八]左の大殿・式部卿の宮よ

一　右大臣源正頼の三条の院。
二　「沖つ白波」の巻【一四】参照。
三　仲忠と女一の宮は、東北の町の寝殿に住んでいる。
四　あるいは、「まかで」の誤りか。
五　「沖つ白波」の巻【一四】の「絵解き」には、西の対についての言及がなかった。藤壺の里邸として空けられていたのか。「蔵開・中」の巻【三】注四、および、【三四】注二参照。
六　底本「此」。「これ(を)」の誤りか。
七　源涼。以下は、東南の町での様子。
八　左大臣藤原忠雅。
九　藤原忠俊。正頼の八の君の婿。妻との不和が原因で移転できないでいる。「蔵開・下」の巻【六】注一七、

りはじめ奉りて移ろひ給ひぬ。[九]大納言は、まだ出で給はず。西北の町には[1]、[一〇]宮たちは、北の方の御親につきて、皆出で給ひぬ。男君たちも、妻につきて、皆渡り給ひぬ。[一一][2]右大弁は、家あれど、まだ造らで、西の対に渡りて住む。

さて、[3]東の町には、右大将殿渡りて住み給ふ町は、[一二]女御の君に奉り給ふ。殿ばら・宮ばら住み給へる[一三]町をば、藤壺に奉り給ふ。[一四]いま一町をば、あなたの北の方に奉らせ給ふ。[4]御子どもも、ほかへ渡り給ふやうなれど、ただその殿の巡りに、あるは向かひに、あるは傍らに、遠しとて、一町二町を離りつつ住み給へど、同じやうに、御門の隣と言ふばかりになむ。

かかるほどに、大納言殿、北の方、まだ対面し給はねば、移ろひもえし給はず、わびおはす。忠俊「あやしう、[一五][5]はかなかりしことにて、この月ごろ[6]怨じ給ひて、かかること」と嘆き給ひつつ、御文度々奉り給へど、御返りなし。立ち返り聞こえ給ふ。

忠俊[一六]「あしこに[7]立ち渡りなむとするを、[一七][8]『一人をば忌む』と言ふな

および、【一八】参照。

一〇 仁寿殿の女御腹の皇子たち。

一一 藤英。「沖つ白波」の巻【一四】には、「藤中納言・右大弁、まだ私の家なし」とあった。

一二 三条の院は、大宮が嵯峨の院の大后の宮から伝領した屋敷だった。以下、女御たちに地券の授受などが行われたのか。

一三 東南の町。藤壺の里邸となる。

一四 西南の町。今一つの西北の町の伝領については、不明。大宮に残されたか。

一五 「国譲・下」の巻【一】で、藤大納言の浮気が原因であるとされる。

一六 「あしこ」は、藤大納言の私邸。

一七 「一人をば忌む」は、転居の際、夫婦揃わずに単身で移ることを忌むの意か。

るを、ただあからさまに[9]渡り給ひて、帰り給ひねかし[10]。かく年月隔てて怨(ゑ)じ給ふべきことともおぼえぬを。人の[一八]空言(そらごと)言ふにつけてやは。明日、よき日なるを、必ず」

と聞こえ給へれば、大宮、「げに、いと見苦しきことなり。はや渡り給へ。いかでか、一所(ひとところ)はものし給はむ。かう、[一九]事なきやうに見え給ふこそ」など聞こえ給へば、御返りに、

（八の君）「いざ、さらば、渡らむ。[二〇]ゆゆしげなる人は」

などぞ聞こえ給ひける。さて、それも渡り給ひぬ。

[二一]かなたには、[二二]女御の君、大宮の住み給ひし北のおとどには、[二三]女[11]宮たち、[二四]引きて、西の二の対かけて住み給ふ。[二五]大将殿の御方は、東(ひんがし)一二の対、廊かけて住み給ふ。西の一の対には、弾正の宮住み給ふ。東の一の対の北面(きたおもて)、よくしつらひて、[二六]少将の妹(いもうと)迎へて住み給ふ。

一八　誰かが言ったでたらめを信じていらっしゃるのですか。

一九　「事なし」は、たいしたことではないの意。こうしてお手紙にあるように、たいしたことではないように思われますよ。

二〇　「ゆゆしげなる人」は、八の君自身をいう。

二一　「かなた」は、東北の町をいう。

二二　仁寿殿の女御は、寝殿を居所とした。

二三　女一の宮の妹宮たち。

二四　「引く」は、それまでいた所を空けわたすの意か。「沖つ白波」の巻【四】の「絵解き」には、東の一、二の対、西の一、二の対は見えない。西の二の対は、北の対と廊などでつながっているのか。

二五　「大将殿の御方」は、右大将仲忠の北の方の意で、

二　藤壺、東南の町への退出を望むが許されない。

藤壺（ふぢつぼ）の得給へる町は、左の大殿の住み給へるを、ほかへ渡り給はむとて、御簾（みす）かけ、壁代（かべしろ）・御帳（みちやう）・御座（おまし）など、清げにしつらひ給へり。式部卿の宮の御方も、御簾などかけ給へり。対どもには、さもせず。

かかるほどに、藤壺、「いかが。今出（い）で給はむ」と、宮に聞こえ給へれば、「梨壺（春宮）は、そのほどは過ぐしてこそまかでつれ。などか、そこにしも、かねて急ぎ給ふ」と聞こえ給ふ。

［ここは、藤壺。］

三　季明、病気が重くなり、実忠と正頼を呼び寄せる。

かくて、太政大臣（おほきおとど）は、御歳高くなり給ひにければ、そこはかと

女一の宮をいう。

三六　仲頼の妹。「蔵開・下」の巻【一〇】注一九参照。

一　左大臣は「北東のおとど」、式部卿の宮は「東のおとど」に住んでいた。以下は、寝殿のしつらいをいうか。

二　「蔵開・下」の巻【三四】注一参照。

三　「給ふ」は、語り手の立場からの敬意の表現。

四　「そのほど」は、同じ時期の意。藤壺の出産は、梨壺の出産のほぼ一月後。

一　「太政大臣」は、底本「大おとゝ」。源季明。「沖つ白波」の巻【五】で、太政大臣になっている。太政大臣の病は、「蔵開・中」の巻【三五】注三参照。

なく悩み給ひて、心細く思すこともありければ、君たち、皆[二]、朝廷に仕うまつり、不用[1]なるもなし、我うち捨てて亡くなるとも、右[三]のおとどのものし給へば、顧み思ひてむ、同じく[四]後ろめたきものは、宮[五]と実忠、思ふに、冥途も行きがたう、ある世[六]にだに、女[2]子は、よろづのことむつかしくやさしきものぞ、宰相[3]の朝臣[4]、朝廷に仕まつりぬべく、容貌・心、人には劣らざりしかば、わが家[七]継ぐべきはこれかとこそ思ひしか、あさましく、幸ひなくて、ものに誤れるやうに心魂もなくなり果てて、世にさて交じらはずなりぬることをなむ、よろづに思ほえて[八]、民部卿[九]の君・中将[一〇]の君などに聞こえ給ふ、「日ごろ経るままに、心地のえあるまじくのみおぼゆるを、いかで右の大殿に対面せむ。さなむと申しに奉れ給へ。さては、宰相[一一]に、わが非常[一二]の時にもあひ見でやみぬべきか、いかに思ひたるぞ、世の中に愛しきものは、親をこそ言へ、そが[一三][5]上も知らず、さても[一四]ありぬべかりし身をも捨ててあるは、いかなるにかあらむ、あはれになり果てぬべき人かな、かう心地なむ弱

二 以下「世にさて交じらはずなりぬること」までは、地の文と心内文が融合した表現か。
三 右大臣正頼。季明の同腹の弟。
四 底本「おなしく」。「悲しく」の誤りと見る説もある。
五 「宮」は、春宮に仕える大君をいう。実忠は、あて宮の入内の後に小野に籠もった。「あて宮」の巻【一四】参照。
六 親が生きている時でさえ。
七 「あて宮」の巻【三】にも、仲澄について、正頼の同様の発言があった。
八 底本「おもほえて」。「思ほして」の誤りと見る説もある。
九 長男実正。正頼の七の君の婿。
一〇 次男実頼。左近中将。

くなりにたること告げに遣り給へ。いま一度だに見るまじきか」とのたまへば、君たち、いみじう泣き給ひて、右の大殿には民部卿の君、小野には中将まうで給ひて、ありつるやうをくはしく聞こえ給へば、宰相、とばかりものものたまはで、いと久しく思ひ[一五]量らひて、（実忠）「悩み給ふとは承りて久しくなりぬるを、いかで参り来むとは思ひ給ふれど、世の中にまだ侍りけると、人の見むも[一六]。ありさまなども、[一七]その人にも侍らず、人々の見給はむことなど思ひ給へつつなむ[一八]。かく重く悩ませ給ふなるを、[一九]いかでか参らざらむ」とて、夜に隠れて出で立ち給ふ。

四　正頼と実忠、見舞いに訪れる。季明、正頼に、後事を託す。

民部卿は、大殿に、からうなど申し給へば、参り給へり。太政大臣、御脇息に押しかかりおはしまして、[一]内に請じ入れ給へり。御物語など聞こえ給ふに、中将の君、（実頼）「宰相の朝臣参りて

正頼の四の君の婿。
一一 「宰相に」は、「告げに遣り給へ」に係る。
一二 「非常の時」は、万が一の時の意で、死ぬ時をいう。
一三 その親のことも顧みず。
一四 「さてもありぬべかりし身」は、出世して家を継ぐはずだった身の意。
一五 「思ひ量る」に接尾語「ふ」がついたもので、考えをめぐらすの意。
一六 下に「恥づかしくて」などの省略があると解した。
一七 昔の私とは違っていて。
一八 下に「え参らず」などの省略がある。
一九 反語表現。「参らむ」の強調表現。

一 正頼を。

侍り給ふ」と申し給ふ。おとど、「こなたに呼べ」とのたまふ。宰相、右のおとど候ひ給へば、さらに出で給はず。度々召せども、参り入り給はず。おとどおはします御屏風の後へに、忍びて候ひ給ふ。

宮の君、参りて、おとどにつき奉り給ひてものし給ふ。おとどに聞こえ給ふ、「月日の経るままに、病のまされば、なほ、え侍るまじきにこそあめれ。何か。人の惜しむべきほどにもあらず。また、命の惜しかるべきにもあらず。七十にあまりて朝廷にも仕うまつりぬれば、ことわり。ただ思ひ侍ることは、子二人が上をなむ思ひ侍る。実頼も、まだかう下臈に侍れば、後ろめたけれど、殿のものし給へば、さりともと頼み聞こえたり。女子の上は、人に聞こえ置くべきにもあらず。ただ、宰相をなむ思ひ侍るに、冥途もやすくもまかるまじく、よろづの所の関となる心地し侍るを、心もて身をいたづらになしつる人にこそはと見侍れど、なほ、これなむあたらしく後ろめたう見侍る。折あらば、こ

二 「侍り給ふ」は、「春日詣」の巻【二】注四参照。
三 「宮の君」は、【三】注五の大君のこと。
四 この「おとど」は、正頼。あるいは、「右のおとど」の誤りか。
五 「ことわり」は、死ぬのも当然だの意。
六 「子二人」は、宮の君と実忠。【三】注五参照。
七 「殿」は、正頼。
八 「女子」は、宮の君をいう。女の子一般についていうと同時に、同じ春宮妃である宮の君と藤壺との関係を踏まえての発言である。
九 「関」は、死出の道の妨げとなるものの意。
一〇 「心もて」は、自分自身の判断での意。
一一 上は実忠へ、下は季明への発言。

れ顧みさせ給へ。世の中思ひ捨てて侍れど、これ、いたづらになし給ふな」と、泣く泣く聞こえ給ふ。右のおとど、（正頼）「いともいともめづらしく、ここに参り給ふなるを、などか御前（まへ）には候ひ給はぬ。年ごろ、[一一]昔より、いかで心ざし[一二]深く[5]とは、この君をこそ思ひ聞こえしか。また、侍る所[一三]にものし給ひしかば、あはれにむつましきものに思ひ聞こえしかども、あやしう、年ごろ山里に籠もりものし給ふらむは、世の中に鬱（うん）じ給ふことやあらむ。なでふ御心ありてかなど思ひ給ふるを。先（さい）[6]つ年頃、侍る所に、[一四]これかれものし給ふこと侍るとか。[一五]『早くより思う給へ心ざし侍りし者を、雑（ざふ）役（やく）などにも使ひ給へ』など消息（せうそこ）聞こえたりしに、[一六]御返り見給へしかば、思ほす心あるやうになむ見給へし。それは、この、[一七]宮に候[7]ふ者の、まだ里に候ひし時なむ、[一八]ものなどのたまひけるを、さらに知り給へざりける、そがうちにも、[一九]宣旨（せんじ）侍りて、『源中納言に賜へ』と仰せられしかば、背かぬものなれば、しか思ひ給へしを、[二〇]宮より重く勘当（かんだう）せられしかば、参らせ侍りしなり。これに[8]よりて

一二　「心ざし」は、正頼の実忠に対する好意の意。
一三　「侍る所」は、三条の院のことで、実忠が三条の院に居続けていたことをいう。「嵯峨の院」の巻【一〇】、および、「吹上・上」の巻【三〇】注一六参照。
一四　以下、藤壺に求婚していたことをいうと解した。
一五　実忠を正頼の十三の君（けす宮）の婿に迎えようとしたことをいう。「沖つ白波」の巻【二】参照。
一六　「御返り」は、実忠の大宮への返事をいう。「沖つ白波」の巻【二】参照。
一七　「宮に候ふ者」は、春宮に仕える藤壺をいう。
一八　求婚なさっていたことを。
一九　「宣旨」は、「吹上・下」の巻【二】参照。
二〇　春宮。「菊の宴」の巻【三】参照。

なむ、人々、多く恨みども侍りける。宰相の君に[二一]於き奉りては、正頼にくはしく言ふ人侍らましかば、何か、ともかくも思ひ給へまし。仰せ言なくとも、昔のことを、さらに忘れ侍らず。いはむや、[9]さらにかく仰せらるれば、[二二]よからぬ男子どもよりも、いかでとなむ思ひ給ふる」など聞こえ給ふ。おとど、いとかしこく[二三]御しほたれ給ひて、[季明]「などか、実忠の朝臣の、からうしてものしたなるを、こなたにはものせぬ。すべておのれにはあひ見じと思ふ心やある」とのたまへど、参り給はねば、右のおとど、いといとほしと思す。

さて、おとど、民部卿に筆取らせ給ひて、[二四]御処分の書書かせ給ふ。[秀明][二五]「大きなる殿三つあるを、[10]この住み給ふをば宮の君に。いま一つ、[二六]さし次ぎたるは、大きなる荘々どもの国々なる、昔より中[11]に宝にし給ひ置いたる[12]細かなる物、源宰相に。いま一つの殿、女の使ひ給ふべき調度加へて」とのたまふ。[季明][二七]「これは、[二八]宰相の朝臣の[二九]忘れにし人の女子一人あらむ、今は大きになりたらむ、あさま

二一 「に於きて」は、漢文訓読語。

二二 「よからぬ男子ども」は、正頼の男君たちをいう。

二三 「御しほたれ給ふ」は、「しほたれ給ふ」に、接頭語「御」がついたもの。

二四 「処分」は、生前に財産を譲ること。

二五 以下「調度加へて」までを季明の発言と解したが、会話文としては、「住み給ふ」「宝にし給ひ置く」の敬語不審。

二六 その次に大きな屋敷は。

二七 「これ」は、上の「いま一つの殿」をいう。

二八 以下、「あらむ」まで、および、「今は大きになりたらむ」は、挿入句。

二九 「忘れにし人」は北の方、「女子」は袖君をいう。

しう心誤りしたるやうにて、よろしく聞こえし女子をもいたづらになしつめるを、それに取らす」とのたまひて、中将[三〇]の君などには、所々に領じ給ふ所あまたあり、何も何も、民部卿など、皆、同じごとく得給ふ、それは、この二所、皆得給ひて、かく書かせ奉り給ひて、御名押し[三一]給ふ。右の大殿にも、御判[三二]せさせ奉り給ふ。さて、よろづの御物語聞こえさせ給ひて泣き給ふ。源宰相も、いみじう泣き給ふ。御前には、いまだ出で給はず。

さて、右のおとどまかで給ひぬ。

五　実忠と宮の君、季明と対面する。

宰相、おとどの御前に参り給ふ。おとど、よろづの物語し給ふ。「世の中[一]といふもの、事につけて、とあることかかることとあれど、知らぬやうにて経ればこそあれ。はかなき女の上などにつけて身をいたづらになしつること」などのたまへば、宰相、「何か。さ[二]

三〇　以下、文脈が調わない。

三一　「名押す」は、署名するの意。この物語には、「内侍のかみ」の巻【三八】注七のように、「名す」の例が多いので、「名をす」と解することもできる。

三二　「判」は、書き判、花押のこと。

一　世の中というものは、何かにつけて、さまざまに嫌なことが起こるけれど、それを気にせずに過ごしていると、何ごともなく過ごしていけるものだ。

二　（私が世を捨てたのは）そのような女性のことが原因ではありません。

やうなるかことにも侍らず。殿の上隠れ給ひにし後、世の中、心憂く思ひ給へしかば、すべて世に侍らじと思ひ給へしなり」。おとど、「それは、我も、いみじく悲しと思ひしかばこそ、また人をも住ませで、年ごろ一人はありつれ。そもそも、かの、子ども持たりし人は、いづちかものしにし。女子さへは、いかにしなしてし。男子は、はかなくて失ひつめりき。年ごろは、ただ行ひ人よりもけにてあり経めれば、子といふ者なかめり。いかにせよと思ふぞ」などのたまふ。宰相、「知り侍らず。かの侍りし所にも今はものせずとなむ承る。世の中心憂しと思ひ給へしかば、尋ね侍らず」。おとど、「いとあやしかなり。はや求めさせよ。すべてうつし心もなき人にこそあめれ。まづは、我、かく世の果てに、年ごろありて会ひたるをも、殊に悲しとも思ひたらざめるをや。いと悲しき人にもあるかな」とのたまへば、涙を雨のごとくこぼす。御前なる人、涙落とさぬなし。

民部卿、「ここの御昔人は、志賀の山もと、比叡辻のわたりに、

三「殿の上」は、季明の北の方、実忠の母をいう。ただし、物語の中には登場しないので、その死がいつのことかはわからない。

四 ほかの女性と結婚もせずに。

五「そもそも」は、話題を変える時の漢文訓読語的な表現。

六 真砂君が死んだことをいう。「菊の宴」の巻【三五】参照。

七 修行者以上に女性を近づけずに一心不乱に籠もっているようだから。

八「かの侍りし所」は、実忠の私邸をいう。実忠の北の方と袖君は、志賀山の麓に移り住んだ。「菊の宴」の巻【三七】参照。

九「うつし心」は、分別があるしっかりした心、正気な判断の意。

一〇「御昔人」は、実忠の

いとをかしき山里侍り、そこにこそ年ごろものせらるなれ。[5] [一三]三条にものせられけるは、[一四]これかれ好き言(ごと)言ひ、[一五]近う、[一六]宰相の中将など消息(せうそこ)[一七]だたれければ、それに思ひ鬱(うん)じて籠[6]もられたるとなむ承りし」。宰相の、[一八]右大将の中将なりし時、もろともに行(い)きたりし所は、さは、そこか、若き人の声せしは、わが娘にやありけむ、あさましく、人は住むものから、音せぬ所とは思ひしぞかし、あやしく、ものおぼえずありける頃[7]の心地かな、いかにをかしくも[一九]あやしくも思ひけむなど思ほすに、あはれに悲しくおぼゆること限りなし。おとど、「はや、その人のあり所尋ねよ。その女子(をんなご)をだにいたづらになし果つな。朝臣(あそん)、はた、不用(ふよう)の人なめれば、[二〇]ただ今のこと、わが位には、えあるまじかめり。[二一]わが子になして、宮仕ひをも、よろしからむことをもせさせよとてなむ、[二二]いささかなる物どもものする」など、多くの御物語などし給ふ。

[8]かくて、宮の君に聞こえ給ふ、(季明)「この家に、開(あ)け使はぬ納殿(をさめどの)五つあり。これは、この役にはやむごとなき物どもあらむ。所々に

北の方をいう。

一一 以下「山里侍り」まで挿入句。

一二 「比叡辻」は、「菊の宴」の巻【三七】注三参照。

一三 「三条にものせられけるに」の誤りと見る説もある。

一四 いろいろな人が言い寄り。「菊の宴」の巻【三七】に、祐澄・師澄・式部卿の宮の右馬頭の君の名が見える。

一五 「近う」は、身近なところではの意。

一六 正頼の三男祐澄。

一七 懸想文のような手紙を贈っていらっしゃったので。

一八 仲忠。「菊の宴」の巻【三七】参照。

一九 「菊の宴」の巻【三八】の実忠の発言に、「などか、もののたまふ人もなき。もし、片端人の住み給ふ所か」とあった。

二〇 今、袖君の世話をすることはの意。

は、人の、なくてえあらぬ物ども、皆置かせたり。荘々（しやう）あまたある中に、世になき近江（あふみ）[二三]・[9]丹波（たには）のほどに、折に従ひて、かかる折に、[二四]賜はずなりぬるを。[二五]あたらかしこくおはする君の、少し情けなくぞ。民部卿、心広く後ろやすき人なり。それぞ、[10]御口（み）[11]入れ奉りてむ。[二六]我を忘れざらむ人は、ここをこそは訪ひ（とぶら）申さめ」などのたまふ。宮の君の聞こえ給ふ、「おのづから御覧じけむ。宮も、昔はかくもおはしまさざりき。この[12]藤壺（ふぢつぼ）といふ者参りてなむ。[13]お[二七]のれならぬやむごとなき人の御ためも、かくのみなむ。世の中に経侍る年ごろの、[二八]世の人の[二九]とありかかりと[14]承るごとには、[15]殿の御ことをぞ[16]思う給へつる。胸つぶれて、恐ろしくこそ[17]侍りつれ。かかることのたまはすなる、いみじく悲しきこと。[三〇]え免れ（まぬか）おはしまさぬものならば、[三一]もろもろともに率（ゐ）ておはしましね。[18]よろづの財（たから）を賜ひても、[三二]おはしますらむ世には、いかでか侍らむ。よろづの物も、[三三]失（う）すれば、片時になくなるものにこそ侍るなれ」と泣き惑ひ給ふ。おとど、「何か、そは。[三四]いとよくものし給ひなむ。今は、

二一 袖君を私の養女にして。
二二 多少の財産を袖君に与える。
二三 「たには」は、「たんば」に同じ。
二四 「賜ふ」は、「俊蔭」の巻【三六】注三の「賜ぶ」と同じ、主体敬語ではない用法。自分の身内などに与えるの意。
二五 「あたらかしこくおはする君」は、春宮をいう。
二六 上は宮の君、下はまわりの人々への発言。
二七 私以外の身分が高い人に対してだって、同じです。特に、嵯峨の院の小宮をいうのだろう。
二八 「の」は衍か。
二九 藤壺や梨壺が出産したことをいうか。
三〇 「免る」は、「死を免る」の意。
三一 底本「もろくともに」を、より強

殊なることなくは、な参り給ひそ。わがありつる時、[三五]牛車・供の人具してものし給ひつる時だに、[三六]おほなかりつるものを、人笑はれにて出で入りし給ふ、いと見苦しかるらむ」など聞こえ給ふ。

六　季明、位を返し、出家して、二月下旬に亡くなる。

かくて、よろづのあるべきこと、後の御世のことなど書かせ給ひて、御位返し給へれば、御髪下ろし給ひて隠れ給ひぬ。

二月つごもり、[一]太政大臣御訪ひに、左右の大将、一つ御腹の右の大殿の君たち、日々に参り給ふ。

七　藤壺、季明の死を機に退出する。

かくて、右の大臣殿は一つ御腹の弟[1]におはせれば、殿の君たち、おとども、[一]御暇になり給ひぬれば、藤壺も、夜さりまかで給ひな

調した表現と解した。

三二　「おはします」を、死出の旅に出る、亡くなるの意の主体敬語と解した。

三三　庇護する人が亡くなると。俊蔭の娘や故式部卿の宮の中の君の例がある。

三四　あなたは、私が死んだ後でも充分に豊かに暮らしてゆけるでしょう。

三五　「うしぐるま」は、「ぎっしゃ」に同じ。「牛車の宣旨」を得て参内することをいうか。

三六　形容詞「おほなし」は、平安時代の仮名作品にほかに例が見えない語。副詞「おほなおほな」と同語源の語で、軽率だ、配慮が足りないなどの意か。

一　底本「おほき大臣殿」。

一　「暇」は、喪に服すために出仕せずにいること。

むとす。

宮、こたみはえとどめ給はで、その日は入り臥(ふ)し給へり。御物語し給ふ。[春宮]「かうてあり馴(な)らひて、二もの言ひ触るる人なくてあらむ。三梨壺さへまかで給ひつらむこそ」。君、[藤壺]四「院の御方・左の[2]おとどなどものし給ふめるぞ。五式部卿の宮のも、今日明日ものし給ひぬべかめり」。宮、[春宮]六[3]「そこのものし給はざらむ[4]ほどに、人にもの言はじとぞ思ふ。そこにするなりけりとて、いとど言はむものを。院のは、[5]いとかたじけなく、あはれにも思ひ聞こゆれど、七恐ろしく荒々しき[6]御心持給へるこそ。女は、何心なく、もの思ひ知らぬやうなるこそ。かつは、そこを憎み給ふこそ、[7]さらでもありぬべきことなれ。さては、このさがな者こそ、八今はいとらうたけれ。心を人に見ゆべくもあらず、見る目も殊なることなし。子なども、今は、いかでか。はらからどももあまたあめれども、いとよくもあらざめり。親のものせられつる時こそ、さてもありつれ。いかに心細くわびしからむ。いかにと訪(とぶら)ひに九。故太政大臣(おほいまうちぎみ)のいとたう

二 誰にも言葉をかけずにいましょう。
三 梨壺の退出は、「蔵開・下」の巻【三】参照。
四 嵯峨の院の小宮と左大臣藤原忠雅の大君。
五 式部卿の宮の姫君。この姫君が春宮妃であることは、ここが初出。
六 あなたが命じたのだ。
七 「蔵開・中」の巻【三】注六参照。
八 「さがな者」は、故太政大臣季明の大君をいう。「国譲・下」の巻【六】注二でも、后の宮から、「時なしのさがな者」と言われている。
九 下に「手紙を贈ろうと思います」の意の省略がある。
一〇 下に「私が手紙を贈ります」の意の省略がある。
一一 「聞きにくきこと言ふ」は、実忠が求婚したことを

嘆くと聞きしものを。我だに心とどめて思はずは、[一二]惑ひぬべき」。君、「実忠の朝臣のためには。[一〇][一一]聞きにくきこと言ふとて、もとよりようもし奉らざなりき。里にまかでて、人はうたて言ひなすとも、実忠の朝臣訪ひに遣はさむとて[8]」。宮、[一三]「それならぬこそ。疎からぬ仲らひなるうちにも、この人々どもは、妹のためぞ疎かなるや。さるは、[一四]同じ親にこそあめれ。[一五]右の大将の、同じ腹にもあらず、仲もよろしかるまじきが、妹背あはれに思ひためれば、[一六]誰も誰も心見えて、あらまほしくこそ」。君、[一七]「あまた侍らねば、いかでか。昔、里に侍りし時、はかなきこと言ふ者あまた侍りしを、[一八]すなはち皆忘れぬめりしに、実忠、今は、忘れず、宮仕へをもせず侍なれば、あるが中に心長かりける喜び言ひに遣はさむとなり」。宮、「心長さはうれしや。さらば、ここには頼もしかなり。[一九]そこには、このこと[9]いまだ思しやる[10]につけてまかでをのみせらるれば、苦しくこそ。とてもかうても、もろともに見るべき身ならば、[二〇]数知らずもあらせまほしきを、さ、はた、あるまじければ、

いう。

一二　侍女たちを主体とした表現。

一三　あなたが手紙を贈る理由は、それだけではないでしょうの意か。

一四　母親が同じ兄弟姉妹ではありませんか。

一五　「右の大将」は、仲忠。仲忠と異母妹梨壺の兄妹仲をいう。

一六　仲忠も梨壺も。おたがいに。

一七　二人きりの兄と妹ですから、仲がいいのは当然だと思います。

一八　私が入内した途端に。

一九　「そこ」は、二人称。藤壺。

二〇　『後撰集』恋六〈女もろともに侍りて〉「数知らぬ思ひは君にあるものを置き所なき心地こそすれ」（詠人不知）による表現。

いとど苦しくなむ」とて、例の、御車・迎へ人参り給へれど、許[二一]し給はず。

宮、「例の、まかで給ひては、とみに参られで待たせ給はむとや」。君は、「何か。いかなるにか侍らむ、こたみはあやしく心細くのみ侍れば、[二二]え参るまじきにてとぞ。

[二三]草の葉に露のわが身し消えざらばまつにも何か[11]かからざるべき」。

宮、「あなゆゆしや」とて、

[二四]露の世もまつにかかれば貫きとめて風にも消えぬたまとこそなれ

とのたまひて、夜更くるまでまかで給はず。おとど・君たち、[二五]前に懲り給ひて、もののたまはず、待ちわづらひ奉り給ひ、立ち返りつつ御消息申させ給ふ。君、「まかでて、[二六]思ふやうに侍らば、[二七]かく承れば、静心も侍らじ、いと疾く、こたみは。ただ、[二八]知らぬを[12]のみなむ」。宮、

二一　藤壺が退出なさることを。

二二　あるいは、「え参るまじきにやとぞ」の誤りか。

二三　「まつ」に「松」と「待つ」を掛ける。

二四　「まつ」に「松」と「待つ」、「たま」に「玉」と「魂」を掛ける。参考、『後撰集』秋中「白露に風の吹きしく秋の野は貫きとめぬ玉ぞ散りける」（文屋朝康）。

二五　「蔵開・下」の巻【三】参照。

二六　願いどおり無事に出産いたしましたら。

二七　以下「静心も侍らじ」まで挿入句。

二八　「知らぬ」は「いつとも知らぬ命」の意で、『後撰集』恋六「露の命いつとも知らぬ世の中になどかつらしと思ひ置かるる」（詠人不知）による表現か。

春宮[二九]「散る花も夢に見ゆなる春の夜を君ほかにてはいかに寝よとぞわりなくこそ」。君、

藤壺　花だにも同じ春にてはかなきを別れて[13]ほかに行くをこそ思へ

とのたまひて、夜中過ぎて暁までまかで給はねば、おとど[三〇]、忍びて御局[三一]におはす。君たちは、曹司曹司[三二][14]に立ち寄りつつもののたまひ、童・大人は、装束きたちて待ち奉れ[15]ど、出で給はねば、君、「さらば、まかで侍りなむ。大殿参りて侍り。心もとなくて侍るらむ。今は[16]鈍色[三三][17]の物などして、立たむ月のほどには、夜の間は忍びて参り侍らむ」と聞こえ給へば、宮、「いとうれしかなり。人の参るやうにて、出だし車[三四]にて、夜々、必ず。さらずは、あひ思はれざりけりとなむ」とて、からくして起き給ひて、おとどおはしぬれば、まかで[三五]給ふ。

二九　引歌、『古今集』春下「宿りして春の山辺に寝たる夜は夢の内にも花ぞ散りける」（紀貫之）。

三〇　「おとど」は、源正頼。

三一　藤壺の下局。

三二　底本「さうくし」。「曹司曹司」の誤りと見る説に従った。正頼の男君たちは侍女たちの曹司に立ち寄って話をするのである。

三三　「鈍色の物」は、喪服をいう。参考、『蜻蛉日記』上巻「やがて服脱ぐに、鈍色の物ども、扇まで祓へなどするほどに」。

三四　「出だし車」は、侍女たちが簾の下から、出だし衣をした車。

三五　藤壺は退出なさる。

八　藤壺、東南の町の西の一の対に入る。

御車二十、大人四十人ばかり、童・下仕へ八人、樋洗まし二人。おとど、上達部三所は、御車にて、兵部大輔の君よりはじめて、御馬にて、世の中に目明きたる人の限りは、四位も五位も、なきなし。六位は、物とも見えず。

御車、御前乗り続きて、源中納言殿の住み給ひし西の一の対の南の端に御車寄せて、左大弁の君、宰相の中将の君と、御几帳さして、おとど・左衛門督の君、御車の簾引き上げて下ろし奉り給ふ。異君たちは、御車のもとに立ち給へり。御車には四位五位にたにかかりて寄せたり。下り給ふさま、親はらからの御前なれど、めでたきことものに似ず。御装束・御容貌・物の香など、限りなくめでたし。御車には、兵衛の君・孫王の君などぞ候ひける。

昨夜より、大宮・女御の君、渡りて待ち奉り給ふ。源中納言殿

一　正頼の三人の上達部の男君。長男忠澄、次男師澄、三男祐澄。
二　四男連澄。
三　「目明く」は、分別があるなどの意。
四　「沖つ白波」の巻【四】の「絵解き」には、東南の町の「西北の対」とあった。
五　藤壺が乗った車。
六　師澄が、祐澄と。
七　正頼と忠澄。
八　「にたに」は、大勢、たくさんの意か。「吹上・上」の巻【三】注七参照。

3の北の方は、この御方に入れ据ゑ奉り給ひて、代はりて出でむと[九]思して、まだものし給ふ。おとど・上達部も南の廂に、異君たちは簀子におはするほどに、明かくなりにたり。おとど（正頼）、「みづからしもまうでてありぬべけれど、4あやしく、人に許され給はねば、[一〇]道のほど腹汚き5人もやと思ひてまうでたりつるに、遅く出で給へる、いと心もとなくなむ」。藤壺、「（春宮）『皆人まかでたる頃しも』とて、暇を賜はざりつれば。からくして、とかく聞こえてなむ」。おとど、「前に[一一]催し申して騒がれければ、わづらはしさに、ものも申さでこそは待ち奉りつれ」とのたまへば、大宮、「あさましう久しく、[一二]一昨年の秋参り給ひにしままに対面せざりつる。[一三]かかることなくては、えこそ出でざめれ。[一四]何ぞと見む」と、「搔き出で給へれ」とあ6れば、笑ひ給ひて、（藤壺）「見苦し」と聞こえ給ふ。女御（仁寿殿）、[一五]「まかで給ふによりてこそは。内裏にも、昔は。後々にこそは、まかづるを喜びにも」。大宮、「いで。なほいぶかしや」とて、御衣を搔き開けて見奉りて、[一六]「この度も同じものにこそは」と聞

九「給ふ」は、間接話法的な敬意の表現。
一〇「蔵開・上」の巻【三八】の大宮の発言に、「後ろやすくと頼み聞こえし人さへ許さず」とあった。
一一「催す」は、急きたてるの意。「蔵開・下」の巻【三】参照。
一二 一昨年の秋に参内なさったまま。このことは、物語に見えない。「蔵開・上」の巻【三八】注三参照。
一三 このような出産や服喪のことがなければ。
一四 男御子なのか女御子なのか確かめてみましょう。
一五 退出なさる方によって、惜しまれたり惜しまれなかったりするものです。
一六 今度も、同じように男御子でしょう。

こえ給へば、君、「いづら、この幼き人々は。まづ、それをこそ。いつしかとこそは」。「渡り始め給ふ所なれば、三日までとて。若宮は、いとおとなしくなり給ひたり。いま一所は、すずろなる声をうち出だし給へば、一所はよにもとて」。君、「さ言はせ奉るまじくてこそは。心もとなくは、いかでか」とのたまふ。

明かくなりゆくままに見給へば、このおとどの造りざま・しつらひ、さらに言ふべくもあらず。やがて出で給へるままに、御座ばかりをぞ敷き替へて、夢ばかり取り侵し給ふ物なし。ただ御みづからぞ渡り給ふべき。

源中納言殿は、沈の小唐櫃のをかしげなるに、鎖・鍵取り具して奉り給ふ。「これ、よき暇なれば、奉りてむ。ここに持て使ひ侍る物どもなり。まかり渡るべき所にも侍るなれば、何かはとて。ただ預からせ給へ」とて、「さて、ここにはおはし住ませ給へ。寝殿は、いと悪かめり。これは、もとのをば取り違へて、かの吹上といひける所を、取りに遣りて奉るなめれば、いと住みよし。

一七 若宮と弟宮をいう。

一八 転居してから三日間はいろいろな儀式があった。「蔵開・下」の巻【三五】注二八参照。

一九 弟宮。

二〇 「一所」は、同じ所の意。出産のために安静にしなければならない藤壺と同じ所には連れて来られない。

二一 泣き声を出させ申しあげないためにも、こちらにお連れしてほしいのです。

二二 源中納言夫婦がここを空けわたしなさった時のままで。

二三 少しも手をお加えになる物はないの意か。

二四 藤壺が身一つでお移りになればいい状態である。

二五 「源中納言殿」は、「源中納言殿の北の方」の意。

二六 「まかり渡るべき所」は、涼の私邸をいう。「吹上・下」の巻【三】注一参照。

この[三〇]西なる屋どもなんども、かしこのなれば、対のやうになむ。[11]そがうちにも、とかくよかるべきにせさせたる所なめり」と聞こえ給へば、大宮・女御の君、「げに。いかでか、これがやうなる所は、いづくにもあらむ。[三一]いと、物よくこそ、この筋あたり給ふめれ」とのたまふほどに、源中納言の君は、（涼）「やがて、三日の参り物仕うまつりてまかでむ」とのたまひて、東（ひんがし）の対を[三二]行事所（ぎやうじどころ）にて、家司（けいし）[12]ども・[三三]紀伊守（きのかみ）などして、[13]御饗（おほみあるじ）仕うまつる。男にも女にも、[14]おはします限り、御折敷（をしき）九つ、下臈（げらふ）には六つ四つなんどづつ[15]据ゑわたしたり。

九　夜が明けて、春宮から藤壺のもとに手紙が届く。

かかるほどに、[一]紫の色紙に書きて、桜の花につけたる文、宮より。御使、[二]蔵人（くらひと）。開（あ）けて見給へば、

（春宮）「ただ今のほどは、いかがとなむ。かくては、えあるまじかり

二七　もう必要がないの意。
二八　「取り違ふ」は、取り替えるの意。
二九　底本「たてまつる」。あるいは、「建てつる」、などの誤りか。
三〇　「西なる屋」は、【一四】注九、および、「蔵開・下」の巻【四】注一七参照。
三一　こちらは、なんでも物が充分に備わっていらっしゃる所のようですの意か。
三二　「行事所」は、三日の間の食事の世話などを指図する場所。
三三　「紀伊守」は、涼の祖父神南備種松。

一　参考、『源氏物語』「浮舟」の巻「紫の薄様にて桜につけたる文」。
二　春宮の蔵人。【一五】に名が見える「これはた」か。

けり。何せむ。三まかでさせてねたうこそ。

四吹く風に花はのどかに見ゆれども静心なきわが身何ぞも

五前々(さき)、いかでありけむとこそ」

とあり。おとど(正頼)、「この御手こそ、久しく見ね」とて見て、「いと[1]よくなりにけり」とてさし入れ給へば、女御の君(仁寿殿)、「かしこけれど、この御手こそ、六右の大将の御手におぼえ給へれ」。藤壺(ふぢつぼ)の、「ただ、七その書きて奉られたる本をこそは、八男手(をとこで)も女手(をんなで)も習ひ給ふめれ。『(春宮)それ、昔のぞ』とて、今の召すめれど、まだ奉られざめりしかば、『(春宮)それ九驚かせ』などぞのたまは[2]せし」。女御の君の、「『(仁寿殿)一〇御文(ふん)書かむとてなりと聞きしは、さにやあらむ』。おとど、「よろづのこと、人にはまさらむとなれる人にこそ」とて、宮の御使に饗し(あるじ[3])、物被(かづ)け給ふ。

御返り、

「(藤壺)一一今のほどは、旅にて。一二『静かなるに』となむ」

とて、

三 退出させてしまったことが悔やまれてなりません。
四 引歌、『古今集』春下「ひさかたの光のどけき春の日に静心なく花の散るらむ」(紀友則)。「わが身何ぞも」は、「俊蔭」の巻【三九】注一〇の俊蔭の娘の歌の「我や何なり」と類似した表現。
五 前に退出なさった時には、どうして堪えていられたのだろう。
六 仲忠殿の筆跡に似ていらっしゃる。
七 仲忠が書いて献上した手本。
八 「男手」は漢字。【三三】注七参照。「女手」は平仮名。
九 「驚かす」は、催促するの意。
一〇 底本「御ふん」。「ふん」は「ふみ」に同じか。
一一 こちらに来たばかりの旅住みの身ですから、くわしいお返事はまた改めてさ

[一三]「花よりも静かならぬは君やさは風も吹きあへぬ心なるらむ
と思う給[4]ふるこそ」
とて奉り給ふ。
[5]かくて、三日過ごして帰り給はむとて、女御の君おはす。男[一四]は、初めのはおはし代はりつつ、めづらしがり聞こえ給ふ。

一〇　夕方、涼・三の宮、藤壺のもとを訪れる。

かくて、夕つ方、直衣姿にて、いとめでたくて参り給へり。[一]簀子に、御座敷きわたしたり。[二][1]あこき、御簾のもとに御几帳立てて御褥さし出でたれば、中納言、[涼][三]「昔の人に違はず」など聞こゆ。見れば、いとあてになまめきたる人の、右大将のさまと同じやう[2]にもてなしたる人の、あれはこようなりにたるなれど、これも、いとはなやかに、鬢つき・色際[四]など、いとめでたし。あこきして、[涼][3]「かく承らましかば、[五]さる心もすべう侍りけるを。[六]曹司に侍りし

しあげます。
一二　「静かなるに」は、前の春宮の歌の「のどかに」を言い換えたものか。
一三　引歌、『古今集』春下「桜花疾く散りぬとも思ほえず人の心ぞ風も吹きあへぬ」（紀貫之）。注四の紀友則の歌の直前の歌。
一四　藤壺の兄弟の男君たち。「男」は「男君」の誤りか。

一　涼が。あるいは、上に、「源中納言殿」などが脱か。
二　藤壺づきの侍女。「蔵開・下」の巻【四】注一〇参照。
三　涼が、あこきに対して、「昔のあなたと変わりませんね」と語りかけた言葉と解した。ただし、下の「聞こゆ」の敬語不審。
四　「色際」は、色合いの意。
五　それなりの準備もできましたのに。

かば、身のほどにとて、葎の宿にて侍りつるを、にはかに渡りおはしましたれば、思ふやうにはあれど、むつかしげになんどあるを」と聞こえ給へば、藤壺、「千年をかねて聞き給ふと、これよりは、いかでか」とのたまふ。御声も、いとほのかにて聞こゆれば、「申し継がぬにしも、この度は心し侍りなまし」とて、「参り侍る時は、必ず御消息聞こえさすれど、人も聞こえ継がぬは、聞こえさすとてのたまはせやすらむとて、慎ましくなむ」。御、「いで。交じらひするには、問う給ふべきことの問う給はぬこそ、あやしきことに。君のたまはざらむには、心ざしありとも。あこきなどは、いかでかは」。中納言、「常にこそ、聞こえさすと思へれ。御返りは、今日のみこそ」なんど聞こえ給ふほどに、弾正の宮おはしませば、立ち給ひぬ。

宮は、御簾の内に入り給ひぬ。女御の君に、「などか、あなたには。十の皇子も、ここに求め奉り給ふめり」と聞こえ給へば、「ここに、いとめづらしき人に対面賜はるはや。あなたにて、な

六 曹司住みのような身でございますからの意で、妻さま宮のもとに住むことをいうか。
七 「葎の宿」は、歌語。
八 「千年をかねて」は、歌語。
九 「御」は、「御いらへ」の略。
一〇 「心ざし」は、藤壺の涼への好意の意。私のほうに好意があっても、お伝えできないではありませんか。
一一 反語表現。必ず取り次いでくれるはずです。
一二 弾正の宮。三の宮。
一三 「あなた」は、東北の町をいう。
一四 「ここ」は、一人称。
一五 「奉る」は、仁寿殿の女御に対する敬意の表現。

ほ、しばしおはせまし[一六]」と聞こえ給ふ。弾正の宮、「げに、めづらしうこそは。宮[一七][8]に参る時に、すずろなるやうなれば、御消息[一八]を漏らし[一九]聞こえず。例のおぼつかなうこそあらめと思へば、これよりも、しばしばと聞こえず。[9]先つ頃[二〇]も、参らせ給へりと承りしかど、え聞こえさせず。我を、『待乳[二一]の』とかやいふやうになむ」と聞こえ給ふほどに、夜さり[二二]の[10]御膳、御前ごとに参る。御折敷など取り替へて参る。

かくて、弾正の宮は、「今、常に参り来む。後ろめたなきこと侍れば、宿り守り[二三]に」とて立ち給ひぬ。

一一　藤壺、大宮・仁寿殿の女御と語らう。

宮、「このいぬの餅[一]参りし日、この君のあやしきことをのたまひしは、まことか」と聞こえ給へば、「知らずや。何ごとにかは」と。宮、「世の中に苦しかるべきものは、若き人の好いたる、

一六　あるいは、「おはしませ」の誤りか。
一七　春宮。
一八　「御消息」は、藤壺へのご挨拶の意。
一九　「漏らす」は、口に出すの意か。
二〇　「先つ頃」は、【八】注三の「一昨年の秋」のことをいうのか。
二一　『拾遺集』恋三「来ぬ人を待乳の山の時鳥同じ心に音こそ泣かるれ」などによる表現か。
二二　以下は、涼の配慮だろう。
二三　警護のためにまたうかがいます。

一　いぬ宮の五十日の祝いの日のこと。「蔵開・上」の巻【三八】の三の宮の発言参照。

子にて持たるわざなりや。見苦しういみじきものを見るこそ、いと[二]命長くなりなまほしけれ。この近澄といふ人の、童よりあやしく好きて見えしかば、[三]そへものになりぬべしとて、[四]かしこにも許し給ばでありし者の、[五]人定めてありしかば、めやすしと見しを、いかがしけむ、[六]そこにもあらで、ただ[七]かなたにのみありて、おのれが[八]せんなにわびぬ。その言ふやうは、『心一つにえ堪へずは、いかにもいかにもと思へども、親の前に命なき人[九]あらはなれば。かく申すに、そのごとくなし給へとにはあらず。仏神にも、このこと、な思はせ給ひそと申させむなどこそ』など言ひ[一〇]つつ。常に喜び楽しむを見るこそ、いと世に経まほしけれ」と聞こえ給ふ。藤壺、「何ごとを、いかに思すぞ。すずろなること、あるまじき、[一一]思ひ染むるも、よからぬわざにこそ」とのたまへば、「知らずや。その言ふ[1]こと、いと恐ろしや。[一二]この仲らひにこそはあめれ」。女御の君、「いづれぞ。一の宮をこそ、人よりは殊に思ひ聞こえ給[2]ひつめれ」。宮、「あなうたてや。いかでか。そは、[一三]若宮にこそあ

二「命長くなりなまほし」は、死ぬに死にきれない気持ちがするの意。

三 底本「そへ物」、未詳。「痴れ者」などの誤りか。このあたりの内容は、「蔵開・下」の巻【一七】の兼雅の発言参照。

四「かしこ」は、正頼をいうと解した。

五「人を定む」は、妻を定める、結婚するの意。

六 妻のもとで暮らすこともなく。

七「かなた」は、東北の町の北の対をいう。

八「せんな」は、「せんなし」の語幹か。

九 目の前で見ていますので。兄の仲澄のことをいう。

一〇 底本「つゝ」。あるいは、「つ」の誤りか。

一一「思ひ染む」は、思い詰めるの意。

一二 近澄が思いを寄せてい

べかめれ。近澄[一四]『まだ西の対におはせし[3]時、垣間見をなむしたりしかば、一の宮と御碁打ちたりしを見奉りしままに、[一五]いと命なからなれしかば、かくてやむかならむ』とぞ言ふ」。女御の君、「一の宮も、[一六]昨日今日侍従なりし人につきてこそは。ある中に、[一七]上もこよなう思ひ聞こえ給ふめりしを、かかるわざ、帝のし置き給ふめりしかば、[一八]ほか人だにかくてこそは、我もとこそは思はるらめ」[4]。宮、「あなあさましや。[一九]一口にても、はた。人は、位かは。ありさま、することは、するわざなどこそ。かく知らば、帝をも、取る才なからむをば、何にかは。[二〇]あやしく、見聞けば、ものし給ふ人にこそものし給ふめれ。[5]天にも許されたるやうに。よき人も悪しき人も、いかでこの人にものを言ひ[6]わたりにしかなと思はれ給へるは、いかなるにか。上達部・[二一]君達、近くは親にものし給ふめれど、同じことをもろともに[7]申さるるに、[二二]このはなり、[8]かしこのはならざんめるに。[9]若き人の、[10]昨日今日出で立つに、なさるること。さらぬは、心よからざなれど、[11]見る目・顔かたちに、わけて、皆

る人は、この一族の誰かのようです。

一三「若宮」は、女二の宮。

一四 仁寿殿の女御が、まだ、東北の町の西の対にいらっしゃった時の意か。なお、近澄が女二の宮を垣間見したことは語られていない。

一五 底本「いといのちなからなれしかはかくてやむかならん」、未詳。

一六「昨日今日侍従なりし人」は仲忠をいう。「侍従になりし人」の誤りか。

一七「上」は、帝。

一八 挿入句。血のつながりのない人でさえこうして結婚をお認めになったのです。

一九 二人を同じように言うことはできません。

二〇「あやしく」は、「ものし給ふ」に係る。

二一「君達」は、殿上人のことをいうか。

二二「この」は、仲忠のの意。

靡き従ひてこそ。[二三]かくありがたき人の、皆並び果つや[12]。うたて。いかでかはすらむ」。藤壺、「[二四]かしこくものし給ふなれば、さ聞こえ給ふにこそ。[二五]はかなきことを心一つに思ひてはかなくなる時は、いと幼しや。よう心し給へ。と聞こゆるやうあり。いづれとにあらねど、ある中にも[13]、人にもなりぬべかめるものを」と聞こえ給へば[14]、女御の君、「ここにも、思ふやうありや。衣替へしてば参[15]りなむとするを[16]、[二六]この宮たちをこそ内裏に率て参らむとすれど[17]、[二七]参上りたらむ間の後ろめたく、一の宮の御もとにと思へど[18]、人の心も知らず、[二八]大将もそらめき給ふなれば[19]、目のみ覚めたる心も[20]やとて、[二九]御方にとこそは思ひ給へつれ。[三〇]方離れたる馬のごとあるべかなれば、いかがはすべからむを。[三一]所々、[三二]参るとて、いと憎げなることをし給ふなれば、思ひこそわづらひぬれ。また、あやしきこともありや。[三三]皇女ふさひの人も、異様なることを。これは[21]、『許さずは、[三四]例のわざせむ』とぞあなる[22]」。大宮、うち笑ひ給ひて、「若き者の狂ふ[23]をだに思ふところに。なほ、一の宮の御方に

二三 こんなふうにほかに例がないほどすぐれた人に対して、誰も完全に匹敵する者はいません。
二四 近澄は。
二五 これは、仲澄のことを念頭に置いての発言。
二六 女二の宮たち。
二七 帝のもとに参上している間。
二八 「そらめく」は、浮ついた心を持つなどの意。
二九 母上のもとで預かっていただきたい。
三〇 「方離れたる馬」は、放し飼いになっている馬の意。女二の宮のあたりをうろついている近澄をいう。
三一 「所々」は、帝のほかの妃たちをいう。
三二 私が参内するということで。
三三 「皇女ふさひの人」は、祐澄をいう。「蔵開・下」の巻【一七】注四〇参照。

預け奉り給へ。その大将は、帝の聞こしめすに、好かむと思さじ。そがうちに、宮[三五]にこよなうまさり給はばこそ」。女御の君、「（仁寿殿）いさや。人の心を知らぬ訪ふ（とぶらふ）、恐ろしうこそ。[三六]内裏（うち）にと思ふが[24]後ろめたきは、[三七]五の宮、『ただ入りにや入らむ』[25]とのたまふなり。御文常にあれば、あな恐ろしや。后（きさい）の宮のようし給はぬところになむ」とのたまふほどに、夜（よ）更けぬれば、皆御殿籠もりぬ。

一二　夜が明ける。春宮と女一の宮から手紙が届く。

明くるつとめて、宮より、御文あり。

「（春宮）昨日、立ち返りと思ひ給へしかど、[1]（藤壺）『[一]静かならず』とありしかば、心慌たたしくやとて。今宵は、

[二]ありとのみ見ゆる寝覚めのわびしきに一人ある頃の夢や何なる

なほ、一人は、えこそ。夕暮れなどは、いと便りなき心地して、

三四　「例のわざ」は、梅壺の更衣腹の皇女の時と同じように盗み出すことをいう。
三五　女二の宮が女一の宮に。
三六　宮中に連れて行くのが心配なのは。
三七　朱雀帝の五の宮。后の宮腹。

一　「静かならず」は、【九】注三の藤壺の歌参照。
二　参考、『後拾遺集』恋一「恋ひ恋ひて逢ふとも夢に見つる夜はいとど寝覚めぞわびしかりける」。「……や何なる」は、「俊蔭」の巻【三九】注一〇参照。

大空をのみなむ」

と聞こえ給へり。御使、兵衛の君の兄人(せうと)、蔵人(くらひと)の、内許されたる、御前(ごぜん)に参りて、「今宵は、ただ一所(ひとところ)御遊びし給ひつつ、御殿籠もらずなりぬ」と聞こゆれば、藤壺「庚申(かんし)にこそはありつらめ」。

御返り、

藤壺「さればこそは聞こえさせしか。

ほどもなく忘れにけりな夢にても思はましかばありと見ましや

あな心短や」

と聞こえ給ひて、「禄(ろく)はうるさし。後(のち)には」とのたまへば、笑ひ参りぬ。

かかるほどに、一の宮より、御文あり。

女一の宮「いとめづらしうまかで給へるを、いつしかとこそ待ち聞こえつれ。などか、それよりものたまはざらむ。いかで、対面も疾(と)くもがな。ここにてさへおぼつかなきままに、『昔を今に』と

三『古今集』恋四「大空は恋しき人の形見かはもの思ふごとに眺めらるらむ」（酒井人真）による表現。

四「兄人」は、長幼に関わらず男の兄弟をいう。【三四】には、「弟」とある。

五 底本「うちゆるされたる」。「内許さる」は、ここは、御前に上がることを許されるの意か。あるいは、「上許さる」の誤りか。

六「庚申」は、「祭の使」の巻【三七】注一参照。

七「忘る」は、退出したことを忘れるの意。「夢にても」は、「見ましや」に係る。

八 禄はわずらわしい。後で。「後には」を「後にを」の誤りと見る説もある。

九「いつしか」は、早くお会いしたいの意。

一〇 引歌、『伊勢物語』三二段「いにしへの倭文の苧環繰り返し昔を今になすよし

のみなむ。ここには立ち寄りげも。そなたに参り来ば。のたまはむに」

と聞こえ給へり。

「承りぬ。まかで侍りては、すなはち、めづらし人をもまづとこそ。ここにこれかれものし給へりけるに、聞こえさせ承るとてなむ。渡らせ給はむとか。いかでか。御衛りは恐ろしかめれど、今、そなたにを」

と聞こえ給ふ。

一三　藤壺、訪れた仲忠に、若宮の字の手本を依頼する。

かくて、藤壺、「参りて、いぬ、ふと掻き抱き奉らむ」。大宮、「ここに、え見ざりしを、餅食はせにものしてこそ。それにだに、とみに出だし立てられざりき」。女御の君、「この頃は、いとをかしくなりにたり。起き返りし、腹這ひなどして、人見ては、ただ

もがな」。

一一　こちらにはお立ち寄りいただけそうにもありませんね。私のほうからうかがいましょうか。おっしゃるとおりにいたします。

一二「めづらし人」は、生まれたばかりの子の意で、いぬ宮をいう。参考、『源氏物語』「蓬生」の巻「かの殿（二条の院）には、めづらし人に、いとどもの騒がしき御ありさまにて」。

一三「御衛り」は、仲忠をいう。

一四　私の方からそちらにうかがいます。

一　女一の宮さまのもとにうかがって。

二「ここ」は、一人称。「ここにも」の誤りと見る説もある。

三「蔵開・上」の巻【三七】参照。

笑ひ笑ひて、白くをかしければ、前に臥(ふ)せて、常まぼらへてぞある」。[藤壺][五]「かれを、いかで、疾(と)く。[六][2]疎(うと)き人にこそ。そがうちにも、こ[七]こにも、何か宮は隠し給はむ」。女御の君、「宮は、誰にも隠し給はず。かく、何ごとも思したらざんめり」。藤壺、「さて、おとど[八]には」。[大宮]「いかで。あなうたてや。女にだに[3]隠さるるものは」などのたまふほどに、右大将、夕つ方、直衣姿(なほしすがた)にてまうで給へり。例の、簀子(すのこ)に褥(しとね)参り給へり。居給へるを見れば、[九]見え給へる人に、いとこよなし。藤壺、なほ、これは、こよなくもはたと見給ふ。大将、[仲忠][一〇]「先(さい)つ頃も参りて侍りしかども、[一一]上にとのみなむ。[4]局(つぼね)の人も参らせ給はずと承りしかば、おぼつかなくてなむ。かくおはしませば、今は、むつからせ給ふまでなむ」[5]と聞こえ給ふに、孫王(そんわう)の君していらへさせ給ふ、[藤壺]「承りぬ。時々訪(と)はせ給ふをなむ、人心地は」。大将、「いとやすきことにこそ。常に参り来ば、いかなる人の御心地にか」なんど聞こえ給ふほどに、[一二]若君たち二所ながら、乳母(めのと)たちなどして、[一三]大殿(おほとの)の御方よりおはしたり。かの、[一四]大

四「起き返り」は、赤子が這った状態で上体を起こすしぐさをいう。

五「かれ」は、いぬ宮をいう。

六 親しくない人にはお見せにならなくても、私には見せてくださるでしょう。

七 反語表現。女一の宮さまは、私にお隠しになるはずがありません。

八「おとど」は、正頼。父上にはお見せになったのですか。

九「見え給へる人」は、前に訪れた涼をいう。

一〇「蔵開・下」の巻【三〇】参照。

一一「上」は、上局。

一二 底本に従って、本文を「若君たち」に作った。春宮の第一御子（若宮）と第二御子をいう。

一三「大殿の御方」は、正頼がいる東北の町。

将の奉り給へる馬(むま)・車ども、持て[6]おはして見せ[一五]奉り給ふ。若宮は、いとおとなしく、[一六]紐(ひも)つい挿(さ)しなどしておはす。

[7]母君、いとめづらしうあはれと見奉り給ひて、「心地こそ頭(かしら)白くなりにたるやうなれ、[一七]かく大きになり給ひにたれば[8]。御手[一八]習などはし給ふや。何わざかし給ひつる」と問ひ聞こえ給へば、若君、[一九]「何わざもせさする人もなければ。[二〇]かしこに、[9]『書(ふみ)習はさむ[10]』とのたまひしかば」。母君、「いとうれしきことかな。かの御弟子になり給ひて、よろづのわざし給へ」なんど聞こえ給へば、大将、うち笑みて、「おとなしう、目に見す見す、人の親げに[11]ならせ給ひて。さても、[二一]宮には、いかで仕まつらむと思う[二二]給ふべきを、今はいとよう物遊ばしなどし給ひつべかめるを、さる仰せ言(ごと)もなければ」と聞こえ給へば、「誰かは。ここには、知らで籠もり侍れば、[12]おほぞうなるやうなれば。ここにかくて侍るほどに、いかで習はし奉らむ」。大将、「いとやすきことなり。御書(ふみ)を仕まつらむ。その日と、仰せ言(ごと)を」。藤壺、「手などもまだ習ひ給はざめるを、

一四　仲忠が子の日に献上した「弄び物」。「蔵開・下」の巻【三】注一六参照。
一五　母藤壺に。
一六　「紐つい挿す」は、直衣の頸の紐を通して結んで、威儀を調えるさま。参考、『源氏物語』「浮舟」の巻「驚きて、御紐挿し給ふ」。
一七　倒置法。
一八　上はまわりの人々へ、下は若宮への発言。
一九　底本に従って、「若君」に作った。注三参照。
二〇　「かしこ」は、仲忠をいう。
二一　若宮。
二二　「給ふ」は、下二段活用の「給ふ」の終止形の例。参考、『源氏物語』「東屋」の巻「まことに同じことに思う給ふべき人なれど」。

[二三]本(ほん)をこそまづものせさせ給はめ。[二四]まことや、[二五]宮にも、(春宮)『書きて』と聞こえ給ひける。(春宮)[二六]『のかし聞こえ奉れよ。使からか見む』とのたまひしを、賜はりて奉らばや」。大将、「いとあやしく、異(こと)様(やう)なる物をぞ召すや。[二七]早く書きて候(さぶら)ひたれど、慎ましうて、え参らせ侍らず」と聞こえ給へば、(藤壺)(春宮)[二八]「『早う奉りける手ぞ、この頃は。待たせ給へど』[13]となむ」。大将、「さらば、とまれかうまれ、今参らせ侍らむ。若宮の御料には、ただ今も侍りなむかし」と聞こえ給ふ。藤壺、「今、さるべからむ時に聞こえ侍らむ。[二九]その日も取らせ給へ。さて、かの、[三〇]人に見せ給はざんなる人は、ここに、いつしか、疾(と)くとこそ思へ」。大将、「いさや。まだきより、いと醜くげなれば、[三一][14]からもりがしたりけむやうにてぞよげなるや」などて、「さらば、静かに、[三二]かのからもりを率(ゐ)て参らせむ」とて帰り給ひぬ。

かくて、その日暮れつ。

二三 手本。
二四 「まことや」話題を変える時の言葉。
二五 春宮も、「手本を書いてほしい」と申しあげなさっていました。【九】参照。
二六 「のかす」は、「そそのかす」に同じ。「蔵開・下」の巻【三】注二四参照。催促し申しあげて、私に送ってくれ。「奉る」は、藤壺の立場からの間接話法的な敬意の表現。
二七 とっくに書いて手もとに置いてあるのですが。
二八 以下、春宮の発言。「奉る」「せ給ふ」は、間接話法的な敬意の表現。
二九 「その日」は、仲忠が若宮に漢籍を教える日のこと。
三〇 「人に見せ給はざんなる人」は、いぬ宮をいう。
三一 「からもり」は、散佚物語『からもり』の登場人物。「楼の上・下」の巻【六】

一四　翌日、日が暮れて、涼、自邸に移る。

つとめて、今日もよき日なれば、[一]鍵の小唐櫃を開けて見給へば、白銀に塗物したる鍵ども、[1]総につけつつ、いと多かりける[2]中に、見給へば、源中納言の御手にてあり。

[涼二]君がためと思ひし宿の鍵を見てあけ暮れ嘆く心をも知れ

とあり。見つけ給ひて、[三]北の方見給ひて、うたてありと思して隠し給ひつ。

北の方、「殿内など、今日御覧ぜよ」とのたまへば、[四]宮もこの[3]君も開けさせ給はむずればと思して[4][五]立てたる[六]香の唐櫃ども、いみじう清らに十ばかりあり、開けて見給へば、よろづの宝物、絹・綾など、さまざまにあり。また、さまざまなる物に入れつつ、さらぬ物もいと多かり。[七]外には、三尺の沈の御厨子、浅香の四尺の御厨子二具、よろづの、男女の使ひ給ふべき調度ども、ありがた

注三参照。醜い姫君を隠して育てる物語か。参考、『源氏物語』「蓬生」の巻「古りにたる御厨子開けて、『からもり』『藐姑射の刀自』『かぐや姫の物語』の絵に描きたるをぞ、時々のまさぐり物にし給ふ」。

三　この「からもり」は、「からもりの姫君」の意で、いぬ宮をいう。

一　鍵が入っている小唐櫃。涼が贈ったもの。【八】参照。

二　「あけ」に「明け」と「開け」を掛ける。「鍵」「開け」は、縁語。

三　藤壺がさま宮を御覧になって。

四　底本「宮もこのもきゝみも」。「宮もこのきみも」の誤りと解する説に従った。「宮」は春宮、「この君」は藤壺。以下「十ばかりあり」まで挿入句。

き、清らにて、数を尽くしてあり。すべて、よろづの調度などあ[5]り。六尺ばかりの[八]金銅（こんどう）の蒔絵（まきゑ）の厨子四つ[6]、それに、白銀（しろかね）の[7]御器（ごき）・銚子（てうし）、よろづの調度、白銀にし据ゑたり。いま片方（かたへ）には、さまざまの物ども、いと多かり。

このおとどの西に、[九]七間（しちけん）の、檜皮葺（ひはだぶ）きにてあり。[一〇]左右の渡殿（わたどの）あり。御厨子所（みづしどころ）には、その西の屋をしたり。そこには、白銀の[8]鋺（まがり）
[9]二十ばかり、小さきなど、同じ。[一一]釜（ふ）には[一二]甑具（こしき）しつつ、そこの具ども、いとめでたうてあり。[一三]殿のうちともに、いけらくに使ふべき物ども、いと多かり。[10]その蔵の前に、十一間（けん）[11]の檜皮屋（ひはだや）あり。それは納殿（をさめどの）にて、米（よね）・よろづの物を納めたり。

かかれば、藤壺（ふぢつぼ）、「思ほえず、富をもせさせ給へるかな。あな憂。[一四]君よ、あいな頼みして、[一五][12]居（ゐ）眠（ねぶ）りし給はむに」。北の方（さま宮）、「などか。さも眠（ねぶ）らまほしうなむ。[一六]この三条といふ所は、まだ京にも上（のぼ）らざりける時、設けたりけるとかや。（涼）[一七]『このあめる者の[13]具に』[14]と
[15]ぞ、すなはちより言ふめる。されば、[一八]あいな頼めにもあらじや」

五 涼が。
六 「香の唐櫃」は、香を入れて衣服に香を移す唐櫃。「蔵開・下」の巻【三五】注一七参照。
七 母屋の外。
八 「金銅」は、銅に金箔を押したり金でめっきしたりしたもの。
九 【八】注三〇の「西なる屋」のこと。対の屋のような建物ならば、母屋の南北が七間、東西が二間の建物。
一〇 「左右の渡殿」は、南北二つの渡殿をいうか。
一一 黒川本『色葉字類抄』「釜 フ カナヘ カマ」。
一二 「甑」は、「吹上・上」の巻【三】注三〇参照。
一三 底本「とのゝうちともにいけらくに」、未詳。
一四 「あいな頼み」は、あてにならない期待の意。「菊の宴」の巻【九】注八参照。

と聞こえ給へば、「まことや、など、その[一九]めづらし人は。それも、何ならば隠し給はむとする」。「いさや。思ふやうならずとて憎むめれば。ここにも、『見苦し。女子ならましかば、若宮に奉らましものを』とぞ言ふや」と[16]聞こえ給ふ。藤壺、「あぢきな。後に、[二〇][17]さるもありなむものを」など聞こえ給ふに、日暮れぬれば、暁、源中納言殿渡り給ひなむとす。御車二十ばかり、御前、いとになく設けられたり。

日に[二一]二の往反などして渡り給ひぬ。この殿は、堀川よりは東、三条の大路よりは北二町、吹上の壺造り磨きて、よろづの調度は[二二]片山に積みたるやうにておはす。

一五　退出三日目が過ぎ、藤壺、実忠に手紙を贈る。

かくて、三日過ぎぬ。女御の君・大宮、渡りなむとて、「かくて、つれづれとは[一]。[二]かしこに、しばしば渡り給へ。年ごろの物語

一五　以下の会話は、「邯鄲の夢」のような故事によるか。
一六　「この三条といふ所」は、涼の私邸。【八】注二六参照。
一七　「このあめる者」は、さま宮が生んだ男君をいう。
一八　「あいな頼め」は、あてにならない期待をさせることの意。
一九　「めづらし人」は、【三】注三参照。ここは、涼の男君をいう。
二〇　女のお子さまもお生まれになるでしょうに。
二一　「往反」、往復に同じ。
二二　「片山」は、片方が険しく、片方がなだらかな山の意で、そのさまをいうか。

一　下に「いかでか過ぐし給はむ」などの省略がある。
二　「かしこ」は、三条の院の東北の町をいう。

も聞こえむ」とのたまへば、「今」など、渡り給ひぬ。

藤壺、源宰相訪はむと思す。

三おとどは、二月二十七日のほどに、四とかくし奉りて、殿に皆集まり給ひて、五土殿して、男君たちもおはし、宮の君は御局しておはす。

藤壺は、六おとどの御方に渡り給ひぬ。この西の対には、七人々多く候ふ。

かくて、八諒の鈍色の薄らかなる一重ねに書き給ふ、

「年ごろおぼつかなきまでに。などかは、それよりも、時々は。いとあはれに、思ほし忘れぬやうになむと、人のものすれば、思はずに心長くもと承りつるほどに。九いともいともあはれに悲しき思ひを、いかにいかにとなむ。いとあやしう、御宮仕へを怠り給へめるやうなるをだに、一〇いといとほしと思ひ[1]給ふるものを。

一一木隠れてすむと聞きつる山川になど藤波の袖に立つらむ

三 故太政大臣源季明。
四 「とかくす」は、季明の葬儀を営んだことをいう。
五 「土殿」は、板敷を取り除いて土間にして、喪に服して籠もる場所。参考、『栄華物語』巻三「東三条の院の廊・渡殿を、皆土殿にしつつ、宮・殿ばらおはします」。
六 「おとどの御方」は、【三】注三の「大殿の御方」と同じで、正頼がいる東北の町。
七 東北の町の西の二の対か。【一】注三参照。
八 「諒」を、喪に服している意と解する説に従ったが、なお、不審。
九 下に「今回の訃報に接して驚いております」などの意の省略がある。
一〇 「給へめり」は、「給へるめり」の撥音便「給へんめり」の撥音無表記の形。

世の中のはかなきにつけても、よろづの思ひ給へらるる」とて、藤の花につけて、一二兵衛の君の兄人の、童なりしが、今は春宮の蔵人になし給へるを召して、「これ、一三太政大臣に持て参りて、一四人々あまたものし給へらむ、源宰相に定かに奉れ」とて賜へば、喜びて持て参る。

かの御方の人は、皆見知りたり。一五殿にうちはへものし給ひて、兵衛の君語らひ給ひし時は、一六これを使にてぞ御文通はし給へる。蔵人、かの君の近く使ひ給ひし一七侍の人に、「『これ、定かに参らせよ』となむ仰せられつる」とて取らすれば、「いみじう思し嘆くに、この文を御覧ぜば、少し思し覚めてむ」とて喜びて、ものも聞こえで奉れば、「いづくよりぞ」。「知らず。『参らせよ』とて、人の申しつる」と申す。引き開けて見給ふ。かの御手なれば、見果てで、泣きに泣き給ふ。民部卿の、「藤壺のなりな。賜へ。見給へむ」。いらへ、「まだ見給へずや、一八目も見え侍らねば。親と聞こゆるものは、おはしまさぬ世にも、御徳うれしきものなりけ

一一 「すむ」に「澄む」と「住む」を掛ける。「澄む」「山川」「波」「立つ」は、縁語。「藤波の袖に立つ」は、「藤衣」（喪服）が濡れることをいうか。
一二 【三】には、「兵衛の君の兄人、蔵人の、内許されたる」とあった。
一三 底本「おほき大殿」。故太政大臣の屋敷。
一四 挿入句。底本「給へらん」は、あるいは、「給（ひ）つらん」「給ふらん」の誤りか。
一五 実忠殿が右大臣の三条の院に居続けなさっていて。
一六 実忠がこの蔵人を使にして藤壺に手紙を贈っていたことは語られていない。
一七 「侍の人」は、実忠が小野に籠もる前に使っていた従者。
一八 倒置法。涙で目も見えませんので。

り。ここらの年ごろ、身をいたづらになして侍りつれど、音もし給はざりつるものを」とて、いみじう泣き給ふを、(一九)宮の君見給ひて、(二〇)「さ言へども、はた、(二一)密(みそ)か男といふ、訪(とぶら)はれためりかし。かう忍び人設けたんめる[5]人をも、(二二)二つなく思し騒ぐ」とのたまふを、民部卿聞き給ひて、〔実正〕「いみじうは[6]。これ聞き給へ」とて、突(つ)きしろひて、(二三)爪弾(つまはじ)きをし(二四)おはさうず[7]。

宰相、〔実忠〕「まだ小野に侍りし時、(二五)宰相の中将ものし給ひたりき。〔祐澄〕『〔藤壺〕「あはれにあなること[8]」など、(二六)時々のたまふ』となむ告げし」などて、御返り書き給ふ。

〔実忠〕「いともいともめづらしきは、限りなく喜び。(二七)かくいみじき喜びの侍りしにも、今日なむ、少し、年ごろの心地思ひ給へ慰むやうに。さても、

(二八)涙川袂(たもと)にふちのなかりせば沈むも知らであらむとやせし

身を捨てて思ふ給へ嘆きつるものを、かかる折の侍るべければ、身のためにはいみじきことのあらむのみこそと思ひ給ふるも、

一九「宮の君」は、春宮妃。故太政大臣の大君。

二〇 春宮にあんなにも寵愛していただいているのに。

二一「密か男」は、忍んで女性のもとに通う男、浮気相手の意で、ここは、実忠をいう。

二二 春宮は。

二三「爪弾き」は、腹を立てた時の動作。「藤原の君」の巻【三】注八参照。

二四「おはさうず」は、「おはしまさうず」より敬意の程度の低い敬語。「おはしまさうず」は、「藤原の君」の巻【三六】注三参照。動作主体が複数の時に用いられる。ここは、実正と実忠の動作。この物語に二例見える。

二五 正頼の三男祐澄。祐澄が小野を訪れたことは、前に語られていない。

二六 藤壺が。「蔵開・上」の巻【三四】の藤壺の祐澄へ

かつは心憂くこそ。たまさかに里におはしますなるを、今は、忌み過ぎ侍りなば、[二九]参り来て、今日のかしこまりも喜びも聞こえさせむ。例のやうに、なもてなさせ給ひそ。今は、ただ、[三〇]『狭（せば）し』と言ふなる道一つを」

など、いと濃き鈍色紙（にびいろがみ）に書きて、いとおもしろき八重山吹につけたり。この御使に何わざをせむと思し巡らして、[三一]兵衛の君の返したりし箱の、ほかにありける、金（かね）入りながら、[9]取りに遣はして、鈍色（にぶいろ）の紙に包みて、その紙に、

〔実忠〕「この箱は君に譲らむわが身には今日訪（と）ふ人にますものぞなき

[三二]『長き心』とか」

と書きて、「この御使は、誰ぞ」と問はせ給へば、〔侍〕「童名、これは[10]たと召ししが、今は宮の蔵人に侍るなむ、参り来たる[11]」。君、〔実忠〕「昔むつましかりし人と思して[三三]賜へるにこそありけれ。『ここに、忍びて立ち寄れ』と言へ」とのたまへば、[三四]簀子（すのこ）もなき、[三五]蔀（しとみ）にかかれりける所なれば、そこにて、物越しにてのたまふ、〔実忠〕「いとめづら

の発言参照。

二七　下に省略がある表現か。

二八　「ふち」に「淵」と「藤」を掛ける。

二九　私の方からうかがって。

三〇　『狭し』と言ふなる道」は、『古今六帖』二帖〈道〉「とどむともなほ通ひなむ玉桙の道狭きまで繁きわが恋」を引くか。

三一　「兵衛の君の返したりし箱」は、「菊の宴」の巻【三五】注三六で返した、千両の黄金が入った箱。

三二　「長き心」は、前の藤壺の手紙にあった「思はずに心長くも」の言葉をいう。

三三　使としておよこしになったのだな。

三四　簀子がないのは土殿だからだろう。

三五　「蔀にかかる」は、蔀に接するの意か。

しう、うれしき御使にものせられたなれど、かく、人にも見えで籠もり侍れば、対面せず。忍びて、[三六]姉の君して申させ給へ。『「[三七]御文には、ものもおぼえねば、ことごとにも聞こえず。今、必ず参り侍らむ。[三八]制し給ひし人もおはせねば、今は山林にも深く入りなむと思ひ給ふるを、[三九]聞こえ置くべき人の上など侍るを。昔のやうには、な思しそ」なんどなむ聞こえつる』と申し給へ」と、泣く泣くのたまひて、「これは、[四〇]ただならぬ折ならぬに衣をも脱ぐべきを、年ごろ[四一]行ひ出でたる[四二]仏舎利なり。[12]かくなるまでこそは、[四三]山籠もりは」とのたまへば、「いかでか。[四四]無慚の人は、賜はりて失ひなむ。[13]いと恐ろしきこと」と聞こゆれば、「世に侍らざらむ形見にし給へ」とて取らせて、入り給ひて、御斎参り据ゑたれど、聞こしめさず、いみじう泣き入り給ふ。[14]

一六　春宮から宮の君のもとに手紙が届く。

三六「姉の君」は、兵衛の君。

三七「御文には」は、「聞こえず」に係る。

三八 参考、『多武峰少将物語』「もとよりかかる心（出家の心）ありけれど、父おとどのおはしけるほどは、制し聞こえ給ひければ、え思し立たざりけれど」。

三九「聞こえ置くべき人」は、娘の袖君のことをいう。

四〇 普段なら衣を脱いで被け物としなければならないのですが。

四一「行ひ出づ」は、修行の功徳によって得るの意。

四二「仏舎利」は、釈迦の遺骨。「ぶっしゃり」。

四三 倒置法。

四四「無慚」は、罪を犯しても恥じることがないの意。「無慚の人」は、これはた自身をいう。参考、『倶舎論』「於二所レ造罪一、自観無レ恥、名曰二無慚一」。

民部卿、「昔、いかなる契りをなし給へる人なれば、[一]このために、かかる御心あらむ。[二]音にのみ聞く人をば、かくしも思はぬものを。物越しにてももの聞こえなんどやし給ひし」。「なほ、[三]さるにこそ侍るめれ。かの殿に侍りし時、[四]兵衛の君に、『御声をだに聞かせよ』と責めしかば、中のおとどの東の簾と格子との狭間になむ入りたりし。格子の穴開けて見しかば、母屋の御簾を上げて、灯、御前に灯して、この[五]大将の得給へる皇女と碁なむ打ち給ひし。さては、琴弾きなどなむ。それを見しままに[1]塞がりにし胸なむ、まだ、さながら」。民部卿、「さて、いかがありし、いづれかまさりて見え給ひし」。「いさや。かの皇女をば、くはしくも見奉らず。思ふ人をのみ。さらに、また世にたぐひあるべうは見えざりし人なり」。「げに。かく名立たる人は、さりけむかし。[六]ここに見侍る[2]人は、[七]選り屑にこそ侍らめ。それも、人よりはよろしかるめるを。[八]などかは、さ見給ひけむには、[3]押し開けて入り給はずなりにし。かくばかり思はむ人をば、さてこそはせめ、[九]かくて嘆きおはする

一　藤壺のために。「この御ために」の誤りか。

二　噂に聞いただけの人に対して。

三　前世の宿縁なのだと思います。

四　「祭の使」の巻【三】で、兵衛の君に、「君たちとものたまふをだに聞かせ給へ」と頼んだ時のことか。ただし、実忠が藤壺と女一の宮が碁を打つのを垣間見たことは語られていない。

五　「大将の得給へる皇女」は、仲忠の妻女一の宮をいう。

六　「ここに見侍る人」は、実正の北の方。正頼の七の君。

七　「選り屑」は、残り滓の意。

八　「蔵開・中」の巻【三五】で、兼雅も仲忠に同様の発言をしていた。

九　倒置法。

よりは」。宰相の、(実忠)[一〇]『人の許さぬ人に、さてしも[4]あらませば、[5]今は[6]死なまし。見ざらましかば、なほ世の中に交じらひ侍りなまし』」。民部卿、「かう幸ひのものし給ふべき人なれば、さもし給はずなりにたるぞ」などのたまふほどに、春宮(とうぐう)より、[一一]宮進(みやのしん)を使にて、御[一二]文あり。

喜びて見給ひて、声を放ちて、(宮の君)「わが親の、[一三]今々とし給ひしまで、(季明)『我は、きんぢを思ふにぞ、冥途(よみち)も、え行くまじき。宮仕ひに出(い)だして、人数にもあらず、かかる折にだに、あはれとものた[一四]まはねば、おぼろけに憎しと思(おぼ)すにあらざめり。かかるを見捨つ[8]ること。いかさまに惑はむずらむ』と、泣く泣く隠れ給ひにし。[一五]あが君、[一六]今日の御文を見せ奉らずなりにし、かくぞのたまへる、天翔(あまかけ)りても見給へ」と、泣きののしり給ふ。民部卿、(実正)「いかやうなる御文ぞ。賜へ。見給へ[9]む」と聞こえ給へば、さし出で給へり。

見給へば、

(春宮)「いとあはれに悲しきことは、聞きしすなはちと思ひしを、忌[一七]

一〇 結婚することを親が許してくれない人。「藤原の君」の巻【六】に、「父おとどに聞こえ給ふとも許され給ふまじく」とあった。

一一 「宮進」は、春宮坊の第三等官。大進は、従六位上相当。

一二 故太政大臣季明の大君(宮の君)への手紙。【七】の春宮の発言に、「いかにと訪ひに」とあった。

一三 「今々とす」は、死ぬの意。

一四 春宮は。

一五 「あが君」は、父季明をいう。以下、亡き父に語りかけた言葉。

一六 以下「のたまへる」まで挿入句。

一七 「忌むなど、人の言ふ

むなど、人の言ふ日過ごさむとてなむ。いかに。ほど経(ふ)るままに、[10]心細くとぞ。何か、さしもとぞ。

　頼みけむ人はなくとも我だにも世に経ばいたく嘆かざらなむ

あやしく、[一八]むつましかるべき人に疎(うと)く思はれ給ふめれば。[一九]昔の[11]人ものし給へればこそ、見譲りても。今よりは、なほ、かの、[二〇]人の心行かず思ふべからむ[12]ことのたまはず、心治めてものし給へ。さて、平らかに世にあれと思ほせ」

と書き給へり。これかれ、見給ひて、「あないとほしや。おのおの顧みずと[二一]思したるこそあめれ」。宰相、「いでや。[二二]心肝を惑はして思ふ人の、宮もになう思すなる[13]君に、[14][二三][15]古めきや、『[16]密(みそ)か[17]男ぞ訪(とぶら)はるるぞや』などのたまふ、いかでか、よしとしも思はむは。されば、今よりは、世に経ば、訪(とぶら)ひこそは」などささめき給ふ。

　宮の君、御文書かせ給ふ、

　「かしこまりて承りぬ。あさましういみじき目を見給へ[18]て思ひ給へ嘆きつるに、いとうれしき仰せ言(ごと)を承りてなむ、少し慰み[二四]。

日」は、葬送がすむまでの期間をいうか。

一八「むつましかるべき人」は、大君の兄弟たちをいう。【七】の春宮の発言にも、「疎からぬ仲らひなるうちにも、この人々どもは、妹のためぞ疎かなるや」とあった。

一九「昔の人」は、父季明をいう。

二〇「人の心行かず思ふべからむこと」は、藤壺に対する罵詈雑言のこと。

二一「思したるこそあめれ」は、「思したるにこそあめれ」に同じ。

二二「心肝を惑はして思ふ人」は、藤壺をいう。

二三 挿入句。「古めき」は、老いの繰り言などの意か。

二四 下に省略がある表現か。

いでや。昔の人の、夜昼思ひ給へ嘆きし身を、いかさまにとぞ。
[二五]見し世にぞかくも言はまし嘆きつつ[19]死出の山路をいかで越ゆらむ
今日の御文を見せ侍らましものをとぞ思ひ給へ侍る。『[二六][20]人のためによからず』とのたまはせたるは、身の人数に侍らねば、親[21]はらからの思ひ侮(あなづ)り侍るまま、[二七]幼き心は思ひむつかり侍りしなり。今は、何につけてかは。今は、ただ、顧みさせ給[22]はずは、親の面(おもて)をも君の面をも伏せ侍るべき身にこそは」

とて奉れ給ふ。

[[23]ここは、絵。[二八]太政大臣(おほきおほとの)。]

一七　藤壺、実忠の手紙の使から、報告を受ける。

かくて、藤壺(ふぢつぼ)の御使は、帰り参りて、御返り奉らせて、人もなき折なりければ、[一]侍りつるやう、のたまひつることを、くはしく

二五『風葉集』哀傷「父の左のおほいまうち君、心地限りになりて、『帝の、かかる折だに、あはれとものたまはせぬこと』と嘆き侍りけるに、失せて後、御文賜はせ侍りける御返り言に奉りける　うつほの宣耀殿の女御」。三句「嘆きつつ」。

二六「人のためによからず」は、春宮の手紙の「人の心行かず思ふべからむことのたまはず」の言葉をいふ。

二七「幼し」は、思慮が浅いの意。

二八 底本「おほき大殿」。故太政大臣の屋敷。

一「侍りつるやう」は、「ありつるやう」の、使の立場からの間接話法的な敬意の表現か。
二 この箱を残しておいて。
三 兵衛の君の一族。

申して、ありつる箱を見せ奉れば、開けて見給ひ、書きつけたるものを御覧じて、「これは見つや」とて賜ふ。[2]文箱に、ありし箱一箱あり。上、「心深きこと、はた、またはあらじかし。[二]これを置きて、[三]この族につひに取らせつる。[3]持給びてやあらむ」とのたまへば、「ほかよりなむ持てまうで来つる」と申す。

一八　春宮から藤壺に、三日ぶりの手紙が届く。

春宮は、白銀・黄金の[1][一]結び物ども毀たせ給ひて、[二]ほかなるなる[三]竹原にして、[四]下樋に白銀の[五]ほとかは結び、餌袋のやうにして、黒方を土にて、沈の[六]笋、間[2]もなく植ゑさせ給ひて、節ごとに[七]水銀の露据ゑさせて、藤壺に奉らせ給ふ。

「昨日一昨日は、物忌みにてなむ。かの、[八]『訪はむ』とものせられし人のもとに遣りたりしかば、[九]かくなむ。殊に心地ありげもなき人も、かうこそは思ひけれ。これにつけても、院の、か

一 「結び物」、未詳。「蔵開・下」の巻【三】注三に「結び袋」の例が見える。ここも、同じような作り物か。
二 「ほかなるなる」、未詳。
三 「竹原」は、『和名抄』草木部竹具「篁　太加无良、俗云多可波良　竹叢也」。
四 底本「したひ」を「下樋」と解したが、未詳。
五 「ほとかは」、未詳。
六 「笋」は、『和名抄』草木部竹具「笋　筍　太加无奈　竹初生也」。
七 「水銀」は、『和名抄』珍宝部金銀類「水銀　汞　美豆加祢　水銀別名也」。
八 「『訪はむ』とものせられし人」は、宮の君をいう。【七】注九参照。「ものせられし」の「られ」、不審。
九 春宮は、宮の君からの返事を添えて、藤壺に手紙を贈っている。

うなむ、いとほしく、行く先少なげに見え給ふを、かくてありとのみ聞こしめすらむを、この頃[一〇]ものせむと思へど、[3][一一]心ありともやと[4]思へば、慎ましうてなむ。[一二]のたまはむにを。[5]さて、これは、[一三]小さき人々に持たせ[6]給へとてなむ。さても、

[一四]明けゆくと衣着定めぬしののめの老いの世にてもわびしかりしか

[7]君には、いかが。ここには、夜昼忘るる時なく、まかで給ひにし後は、まだ寝をなむ寝ぬ。

[一五]もろともにふしのみ明かしくれ竹のよごとに露のおきて行くらむ

行く末まだ遠き心地のするこそ」

とて、[一六]例の蔵人して奉れ給ふ。

まだ、[一七]大臣殿の御方にぞおはしける。これかれ、見給ひて、「をかしき笋かな」とて、土押しまろかしつつ、笋一筋づつ取り給ふ。


一〇「ものす」は、嵯峨の院の小宮を見舞うの意。

一一 小宮に愛情があるとお疑いになるのではないか。

一二 おっしゃるとおりにいたします。

一三「小さき人々」は、春宮の第一御子と第二御子をいう。

一四「衣着定めず」は、二人の衣のうちどれが自分の衣かわからないの意。「わびしかりしか」の「しか」、不審。

一五「ふし」に「臥し」と「節」、「呉竹」の「くれ」に「暮れ」、「よ」に「夜」と「節」、「おき」に「起き」と「置き」を掛ける。「露」は、春宮の涙をたとえる。

一六「例の蔵人」は、これはた。兵衛の君の弟。

一七「大臣殿の御方」は、正頼がいる東北の町。【三】注三、【五】注六参照。

一八 宮の君の手紙。注九参

御返りは、

「承りぬ。[8]賜はせたる人[一八]の御文[9]は、げに、さも思すべきことにこそは。[一九]のたまはせたることは、いとよう侍るなり。候はぬほどに[10]と思さるとも、御覧じ直す折も侍りなむ。このわたりには承りぬ。[二〇]『いみじう思ほし嘆く』とあれば、いといとほしくなむ。早う聞こえ給へ。さて、これは[11]、

[二一]衣々の濡れて別れししのめぞ明くる夜ごとに思ひ出らるる

『露』は、これには、それをのみなむ、明け暮れ。

[二二]呉竹の節にはあらでかかる身の露のよの間[12]も嘆かるるかな」

とて、蔵人に、[二三]「[13]こたみだに」とて、単衣の御衣に小袿重ねて賜ふ。

一九　藤壺、大宮たちに、宮仕えのつらさを訴える。

かくて、[一]大殿の町は、殊におもしろきことはなくて、全く厳め

照。

一九「のたまはせたること」は、春宮が院の小宮を見舞うことをいう。

二〇【一六】の宮の君の春宮への手紙の「あさましういみじき目を見給へて思ひ給へ嘆きつるに」の言葉をいう。「思ほし嘆く」は、藤壺の立場からの敬意の表現。

二一「露」は、注一五の春宮の歌の中の言葉。

二二「よ」に「世」と「夜」を掛ける。「露の世の間」は、露のようにはかなく短い時間の意。

二三【一三】注八で、藤壺は、これはたに「禄はうるさし。後には」と言って被けなかった。

一「大殿の町」は、正頼と大宮がいる東北の町。【一八】注一七参照。

し。御婿は、東の一の対に、右大将。二の対に、二方にて、蔵人の少将・大夫の君おはす。さては、異人の曹司。君たちは、殿におはせし時はさしもあらざりしかど、里にては一つに参り集ひ給ひて見え奉り給へば、いと騒がしとて、藤壺、「今は、あなたに帰り渡りなむ」と聞こえ給へば、大宮、「いかでか、さばかり広き所には。もの言ひさしたる人々の、皆、気置きて、かかる折とて走り入り来ば、いかが。かうならでも、人によからず思はれ給へれば、名を立てむとて、腹汚き心遣ふ人もあらむ。いと後ろめたきことなり。なほ、狭くとも、ここにを」と聞こえ給へば、「誰か、心置きては。昔、御子にて、かくも見えざりし時こそ、もし人のやうにもやとて。かう下がりて、よろづの下種などに、憂くまさなく言はるれば、よろづの人、聞き疎みにたらむものを」。宰相の中将、「見え給へど、殊に片端ならぬ人は、それしもこそ」。「いで。片端なりと見ゆる人もあらむ」。おとど、「何かは。おのれをもかの人どもをも勘事せられしにこそ、いと面目ありし

二 「二方にて」は、一つの建物を二つに分けての意。
三 正頼の十男近澄と宮あこ君。
四 「里」は、妻の実家をいう。
五 「あなた」は、東南の町をいう。
六 「もの言ひさしたる人々」は、かつての求婚者たちのことをいう。
七 「気置く」は、思いを残すの意。
八 「心置く」は、「気置く」に同じ。
九 「御子」は、結婚する前の親がかりの娘の意。
一〇 「下がる」を、容色が衰えるの意と解した。
一一 藤壺さまは人から見られる立場におなりになりましたが。
一二 「それ」は、藤壺をいう。
一三 「見ゆる」は、「見る」の誤りか。

か」と、「[一五]心々に言ひて騒がれ[9]給ひしこそ、思ふ時には面立（おもだ）たしかめれ。なほ、人に言はれむことは慎ましや[10]」。藤壺、「さても、[11]さしつべき人は誰かは。[一六]さもやと思ふべき人は、歩（あり）きすべうもあらざなるを。かの人こそ、いとほしうは聞き侍（はべ）れ。一日（ひとひ）訪（とぶら）ひに遣はしたりしかば、いみじう喜びて、『[一七]（実忠）今は、心にまかせて、野山にも入り、法師にもなりなむ』とぞ言ひける。さらむ心ざしを思ひ知ればこそ、人ならぬ者だにも、もの思ひ知るものなれ」とのたまへば、皆人、いとあやしと思ひ、[一八]左衛門督（さゑもんのかみ）の君（忠澄）、「この族（ぞう）を放ちて、世にある人は、皆、さる心のみこそは。[一九]この君しも、かく見え奉りたるぞ、かしこきや」。藤壺、「思ほえぬかな。裳（も）着し頃よりも言ひ始めて、今に忘れざんなる人は、誰かは。はかなき文などは、[二〇]あこきなどもあまたぞ[12]得める」。大宮、「[二一]心ざし失はぬ人は、あまた聞こゆや」。藤壺、「[13]今は、誰も、さこそは。[二二]ここには、さ見ゆることもなし。はかなき宮仕へをして、ゆゆしき人々の言（こと）どもを聞く時は、あぢきなや、心ざしありし人につきてもあ

一四　正頼が男君たちを連れて藤壺を迎えに行き、春宮の不興を買ったことをいう。「蔵開・下」の巻【三】参照。
一五　底本「心く」。あるいは、「ところく」の誤りか。
一六　「さもやと思ふべき人」は、実忠をいう。
一七　【一五】の、実忠の藤壺への伝言参照。
一八　底本「おもひ」。下に脱文があるか。
一九　「この君」は、実忠。
二〇　「あこき」は、藤壺づきの侍女。
二一　弾正の宮のことなどを念頭に置いた発言だろう。「や」は、詠嘆の終助詞。
二二　「ここ」は、一人称。

るべかりけるものを、さりともかく言はましやはと思ふ折は多かる。またも、「[二三]心憂く悲しと思ふことありや」とて泣き給ふ。大宮・宰相の中将は、[二四]心知り給へば、いと悲しと思す。異人々、何ごととも知り給はず。

藤壺[二五]「世の中を知らざりし時は、よろづのこと、心にも入らざりき。今思へばこそ、あはれにも悲しうも」とのたまへば、宰相の中将、祐澄[二六]「げに。かく[二七]大空にては、えおはせじ。祐澄[14]らよりはじめて、二人づつ、[二八]かの御方の宿直仕まつらむ。行く先、みづからよりはじめて、男、女子どもまで、[二九]たきも奉り給ひつれば、この若君[15]にこそは」。藤壺、「あなうたてや。[三〇]なじに、かうは。[三一]梨壺ものし給ふめれば、男にてあらば、さしも。小宮の御もとへもまうで通ひ給ふべかなれば、[三二]このほどにさることあらば、それこそは。世の中、定めなければ、[三三]必ずとも思はず」。おとど、正頼「梨壺は、さても知らず。ただ今、世は、右大将親子の御世になりなむとすめり。世の人は、[三四]伯父おとど[16]、わが身よりはじめて、皆[17]靡き果てにたり。そ

二三 「心憂く悲しと思ふこと」は、仲澄が死んだことをいう。
二四 事情がわかっていらっしゃるので。「蔵開・上」の巻【三四】【三五】参照。
二五 「世の中」は、特に、男女の仲をいう。
二六 祐澄は、相づちを打ちながら、話題を変える。
二七 「大空なり」は、頼りなく無警戒だの意。
二八 「かの御方」は、東南の町の藤壺の里邸。
二九 「たきも」、未詳。以下は、藤壺腹の若宮を頼りにしているから、次の春宮は若宮になってほしいなどの意だろう。
三〇 「なじに」を「何しに」の約と解した。
三一 梨壺さまが懐妊していらっしゃるようですから、男御子であったら、そういうわけにはいかないでしょう。
三二 私が退出している間に

れは、[三五]かの君の押し立ち悪しきにもあらず、自然に、恥づかしきによりて、人の心を遣へば、[三六]靡くやうなるなり。宮は内裏に従ひ[18]奉り給ひ、内裏は右大将にかなひ給へば、かのぬしたちもちて、[三七]『これを』と申さば、何の疑ひかあらむ。我も、口開くべくもあらず。中宮はおはします。古里は、[三八]皆足末なり。例は、[三九]さる筋にもあらず」。宰相の中将（祐澄）「いと不便なること。[四〇]ものの聞こえ侍れ。天下の御子生まれ給へりとも、[四一]さる心あるべき人か。そのうちに、[四二]若宮をば、いと心ざし深く思ひかしづき聞こえ給ふものを。この子の日、御前の物調じて、弄び物、[四三]七宝を尽くしてし設けてこそ、装束いとうるはしく、賄ひしつつ、手づから参り給ひしか。[19]さるものから、世のおぼえ重しとある人なれば、いささかに、僻みたる心遣ふべうもあらざめり」。おとど、「まづ見給へかし。[四四]この人どもも、ようこそは靡きためれ」とのたまふ。

懐妊なさったら。
三三　若宮が必ず立坊する。
三四　「伯父おとど」は、仲忠の伯父左大臣藤原忠雅。
三五　「かの君」は、仲忠をいう。
三六　あるいは、「靡くやうになるなり」の誤りか。
三七　「これを」は、梨壺が生んだ御子を春宮にの意。
三八　「足末」は、一族の意。
三九　「さる筋にもあらず」は、源氏の血筋から立坊した例がないことをいう。
四〇　あるいは、「ものの聞こえこそ侍れ」の誤りか。
四一　右大将殿（仲忠）は。
四二　「蔵開・下」の巻【三】注一六参照。
四三　「七宝」は、金・銀・瑠璃・玻璃・硨磲・珊瑚・瑪瑙の七種。ただし、経典により異同がある。
四四　「この人ども」は、正頼の男君たちをいう。

二〇　藤壺警護の順番を決め、藤壺、東南の町に帰る。

左衛門督、「などか、この番に、忠澄らを入れられぬ。ここにもせむ」とのたまひて、「宮あこの侍従、一向に、御方の別当して行へ。蔵人は入れじ。宮仕へ忙し。兄たちは、一人措く、いま六日、二人づつ六番に結ばむ。あなたになほある人どもは、番々に入れつつ、この番欠かむ人は、一日の饗、この罰に蒙らせさせむ」と書き給ひて、御判して、宮あこ君に、「これ預かりて、おはせむ御前の柱に押して、欠かむ人をば勘当し責め、兄ともいはず責めそせよ」とのたまひて取らせ給へば、喜び取りつ。宰相の君、「さらば、これかれ侍る時、渡らせ給ひねかし」と聞こえ給へば、「いと悩ましく侍れば、やすき臥し起きもせむ」とて、「今またも参り来む」とて渡り給ひぬ。御車には、四位五位、ありとある

一 「この番」は、藤壺の住まいの宿直の当番の意。
二 挿入句。蔵人近澄一人を除く。
三 「あなた」は、東南の町の藤壺の里邸をいう。
四 この当番を怠った人は、罰として、一日分の食事を負担させよう。
五 「判」は、花押のこと。
六 「押す」は、張りつけるの意。
七 「そす」（過度に……する）は、本来は四段活用の補助動詞だが、ここは下二段活用の例。

人、ふさにつきて、手引きに引く。[八] 若宮二所乗り給へり。[九] 君たち、うち群れて送りし給ふ。

[9]かくて、おとど、「あやしく、藤壺の、いかに思ひてものしつることぞ」。[10]大宮、「あるやうあめり。目に近う心変はりてあるを思ひてにてこそあめれ」。おとど、「難きことかな。いみじうすまひしを、公私居立ちて、しひてしたるをば」。宮、「なほ、それぞ、宮仕ひせさせで、さてもなどは思はれたりける。かく琴弾き遊びなどするを、若き心に、うらやましと思ふなるべし」[11]、おとど、「今、いぬに琴習はさむ時に、さらば、[12]うらやまむかし」など、みそかにのたまふ。

二一　藤壺の里邸、東南の町の様子。

かくて、藤壺のおはする町は、いとおもしろし。[1]遣水のほどに、八重山吹の高くおもしろき咲き出たり。池のほとりに、大きなる

八「手引きに引く」は、牛車を牛ではなく人が引くこと。

九「若宮二所」は、藤壺腹の第一御子と第二御子をいう。

一〇「目に近う心変はりてある」は、仲忠が女一の宮と結婚したことをいう。仲澄のことは正頼に言わないでいる。

一一「にて」は衍か。

一二 藤壺は入内することをひどく嫌がっていたのに。

一三「さても」は、そのままこちらにいさせてほしかったの意。


一「ほと」を「ほとり」の誤りと見る説もある。

二「咲きで」は、「咲きいで」の約。

松、藤[2]のかかりて、あまたあり。すべて、春の花、秋の紅葉おもしろく、時々の前栽・草木も、いとをかし。遣水に滝落とし、岩立てたるさまなども、異所には似ず。[三]かかること好み給ふ人なれば、[四]しばしなれど、おもしろうし置きたる。[3]この[五]西の対は、[六]暗き闇にも照り輝きてぞ見ゆる、世の常の調度を使はねば。寝殿は、清涼殿の様を造れれど、[4]例の調度なれば、[七]例の所のやうなり。[5]それは、[八]二方にしつらはせ給ひて、東は若宮の御方、乳母四人、童・下仕へ二人づつあり。皆、あるべき所々せさせ給ひて、東の一の対を、候ふ蔵人所にしたり。方々し置き給へる所々に、[九]あたりあたり、政所よりはじめてしたり。[一〇]東の二の対は、宮あこの侍従[6]の御方。寝殿の西面は、二の宮の御、[一一]乳母・人々あり。西の二[7]の対は、二の宮の御方の侍、藤壺の御侍。これには、やむごとなき四位五位、いと多く参り仕うまつる。[一二]次の対、[一三]藤壺の御方の親族たちの御曹司。西の廊は、おしなべての人の曹司。御門は、東・南に[8]あり。かく広けれど、なほ狭く住みなし給へり。宿直の

三「かかること好み給ふ人」は、源涼をいう。

四 こちらに来てしばらくしかたっていないけれど。

五【八】注四には、「西の一の対」とあった。

六「吹上・上」の巻【九】の「絵解き」に、「おとど町。檜皮葺きの、金銀・瑠璃して造り磨きたるおとど・渡殿、さらにも言はず照り輝けり」とあった。

七【八】のさま宮の発言に、「寝殿は、いと悪かめり」とあった。

八「二方に」は、東西の二つに分けての意。

九「あたりあたり」は、それぞれの用途に応じての意か。

一〇 宮あこ君は、【一九】に、近澄とともに東北の町の東の二の対に住むとあったが、【三〇】で、兄忠澄から「一向に、御方の別当して行へ」

君達(きんだち)、夜ごとに、[9]檜破子(ひわりご)、労(らう)ある物ども調じて、御前(ごぜん)にも台盤所(だいばんどころ)にも参る。

二二　仲忠から、若宮のもとに文字の手本が贈られる。

かかるほどに、「右大将殿より」とて、[一]手本四巻(しくわん)、色々の色紙に書きて、花の枝につけて、孫王(そんわう)の君のもとに、御文してあり。「(仲忠)『みづから持て参るべきを、仰せ言(ごと)侍(はべ)りし[二]宮の御手本持て参るとてなむ。これは、「若宮の御料に」とのたまはせしかば、習はせ給ひつべくも侍らねど、召し侍りしかばなむ、急ぎ参らする』と聞こえさせ給へ。さて、御私(わたくし)には、何の本(ほ)か御要(えう)ある。[三]ここには、世のためしになむ」

とて奉れ給へり。

御前(ごぜん)に持て参りたり。見給へば、黄ばみたる色紙に書きて、山吹につけたるは、[四1]真(しん)にて、春の詩(し)。青き色紙に書きて、松につけ

と言われたので、東南の町に移ったのである。

一　「御」は、「御方」の略。

二　「次の対」がどこにあるのか、よくわからない。

三　「藤壺の御方の親族」は、正頼の男君たちをいうか。

一　【三】で、仲忠は、「若宮の御料には、ただ今も侍りなむかし」と言っていた。

二　春宮。

三　私は、お手紙をいただけたら、そのお手紙を手本にいたします。

四　「真」は、漢字の楷書体。

たるは、草(さう)[五]にて、夏の詩。赤き色紙に書きて、卯(う)の花につけたるは、仮名。初めには、[六]男にても[七]あらず、女にてもあらず、「あめ[八]つち」ぞ。その次に、男手(をとこで)、放ち書きに書きて、[九]同じ文字をさまざまに変へて書けり。[2]

わかかきてはるにつたふるみ[3]つくきもすみかはりてやみえむとすらむ（[一〇]わがかきて春に伝ふる水茎もすみかはりてや見えむとすらむ）

女手(をんなで)にて、

またしらぬもみちとまとふうとふうしちとりのあともとまらさりけり（[一一]まだ知らぬ紅葉と惑ふうとふうし千鳥の跡もとまらざりけり）

[一二]さし継ぎに、

とふとりにあとあるものとしらすれはくもちはふかくふみかよひけむ（[一三]飛ぶ鳥に跡あるものと知らすれば雲路は深くふみ通ひけむ）

五 「草」は、漢字の草書体。
六 仮名の一巻目には。
七 「男」は、「男手」で、漢字のこと。「女」は、「女手」で、平仮名のこと。ここは、その中間的な仮名で、伝小野道風筆の『秋萩帖』などの書体という。
八 「あめ・つち・ほし…」と、四十八の仮名を重複させずに並べたもの。この「あめつち」で、一巻か。
九 ここは、さまざまな書体で書くの意か。
一〇 「水茎」は、筆跡の意。「かき」に「掻き」と「書き」、「すみ」に「澄み」と「墨」を掛ける。「春に伝ふる」の「春」に春宮をたとえるか。
一一 「うとふうし」、未詳。「紅葉」「千鳥の跡」は、文字をたとえる。
一二 「さし継ぎ」は、「放ち書き」に対して、連綿体をいうか。

次に、片仮名（かたかな）、

いにしへもいまゆくさきもみちみちに[4]おもふこころありわす[5]るなよきみ（一四いにしへも今行く先も道々に思ふ心あり忘るなよ君）

一五葦手（あしで）、

そこきよくすむともみえてゆくみつのそてにもめにもたえすもあるかな（底清く澄むとも見えで行く水の袖にも目にも絶えずもあるかな）

と、一六いと大きに書きて、一巻（ひとまき）にしたり。

見給ひて、（藤壺）「いとほしく、よろづのことに手惜しみ[6]給ふ人の、さまざまに書き給へるかな。一日（ひとひ）、戯（たはぶ）れに[7]ものせしに。宮の年ごろ召しつるも、今日こそは奉るなれ。この返り言（こと）は、我せむ。使は、誰ぞ」と問はせ給へば、（孫王の君）「奉り置きてまかりにけり」と聞こゆれば、（藤壺）「いと心地なき、所の人かな。かれよりかかる物あらむ使[8]遣る心よ」とのたまひて、白き色紙の、いと厚らかなる一重ね

一三　「（鳥の）跡」も、文字をたとえる。「ふみ」に「踏み」と「文」を掛ける。蘇武が、雁の足に結びつけた手紙が、漢の帝に届いたという中国の故事によるか。「雲路は深く文通ふ」は、入内後も藤壺に手紙を贈ったことをたとえるか。

一四　参考、『拾遺集』恋五「わがごとくもの思ふ人はいにしへも今行く末もあらじとぞ思ふ」（詠人不知）。

一五　「葦手」は、草仮名などで、水辺の葦などに模して装飾的に書いた文字。

一六　大きく書いたのは手本の字だからである。

一七　『古今集』恋四「玉桙の道は常にも惑はなむ人を訪ふとも我かと思はむ」（藤原因香）による表現。

一八　「書かせて」、不審。あるいは、「書かせ給ひて」の誤りか。

に、

「賜はせためれど、『人を訪ふとも』と言ふなればなむ。この本どもを、かくさまざまに書かせて賜へるなるなむ、限りなく喜び聞こえ。なほ、この人々は御弟子にし給ひて、これならぬことも知らせ給へ。まことに、後に求められたるは、何ごとにかあめる。我ならぬ人にやと思ふこそ後ろめたけれ」

と、例より、めでたう、筋つきて、大きやかに書かせ給ひて、

「これ、また、心あらむ者して奉らせて、帰り来ね」とて奉れつ。

二三　藤壺のもとに、春宮・仲忠から手紙が届く。

かかるほどに、宮より、御文、

「日ごろは、いかがとなむ。『鈍みなば、夜の間にも』とかありしかば、『頼めても』と言ふなれば、夜ごとになむ。そこにもいかでと思へども、さは、えせぬことなりければ、心にもあ

一九 「なる」は衍か。
二〇 下に省略がある表現か。
二一 「この人々」は、藤壺腹の第一御子と第二御子をいう。
二二 「まことに」は、話題を変える時の言葉。
二三 【三】の仲忠の手紙の「御私には、何の本か御要ある」の言葉をいう。
二四 あるいは、「あめる」は、「ある」の誤りか。また、底本は、以下、二字分程度の空白を残して丁が変わり、次の丁の始めに、二行分の空白がある。脱文があるか。
二五 「つく」は他動詞で、紙に筋をつけるの意か。
二六 返事をもらわずに帰って来なさい。

一 「鈍む」は、喪服を着るの意。【七】の藤壺の「今は鈍色の物などして、立たむ月のほどには、夜の間は

らでなむ。[四]かのものしたりし所には、一日なむ。いでや、
[五]筑波嶺の陰につけつつ時の間も思ひ忘るる折のなきかな
なほ、夜の間には、必ず。世の中に亡くなりてば、幼き人をいかがなど思さば、もの憂くもあらじ」

とて奉り給へり。

上、[3]問はせ給ふ、「[藤壺][六]院の御方へは、[4]いつか渡らせ給へりし。いく度ばかりか参上り給ひぬる」。蔵人、「[七]一日、[八][5]上になむ渡らせ給へりし。さては、夜一夜なむ参上り給へりし。[九]上は、この頃は、講師日々に参り、御書遊ばす。夜は、夜更くるまで、御手習ひせさせ給ひなどなむ」[6]と聞こゆ。

御返り書き給ふ、

「[藤壺]日ごろは、あやしう、悩ましうのみ侍りて、いかならむと、心細き心地なむ。[一〇]知りたきことになむ侍りける。夜の間には、さ思ひ給ふれど、いささか動きもせられ侍らねば、人に知られぬまかり歩きは難くなむ。[一一]まことや、『陰につけつつ』とか。

忍びて参り侍らむ」の発言をいう。

二 「頼めても」、未詳。引歌があるか。

三 ぜひそちらに行きたいと思うのですが。

四 「かのものしたりし所」は、嵯峨の院の小宮をいう。【一八】の春宮の手紙参照。

五 参考、『古今集』雑下「筑波嶺の木のもとごとに立ちぞ寄る春のみ山の陰を恋ひつつ」（宮道潔興）、東歌「筑波嶺のこのもかのもに陰はあれど君が御陰にます陰はなし」。

六 「院の御方」は、嵯峨の院の小宮。

七 底本「ついたち」。三月一日のことか。あるいは、「一日（ひとひ）」の誤りか。

八 「上」を、小宮の所と解した。

九 この「上」は、春宮をいう。

[一二]思ひ出づる折しもあらじ筑波嶺のます陰をのみ添ふる身なれ
ば

とのみなむ。『一日[7]』とのたまはせたることは、いとよかなり。[一三]さてのみも慕ひ参り来るものならば、さて心やすくは」と聞こえ給へり。

また、右大将殿より、今朝の御返り聞こえ給へり。

（仲忠）「見えざりけるほどに賜はせたりけるは、ただ今なむ。みづから参り来て、このかしこまりも聞こえさせむとするを、今まで[一四]御前に候ひて、いと苦しうてなむ。『弟子に[8]』とか。若宮に侍[一五]り参るべき心ざし侍るうち、かくのたまはせたれば、いかで家[一六]司・雑役にもとなむ。まことは、『世にとまらぬ[一七]』と侍りつるは、何ごとにか[9]。その方々に[一八]、

[一九]浜千鳥わが袖の上に見えし跡は涙にのみもまづ消えしかな

定かにだにも見給へ[10]ずなりにしものを、今日のをのみこそ[11]」

と聞こえ給へり。

一〇 なぜこんな思いをするのか、知りたい気持ちになりましたの意と解した。

一一 「まことや」は、話題を変える時の言葉。

一二 引歌、注五の東歌。

一三 そんなふうに誰もが春宮さまを慕って集まって来るなら、それはそれで安心できます。『詩経』大雅・霊台「経始勿亟、庶民子来」を引くと解する説もある。

一四 春宮の御前。

一五 底本「侍りまいる」。「侍り参る」の敬語不審。特殊な敬意の表現か。「お仕えする」の意と解しておく。

一六 黒川本『色葉字類抄』「家司 ケシ」。

一七 「世にとまらぬ」は、【三】注一四の空白部分にあった、藤壺の手紙の中の言葉か。

一八 「その方々に」も空白部分の言葉と関係があるか。

二四　翌日、東南の町で、侍女たち話し合う。

またの日になりて、上[一]、孫王の君して御髪参らせ給ふ。御前に、孫王の君・兵衛・木工候ひて、御粥参り、御賄ひなんどす。兵衛の君の聞こゆる、「昔見給へし小箱の、一日見給へしこそ、いとあはれに見侍りしか[1]」。孫王[2]の君、「かの箱なりし物をかけて[二]侍りしかば、三千両こそ侍りしか」。兵衛、「二百両賜ひてき[三]。さては、これかれ、皆賜ひて、これはた[四]、弟には賜はずなりにき」。上、[藤壺五]「あやしの物数へや」。孫王の君、「かけつれば、多かめる[3]をだにこそ」。[兵衛の君]「あはれ、この頃こそ、昔思ひ出でらるれ。宰相の君の思ひ惑ひ給ひしこともこそ、つれづれ[六]と思ひ出でらるれ」。孫王[4]の君、「いかで。かく里におはしませば、かかる物もうち見ゆや。内裏に籠もりおはしませば、さうざうしくこそ。この頃、かく離[七]れ住みし給[5]ふを、昔なりせば、いかなることあらまし」。兵衛、

一九 「浜千鳥わが袖の上に見えし跡」は、藤壺が仲忠に贈った手紙の文字をたとえたものだろう。

一 「上」は、藤壺をいう。

二 「かく」は、秤で目方を計るの意。「蔵開・下」の巻【八】注二参照。

三 以下、この孫王の君の発言の中の「賜ふ」は、藤壺を主体とした表現か。

四 「これはた」と「弟」は、同格の表現。【三】注四、【五】注三参照。

五 計算が合いませんねの意。

六 「つれづれ」は、「連れ連れ」の原義が生きている用法。

七 「離れ住み」は、正頼たちと離れて、別の町に住んでいることをいう。

「宰相の君よ、[八]人し給はざりしは。一所[6]おはせし御曹司[九]に、召ししに、常に参りしかど、『と聞こえよ、かう聞こえよ[7]』とのみこそ。いささかなる私戯れをこそし給はざりしか。若き人は、さやはある」などて[8]、『いでや。かく聖になり給ひける』。[一〇]少将、「何かは、私事も言はぬ。されど、人こそ耳に聞き入れね」。兵衛、「いさや。[一一]まろが恐ろしければにやありけむ、聞かでこそやみにしか」。孫王の君、「いでや。まめ人もなきものぞや」。木工[9]は、「[一二]さはかし。君のみこそは」と言ふ。

この孫王の君の母[10]は、[一三]帥の君、優[11]にいますかりて[12]、この源中納言殿の渡り給ひぬるを取りなして[13]、いとどかしこうおはす[14]。娘は三人、大君これ[一四]、中の君は大将殿の孫王[一五][15]、三の君は源中納言殿の[一六]孫王。この御方の、昔、容貌なんどよくて、髪丈にあまりて、ものものしう清げなる人の、心憎く心あるなり。右大将、昔、思ひて語らひしかば、それをのみ思ひて、よき人・君達のたまへど、耳にも聞き入れず、君[一七]の御身に添ひて、御前片時去らであり。[一八]紀

八 倒置法。ほかの方々とは違って、真面目なお心で藤壺さまをお思いだったのはの意と解した。
九 「御曹司に」は、「参りしかど」に係る。
一〇 「少将」は、藤壺づきの侍女。「あて宮」の巻【一〇】の「絵解き」に見える「少将の御」と同一人物と解した。
一一 挿入句。
一二 「さはかし」は、「さかし」を強めた表現か。
一三 この「帥の君」は、かつて上野の宮の妻であったらしい。
一四 「これ」は、藤壺づきの孫王の君。
一五 仲忠の妻女一の宮づきの孫王の君。
一六 源涼の妻さま宮づきの孫王の君。
一七 「君」は、藤壺。
一八 「紀伊国の」は、三の君をいう。

伊国のをば、よろづに労りて、局なる童・大人・下仕へまで労る。大将も、忍びて、をかしきやうにて、物心ざしなどし給ひしかど、[一九]宮の御後は、さもあらず。

兵衛の君は、子めきたる人の、髪丈に一尺ばかりあまりて、い[16]といたう[二〇]逸り馴れたり。木工は、ふくらかに愛敬づきたる人の、髪丈にて、[二一]いとりやうりやうじき。あこきは、[二二]兵衛の君に似て、頭つき・姿つき、いとよきほどにて、をかしげにて、髪丈に一尺ばかりあまりて、いと[二三]労々あり。[二四]小君も、それにぞ似たる。[17]それは、いと逸りされたり。

二五　三月二十八日頃、女一の宮たち藤壺のもとを訪れる。

かかるほどに、三月二十八日ばかりなり、[一]一の宮・女宮、一つ車にて、四位五位数知らず、君たちも御供にて渡り給へり。下ろし奉りて入り給ひぬ。御装束、例のごと。藤壺は、平絹の掻練[1]の

一九　仲忠が女一の宮と結婚した後の意。
二〇　「逸る」は、機転が利くの意。「藤原の君」の巻【六】に、「容貌も清げに、心ばへある人」とあった。
二一　「りやうりやうじ」は、「らうらうじ」に同じ。参考、三巻本『枕草子』「殿などのおはしまさで後」の段「謎々合しける、方人にはあらで、さやうのことにりやうりやうじかりけるが」。能因本は、「らうらうじ」。
二二　「蔵開・下」の巻【二】に、「あこきは、兵衛の君の妹とや」とあった。
二三　底本「らうくあり」。「らうあり」の誤りか。
二四　藤壺づきの侍女。

一　女一の宮と妹宮（女二の宮と女四の宮たち）。

御衣一襲、薄鈍の張り給の御衣奉りて、「そなたにこそ参り来むと思ひ給へつれ。御傍ら衛りの、暇なくものし給ふなれば、思ひ給へ慎みつるほどに、いとかしこく渡らせ給へるをなむ」と聞こえ給ふ。「護り怖ぢ給ふは、いかなるぞ」。「かの家を馴らひて、知らぬ人と、時々は交じり交ひ奉りて、さてはつれづれと眺め侍るを、いとこそあやしけれ。『宮仕へ心行く』とは、何をか言ひ侍りけむ」。宮、「ここにも、これかれ集ひて、男にも女にも、疎からぬどち、遊びをもし、物語などをもし馴らひて、さりし人をばいと疎くもてなして、音にも聞こえ、影にも見えしかば、恐ろしく恥づかしと思ひし者に向かひ居たるは、あれか人にもあらず、あやしきままに、昔の恋しく思ほゆれば、すなはちまうで来むと思ひしかど、からうしてこそ」と聞こえ給ふ。

藤壺、「など、かく、めづらしき人はとどめ奉り給へるぞ。それをこそ、まづと思ひ給ふれ」。宮、「いさや。前に臥せて守り掟つれば」。藤壺、「などて、人には隠し給ふぞ。小さきほどには、

二 伯父季明の喪中のため。
三 正しくは、「そなたにこそ参り来めと思ひ給へつ」とあるべきところ。
四 「御傍ら護り」は、仲忠をいう。
五 「かの家」は、藤壺が入内前に住んでいた東北の町の寝殿をいう。
六 以下は、入内してからのことをいう。
七 それ以外の時は。
八 この「者」は、仲忠をいう。以下、女一の宮の発言に仲忠に対する敬語がないことに注意。
九 「めづらしき人」は、いぬ宮をいう。
一〇 「このおはします」は、女二の宮と女四の宮をいう。
一一 以下「あめれ」まで挿入句。「ものをせねば」は、「ものせねば」の誤りか。

一〇このおはしますなどを、皆、この中には見奉りしは」。宮、「いさ。[9]一一前にのみあれば、かれが前には人のものをせねばにこそあめれ、かかるものを見馴らはざりければ、ただは一二袖を友達にてぞ籠もり居ためる」。藤壺、「いでや、聞こえても聞こえても、かの一三御時の物の音(ね)を承らずなりにしこそ。『まかでむ』と聞こえしかど、車も賜はず、消息(せうそこ)ものたまはずなりにしかば、いみじうくちをしうこそ。一四内裏(うち)の上も、(朱雀帝)『いかで、疾(と)く降(お)り居て、一五かの人に琴(きん)弾かせて聞かむ。呼ばむにものせずは、家に入りて弾かせむ』[10]とさへのたまはするものを。ここには、さることの侍りけるをと思ふこそ、言ふ効(かひ)なくねたく。誰か、まづは遊ばしけむ。いづれの御琴(こと)ぞ」と聞こえ給へば、(女一の宮)一六「かの三条にありける琴(こと)ぞや。一七[11]子こそ、まづあめりしか。一八親のはいと悲しう、聞きしかば、ただ泣きにぞ泣かれし。一九それ聞きしままに、苦しきこともなくて起き居にき。二〇[12]この人のは、いと荒々しく恐ろしくおぼえて、[13]胸なむ走りし」。藤壺、二一[14]「かの御琴(こと)は、さぞある。二二清涼殿(せいりやうでん)にて仕うまつりし夜(よ)、せめて聞

一二「袖を友達にて」は、赤子をいつも袖に抱いているさまをいう。

一三 いぬ宮の出産の時をいう。「蔵開・上」の巻【九】参照。

一四「内裏の上」は、帝をいう。

一五「かの人」を、仲忠と解した。後の、女一の宮が伝える仲忠の発言参照。

一六 兼雅の三条殿。

一七「子」は、仲忠をいう。

一八「親」は、仲忠の母、尚侍をいう。

一九「蔵開・上」の巻【九】参照。

二〇 仲忠が弾く琴の意。

二一 尚侍が弾く琴の意。

二二「内侍のかみ」の巻【三七】の時のことをいうか。ただし、清涼殿ではなく、仁寿殿だった。また、藤壺が尚侍の琴を聞いたことは語られていない。

かまほしかりしかば、[15]おとど・[二三]人々にも、泣く泣く責め聞こえしかば、『(正頼)あなもの狂ほし』とむつかり給ひしかど、人々の中にて、率(ゐ)ておはして[16]聞かせ給ひしを聞きしは、いづくに生(む)[17]まれにたるとこそおぼえしか。[二四]あなかま。から聞こゆとのたまふなよ[18]。[二五]おとどのをぞまだ聞き侍らぬ」。宮、「いさや。[二六]その人のをぞ、くはしう聞かぬ。いかで聞かむと思へど、さらに聞かせず。さて言ふやうは、『(仲忠)[二七]そこの御もとにあらましかば、この手は、いとよく習はし奉りてまし。この世には、そこにのみなむ、この族(ぞう)の手弾き給ふべき人はものし給ふ。すずろに、[二八]思ひのほかなる所にありて、[二九]御ために心ざしなきさまに見え奉ること』とて、[19]これをのみぞ言ふや」。藤壺、「あなうたてや。よにも、さは。[三〇]御聞きなしならむ。[三一]などかは。[三二]かかる便りに、夜昼責め給ひて、教へ聞こえ給はぬやうはありなむや」。宮、「さ言へど、聞かず、『(仲忠)今、上降(お)り居給ひ[20]なむ時、御前(ごぜん)にて、何ごとも、手を尽くして仕まつり聞かせ奉らむとす。[三三]かくてあらせ給ふ御心のいとかしこきかしこまりには、

二三「おとど」は、正頼。

二四 こんな話はやめましょう。

二五「おとど」は、仲忠。実際には、「春日詣」の巻【四】で、藤壺は仲忠が弾く琴を聞いている。

二六「その人の」は、仲忠が弾く琴の意。

二七「そこ」は、二人称。間接話法的な表現で、藤壺をいう。藤壺さまと結婚していたら。

二八 考えてもいなかった人と結婚したことで。女一の宮と結婚したことをいう。

二九 藤壺さまに対して愛情がないかのように思われ申しあげること。

三〇「聞きなし」は、意識的にそう思って聞くことの意。参考、『源氏物語』「若菜上」の巻「年ごろ添ひ給ひにける御耳の聞きなしにや」。

かかることをだにこそは。そこに参りてを聞け』なんどぞ言ふ」。藤壺、「いみじきことにもあるかな。さ侍らむ時は、御消息(せうそく)、かねてのたまへ。忍びて御もとに仕まつらむ。それをさへはづさせ給ふな。[三四]御前(ごぜん)には、行く末もあり、[三五]かのは、飽くまで聞こしめしてむ、いぬの御徳に」。宮、「あな久しや」など、多くの御物語などし給ひて、「いで、御髪(みぐし)は。ここのは、皆落ちぬ」とて引き比べて見給へば、藤壺のは、いま三寸ばかりまさりたり。[21]（女一の宮）「いと等しかりしものを、多くもまさり給ひにけるものかな」とて、二の宮のを見給へば、袿(うちき)の裾(すそ)と、いと等し。[三六]筋・かかりは、一の宮の御[22]にいとよく似たり。すべて、いと同じやうにおはするが、これは、少しふくらかに、気近(けぢか)きになむ。[三七][23]姫宮は、まだ小さくおはするが、あてに聳(そび)やかなる御形の、御髪(みぐし)丈に少しあまりたり。

三一　女一の宮さまに琴の音をお聞かせなさらないはずはありません。

三二　「かかる便り」は、仲忠と結婚していることをいう。

三三　こうして結婚させてくださった帝のお気持ちが。

三四　「御前」は、二人称。女一の宮。

三五　「かの」は、「かの琴」「かの手」などの略。仲忠が弾く琴（の演奏）をいう。

三六　「かかり」は、髪が垂れかかったさま。参考、『源氏物語』「幻」の巻「（中将の君の）少しふくだみたる髪のかかりなど、をかしげなり」。

三七　「嵯峨の院」の巻【六】注一の「姫宮」は女二の宮だったが、ここは、女四の宮のことをいう。

二六　同日、孫王の君たち、父上野の宮のことを語る。

かかるほどに、[一]大殿の御方より、檜破子・御酒・[二]椿餅など奉り給へり。[三]左の大殿よりは、梨・柑子・橘・苞苴などあり。所々より、をかしき物ども、ふさに奉れ給へり。

[1]宮の御もとには、[四]孫王の君・中納言の君、ここの御前には、[五]孫王の君・兵衛あり。孫王たちは物語す。姉君、「[六]我らが宮は、なほや、[七]この下臈の娘を、上とは思したらむ」。中の君、「さらなることかな。一日、それより来りし人に問ひしかば、ある人、『春宮に候ひ給ひしこそ、[2]九の君とは申すめれ』と言ひければ、捕らへて、いみじう[3]打たせ給ひて、[八]下に込められければ、さらに[九]受けて言ふ人なかなり。限りなくかしづきてぞ置かれたる」。姉君、「あなもの狂はしや。人聞きこそやさしけれ。[一〇]御方のおとどやかやうのこと聞き給ふらむと思ふこそ、面恥づかしけれ」。[一一]かの君、

一 「大殿の御方」は、正頼がいる東北の町。
二 「椿餅」は、甘みを加えた餅を椿の葉に包んだ物。
三 左大臣藤原忠雅。
四 女一の宮づきの孫王の君（中の君）。
五 藤壺づきの孫王の君（大君）。
六 「我らが宮」は、孫王の君たちの父、上野の宮。
七 「藤原の君」の巻【一七】参照。
八 「下に込む」の意未詳。
九 「受く」は、「受け張る」と同じで、公然と主張するなどの意か。
一〇 「御方のおとど」は、仲忠をいう。
一一 「かの君」は、中の君

「さらなることをもし給ふかな。言種に笑ひ給ふものを。『かの親王の御子にて、そこたち、いかでかうだにあらむ』とのたまふ」など言ふ。

藤壺、「何ごとぞや。この君、かくてものせらるるを、御供ならずとも、時々はものし給へかし」。かの君、「さ思ひ給ふれど。渡らせ給はむとありつれば、同じくはとてなむ。一日は、御方の御ことによりて、おとどにかしこく騒がれ奉りしはや。奉り給へりし御文を、下仕への者持てまうで来りしかば、『侍りながら聞こえぬ』と、『君こそ、などかは、「参り来ぬ」とは聞こえさせざりし、侍りながら。すべて心地なき』など、例の殊にものし給はぬ人のむつからせ給ひしこそ、いとほしく侍りしか。さて、見給ひて、御文は、『こればかりの宝はあらじ。今行く末は、かくてしも、え賜はじ』とて、人に手も触れさせ給はぬ御厨子に納めさせ給ひてき。かくはしたなき目をなむ見給へし」。藤壺、「孫王の君の御もとにあめりし本どもを、いとわづらはしく書かせ給ふめ

（孫王の君の妹）をいう。
一二　「この君」は、姉の孫王の君をいう。
一三　女一の宮さまのお供でなくても。
一四　下に「そのまま帰してしまったので」の内容を補い読む。【三】注六参照。【三】の仲忠の手紙にも、「見えざりけるほどに賜はせたりけるは」とあった。
一五　「侍り」「聞こゆ」は、中の君の立場からの敬意の表現。
一六　上は人々への、下は中の君への、仲忠の叱責の言葉。
一七　倒置法。
一八　いつもは特に機嫌をそこねたりなさらない方。仲忠。
一九　【三】に、「手本四巻、……孫王の君のもとに、御文してあり」とあった。

りしが、[二〇]その喜び聞こえさせしぞや。[10]ここにこそ、『いと心地なし』とはものせしか、[二一]賜へりける人に御文を取らせずなりにけることを」などのたまふほどに、日暮れぬ。

二七　同夜、仲忠、藤壺たちの琴を聞き、夜が明けて帰る。

[一]宰相の中将の君、[二]御番の夜、同じ番の男女[1]参上りたり。[三]蔵人の少将は、二の宮の渡り給ふめれば、[四]御前・台盤所にものし給ふ。藤壺、[五]「いと久しうし侍らぬわざ、今宵、いかで。[六]御前には常に遊ばすらむものを」。宮、「さらに。[七]ここにもせむ。つれづれなるに搔き鳴らせば、[八]『つれなしや。[九]まばゆしや』など笑へば、見だにぞ見ぬ。いざ、今宵、忍びて」とて、琴の御琴ども[2]二つ取り出ださせ給ふ。[一〇]かたち風をば藤壺、[一一]山守は一の宮、箏の琴は二の宮、琵琶[3]は姫宮、大和琴はあなたの[一二]孫王の。御前ごとにうち置きて、まづ琴の御琴を搔き合はせつつ遊ばす。いとおもしろし。宮、

二〇　そのお礼を申しあげさせただけなのですよ。藤壺の、聞いている女一の宮の気持ちを配慮しての発言。
二一　倒置法。

一　正頼の三男祐澄。
二　藤壺警護のための宿直の当番の夜。「番」は、【三〇】注一参照。
三　正頼の十男近澄。近澄は、蔵人だから、当番からはずされた。【三〇】注二参照。
四　藤壺の御前。
五　「いと久しうし侍らぬわざ」は、琴の演奏をいう。
六　「御前」は、二人称。
七　「ここ」は、一人称。
八　「つれなし」は、ここは、進歩がないなどの意か。
九　『源氏物語』「帚木」の巻「また箏の琴を盤渉調に調べて、今めかしく搔い弾きたる爪音、才なきにはあ

「あやしう、この御手こそ、聞[一三]くあたりの御手には、いとよく似[4]たれ。いかで、かくはなりにたるぞ[5]」。藤壺、「あなむくつけや。いかで。それは、聞き[6]にだに聞かぬものを」。宮、「いかで。[一四]かのわたりならで聞き給ひけむ。[一五]かの夜(よ)のならむかし[7]。ここには、さばかりだにぞ聞[8]かせぬ」。いらへ、（藤壺）「いとうたてあることをも[9]聞こえてけるかな。ゆめ、かくのたまはすな[10]」などのたまひて、琴(こと)の音(ね)ども弾き合はせて遊び給ふほどに、大将、宮の御迎へにとてものし給ひけるを、琴(こと)どもの声しければ、みそかに立ち寄りて、高欄の下にて聞き給ふ。

　さも知り給はで、よろづの手を遊ばすを聞き給ふ[一六]。思ふやう、いかでか、我清涼殿(せいりやうでん)にて仕うまつりし手を弾き給ふらむ、[一七]内裏(うち)の人ならばこそ参上(まうのぼ)りて聞[一八]き給はめ、いとあやしくもあるかなと聞き驚き給ふ。御琴(こと)が音(ね)[11]ども一つに合ひて、おもしろき手どもを遊ばし[一九]逸(はや)りて、人のありなしも知ろしめさず。宰相の中将の君・蔵人の少将・宮あこの侍従(じじゆう)などは、御格子(みかうし)の内、母屋(もや)の御簾(みす)上げて

らねど、まばゆき心地なむし侍りし」。

一〇「かたち風」は、俊蔭が源忠経に贈った琴。「俊蔭」の巻【一九】参照。「忠こそ」の巻【三】注二参照。「春日詣」の巻【三】注一四では、「都風」とあった。

一一「山守（風）」は、俊蔭が嵯峨の院の大后の宮に贈った琴。大后の宮から、女一の宮に伝えられたものか。

一二「あなたの孫王」は、女一の宮づきの孫王の君。中の君。

一三「聞くあたりの御手」は、仲忠の奏法をいう。

一四　東北の町の寝殿とは別の所でお聞きになったのでしょう。

一五「かの夜」は、「沖つ白波」の巻【四】の八月十五夜の夜のことをいうか。

一六　底本「きゝ給」。

一七「内裏の人」は、帝に

おはします。大将、御階(みはし)よりやをら上(のぼ)りて、御簾(みす)の狭間(はさま)に籠もりて、[12]穴を求め給へど、いみじくうるはしく造りたれば、隙(ひま)もなし。開(あ)くべき物もなければ、いかにせむと思ひ立ち給へり。

かくて、夜中ばかりまで遊び給ふ。遊び果てて、[二〇]物など聞こしめして、御殿籠もりなどするほどに、うち声作(こわづく)りして、仲忠[二一]「孫王(そんわう)の君は、ここにか」とのたまへば、宮たち、藤壺も、心地を惑はして、女一の宮[二二]「あないみじや。いかにしつることどもぞ。常、かく心地なきことどもをすること」とて、もののたまはず。宰相の中将、驚きて出で給ひて、御座(おまし)など敷き給へば、仲忠「ここには、宿直(とのゐ)に参りつるなり。君の御宿直所(とのゐどころ)に」とのたまへば、入れ奉り給ふ。南向きにおはすれば、南と西との隅に、辺(へ)を[二三]屈輪(ぐり)物にしたる三尺の[13]屏風(びやうぶ)、唐錦(からにしき)の端挿(はしさ)したる御座など、[二四]中納言殿の[二五]敷き置き給へる物どもあり。宮たち・[二六]御方、いとほしく思(おぼ)されて入り給ひぬ。大将・宰相の中将は内に、異君達(ことぎんだち)は簀子(すのこ)に。

大将、孫王(そんわう)の君して、仲忠[二七]「三条にまかり渡りて、今なむ帰りまう

仕えていらっしゃる人の意。女御や更衣をいう。

一八 底本「き、給はめ」、不審。「聞き給ひけめ」の誤りか。

一九 「逸る」は、夢中になるの意。

二〇 お食事などをなさって。

二一 女一の宮づきの孫王の君。中の君。

二二 以下は、仲忠に対する敬語がないから、女一の宮の発言と解した。

二三 底本「くり物」。「屈輪物」と解する説に従った。「屈輪」は、連続した蕨形の渦巻き模様。

二四 「中納言」は、源涼。

二五 「敷く」は御座、「置く」は屏風。

二六 「御方」は、藤壺。

二七 「三条」は、父兼雅の三条殿。

で来つる。おぼつかなさになむ。今宵は渡らせ給ふまじきか」と聞こえ給へば、宮、（女一の宮）「ここには、からうして対面したれば、しばし、かうてなむ。[二八]かしこにあらむ者、一人してあらむを、などか見捨てては」。大将、[二九]あやしの乳母（めのと）は、仰せ言（ごと）、げに後ろめたくと思す。

夜（よ）更けぬれば、宰相の中将と、（仲忠）「あやしく、昔おぼえたる夜（よ）なりや」。（祐澄）「大将なども、かやうにてぞ」など物語し給ふほどに、明けぬれば、つとめて帰り給ひぬ。

二八　仲忠、朝に夕に、女一の宮のもとに手紙を書く。

[一]宮の御もとに、御文あり。

（仲忠）「昨夜（よべ）、御遊びども承るとて、[二]さも久しく、

[三]調ぶとは音にぞ聞きし琴（こと）の音（ね）をまことにかとも弾きし宵かな

[四]立ち返り、[五]すくまりてこそ。内裏（うち）より召しあれば、参り侍（はべ）りぬ。

二八　「かしこにあらむ者」は、東北の町の東の一の対に残されたいぬ宮をいう。

二九　仲忠の心内。私をまるで乳母扱いなさるとは。

一　「宮」は、女一の宮。

二　「さも久しく」は、「立ち返り」に係るか。

三　「調ぶとは音にぞ聞きし」は、女一の宮が仲忠に聞かれることを恥じて琴を弾かなかったことを、戯れていう。

四　「立ち返る」は、ずっと立っているの意か。

五　「すくまる」は、体がこわばるの意。

今、夜さり、御迎へに」と聞こえ給へり。藤壺、[六]「さればよ。いと疾くものし給ひけり」と、いとをかしがり給ふ。宮、[七]「そこには、な思しそ。昔をだに、[八]『ただ、そこにのみなむおはする』と言ふを、まして、今は、めづらしき手ども弾き給へば、いとかしこくなりにけり[1]とぞ聞きけむ。まろをこそ、[九]をかしと思ひたらめ[2]。[一〇]ことは、『皆聞きたり。[一一]この御箏の琴は、いとよくなりぬべし』と言へばあへなむ」とて、御返りもなし。

あやしと思ひつつ参り給ひて、夕さりつ方、内裏より、御文あり。

「まかで侍りなむとするを、[一二]『去年仕まつりさし御書、今日仕まつれ』と仰せらるればなむ[3]。[一三]皆御覧じてけり。[一四]ここ少しなむ、難きところ交じり侍りける。明日の夜さりまかで[一五]侍り」と聞こえ[一六]侍りけり。「さらば、よかなり」と、言葉に聞こえ給ひて、御文はなし。

六 やはり、私たちが弾く琴を聞かれてしまったのですね。それにしても、ずいぶん早くお手紙をくださったものですね。

七 「そこ」は、二人称。藤壺さまは、琴がお上手だから、気になさる必要はないでしょう。

八 私の琴（きん）の奏法を伝えることができるのは、藤壺さまだけでいらっしゃる。「そこ」は、二人称。間接話法的な表現で、藤壺をいう。

九 この「をかし」は、笑いたくなるほどだの意。

一〇 「ことは」は、同じことならの意の副詞。

一一 女一の宮が弾いた箏の琴。

一二 「蔵開・中」の巻【三】、「蔵開・下」の巻【四】注四参照。

一三 帝は、ご自分で全部読んでいらっしゃいました。

[一七]女御の君おはしまして、宿直物・[一八]寝装束などは奉れ給ふ。

二九　翌朝、藤壺のもとに、春宮から手紙が届く。

つとめて、春宮より、[一]例の蔵人して御文あり。

「[春宮]一日、いと心憂かりしかば、[二]かくものせむと思へども、『[三]いりてらるる』と言ふめればなむ。同じ心ならましかばと思ふこそ。

[四]浦風に立ち出でざりける白波の今より来とのみ頼みけるかな

空言をこそねたけれ」

とあり。一の宮も、「[女一の宮]何ごとをかは頼め[1]聞こえ給[2]ひし」。藤壺、「[五]『厭ひて』など、空言は聞こえさせしなめり」とて笑ひ給へば、宮、「ただ、[六]一人一人こそ、さやうにものたまへ」。

藤壺、蔵人に、「何わざか、この頃はし給ふ。誰々か参上り給ふ。御文などは、人のもとに遣はすや」と問はせ給へば、「[蔵人]日ご

一四　底本「こゝ」。あるいは、「ただ」「今」などの誤りか。

一五　「侍り」は、確実な未来を現在形で表現した例か。

一六　「侍り」の敬語不審。「給ひ」とあるべきところ。

一七　「女御の君」は、仁寿殿の女御。

一八　「寝装束」は、「蔵開・中」の巻【三】に例が見える「宿直装束」のことか。参考、『栄華物語』巻一六「その料には、綾薄物の宿直装束一領、さては、絹百ばかりぞありける」。

一　「例の蔵人」は、これはた。

二　底本「かくものせん」。「とくものせん」の誤りか。

三　底本「いりてらるゝ」、未詳。

四　「浦風に立ち出ざりける白波」に、手紙を贈っても宮中に来ない藤壺をたと

ろは、昼は御書遊ばし、夜は御手習ひ、飽くまでせさせ給ふ。院の御方なむ、この月となりて、三夜ばかり参上り給ひぬる。今日は、渡り給ひて、日一日なむ。さては上り給ふ人もなし。御文は、左の大殿の御方になむ、一度侍りし。左の大将殿になむ、この月に三度ばかり奉り給へる。一夜は参り侍りてき。おとど、かの御方におはします折にて、いとかしこく饗ぜさせ給ひき」。「いかでか。そこにのみまうでまほしからむ。禄はありきや」。蔵人、「女の装ひ侍りき」。

一の宮、「梨壺、なほ立ち交じり給ふなめり」。藤壺、「時の人ぞや。心いとよしとて、いとらうたくし給ふ。そがうちに、親はらからは恥づかしとて、『容貌も、右大将になむ似給へる』とぞのたまふ。よろづの人憂き言聞く中に、かの御言ぞ、まだ聞かぬ。左の大殿のは、いと鋭に厳めしき人の、よろづのこと思ひながら言はぬかな。式部卿の宮のは、孫王の形にて、何心もなくなむ聞き侍る。中納言殿は、いとささやかに馴れたる人の、らうらうじ

える。「今より」の「より」に「寄り」を掛ける。

五 誰かが、春宮に「嫌になって退出した」などと、嘘を申しあげたようです。

六 「一人一人」は、春宮と藤壺が離れていることをいう。

七 「院の御方」は、嵯峨の院の小宮。

八 「左の大殿の御方」は、左大臣藤原忠雅の大君。

九 「左の大将殿」は、左大将藤原兼雅の大君。梨壺。梨壺は、兼雅の三条殿の南のおとどに退出中である。

一〇 「おとど」は、兼雅。

一一 底本「蔵人と」。「と」を捨て仮名と解した。

一二 「時の人」は、寵愛を一番受けている人の意。

一三 梨壺さまが私のことを悪く言うのをまだ聞いたことがありません。

一四 「鋭なり」は、気性が

きなり。院[一八]のは、見奉り[一九]き、いとものものしうなむ。清らに、すべて、[二〇]望月（もちづき）のやうに、いと見まほしき容貌（かたち）になむ。宮、[二一]それを、いとやむごとなきものに。御心ざしもようあり、ただ、我をこそと思（おぼ）して、心強（こは）く[13]おはすれば、常に御仲は悪（あ）しきぞ」などのたまふ。

かくて、

藤壺[二二]「心も承りぬ。ここにも、いかでいかでまことにと思ひ給ふれば。[二三]聞こえさせたりしやうに、日の経（ふ）るままに、苦しう侍ればなむ。[二四]『立ち出で[二五]ぬ[14]』とのたまはせたる、

[二六]静けきを恨み[15]ざらなむ君がため今より波の立たぬなるらむ」

とのみを聞こえ給ふ。

三〇　仲忠、また、宮中から、女一の宮に手紙を書く。

内裏（うち）より、また、大将殿、御文、宮の御もとに、

荒いの意。
一五　式部卿の宮の姫君。
一六　いかにも帝の孫といったご様子で。
一七　「中納言殿」は、平中納言の姫君。
一八　「院の」は、嵯峨の院の小宮。
一九　挿入句。
二〇　「望月」は、なんの欠点もないたとえ。
二一　春宮。
二二　「心も」、未詳。
二三　先日のお手紙で申しあげたように。【三】の藤壺の手紙参照。
二四　下に「参内できません」の意の省略がある。
二五　【二九】注四の春宮の歌の中の「立ち出でざりける」の言葉をいう。
二六　「君」は、春宮。

「度々聞こえさすれど、御返りの侍らぬは、いかなるにか。かかる御心ばへのあるこそ、いかなるにかあらむと、静心なく思ひ給へられて、御書も仕うまつり違ふれば、笑はせ給ふも、御面伏せにこそ。

春日山今日もふみみぬものならば花は残らず散りぬと思はむ

いぬ、いかに侍るらむ。必ず、御返り」

と聞こえ給へり。

藤壺、見給ひて、「いとよく、宮の御手に似たりかし」とて、「さし比べて見るに、まさりには、えぞあるまじき。まかで給はぬ前に、いぬ宮迎へ奉り給へ。おはせむ時は不用なめり」。宮、「よに。乳母どもに言ひ置きたれば。前にも、これかれ、『見む』とのたまひしかど、大輔、とかくして出ださずなりにき」。藤壺、「さらば、今の間に、いざ給へ。いかで、かかる折にだに見奉らでは」。宮、「などか。まさかに見給はじかし。この人は、おのれを物にもせず、ものも言はねど、かれをぞ恐ろしきものに

一 下の「思ひ給へられて」の所で、結びが流れた表現と解した。
二 前の講書の際、藤壺の手紙を読む春宮を見て、仲忠は読みまちがえた。「蔵開・中」の巻【七】に「（藤壺への）思ひやみにしかど、心地うち騒げば、静むとすれど、僻読みを多くす」とあった。
三 あなたの恥になるのですよ。
四 「ふみみぬ」に「踏みみぬ」と「文見ぬ」を掛ける。「花」に、女一の宮の仲忠に対する愛情をたとえる。
五 底本「侍らん」。「侍るらん」と解した。
六 春宮の筆跡が右大将殿よりもすぐれているはずはありませんね。
七 右大将殿が退出なさる前に。

は。それが、出でて行くとては、ただこのことをのみ、返す返す言ひ置きたれば、さらに人にも見せず」。藤壺、「あなさかし顔[一三][6]や。なでふ人をか、さは馴(な)らはす。よろづのこと、心[一四]にまかせてこそ」とのたまふ。

御使、「『御(仲忠)[一五]返り賜はずは、やがて候(さぶら)はせ給はじ』と仰せらるれば[7]、必ず賜はり侍らむ。今さらに追はせ給はば、わびしく侍るべし」と申さすれば、「(女一の宮)あやしや。難かるべきことならばこそ。殊なることもなければ、むつかしさになむ」とて、

「(女一の宮)ありしは見しかど、おぼつかなからぬほどなりしかばなむ。山[一六]には、言ふ(ゆ)効(かひ)なや。さ[一七]やは」

とて、

「山[一八]繁(しげ)みふみはみずとも風待たで散るべき花の色とやは見る

いぬは、あ[一九]なたにぞ[8]」

と聞こえ給ふ。

八「不用なり」は、不可能だの意。
九 大輔の乳母。仲忠は、大輔の乳母に、「わが君は、（いぬ宮を）いとよく隠し給へ」と言っていた。「蔵開・中」の巻【三四】参照。
一〇 こちらにいぬ宮さまをお連れください。
一一「この人」は、大輔の乳母をいう。
一二「かれ」は、仲忠をいう。
一三「さかし顔」は、分別ありげな様子の意。
一四「心」は、大輔の乳母の心。
一五 お返事をくださらなかったら、そのまま帰って来なくていい。「候はせ給はじ」は、使の立場からの間接話法的な敬意の表現。
一六 山で花が散るのはしかたがないことですね。
一七 でも、歌にあるようなことはありません。

三一　日が暮れて、仲忠、女一の宮を迎えに来て、泊まる。

かくて、日暮れぬれば、大将まかで給ふ。やがてものし給へり。御簀子に、御座など装ひてものし給ふ。御車・御前などして、御車寄せさせ給ひて、消息聞こえ給ふ、「まかで侍るままに、渡らせ給ひぬべくはとてなむ、御迎へに」[一]と聞こえ給ひつれば、「あなたにを[二]。ここに、いと久しう聞こえざりつることどもをなむ聞こえさせたる。今日明日、ここになむ。あなたにを、はや」と聞こえ給ひつれば、大将、「あからさまに渡らせ給ひて、また返らせ給へかし」。宮、「何か。騒がしきやうに[三]」とのたまへば、藤壺の、「[四]御前に候ひ給ひつらむものを、苦しうもこそ思さるれ。渡らせ給ひね。[五]そなたに参り来む」と聞こえ給へば、「何か。ここにも[六]。見ずとも、苦しからむことは、おのづから」とのたまへば、大将、こなたにものし給ふを、しひては、え聞こえ給はず、いと

一八「ふみ」に「踏み」と「文」を掛ける。「風」に、仲忠の不実な気持ちをたとえる。

一九「あなた」は、仲忠たちの居所、東北の町の東の一の対をいう。

一 お帰りになるおつもりならばと思ってお迎えに参りました。

二 あちら（東北の町）にお帰りください。

三「騒がし」は、慌ただしいの意。

四 帝の御前に。

五 今度は、私のほうからそちらにうかがいます。

六 私はここにいてもかまいません。

苦しと思して、「さらば、こなたの宿直にこそは」とてものし給へば、藤壺、南の廂に御屏風立て、御座敷かせ給ひて、「さらば、ここにを」と聞こえ給へば、宮、「あな見苦しや。狭き所に。いぬのもとに往ね」とのたまへば、大将、「何せむにか、いぬのもとにも。『内に臥す』とこそ言ふなれ」とて、一夜ものし給ひし、君たちの宿直所に入り給ひぬ。

今宵、春宮亮の君と、物など調じて、台盤所、若宮の御方、蔵人所、台盤所にものせさせ給ふ。御前どもには、折敷などして参り給ふ。大将殿の御前には、宮の御前のを参る。されど、参らず。御宿直物取りに遣はして臥し給ひぬ。内よりも、御衾出だし給ふ。御供の人も、やがてあり。それにも、物など賜ふ。大将、「ただ、この御簾のもとに出でさせ給へ、聞こえさすべきことなどあれば」。「あな見苦しや」とて、御帳の内に入り給ひぬ。皆、御殿籠もりぬ。

七　私がこちらで宿直をしましょう。

八　「ものす」は、仲忠が簀子から格子の中に入ることをいう。

九　「いぬ」をいぬ宮と解したが、あるいは、女一の宮の発言の「いぬ」をわざと「犬」と解して答えたものか。

一〇　「内に臥す」を、宿直は内で寝るものだの意と解した。

一一　「一夜ものし給ひし」「宿直所」は、【三七】で、祐澄と宿直をした場所。

一二　「春宮亮」は、正頼の五男顕澄。「蔵開・下」の巻【三】注三七参照。

一三　この「台盤所」は藤壺の台盤所で、下の「台盤所」は若宮の台盤所か。

三二　夜中ごろ、兼雅邸から梨壺腹の御子誕生の連絡が入る。

かくて、夜中ばかりに、三条殿より、おとど一の御消息(せうそく)あり。（兼雅）「あからさまにものし給へ。とみなること」などあれば、驚きて、（仲忠）「何ごとぞ」と問はせ給へば、（使）「宮二の御方[1]の悩ませ給へば」と申す。（仲忠）「内裏(うち)よりただ今まかで侍(はべ)りて、乱り心地東西(とうざい)三知らず侍りて。今ためらひて、ただ今」と聞こえ給ひつ[2]。（兼雅）四「よし。な渡り給ひそ。五[3]触穢(そくゑ)のことありて」とあれば、驚き給ひて、（仲忠）六「何ぞ」と問はせ給へば、（使）「男と聞こえ給ふ」。（仲忠）七「宮より御使はありつや」と問はせ給ふ。（使）「知らず。え見給へずなりぬ」と申して参りぬ。

三三　翌日、女一の宮帰る。藤壺も、御子誕生の報を聞く。

一「おとど」は、兼雅。

二「宮の御方」は、春宮妃である梨壺。

三「東西知らず」は、どうしたらいいのかわからないほど苦しいの意。「蔵開・下」の巻【二】注五参照。

四 以下は、兼雅からの伝言。

五「触穢のこと」は、梨壺腹の御子が誕生したことをいう。「触穢」は、「蔵開・上」の巻【三】注一参照。

六 男御子なのか女御子なのか。

七 春宮。

暁になりて、[一]中納言の君といふして、「三条に、かかること侍(はべ)るなれば、今の間(ま)にまかり渡り、[二]立ちながら参らむ」[1]とて出(い)で給ふ。藤壺(ふぢつぼ)、「[三]何とし給ひつらむ」[2]とのたまへば、宮、「男とか言ふなりつ」とのたまへば、「あぢきなのことや」[3]と聞こえ給ふ。

大将、穢(けが)[4]らはで帰り給ひて、切(せち)に聞こえ給へば、その日の夕さりつ方、梨壺も訪(とぶら)ひ聞こえ給はむとて[四]渡り給ひぬ。

かかるほどに、[五]御使にはあらで、[六]蔵人(くらひと)まかでたり。上、御前(おまへ)に召して問はせ給ふ、「梨壺には、御使、いく度(たび)か遣はしし」。蔵人、「聞こしめさざりしに、『いたくわづらひ給ふことあり』とて御消(せう)息(そこ)申されたることありしになむ驚かせ[5]給ひて、その夜(よ)、さては今朝なむ参りて侍る。男に[6]おはするなりとて、人は、『さこそ言へ、つひにし給ひつめりかし。いかでか、[七]おぼえぬ筋には』[7]となむ申(八ま)しののしる」。「あな聞きにくや、かやうのことは」。聞かぬやうにて、ものものたまはず。

「西の対に。[九]」

一 「中納言の君」は、女一の宮づきの侍女。
二 穢れに触れないように立ったままでお見舞いをして戻って参ります。
三 男御子と女御子のどちらをお生みになったのでしょう。
四 女一の宮は、東北の町の東の一の対にお帰りになった。
五 春宮のお使としてではなく。
六 「蔵人」は、これはた。これはたは、【三】注五に、「内許されたる」とあった。
七 「おぼえぬ筋」は、源氏の一族をいう。
八 「ます」は、「まうす」の約とも、「う」の無表記ともいう。
九 下に、脱文があるか。

一 右大将仲忠。

三四　梨壺腹の御子の産養が催される。

かくて、三日の夜、一の宮、産養し給ふ。五日の夜は、大将殿。七日の夜なむ、春宮より、例の御訪ひはありける。産屋、いとおもしろう清らにあり。父おとどをはじめて、左の官人、宮人引きて、幄打ちて、にたなる。夜一夜遊び明かす。その夜は、祖父おとど・后の宮・大宮、御産養し給へり。右の大殿の君たち、左中将にて宰相の中将、左近少将に蔵人の少将、頭の中将など、さらでは、上達部、藤大納言、その御弟の宰相、さらぬも、いと多かり。

[ここは、梨壺の御産屋。]

また、九日の夜は、左の大殿の御産養、例の、白銀の衝重・すみ物・碁手などし奉れり。

祖父おとど、この生まれ給へる君を限りなく愛しくし給ひて、

二　「左の官人」は、左近衛府の官人。兼雅は左大将。
三　「宮人」は、春宮坊の官人たちか。
四　「にたなる」は、大勢などの意か。「吹上・上」の巻【三】注七参照。
五　底本「大きおとこ」。「祖父おとど」の誤りと解した。太政大臣は、今、闕官。「祖父おとど」は、兼雅。
六　朱雀帝の后の宮。兼雅の姉にあたる。
七　「大宮」は、正頼の妻。梨壺の母である、嵯峨の院の女三の宮の同腹の姉宮。
八　正頼の三男祐澄。兼雅の左大将への転任にともなって、左近に移ったのか。
九　正頼の十男近澄。ただし、「蔵開・下」の巻【四】注三では、「右近」。
一〇　故太政大臣源季明の次男実頼。
一一　底本「右の大将」。「左の

臍の緒つきながら抱き持ちてのたまふやう、「子といふものは、かく愛しきものにこそありけれ。ただ、宮の小さくおはするにもこそあめれ。これに、同じくは、参り給ひて、一二年のほどにからましかば、いかにうれしからまし」とのたまへば、『後生ひ』と言ふ言のあれば。などて、わが孫にこそあれ、必ず異筋とも思ひ尽くらむ。院の后の宮は、そこの筋にはものし給はずや。内裏のは、御妹にはあらずや。など、わが子、そこの御子ならむからに、この筋の絶ゆべき」とのたまへば、おとど、「うたてあること。かけても、え言ふまじきことなり。昔なりせば、何の疑ひは」などのたまふ。「小さき子は、子持ちのみこそは、目に近くは。中納言は見ずなりにき」などて、この君見奉りに常におはすれど、尚侍のおとどは、「悪し」とものたまはず。おとど、「末の世に、らうたき人のものし給へば、それ見るとて、あなたがちなるを、見馴らはぬ心地し給ふらむと思へば、いとなむ恐ろしき」とのたまへば、北の方、「何か。おはせば、さても物は馴ら

大殿」の誤りと解した。左大臣藤原忠雅。一族の長である。
一二　以下、梨壺腹の御子が生まれた日に戻る。
一三　兼雅は、仲忠の赤子の時を知らない。
一四　春宮。
一五　「これ」は、梨壺をいう。
一六　「後生ひ」は、「後生」の訓読語。「藤原の君」の巻【九】注一六参照。
一七　挿入句。ご自分の孫なのですよ。
一八　「思ひ尽く」は、あきらめるの意。
一九　嵯峨の院の大后の宮も藤氏である。
二〇　「子持ち」は、子を生んだ梨壺をいう。
二一　「中納言」は、仲忠。ここは、仲忠が幼い時のことをいう。仲忠は、中納言で右大将をかける。兼雅自身が左大将だから、「大将」の呼称を避けたものか。

ふめれば。[二三]今よりこそは」。おとど、[二四]「さればよ。まづは、[18]からのたまふかし」とのたまふ。されど、[二五]宮の御方には、夜とまり給ふこと、いとまれなり。[二六]中の君と[19]ありしも、あからさまにぞ訪(とぶら)ひ給ふ。

かくて、おとど、この宮には御心とどめ給ひて、[二七]次第、母宮、[二八]儀式厳(いか)めしくなり給ひて[二九]。

三五　四月、仁寿殿の女御、衣替えの後、五日に参内する。

[一]月立ちぬれば、仁寿殿(じじゅうでん)の女御の、[二1]御衣替(ころもがへ)して、五日の日参り給ふとて、一の宮に聞こえ給ふやう、〔仁寿殿〕「参らまほしくあらねど、御国譲りも近くあべかなるに、この頃は内裏(うち)わたりにもと思ひてなむ、その中にも、いと憎げなるさまに、[三]常にのたまへば、参る。[2]いぬを見奉らざらむことのおぼつかなかるべきをなむ。さて、[四]この宮を、[五]殿の御方に渡し奉らむとすれども、思ふ心ありてなむ。

二二　女三の宮のもとに。
二三　これからは、気がねなさらずにお出かけください。
二四　思ったとおり、不愉快に思っていらっしゃる。
二五　嵯峨の院の女三の宮。
二六　故式部卿の宮の中の君。兼雅の三条殿の東角の家に迎えられている。
二七　「次第」は、春宮の御子を生んだ梨壺の母としての女三の宮の立場の意か。
二八　「儀式」は、女三の宮の作法・待遇の意。
二九　接続助詞「て」でとめた表現。

一　四月になったので。
二　【二】の仁寿殿の女御の発言に、「衣替へしてば参りなむとするを」とあった。
三　帝が。「蔵開・中」の巻【三】には、仲忠を通しての参内要請があった。
四　女二の宮。「この宮」

さ聞こゆるやうあり。[六]こなたに据ゑ奉り給ひて、御目放たず見訪ひ給へ。大将、いとものゆかしくし給ふめり。ゆめ見せ給ふな。よしとも悪しとも、人には見せぬぞよき。[七]弾正の宮に、いとよく聞こえむ、『夜はこなたに殿籠もれ』など。異人よりも、[八]宰相の君は、いとわづらはしき。十の皇子は率て参りなむ」と聞こえ給へば、女一の宮「承りぬ。いとよう後見聞こえむ。夜は同じ所にと思へど、[九]むつかしき者や言ひわづらは[3]さむと思へば、え侍るまじき。弾正の宮に聞こえ給へ」。[一〇]蔵人の少将は、[一一]かの南にありし所、夜昼ありて、藤壺ぞ責め聞こゆめりし。いみじく恨むめりしかども、耳にも聞き入れ給はざめりき」と聞こえ給ふ。

弾正の宮にも同じごと聞こえ置き給ひて、日暮れぬれば、御車二十ばかり、御前数知らず、[一二]君たちさながら御供にて参り給ひぬれば、帝、[一三]「高麗人来たんなれや」とて、すなはち参上らせ給ふ。

［ここは、[4]仁寿殿の御局。[一四]へゐ。］

とあるのは、この場に同席しているからである。

五　「殿の御方」は、父正頼の所。【二】注三九参照。

六　【二】の大宮の発言に、「なほ、一の宮の御方に預け奉り給へ」とあった。

七　弾正の宮は、女一の宮が住む東北の町の西の一の対に住む。【二】参照。

八　「宰相の君」は、祐澄。

九　「むつかしき者」は、仲忠をいう。

一〇　「蔵人の少将」は、近澄。【二】参照。

一一　女一の宮が東南の町に滞在していた時のこと。【二七】参照。底本「ところ」を、「こゝろ」の誤りと見る説もある。

一二　正頼の男君たち。

一三　「高麗人」は、めったに来ない人のたとえで、帝が女御を戯れて言ったもの。

一四　「へゐ」、未詳。

三六　藤壺の出産が近づく。大宮・正頼、若宮の立坊を案ずる。

かうて、藤壺、この月にあたり給へり。春宮より、日々に、ある時は御言に、御文なき折なし。

望になれば、大宮、こなたに渡り給ひてのたまふ、「前々のは、かの寝殿にてこそは。そこにて、そこらの子ども出で来、いと平らかなる、この君たちも生まれ給ひしかども、さて、人の御方となりにたるを、かかることとなむあると聞こゆべきにあらず。ここにてこそは。よろづのこと、所からにもあらじ」などのたまひて、かねてより修法行はせ給ふ。山々寺々に、祈りの師を据ゑて申させ給ふやう、「思ほすことに疑ひ出で来たる。これ、事なく平らかに、さては、こたみの御こと、思すやうに平らかにて」と、手をあがきて祈り、願をせさせ給ふ。おとど、このことを疑ひて思ほす。藤壺、さりとも、宮知り給はであるべきことか、天下の院

一　藤壺の出産はこの四月の予定だった。
二　「御言に」は、歌がなくて言葉だけの意か。
三　「望」は、十五日の意。
四　「こなた」は、東南の町の藤壺の里邸。
五　藤壺腹の第一御子と第二御子。「蔵開・上」の巻【七】注五参照。
六　現在は、仁寿殿の女御の里邸となっている。【二】注三参照。
七　こちらで出産なさればいい。
八　「思ほすこと」は、藤壺腹の若宮が立坊することをいう。
九　「手をあがく」は、手を激しく擦り合わせるの意か。
一〇　「思ほす」は、間接話法的な敬意の表現。

1　四月の中旬。前にも、「望」とあった。

の御方の腹[4]に出で来とも[5]、事と思ほすべう[一〇]もあらずとのたまふ[6]も[7]のをなど思ほして、親たちは思ほし嘆けど、いとつれなくておはす。

三七　四月中旬。忠雅が太政大臣となり、人々も昇進する。

かかるほどに、[一][1]中旬（ちうずん）になりぬ。[二]太政大臣（おほきおとど）の御四十九日は[2][3]十六日ばかりにあたりたれば、御わざ果てて、しばしありて、帝（みかど）、大将を、[三]御位にておはしますほどに大納言になし給ひてむと思（おぼ）して、ただ今[四]太政大臣（だいじやうだいじん）なくてもありぬべく思して、[五]なり給ふべき人、御歳若けれど、[六]大納言のやむごとなければなむ。[七][4]右のおとど、いかで、この[八]大臣召し（だいじんめ）の闕（くゑつ）に、中納言に、思ふ人なさむと思ほすほどに、[九][5]祭り過ぎて、二十二日に大臣召しあるべし。殿ばら、その設けし給ふ。[一〇]左大将殿、いとになく設け給ふ。右大将、下（お）り立ちて[一一]まつりごとし給ふ。

二　源季明の四十九日の法要。
三　私が位に即いている間に。以下、間接話法的な敬意の表現。「内侍のかみ」の巻【三】で、帝は女御に「(仲忠を) こよなき位にしなしてむ」と言っていた。
四　太政大臣は則闕の官。
五　「なり給ふべき人」は、左大臣藤原忠雅をいう。
六　右大将仲忠を大納言に昇進させることを第一にとお考えになったので。
七　右大臣源正頼。
八　兼雅が右大臣、仲忠が大納言に昇進することで生じる中納言の欠員の意。
九　賀茂の祭り。四月の中の酉の日に催された。
一〇　藤原兼雅。次期の大臣候補である。
一一　「まつりごとす」は、仲忠が兼雅の三条殿での任大臣大饗の準備をすることをいう。

この日になりて、皆参り給ふ。左のおとどは太政大臣、右は左、[一二][6]左大将は右大臣になり給ひて、[7]大納言には、また右大将なり給ひて、中納言には、帝、[一三]宰相の中将をと思ほす。[8]右のおとどは、[一五][9]源宰相をと思ほす。上、「定められよ」と仰せらるれば、[一四]右のおとど、「こたみの順、[一六]師澄の朝臣にぞあたりて侍る。[一七]左大弁の前渡り、まかりならぬものなり。かかれど、正頼が思ひ侍るは、『故太政大臣の[一八]終はり取り侍り』とて呼び侍りしにまかりて侍りしかば、[一九]他のこと申さず、実忠の朝臣の上をなむ、返す返す申し侍りしかば、『[10]おのれ、この子どもの上をば知らで、必ずあひ顧みむ』と申し侍りしを喜びてまかり隠れ侍りしを、この度の闕は、かれを恵ませ給へ」と奏し給へば、上は、「[11]師澄の朝臣は、さるべきことなれど、思ふやうは、[二〇]院のおはしましし、ここになど、かくてあるを、同じ親王のいむつへすやなど言ひて、いと下臈なれば、[12]せざんなるを、さる例もあるを、祐澄の朝臣をとなむ思ふ。[13]実忠の朝臣は、[二一]かけたるところもなく、今は世を捨てて法師のや[14]

一二 右大臣源正頼は、左大臣に。
一三 正頼の三男祐澄。
一四 正頼。昇進前の官名。
一五 源実忠。
一六 正頼の次男。「沖つ白波」の巻【五】注三で、左大弁になっている。
一七 「左大弁の前渡り」は、左大弁をさし措いて中納言になること。
一八 「終はり取る」は、最期を迎えるの意。
一九 以下、【四】参照。
二〇 底本「ゐんのおはしましし、こゝになとかくてあるをおなし親王のいむつへすやなといひて」、未詳。祐澄が嵯峨の院の皇女（梅壺の更衣腹）を妻に迎えているのに、それにふさわしい官に恵まれていないことをいうのだろう。
二一 兼官もなく。
二二 「当時」は、現在の意。

うになりたる人は、何の官の用かあるべき」と仰せらるれば、[正頼][二二]「当時に親侍る、正頼が男どもまかりなり侍りて、かれらが後れ侍らむは、[二三]この朝臣の霊の見侍らむことなむ、いとほしく悲しう侍り。身を捨てて侍るに[二四]於いては、[二五]むなしうなりて侍る後に賜ふ例も侍りなむや。生きて侍らむに、などかまかりならざらむ」と申し給へば、上、「さらば、ともかくも。皆、計らひにあるべきことなるを、まづと思はれむを、誰も誰も」と仰せらるれば、源宰相をなし給ふ。大臣の、[二六]なり給ふべき君達、あやしと思す。宰相には、御心と、[二七]頭の中将なし給ひつ。異官ども、皆なりぬ。

三八　人々、仁寿殿の女御・大宮・藤壺にお礼に参上する。

かくて、まかで給ふままに、[一]太政大臣・右のおとど・右大将、[1]仁寿殿に参り給ひて、右大将、[仲忠]「度々[2]の喜びを、御方にのみなむ。[二]一の宮の御徳ならずは、かく、その人にも侍らず、ただ今まかり

二三「この朝臣」は、季明。以下を挿入句と解した。
二四「に於いて」は、漢文訓読語。
二五　亡くなった後に官職をお与えになる例もあるではございませんか。
二六「なり給ふべき君達」は、次男左大弁師澄、三男宰相の中将祐澄をいう。中納言には、宰相、左右大弁、近衛中将、検非違使の別当が任じられる。

二七「頭の中将」は、故太政大臣源季明の次男実頼。

一　藤原氏の藤原忠雅・兼雅・仲忠の三人。
二　女一の宮。

なるべき職にもあらぬを、かつは思ひ給へ慎(つつ)み、かつは喜び聞こえさする」とあれば、女御の君、(仁寿殿)「いとおぼえぬ筋に思(おぼ)しなるを」などのたまふに、三父おとども立ち給へり。大将は拝し奉り給ふ。四后(きさい)の宮、近くて御覧じて、いと憎しと思ほす。

かくて、今日は、[3]大饗(だいきやう)、五太政大臣に、皆参り給ひぬ。

またの日、左の大殿の[4]し給ふべけれど、六忌ませ給ふことありて、七明日なり。

藤壺(ふぢつぼ)のおはします西の対に、八宮もおとどもおはしますほどに、[5]右のおとど、[6]大宮の御もとに喜び申しに参り給へり。驚きながら、廂(ひさし)に御座装(おましよそ)ひて対面し給へり。おとど、(兼雅)「すなはち参らむと思う給へしを、昨日は九饗(あるじ)のこと侍りしかば、それに障(さは)りてなむ」。(大宮)「いともうれしき御喜びとなむ、例よりもうれしく。この、一〇宮に候(さぶら)ふ人の、見苦しく、一一めづらしげなきことに、かく侍れば、一二初めものし給ふだに、殊映(ことは)えもなかんめるに、見苦しけれど、一三ここにさへは見放ち侍らむや[7]はとてなむ、この頃、ここに侍るを」。おとど

三 「父おとど」は、仲忠の父右大臣兼雅。
四 后の宮は、忠雅・兼雅たちの姉。
五 「太政大臣」は、太政大臣邸の意。
六 この「忌み」の具体的な内容は、わからない。藤壺の出産と関係があるか。
七 正頼の任左大臣の大饗は、「国譲・中」の巻【二】で語られる。
八 藤壺の母大宮も父正頼も。
九 兄忠雅の任太政大臣の大饗のこと。
一〇 「宮に候ふ人」は、春宮妃である藤壺をいう。
一一 藤壺が三度目の懐妊のために退出して来ていることをいう。
一二 最初にお生まれになった若宮でさえ。
一三 「ここ」は、一人称。

の、「いとあやしう。皆人のうらやみ聞こゆることの、かくのみものし給ふこそ。などか、殊物映えはなくは。[8]今の人、[一四]行く末の君とぞ」[9]。宮、「[大宮]いでや、何か。[10]しか、[一五]さ馴（な）らひたるに侍らねば。ただ、[一六]この人の姉の、殿に候ふ、[一七]御後（のち）などのあまたものし給ふをのみこそ、かこちもや聞こえましと思う給ふれ」。おとど、「筋変はりたるやうにのたまはすれど、兼雅が後（のち）は、大人も童も、[一八]子・孫（まご）まで、皆、御仲にし侍れば、さらに隔て聞こゆること侍らず。[一九]近きをも遠きをも、幼き者どもは、こなたに顧みさせ給へとなむ思う給ふる。若宮、この世のものにも見え給はねば、[二〇]御方をば、かたじけなきものに。そがうちにも、かく、[二一]まだきまかりなるまじき職に侍れば、世の中を、長くも、え思う給へずなむ」。宮、「あなゆゆしや。御親のやうなる人だに、さも思ひ給はざなるも[11]のを」とのたまへば、「[兼雅]よろづのこと、後ろやすくを」[12]などのたまひて立ち給ひぬ。宮、さりとも、我らがために後ろめたくもものし給はむやはと思ほす。

一四　「行く末の君」は、将来の帝の意。
一五　源氏の一族から立坊した例もございませんので。
一六　「この人の姉」と「殿に候ふ」は、同格の表現。太政大臣忠雅（六の君の婿）、藤大納言（八の君の婿）、藤宰相（三の君の婿）の北の方たちをいう。
一七　「御後」は、子や孫たちをいう。
一八　「子」は仲忠、「孫」はいぬ宮。
一九　「近き」はいぬ宮、「遠き」は梨壺腹の御子をいう。
二〇　「御方」は、藤壺。
二一　まだその任ではない職に就いたので。

昼つ方、右の大殿、[二二]一の宮の御もとにまうで給へり。やがて、藤壺の御もとに御消息(せうそこ)あり。

（兼雅）[二三]「尾張法師のやうなる喜びに侍れど、聞こえさせでやはとてなむ」

と、宰相の中将して聞こえ給へり。御返り、

（藤壺）「いとかしこく、かくのたまはするをなむ。ここには、[二四]時知らるる心地して侍り」

など聞こえ給へり。

[二五]帰り給ひぬる[13]すなはち、右大将、限りなく装束(さうぞ)きて、はなやかに、伯父(をぢ)にも父にもすぐれてまうで給ひて、大宮を拝み奉り給ふ。[二六]蔵人(くらひと)の少将して、（仲忠）「しばし侍るべきを、ここかしこ喜び申さむとてなむ。[二七]御方には、『今、ことさらに候はむ』と聞こえ給へ」とて出(い)で給ふを、[二八]宮も御方も、すべて、一御簾(ひとみす)の内に[二九]にたにに居て見奉り給ひて、（藤壺）「なほ、似るものはなかりけり」と、「[三〇]今宮こそ、幸ひおはすれ。[14]見聞く効(かひ)ある[三一]御人を一人領じ給ひて、使ひ人よりけ

二二 女一の宮。
二三 「尾張法師」は、散佚物語の登場人物の名。参考、『能宣集』「ある所の、御曹司に、法師して祓へせさするに、紙冠してあるをこなるさまを／時知らぬ尾張法師の祓へをば頭包めるかみのみや聞く」、『好忠集』源順百首序「今は、『時知らぬ尾張法師の墨染めにやなしてまし』とぞ思ふなり」。
二四 「時知らるる」は、『能宣集』や『好忠集』の「時知らぬ尾張法師」の言葉と関係があろう。
二五 兼雅が東南の町から帰ってすぐの意で、時間を遡らせた表現と解した。
二六 正頼の十男近澄。
二七 「御方」は、藤壺。
二八 大宮。
二九 「にたに」は、大勢、たくさんの意か。「吹上・上」の巻【三】注七参照。

に従へ給ふなる」など、藤壺はのたまふ。

[三二]新宰相、参り、喜び申させ給ふ。装束いとよくして拝し奉り給ひて出で給ひぬ。

三九　藤壺の出産が迫り、人々、藤壺のもとに集まる。

この頃は、藤壺、[一]今日明日とおはすとて、里の人々参り集ひ、五十人ばかりあり。[二]宮の御方の人も、いと多かり。御前に、これかれ候ひ給ひて、宰相の中将の君、（祐澄）「こたみの喜びをし侍ら[1]ぬこそ、祐澄、喜びには思ひ給ふれ。[三]時々小野にまかりて見給へしかば、いと悲しげに、世の中を、深く、心憂しと思ひてものしたまひしを、あはれと思ひ給へしかば、みづからの喜びあらましよりもうれしくなむ。皆人、さなむ思ひ侍るなる。[四][2]右の大殿・右大将[3]などは、『[五]かく心深く、かくさらに恥づかしきこと』[4]となむ、[六]皆聞こえ給ひし」。藤壺、「あやしきこと。[七]と聞こえ置き給ひければ、

三〇 「今宮」は、女一の宮をいう。
三一 「御人」は、底本「を人」。仲忠。
三二 底本「し宰相」。源実頼。
【三七】 注三七参照。

一 「今日明日」は、今日明日にも出産するの意。
二 「宮の御方の人」を、春宮にお仕えしている人と解した。
三 祐澄が小野の実忠のもとを訪れたことは、前に実忠の発言にも見える。【一五】注二五参照。
四 兼雅と仲忠。
五 こんなにも思いやりがあって、こんなにも重ね重ねすばらしいご配慮をなさることだ。実忠が中納言に任じられたのは藤壺の配慮だというのである。
六 「皆」は、兼雅と仲忠が二人ともの意。

君達を措き奉りて、申し給ひければにこそあなれ。ここに知るべきこととかは」。「いで、さも侍らず。そなたにてのたまひしことを思したるなり。さらずは、こたみは、よにも。弁の君は、いと多く先立ちてなり給ひき。さらに言ふべくもあらぬを。祐澄は後にまかりなりしかど、上の御心しらひに仰せられしなり」。藤壺、「さては、君たちにもおぼえまさられたりけり」とて笑ひ給ふ。

四〇　実忠、三条の院を訪れ、正頼や藤壺と対面する。

かくて、夕暮れになりぬ。おとどもおはするに、新中納言、参り給ひて、御消息聞こえ給ひて御前に出でて、おとど拝し奉り給ふ。はなやかに清らなりし名残に、精進にて損なはれたれど、さま・もてなし、なまめきてめでたしと、おとど喜び給ひて、御装束して、簀子に御座敷きて据ゑ奉り給へり。

「いとうれしく。年ごろ、おぼつかなく、え対面せざりつるを思

七「と」が受ける具体的な内容を省略した表現。【四】の季明の遺言参照。

八「君達」は、二人称。祐澄たち。

九「ここ」は、一人称。

一〇 父上は、藤壺さまが東北の町でお話しになったことを聞いて、配慮なさったそうです。【一九】の藤壺の発言参照。

二「弁の君」は、左大弁師澄。

三「上」は、朱雀帝。【三七】参照。


一「おとど」は、正頼。

二 源実忠。

三「よきる」は、立ち寄るの意。参考、『源氏物語』「若紫」の巻「よきりおはしましけるよし、ただ今なむ、人申すに」。

ひ給へ嘆きつるを、[三][2]過きり給へるを、限りなく喜び[3]申し侍る。近くは、[四]殿に参りて侍りし夜、え対面せざりしをなむ思ひ給へ嘆きつる」。中納言、「世の中のはかなく侍りしかば、行ひもし侍らむとて、しめやかなる所求めて、年ごろ籠もり侍るを、[五]殿の御ことにてまかり出で侍りぬ。思ほえぬ喜び侍れば、驚きかしこまりてなむ。かくいたづら人にて侍れば、官位の用も侍らねど、[六]御心ざしを見給ふるなむ、[4]いとかしこく侍る」とて泣き給ふ。おとども、「昔より、同じ所にて見奉り馴れたれば、[七]よからぬ子どもに等しくこそは思ひ聞こゆれ。されど、思ほし疎みたれば、これをなむ[5]憚り申し侍る。ここには、この、[八]宮に侍る者の、とかう侍りける、[九]この頃ものすべき頃なりければ、[6]こなたに侍るなり。本意ありて、[一〇]因縁とものし給はむ人、同じ所にて見語らひ奉らむとて[7]おはしまさせしを、あるは、[一一]一の上などになり給ひぬれば、『いかで、かかる所には』とて、皆、殿に渡らせ給ひにしかば、[一二]ここをば、この人に、かく取らせて侍るなり」。中納言、「もとより愚か

四 「殿」は、故太政大臣邸。
【四】参照。
五 「殿」は、故太政大臣。
六 「御心ざし」は、正頼の実忠への心遣いをいう。
七 【四】注三参照。
八 藤壺が懐妊したことをいう。
九 近々出産する時期になりましたので、こちらに来ております。
一〇 「因縁とものす」は、縁あって婿となるの意。逸文『九暦』天暦四年七月二十三日「両府督（源高明・藤原師氏）、或因縁、或近親也」。高明は師輔の婿、師氏は師輔の弟。
一一 「一の上」は、左大臣。藤原忠雅のことをいう。
一二 この東南の町を、こうして、藤壺に与えたのです。【二】注一三参照。

に侍るうちに、年ごろ、魂(たましひ)もなく、ものおぼえず侍りて、故殿ののたまひしやうにて、さる[一三]御終はりの言(こと)も承りしかど、ともかくもおぼえず侍りしかば、取り申すやうも思ほえず侍りて、おのづから[一四]心しもあるやうになり侍りける」。おとど、「何かは、さしも。正頼(まさより)、子どもあまた持て侍れど、まことには、悔しう、面伏(おもてふ)すべきは侍らねど、[一五]大衆(たいす)に交じらはむに面立(おもだ)たしく侍るべきもなく、人の遊びせむ所には[一六]草刈笛(くさかりぶえ)吹くばかりの心どもにて、いと[一七]無心(むしん)にて侍り。[一八]からうして[一九]外(と)ざまに交じらひても恥なかりしは、はかなくて、まづ隠れにき。されば、かたじけなくとも、今はた、親もおはしまさぬを、頼もしげなくとも、[二〇]殿の御代はりと思ほせ。正頼は、[二一]昔侍りし者のかくなり給へると思ひ給へむ」などのたまへば、中納言、ものものたまはず、涙をのみ流し給へば、おとど、いかばかり上種(じゃうず)めきたりし人ぞ、かう涙をも惜しまず、世の中を憂しと思ひたるを、[二二]おぼろけにはあらざめり、かかる心ながらいたづらになりなば、恐ろしくもあるかな、むべ、[二三]故殿には、あは

一三「御終はりの言」は、父季明の遺言。

一四「心」は、「隔て心」の意。

一五「大衆」は、大勢の人の意。『色葉字類抄』「大衆 タイシウ」。

一六「草刈笛」は、牛馬の飼料の草を刈る人などが吹く笛。技術・才能の不必要な笛のたとえ。

一七「無心なり」は、風流を解する心がないの意。

一八 以下、仲澄のことをいう。

一九「外ざま」は、公の場、世間などの意。

二〇「殿」は、故太政大臣。

二一「昔侍りし者」も、仲澄をいう。

二二 藤壺への思いも一途だったのだろう。

二三 底本「わ品々は」。「故殿には」の誤りと見た。

二四 兵衛の君は、どこにいるのだ。

二五『伊勢物語』三二段「い

れなりとはのたまひけりと思して、多くの御物語し給ひて、おと ど、「[二四]兵衛は。ここにものし給ひつつ、『対面せむ』とありし昔人ものし給へり。聞こえよ」とて入り給ひぬれば、兵衛の君、御簾のもと、内にて、『[二五]昔を今に』とこそ聞こえさせ給ふべけれ」と言ふ声、いと近ければ、中納言の君、「いとめづらしき御声にもあるかな」とて、御簾のもとなる柱のもとに寄りて、「さも久しくなりにける」などのたまへば、「いづれの世にか忘れ聞こえさせむ。片時も思う給へ怠らねど、[二六]よそに離れおはしますなるうちに、物馴れたるやうなれば、さしわけても聞こえさせねば、[二七]げに、忘れずながら、年ごろになむ。まして、[二八]こなたに渡らせ給ひて後は、[二九]おはしまし方のみ見やられ侍りて、常に、昔恋しくなむ。[三〇]上にも、さらに忘れ聞こえさせ給はず、『思はずに、まめやかなる御心ざしのありけること』と聞こえ給ふ」。中納言、「『今まで[三一]世の中に侍りとて見え奉るをこそ、心ざしなきやうに。昔より今まで思う給へ集めたることを聞こえで、世の中になからむことな

にしへの倭文の苧環繰り返し昔を今になすよしもがな」による表現。藤壺さまに、「昔を今に」と申しあげなさるおつもりなのですね。

二六　実忠が小野に籠もっていたことをいう。

二七　「げに」は、「年ごろになむ」に係る。実忠の「さも久しくなりにける」の言葉を受ける。

二八　「こなた」は、東南の町の藤壺の里邸。

二九　私は、中納言殿が昔来てくださった東北の町のほうを眺めてばかりいて、いつも、昔のことを恋しく思っております。兵衛の君は、【三四】で、「あはれ、この頃こそ、昔思ひ出でらるれ。宰相の君の思ひ惑ひ給ひしこともこそ、つれづれと思ひ出でらるれ」と言っていた。

三〇　「上」は、藤壺をいう。

三一　あるいは、「とて」は

む、いと後ろめたなき心地する。早う、聞こえわづらひて、死に返り惑はれし心地なれど、今は思ほし疎むべきにもあらぬを、ただここもとに出でさせ給ひなむや』と聞こえ給へ」とのたまへば、兵衛、かくなど聞こゆれば、母屋の御簾の柱もとに臥し給ひて、「ここにも、いかで聞こえむと、年ごろ思ひつるに、いとうれしくものし給ふなるをなむ。さて、のたまひつべからむことは、なほのたまへ。ここに、いとよう聞こゆ」と言はせ給へば、中納言、「今は、耳も聞こえ侍らず、人の聞こしめすばかりものも聞こえねば、遠くては、えなむ」と聞こえ給ふ。上、「片端人にこそは。むつましうはものし給はざりけり」とのたまふ御声、いと近ければ、いとあやしくめづらしく思ほえて、「それも、誰がしなさせ給へるにか」と聞こえ給ふ。兵衛、「ここに、なほ出でさせ給へ。おとどの君も、『御消息聞こえよ』とのたまはせつるものを」と聞こゆれば、「いと苦しければぞや。この簾を上げ給へ」とのたまひて、御几帳外に押し出ださせ給ひて、少しさし出ださせ給へ

「と」の誤りか。
三二 昔は、藤壺さまに思いをうち明け申しあげることができずに、死ぬほどひどく心を取り乱したものですが。「菊の宴」の巻【三五】参照。
三三 実忠は簀子にいる。
三四 藤壺は、出産間近で、すわるのも苦しいのである。
三五 「ここ」は、一人称。
三六 「さて」は、そこにいらしたままの意。
三七 「言はせ給へば」の「せ」は使役の助動詞。兵衛の君に言わせるのだろう。
三八 「ここ」は、廂の間をいう。
三九 正頼がこう言ったということは語られていない。兵衛の君が藤壺を実忠の近くに行かせるために嘘をついたものだろう。
四〇 「この簾」は、母屋と廂の間の間にある簾。

り。

中納言、「うれしきにも、まづものおぼえぬものになむ。昔、さも、せむ方なく惑はれ侍りしかば、魂（たましひ）を静めむと、度々（たび）、[四二]『ただ御文一行（ひとくだり）を見給[15]へむ』と、兵衛を責め侍りしかど、え見給[16]へざりしを、そのかみ死に侍りなましかば、かかる折もなくてこそ[17]は』。上、「ここにも、年ごろ、いかで聞こえむと思ふことあれど、さるべき折なくてなむ。この山里住みし給ふこそ、いと心憂けれ。おのづから、[四三]近く聞き給ふやうもあらむ。さやうにのみ、皆あんなる世の中なれば、うたて言ひなしつつ、驚けば、いと聞きにくしや」。[実忠]「いかで。世の中に片時侍るべうもあらず、せむやうもなかりしかば、いかがはせむ、見どころ侍るところの世離れたるにて思ひ給へ慰むやとてまかり歩（あり）きしに、年ごろは侍れど、[四四]『世の憂きよりは』と言ふなれど、なほ、同じやうにわびしく侍るは、[四五]所からにも侍らず」と聞こえ給ふ。[藤壺]「まだ物の心知らざりし時は、人にもの聞こえず、疎（うと）きものと思ひしを、思へば、今こそ、人に

四一　「さし出ださせ給へり」の「せ」は、使役の助動詞。藤壺は、身重で、一人で出て行けないのである。

四二　「菊の宴」の巻【三五】に、兵衛の君があて宮（藤壺）に「こたみばかり、ただ一行聞こえ給へ」「なほ、この度ばかり、一行聞こえさせ給へ」と訴えたことは語られている。

四三　立坊問題で後宮が騒がしいことをいうか。

四四　『古今集』雑下「山里はもののわびしきことこそあれ世の憂きよりは住みよかりけり」（詠人不知）による表現。

四五　どこに住むかなど関係ないのですね。

つらしと思ほさるるは、いとほしき心地しけれ。人々の心に見比べ奉れば、まだ忘れ給はざりけるを、常に[四六]いとほしと思ひ聞こゆるをも聞き給はずやあらむ」と聞こえ給へば、実忠「世の中のこと聞こえ侍らぬ所なれば、まして、[四七]思ほされむことは、いかで」と、「今は、親[18]ものし[19]給はず、[四八]よろづに身のいたづらにならむをのたまふべき人ものし給はねば、[四九]さま異(こと)になりて深き山に入りなむと思う給ふるを、かくとだに聞こえ承らでやとてなむ。[五〇]おぼえぬ喜びの侍るを、いともあやしがり侍るに、[五一]人の告ぐるやうに侍りしかば、さまで立て[五二]思しけること、さりとも聞こえさせてむと頼みてなむ」。上、「御喜びのことは、こたみ、ここにも知り侍らず。行(ゆ)く先平らかにも侍り、思ふやう[五三]にも侍らば、内裏(うち)わたりの御後見(うしろみ)はとなむ思う給ふるを、なほ、[五四]『このこない山』とのたまふことのたまはで、世の人のあるやうに、宮仕ひなどし、[五五]侍る人なんどしてものし給はば、ここにも絶えず聞こえ承らむ。さらば、げに、このわたりに御心ざしあるとは知るべき。かく聞こゆるに、

四六　【一五】の実忠の発言には、『「あはれにあなること」など、(藤壺が)時々のたまふ』となむ(祐澄が)告げし」とあった。
四七　藤壺さまが案じてくださっていることなどわかるはずはありません。
四八　【一五】注三八に、「制し給ひし人もおはせねば」とあった。
四九　「さま異になる」は、出家するの意。
五〇　中納言に昇進したことをいう。
五一　実忠の昇進が藤壺の配慮だったことをいう。
五二　「立て」は、「立てて」に同じか。
五三　暗に、若宮が立坊することをいう。
五四　「このこない山」、未詳。前の実忠の「さま異になりて深き山に入りなむと思う給ふるを」の発言と関わる表現と解した。
五五　「侍る人」は、北の方

さもし給はずは、なほ、もとより[五六]さる御心ありけりとなむ」。中納言、「かくのたまはせば、時々、里にまかり通ひても侍りもし[五七]なむ。世の人のやうに、[五八]人につきては、え侍るまじ。ここに聞こえさせし時より、[五九]人のもとには侍らず。殿に侍りしまでは、女をよそに見給へき。[六〇]それも、兵衛の君にもの聞こえつる[20]なむ。[六一]参らせ給ひて後（のち）、山里にまかり籠もりては、下種（げす）にても、[六二]さる者をなむ見給へぬ。おのづから、[六三]君たち、時々ものし給ひて見給ふ。今さらに、なでふことかは見給ふ[六四]べき。かくながら死なな[六五]むとこそ思ひ給ふれ」とて、涙をつぶつぶと落として、いたくためらひて、聞こえもやり給はねば、いとあはれと思ほして、[藤壺六六]「知らぬ人の、今めづらしきにこそあらざらめ、昔見給ひけむ人のあはれなるも持給へるを、ものし給ひけむやうにて経給へかし[21]。世の中に見苦しかりしことども、皆、[六七]あらまほしきやうにのみなりにためるを、ただ、[六八]そこに、からうてものし給ふなるのみなむ、まだ見苦しかなる」。中納言、[六九]「それは、まかりにけむ方も知らず。[七〇]故殿の、実

のことをいう。
五六　「さる御心」は、出家する気持ちをいう。
五七　「侍りもしなむ」は、「宮仕へをし侍りもしなむ」の意。
五八　「人につく」は、妻を迎えて一緒に住むの意。
五九　「人」は、妻をいう。
六〇　女性を見たといっても、兵衛の君にお話しした時だけです。
六一　藤壺が春宮に入内なさって後の意。
六二　女性を近づけておりません。
六三　「君たち」は、藤壺の兄たち。
六四　ここも、下二段活用の「給ふ」の終止形の例。【三】注三参照。
六五　終助詞「なむ」が、自分自身の動作に対する希望の表現として用いられた例。
六六　以下「あらざらめ」まで挿入句。

忠・かれらが料に侍るなるも、いたづらなるべくなむ。みづからも、侍るべくもあらず。あれらも、世[七一]の中にはあるにやなきにや、あらむとも。民[七二]部卿こそ、あり所知りたるやうにものせられしか。尋ね出でば、もし、近く侍る所には、それら侍らむ。さりとも、[22]などか。さる形ならむ者も見給へじ」と聞こえ給ふを、藤壺「怖ぢ給へば。いみじき御行ひの心にこそあなれ。などかは、筋異[七三]なるやうには」[23]と聞こえ給へば、実忠「その筋を、心憂しと思う給へ入りにしなり」と聞こえ給ふ。藤壺「まめやかに、[七四][24]ここのために御心ざしあるものならば、聞こゆるやうにてものし給へ。聞こゆるやうにてあらじと思すとも、かう聞こゆることにかなふと思して。思さるるものならば、[25]疎からず、常に聞こえ承らむ。さらぬものならば、疎くて、聞こえじ」とのたまへば、実忠[七五]「例の人のやうにては、なほ、え侍らじ。[26]かやうに、時々侍らむ、[七六]仰せ言に従ふと思う給へて」と聞こえ給へば、藤壺「よし。多くも聞こえじ。[七七]ここにも、世の中に侍らむとも知らず。平らかに侍るものならば、時々、兵衛がもと

六七 かつての求婚者たちがそれぞれ結婚したことをいう。
六八 「そこ」は、二人称。実忠。
六九 「それ」は、実忠の北の方をいう。
七〇 亡き父上が、私や妻たちのためにと言って遺してくれたという屋敷も。
七一 挿入句。
七二 【五】の実正の発言参照。
七三 「筋」は、生まれつきの性格の意か。
七四 「ここ」は、一人称。
七五 やはり、普通の夫婦のように一緒に住むことはできないでしょう。
七六 倒置法。
七七 「ここ」は、一人称。私も、出産を控えていて、この世に生きていられるかどうかもわかりません。
七八 「となむ」を、巻末の語り手の伝聞的な慣用表現と見た。ただし、この物語

に訪はせ給へ。さてを聞こえむ。ただ今は、行く先のこと、いと聞こえにくし」とて入り給ひぬ。

中納言の君は、兵衛の君と物語し給ひて、暁に帰り給ふとなむ。[七八][27]

［ここ、[七九]ゐは。西の対に、喜びの人々、[八〇]にたたに参り集ひ給へり。

中納言・藤壺、物語し給へり。］

の巻末ではここにだけ見える。参考、『源氏物語』「桐壺」の巻「光る君といふ名は高麗人の愛で聞こえてつけ奉りけるとぞ言ひ伝へたるとなむ」。

七九　「ゐは」、未詳。

八〇　「にたたに」は、大勢、たくさんの意か。「吹上・上」の巻【三】注七参照。

国譲・上

一　藤壺の退出を機に、正頼の男君や婿君たちは自邸に移り住む。

右大臣（正頼）の三条の院では、婿君である殿方や宮さまたちはもちろん、男君たちも、上達部でいらっしゃる方々は、それぞれ、広い屋敷を風情豊かに美しく造って、さまざまな調度や宝を置いてあるのに、右大臣が許してくださらないので、そこにお移りになることもできずに、窮屈な思いをしながら住んでいることと、不満に思っていらっしゃる。

右大将（仲忠）は、女一の宮に、「藤壺さまがこちらに退出なさることになると聞きました。今日明日にも女御や后になってもおかしくない方が対にお住みになるとしたら、私たちがこのまま寝殿に住むというわけにはいかないでしょう。西の対を私たちの住まいとして調えますから、そちらにお移りください」と申しあげなさる。右大臣は、このことを聞いて、「なるほどそのとおりだ。婿君たちも長年不満に思っていらっしゃると聞いていたから、今は、そういうことなら、それぞれの屋敷にお移りになればいい」とおっしゃる。それを聞いて、婿君である殿方や宮さまたちはお喜びになる。

源中納言（涼）も、とても喜んで、真っ先に三条の院をお出になろうとするけれど、藤壺さまが退出なさるのをお待ちしてからと思っていらっしゃる。その間に、左大臣（忠雅）と式部卿の宮をはじめとして、ほかの婿君たちはそれぞれの屋敷にお移りになった。でも、藤大納言（忠俊）は、まだお移りにならない。

西北の町では、宮さまたちは、皆、それぞれの北の方の親もとに移っておしまいになった。男君たちも、皆、それぞれの北の方のもとにお移りになった。右大弁（藤英）は、家はあるのだが、まだ北の方を迎えるための屋敷として造らずに、西の対に移って住む。

一方、右大将が移って住んでいらっしゃる東北の町は、仁寿殿の女御にお譲り申しあげなさる。婿君である殿方や宮さまたちが住んでいらっしゃる東南の町は藤壺に、もう一つの西南の町は大殿の上にお譲り申しあげなさる。

男君たちも、ほかへお移りになったようではあっても、三条の院のすぐそばで、ある方は向かいに、ある方は傍らにといった具合で、遠いといっても、一町か二町離れたほどの所に住んでいらっしゃるが、これまでと同じように、三条の院の門の隣という程度である。

そんな中で、藤大納言は、北の方（正頼の八の君）がまだ会ってくださらないので、移ることもできずに困っていらっしゃる。藤大納言は、「ちょっとしたつまらないことで、ここ何か月も恨んで、こんなふうにお怒りになるとは、わけがわからないことだ」と嘆いて、北の方に何度もお手紙をさしあげなさるけれど、お返事はない。藤大納言は、繰り返し、

「屋敷に移ろうと思うのですが、『夫婦揃わずに一人で転居することは不吉なこととして

避けるものだ』と言うそうですから、ほんの少しの間でも一緒に移って、すぐまたお帰りになればいいではないですか。こんなふうに、何年にもわたってお恨みになるほどのこととも思われませんのに。誰かが言ったでたらめを信じていらっしゃるのですか。明日は、転居するのによい日ですから、必ず」

とお手紙をさしあげなさる。大宮が、それを読んで、「大納言殿がおっしゃるとおり、とても見苦しいことだと思います。早くお移りなさい。大納言殿お一人でお移りになるわけにはいかないでしょう。こうしてお手紙にあるように、たいしたことではないように思われますよ」などと申しあげなさったので、北の方は、大納言に、

「さあ、そういうことなら、私も一緒に移りましょう。私のような忌まわしい者がご一緒してもいいものかとは思いますが」

などとお返事申しあげなさった。こんなことがあって、藤大納言もお移りになった。

東北の町は、寝殿には仁寿殿の女御、大宮が住んでいらっしゃった北の対には、女宮たちが、これまで住んでいた所を空けわたして、西の二の対にかけてお住みになる。女一の宮は、東の一の対と東の二の対に、廊にかけてお住みになる。西の一の対には、弾正の宮（三の宮）がお住みになる。東の一の対の北の廂の間には、充分に手入れをして、少将（仲頼）の妹が、右大将に迎えられてお住みになる。

二　藤壺、東南の町への退出を望むが許されない。

藤壺の里邸となった東南の町は、左大臣（忠雅）が住んでいらっしゃったのだが、左大臣がほかにお移りになるということで、御簾をかけ、壁代や御帳台や御座所などを美しくしつらえなさった。式部卿の宮のお住まいも、新しく御簾などをおかけになった。対には、そのような配慮をしていない。

三条の院をこんなふうに調えているうちに、藤壺が、春宮に、「どうお考えですか。私は、今すぐに退出したいと思います」とお願い申しあげなさると、春宮は、「梨壺は、あなたと同じ時期を過ごしてから退出しました。どうして、あなたは、まだ出産の時期でもないのに、急いで退出しようとなさるのですか」と申しあげなさる。

［ここは、藤壺。］

三　季明、病気が重くなり、実忠と正頼を呼び寄せる。

その頃、太政大臣（季明）は、ご高齢になってしまったので、どこが悪いというわけではないが病気にかかって苦しんでいらっしゃった。太政大臣は、心細くなって、「民部卿（実正）と左近中将（実頼）は、どちらも、朝廷にお仕えしてお役に立っている。私が、この二人を遺して死んだとしても、右大臣殿（正頼）がおいでになるから、心にかけてくれるだろう。でも、宮の君と宰相（実忠）のことは、どちらも同じように心配でならない。この二人のことを思うと、安心して死んでいけそうもない。親が生きている時でさえ、女の子は、何かにつけ、わずらわしく肩身が狭い思いがするものだ。また、宰相は、充分に朝廷にお仕えすることができるだけの容姿も分別もあって、誰にも劣るところがなかったので、わが家を継ぐべき者はこの子かと思っていた。それなのに、どういうわけか、宰相は、運がつたなくて、正常な判断ができなくなったように心も魂もすっかりなくなって、そのために宮仕えをやめてしまったのだ」と、お二人のことであれやこれやと思い悩んで、民部卿と左近中将などに、「私は、病気にかかって何日もたって、もう生きていられそうもないと思われるので、ぜひ右大臣殿に会いたい。宰相に。使の者を行かせて、このことをお知らせ申しあげてください。また、誰かを行かせて、宰相に、『私が今にも死にそうなのに、それでも私に会わずにすませせるつもりなのか。どう考えているのだ。この世で大切なものと言ったら、親ではないのか。その親のことも顧みず、出世して家を継ぐはずだった身をもないがしろにするとは、どういう了見なのか。すっかり情けなくなってしまった人だな。私はもう衰弱してしまった』と告げてください。もう一度だけでも宰相に会えないのか」と申しあげなさる。

民部卿と左近中将は、激しく泣いて、右大臣には民部卿、宰相がいる小野には左近中将が参上して、太政大臣のお言葉をくわしくお伝え申しあげなさる。

宰相は、しばらく何もおっしゃらずに、とても長い間考えをめぐらした後に、「ずいぶんと前から父上がご病気だということは聞いておりましたので、ぜひお見舞いにうかがいたいとは思っておりましたが、人から、あいつはまだ生きていたのだと見られることになると思うと恥ずかしくて。今の私のやつれた姿なども、昔の私とは違っていて、人々が私を見てどうお思いになるのだろうかと案じられて、うかがうことができませんでした。でも、父上がそんなにも重い病気にかかって苦しんでいらっしゃるということなので、ぜひうかがいたいと思います」と言って、夜の闇に紛れて、小野をお出になる。

四　正頼と実忠、見舞いに訪れる。季明、正頼に、後事を託す。

民部卿（実正）が、右大臣（正頼）に、事情をお話し申しあげなさると、右大臣は参上なさった。

太政大臣（季明）は、脇息にもたれかかっていて、右大臣を御簾の内に招き入れなさる。お二人でいろいろなお話などを申しあげなさっている時に、左近中将（実頼）が、「宰相の朝臣（実忠）が参上して控えております」と申しあげなさる。太政大臣は、「こちらに呼べ」とおっしゃる。宰相は、右大臣がおそばにおいでになるので、まったく入っていらっしゃらない。何度もお召しになるけれども、お入りにならない。太政大臣がいらっしゃる屏風の後ろに、こっそりと控えていらっしゃる。

宮の君が参上して、太政大臣につき添い申しあげていらっしゃる。

太政大臣は、右大臣に、「月日がたつにつれて、病気が重くなったので、もうこれ以上は生きていられそうもありません。でも、そんなことはかまいません。人から惜しまれるほどの身でもありません。また、命を惜しむような年齢でもありません。七十歳を過ぎて朝廷にもお仕えしてきたので、死ぬのも当然です。ただ二人の子どものことだけが心配でならないのです。ここにいる実頼も、まだ御覧のように官位が低いので、気がかりではありますが、右大臣殿がおいでになるので、それでもなんとかしてくださるだろうと頼みに思っております。娘のことは、人に言い遺し申しあげることはできません。ただ、宰相のことを考えると、安心して死んでゆけそうもなく、死出の道の妨げとなる気がいたします。自分自身の判断で身を破滅させてしまった人なのだからとは思うのですが、やはり、この宰相のことをこのままにしておくのは心残りで心配なのです。もし機会があったら、宰相のことを心にかけてください。この世のことなどどうでもいいと思っている者ですが、宰相を破滅させないでください」と、泣く泣くお願い申しあげなさる。右大臣が、屛風の後ろにいらっしゃる宰相に、「こちらには、ずいぶんと久しぶりに参上なさったということですのに、どうして父上の前に出ていらっしゃらないのですか」と言って、太政大臣に、「長年、昔から、宰相殿に対して、ぜひ深い好意を示したいとお思い申しあげておりました。また、私どもの所に居続けていらっしゃったので、むつまじく気心が知れた方だと思っておりました。けれども、どういうわけなのか、長い間山里に籠もっていらっしゃるのは、世の中に嫌気がさすことがおありなのでしょうか。どのようなお気持ちでいらっしゃるのだろうかと案じておりましたが。先年、私どもの所に、いろいろな方々が、婿になりたいと求婚なさることがございましたとか。『以前から、宰相殿にと心に決めておりました娘を、雑用などにもお使いください』などとお手紙をさしあげたのですが、お返事を拝見したところ、ほかにお考えがあるようでございました。そのことに関しては、春宮にお仕えしている藤壺が、まだ里におりました時に、宰相殿が求婚なさっていたことを、私はまったく存じませんでしたが、とりわけ、帝の命令で、『源中納言（涼）に与えよ』とおっしゃったので、背くことができずに、そのつもりでおりましたところ、春宮から厳しくお叱りを受けたので、春宮のもとに入内させたのでございます。このことで、人々がずいぶんと恨んでいたということです。宰相殿に関しては、私に細かく話してくれる人がいたら、私も何も悩むことなどなかったでしょうに。兄上のお言葉がなくても、宰相殿に対する昔からの気持ちは、けっして忘れておりません。まして、今日あらためてこんなお言葉をいただいたのですから、できの悪い息子たちよりも、なんとしてでも心にかけたいと思っております」などと申しあげなさる。太政大臣が、激しく涙を流して、実忠に、「あなたは、ようやくやって来たというのに、どうしてこちらには姿を見せないのですか。私の顔など絶対に見たくないと思っているのですか」とお言葉をおかけになるけれど、宰相が参上なさらないので、右大臣は、とてもいたわしいとお思いになる。

その後、太政大臣は、民部卿に筆を持たせて、財産分与の文書を書かせなさる。「大きな屋敷が三つあるが、今住んでいる屋敷は宮の君に。もう一つの、その次に大きな屋敷は、諸国にある大きな荘園（しょうえん）や、昔から特に宝物として残しておいた細かい物とともに、宰相に。もう一つの屋敷は、女性がお使いになるのにふさわしい調度品を加えて」と指示なさる。「宰相が顧みなくなってしまった北の方が生んだ娘が一人いるだろう。今は大きくなっていると思う。どういうわけなのか、宰相は、正常な判断ができなくなった様子で、なかなか美しいと評判だった娘の身をも破滅させてしまったようだから、この屋敷はその娘に与える」とおっしゃる。太政大臣は、ほかにもあちらこちらにたくさん所領がおありなので、それらは、何もかも、左近中将や民部卿のお二人が、同じようにおもらいになる。お二人がいただいた物も、財産分与の文書を書かせ申しあげて、太政大臣が署名なさる。右大臣にも、花押（かおう）を書いていただきなさる。

それから、太政大臣と右大臣は、いろいろとお話を申しあげて、お泣きになる。源宰相も、激しくお泣きになる。それでも、まだ太政大臣の前に出ていらっしゃらない。

その後、右大臣はお帰りになった。

五　実忠と宮の君、季明と対面する。

宰相（実忠）が、太政大臣（だいじょうだいじん）（季明（すえあきら））の前に参上なさる。太政大臣は、いろいろとお話をなさる。「世の中というものは、何かにつけて、さまざまに嫌なことが起こるけれど、それを気にせずに過ごしていると、何ごともなく過ごしていけるものだ。女のことなどつまらないことで身を破滅させてしまったとは」などとおっしゃると、宰相が、「いいえ。そのような女性のことが原因ではありません。母上がお亡くなりになった後、この世のことがつらく思われましたので、絶対にこの世で生きていたくないと思ったのでございます」。太政大臣が、「そのことに関しては、私も、とても悲しいと思ったから、ほかの女性と結婚もせずに、長年、独身で過ごして来たのだ。それはそうと、子どもたちがいたあの北の方は、どこに行ってしまったのか。男の子（真砂君）は、かわいそうに亡くなってしまったようだね。女の子（袖君）まで、どのようにしてしまったのか。何年間も、修行者以上に女性を近づけずに一心不乱に籠もっているようだから、ほかに子どもはいないのだろう。女の子のことを、どのようにしろと考えているのか」などとおっしゃる。宰相が、「わかりません。昔住んでいた屋敷にも今はいないと聞いています。この世で生きていくことをつらいと思っていましたので、捜してもおりません」。太政大臣が、「何をわけがわからないことを言っているのだ。早く捜し出させよ。まったく、正気な判断もできない人だな。何はともあれ、私が、こうして最期を迎えようとしている時に、久しぶりに会ったのに、特に悲しいとも思っていないようだな。なんとも嘆かわしい人だ」とおっしゃると、宰相は涙を雨のようにこぼす。前にいる人々も、皆、泣く。

民部卿（実正）が、「宰相が昔一緒に暮らしていた北の方は、志賀山の麓、比叡辻のあたりにある、とても風情がある山里に、ここ何年も住んでいらっしゃるそうです。三条に住んでいらっしゃった時には、いろいろな人が言い寄り、身近なところでは、宰相の中将殿（祐澄）なども懸想文のような手紙を贈っていらっしゃったので、そのことに嫌気がさしてお籠もりになったと聞きました」。宰相は、「それでは、右大将殿（仲忠）がまだ中将だった時に、私が一緒に行った所は、そこだったのか。若い女の子の声がしたのは、袖君だったのだろうか。人が住んでいるのにどうして返事をしないのだろうと思った。あの頃は、どうしてそんな気持ちになったのか、正常な判断ができずにいたものだ。妻は、さぞかし滑稽にもおかしくも思ったことだろう」などとお思いになると、このうえなくいたわしく悲しく感じられる。太政大臣は、宰相に、「早く、その北の方がいる所を捜し出せ。せめてその女の子だけでも身を破滅させるな。実忠よ、おまえは、もう役にも立たない人のようだから、今、その子の世話は、自分の位では、充分にはできないだろう。私の養女にして、宮仕えでもなんでも、その子にとっていいと思われることをしてあげなさい。そのために、多少の財産を与える」などと言って、多くのお話などをなさる。

　太政大臣は、宮の君に、「この家に、まだ開けて使っていない納殿が五つある。この納殿には、春宮妃としてなくてはならない物がいろいろと入っていると思う。ほかにも、人が必要とする物は、所々に、すべてしまっておかせている。また、たくさんある荘園の中で、特に収入が多い近江国と丹波国のあたりの物を、ちょうどいい機会だから、これまでこのような時に与えずに残しておいたので与えよう。あんなにも聡明でいらっしゃる春宮なのに、少し思いやりに欠けることが残念だ。民部卿は、心が広く頼みにできる人だ。民部卿が、あなたのお世話をしてくれるだろう」と申しあげて、「私のことを忘れずにいてくれる人は、私が死んだ後も、この宮の君のことをお見舞い申しあげてくれ」などとおっしゃる。宮の君が、太政大臣に、「何かの折に御覧になったことでしょう。春宮も、昔はこのような方ではいらっしゃいませんでした。あの藤壺という者が入内してからなのです。私以外の身分が高い人に対してだって、同じです。長年宮仕えを続けてきて、世間の人々があれこれと取り沙汰しているのを耳にする度に、父上がどんなお気持ちで聞いていらっしゃるのだろうかと思って嘆いていました。胸がつぶれて、恐ろしい気持ちでいました。父上が死ぬなどとおっしゃるのを聞くと、とても悲しくてなりません。どうしてものがれることがおできにならないものなら、私も一緒にお連れください。たくさんの財産をくださっても、父上がお亡くなりになったら、失ってしまうでしょう。たくさんの財産も、庇護する人が亡くなると、あっという間になくなるものだそうです」と言って、泣いて取り乱しなさる。太政大臣が、「そのことは案ずることはありません。あなたは、私が死んだ後でも充分に豊かに暮らしてゆけるでしょう。これからは、特別なことがない限りは、参内なさらなくてもいい。私が元気でいて、あなたが牛車に乗りお供の者を引き連れて宮中を出入りなさった時でさえ、今から考えると配慮が足りなかったのですから、私が死んだ後に、世間の笑いものになって宮中を出入りなさるのは、まことにみっともないことでしょう」などと申しあげなさる。

六　季明、位を返し、出家して、二月下旬に亡くなる。

太政大臣（季明）は、亡くなった後にしなければならないさまざまなことや、追善供養のことなどを文書に書かせて、位をお返しになった後に、出家して、お亡くなりになった。二月下旬に、太政大臣を弔うために、左大将（兼雅）と右大将（仲忠）や、太政大臣と母が同じ右大臣（正頼）の男君たちが、毎日参上なさる。

七　藤壺、季明の死を機に退出する。

右大臣（正頼）は太政大臣（季明）と同腹の弟でいらっしゃるので、右大臣もその男君たちも喪に服すために出仕なさらずにいたので、藤壺も、夜になって退出しようとなさる。春宮は、今回は引きとめることができずに、その日は藤壺に籠もって横になっていらっしゃる。春宮が、藤壺にお話しなさる。「あなた一人を寵愛することに馴れたので、あなたがいない間、誰にも言葉をかけずにいましょう。梨壺まで退出なさったことは残念です」。藤壺が、「嵯峨の院の小宮と左大臣（忠雅）の大君などは宮中においでになるようです。式部卿の宮の姫君も、今日明日にも参内なさるはずです」。春宮が、「あなたがいらっしゃらない間は、ほかの妃たちに言葉をかけないことに決めました。あなたが命じたのだと言って、ますますあなたのことを悪く言うでしょうから。嵯峨の院の小宮は、まことに畏れ多いことですが、申しわけなくもお思い申しあげてはいるのですが、恐ろしく荒々しいお心を持っていらっしゃることが気に染まないのです。女性は、おっとりとしていて、くよくよと悩まないような人がいいのです。それに、あなたのことを憎んでいらっしゃることが、そうまでしなくてもと思われます。あなたが退出なさると、あの性格が悪い宮の君のことが、今となってはとてもいとしい。人に見せられるような性格でもないし、容姿も格別にすぐれたところはありません。今さら、御子なども期待できないでしょう。兄弟たちが何人もいるようだが、それほど仲がよくもないようです。父上が生きていらっしゃった時は、それでも何とかやっていけたが、これからは、そういうわけにはいかないでしょう。どれほど心細くつらい思いをしていることでしょう。『どうしているのか』と見舞うために、手紙を贈ろうと思います。亡き太政大臣殿が宮の君のことでひどく嘆いていると聞きましたから。私さえも気にかけてやらなかったら、途方にくれるにちがいありません」。藤壺が、「実忠の朝臣のためには、私が手紙を贈ります。聞くのも嫌なことを言ってくると言って、以前からぞんざいにお扱い申しあげたと聞いています。里に退出してから、人が聞き苦しいことを言いたてても、見舞うために、私のほうから、人を行かせたいと思っています」。春宮が、「あなたが手紙を贈る理由は、それだけではないでしょう。それはそうと、兄弟姉妹というものは親しい仲なのに、亡き太政大臣殿の息子の兄弟たちは、宮の君に対して愛情が感じられませんね。でも、母親が同じ兄弟姉妹ではありませんか。右大将（仲忠）は、梨壺と、母は違うし、仲もあまりよくはないはずなのに、兄と妹でむつまじく思っているようですから、おたがいに信頼していることが感じられて、理想的な仲だと思います」。藤壺が、「二人きりの兄と妹ですから、仲がいいのは当然だと思います。私が、昔、まだ里におりました時、たわいもないことを言ってくる人が大勢おりましたが、私が入内（じゅだい）した途端に、皆忘れてしまったようでした。でも、実忠の朝臣は、今も、忘れることなく、宮仕えもせずにいると聞いています。ですから、大勢の中でも一人だけいつまでも気持ちが変わらずにいてくれることのお礼を言うために、手紙を贈ろうと思っているのです」。春宮は、「いつまでも気持ちが変わらずにいることはうれしいことですね。そうおっしゃるなら、あなたのことをずっと思い続けている私は期待が持てます。あなたが、実忠のことをいまだに気遣って退出しようとばかりなさるから、私はつらいのです。どちらにしても、これからもあなたと一緒にいることができるなら、数えきれないほどの思いをあなたに見せたいのですが、そういうわけにはいかない身だから、ますます苦しいのです」と言って、お迎えの車と人が参上なさったけれど、今回も、退出することをお許しにならない。

春宮が、「退出なさったら、すぐには参内なさらずに、いつものように私を待たせようとするおつもりですか」。藤壺が、「そんなつもりはありません。どうしてなのでしょうか、今回は不思議なほど心細くてなりませんので、ふたたび戻ることができないのではないかと思います。

草の葉の上で、露のようにはかない私の身が消えずにいたとしたら、露が松にかかるように、待っていてくださる春宮さまにお逢いできるのではないかと思うのですが」

とおっしゃる。春宮は、「なんとも不吉なことを」と言って、

露のようにはかない世であっても、その露は松にかかっているのですから、松の葉に貫きとめることで、風が吹いても、玉となって、消えることはありません。私がついているのですから、あなたの命が消えてなくなることなどありません。

とおっしゃって、藤壺は、夜が更けるまで退出なさらない。

右大臣と男君たちは、この前のことで懲りて、何もおっしゃらずにいたが、いくら待っていても藤壺が退出なさらないので、どうしたらいいのか困って、何度も連絡をさしあげさせなさる。

藤壺が、春宮に、「このように言っていただいたので、私ものんびりと里で長居をする気持ちにはなれません。退出して、願いどおり無事に出産いたしましたら、今回は、すぐにでも参内いたします。ただ、いつまで生きているのかはわかりませんが」とおっしゃる。春宮が、

「散る花も夢に見えるという春の夜ですが、あなたがほかの所にいて、私にどのように寝よとおっしゃるのですか。

私には無理なことです」とおっしゃるので、藤壺は、
春の花でさえも、これまでと同じ春にははかなく散るのですから、春宮さまと別れてほか
に行く私の寂しい思いをわかっていただきたいと思います。
とおっしゃる。

藤壺が、夜中が過ぎた後も、夜が明ける前まで退出なさらないので、右大臣は、春宮には
お知らせせずに、藤壺の下局で控えていらっしゃる。男君たちは、それぞれ、侍女たちの曹司を訪れて、言葉をかける。また、藤壺に仕える女童や侍女たちは、退出のための身支度を調えてお待ち申しあげているけれど、藤壺は出ていらっしゃらない。

藤壺が、春宮に、「それでは、退出したいと思います。父が迎えに参っております。待ち遠しく思っていることでしょう。これからは鈍色の喪服などを着て、来月ごろには、夜の間は、人目にたたないようにして参内いたしましょう」と申しあげなさると、春宮は、「とてもうれしいことをおっしゃいますね。ほかの人が参内するかのようなふりをして、出だし衣をした車で、毎夜、必ず。来てくださらなかったら、私ほど愛してくださらなかったのだと悲しく思います」と言って、やっとのことでお起きになって、右大臣がお迎えにいらっしゃっていたので、藤壺は退出なさる。

八　藤壺、東南の町の西の一の対に入る。

車は二十輌で、お供は、侍女が四十人ほど、女童と下仕えが八人、樋洗ましが二人いる。右大臣（正頼）と上達部三人（忠澄・師澄・祐澄）は車に、兵部大輔（連澄）をはじめとする弟君たちは馬に乗って、ほかにも、今の世で分別がある人は、四位の官人も五位の官人も、皆、行列に従う。六位の官人などがいても、たいしたものとも思われない。

人々が乗った車は、御前駆の者たちが続いて、三条の院にお着きになる。藤壺が乗った車を、源中納言（涼）が住んでいらっしゃった、東南の町の西の一の対の南の端に寄せて、左大弁（師澄）が、宰相の中将（祐澄）とともに、さし几帳をし、右大臣と左衛門督（忠澄）が、車の簾を引き上げて、藤壺を下ろしてさしあげなさる。それ以外の男君たちは、車のそばで立っていらっしゃる。車には四位と五位の官人たちが大勢取りついて、簀子に寄せた。藤壺が車から下りていらっしゃる様子は、親や兄弟の前ではあるけれど、このうえなく上品で美しい。装束や容姿や薫物の香りなども、ほんとうにすばらしい。車には、兵衛の君と孫王の君などが一緒に乗っていた。

大宮と仁寿殿の女御は、昨夜から、東北の町からこちらの西の一の対に移ってお待ち申しあげていらっしゃる。源中納言の北の方（さま宮）は、「藤壺さまをこちらにお迎えしてから、それと入れ違いに出よう」と思って、まだ残っていらっしゃる。右大臣と上達部も南の廂の間に、それ以外の男君たちは簀子においでになっているうちに、明るくなってきた。右大臣が、「わざわざ自分でお迎えにうかがわなくてもよかったのですけれど、どういうわけか、あなたが人から快く思われていらっしゃらないので、道中で悪意がある振る舞いをする人がいたらたいへんだと思ってお迎えに参ったのです。でも、なかなか出ていらっしゃらなかったので、とてもやきもきいたしました」。藤壺が、「春宮さまが、『ほかの妃たちが皆退出している時なのに』と言って、お暇を許してくださらなかったので。あれやこれやとお願いして、やっとのことで退出したのです」。右大臣が、「前にも急きたて申しあげて大騒ぎになったので、面倒に思って、今回はお知らせもせずにお待ちしていました」とおっしゃると、大宮は、「一昨年の秋に参内なさったまま、ずいぶんと長い間お会いしていませんね。このような出産や服喪のことがなければ、退出できないようですね。男御子なのか女御子なのか確かめてみましょう」と言って、「お腹を出してごらんなさい」とおっしゃるので、藤壺は、笑って、「そんなみっともないことを」と申しあげなさる。女御が、「退出なさる方によって、惜しまれたり惜しまれなかったりするものです。帝も、昔は、惜しんでくださいました。その後は、いつも、私が退出することを喜んでいらっしゃいます」。大宮が、「どれどれ。やはり男御子か女御子か知りたいですね」と言って、藤壺の御衣を広げて見て、「今度も、同じように男御子でしょう」と申しあげなさると、藤壺が、「幼い御子たちは、どこにいるのですか。何はともあれ、御子たちを。早く会いたいと思っていたのです」。大宮が、「こちらは初めてお移りになった所ですから、三日間はいろいろな儀式があるからと思ってお連れいたしませんでした。若宮は、ずいぶんと成長なさいました。でも、弟宮は、駄々をこねてお泣きになるので、藤壺さまがいらっしゃる所にはとてもお連れできないと思いまして」。藤壺は、「泣き声を出させ申しあげないためにも、こちらにお連れしてほしいのです。弟宮のことが気にかかったままでは、落ち着いてはいられません」とおっしゃる。

藤壺が、夜が明けてゆく中で御覧になると、この建物の建て方も室内の設備も、言葉で表現できないほどすばらしい。源中納言夫婦がここを空けわたしなさった時のままで、敷物を敷き替えただけで、少しも手をお加えになる物はない。ただ藤壺が身一つでお移りになればいい状態である。

源中納言の北の方は、立派な沈香の小唐櫃に、錠と鍵を取り揃えてお渡し申しあげなさる。北の方が、「ちょうどいい機会ですから、これをさしあげます。中に入っている物は、皆、私が普段使っている物です。移り住むことになる所にもあるそうですから、もう必要がないと思いますので。藤壺さまのもとでお預かりください」と言って、「ところで、こちらにお住みになったらいかがですか。寝殿は、さほどすばらしい所ではないようです。この西の一の対は、もともとあった建物を取り替えて、あの吹上という所にあった建物を、取りに行かせて献上したようですから、とても住み心地がいいと思います。この西にある建物なども、吹上にあったものですから、まるで対のように立派です。とりわけ、すばらしい住まいになるように、いろいろと調えさせた所のようです」と申しあげなさると、大宮と女御が、「そのとおりです。これほどすばらしい所は、どこにもありません。こちらは、なんでも物が充分に備わっていらっしゃる所のようです」とおっしゃる。そこに、源中納言がやって来て、「三日間のお食事のお世話をしてから、すぐに退出いたします」とおっしゃって、東の対を行事所にして、家司（けいし）たちや紀伊守（きのかみ）（種松（たねまつ））などに依頼して、お食事をさしあげる。男にも女にも、おいでになっている方々全員に折敷（おしき）を九つ、身分が低い者に六つか四つずつ置いた。

九　夜が明けて、春宮から藤壺のもとに手紙が届く。

こうしているうちに、春宮（とうぐう）から、春宮の蔵人（くろうど）を使にして、紫の色紙に書いて、桜の花につけた手紙が贈られてくる。藤壺（ふじつぼ）が開けてお読みになると、

「今どのように過ごしていらっしゃるのかと案じております。私のほうは、あなたがいないまま一人では生きていられそうにありません。どうしたらいいのでしょう。退出させてしまったことが悔やまれてなりません。

花は、風が吹いてものんびりとしているように見えるのに、私はどうして心が落ち着かないのでしょうか。

前に退出なさった時には、どうして堪えていられたのだろうと、不思議な気がいたします」

と書いてある。右大臣（正頼）が、「長い間、春宮の筆跡を見ていないな」と言って御覧になる。右大臣が、「とても上手におなりになりましたね」と言って、そのお手紙を御簾の内にお入れになると、仁寿殿の女御が、「こんなことを言うと畏れ多いのですが、春宮の筆跡は、右大将殿（仲忠）の筆跡に似ていらっしゃいます」。藤壺が、「春宮は、右大将殿が書いて献上なさった手本で、漢字も平仮名も習っていらっしゃるようです。春宮が、『これは、昔贈られた手本だ』と言って、新しい手本を求めていらっしゃるようですが、まだ献上されていないようでしたので、『新しい手本を催促してくれ』などとおっしゃっていました」。女御が、「お手紙を書くために手本を求めていらっしゃるのだと聞きましたが、そのとおりなのでしょうか」。右大臣が、「右大将殿は、何もかも、ほかの誰よりもすぐれた人として生まれついた方だ」と言って、春宮の使に饗応して、被け物をお与えになる。

藤壺は、

「こちらに来たばかりの旅住みの身ですから、くわしいお返事はまた改めてさしあげます。お手紙に、『花はのんびりとしているように見えるのに』とありましたが」

と書いて、

「花よりも心が落ち着かないとおっしゃいましたが、それでは、春宮さまは、風が吹くのを待つこともできずに心変わりをなさるのでしょうね。

そう思うと、心配でなりません」

とお返事をさしあげなさる。

女御は、三日間を過ごしてからお戻りになろうとして、こちらに滞在なさる。藤壺の兄弟の男君たちは、一日目にお迎えした方と入れ代わりながら、久しぶりに会ってお喜び申しあげなさる。

一〇　夕方、涼・三の宮、藤壺のもとを訪れる。

夕方に、源中納言（涼）が、直衣姿で、とても美しく着飾って参上なさった。簀子には、敷物が敷き並べてある。あこきが、御簾のもとに几帳を立てて、褥をさし出すと、源中納言が、「昔のあなたと変わりませんね」などと申しあげる。あこきの目には、源中納言は、とても気品があって若々しく、立ち居振る舞いは右大将（仲忠）と同じようだが、ずいぶんと立派になった右大将に対して、源中納言も、とてもはなやかで美しく、耳際の髪の様子や色合いなどが、まことに美しく見える。源中納言が、あこきを介して、「こちらに退出なさると聞いていましたら、それなりの準備もできましたのに。曹司住みのような身でしたから、自分の身にふさわしいようにと思って、葎が生い繁るにまかせて暮らしておりましたが、藤壺さまが急にお移りになったので、願いがかなった思いです。でも、むさ苦しい所なので恐縮しております」と申しあげなさると、藤壺は、「退出することを、たとえ千年も前からお聞きだったとしても、これ以上のことはおできにならなかったでしょう」とおっしゃる。その声も、とてもかすかに聞こえるので、源中納言が、「取り次ぎの者がいなくても、今回はそれなりの配慮をいたしましたのに」と言って、「私が参内いたしました時には、必ずご連絡をさしあげているのですが、誰も取り次いでくれませんでした。ですから、『取り次いだと言って、春宮が藤壺さまをお叱りになるのだろうか』と思って遠慮していました」とおっしゃると、藤壺が、「そういうわけではありません。私が宮仕えをしている時に、私にお話しくださるべきことをお話しくださらずにいるのは、おかしいと思います。中納言殿が声をかけてくださらなかったら、私のほうに好意があっても、お伝えできないではありませんか。あこきなどは、必ず取り次いでくれるはずです」。源中納言が、「私は、いつも、取り次ぎを頼んでいるつもりです。でも、今日初めて、直接お返事をいただきました」などと申しあげなさっている時に、弾正の宮（三の宮）がおいでになったので、源中納言はお立ちになった。

弾正の宮は、御簾の内にお入りになった。宮が、仁寿殿の女御に、「どうして東北の町にお戻りにならないのですか。十の宮も、私に、母上はどこに行ったのかと言って、お捜し申しあげていらっしゃいます」と申しあげなさると、女御は、「こちらで、めったに会えない方にお目にかかっているのですよ。そのまま、あちらでしばらく待っていらっしゃればいいのに」と申しあげなさる。宮は、藤壺に、「ほんとうに、めったにお会いできませんね。私が春宮のもとにうかがう時も、ぶしつけのようなので、藤壺さまにはご挨拶を口にもいたしません。いつものようにお返事はいただけないだろうと思うと、私のほうからも、頻繁にご連絡いたしません。先ごろも、春宮のもとに参上なさっているとお聞きしましたが、ご連絡できませんでした。私のことを、『待乳の山の時鳥』とか言うようになさるのですね」と申しあげなさっている時に、夜の食事を、人々の前にさしあげる。折敷などを取り替えてお配りする。

弾正の宮は、「これからは、いつもやって参ります。気にかかることがございますので、警護のためにまたうかがいます」と言ってお立ちになった。

一一　藤壺、大宮・仁寿殿の女御と語らう。

大宮が、「いぬ宮が餅を召しあがった五十日の祝いの日に、弾正の宮（三の宮）がおかしなことをおっしゃいましたが、ほんとうのことですか」とお尋ねになると、藤壺は、「知りません。どのようなことでしょうか」とお答えになる。大宮が、「この世でつらいのは、色好みの若者を、子として持っていることですね。見ていてはらはらする困った子を見ていると、ほんとうに死ぬに死にきれない気持ちがします。近澄という子は、子どもの頃から、どういうわけか、色恋に熱心に見えたので、そえもの（未詳）になってしまうにちがいないと思って、父上も腹立たしく思っていらっしゃったのですが、結婚したので、安心していました。でも、何が原因だったのでしょうか、今では、妻のもとで暮らすこともなく、いつもあちらにばかりいて、自分ではどうにもならない思いのために嘆いています。近澄自身は、

『自分の心の中だけに納めておくことができないならば、もうどうなってもかまわないとは思うのですが、兄上（仲澄）が親よりも前に死んだのを目の前で見ていますので。こんなふうに申しあげましたが、私の願いどおりにしてくださいと言っているわけではありません。私にこのような思いをさせないでくださいと、神や仏にもお願いしようなどと思っているのです』などと言っています。わが子がいつも喜んだり楽しんだりしているのを見ている時には、ほんとうに長生きしたいと思うのですが」と申しあげなさる。藤壺が、「母上は、何を、どのように案じていらっしゃるのですか。あってはならないつまらないことを思い詰めるのも、よくないことです」とおっしゃると、大宮は、「わかりません。近澄が言うことを聞いていると、とても恐ろしい気持ちになります。近澄が思いを寄せている人は、この一族の誰かのようです」。仁寿殿の女御が、「どなたなのですか。女一の宮のことを、誰よりも格別に思いを寄せていらっしゃったようです」。大宮が、「まあ、なんてことをおっしゃるのですか。そんなことはありません。思いを寄せているのは、女二の宮だと思います。『仁寿殿の女御がまだ東北の町の西の対にいらっしゃった時、垣間見をしたところ、女二の宮さまが女一の宮さまと碁を打っていたのを見申しあげてから、いと命なからなれしかば、かくてやむかならむ（未詳）』と言っているのです」。女御が、「近澄は、『女一の宮さまも、つい最近まで侍従だった右大将（仲忠）と結婚したではないか。帝も、姫宮たちの中で、格段にかわいくお思い申しあげていらっしゃったようなのに。帝は、血のつながりのない人でさえこうして結婚をお認めになったのです。帝がそうなさったのだから、自分も』と思っていらっしゃるのでしょう」。大宮が、「とんでもないことです。二人を同じように言うことはできません。人の価値は、位によって決められるものではありません。その人の人となり、立ち居振る舞い、技芸などによって評価されるのです。近澄も、このことがわかっていたら、取り立てて才能がないのに、帝に対しても不満に思うことはないでしょう。見るにつけ聞くにつけ、右大将殿は、不思議なほどすぐれた人でいらっしゃるようです。まるで天の神々にも認められているような方です。身分にかかわらず、誰からも、右大将殿にぜひ求婚したいと思われていらっしゃるのは、どうしてなのでしょう。上達部（かんだちめ）も君達（きんだち）も、身近なところでは父親の左大将殿（兼雅）でいらっしゃっても、同じことを一緒に奏上なさっても、右大将殿のは採用され、ほかの方々のは採用されないようです。右大将殿は、最近になって世に出た若い人なのに、こんな扱いを受けていらっしゃるのです。ほかの方々は、快く思っていないそうですが、皆、とりわけ、右大将殿の見た感じや顔かたちのために、その意向に従うのでしょう。こんなふうにほかに例がないほどすぐれた人に対して、誰も完全に匹敵する者はいません。困ったことです。近澄は、どうするつもりなのでしょう」。藤壺が、「聡明（そうめい）な方だと聞いていますから、母上にそんなことを申しあげなさったのでしょう。たわいもない男女のことを誰にも言えずに思い詰めて亡くなるのは、まことに情けないことです。充分にご注意ください。そう申しあげるのには、理由があります。どの方もそうですが、兄弟の中でも、特に出世するはずの方だと思いますのに」と申しあげなさると、女御が、「私にも、心配に思っていることがあります。衣替え(ころもがえ)をすませたら参内するつもりなので、女二の宮たちを連れて参内したいと思うのですが、私が帝のもとに参上している間が心配です。だから、女二の宮たちを、女一の宮のもとに残しておきたいと思うのですが、近澄が何を考えているのかもわかりませんし、右大将殿も浮ついた心を持っていらっしゃるそうですから、安心して眠ることもできないのではないかと思って、母上のもとで預かっていただきたいと思っておりました。近澄が、放し飼いになっている馬のように女性のもとをうろつくので、どうしたらいいのか困っているのです。ほかの妃(きさき)たちは、私が参内するということで、とても憎々しいことを計画しているそうですから、女二の宮たちを連れて行くことができずに思い悩んでいます。ほかにも、困っていることがあります。結婚相手には内親王がふさわしいと思っている祐澄(すけずみ)も、おかしなことをたくらんでいると聞いています。祐澄は、『許してもらえないなら、前と同じように盗み出してしまおう』と言っているそうです」。大宮は、お笑いになって、「若い近澄が常軌(じょうき)を逸していることだけでも心配の種なのに、祐澄までが。やはり、女一の宮さまのもとにお預け申しあげなさい。右大将殿は、帝のお耳があるから、好色な振る舞いをしようとお思いにはならないでしょう。それに、女二の宮さまが女一の宮さまよりも格段に美しくていらっしゃるならともかく、そうではないのですから」。女御が、「さあ、どうでしょう。人の気持ちを気にもしない人がやって来るのは、恐ろしいことです。宮中に連れて行くのが心配なのは、五の宮が、『ただもう女二の宮さまがいる所に入り込んでやろう』とおっしゃっていることです。お手紙がいつもあるので、ほんとうに恐ろしい。后の宮がお許しになるはずがありません」とおっしゃっている時に、夜が更けてしまったので、皆おやすみになった。

一二　夜が明ける。春宮と女一の宮から手紙が届く。

夜が明けるとすぐに、春宮から、

「昨日、折り返しお返事をしようと思ったのですが、『心が落ち着かない』とありましたので、気が急いているのではないかと思って。今夜は、あなたが宮中にまだいるという夢ばかり見て目が覚めた時のつらく悲しい気持ちに比べると、結婚する前にあて宮さまを見た時の夢などなんでもありません。やはり、あなたがいないまま一人でいることはできません。夕暮れなどは、ほんとうにどうしていいのかわからない気持ちがして、大空を眺めてばかりいます」

とお手紙をさしあげなさる。使は、兵衛の君の弟で、藤壺の御前に上がることを許されている春宮の蔵人が、藤壺の前に参上して、「今夜は、お一人だけで管絃の遊びをなさって、おやすみになりませんでした」と申しあげると、藤壺は、「庚申待ちだったのでしょう」とおっしゃる。

藤壺は、春宮に、お返事を、

「だから申しあげたのです。

私が退出したことを、退出して間もないのにお忘れになってしまったのですね。私のことを思っていらっしゃったら、たとえ夢であっても、私がまだ宮中にいると見ることはないでしょうに。

なんとも移り気な方ですね」

と申しあげて、「禄はわずらわしい。後で」とおっしゃると、使の蔵人は笑って参内した。

こうしているうちに、女一の宮から、

「ずいぶんと久しぶりに退出なさったとうかがって、早くお会いしたいと思ってお待ちしておりました。どうして藤壺さまのほうからもご連絡をくださらないのですか。ぜひ、早くお会いしたい。こちらに退出なさっても、なかなかお会いできないので、『昔を今に』とばかり思っています。こちらにはお立ち寄りいただけそうにもありませんね。私のほうからうかがいましょうか。おっしゃるとおりにいたします」

とお手紙をさしあげなさる。

藤壺は、

「お手紙ありがとうございました。退出して、すぐに、何はともあれ、生まれたばかりのお子さまを拝見したいと思っておりました。こちらに人々が集まってくださったので、こちらからお話ししたりお話をうかがったりしているために、ご連絡が遅くなってしまいました。こちらにおいでになるとか。そういうわけにはまいりません。近くで護衛している近衛大将殿(仲忠)のことは恐ろしいのですが、近いうちに、私のほうからそちらにうかがいます」

とお返事をさしあげなさる。

一三　藤壺、訪れた仲忠に、若宮の字の手本を依頼する。

藤壺が、「女一の宮さまのもとにうかがって、いぬ宮を、早くお抱き申しあげたいと思います」。大宮が、「私はずっといぬ宮を見ることができなかったのですが、五十日の祝いの日に、いぬ宮に餅を食べさせるためにうかがって、ようやく見ることができました。その時でさえ、すぐには御帳台からお出しにならなかったのです」。仁寿殿の女御が、「この頃は、とてもかわいくなりました。上体を反らしたり、這い這いなどをしたりして、人の顔を見ると、笑ってばかりいて、色が白くてかわいいので、前に寝かせて、いつも目を離さずにいます」。藤壺が、「私も、いぬ宮を、ぜひ早く見たい。親しくない人にはお見せにならなくても、私には見せてくださるでしょう。中でも、女一の宮さまは、私にお隠しになるはずがありません」。女御が、「女一の宮は、誰にもお隠しになりません。どんなことでも、隠そうなどとはお思いにならない方です」。藤壺が、「それでは、父上にはお見せになったのですか」。大宮が、「お見せになるはずがありません。なんとも困ったことです。女の私たちにさえお隠しになるのですから」などとおっしゃっている時に、右大将（仲忠）が、夕方に、直衣姿で参上なさった。

いつものように、簀子に褥を敷いてさしあげなさった。右大将がすわっていらっしゃるのを見ると、前にお見えになった源中納言（涼）より、格段にすぐれている。藤壺は、「やはり、右大将殿は、比べようもないほどすばらしい」と思って御覧になる。右大将が、「先ごろも参内して藤壺にうかがったのですけれど、上局に籠もっていらっしゃるとばかりお聞きしました。藤壺にいる侍女たちも参上させなさらないとのことでしたので、どうしていいのかわからずに困りました。でも、こうしてこちらに退出なさったので、これからは、うんざりなさるほどやって参ります」と申しあげなさると、藤壺は、孫王の君に、「承知いたしました。右大将殿が時々来てくださると、私も、人並みになった気持ちがして、うれしく思います」と答えさせなさる。右大将が、「こちらにうかがうことなど、まことにたやすいことです。でも、頻繁にやって参りましたら、どれほどの人になったお気持ちにおなりになるでしょうか」などと申しあげなさる。

そんな時に、春宮の若宮と弟宮がお二人とも、乳母たちなどに連れられて、東北の町からおいでになった。右大将が子の日にさしあげなさったあの馬や車の玩具を持って来て、母の藤壺にお見せ申しあげなさる。若宮は、とても大人っぽくなって、直衣の頸の紐を通して結んだりなどしていらっしゃる。

藤壺が、若宮を見て、ほんとうに久しぶりに会ってかわいいとお思い申しあげて、「こんなにも大きくおなりになると、私のほうもすっかり歳をとった気持ちになります」と言って、若宮に、「字の練習などはなさっていますか。何を習っていらっしゃるのですか」とお尋ね申しあげなさると、若宮が、「何も教えてくれる人もいないから、何も習っていません。でも、あちらにいる右大将殿が、『漢籍を教えよう』と言ってくださいましたので」。藤壺が、「とてもうれしいことですね。右大将殿の弟子になって、いろいろなことを学びなさい」などと申しあげなさると、右大将が、ほほ笑んで、「藤壺さまは、大人としての落ち着きが備わって、見る見る、母親らしくおなりになりましたね。それにしても、若宮には、ぜひお仕えしたいと思ってはいるのですが、今では、なんでも充分に習うことがおできになるようにお見受けされますのに、そのようなご依頼もなかったので」と申しあげなさるので、藤壺が、「右大将殿以外には誰も教えることなどおできになりません。私は、若宮を放ったまま、宮中に籠もっていて、何もかまってやれませんので。私が退出してここにこうしている間に、ぜひ習わせてさしあげたいのです」。右大将が、「なんともたやすいことです。漢籍をお教えいたしましょう。いつと、その日をお命じください」。藤壺が、「若宮は、まだ字なども習っていらっしゃらないようですから、まず手本をお書きください。そういえば、春宮も、『手本を書いてほしい』と申しあげなさっていました。『右大将に催促し申しあげて、私に送ってくれ。なかなか書いてくれないのは使のせいなのか、試してみよう』とおっしゃっていたので、手本をいただいて、春宮にさしあげたいと思います」。右大将が、「変わった物をご所望になるとは、なんとも不思議なことですね。とっくに書いて手もとに置いてあるのですが、お贈りするのが憚られて、さしあげることができずにいます」と申しあげなさると、藤壺が、「春宮は、『最近は、右大将が以前に献上した手本で、字を練習している。新しい手本を待っているのだが』とおっしゃっています」。右大将が、「そういうことなら、とにもかくにも、近いうちにさしあげましょう。若宮のための手本は、今すぐにでもさしあげます」と申しあげなさる。藤壺が、「いずれ、しかるべき時に、こちらからご連絡いたします。漢籍を教えてくださる日もお決めください。ところで、あの、誰にもお見せにならないとうかがっているいぬ宮さまを、私は、『早く、すぐにでも見たい』と思っているのです」。右大将は、「さあ、どうでしょう。幼い時から、とても醜い様子なので、からもりがしたのと同じように、誰にも見せずに育てた方がよさそうですね」などと言って、「でも、そうおっしゃるなら、そっと、あちらにいるからもりの姫君（いぬ宮）を連れて参上いたします」と言ってお帰りになった。

その日は暮れた。

一四　翌日、日が暮れて、涼、自邸に移る。

翌朝、その日も吉日なので、藤壺が、鍵が入っている小唐櫃を開けて御覧になると、白銀に漆を塗った鍵を、総につけて、とてもたくさんあった。御覧になると、その中に、源中納言（涼）の筆跡で歌を書きつけた鍵が入っている。

　藤壺さまのためにと思ってお譲りした、この家の鍵を見て、私が明けても暮れてもどんなに嘆き悲しんでいたのかわかってください。

と書かれている。藤壺は、この歌を見つけて、源中納言の北の方（さま宮）を見て、困ったことになったと思ってお隠しなさった。

　北の方が、「今日は、建物の中などを御覧ください」とおっしゃるので、藤壺が、立ててあったとても立派な十具ほどの香の唐櫃を開けて御覧になると、中には、ありとあらゆる宝物や、絹や綾などが、さまざまに入っている。この香の唐櫃は、源中納言が、春宮も藤壺もお開けになるだろうからと思って用意なさった物だった。また、それ以外の物も、さまざまな物に入れてたくさん置かれている。母屋の外には、三尺の沈香の厨子と四尺の浅香の厨子が二具置かれていて、さまざまな、男も女もお使いになることができる、数々の珍しい調度品が、美しく調えて、数えきれないほど入っている。ありとあらゆる調度品がすべて揃っている。六尺ほどの金銅の蒔絵の厨子が四つ、その中には、白銀の御器や銚子をはじめとして、数々の白銀の調度品が入れられている。もう一つの厨子には、さまざまの物がとてもたくさん入っている。

　この西の一の対の西に、檜皮葺きの七間の建物が建てられている。左右の渡殿もある。その西の建物を、御厨子所にしている。そこには、白銀の鋺が二十ほどと、小さい鋺なども同じ数だけある。釜には甑が添えてあって、御厨子所のとても美しいさまざまな調度がある。殿のうちともに、いけらくに（未詳）使うのにふさわしい物が、とても多い。その蔵の前に、十一間の檜皮屋がある。それは納殿で、米をはじめとしてさまざまな物を納めている。

この様子を見て、藤壺が、「思いがけず、たくさんの財産もお与えくださいましたね。あつらい。さま宮さま、あてにならない期待をして、居眠りをなさったら、消え失せてしまうのではありませんか」。北の方が、「そんなことはありません。でも、そんなふうに眠ってみたいものです。子どもが生まれたばかりの時から、『この子のための物に』と言っているようでいいます。私たちが今度移る三条の屋敷は、まだ、都に上る前から用意していたとかす。ですから、あてにならない期待をさせることにはならないでしょう」と申しあげなさると、藤壺が、「そうそう、その生まれたばかりのお子さまは、どうして見せてくださらないのですか。そのお子さまも、何かわけがあってお隠しになるのでしょうか」。北の方が、「さあ、わかりません。期待どおりではなかったと言って憎んでいるようですから。私にも、『見苦しい。この子が女の子だったら、若宮と結婚させ申しあげることができるだろうに』と言っています」と申しあげなさる。藤壺が、「わけがわからないことをおっしゃる。この後、女のお子さまもお生まれになるでしょうに」などと申しあげなさる。

そのうちに、日が暮れてしまったので、源中納言は、夜が明ける前にお移りになろうとする。車は二十輛ほどで、御前駆が、このうえなく見事に用意された。

源中納言は、一日に二度も往復してお移りになった。お屋敷は、堀川大路よりは東、三条大路よりは北に二町離れた所にあって、吹上を模した中庭を美しく飾りたてて造り、ありとあらゆる調度品を片山に積んだようにして住んでいらっしゃる。

一五　退出三日目が過ぎ、藤壺、実忠に手紙を贈る。

藤壺が退出なさってから三日間が過ぎた。仁寿殿の女御と大宮が、東北の町にお帰りになろうとして、「このまま、こちらで何もすることがないまま過ごすおつもりですか。しばらくの間、あちらにおいでください。長年の積もるお話も申しあげましょう」とおっしゃるので、藤壺は、「近いうちに参ります」などとお答えなさって、女御と大宮はお帰りになった。

藤壺は、源宰相（実忠）をお見舞いしようとお思いになる。

亡き太政大臣（季明）は、二月二十七日の頃に葬儀を営んでさしあげて、皆その屋敷に集まって、土殿を造って、男君たちもお籠もりになり、宮の君は局を設けてお過ごしになる。

藤壺は、右大臣（正頼）が住む東北の町においでになった。こちらの西の二の対には、人々が大勢控えている。

藤壺が、喪に服している時に用いる鈍色の薄い一重ねの紙に、

「長年お手紙をさしあげずにいて申しわけありません。どうして、そちらからも、時々は

お手紙をくださらなかったのですか。うれしいことに、人が、宰相殿はいまでも私のことを忘れずにいてくださっていると噂をしていましたので、それを聞いて、思いもかけず長い間お気持ちが変わらずにいてくださったことだと思っていた時に、今回の訃報に接して驚いております。私でさえ心の底からつらく悲しい思いをしておりますので、宰相殿もいったいどれほど心を痛めていらっしゃるのかと察しております。まったくどういうわけなのか、宮仕えを怠っていらっしゃるようですね。そのことだけでも、とてもいたわしく思っておりますのに。

木の陰に隠れて住んでいらっしゃると聞いておりましたのに、その山を流れる澄んだ川に、どうして藤波が袖に立っているのでしょう。

世の中ははかないものだと思うにつけても、いろいろなことが思われてなりません」と書いて、藤の花につけて、かつては童で、今は春宮が蔵人になさった、兵衛の君の弟を呼び寄せて、「この手紙を、亡き太政大臣殿の屋敷に持って参上して、人々が大勢いらっしゃるでしょうが、源宰相殿に、まちがえることなくお渡しください」と言ってお渡しになったので、蔵人は、喜んで持って参上する。

亡き太政大臣の屋敷の人は、皆、この蔵人と顔見知りだった。源宰相も、右大臣の三条の院に居続けていて、兵衛の君と親しく話をしていらっしゃった時には、この蔵人を使にして、手紙の遣り取りをなさっていたのだった。

蔵人が、源宰相がおそば近くでお使いになっていた従者に、「藤壺さまが、『この手紙を、宰相殿に、まちがえることなくお渡しせよ』とおっしゃいました」と言って渡すと、従者は、「宰相殿は、ひどく嘆き悲しんでいらっしゃるので、このお手紙を御覧になったら、悲しみが少し薄らぎなさるでしょう」と言って喜んで、何も言わずに源宰相にお渡しする。

源宰相が、「どちらからのお手紙か」とお尋ねになると、従者は、「わかりません。ある人が、『お渡しせよ』と申して持って来たお手紙です」と申しあげる。源宰相は、中を開けて御覧になる。すると、藤壺の筆跡だったので、最後まで読むことができず、激しくお泣きになる。民部卿（実正）が、「藤壺さまからのお手紙なのですね。こちらにお渡しください。拝見しましょう」。源宰相が、「涙で目も見えませんので、まだ読んでおりません。親というものは、お亡くなりになった後も、うれしい恩恵をくださるものなのですね。長年、身を破滅させた状態でおりましたけれど、その間、お手紙もくださらなかったのに」と言って、ひどくお泣きになるのを見て、宮の君が、「藤壺は、春宮にあんなにも寵愛していただいているのに、浮気相手のもとを見舞われたようだ。春宮は、こんなふうにひそかな愛人を持っている人のことをも、かけがえのないものだと思って騒ぎたてていらっしゃる」とおっしゃる。民部卿が、それを聞いて、「なんてひどいことを言うのだ。これをお聞きください」と言って、源宰相を突ついて、お二人で爪弾きをしていらっしゃる。

源宰相は、「私がまだ小野におりました時に、宰相の中将殿（祐澄）がおいでになりました。そして、『藤壺さまが、時々、「お気の毒な境遇でいらっしゃるそうですね」などとおっしゃっている』と教えてくれました」などと言って、お返事をお書きになる。

「ほんとうに珍しいお手紙をいただいて、とても喜んでおります。このようなすばらしく喜ばしい出来事がございましたので、今日、少し、長年のつらい気持ちが慰まるような思いがいたします。それにしても、
父が死んで着た喪服の袂に、涙の川の淵がなかったとしたら、私がつらい思いで沈んでいるだろうとおわかりにならなかったでしょうに。

宮仕えもせずに思い嘆いておりましたのに、こんなふうにお手紙をいただける時がありましたので、『私にとってはきっとこれからすばらしいことが起こるだろう』と思っております。でも、一方ではつらくて。珍しく里においでになると聞きましたので、喪の期間が過ぎましたら、今度は、私のほうからうかがって、今日の感謝の気持ちもお礼も申しあげたいと思います。これまでのように、冷淡にお扱いなさらないでください。今は、ただ、『狭い』と言う道であってもうかがいたいと思います」

などと、とても濃い鈍色の紙に書いて、まことに美しい八重山吹につけてある。源宰相は、この手紙の使にどんな贈り物をしようかと、あれこれと考えをめぐらせて、前に兵衛の君が返した、千両の黄金が入ったままほかの所に置いてあった白銀の箱を取りに行かせて、鈍色の紙に包んで、その紙に、

「この箱は、あなたにお譲りします。私にとっては、今日見舞ってくださった方にまさる宝物はございません。

『長き心』とか」

と書いて、「この手紙の使は、誰か」とお尋ねになると、従者が、「これはたという童名で呼んでいらっしゃって、今は春宮の蔵人になっている者が持って参りました」と答える。源宰相が、「藤壺さまは、昔親しくしていた者だと思って、これはたを使としておよこしになったのだな。『人目にたたないようにして、ここに立ち寄れ』と言え」とおっしゃるので、使の蔵人がやって来た。源宰相がいらっしゃるのは、簀子もなく、蔀に接した土殿なので、そこで、物越しで、「ほんとうに久しぶりに、うれしいお手紙の使として来てくださったと聞きましたが、こうして、人に姿も見せずに籠もっておりますので、会うことはしません。姉上の兵衛の君から、こっそりと、藤壺さまに、『私が、「今は正常な判断ができずにいますので、手紙ではくわしいことは申しあげることができません。近いうちに、必ずおうかがいいたします。出家することをとめていた父上もお亡くなりになったので、今は山深く籠もってしまおうと思っているのですが、その後のことをお願い申しあげておかなければならない娘のことなどがございますので、それもできずにいるのです。私のことを昔と同じようにはお思いにならないでください」などと申しあげていた』とお伝えください」と、泣きながら言って、「普段なら衣を脱いで被け物としなければならないのですが、それができないので、これを、その代わりとしてさしあげます。これは、長年の修行の功徳によって得た仏舎利です。山籠もりは、こんなふうに舎利になるまで修行をするものです」とおっしゃると、蔵人は、「いただくわけにはまいりません。私のように罪を犯しても恥じることがない者は、いただいてもきっとなくしてしまうでしょう。まことに身のほど知らずの恐ろしいことです」と申しあげる。源宰相は、「私が死んだ時の形見にしてください」と言って与えて、奥にお入りになる。お食事を持って来て置いたけれど、源宰相は、召しあがることなく、激しくお泣きになる。

一六　春宮から宮の君のもとに手紙が届く。

民部卿（実正）が、「前世でどのような宿縁を結んだ方だから、藤壺さまのために、こんなに心を乱しなさるのでしょうか。噂に聞いただけの人に対して、これほどまでに恋い慕うことはありませんのに。物越しにでも、親しくお話し申しあげたりなどなさったのですか」。源宰相（実忠）が、「やはり、前世の宿縁なのだと思います。右大臣殿（正頼）の屋敷におりました時、兵衛の君に、『せめて藤壺さまの声だけでも聞かせてくれ』と、強く頼んだことで、寝殿の東の簾と格子との狭間に入ったことがあります。格子の穴を開けて覗いたところ、母屋の御簾を上げて、前に灯を灯して、右大将殿（仲忠）が妻にお迎えになった女一の宮さまと碁を打っていらっしゃいました。ほかには、琴を弾いたりなどなさっているのを拝見しました。それを見た時から胸がいっぱいになって、いまだに、その思いが消えません」。民部卿が、「ところで、いかがでしたか、どちらの方が美しくお見えになりましたか」。源宰相が、「さあ、わかりません。女一の宮さまのことは、くわしくも見ておりません。思いを寄せる藤壺さまのことばかり見ておりました。まったく、ほかにこれほど美しい方がこの世にいるとは思われませんでした」。民部卿が、「おっしゃるとおりです。こんなにも美しいと評判の方だから、そんな思いになったのでしょうね。私の妻(七の君)などは、残り滓だと思います。その妻でも、ほかの人よりはそれなりに美しいと思われますのに。そうお思いになったのなら、どうして格子を押し開けてお入りにならずにすませておしまいになったのですか。こんなにまで思いを寄せている人なら、こうして嘆いていらっしゃるよりは、入って、思いを遂げてしまえばよかったのに」。源宰相が、「結婚することを親が許してくれない人に対して、そんなことをしたとしたら、今は死んでいたかもしれません。あの時、藤壺さまのことを見なかったとしたら、今でも宮仕えを続けていたと思います」。民部卿が、「こうして春宮の寵愛を一身に受ける幸いがある方だから、あなたも思いを遂げないままにおなりになったのですね」などとおっしゃっている時に、春宮から、宮進を使として、宮の君に手紙がある。

宮の君は、喜んで読んで、大声をあげて、「父上は、お亡くなりになる間際まで、『私は、おまえのことを思うと、安心して死ぬこともできそうにない。宮仕えに出したのに、人並みに扱ってもいただけないし、こんな時でさえ、かわいそうだともおっしゃらないのだから、春宮は、おまえのことを、ずいぶんと憎らしいと思っていらっしゃるようだ。こんなおまえを遺して死ぬとは。私が死んだ後、どれほど途方にくれることになるだろうか』と言って、泣きながら亡くなってしまいました」と言い、「父上、大空からでも御覧ください。今日のお手紙をお見せできないままになってしまいましたが、春宮さまがこうして見舞ってくださいました」と言って、泣き騒ぎなさる。民部卿が、「お手紙には、どんなふうに書かれているのですか。お渡しください。拝見したいと思います」と申しあげなさるので、宮の君は、御簾（みす）の外にさし出しなさった。

民部卿がお読みになると、

「とてもいたわしく悲しいことをうかがって、すぐにお見舞いの手紙をさしあげようと思ったのですが、人が忌みの期間だと言う日を過ごしてからと思っているうちに、今になってしまいました。いかがお過ごしですか。日がたつにつれて、心細い思いをしていらっしゃるのではないかと案じております。でも、そんなに心細くお思いにならなくても。

頼りになさっていた父上は亡くなっても、私だけでもこの世に生きている間は、そんなにお嘆きにならないでください。

どういうわけか、仲がいいはずのご兄弟によそよそしく思われていらっしゃるようですから。亡きお父上がご存命だったから、あなたのことをおまかせしていたのですが、今後は、私がお世話いたします。これからは、やはり、あのような、人が不快に思うようなことをおっしゃらずに、心を落ち着かせてお過ごしください。そうして、これからは、穏やかに生きたいとお思いください」

とお書きになっている。ほかの方々も、読んで、「ああ困ったことだ。春宮は、私たちが、皆、宮の君のことを心にかけていないと思っていらっしゃるようだ」とおっしゃる。源宰相は、小さな声で、「いやはや。私が心を惑わして思い、春宮もこのうえなく寵愛なさっているという藤壺さまのことを、『浮気相手のもとを見舞われたのだ』などとおっしゃるとは。老いの繰り言ではありませんか。そんな人のことを、幸せになってほしいなどと思うはずがありません。でも、春宮がこうおっしゃったのだから、これからは、私が生きている間はお世話はしましょう」などとおっしゃる。

宮の君は、春宮に、

「お手紙をいただいて恐縮しております。思いがけずひどく悲しい目にあって思い嘆いておりましたが、とてもうれしいお言葉をうかがって、少し心が慰まりました。いやはや。亡き父が、夜も昼も思い嘆いておりました私のことを、どれほど心配なさっていたことかと思うと、つらくてなりません。

父が生きていらっしゃった時に、このようなお言葉をくださったらよかったのに。父は、今ごろ、嘆きながら、死出の山路をどのように越えていらっしゃることでしょうか。

今日のお手紙を見せられたのにと思うと、残念です。『人が不快に思うようなことを言うな』とおっしゃいましたが、それは、私が人並みに扱ってもらえなかったので、親兄弟が私のことを軽んじていたために、思慮が浅い私は不愉快に思ったのです。もう、そのようなことはいたしません。これからは、ただ、春宮さまが心にかけてくださらなかったら、親の面目ばかりか、春宮さまの面目をもつぶすことになる身だと思うばかりです」とお手紙をさしあげなさる。

［ここは、絵。太政大臣（だいじょうだいじん）の屋敷。］

一七　藤壺、実忠の手紙の使から、報告を受ける。

藤壺（ふじつぼ）の使の蔵人（くろうど）（これはた）は、藤壺のもとに戻って来て、源宰相（実忠）のお返事をお渡しする。蔵人は、まわりに人もいない時だったので、源宰相の様子やおっしゃったことを、くわしく報告して、いただいた白銀の箱をお見せ申しあげると、藤壺は、開けて、中に入っていた、源宰相が書きつけた歌を見て、「これは見たのですか」と言って、蔵人にお与えになる。見ると、文箱（ふばこ）の中には、その箱が一つ入っている。藤壺が、「これ以上に心がこもった贈り物はないでしょうね。この箱を残しておいて、結局は兵衛の君の一族に与えたのですね。手もとに置いていらっしゃったのでしょうか」とお尋ねになると、蔵人は、「ほかの所から、人が持って来ました」とお答え申しあげる。

一八　春宮から藤壺に、三日ぶりの手紙が届く。

春宮は、白銀と黄金の結び物をほどいて、ほかなるなる（未詳）竹原にして、下樋として白銀のほとかわ（未詳）を結んで餌袋のようにして、黒方を土にして、沈香の笋を隙間もなく植えさせて、その節ごとに水銀の露を置かせて、藤壺にお贈りになる。お手紙を、

「昨日と一昨日は、物忌みだったので、お手紙をさしあげられませんでした。前に、『見舞おう』と言っていた人のもとに手紙を遣ったところ、こんな返事が来ました。特に思慮分別がありそうもなかった人も、今では、こんなに殊勝な気持ちになったのですね。これを思うにつけても、嵯峨の院が、こうして、いたわしいことに、もうあまり長く生きていられそうにない様子にお見えになるのに、小宮が今こんな状態でいるとお聞きになっているでしょうから、近いうちに小宮を見舞いたいと思います。でも、小宮に愛情があるとお疑いになるのではないかと思うと、憚られてできずにいます。おっしゃるとおりにいたします。ところで、これは、小さい子どもたちに持たせてくださいと思ってお贈りします。それにしても、

昔は、夜が明けてゆくと、二人の衣のうちどれが自分の衣なのかわからずに慌てましたが、退出なさった後も、明け方には、この歳になっても、つらい思いをしていました。

あなたは、どのようなお気持ちでいらっしゃいますか。私は、夜も昼もあなたのことを忘

れる時がなく、退出なさった後は、まだぐっすり眠っていません。

ずっと、あなたと一緒に寝て、夜を明かしてきましたが、今では、日が暮れて夜が訪れると、その度に、呉竹の節ごとに露が置くように、涙とともに起きるのでしょう。戻って来てくださる日は、まだまだ先だという気持ちがいたします」

と書いて、いつもの蔵人（これはた）に持たせて、藤壺にさしあげなさる。

藤壺は、まだ、右大臣（正頼）が住む東北の町においでだった。人々が、春宮から贈られた物を見て、「風情がある筝ですね」と言って、黒方の土を丸めて、筝を一本ずつお取りになる。

藤壺は、春宮に、

「お手紙ありがとうございました。一緒にお送りくださったお手紙を見て、宮の君さまが、なるほど、そのようなお気持ちにおなりになるのももっともだと思いました。小宮さまをお見舞いになる件は、とてもすばらしいことだと思います。私が宮中にいないからだとお思いになったとしても、お見舞いなさることでお考えを改めなさる時もきっとあるでしょう。私は承知いたしました。お手紙に、『ひどく思い嘆いている』とありましたから、亡き太政大臣殿の大君（宮の君）さまのことも、とてもいたわしく思っています。早くご連絡をさしあげてください。ところで、これは、

起きた時におたがいの衣が涙で濡れたまま別れた明け方のことが、今でも夜が明けるた

び思い出されます。

お手紙に、『露』とありましたが、私は、明けても暮れても、泣いてばかりおります。

呉竹の節ではないのに露がかかるこの身は、その露のようにはかなく短い時間であっても、嘆かずにはいられません」


とお返事を書いて、蔵人に、「せめて今回は」と言って、単衣の御衣に小袿を添えてお与えになる。

一九　藤壺、大宮たちに、宮仕えのつらさを訴える。

右大臣（正頼）が住んでいらっしゃる東北の町は、特に風情があることはなくて、どこもかしこも厳かな感じである。婿君は、東の一の対に右大将（仲忠）。ほかには、東の二の対に、そこを二つに分けて、蔵人の少将（近澄）と大夫の君（宮あこ君）がお住みになる。それ以外は、ほかの人の曹司。男君たちは、この三条の院に住んでいらっしゃった時はそうでもなかったけれど、それぞれの北の方の里に住むようになってからは、この東北の町に参上して一緒に集まって、姿をお見せになるので、藤壺は、とても騒々しいと思って、「もう、東南の町に戻りたいと思います」と申しあげなさる。すると、大宮が、「あんなに広い所にはお戻りになってはいけません。かつて求婚したまま思いがかなわなかった方々が、皆、思いを残していて、この機にと思って入り込んで来たら、どうするおつもりですか。そうでなくても、人に不愉快に思われていらっしゃるのですから、悪い評判を立てようと思って、腹黒い計略をめぐらす人もいるでしょう。だから、とても心配なのです。やはり、狭くても、ここにいてください」と申しあげなさるので、藤壺は、「私に思いを残している方など、誰もいらっしゃらないでしょう。昔、入内する前の娘で、こうして人から見られることがなかった時には、私のことを、ひょっとして人並みの女ではないかと思って求婚なさったのでしょう。でも、今では、こんなふうに容色が衰えて、たくさんの下仕えの者などに、聞くに堪えない不当なことを言われているのですから、求婚なさっていた方々は、どなたも、それを聞いて疎ましく思っていることでしょう」とおっしゃる。宰相の中将（祐澄）が、それをお聞きになって、「藤壺さまは人から見られる立場におなりになりましたが、特に欠点のない人は、藤壺さまだけです」。藤壺が、「何をおっしゃるのですか。欠点があると思って見ている人もいると思います」。すると、右大臣が、「そんなことはありません。お迎えにうかがった時に、春宮が私のことも息子たちのこともお咎めになりましたが、それはそれで、とても名誉なことだと思いました」と言って、「ほかの妃たちの所でそれぞれ勝手気ままなことを言って大騒ぎになりましたが、そんな扱いをお受けになったことは、あらためて考えると、晴れがましく思います。でも、やはり、人に悪く言われることは避けたいものですね」。藤壺が、「それにしても、私に何かしようと思っている人は、もう誰もいないと思います。もしかしたらと心当たりがある人は、今は出歩くことができないと聞いています。あの方は、おいたわしいことになったと聞いております。先日、人を行かせて見舞ったところ、とても喜んで、『これからは、念願どおりに、野山にも入り、法師にもなってしまおう』と言ったそうです。そのような深い思いがわかったから、普通の人としての感情を持っていない私でさえも、人の情けが理解できるようになったのです」とおっしゃるので、そこにいた人は、皆、いったい何をおっしゃっているのだろうと思う。左衛門督（忠澄）が、「この世の人は、私たちの一族の者を除いて、藤壺さまに対して、誰もが同じような思いを懐いていたのですよ。源宰相殿（実忠）だけが、こんなふうに思っていただいているのは、うらやましいことです」。藤壺が、「そうは思われません。私が裳着をした頃から求婚し始めて、いまだに忘れずにいるという人など、誰もいません。ちょっとした手紙なら、あこきなども、たくさんもらっているようです」。大宮が、「いまだにあなたへの思いを持ち続けている人のことは、たくさん耳にしていますよ」。藤壺が、「今では、そんな人は、誰もいません。私には、そんなふうに思って見たこともありません。何もいいことがない宮仕えをして、人々のひどい悪口を聞いた時には、『ひどいことだ。私のことをほんとうに思ってくれている人と結婚すればよかったのに。そうしたら、こんなことを言われなかっただろうに』と思う時は多いのです。ほかにも、つらく悲しいと思うことがあるのですよ」と言ってお泣きになる。大宮と宰相の中将は、事情がわかっていらっしゃるので、とても悲しいとお思いになる。ほかの方々は、なんのことかおわかりにならない。

藤壺が、「男女の仲のことを知らなかった時は、いろいろなことが、何も心に深く感じませんでした。今思うと、いたわしくも悲しくも思われてなりません」とおっしゃるので、宰相の中将が、「ほんとうにそうですね。私をはじめとして、こんなに頼りなく無警戒な所に滞在なさることはできないでしょう。ところで、二人ずつ、東南の町のお住まいの宿直(とのい)をいたしましょう。これから先、私はもちろん、兄弟たちも、その息子や娘たちまで、藤壺さまの若宮のことをお頼り申しあげていらっしゃるのですから、次の春宮は若宮になってほしいと思っています」。藤壺が、「まあ、どうお返事したらいいのか困ります。どうしてこんなことをおっしゃるのですか。梨壺さまが懐妊していらっしゃるようですから、男御子(みこ)であったら、そういうわけにはいかないでしょう。春宮は、嵯峨(さが)の院の小宮さまのもとにもお通いになるおつもりだそうですから、私が退出している間に懐妊なさったら、その御子が立坊なさることでしょう。世の中は何がどうなるのかわかりませんから、若宮が必ず立坊するとも思いません」。右大臣が、「梨壺さまのことは、私にはわかりません。今は、この世は、右大将殿とその父の左大将殿（兼雅）の世になってしまうでしょう。世間の人は、伯父の左大臣殿（忠雅）や私をはじめとして、誰もが皆、右大将殿の意向にすっかり従っています。それは、右大将殿が強引に人を従わせているわけではなく、立派な方だから、人が心遣いをするので、おのずと、右大将殿の意向に従うようになるのです。春宮は帝(みかど)の意向に従い申しあげなさり、帝は右大将殿の意向どおりになさるから、右大将殿が、一族の方々を使って、『梨壺さまが生んだ御子を春宮に』と申しあげたら、疑いなく、その御子が立坊なさるでしょう。私であっても、意見を言えるはずもありません。后の宮はいらっしゃいます。でも、その后の宮の里の方々は、藤氏の一族です。これまで、源氏の血筋から立坊した例もありません」。宰相の中将が、「なんとも不都合なことです。世間ではいろいろと噂をしております。でも、どなたに御子がお生まれになったとしても、右大将殿がそのような心を持つはずはありません。右大将殿は、とりわけ、若宮のことを、とても深く好意を懐き、大切にお世話をしてくださっているのですから。この一月の子の日に、お食事を調理し、七種の財宝を尽くした玩具を用意して、きちんと正装しながら、食事の世話をして、ご自身の手でさしあげなさいました。そんなこともありましたし、世間の信望も厚い方なのですから、おかしなことを少しだって考えるはずはないと思います」。右大臣が、「何はともあれ御覧なさい。この人たちも、右大将殿にすっかり靡いているようです」とおっしゃる。

二〇　藤壺警護の順番を決め、藤壺、東南の町に帰る。

左衛門督（忠澄）が、「どうして、私を、藤壺さまのお住まいの宿直の当番に含めてくれないのか。私も宿直の当番をしたい」と言って、

「宮あこの侍従は、藤壺さまのお住まいの宿直の責任者を、一心に取りしきれ。蔵人は、宿直の当番の中に入れないほうがいいだろう。宮仕えが忙しい。兄たちは、蔵人の少将

（近澄）一人を除いて、私が宿直をする以外の六日間は、二人ずつ、六番で組むことにしよう。東南の町に今でもいる者たちは、それぞれの番に組み入れて、この当番を怠った人は、罰として、一日分の食事を負担させよう」
と書き、花押を書いて、宮あこ君に、「これを預かって、藤壺さまがおいでになる所の前の柱に張りつけて、怠った人は叱責して、たとえ兄であっても責めたてよ」と言ってお渡しになったので、宮あこ君は喜んで受け取った。宰相の中将（祐澄）が、「それでは、兄弟が宿直をするようになってから、あちらにお戻りください」と申しあげなさると、藤壺は、「とても気分がすぐれないので、戻って、気楽に寝起きをしたいと思います」と言って、「すぐにまたこちらに参ります」と言って、東南の町にお帰りになった。藤壺の車には、四位と五位の官人たちは、誰もが、大勢つき添って、手で引く。若宮と弟宮が、一緒にお乗りになる。男君たちが、連れだってお送りなさる。

右大臣が、「藤壺が、何を考えてあんなことを言ったのか、わけがわからない」。大宮が、「何か理由があるようです。間近に心変わりをした人がいることを思って言ったのだと思います」。右大臣が、「やっかいなことですね。入内することをひどく嫌がっていたのに、春宮も私も一生懸命になって、強引に進めたことなのですが」。大宮が、「やはり、藤壺は、そのことで、『私を、宮仕えさせずに、そのままこちらにいさせてほしかった』などとお思いになったのですね。こちらで、こんなふうに琴を弾いて管絃の遊びなどをしているのを、まだ若いから、うらやましいと思っているのでしょう」。右大臣は、「それなら、いずれ、いぬ宮に琴を伝授する時にうらやましく思うでしょうね」などと、こっそりとおっしゃる。

二一　藤壺の里邸、東南の町の様子。

藤壺の里邸である東南の町は、とても風情がある。遣水のあたりに、木高く美しい八重山吹が咲いている。池のほとりには、藤の花が咲いてからみついた大きな松が、何本も立っている。春の花も秋の紅葉も、どちらも趣があり、四季折々の前栽や草木も、まことに風情がある。遣水に滝を落とし、岩を立てた様子なども、ほかのどこよりも見所がある。源中納言（涼）はこのような庭作りに興味がおありになる人なので、こちらに来てしばらくしかたっていないけれど、趣深く作っておいた所である。藤壺がいらっしゃる西の対は、普通の調度を使っていないので、暗い闇の中でも光り輝いて見える。寝殿は、清涼殿を模して造ってはいるけれど、調度は普通の物なので、一般の殿舎のようである。寝殿は、東西の二つに分けて美しく飾りたてて、東側は若宮のお住まいとして、乳母が四人、女童と下仕えが二人ずついる。ほかの所は、すべて、若宮のための家政を執る所とさせなさって、東の一の対を、お仕えする蔵人たちの詰め所にしている。さまざまにお定めになった所を、政所をはじめとして、それぞれの用途に応じてしつらえている。東の二の対は、宮あこの侍従のお住まい。寝殿の西側は、二の宮のお住まいで、乳母と侍女たちがいる。西の二の対は、二の宮のための侍所と藤壺のための侍所。ここには、高い官職に就いている四位と五位の官人が、とても大勢参上してお仕えしている。次の対は、藤壺の親族たちの曹司。西の廊は、それ以外の人々の曹司。門は、東と南にある。こんなふうに広いけれど、やはり狭いと思いながら住んでいらっしゃる。宿直の男君たちは、毎晩、檜破子や、手の込んだ食事を用意して、藤壺の前にも台盤所にもさしあげる。

二二　仲忠から、若宮のもとに文字の手本が贈られる。

こうしているうちに、「右大将殿（仲忠）から」と言って、さまざまな色の色紙に書いて、花の枝につけた四巻の手本を、孫王の君のもとに、

「藤壺さまに、『私自身で持ってうかがわなければならないのですが、ご依頼がありました春宮のための手本を持って参内するために参ることができません。これは、「若宮のための手本を」とおっしゃったので、手本にしていただけるようなものではありませんが、ご要望がございましたので、急いでお贈りいたします』と申しあげてください。それはそれとして、藤壺さまご自身には、これまでたくさんのお手紙をさしあげたから、どんな手本も必要ありませんね。私は、お手紙をいただけたら、そのお手紙を手本にいたします」

という手紙とともにお贈り申しあげなさった。

孫王の君は、この手本を藤壺の前に持って参上した。御覧になると、黄みを帯びた色紙に

書いて、山吹につけたものは、漢字の楷書体で、春の詩。青い色紙に書いて、松につけたものは、漢字の草書体で、夏の詩。赤い色紙に書いて、卯の花につけたものは、仮名。仮名の一巻目には、漢字でも平仮名でもない書体で、「あめつち」の四十八文字が書かれている。その次には、漢字を、放ち書きで、同じ文字がさまざまな書体で書いてある。

わかかきてはるにつたふるみつくきもすみかはりてやみえむとすらむ（私が書いて春宮にお伝えした筆跡も、いずれ墨の色が変わって見えることになるのでしょう）。

さらに、平仮名で、

またしらぬもみちとまとふうとふうしちとりのあともとまらさりけり（自分の筆跡を見て、まだ見たことがない紅葉なのかと驚いています。うとふうし（未詳）千鳥の足跡のような筆跡も残すことができませんでした）。

連綿体で、

とふとりにあとあるものとしらすれはくもちはふかくふみかよひけむ（空を飛ぶ鳥にも足跡があるものだと教えたので、鳥は、浜辺に足を踏み入れることなく、雲の中の道深く飛んで行ったのでしょう）。

次に、片仮名で、

いにしへもいまゆくさきもみちみちにおもふこころありわするなよきみ（昔も、また、これからも、人それぞれに思う心があるのです。あなたは、そのことを忘れないでください）。

葦手（あしで）で、

そこきよくすむともみえてゆくみつのそてにもめにもたえすもあるかな（底清く澄むとも見えずに流れる水のように、涙は、袖にも目にもいつもあふれています）。

と、とても大きく書いて、一巻に仕立ててある。

藤壺が、この手本を見て、「申しわけないことに、何をするにしても手を惜しみなさる人が、こんなにさまざまな書体で書いてくださったのですね。先日、ほんの軽い気持ちでお願いしたのに。春宮が、長年ご所望だった手本も、今日さしあげたそうです。この返事は、私がします。使は、誰ですか」とお尋ねになると、孫王の君が、「持って来て置いたまま帰ってしまいました」と申しあげるので、藤壺は、「こちらにいる者は、なんとも気が利（き）かないことですね。右大将殿からこのような物を贈ってくださったのに、その使をそのまま帰してしまうなんて」と言って、とても厚ぼったい白い色紙一重（ひとかさね）に、

「孫王の君にお手紙をくださったようですが、『人を訪（と）うとも』と言うそうですから、私がお返事いたします。お願いした手本を、こんなふうにさまざまな書体で書いてお贈りくださったことは、お礼の申しようもありません。やはり、こちらの御子たちは、右大将殿の弟子にして、文字以外のこともお教えください。それはそうと、お手紙の最後でお求めになったのは、なんのことなのでしょうか。私以外の人なのだろうかと思うと気にかかります」

と、いつもより、美しく、筋をつけて、大きめに書いて、「この返事を、こちらも、気が利いた者に届けさせ申しあげて、その者は、返事をもらわずに帰って来なさい」と言ってお贈り申しあげなさった。

二三　藤壺のもとに、春宮・仲忠から手紙が届く。

こうしているうちに、春宮から、

「ここ数日、どのように過ごしていらっしゃるのかと案じております。『喪服を着たら、夜の間にも参内します』とかおっしゃったので、『頼めても』と言うそうですから、毎晩お待ちしていました。ぜひそちらに行きたいと思うのですが、それができないので、不本意な思いでいます。前の手紙でご相談した小宮の所には、先日訪れました。それはそうと、筑波嶺の陰のように妃たちはたくさんいますが、私はあなたのことを片時も忘れる時がありません。

やはり、夜の間には、必ずおいでください。『私が死んだら、幼い御子たちをどうして育てたらいいのだろう』などとお思いになるならば、参内なさることはおっくうではないでしょう」

と手紙を書いてお贈り申しあげなさった。

藤壺が、使の蔵人（これはた）に、「春宮は、小宮さまのもとへは、いつおいでになったのか。また、小宮さまは、春宮のもとに何回くらい参上なさったのか」とお尋ねになると、蔵人は、「春宮は、この一日（ついたち）に、小宮さまのもとにおいでになりました。それ以外では、小宮さまが夜に一度参上なさいました。春宮は、最近、毎日講師（こうじ）が参上して、漢籍を学んでいらっしゃいます。夜は、夜が更けるまで、字の練習をしたりなどなさっています」と申しあげる。

藤壺は、春宮に、

「ここ数日は、どういうわけか、ずっと気分がすぐれずにいて、どうなるのだろうと、心細い思いをしています。なぜこんな思いをするのか、知りたい気持ちになりました。『夜の間には、必ず』とのお言葉ですが、私もそう思ってはいるのですけれど、少しも身動きできそうもありませんので、誰にも知られずに参内することは難しいと思います。ところで、『筑波嶺（つくばね）の陰のように』とか。私は、

ほんとうは、私のことを思い出す時などないのでしょう。春宮さまには、筑波嶺の陰を求めるように、春宮さまを慕っておそばに集まる方が多いのですから。

と思うばかりです。『先日、小宮さまの所に訪れた』とお書きになっていましたが、ほんとうによかったと思います。そんなふうに誰もが春宮さまを慕って集まって来るなら、それはそれで安心できます」

とお返事申しあげなさる。

また、右大将（仲忠）から、今朝のお返事を、

「私が留守をしていた時にお贈りくださったということなので、たった今拝見したばかりです。私自身でうかがって、このお礼も申しあげたいと思うのですが、今まで、春宮のもとにおりましたので、とても気分がすぐれずにうかがうことができません。『御子たちを私の弟子に』とか。もともと若宮にお仕えする気持ちを持っていましたが、このように言ってくださったので、ぜひ家司や雑用役でもさせていただきたいと思っております。ところで、お手紙に、『世にとまらぬ』とございましたが、なんのことでしょうか。その方々に、

　私の衣の袖の上に見えた浜千鳥の足跡（手紙の文字）は、流す涙ですぐに消えてしまったのです。


今までのお手紙ははっきりと見ることさえもできないままになってしまいましたので、今日のお手紙だけは見ることにいたします」

とお贈り申しあげなさった。

二四　翌日、東南の町で、侍女たち話し合う。

　翌日になって、藤壺は、孫王の君に髪を調えさせなさる。藤壺の前には、孫王の君と兵衛の君と木工の君がいて、粥をさしあげ、食事のお世話などをする。兵衛の君が、「先日の小

箱は、昔見たものだったので、とても感慨深い思いがいたしました」と申しあげる。孫王の君が、「あの箱の中に入っていた黄金(こがね)を計ってみましたところ、三千両ありました」。兵衛の君が、「私には二百両くださいました。残りは人々にすべてお与えになりましたが、弟のこれはたにはくださらないままになってしまいました」。藤壺が、「計算が合いませんね」。孫王の君が、「私が計った時には、もっと多かったようですのに」。兵衛の君が、「ああ、こちらに戻って来ると、昔のことが思い出されます。宰相殿（実忠）が途方にくれていらっしゃったことも、次々と思い出されます」。孫王の君が、「どうしてそんなお気持ちになられるのですか。藤壺さまがこうして里邸に滞在していらっしゃるから、このような物も見ることができるのですよ。宮中に籠もっていらっしゃった時には、もの足りなくてつまらない思いがしました。こちらに戻られてからは、このように、ご両親がいらっしゃる東北の町から離れて住んでいらっしゃいますが、昔だったら、どんなことが起こったでしょうか」。兵衛の君が、「ほかの方々とは違って、真面目なお心で藤壺さまをお思いだったのは、宰相殿ですよ。私をお召しになったので、お一人でいらっしゃった曹司(ぞうし)にいつも参りましたけれど、私に、『藤壺さまに、ああ申しあげよ、こう申しあげよ』とおっしゃるばかりでした。個人的にも好色な振る舞いはまったくなさいませんでした。若い人は、そんなわけにはいきません」などと言って、「いやはや。宰相殿はこんなふうに聖(ひじり)におなりになったのですね」。少将の御(ご)が、「個人的なことを口にしないはずはありません。言ったけれど、あなたが聞き入れなかったのですよ」。兵衛の君が、「さあ、わかりません。私のことが恐ろしかったからでしょうか、私は何も聞かないままになりました」。孫王の君が、「いえいえ。真面目一方な人などいないものですよ」。木工の君が、「そのとおりです。そう思っているのは兵衛の君だけですよ」と言う。

この孫王の君の母は、帥の君といって、上品な方で、源中納言（涼）がおいでになった時にお相手をして、ますます聡明な方としての評価を受けていらっしゃる。娘は三人いて、大君は藤壺に仕える孫王の君、中の君は女一の宮に仕える孫王の君、三の君はさま宮に仕える孫王の君である。藤壺に仕える孫王の君は、昔は、顔だちが美しく、髪が背丈よりも長くて、落ち着きがあって美しい、奥ゆかしくて思慮分別がある人だった。右大将（仲忠）が、昔、親しく思っていろいろな話をしたので、今でも、そのことをずっと心にかけて、身分が高い人や男君たちが声をおかけになっても、聞き入れることなく、藤壺のそばにずっとついて、その前を片時も離れずにいる。さま宮に仕える三の君のことを、何かにつけて大切にして、局にいる女童や侍女や下仕えまで世話をする。右大将も、こっそりと、風情がある物を贈ったりなどなさったけれど、女一の宮と結婚なさった後は、やめていらっしゃる。

兵衛の君は、おっとりとした人で、髪は背丈よりも一尺ほど長く、とても機転が利いて男女の情愛を解している。木工の君は、ふっくらとしていて魅力がある人で、髪は背丈と同じ長さで、とても才気がある。あこきは、兵衛の君に似ていて、髪の形も体つきも、とても美しい感じでかわいらしい人で、髪は背丈よりも一尺ほど長くて、まことに洗練されている。小君も、あこきに似ている。でも、あこきは、機転が利いて男女のことにも通じている。

二五　三月二十八日頃、女一の宮たち藤壺のもとを訪れる。

こうしているうちに、三月二十八日頃になって、女一の宮と妹宮たちが、同じ車に乗り、数え切れないほどの四位と五位の官人が、男君たちと一緒にお供をして、東南の町においでになった。車からお下ろし申しあげて、女一の宮と妹宮たちはお入りになった。女一の宮と妹宮たちの装束は、いつもと同じである。藤壺は、平絹の掻練の御衣一襲と、薄鈍色の張り袷の御衣を着ていて、「私の方からそちらにうかがおうと思っておりました。近くで護衛している右大将殿（仲忠）が、いつもおそばにいらっしゃると聞いたので、遠慮しているうちに、こうしておいでくださって、とても恐縮しております」と申しあげなさる。女一の宮が、「夫の右大将のことを、どうして怖がっていらっしゃるのですか」。藤壺が、「東北の町での生活に馴れていたので、入内した後は、時々は知らない人と交際し、それ以外の時は長い間ぼんやりと眺める暮らしをして、とても不思議な気持ちです。『宮仕えは心が晴れ晴れとする』とは、なんのことを言ったのでしょうか」。女一の宮が、「私も、皆さんが集まって、男でも女でも、親しい者同士で、管絃の遊びをしたり、いろいろと話をしたりすることに馴れていたのに、そのような人たちに対してとても疎遠になってしまいました。今、噂で耳にしたり、ちょっと姿が見えたりしただけでも、恐ろしく気詰まりだと思ったあの人（仲忠）と向かい合っていると、茫然（ぼうぜん）として、信じられない思いになって、昔のことが恋しく思われます。ですから、すぐにこちらにうかがいたいと思っていたのですけれど、それもできず、今日やっとのことで参りました」と申しあげなさる。

藤壺が、「今回、どうしていぬ宮さまを一緒に連れて来てくださらなかったのですか。何よりも、いぬ宮さまのことを、真っ先に見たいと思っておりました」。女一の宮が、「さあ。あの人が、前に寝かせて守ろうと決めていますので」。藤壺が、「右大将殿は、どうして人にはお隠しになるのですか。小さい頃は、ここにいらっしゃる妹宮たちなどを、皆で、一緒にかわいく思って見申しあげましたよね」。女一の宮が、「さあ。いぬ宮の前にいつもいて、あの人の前には誰も行かないからでしょう、あの人は、このような赤子を見馴れていなかったので、普段はいぬ宮を常に袖に抱いて籠もり続けているようです」。藤壺が、「それはそうと、何度も申しあげますが、いぬ宮さまがお生まれになった時の琴（きん）の音（ね）をお聞きできなかったことが悔やまれてなりません。『退出したい』と申しあげたのですが、父上（正頼）は、車も送ってくださらないし、連絡もくださらなかったので、とても残念に思いました。帝も、『ぜひ、早く譲位して、右大将に琴（きん）を弾かせて聞きたい。呼んでも来てくれないなら、家に入り込んで弾かせよう』とまでおっしゃっていますのに。私は、そんなことがあったのにと思うだけでも、今さら言ってもしかたがないことですが、うらやましいことです。誰が、真っ先にお弾きになったのでしょうか。どちらにあった琴ですか」と申しあげなさると、女一の宮が、「三条殿にあった琴です。子の右大将が、真っ先に弾いたようでした。母の尚侍さまがお弾きになった琴は、胸にせまって悲しくて、聞いているうちに、ただもう涙があふれてきました。その琴の音を聞くとすぐに、産後の苦しみもなくなって起き上がることができました。夫の右大将が弾く琴は、とても荒々しく恐ろしく感じられて、胸がどきどきしました」。藤壺が、「尚侍さまが弾く琴は、おっしゃるとおりです。清涼殿で琴を弾いた夜に、私も、どうしても聞きたかったので、父上にもほかの人たちにも、泣きながら強くお願いしたところ、父上は、『何をばかげたことを言っているのか』と言って機嫌をそこねていらっしゃいましたけれど、連れて行ってくださって、人々の中で聞かせてくださいました。尚侍さまの琴の音を聞いた時は、自分はどこに生まれ変わったのかと思われました。こんな話はやめましょう。こんなことを申しあげたとお話しにならないでください。右大将殿が弾く琴を、まだ聞いていません」。女一の宮が、「さあ。あの人が弾く琴を、私もくわしく聞いたことがありません。ぜひ聞きたいと思うのですが、まったく聞かせてくれません。そのくせ、『藤壺さまと結婚していたら、私の琴の奏法は、何もかもすべてお教え申しあげたのに。この世では、藤壺さまだけが、私の一族の奏法を弾くことができる方でいらっしゃる。思いもかけず、考えてもいなかった人と結婚したことで、藤壺さまに対して愛情がないかのように思われ申しあげること』と言って、このことばかり口にするのです」。藤壺が、「まあ、なんてことをおっしゃるのですか。けっして、そんなことはありません。右大将殿が、聞いて、勝手にそう思い込んでいらっしゃるのでしょう。女一の宮さまに琴の音をお聞かせなさらないはずはありません。ご夫婦なのですから、夜も昼も強くお願いなさったら、お教え申しあげなさらないはずはないでしょう」。女一の宮が、「そう言って頼むのですが、あの人は、聞き入れてくれず、『近いうちに、帝が譲位なさった時に、帝の御前で、どんな曲でも、手を尽くして弾いてお聞かせしたいと思っています。こうして結婚させてくださった帝のお気持ちがまことに畏れ多いので、そのお礼を果たすためには、せめてこのようなことだけでもしなければと考えています。ですから、あなたもそこに参上して聞いてください』などと言っています」。藤壺が、「とてもすばらしいことですね。その時には、前もってご連絡ください。私もこっそりとそこにうかがってお聞きしたいと思います。その機会までのがさせなさらないでください。女一の宮さまは、これからの機会もあるし、いぬ宮さまのおかげで、右大将殿の琴は、充分に満足するまでお聞きになることができるでしょう」。女一の宮が、「まあ、ずいぶんと先のお話をなさること」などと、多くの御物語などをなさって、女一の宮が、「ところで、藤壺さまの髪はいかがですか。私の髪は、すっかり抜け落ちてしまいました」と言って、比べて御覧になると、藤壺の髪は、女一の宮の髪よりも三寸ほど長い。女一の宮が、「昔はちょうど同じ長さだったのに、ずいぶんと長くおなりになったものですね」と言って、女二の宮の髪を御覧になると、袿の裾と、まったく同じ長さである。髪の毛の様子もその髪が垂れかかったさまも、女一の宮にとてもよく似ている。どなたも、まったく同じような感じでいらっしゃるが、女二の宮は、少しふっくらとしていて、親しみやすい様子である。女四の宮は、まだ小さくていらっしゃるが、気品があり、背が高くてすらっとした姿をしていて、髪は背丈よりも少し長い。

二六　同日、孫王の君たち、父上野の宮のことを語る。

こうしているうちに、右大臣（正頼）の所から、檜破子・酒・椿餅などをさしあげなさった。左大臣（忠雅）の所からは、梨・柑子・橘・苞苴などが贈られてくる。ほかにも、あちらこちらから、趣向を凝らした物を、たくさん献上なさった。

女一の宮のもとには孫王の君（中の君）と中納言の君、藤壺のもとには孫王の君（大君）と兵衛の君がいる。孫王の君たちは、いろいろと話をする。姉の孫王の君が、「私たちの父宮（上野の宮）は、今でも、こちらにいた身分が低い下仕えの者の娘を、藤壺さまだと思い込んでいらっしゃるのでしょうか」。妹の孫王の君が、「もちろんです。先日、父宮の所から来た人に尋ねたのですが、ある人が、『春宮のもとに入内なさった方が、九の君と申しあげるようです』と言ったところ、父宮は、その者をつかまえて、ひどく打って懲らしめさせなさったということです。その者が下に閉じ込められたので、公然と言う人は誰もいないそうです。にせの藤壺さまは、このうえなく大切にして、北の方として据えられています」。姉君が、「まあばかばかしいこと。世間の人が聞いてどう思うかと考えると、肩身が狭い思いがします。右大将殿（仲忠）はこのようなことを耳になさっているだろうかと思うと、恥ずかしくて、顔が赤らむ思いです」。妹君が、「姉上は、言うまでもないことをおっしゃいますね。右大将殿は、話の種にして笑っていらっしゃいますのに。『あの上野の宮の子なのに、あなたたちは、どうしてこの程度ですんでいるのだろう』とおっしゃっています」などと言う。

それを聞いて、藤壺が、「なんの話をしているのですか。こちらには、姉上がおいでになるのですから、女一の宮さまのお供でなくても、時々は遊びにいらしてくださいね」。妹君が、「そう思ってはいるのですが、なかなかうかがうことができません。今回は、女一の宮さまがこちらにおいでになろうとなさったので、同じことならと思ってお供をいたしました。先日は、藤壺さまのことで、右大将殿にひどく咎めたてられました。藤壺さまがお贈り申しあげなさったお手紙を、下仕えの者が持って来た時に、そのまま帰してしまったので、右大将殿が、人々には、『そばにいながら、私に伝えなかった』とおっしゃって、私には、『おまえまで、そばにいながら、どうして、「お手紙の使がやって参りました」と報告させなかったのか。まったく気が利かない』などと、いつもは特に機嫌をそこねたりなさらない方が腹をお立てになったことは、いたわしく思いました。ところで、そのお手紙は、右大将殿が御覧になって、『これほどの宝物はないだろう。これから後は、こんなふうにお手紙をくださることはあるまい』と言って、人に手も触れさせなさらない厨子にしまっておしまいになりました。こんなきまりが悪い思いをいたしました」。藤壺が、「姉上のもとに贈られた四巻の手本を、ずいぶんと手をかけて書いてくださったようですから、右大将殿にそのお礼を申しあげさせただけなのですよ。私も、お手紙を贈ってくださった使の者に返事を持たせずに帰してしまったことを、『ほんとうに気が利かない』と叱っておきました」などとおっしゃっているうちに、日が暮れた。

二七　同夜、仲忠、藤壺たちの琴を聞き、夜が明けて帰る。

宰相の中将（祐澄）が宿直の当番の夜、同じ夜の当番にあたっている男と女も、藤壺のもとに参上した。宿直の当番からはずされている蔵人の少将（近澄）は、女二の宮が来ていらっしゃるようなので、藤壺の御前や台盤所に顔をお出しになる。

藤壺が、「ずいぶんと長い間琴の演奏をしていませんから、今晩、ぜひしましょう。女一の宮さまは、いつもなさっているのでしょうが」。女一の宮が、「まったくしていません。私もしたいと思います。何もすることがなくてつまらない時に琴を掻き鳴らすと、それを聞いて、右大将（仲忠）が、『なんの進歩もないね。聞いていられない』などと言って笑うので、琴を見ることさえしていません。さあ、今夜は、こっそりと弾きましょう」と言って、二つの琴を取り出させなさる。かたち風は藤壺、山守風は女一の宮、また、箏の琴は女二の宮、琵琶は女四の宮、和琴は女一の宮に仕える孫王の君。それぞれの方の前に琴を置いて、最初に藤壺が琴をお弾きになる。その音はとてもすばらしい。女一の宮が、「なぜだか、藤壺さまがお弾きになる琴の演奏は、私が聞いている右大将の奏法にほんとうにそっくりです。どうしてこんなふうに弾けるようになったのですか」。藤壺が、「まあわけがわからない冗談を。なぜそんなことをおっしゃるのですか。右大将殿の琴は、聞いたことさえありませんのに」。女一の宮が、「そんなことはないでしょう。東北の町の寝殿とは別の所でお聞きになったのでしょう。あの清涼殿での八月十五夜の時なのでしょうね。私には、その程度さえも聞かせてくれません」。藤壺が、「とても聞き苦しいことも申しあげてしまいました。右大将殿には、このことを、けっしてお話しにならないでください」などとおっしゃって、皆が、琴の音を合わせて一緒にお弾きになる。

その時、女一の宮をお迎えするためにおいでになった右大将が、琴の音が聞こえたので、そっと近寄って、高欄の下に立ってお聞きになる。どなたも、それに気づかずに、さまざまな奏法をお弾きになる。右大将は、それを聞いて、「どうして私が清涼殿で弾いた奏法を弾いていらっしゃるのだろうか。帝に仕えていらっしゃる方ならば、清涼殿に参上してお聞きになることもあろうが。まことに不思議なことだなあ」と思って驚きなさる。いろいろな琴の音が一つに合って、風情がある奏法を、まわりで聞いているかいないかなど気にもなさらずに、夢中になってお弾きになる。宰相の中将・蔵人の少将・宮あこの侍従などは、母屋の御簾を上げて、格子の内にいらっしゃる。右大将は、そっと御階から簀子に上って、御簾と格子の狭間に籠もって、覗くことができる穴をお探しになるけれど、とてもきちんと造ってあるので、隙間もない。穴を開けることのできる物もないので、どうしたらいいのだろうと思って立っていらっしゃる。

夜中近くまで演奏なさる。演奏を終えて、お食事などをして、おやすみになろうとする時に、右大将が、咳払いをして、「孫王の君は、こちらですか」とおっしゃると、女宮たちも藤壺も、取り乱す中で、女一の宮は、「まあたいへん。どうして琴を弾いてしまったのだろう。それにしても、右大将は、いつも、こんな不作法なことをすること」と言って、何もおっしゃらない。宰相の中将が、驚いて出て来て、敷物などをお敷きになると、右大将が、「こちらには、宿直をするために参りました。藤壺さまの宿直所にお入れください」とおっしゃるので、お入れ申しあげなさる。右大将が南向きにおすわりになると、廂の間の南と西との隅に、源中納言（涼）が置いたり敷いたりなさった、縁を屈輪物にした三尺の屏風や、唐の錦の縁取りをした敷物などがある。女宮たちと藤壺は、困ったことになったと思われて、奥にお入りになった。右大将と宰相の中将は廂の間で、ほかの男君たちは簀子で宿直をなさる。

右大将が、孫王の君を介して、「三条殿に出かけていて、今帰って参りました。帰って来ても、東北の町にいらっしゃらなかったので、心配になってこちらにうかがいました。今夜は、戻らないおつもりですか」と申しあげなさると、女一の宮は、「藤壺さまとやっとのことでお会いできたので、こちらに、しばらくの間、このままいるつもりです。いぬ宮があちらに一人でいるのに、どうして残したままおいでになったのですか」とおっしゃる。右大将は、「私をまるで乳母扱いなさるとは。おっしゃるように、確かに、いぬ宮のことが心配だ」とお思いになる。

夜が更けてしまったので、右大将は、宰相の中将と、「なぜだか、昔のことが思い出される夜ですね」。「右大将殿なども、こうして来てくださいましたから」などと、いろいろと話をなさっているうちに、夜が明けたので、朝早くお帰りになった。

二八　仲忠、朝に夕に、女一の宮のもとに手紙を書く。

女一の宮のもとに、右大将（仲忠）から、

「昨夜は、皆さまの管絃の遊びをお聞きするために、ずいぶんと長い間、噂では、お弾きになると聞いていた琴の音を、昨夜は、ほんとうにあなたなのかと思われるほどお弾きになりましたね。

ずっと立っていて、体がこわばってしまいました。宮中からお召しがあったので、参内いたします。夜になったら、すぐにお迎えに参ります」

とお手紙をさしあげなさった。藤壺が、「やはり、私たちが弾く琴を聞かれてしまったのですね。それにしても、ずいぶん早くお手紙をくださったものですね」と言って、とても感心なさる。女一の宮が、「藤壺さまは、琴がお上手だから、気になさる必要はないでしょう。右大将は、昔でさえ、『私の琴の奏法を伝えることができるのは、藤壺さまだけでいらっしゃる』と言っていたのですから、まして、今は、すばらしい奏法をお弾きになるので、それを聞いて、ずいぶんと上手におなりになったと思ったことでしょう。私のことを、笑いたくなるほど下手だと思っているでしょう。同じことなら、『すっかり聞きました。聞いた箏の琴は、きっととても上手になるでしょう』と言えばいいことでしょう」と言って、右大将には返事もなさらない。

右大将は、どうしてお返事がいただけないのだろうと思いながら参内して、夕方、宮中から、

「退出しようとしたのですが、帝が、『去年途中でやめた講書を、今日いたせ』とおっしゃるので、退出できません。帝は、ご自分で全部読んでいらっしゃいました。でも、ほんの少し、難解なところが交じっていました。それをすませて、明日の夜退出いたします」

とお手紙をさしあげなさった。女一の宮は、「それなら、それでいいと思います」と、口頭で申しあげなさるだけで、お手紙はない。

仁寿殿の女御がおいでになって、右大将のための宿直物と寝装束などはお送り申しあげなさる。

二九　翌朝、藤壺のもとに、春宮から手紙が届く。

翌朝、春宮(とうぐう)から、いつもの蔵人(くろうど)（これはた）を使にして、

「先日、お手紙を読んで、とてもつらかったので、このままそちらにうかがおうと思ったのですが、『いりてらるる（未詳）』と言うようですから、思いとどまりました。あなたも同じ心でいてくれたらと思うと、どんなにうれしいことでしょう。

浦風が吹いても立ってくることがなかった白波（藤壺(ふじつぼ)）が、今から近寄って来てほしい
　とばかり期待しています。

嘘(うそ)をつかれたことがしゃくにさわります」

とお手紙がある。女一の宮も、見て、「どんなことをお約束申しあげなさったのですか」とおっしゃる。藤壺が、「誰かが、春宮に『嫌になって退出した』などと、嘘を申しあげたようです」と言ってお笑いになると、女一の宮は、「ただ、お二人が離れて別々にいると、そんなふうにおっしゃる方がいるものです」とおっしゃる。

藤壺が、蔵人に、「春宮は、この頃は、どのようなことをなさっているのですか。春宮のもとには、どなたが参上なさっているのですか。お手紙などは、どなたかのもとにさしあげなさいましたか」とお尋ねになると、蔵人は、「ここ数日は、昼は漢籍を学び、夜は字の練習を、心行くまでなさっています。小宮さまが、今月になって、三夜ほど参上なさいました。

今日は、春宮のほうからおいでになって、一日中滞在なさいました。それ以外には参上なさる方もいません。お手紙は、左大臣殿（忠雅）の大君のもとに、一度ございました。左大将殿（兼雅）の大君（梨壺）には、今月になって三度ほどお手紙をさしあげなさいました。一晩は、私自身が使をいたしました。左大将殿が、そちらに来ていらっしゃる時だったので、とても盛大に饗応してくださいました」。藤壺が、「饗応してくださるはずです。梨壺さまのもとへの使だけしたいでしょうね。禄をいただきましたか」。蔵人は、「女の装束をいただきました」と言う。

女一の宮が、「梨壺さまは、今でも春宮と親しくなさっているようですね」。藤壺が、「梨壺さまは、春宮の寵愛を一番受けている方です。春宮は、梨壺さまの性格がいいということで、とてもかわいがっていらっしゃいます。妃たちの中でも、親も兄弟もすぐれた方だということですし、春宮が、『顔だちも、右大将（仲忠）に似ていらっしゃる』とおっしゃっています。どなたからも聞くに堪えない言葉を聞く中で、梨壺さまが私のことを悪く言うのをまだ聞いたことがありません。左大臣殿の大君は、とても気性が荒く激しく、心ではいろいろと思うことがありながら口には出さない方です。式部卿の宮の姫君は、いかにも帝の孫といったご様子で、おっとりとした方だと聞いています。平中納言殿の姫君は、とても小柄で親しみやすく、才気がある方です。嵯峨の院の小宮さまは、前に拝見しましたが、とても落ち着きがある方です。気品があって、望月のようになんの欠点もなくて、ずっと見ていたいお顔だちです。春宮は、小宮さまのことを、とても大切に思っていらっしゃいます。春宮の愛情も深いのですが、ただ、小宮さまは、自分こそと思って、強情なところがおありだから、いつもお二人の仲は悪いのですよ」などとおっしゃる。

藤壺は、

「お手紙ありがとうございました。私も、ぜひぜひほんとうに参内したいと思っておりますので。でも、参内できません。先日のお手紙で申しあげたように、日がたつにつれて、気分がすぐれずにいて、参内できません。私のことを、『浦風が吹いても立ってくることがない白波』とおっしゃいましたが、

波が立たずに静かでいることを恨まないでください。春宮さまのためを考えて、今から波が立たないでいるのでしょう」

とだけお手紙をさしあげなさる。

三〇　仲忠、また、宮中から、女一の宮に手紙を書く。

宮中から、また、右大将(仲忠)が、女一の宮のもとに、

「何度もお手紙をさしあげたのですが、お返事がいただけないのは、どうしてなのでしょうか。このようなお心でいらっしゃるから、私は、どうしてなのだろうと、心が落ち着かなくなりました。そのために講書の際に読みまちがいをしたことで、帝がお笑いになりま

したが、それもあなたの恥になるのですよ。

春日山が、今日も足を踏み入れてみることができないならば、花は残らず散ってしまったと思いましょう（今日もお返事がいただけないなら、私に対する愛情はなくなってしまったと思うことにいたします）。

いぬ宮は、どうしているのでしょうか。必ずお返事をください」

とお手紙をさしあげなさった。

藤壺（ふじつぼ）が、この手紙を見て、「春宮（とうぐう）の筆跡に、ほんとうにそっくりですね」と言って、「でも、比べて見ると、春宮の筆跡が右大将殿よりもすぐれているはずはありませんね。右大将殿が退出なさる前に、いぬ宮さまをこちらにお迎え申しあげてください。お帰りになったら、それもできないでしょう」。女一の宮が、「無理です。右大将が、乳母（めのと）たちに言い含めていますから。前にも、方々が、『いぬ宮を見たい』とおっしゃったのですが、大輔（たいふ）の乳母が、あれやこれやと言い繕って、いぬ宮を隠して見せてくれませんでした」。藤壺が、「それなら、今のうちに、こちらにいぬ宮さまをお連れください。せっかくのこの機会だけでも、いぬ宮さまを見申しあげたいと思います」。女一の宮が、「そんなことはできません。どうあっても御覧になれないでしょう。大輔の乳母は、私を軽く見て、口もききませんが、右大将のことは恐ろしいと思って、言うことを聞くのです。その右大将が、外出する時には、いぬ宮を見せるなということばかり、繰り返し言い含めていますので、絶対に誰にも見せません」。藤壺が、「まあ分別ありげな様子だこと。どうして、乳母に、そんな勝手な真似をさせているのですか。なんでも乳母の思いのままなのですね」とおっしゃる。

使の者が、「右大将殿が、『お返事をくださらなかったら、そのまま帰って来なくていい』とおっしゃいましたので、必ずお返事をいただきたいと思います。今になって追放なさったら、私はつらい思いをすることでしょう」と申しあげさせると、女一の宮は、「おかしなことを言いますね。返事をすることなど難しいことではありません。でも、特別な内容でもないので、わずらわしくて返事をしなかったのです」と言って、

「前の手紙は見ましたが、会わずにいて心配になるほどの期間ではありませんでしたから、返事をしませんでした。山で花が散るのはしかたがないことですね。でも、歌にあるようなことはありません」

と書いて、

「山が木深く繁っているから、足を踏み入れてみることはできなくても、風が吹くのを待つことなく散っても当然な花の色だと思っているのですか(返事がないからといって、何もないまま私の愛情がなくなったと思うのですか)。

いぬ宮は、あちらに残してきました」

とお返事をさしあげなさる。

三一　日が暮れて、仲忠、女一の宮を迎えに来て、泊まる。

日が暮れたので、右大将（仲忠）は宮中から退出なさる。その足で、女一の宮をお迎えするために東南の町においでになった。

簀子（すのこ）に、敷物などをしつらえてお迎えなさる。右大将が、車や御前駆（ごぜんく）などとともに訪れて、車を寄せさせて、女一の宮に、「退出したまま、お帰りになるおつもりならばと思ってお迎えに参りました」と連絡をさしあげなさると、女一の宮が、「東北の町にお帰りください。私は、こちらで、ずいぶんと長い間できなかった積もる話を申しあげているのです。私は、今日明日、こちらにいます。早く、あちらに」と申しあげなさったので、右大将は、「ほんのちょっとお帰りになって、また戻っていらっしゃればいい」とおっしゃる。女一の宮が、「そんなことはできません。それでは慌ただしいと思います」とおっしゃると、藤壺（ふじつぼ）は、「帝の御前にお仕えなさっていたのでしょうから、気分がすぐれずにいらっしゃるのです。お帰りください。今度は、私のほうからそちらにうかがいます」と申しあげなさる。女一の宮が、「帰る必要はありません。私はここにいてもかまいません。私が世話をしなくても、すぐれない気分など、自然に治まるでしょう」とおっしゃると、右大将が、それを聞いて、こちらにいらっしゃる女一の宮を無理に帰るように促し申しあげることができずに、とても困ったことになったと思って、「それならば、私がこちらで宿直（とのい）をしましょう」と言って、格子の中にお入りになる。すると、藤壺が、南の廂の間に屏風を立て、敷物を敷かせて、「それならば、こちらに」と申しあげなさったので、女一の宮は、「まあ見苦しいこと。狭い所なのに。いぬ宮のもとに行ってください」とおっしゃる。右大将は、「いぬ宮のもとになど行けません。『宿直は内で寝るものだ』と言うそうです」と言って、先日の夜に宿直をなさった、男君たちの宿直所にお入りになった。

今夜、藤壺は、春宮亮（顕澄）と、食事などを調理して、藤壺の台盤所をはじめ、若宮のもと、蔵人所、台盤所にさしあげさせなさる。方々の前には、折敷などに載せてさしあげなさる。右大将の前には、女一の宮の前の物をさしあげる。けれども、召しあがらない。右大将は、宿直物を取りに行かせて、それを着て横におなりになった。御簾の内からも、衾をお出しになる。右大将のお供の人も、そのまま帰らずに泊まる。その者たちにも、食事などをお与えになる。右大将が、「何はともあれ、申しあげたいことなどもありますから、御簾のもとに出ていらしてください」とおっしゃると、女一の宮は、「まあ見苦しいこと」と言って、御帳の内に入っておしまいになった。皆、おやすみになった。

三二　夜中ごろ、兼雅邸から梨壺腹の御子誕生の連絡が入る。

夜中ごろに、三条殿の左大将（兼雅）から、「ちょっとおいでください。急ぎの用事です」などと連絡があったので、右大将（仲忠）が、驚いて、使の者に、「何があったのか」

と尋ねさせなさると、「梨壺さまが出産のために苦しんでいらっしゃいますので」と申しあげる。右大将が、「宮中からたった今退出したばかりで、気分が悪く、どうしたらいいのかわからないほど苦しいので。今、苦しさが治まるのを待って、すぐに参ります」と申しあげなさった。

しばらくして、使が来て、「わかりました。おいでにならなくて結構です。出産の穢れがあるので」と、左大将の言葉を伝えるので、右大将が、驚いて、「男御子なのか女御子なのか」と尋ねさせなさると、使が、「男御子だと申しあげなさっています」と言うので、右大将は、「春宮からお使はあったのか」と尋ねさせなさる。使は、「わかりません。それを見る前にこちらに参りました」と申しあげて、三条殿に帰って行った。

三三　翌日、女一の宮帰る。藤壺も、御子誕生の報を聞く。

夜が明ける前になって、右大将（仲忠）は、藤壺に、中納言の君という侍女を介して、「三条殿で、梨壺が出産したという連絡がありましたので、今のうちに出かけて、穢れに触れないように立ったままでお見舞いをして戻って参ります」と言ってお出かけになる。藤壺が、「男御子と女御子のどちらをお生みになったのでしょう」とお尋ねになると、女一の宮が、「男御子とか言っていました」とおっしゃるので、藤壺は、「困ったことになりました」と申しあげなさる。

右大将が、穢れに触れることなく戻って来て、強くお願い申しあげなさったので、女一の宮は、その日の夕方に、「梨壺さまのこともお見舞い申しあげましょう」と言ってお帰りになった。

　こうしているうちに、蔵人（くろうど）（これはた）が、春宮のお使としてではなく、宮中から退出してやって来た。藤壺は、蔵人を前に召して、「春宮は、梨壺さまには、お使を何度お遣わしになったのか」とお尋ねになる。蔵人が、「春宮は、ご出産のことはお聞きになっていなかったのですが、『ひどく苦しんでいらっしゃる』と言ってご連絡申しあげなさったことがあったので、お驚きになって、私が、その夜と今朝の二度、梨壺さまのもとにお使としてうかがいました。男御子（みこ）がお生まれになったということで、宮中では、人は、『いろいろと噂（うわさ）があったが、結局は梨壺さまも男御子をお生みになったようだ。こうなったからには、これまで立坊していない源氏の一族から春宮が立つことはないだろう』と申して騒いでいます」。藤壺は、「ああ、このようなことは聞きたくもない」と言って、聞こえないふりをして、黙っていらっしゃる。

［西の対に。］

三四　梨壺腹の御子の産養が催される。

梨壺（なしつぼ）の御子（みこ）がお生まれになって三日目の夜は、女一の宮が産養（うぶやしない）をなさる。五日目の夜は、右大将（仲忠）が産養をなさる。七日目の夜は、春宮から、恒例の作法どおり産養の品々が贈られてきた。産屋は、とても風情があって美しい。父の左大将（兼雅）をはじめとして、左近衛府の官人たちが、春宮坊の官人たちを引き連れて、幄を張って、大勢集まっている。一晩中、管絃の遊びをして夜を明かす。その夜は、祖父の左大将も后の宮も大宮も、産養をなさった。右大臣（正頼）の男君たちは、左近中将である宰相の中将（祐澄）、左近少将である蔵人の少将（近澄）、また、頭の中将（実頼）など、そのほかは、上達部として、藤大納言（忠俊）と、その弟の藤宰相（直雅）、また、それ以外の人も、とても多かった。

［ここは、梨壺の産屋。］

また、九日目の夜は、左大臣（忠雅）の産養で、恒例の作法どおり、白銀の衝重・すみ物（未詳）・碁手の銭などをお贈り申しあげた。

祖父となった左大将が、このお生まれになった御子をこのうえなくかわいく思って、臍の緒がついたまま抱いて、「子どもというものは、こんなにもかわいいものだったのですね。まるで、春宮が小さくおなりになったようだ。同じことなら、入内なさって、一二年のうちに、梨壺に同じように御子がお生まれになったとしたら、どれほどうれしかったでしょう」とおっしゃると、女三の宮が、「『後生畏るべし』という言葉がありますから。ご自分の孫ですよ。どうして、必ず源氏から春宮が立つものだと思ってあきらめているのでしょう。嵯峨の院の大后の宮は、あなたの一族ではいらっしゃらないのですか。后の宮は、あなたの姉君ではないのですか。私の子であり、あなたの子だからといって、どうして藤氏の血筋が絶えていいものでしょうか」とおっしゃるので、左大将は、「聞き苦しいことをおっしゃいますね。けっして、口にしてはならないことです。昔だったとしたら、なんの疑いもありませんが」などとおっしゃる。また、左大将は、「目の前で見た小さい子は、今御子を生んだ梨壺だけです。幼い頃の中納言(仲忠)は見ることがないままになってしまいました」などとおっしゃる。

左大将は、この御子を見申しあげるために、女三の宮のもとにいつもおでかけになるけれど、尚侍(ないしのかみ)は、それを、「不快だ」ともおっしゃらない。左大将が、「歳をとってから、かわいい御子がお生まれになったので、それを見るために、あちらに行ってばかりいるから、これまで経験したことのない不愉快な思いをしていらっしゃるだろうと思うと、とても恐ろしい気持ちがします」とおっしゃると、尚侍が、「そんなことはありません。あちらにいらっしゃったら、そのうちに物事は馴れるものですから。これからは、気がねなさらずにお出かけください」。左大将は、「思ったとおり、不愉快に思っていらっしゃる。何はともあれ、こんなふうにおっしゃるのですね」とお話しになる。しかし、女三の宮のもとには、夜お泊まりになることはめったにない。故式部卿の宮の中の君のもとにも、ほんのちょっと顔をお出しになるだけである。

左大将がこの御子には心をおかけになったことで、母である女三の宮の立場も上がり、女三の宮に対する待遇も重々しくおなりになって。

三五　四月、仁寿殿の女御、衣替えの後、五日に参内する。

月が変わって四月になったので、仁寿殿の女御が、衣替えをして、五日に参内なさることになって、女一の宮に、「参内したくはないのですが、近いうちに譲位もあるはずだということなので、今は宮中にいたほうがいいと思いますし、特に、私がこちらに居続けていることを、帝がいつもとても不愉快そうにおっしゃっているので、参内することにします。いぬ宮を見申しあげることがなくなることが気がかりでなりません。ところで、ここにいる女二の宮を、父上（正頼）の所にお預けしたいと思うのですが、心配なことがあって、それもできません。こう申しあげるには、それなりの理由があるのです。女二の宮を、こちらに置いて、いつもそばにいて見守ってください。右大将殿（仲忠）が、女二の宮にずいぶんと関心を持っていらっしゃるようです。絶対にお見せにならないでください。人に見せて、美しいとも醜いとも思わせないのがいいのです。弾正の宮（三の宮）に、『夜はこちらでおやすみください』などと、しっかりと申し聞かせましょう。宰相の中将殿（祐澄）が、ほかの誰よりも、ほんとうにやっかいです。十の宮は一緒に連れて参内します」と申しあげなさると、女一の宮は、「承知しました。しっかりと、女二の宮のお世話をいたします。夜は同じ所でやすみたいと思うのですが、あのうっとうしい右大将があれこれ言って困らせるだろうと思うと、一緒にいることはできません。弾正の宮にお頼みください。蔵人の少将（近澄）は、私があちらの東南の町にいた時に、そこに夜も昼もいて、藤壺さまに、『逢わせてほしい』と、強くお頼み申しあげているようでした。それがかなわずにひどく恨んでいたのですが、藤壺さまは聞き入れなさらなかったようです」と申しあげなさる。

女御は、弾正の宮にも同じようにお頼み申しあげて、日が暮れると、二十輛ほどの車で、数えきれないほどの御前駆とともに、右大臣（正頼）の男君たちが全員お供をして参内なさったので、帝は、「めったに来ない高麗人が来たそうだね」と言って、女御をすぐに夜の御殿に参上させなさる。

［ここは、仁寿殿の女御の局。へゑ（未詳）。］

三六　藤壺の出産が近づく。大宮・正頼、若宮の立坊を案ずる。

藤壺の出産の予定は、この四月にあたっていらっしゃった。春宮から、毎日、ある時はお言葉だけの時もあるが、お手紙が贈られてくる。

十五日になると、大宮が、東南の町に来て、「これまでの出産は、東北の町の寝殿でなさってきました。そこで、大勢の子どもたちが生まれて、とても安産でしたし、春宮の御子たちもそこでお生まれになりました。でも、今では仁寿殿の女御の里邸となってしまっているので、出産のために使わせてほしいとお願いすることはできません。こちらで出産なさればいい。なんでもそうですが、場所なんか関係ないでしょう」などと言って、前もって修法を行わせなさる。多くの山や寺に、祈禱の師を滞在させて、「右大臣（正頼）が期待なさっていたことが疑わしくなりました。若宮の立坊が平穏無事に行われて、さらに、今回の出産が願いどおりに安産でありますように」とお祈り申しあげさせて、ご自身でも手を激しく擦り合わせて祈り、祈願させなさる。右大臣は、若宮が立坊できないのではないかと疑っていらっしゃる。藤壺は、「まさか、春宮がご存じないはずはない。春宮は、『たとえ嵯峨の院の小宮が御子をお生みになったとしても、その御子を春宮にと考えるはずはない』とおっしゃったのだから」などと思って、父（正頼）も母（大宮）も嘆き悲しんでいらっしゃるけれど、まったく動揺もなさらない。

三七　四月中旬。忠雅が太政大臣となり、人々も昇進する。

こうしているうちに、四月の中旬になった。太政大臣（季明）の四十九日は十六日頃にあたっていたので、その法要が終わって、しばらくして、帝（朱雀帝）は、「自分が位に即いている間に、右大将（仲忠）を大納言に任じたい」とお考えになる。今は太政大臣は置かなくてもかまわないだろうとお思いになるし、次の太政大臣におなりになることになる左大臣（忠雅）は歳が若いけれども、右大将を大納言に昇進させることを第一にとお考えになったので、左大臣を太政大臣に任じようとお決めになった。一方、右大臣（正頼）は、「この大臣任命の儀式の際の欠員には、空くことになる中納言に、ぜひ意中の人を任じたい」とお考えになっている。そのうちに、賀茂の祭りが終わって、二十二日に大臣任命の儀式が催されることになった。方々は、その準備をなさる。次期大臣候補である左大将（兼雅）は、任大臣の大饗の準備をこのうえなく盛大になさる。右大将が、身を入れてその指図をなさる。

当日になって、皆、参内なさる。左大臣は太政大臣に、右大臣は左大臣に、左大将は右大臣に昇進して、大納言は右大将が兼任なさる。中納言には、帝は宰相の中将（祐澄）を、右大臣（正頼）は源宰相（実忠）をとお考えになる。帝が、右大臣に、「誰を中納言にしたらいいか、お決めください」とおっしゃるので、右大臣が、「今回の中納言は、順番どおりならば、左大弁師澄の朝臣の番にあたっております。左大弁をさし措いてほかの者が中納言になることは、あってはならないことです。けれども、『太政大臣殿（季明）が最期を迎えます』と言って、私を呼んだので出かけたところ、太政大臣は、ほかのことを申さず、実忠の朝臣のことを、繰り返し頼み申しましたので、『私は、自分の子どもたちのことは措いて、源宰相殿のことを必ずお世話します』とお約束申しあげたのです。太政大臣は、それを聞いて喜んだまま亡くなりましたので、今回の欠員には、源宰相を、帝のご配慮で昇進させていただきたいと、私は思っております」と奏上なさると、帝は、「師澄の朝臣のことについては、もっともなことだけれど、私は、『院のおはしまし、ここになど、かくてあるを、同じ親王のいむつへすや（未詳）などと言って、まだとても身分が低いので、することができなかったという。そのような例もあるが、祐澄の朝臣を中納言に昇進させたい』と思っている。実忠の朝臣は、兼官もなく、今は、世を捨てて、法師のようになった人なのだから、どんな官職も必要ないだろう」とおっしゃる。右大臣が、「現在親がいる、私の息子たちが昇進して、源宰相たちの昇進が遅れるのは、気の毒で悲しく思います。亡き太政大臣の霊が見ているだろうと思うと気がかりです。世を捨てているということに関しては、亡くなった後に官職をお与えになる例もあるではございませんか。生きているのですから、昇進してもおかしくありません」と申しあげなさると、帝が、「そういうことなら、ご判断にまかせます。すべて、あなたの判断で決めていいことだから、まずこの人をと思われる方を、どなたでも」とおっしゃったので、右大臣は、源宰相を中納言に任命なさる。中納言に昇進なさるはずだった、右大臣の男君たちは、どうしてなのだろうとお思いになる。空いた宰相には、右大臣のご判断で、頭の中将（実頼）を任じなさった。ほかの官職も、皆決まった。

三八　人々、仁寿殿の女御・大宮・藤壺にお礼に参上する。

方々が退出なさる時に、藤氏の太政大臣（忠雅）と右大臣（兼雅）と右大将（仲忠）は、仁寿殿の女御のもとに参上なさる。右大将が、「度々の昇進のお礼を、女御さまにだけ申しあげます。私は、このように、大納言の任に堪える者でもありませんし、また、今就くのにふさわしい職でもないので、遠慮されるのですが、感謝してお受けいたします」とおっしゃると、女御は、「私にお礼をなどとお考えになるのは、まったくの筋違いです」などとお答えになる。そのそばに、父の右大臣も立っていらっしゃる。右大将は、拝舞し申しあげなさる。后の宮は、それを近くで見ていて、とても憎らしいとお思いになる。

今日は、任太政大臣の大饗が催されて、皆、太政大臣邸に参上なさった。

翌日は、左大臣（正頼）の大饗をなさるはずだが、慎みなさることがあって、翌日に延期なさった。

藤壺がいらっしゃる東南の町の西の対に、大宮も左大臣も来ていらっしゃる時に、右大臣が、大宮のもとに、昇進のお礼を申しあげるために参上なさった。大宮は、驚いて、廂の間に敷物をしつらえてお会いになった。右大臣が、「すぐにうかがおうと思ったのですが、昨日は太政大臣殿の大饗がございましたので、うかがうことができませんでした」。大宮が、「大臣に昇進なさったとお聞きして、まことに喜ばしく、これまでよりもうれしく思っております。春宮に入内した藤壺が、見苦しく、珍しくもない出産のために、こうして退出して来ておりますので、『最初にお生まれになった若宮でさえ、特別な見映えもないようなので、今回のことも見苦しいけれど、私まで見捨てるわけにはいかない』と思って、最近はこちらに来ております」。右大臣が、「ずいぶんとおかしなことをおっしゃいますね。誰もがうらやましくお思い申しあげていることが、こちらでばかりおありになるのに。どうして、若宮さまが特別な見映えがないなどということがございましょうか。今の世の人は、将来の帝だと思っております」。大宮が、「いえ、そんなことはありません。そのことに関しては、源氏の一族から立坊した例もございませんので。ただ、右大臣殿のご一族と結婚している、藤壺の姉たちの子どもや孫たちが大勢おいでになることだけを理由に、ご懇意にしていただけるのではと思っております」。右大臣が、「親族ではないかのようにおっしゃいますが、私の一族は、侍女も女童も、子どもや孫たちまで、皆、こちらのご一族と姻戚関係を結んでいますので、まったく心に隔てを置いてなどおりません。『いぬ宮も梨壺腹の御子も、幼い者たちは、こちらでお心にかけていただきたい』と願っています。若宮さまは、この世のものとも思われない方なので、藤壺さまのことを、畏れ多い方と思っております。それに、私は、大臣という、まだその任ではない職に就いたので、もう長く生きていられないのではないかと思います」。大宮が、「なんとも不吉なことをおっしゃいますね。右大臣殿の親のような齢の方だって、そんなふうにお思いにならないそうですのに」とおっしゃると、右大臣は、「これからは、何もかもお心やすらかにいらしてください」などと言ってお立ちになった。大宮は、「まさか、この方は、私たちが心配するようなことはなさらないだろう」とお思いになる。

昼ごろ、右大臣は、東北の町の女一の宮のもとに参上なさった。そのまま、そこから、藤壺のもとに、宰相の中将（祐澄）を通して、

「尾張法師のようなふさわしくない昇進ではございますが、お礼を申しあげないわけには

いかないと思いまして」

と連絡をさしあげなさる。藤壺は、

「こんなふうにご連絡をくださったことで、とても恐縮しております。私は、ふさわしい
ご昇進だと思っています」

などとお返事を申しあげなさった。

右大臣がお帰りになるとすぐに、右大将が、きちんと正装して、伯父の太政大臣や父の右大臣よりもはなやかに美しい様子で参上して、大宮を拝み申しあげなさる。右大将が、蔵人の少将（近澄）を介して、「しばらくこちらにいたいのですが、あちらこちらに昇進のお礼を申しあげたいと思っておりますので。藤壺さまには、『近いうちに、あらためてうかがいます』と申しあげてください」と言って出ていらっしゃるのを見申しあげて、大宮も藤壺も、全員、同じ御簾の内に大勢いて、藤壺は、「やはり、この方ほどすばらしい人はいませんね」と、「女一の宮さまは、幸せでいらっしゃる。見るにつけ聞くにつけその効がある方を独占して、召使い以上に意のままに従えていらっしゃるそうです」などとおっしゃる。

新宰相（実頼）が、東南の町の西の対に参上して、昇進のお礼を申しあげさせなさる。きちんと正装して、拝舞し申しあげてお帰りになった。

三九　藤壺の出産が迫り、人々、藤壺のもとに集まる。

この頃は、藤壺が今日明日にも出産なさるということで、里に戻っていた人々も参上して、五十人ほど集まっている。春宮にお仕えしている人も、ずいぶんとたくさん来ている。藤壺の前には、方々がお集まりになっていて、宰相の中将（祐澄）が、「私は、今回中納言に昇進しなかったことを喜ばしく思っております。時々、小野に出かけて、新中納言殿（実忠）とお会いしましたが、とても悲しそうに、世の中で生きていることを、心の底から、つらいと思って、いろいろとお話ししてくださいました。それを聞いて、いたわしいと思いましたので、自分自身が昇進することよりもうれしく思います。誰もが、同じように思っていると聞いています。右大臣殿（兼雅）と右大将殿（仲忠）などは、お二人とも、藤壺さまのことを、『こんなにも思いやりがあって、こんなにも重ね重ねすばらしいご配慮をなさることだ』と申しあげていらっしゃいました」。藤壺が、「何をおっしゃるのですか。亡き太政大臣殿（季明）が遺言を申しあげなさったので、父上が、兄上たちのことをさし措いて、帝にお願い申しあげなさったからだと聞いています。私は、まったく関わっていません」。宰相の中将が、「いえ、そうではございません。父上は、藤壺さまが東北の町でお話しになったことを聞いて、配慮なさったそうです。そうでなければ、今回は、中納言殿が昇進なさることは絶対になかったでしょう。左大弁（師澄）は、ずっと以前に宰相になっていらっしゃいました。ですから、中納言の候補として名があがるのは当然です。私は新中納言殿よりも後に宰相になったのですが、帝のお心遣いで名をあげてくださったのです」。藤壺は、「それでは、中納言殿は、兄上たち以上に、帝に信頼されておいでなのですね」と言ってお笑いになる。

四〇　実忠、三条の院を訪れ、正頼や藤壺と対面する。

夕暮れになった。左大臣（正頼）も東南の町に来ていらっしゃる時に、新中納言（実忠）が、参上して、来訪の挨拶を申しあげて、左大臣の前に出て、拝舞し申しあげなさる。左大臣は、「かつてはなやかで美しかった面影が残っていて、精進によって損なわれてはいるものの、たたずまいも立ち居振る舞いも、若々しくてすばらしい」と喜んで、装束を調えて、簀子に敷物を敷いてすわらせ申しあげなさった。

左大臣が、「おいでくださってとてもうれしく思います。長年、気にかかっていながら、お会いできなかったことを思い嘆いておりましたので、お立ち寄りくださって、心の底からお礼を申しあげます。最近では、亡き太政大臣殿（季明）のお屋敷にうかがった夜に、お会いすることができなかったので、そのことを思い嘆いておりました」とおっしゃると、中納言は、「世の中がはかなく思われましたので、仏道修行もしようと思って、静かで落ち着いた所を探し求めて、長年籠もっておりましたが、あの時は、父上のことがあって出て参ったのです。今日は、思いもかけず昇進いたしましたので、驚いて恐縮してやって参りました。今は、このようにわが身を破滅させた者でございますから、官位は必要もありませんが、左大臣殿の私へのお心遣いを知って、とても恐縮しております」と言ってお泣きになる。左大臣も、「昔から、私どもの屋敷で見馴れ申しあげていましたので、できの悪い子どもたちと等しく大切にお思い申しあげていました。けれど、私を疎ましく思っていらっしゃったので、私のほうでも遠慮しておりました。私は、春宮に仕えている藤壺が、懐妊して、近々出産する時期になりましたので、こちらに来ております。私の願いもあって、『縁があって婿になる方々とは、同じ屋敷で親しくおつき合いいたしたい』と思って、こちらに住んでいただいたのですが、左大臣などになった方もいらっしゃったので、『このような所には住んでいられない』と言って、皆、それぞれのお屋敷にお移りになってしまったために、この東南の町を、こうして、藤壺に与えたのです」とおっしゃる。中納言が、「もともと愚かでございますうえに、長年、魂も抜け出たような状態で、正常な判断ができずにいて、亡き父上がおっしゃったようで、その遺言もお聞きしたのですが、何も考えることができませんでした。そのために、どう申しあげていいのかもわからずにいて、おのずと隔て心があるようになったのです」。左大臣が、「そんなふうに思っていません。私は、子どもたちを多く持っておりますが、じつのところ、面目をつぶすような者はいないとはいえ、残念なことに、大勢の方々と一緒に宮仕えをしても晴れがましい思いをする者もなく、人々が管絃の遊びをすることになっても、そこで草刈笛を吹く程度の技芸しかなくて、風流を解する心がまったくない者たちばかりでございます。かろうじて世間に出て宮仕えをしても恥ずかしくなかった者は、あっけなく、真っ先に死んでしまいました。ですから、今は、父上もお亡くなりになったのですから、頼りにならなくても、畏れ多いことですが、私を父上の代わりとお考えください。私は、死んだ仲澄が生まれ変わったのだと思うことにいたします」などとおっしゃると、中納言は、何もおっしゃらずに、涙を流してばかりいらっしゃるので、左大臣は、「どれほど貴人らしいたたずまいの人なのか。こんなに涙をも惜しむことなく、世の中をつらく悲しいと思っているのだから、藤壺への思いも一途だったのだろう。このような思いを懐きながら亡くなってしまったら、恐ろしいことだなあ。だから、亡き太政大臣は、心配でならないとおっしゃったのだな」と思って、積もる話をいろいろとなさって、「兵衛の君は、どこにいるのだ。昔、こちらへおいでになって、『会いたい』とおっしゃっていた方が、今日は来ていらっしゃるぞ。お話し申しあげよ」と言って、奥にお入りになった。

そこで、兵衛の君が、御簾のもとに出て、御簾の内から、「藤壺さまに、『昔を今に』と申しあげなさるおつもりなのですね」と声をかけると、その声が、とても近く聞こえるので、中納言が、「とても珍しい声をお聞きしました」と言って、御簾のそばにある柱のもとに近寄って、「ずいぶんとご無沙汰ですね」などとおっしゃる。兵衛の君が、「いつだってお忘れ申しあげたことはありません。片時も忘れたことはありませんが、別な所でお暮らしになっていると聞いておりましたし、馴れ馴れしいようですから、こちらから特にご連絡申しあげなかったので、忘れてはいないものの、おっしゃるとおり、何年もご無沙汰してしまいました。まして、藤壺さまがこちらに退出なさってからは、私は、中納言殿が昔来てくださった東北の町のほうを眺めてばかりいて、いつも、昔のことを恋しく思っております。藤壺さまも、中納言殿のことを少しもお忘れ申しあげることなく、『思いもかけず、誠実な愛情がおありだったのだ』と申しあげていらっしゃいます」と言う。中納言が、「藤壺さまに、『今まで生き長らえていたと見られると、愛情がなかったようにお思いになるでしょう。でも、昔から今まであれこれ考えたことを申しあげないまま死ぬのは、往生できるかどうか、とても気にかかります。昔は、藤壺さまに思いをうち明け申しあげることができずに、死ぬほどひどく心を取り乱したものですが、今となっては、そんな気持ちもなくなって、疎ましくお思いになることもありませんから、何はともあれこの簀子近くに出て来てくださいませんか』と申しあげてください」とおっしゃるので、兵衛の君がそれをお伝えすると、藤壺は、母屋の御簾の柱のもとに横になったまま、「私も、長年、ぜひお話し申しあげたいと思っていましたので、おいでくださったことを、とてもうれしく思います。お話しになりたいことは、やはり、そこにいらしたままお話しください。ここにいても充分に聞こえます」と言わせなさる。中納言は、「今は、耳もよく聞こえませんし、藤壺さまに聞いていただけるような声を出すこともできませんので、遠くにおいでは、お話し申しあげることができません」と申しあげなさる。藤壺が、「耳も口も不自由な方なのですね。それで、親しくしてくださらなかったのですね」とおっしゃる。その声が、すぐ近くで聞こえるので、中納言は、とても信じられない気持ちで珍しく思われて、「そんな私に、誰がなさったのでしょうか」と申しあげなさる。兵衛の君が、藤壺に、「やはり、こちらの廂の間に出ていらしてください。左大臣殿も、『ご挨拶申しあげよ』とおっしゃったのですから」と申しあげると、藤壺は、「とても気分がすぐれないから、ここにいるのです。この簾を上げてください」と言って、几帳を外に押し出させて、少し体を出させなさった。

中納言が、「こうしてお話しできたことはうれしいのですが、何よりもまず、茫然として、何がなんだかわからない気持ちでおります。昔、ほんとうに、どうしたらいいのかわからなくて途方にくれておりましたので、心を静めようと思って、兵衛の君に、『藤壺さまのお手紙をたった一行でもいいから拝見したい』と、何度も強く頼んだのですが、拝見することができませんでした。でも、もしその時死んでしまったとしたら、このような機会もなかったことでしょう」。藤壺が、「私も、長年、ぜひお話し申しあげたいと思うことがあったのですが、その機会がなくて、残念に思っていました。中納言殿が山里暮らしをなさっていることを、とてもつらく思っています。おのずと、身近なこととしてお耳になさっていることもあるでしょう。今は、誰もがあんな状態でいる時ですから、疎ましいことを言って、気がつくと、聞いていてなんともいたたまれない思いがします」。中納言が、「山里暮らしをしていることについてはお気になさらないでください。この世に片時も生きていられそうになく、どうしたらいいのかわからなかったので、『こうなったらしかたがない。楽しいこの世を捨て去ることで心が慰められるのではないか』と思って、山里をあちらこちら歩きまわったのですが、『世の憂きよりは』と言うことなのに、長年そうしていても、それでも、同じようにつらい思いが消えないのは、どこに住むかなど関係ないのですね」と申しあげなさる。藤壺が、「まだ分別もなかった時は、求婚してくださった方にお返事することもなく、男女の恋愛ごとなど自分とは関わりがないものだと思っていましたが、今になって思うと、人に冷淡だと思われるのは、申しわけない気持ちがいたします。ほかの方々の心と比べて見申しあげたことで、中納言殿はまだ私のことを忘れていらっしゃらなかったのだとわかりました。そのことを、いつも申しわけないとお思い申しあげていることもお聞き及びではないのでしょうか」と申しあげなさると、中納言が、「世間のことは何も聞こえてこない所で暮らしておりますので、まして、藤壺さまが案じてくださっていることなどわかるはずはありません」と言って、「今は、父上もお亡くなりになって、私の身が破滅することを何かにつけてとめてくださるはずの人がいらっしゃらないので、『出家して、深い山に入ってしまおう』と思っているのですが、『せめて、私の思いだけでもお話ししたり、藤壺さまのお気持ちをうかがったりしないままでは』と思ってやって参りました。思いもかけない昇進のことがあったのを、とても不思議に思っておりましたが、ある人が私に告げたように、藤壺さまのご配慮だったのですね。ですから、『私のことをそんなにも特別に考えてくださったことを、何はともあれお礼申しあげたい』と待ち望んでおりました」。藤壺が、「今回、中納言殿が昇進なさったことに関しては、私も関わっていません。『この先無事に出産して、私のほうの願いがかないましたら、中納言殿の宮中での後ろ盾になりたい』と思っていますので、やはり、『出家して、深い山に入ってしまおう』ということはおっしゃらずに、世間の人と同じように、宮仕えなどをして、北の方などをお迎えくださいませ。そうしてくださったら、私のほうからも絶えずお話ししたり、中納言殿からお話をうかがったりいたしましょう。そうなったら、『ほんとうに、私への愛情があったのだ』とわかるでしょう。こう申しあげても、聞き入れてくださらなかったら、『やはり、もともと、出家する気持ちがおありだったのだ』と思うことでしょう」。中納言が、「こう言ってくださったのですから、時々、山里から都に通ってでも宮仕えをいたしましょう。しかし、世間の人のように、妻を迎えて一緒に住むことはできません。藤壺さまにお手紙をさしあげた時から、妻とは一緒に暮らしておりません。この三条の院にうかがうまでは、女性を自分とは関係のないものと思って見ておりました。女性を見たといっても、兵衛の君にお話しした時だけです。藤壺さまが入内なさった後、山里に籠もってからは、身分が低い者であっても、女性を近づけておりません。兄上たちが、時々来て、おのずと見ていらっしゃいます。今となって、どうして女性を近づけることができましょう。このまま死んでもかまわないと思っております」と言って、涙をぽろぽろと落として、長い間気持ちを落ち着かせながら、言葉を続けることもできずにいらっしゃるので、藤壺は、とてもいたわしいと思って、「知らない人で、また新しい方をお迎えするならともかく、昔結婚なさっていた方で、美しい方がおいでなのですから、その方と、以前のようにお暮らしください。この世で見ていてつらい思いをしていたことがいくつもあったのですが、それも、皆さまがそれぞれに結婚なさったことで、なんの心配もなく落ち着かれたようです。でも、中納言殿だけが、こんな状態でいらっしゃるとうかがうと、そのことばかりは、まだつらくてなりません」。中納言が、「今お話があった妻は、どこに行ってしまったのかもわかりません。亡き父上が、私や妻たちのためにと言って遺してくれたという屋敷も、無駄になってしまうことでしょう。私自身も、そこに住むつもりはありません。また、妻たちも、この世に生きているのやらいないのやら、生きていたとしても、住むことはないでしょう。民部卿殿（実正）が、居所を知っているようにおっしゃっていました。捜し出すことができたら、もしかしたら、妻と娘が、私が住む所の近くに住むことになるかもしれません。しかし、たとえそうなったとしても、私は一緒に住んだりはいたしません。女の形をした者も見るつもりはございません」と申しあげなさるので、藤壺が、「中納言殿は、女性を恐ろしいと思っていらっしゃるのですから。これも、厳しい修行で身につけたお心だということですね。あの色好みの性格が、どうして変わってしまわれたのでしょうか」とお尋ね申しあげなさると、中納言は、「その色好みの性格を、つらいと思い詰めたからなのです」とお答え申しあげなさる。藤壺が、「ほんとうに、私のために愛情がおありなら、私が申しあげたようになさってください。それが難しいとお思いになっても、私がこうしてお願いすることにかなうことだとお考えください。私の気持ちを考えてくださるなら、私も、よそよそしい態度はとらずに、いつもこちらから申しあげたりお話をうかがったりいたします。でも、そうしてくださらないなら、よそよそしくして、お話もしないつもりです」とおっしゃると、中納言が、「やはり、普通の夫婦のように一緒に住むことはできないでしょう。お言葉に従うためだと思って、今日と同じように、時々参ることにいたします」と申しあげなさるので、藤壺は、「わかりました。これ以上は申しあげますまい。私も、出産を控えていて、この世に生きていられるかどうかもわかりません。無事に出産いたしましたら、時々、兵衛の君のもとをお訪ねください。その時にお話しいたしましょう。今は、どうなるかわからない将来のことは、お話しいたしかねます」と言って、奥にお入りになった。

中納言は、兵衛の君といろいろと話をして、夜が明ける前にお帰りになったということだ。

［ここ、ゑは（未詳）、藤壺がいらっしゃる西の対に、昇進した人々が、お礼を申しあげるために大勢参上して集まっていらっしゃる。

中納言と藤壺が、いろいろとお話しなさっている。］

国譲・中

この巻の梗概

藤壺（ふじつぼ）の出産が間近に迫り、源正頼（まさより）邸ではその準備に忙しい。四月下旬に、藤壺は第四御子を出産した。一方、嵯峨（さが）の院の小宮も懐妊し、梨壺（なしつぼ）腹の第三御子の立坊の噂（うわさ）も流れ、立坊をめぐって世の中は騒然としてくる。正頼方では、宮中での動きに不安をつのらせてゆく。六月に、源実忠（さねただ）の兄民部卿実正（さねまさ）は、志賀（しが）の山里に籠もっていた実忠の妻と娘の袖君を、袖君が祖父季明（すえあきら）から相続した屋敷に迎え入れる。その頃、女一の宮はふたたび懐妊した。

また、后（きさき）の宮から、藤原兼雅（かねまさ）のもとに梨壺腹の御子を立坊させるべく画策があり、梨壺は参内する。

六月十九日に、仲忠（なかただ）は、女一の宮やいぬ宮を連れて兼雅の桂殿（かつらどの）へ納涼を兼ねて祓（はら）えに行き、女二の宮も同行して、正頼も男君たちを連れて参加する。

主要登場人物および系図（国譲・中）

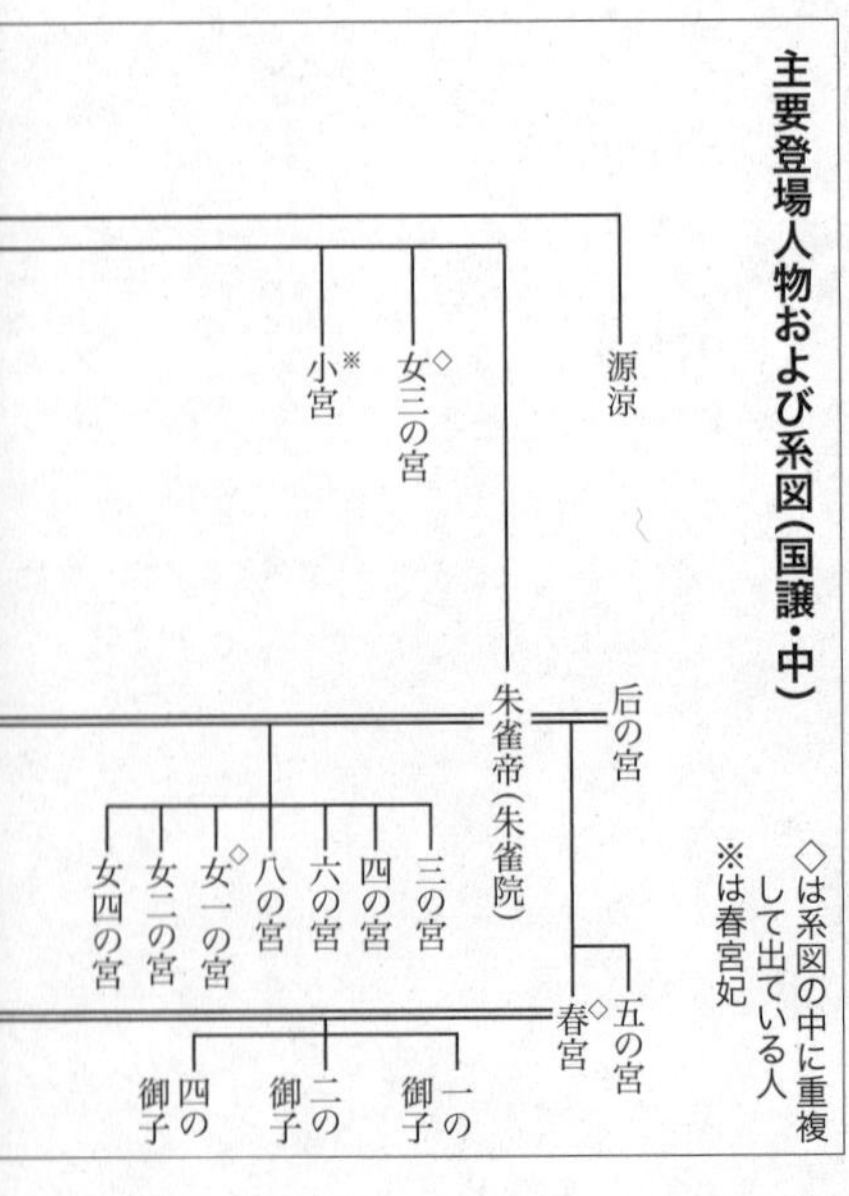

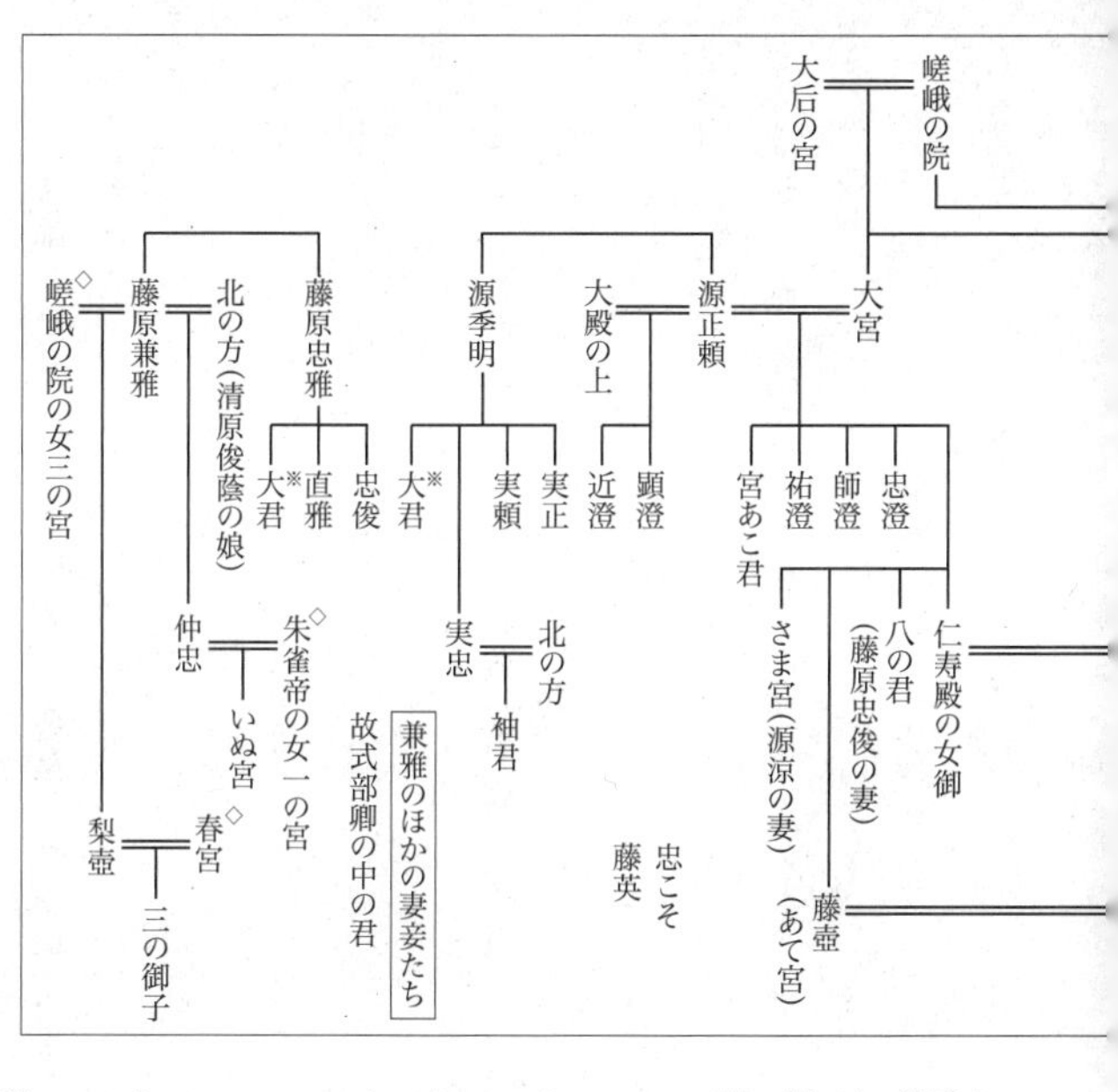

女二の宮を狙う祐澄や近澄は、この機会に女二の宮を盗み出そうとする。梨壺腹の御子立坊の噂が強まるなか、藤壺は春宮に手紙の返事をしなくなってゆき、春宮は藤壺からの返事がないことを悲しむ。また、実正は、実忠を偽って北の方と対面させる。実忠は、少しずつ妻との関係を回復していった。なお、この巻には、諸本に共通して錯簡が存在する。錯簡を訂して本文を立て、錯簡の箇所を▲▼で示した。

一　正頼・兼雅の任大臣の大饗が、相次いで催される。

かうて、今日は、左の大殿の[一]大饗、やがて、この御方の[二]御前[1]にて、寝殿[三]、おもしろく、造りざま厳めしければ、し給ふ。例のごと厳めし。上達部は、皆、例の人々なれば、御方殊に見給はず。右のおとど[四]ばかりぞ、客人にてものし給へる。

またの日は、右の大殿の[五]、いと厳めしうし給ふ。三条殿、いとおもしろく清らに[2]造りなされたれば、そこにてし給ふ。寝殿は上達部の座にしつらはれ、東の一の対を弾正の宮、廊、まうち君[六]の座に、二の対、廊かけて、所々にせられたり。上達部、常にものし給はぬ所なれば、御心遣ひしつつまうで給ふ。左のおとども[3]のし給ふ。右のおとど、「ここには、この大饗し始むる日なるを、かしこくとも、宮たち、語らひ聞こえて、率て奉り給へ」と聞こ[七]え給へば、弾正の宮・帥の宮[八]に、かうかうと聞こえ給へば、宮た

一　源正頼の任左大臣の大饗。「国譲・上」の巻【三八】注七参照。
二　「この御方」は、東南の町の藤壺の里邸。
三　「国譲・上」の巻【三二】に、「寝殿は、清涼殿の様を造れれど」とあった。
四　「右のおとど」は、新右大臣藤原兼雅。
五　「右の大殿の」は、右大臣の大饗の意。
六　「まうち君」は、「前つ君」の音便形。四、五位の諸大夫をいうか。
七　左大臣正頼に。
八　「帥の宮」は、四の宮。
九　左大臣正頼をいう。
一〇　嵯峨の院の女三の宮。兼雅の妻。梨壺の母。今回の大饗が尚侍の配慮によって行われたことをいう。
一一　「このおとど」は、正

ち、「『大饗の所に、な着きそ』と、度々、上ののたまはすれば、左の大殿になむつき侍らずなむ。さりとも、さはのたまふらむを」とて、大殿もろともにまうで給ふ。おとど、喜びかしこまり給ふ。この大饗のことは、宮の、さらに知り給はず。

かくて、このおとど、あるじのおとどに聞こえ給ふ、「ここには、還饗始め給ひし時ぞ参りたりしかし。年ごろ、あらぬさまにしなさせ給ひてけり。昔より、かく馴らひたる式に侍れば、御心ざしも変はらで、同じことと思ひ給ふれど、そのこととも侍らで、え、ことさらに聞こえさせ侍らぬや」。あるじのおとど、「ここにも、さらに隔て聞こゆることもなけれど。そが中に、今はた、大将などまで候へば、昔より心ざし深く」など聞こえ給ふ。「前に参りたりしには、大将のまだ未熟にものし給ひしかばこそ、人心地もせしか。この度は、聞こえ触るべくもあらぬこそ」と聞こえ給へば、あるじのおとど、「『前の御碁手物違へさせ給へり』とて、常に嘆きしものを」と聞こえ給へば、「さて、奉らずや。か

頼をいう。

一二 「俊蔭」の巻の兼雅の三条殿での相撲の還饗をいう。「俊蔭」の巻【五六】の兼雅の発言に、「この度のこと、ここにて初めてすることなるを」とあった。

一三 これといった理由もなく。

一四 右大将仲忠が、女一の宮の婿として、三条の院に住んでいることをいう。

一五 「みずくなり」は、「みじゅくなり」に同じ。【五】注八に、「みじくなり」の例もある。相撲の還饗の当時、仲忠は十九歳。

一六 「碁手物」は、ここは、何かと引き換えに約束をした物の意。三条殿での相撲還饗の際、正頼が仲忠に、琴を弾いたら藤壺（あて宮）を与える約束をした。「俊蔭」の巻【五九】注七参照。

一七 「かの持給へる人」は、仲忠の妻、女一の宮をいう。

の持給へる人は、正頼が子にて養ひ奉るぞかし。見奉り給ふに、効なくは、よにも」。あるじのおとど、「されど、本意違ひたるやうになむ。一日、[一八]中納言の、いとめづらしう参られたりけるは、いかなることにか。殿を深く恨み奉りて交じらはれぬとこそ承りしか。[7]さるは、こたみのことは、よろづのことを、かう忘れぬべき[一九]御心ざしぞかし。これを見給ふるこそ、心遣ひは」。[二〇]客人の、「殿[二一]ののたまふありしかばなむ」[8]。あるじのおとど、「[二二]さのたまひなしがたきやうなり。[二三]かの筋によりてと見たればこそ、世の人、皆、心遣ひし、かしこまり聞こゆめれ」。御物語し給ひて、御仲いとよげに見ゆ。

女方には、大人・童・下仕へ、限りなく装束きて、いと多かり。[二四]被け物ども、さまざまに、いとめでたくして取う[9]出させ給ふ。引出物、皆あり。御達は、いと心殊なり。

かくて、夜一夜遊び明かし給ふ。御前の池に、[二五]鶴、かくる楽に合はせて出で来つつ舞ふ。つとめて帰り給ふ。

一八 新中納言源実忠。「国譲・上」の巻【四〇】参照。
一九 「御心ざし」は、藤壺さまのご配慮の意。「国譲・上」の巻【三九】注五参照。
二〇 「客人」は、正頼をいう。
二一 「殿」は、故太政大臣源季明。「国譲・上」の巻【三九】注七参照。
二二 そんなふうに言ってごまかそうとなさっても無駄です。
二三 藤壺さまのご配慮だからだと思ったから。
二四 以下は、兼雅の妻、尚侍の配慮。
二五 底本「つるかくるかく」、未詳。「鶴」を、鶴に扮した舞人と解した。「鶴翔くる楽」と解する説もある。

二　実正、実忠に小野から都に戻るように勧める。

かくて、中納言は、[一]この殿にまだものし給ひて、小野へ帰り給ひなむと思すに、[二]藤壺ののたまひしことといかにせむ、さのたまふとて、里住みをせば、[三]今は何の効かは、心ならぬやうに、世人こそ思はめ、[四]しひて山里にあらば、本意[1]かくてあらむと思ふにこそありけれとこそは思ほすべかめれなど思ほしわづらひて、[五]民部卿に、「かうかうなむありし」と聞こえ給へば、「さりけむものを、まことにそのことを思ほさば。同じやうにてものし給はば[2]、[六]心ざしなきやうにこそは。かくてものし給はば、公私惜しみ聞こゆれば、聞きにくさには。事し[3]もうちあはめて、[七]泣く泣く交じり給ひしかど、夢ばかりの声をだにし給はず、世の中に心重く[4]づしやかに思はれ給へる人の、今さらに、対面して、さ聞こえ給ひけむも聞き給はず、年ごろの[5][八]御心ざしの消えぬるにこそはあらめ。

一　「この殿」は、故太政大臣源季明の屋敷をいう。
二　「国譲・上」の巻【四〇】で、藤壺は実忠に「世の人のあるやうに、宮仕ひなどし、侍る人なんどしてものし給はば、ここにも絶えず聞こえ承らむ」と言っていた。
三　挿入句。今となってはなんの効もないことだ。
四　「国譲・上」の巻【四〇】で、藤壺は実忠に「かく聞こゆるに、さもし給はずは、なほ、もとよりさる御心ありけりとなむ」と言っていた。
五　「民部卿」は、源実正。実忠の兄。
六　「心ざし」は、藤壺への愛情の意。
七　「うちあはむ」は、軽く見るの意。
八　この「御心ざし」も、藤壺への愛情の意。

[九]この度(たび)の御喜びは、[一〇]おとどおはしまし世に交じらひても、[一一]左大[6]弁をば越[7]し給ふべくもあらぬを、おぼろけの[一二]御心ざしにはあらず。なほ、時々[8]は小野にも通ひ給ふとも、かの[一三]山里にものし給ふ人迎へ奉り給ひて、御洗(す)ましのことなどせさせ奉り給へ」。中納言、[実忠]「身一つは、京に通ひつつも侍(はべ)りぬべし。[一四]かしこにも聞こえてき、[一五]『古きにもあれ、新しきにもあれ、人は、さらに見給へじ[9]』と[10]」とのたまへば、[実正]「さらば、[一六]かの大君(おほいぎみ)は知り給はじとするか。また出(い)で来とも、小さくこそはあらめ。大人になり給へる人を知らじと思すらむこそ」。[実忠]「いで、何か。[一七]今は、身をだに知らぬものを」とのたまへば、[実正][11]「さらば、[一八]ここにこそは尋ね聞こゆべかなれ。殿の奉られたんなる、そこらの調度[12]ども、家など、誰にかは。いたづらになされて、効(かひ)なくこそは」などのたまふ。中納言、[一九]「ここに賜へる所は得侍りぬらむや。さりぬべくは、時々侍りぬべからむやうにしなさせ給へ」。[実正]「いで。そこは、全[13]くなくはあらざりし所なり。[二〇]女君の御料なるなむ、よろづの物具して、ただ今もおは

九「この度の御喜び」は、実忠が中納言に昇進したことをいう。

一〇 父故太政大臣源季明。

一一「左大弁」は、正頼の次男師澄。「国譲・上」の巻【三七】注三六参照。

一二「心ざし」は、藤壺の実忠への配慮の意。

一三「かの山里にものし給ふ人」は、志賀山の麓にいる北の方をいう。「国譲・上」の巻【五】注一〇参照。

一四「かしこ」は、藤壺をいう。

一五 前の妻であれ、新しい妻であれ。以下、倒置法。

一六「かの大君」は、袖君をいう。

一七 今は、自分の身さえどうなるのかわからないのですから。

一八「ここ」は、一人称。

一九「ここ」は、一人称。私にくださった屋敷はいた

したらむに便（びん）なかるまじき」など聞こえ給ふ。

［ここは。］

三　実正、志賀の実忠の北の方に都に戻るように勧める。

かくて、民部卿、母北の方の住み給ふ山里にまうで給へれば、北の方対面し給へり。民部卿、（実正）「年ごろ、いとおぼつかなく、いづこにものし給ふらむとも、え承らざりしを、ある人の、からうてなど申すにつきてなむ、承りし。いで、あさましや。されど、あやしき御仲ならむ御嘆きなるべし。中納言の君の、ありしやうにもあらずなりにためる」と聞こえ給へば、（北の方）「あなうたてや。悪しかれとも思う給へねばこそ、あらまほしきやうにては。さても、訪ふべき人だに、年ごろまで夢の中にも聞こえぬに、思ひのほかにおはしましたるをなむ」。民部卿、「のたまはせしことのあるを、すなはち参り来むとてせしかど、ほどなく御思ひになりにし

だけるでしょうか。

二〇「女君の御料なる」は、袖君が相続した屋敷の意。「国譲・上」の巻【四】参照。

二一「絵解き」の残欠か。

一「御仲」は実忠と北の方との夫婦仲をいう。端からは理解できないご夫婦の間でのお嘆きなのでしょう。

二 実忠が小野から都に帰って来ていることをいう。

三 中納言殿のことを恨んではおりませんから、いい結果になったと思って喜んでいます。

四「訪ふべき人」は、実忠をいう。

五「のたまはせしこと」は、季明の遺言をいう。

六「思ひ」は、季明の喪の意。

かばなむ。のたまはせしやうは、季明七『ここにものしたらむ女君をば、殿の御子になし奉りて、実正（さねまさ）が仕うまつれ。親は、世の中思ひ離れ給へる人なめり。されば、え仕立て奉り給はじ』」とて、奉り給ひし物ども記（しる）したる八書（ふみ）奉り給ふ。実正九「この得給へる殿は、殊に広くはあらねど、若き人の住み給はむに、いとおもしろき所なり。一〇かく思ほしてにやありつらむ、年ごろ御心とどめて造らせ給ひ、あるべき皆なむ[2]せられたる。[3]早く渡らせ給へ。この南の[4]殿は、中納言の君なむ賜はり給へる。近隣（ちかどなり）にて、今だに御仲よくてものし給へ」と聞こえ給ふ。北の方も見給ひて、いみじく泣き給ふ。北の方「かくあさましき所なれば、世の中のこと、をささ聞こえぬを、一一殿の御ことも、久しくありてなむ承りし。いみじく悲しく。親もなきやうなる人を持ち侍（はべ）りて、さりともおはしまさばと思う給へつるものを、かかることをさへのたまひける」とて泣き給ふ。一二御服（ぶく）などをも着給へり。一三例の御服をぞ、君は着給へる。北の方「かく承らましかば、一四この侍る人にも、一五重き御服をこそ着せ侍るべかりけれ。

七　以下の季明の遺言は、「国譲・上」の巻【五】参照。「女君」は袖君、「殿」は季明。「殿」「実正」は、間接話法的な表現。ただし、「実正が仕うまつれ」とは言っていない。

八　この「書」は、「国譲・上」【四】注三の「御処分の書」と同じ物か。

九　袖君が相続なさった屋敷は。

一〇　挿入句。

一一　「殿」は、季明。

一二　「服」は、喪服の意。

一三　「例の御服」は、下の「重き御服」に対して、軽服の喪服をいう。

一四　「この侍る人」は、袖君。

一五　「重き御服」は、重服の喪服。父母の喪に服する

一六心ときめきのやうなれども」とて、濃き鈍色の御衣一襲、黒橡の御小袿うち出でて一七見せ奉り給へり。民部卿、泣き給ひて、

一八山里を一人[5]眺めてわが宿の藤の盛りをいかで聞きけむ

北の方、

一九松枯れてふぢのみありと聞きしかば我も袂は深くなりにき

と聞こえ給ふ。

民部卿、「そもそも、二〇女君は、いかが生ひ出で給へる。昔は、二一名立たる人に劣るまじく聞こえ給ひしを」とて、御簾を掻き上げて見奉り給へば、鈍色の[6]御几帳立てて、親も子も居給へり。姫君、薄鈍の[7]一襲、御小袿・掻練の袿一襲着給へり。二二御歳十七歳ばかりにて、御髪いとめでたし。頭つき・御ありさま、いとうつくしげにておはす。母君、いとものものしく、愛敬づきて、髪うるはしく[8]清げなり。歳三十五のほどにて居給へり。民部卿、女君に、「まろを、親とは思せ。今は、よろづに仕うまつらむ」などて、[9]御髪を掻き出でて見給へば、いと多くて、七尺ばかりあり。北の方、

時に着る。
一六　このような物をお見せするのは恥ずかしいのですがの意か。
一七　「うち出づ」は、御簾の下から出すの意。
一八　「藤の盛り」は、喪服（藤衣）を着ている様子をいう。
一九　「ふち」に「藤」と「淵」を掛け、「松」に故太政大臣をたとえる。「淵」「深く」は縁語で、「我も袂は深くなりにき」は、自分も喪服を着ていることをいう。
二〇　「女君」は、袖君。
二一　「名立たる人」は、藤壺をいうか。
二二　「菊の宴」の巻【三五】には、「袖君十四歳」とあった。これは藤壺入内と同年のことで、藤壺腹の第一御子の年齢（「蔵開・下」の巻【三三】に、五歳と見える）と合わない。

「髪などは生ひぬべく侍りしかど、世の中のかくなりにしより、夜昼思ひ嘆き、ある時は、伏し沈み、頭(かしら)ももたげず嘆きて、顔かたちも、人のやうにも生ひ出でぬなめり。あやしく、[二三]この子どもは、人にも似ず、[二四]親を恋ひ悲しみつつ、[二五]一人はいたづらになりぬめりき。[二六]これも、今に忘れざめれば、また、いかがあらむとなむ」。民部卿、「いとあやしや。[二七]なでふ契りあることにかありけむ、よろづのこと、妨げのやうにあめれば、世の常ならぬ御好きとなむ見給ふる。[二八]今は、なほ、里の殿へ出で給へ。今、よき日取りて、御迎へには」[10]と聞こえ給へば、北の方(きたのかた)「否や。今さらに、憂かりし里にも、何か。[二九]若き人は、[11]おはしまさむ所にも参り侍れかし。[三〇]ここには、やがて黒きさまにてもやみ侍りなむ。ここながらもなむ」。実正(さねまさ)「いで。[12]いとあぢきなきことを。はや渡り給へ。[三一]そこにさへ添ひ奉り給はずは、いかでか。後見(うしろみ)聞こえ給ふ人なくては。さても、世捨て給ふばかりのほどにはあらざめり。[三二]かの君も、つひに、さてのみややみ[三三]給はましと思す心慰め給ふ折もありなむ」など聞こ

二三 私の子どもたちは。
二四 「親」は、父親をいう。
二五 「一人」は、真砂君のこと。「菊の宴」の巻【三五】に、「つひに、(真砂君は)父君を恋ひつつ亡くなり給ひぬ」とあった。
二六 「これ」は、袖君をいう。
二七 挿入句。
二八 以下のやりとりは、「俊蔭」の巻【四九】の、北山を出る時の俊蔭の娘と兼雅のやりとりに似ている。
二九 「若き人」は、袖君をいう。
三〇 私は、喪服を着たこの機会に、このまま出家して生きていこうと思います。
三一 「そこ」は、二人称。実忠の北の方。
三二 「かの君」は、実忠をいう。
三三 「給ふ」は、実正の立場からの間接話法的な敬意の表現。

え給ふ。

かうて、物参り給ふ。[13]色々の折敷四つ、[三四]しての引き干し・果物などして御肴にて、前に柑子・橘・[三五]ひとこ・[三六][14]楝などあるを取らせ給ひて、御酒参り給ふ。御供の人には、御前にも下人にも、皆、さまざまに。御前には皆[三七]腰差賜ひ、下人には[15]禄など賜ひて、帰り給ひぬ。

［志賀の山もと。］

四　藤壺の出産のための産屋の準備が進む。

かくて、藤壺、今日明日にあたり給へば、皆、御産屋の設けせ[1]させ給ひて、[一]大殿におはしませば、[二]君たちは、三所四所、夜ごとに宿直し給ひ、御方におはしまして、あるは、[2]夜とまり給ふありなどするほど、[三]宮より、よきほどなる、白銀・黄金の橘一餌袋、[3]黄ばみたる色紙一重ね覆ひて、[四]龍胆の組して結ひて、八重山吹の

三四 「して」、未詳。「引き干し」は、海藻などを干した物。参考、『落窪物語』巻一「かはらけ、少し賜へ。さては、引き干しなどや残りたる、少し賜へ」。『蜻蛉日記』上巻に、「海松（みる）の引き干し」の例が見える。

三五 「ひとこ」、未詳。

三六 「楝」は、「藤原の君」の巻【三】注三参照。

三七 「腰差」は、軸に巻いた絹布。被け物として用いる。

一 「大殿」は、三条の院の東北の町。「大殿の町」に同じ。

二 「君たち」は、正頼の男君たち。

三 春宮。

四 「龍胆の組」は、龍胆色（青紫色）の組紐。

作り花につけてあり、御文には、
「おぼつかなからぬほどにと思う給へつれど、頼めしほどを過ぐされにしかば、それがつらさにこそ、この頃は、夜の間はいかがと、おぼつかなく思ひやれ。さて、これは、幼き人々に。そこに見給ふほどだに、あはれにし給へかし。

うらやまし今五月待つ橘やわがみに人はいつか待ち出でむ

と思ふ、心もとなくなむ」
とて奉り給へり。

大宮、御袋開けて見給へば、大いなる橘の皮を横さまに切りて、黄金を実に似せて包みつつ、一袋あり。大宮、「あなわづらはしや。いかで、こはせさせ給ひしぞ」と問はせ給へれば、例の蔵人、「兵衛殿・中納言殿の、仰せ言承りて、御前にて、これかれなむ仕まつり給ひし」。宮、「かやうのをかしきわざは、かの君ばかりぞし給ひ出でられけむかし」。これかれに、押し包みて配り奉り給ふ。蔵人の少将、「おはせや、君たち。さる償ひに、橘食はせ

五 藤壺は、「国譲・上」の巻【七】で、二月下旬に退出する際、「立たむ月のほどには、夜の間は忍びて参り侍らむ」と言っていた。今は、四月下旬。
六 「幼き人々」は、藤壺腹の御子たち。
七 「み」に「実」と「身」を掛ける。引歌、『古今集』夏「五月待つ花橘の香をかげば昔の人の袖の香ぞする」(詠人不知)。
八 「例の蔵人」は、これはた。兵衛の君の弟。
九 正頼の五男兵衛佐顕澄と源涼と解した。顕澄は、春宮坊の亮でもある。あるいは、兵衛督の次男師澄か。【六】注三六参照。
一〇 底本「うけ給て」。
一一 「かの君」を、源中納言涼と解した。
一二 「し給ひ出でられけむ」は、「し出でられ給ひけむか

む」と。手ごとに、君達弄び給ふ。

御返りは、

藤壺「日ごろ訪はせ給はざりつれば、いと心細き心地なむ。さて、[一四]これは、さしも承らぬものを。

[一五]みにもかく昔の人をならしつつ花橘を何かうらやむ

[一六]ことごとに、また」

[8]と聞こえ給ふ。大宮、御使に女の装束一領賜ふ。

かかるほどに、孫王の君、藤壺にある夕暮れに、[一七]側離れて黒き水桶の大きやかなる四つつい重ねて、[一八]嫗どもさし入れて往ぬ。局の人々、「あやしき物かな。御前にかかる物をさし入れて往ぬる」とて見れば、大きなる[一九]葉椀を白き組して結ひて、五つさし入れたり。取り入れたれば、ほどは[9]桶の大きさなり。開けて見れば、[10]一つには、練りたる絹を飯盛りたるやうに入れたり。いま一つには、綾を同じやうに入れたり。いま一つには、鰹・鮭などのやうにて、沈入りたり。葉椀の蓋に、[二〇]なま嫗の手にて、

し」に同じ。

[一三]「償ひ」は、埋め合わせ、見返りの意。

[一四]「これ」は、一人称。

[一五]「み」に「実」と「身」、「ならし」に「成らし」と「馴らし」を掛ける。「昔の人」は、以前から入内していた春宮妃をいう。「国譲・上」の巻【三九】の蔵人これはたの報告と関係があろう。

[一六]くわしいことは、いずれ、また。

[一七]「側」は、桶のまわり。「側離れて」は、中味がいっぱいで壊れかけたさまをいうか。

[一八]「嫗」は、底本「女」。

[一九]「葉椀」は、「俊蔭」の巻【四六】注五三参照。

[二〇]「なま嫗」は、底本「なま女」。

「今日なむ[11]、からうして、一つ[二一]祈り出づる[二二]枚手[13]。数[14]には、など
か。
[二三]祈ぎ言も聞かずなりにしかさまには神の多かる葉椀そてと
ぞ」

とあるを、孫王の君、「誰にか」。（藤壺）「[二四]例の人のすさびにこそあめれ。久しく、かやうのことなかりつるを」とのたまふ。乳母、「里におはしますほどを思したるなめり」と言ふ。[二五]君は、いかでかこれが返り言聞こえむと思へど[15]、さるべきこと、折もなければ、[二六]御前に取り出でて御覧ぜさすれば、（藤壺）「いと清げなる、神の下ろしかな」とのたまふ。[二七]鰹など配りつ。[二八]飯・葉椀は持たり。

五　四月下旬、藤壺、春宮の第四御子を出産する。

かかるほどに、[一]つごもりになりて、いと平らかに、男御子生まれ給へり。[二]気色もなくておはしつるほどに生まれ給へり。人々は

二一「祈り出づ」は、祈って手に入れるの意。

二二「枚手」は、「葉椀」に対して、柏の葉を平らに綴って用いる器。『和名抄』調度部祭祀具「葉手　比良天」。

二三「かさま」は、笠間稲荷神社のことか。「そて」、未詳。「かさま」に藤壺、「神」に孫王の君たちをたとえるか。参考、『順集』「祈ぎ言を聞かず荒ぶる神だにも今日はなごしと人は知らなむ」。

二四 以下を藤壺の発言と解した。「例の人」は、仲忠をいう。

二五「君」は、孫王の君。

二六 藤壺の御前。

二七 沈香の鰹。

二八「飯」は、「飯盛りたるやうに入れ」てある練り絹と綾をいうと解した。

一 四月の終わり頃。

聞きあへ給はず。三おとど・宮、喜び給ふこと限りなし。いかならむと思ひつる度(たび)しも、何ごともなくし給へれば、生(む)まれ給ひつる御子(みこ)をうつくしみおはさふ。四

五宮より、御消息(せうそく)、立ち返りあり。

おとど、むつましく仕うまつる人を御前(おまへ)に召して、よろづ調じて参り給ふ。思ふやうに、人のえせぬをば、御手づからし給ふ。六宮の御腹の君たちは籠もりておはす。御手づからし給へば、君たち、「何ごとをか仕うまつらむ」と聞こえ給へば、おとど、正頼七1「そこたちは、まだ八未熟(みじく)ならむ。翁(おきな)は、多くの、子・孫(むまご)の母も労(いたは)り馴(な)らひたり。かかる人をば、この折に、よく労り、九心しらひつれば、容貌(かたち)も殊に損なはれぬものなり。一〇宮のよう思(おぼ)すなるに、一一費(つひ)やかさでこそは参らせめ」とて、よろづにありがたき物をして参り給ふ。

二 「気色」は、出産の兆候の意。
三 正頼と大宮。
四 「おはさふ」は、主体敬語の補助動詞。動作主体が複数の時に用いられる。「おはしまさふ」より敬意の程度の低い敬語。
五 春宮。
六 大宮腹の男君たち。
七 「そこたち」は、二人称。
八 「みじくなり」は、「みじゆくなり」に同じ。【二】注二五参照。
九 「心知らふ」は、心を遣う の意。
一〇 春宮が藤壺を大切に思ってくださっているということだから。
一一 「費やかす」は、衰えさせるの意。

六　七日の産養が行われ、諸所から贈り物が届く。

産養(うぶやしなひ)し給はぬ人なく、いと[1]清らにし給ふ。

宮より、七日[一]のは、御屏風(びやうぶ)・御座(おまし)よりはじめ給ひて[2]、長持(ながもち)[3]の脚(あし)つきたる三つ、唐櫃(からひつ)五具(いつよろひ)に、綾(あや)・錦(にしき)よりはじめて、よろづの物入れさせ給へり。御文[4]あり。御使は、大夫(だいぶ)[二]。

(春宮)「度々(たび)のは見給へき。みづからのたまはねば、おぼつかなくなむ。いかに[三]と思ふしるしにや、異(こと)なることなくてものし給ふなるを喜び[四]。よろづ[五]のこと見ぬものとなりにけるこそ、改めまほしくこそ。さて、これは、旅人[六]の料にとて。あまたの親になり給ひぬるをなむ、いとあはれに。今は、疾(と)く対面もがなとのみなむ。さりぬべくは、夢ばかりも、みづからものたまへ。うち[七]も驚かされたりとも、いとよく見えつべしや」

とて奉り給へり。

一　七日の産養は。
二　春宮大夫。「内侍のかみ」の巻【三〇】注一六では、藤原兼雅。現在は、別人だろうが、誰のことか未詳。
三　挿入句。
四　下に省略がある表現か。
五　自分の子が生まれるのに、宮中で心配しているだけで、自分の目で何も見ることができなかったことを、今後は変えたい気持ちです。
六　「旅人」は、藤壺をいう。藤壺を「旅人」と言うのは、宮中こそが藤壺の住まいのはずだという、春宮の気持ちの表れだろう。
七　上の「夢ばかり」の縁で、夢のようなお手紙だったら、寝ている途中で起こされたとしても、ちゃんと見ることができるでしょうの意。
八　下に「手紙を書けない

大宮、見給ひて、「かく、人の親になり給ひて、心しておはしますこそ、あはれなれ。『おぼつかなし』とあめるを、御返り言も、臥しながら聞こえ給へかし」とのたまへば、聞こえ給ふ。

「承りぬ。まだ筆も取られ侍らねば、[八]『おぼつかなし』とのたまはせたれば、臥しながら聞こえさする。いかにと思ひ嘆きつるを、今日までは、かく聞こえさするを、[九]後は、いかが。『人の親に』とかのたまはせたるは、かつは、『[一〇]闇に』とか言ふなることをなむ。今、から思ひ給ふるこそ。旅人に賜はせたる物は、[一一]あるじまでなむ喜び聞こゆる。[一二]ことごとには」と書き給へれば、宮、包ませ給ひて、御使に女の装ひ、下人に禄など賜ひて奉り給ひつ。

一の宮の御方より、[一三]子持ちの御前の[一四]おとどの御膳、児の御衣・襁褓、いと清う調じて奉れり。[一五]白き折櫃に、[一六]黄ばみたる絵描きて、[一七]白き、黄ばみたる銭積みたり。御石の台に、例の、鶴あり。洲浜に、

けれど」の意を補い読む。「ば」を、「ど」の誤りと見る説もある。

九　暗に、別の嘆きがあることをいう。

一〇　『後撰集』雑一「人の親の心は闇にあらねども子を思ふ道に惑ひぬるかな」（藤原兼輔）による表現。ここも、暗に、若宮の立坊の不安をいうか。

一一　「あるじ」は、正頼をいう。

一二　くわしいことは、いずれ、また。

一三　「子持ち」は、藤壺をいう。

一四　底本「おとゝ」、未詳。「御もの」の誤りと見る説もある。

一五　底本「たてまつれり」。敬語不審。

一六　「黄ばみたる絵」がどのような絵なのか未詳。

一七　白銀の銭と黄金の銭。

[一八]行く末も思ひやらるる石にのみ千年の鶴をあまた見つれば

と、[一九]大将の君の手にて書き給へり。

源中納言殿の北の方、いと厳めしう仕うまつり給ふ。男方のは、[二〇]左衛門督の君、よろづの所々のこと、皆、君たちあたり給ひつつし給へり。所々より、御産養し給はぬなし。

[二一]おとどの君は外に出で居給ひて、[二二]おはしまさひし時は、客人[8]も親王たちもいささか集ひ給ひしを、今、さしもあらねど、太政大臣・親王たちを放ち奉りて、右大将よりはじめてまうで給へり。[二三]宮の殿上人などは、なきなし。下人も、残るなく参れり。

かくて、おとどの、御笛・御琴ども遊ばせば、大将、「年ごろ、久しく承らざりつる御遊びは、今宵の料に置かせ給ひけるにこそは」。おとど、「[二四]後生ひの恐ろしかりしかば。耳は[二五]すばりにしを、今宵は、[二六]鼬の間[9]とこそ聞き給へけるは。物一つ遊ばせ。仕うまつりて試みむ」とのたまひて、笙の笛を奉り給ふ。おとどは、[二七]皮笛を遊ばす。[二八]兵衛督・中納言、大篳篥。これかれ、御琴ども遊ばし

一八　「藤原の君」の巻【二】注二の橘千蔭の歌参照。
一九　右大将仲忠。
二〇　正頼の長男、忠澄。
二一　「おとどの君」は、左大臣正頼。
二二　男君や婿君たちが住んでいらっしゃった時は。「おはしまさふ」は、「あり」の主体敬語として、動作主体が複数の時に用いられる。
二三　春宮の殿上人。
二四　「後生ひ恐ろし」は、「藤原の君」の巻【九】注八参照。ここは、笛や琴にすぐれた仲忠たちをいう。
二五　「すばる」は、狭くなるの意。老いて耳がよく聞こえないことをいう。
二六　「鼬の間」は、「菊の宴」の巻【一九】注二参照。ここは、鼬がいない間の意。

て、夜一夜遊び明かし給ふ。歌など詠み給ひつつ、暁には、皆、物など被き給ひて帰り給ひぬ。

つとめて、宮、[二九]昨夜の物、ここかしこへ奉り給ふ。涼の中納言は、[10]御宿直に。

七　九日の産養。仲忠や涼など、産養の品を贈る。

かくて、九日の[1]夜は、[一]大殿、[二]内裏の大饗の御前の物し[2]給ふ。ここかしこより、いと清らにて[3]奉り給ふ。[4]右大将殿、大いなる海形をして、蓬莱の山の下の亀の腹[5]には、香ぐはしき[三][6]裛衣を入れたり。山には、黒方・侍従・薫衣香・合はせ薫物どもを土にて、小鳥・[四]玉の枝並み立ちたり。[五]海の面に、[六]色黒き鶴[7]四つ、皆、しとどに濡れて連なり、[8]色は、[9]いと黒し。[10]白きも六つ。大きさ、例の鶴のほどにて、白銀を腹ふくらに鋳させたり。それには、麝香、よろづのありがたき薬[11]、一腹づつ入れたり。その鶴に、

二七「皮笛」は、口笛のこと。『源氏物語』「紅梅」の巻「皮笛ふつつかに馴れたる声して」。参考、逸文『九暦』天慶五年一月七日「今日酒盃十一巡、王卿有二酒気一、吹二皮笛一」。

二八　正頼の次男師澄と源涼。【四】注九参照。

二九　大宮。

一「大殿」は、太政大臣藤原忠雅。

二「内裏の大饗」は、中宮の大饗か。后の宮は、忠雅の姉。

三「裛衣」は、「蔵開・上」の巻【三】注六参照。

四　蓬莱の玉の枝。『竹取物語』参照。

五「海の面」は、海辺、海岸の意。

六「色黒き鶴」は沈香の鶴、「白き（鶴）」は白銀の鶴。

[七]薬生ふる山の麓に住む鶴の羽を並べても孵る雛鳥

いづくよりともなくて、夕暮れの紛れに[八]舁き据ゑたり。

涼の中納言の君、かやうに、弄び物の具にて奉り給ふ。その夜も、これかれ、御遊びなどして、今宵は[12]気近うしてなまめきたり。

八　翌朝、産養が終わり、典侍、藤壺たちと会話する。

夜明けぬれば、つとめて、御座敷き替へ、例のごとして、人々[1]装束どもなどして候ふ。[一]典侍、初めより参りて、例の、御湯殿の行事す。御湯殿は、[2]孫王の君に、[二]殿守といふ、参る。

しめやかなる折にて、御前にて、これかれ物語するついでに、典侍聞こゆ。（典侍）「ここらの御産屋にあひまうで来る中に、物多くにぎははしかりしことは、この御産屋。[三]七の宝降り、おもしろく、心肝栄えしことは、いぬ宮の御産屋。この度のは、いとあらまほしう[3]清らにて侍るめる。[四]兵衛督殿は、おもしろきことはなくて、

七「薬」は、蓬莱の不死薬。「薬生ふる山」に三条の院を、「鶴」に藤壺をたとえる。

八「舁き据う」は、運んで来て置くの意。

一 いぬ宮が生まれた時にも登場した典侍。「蔵開・上」の巻【三】注四参照。

二 藤壺（あて宮）と滋野真菅の仲介をした「殿守」と同一人物か。「藤原の君」の巻【三】参照。

三「七の宝」は、「祭の使」の巻【五】注三参照。

四 正頼の次男師澄の子どもが生まれた時。北の方は、平中納言の中の君。「沖つ白波」の巻【四】参照。

五「さる人」は、仲忠をいう。

六「父おとど」は、仲忠。

厳めしくにぎははしきことは、いみじく侍りき。被け物清らに、よろづの物は、七つの宝にし返して、いと清らなりきや」と言へば、藤壺は、「一の宮の御方にて、げに、めづらしき心地はし給ひけむかし。さる人の、心に入れて居立ちてし給ひけることなれば」。典侍、「さて、さらにも。生まれ落ち給ひしすなはち、父おとどの舞し給ひしよりはじめて、おもしろきことぞ限りなく侍りし。大殿、七日の夜は、舞し給ふこと、異上達部賺し給ひ、ともに舞ひ、琴弾かれなどせしは。さることは、いづくにか。さる効ありて、いぬ宮の、いとをかしくぞおはする。この頃、歯吹きして居給へり。人御覧じては、ただ笑ひに笑ひ給ふ。おとどの君は、とみのことあれど、率て遊ばせ給ひつつ、放ち給はず。夜昼、膝にぞ据ゑ奉り給へる。げに、いとぞうつくしきや」。御方、「宮との御仲は、いかがある」と。典侍、「いかばかりめでたき仲ぞとは。先つ頃、こなたにおはしけるに、参りけれど、もの聞こえ給はざりければ、五日六日入り臥し給ひてこそは恨み奉り給ひしか。

いぬ宮が生まれた日に万歳楽を舞った。「蔵開・上」の巻【八】参照。

七　「大殿」は、正頼。

八　以下、いぬ宮の七日の産養の夜、正頼が輪台を舞い、人々にも舞を舞うことを求めて、源涼たちが舞ったことをいう。「蔵開・上」の巻【二五】参照。

九　「歯吹き」は、乳歯がはえる頃に赤子が口から泡を吹き出したりする動作。

一〇　「国譲・上」の巻【三】参照。

一一　女一の宮が藤壺のもとを訪れた時のこと。「国譲・上」の巻【三五】参照。

一二　底本「まいりけれと」、敬語不審。仲忠の動作と解した。

一三　女一の宮が仲忠に。「国譲・上」の巻【三】参照。

一四　女一の宮が東北の町の東の対に戻った後のこと。

〔仲忠〕『御遊び、これかれし給ひしを立ち聞きしかば、[一五]御方の、琴の御琴をこの筋に遊ばししが、[一六]いとあやしかりしかな。同じやうなる物の音とはいひながら、[一七]この族は筋異なることの、[一八]御前にて仕まつりては』[11]となむ怖ぢ給ひし」[12]。〔藤壺〕「さて、宮は、いかがのたまひし」と問ひ給へば、〔典侍〕「いかでか。[13]からくはしくも聞き給へぬ[14]ものを。[一九]まことに聞こえたるならむとこそ聞き給へしか」と聞こゆれば、[二〇]よくものたまひけるかなと聞こしめす。

九　人々、贈り物を見る。藤壺に、実忠からの手紙が届く。

からうて、大宮は、[1]孫王の君に、[一]二夜取り置かせし物どもして参[二]れり。蓬萊の山を御覧じて、「いとわづらはしくしたる物かな。いづくのならむ」とのたまふ。[三]孫王の君に語らひて参らせ給へれば、をかしと思ひつれども[四]。[五]岩の上に立てたる[2]二つの鶴どもを取り放ちつつ見給へば、沈の鶴は、いと重くて、取る手しとどに濡

一五 「御方」は、藤壺。藤壺はかたち風の琴を弾いた。「国譲・上」の巻【三七】注二〇参照。
一六 仲忠は、「いかでか、我清涼殿にて仕うまつりし手を弾き給ふらむ」と思っていた。
一七 「この族」は、清原俊蔭の一族。
一八 帝の御前でしか弾いていないのにの意。「国譲・上」の巻【三七】注二五参照。
一九 ほんとうに聞こえたのだろうかという程度にしか聞いておりません。
二〇 私に過分な評価をなさったものだ。

一 「二夜」は、産養の七日と九日の夜。
二 文脈が調わないが、大宮が孫王の君に命じて、孫王の君が参上したということだろう。

る。「あないみじの物どもや」と言ひののしる。白銀のは、金なれど、殊に重くもあらず、[六]腹に物の下に入れたり。書きつけたる歌は、黄金の[七]泥して葦手なり。「これは、誰が手ぞ」と、集まりて見給へど、え知り給はず。御方、御覧じて、「大将の御手にこそあめれ。[八]若君にとて、[九]手本あめりし、同じ手なめり」と聞こえ給へば、おとど、「げに、さなめり。異人のすべきわざにはあらず。これを見知らぬやうなるは、いと心なきわざかな。いかにせむ」とのたまひて、御薫炉召して、山の土、所々試みさせ給へば、さらにたぐひなき香す。鶴の香も、似るものなし。白き鶴はと見給へば、[一〇]麝香の臍、半らほどばかり入れたり。取う出て、香を試み給へば、いとなつかしく香ばしきものの、例に似ず。「あやしく、この物どもの心地ある香、異物に似ざらむ」。宰相の中将、「ある人の、忍びて申ししは、『いとありがたき所より、[一一]治部卿の御唐物得られたり』とこそ申ししか」。おとど、「げに。さなんなり、[一二]去年の冬、人に聞かせで、御前にて御書仕うまつり給びき、

三　仲忠が孫王の君と相談して。
四　下に「口には出さなかった」の意の省略がある。
五　海辺の岩の上に、黒と白の一対の鶴が立っていたのだろう。
六　その腹の下には物が入れてあるの意と解した。
七　「泥」は、金箔や銀箔を磨りつぶして、膠と水で練って泥状にした絵の具。
八　「若君」は、藤壺腹の若宮。春宮の第一御子。
九　仲忠が献上した手本の中に葦手があった。「国譲・上」の巻【三】参照。
一〇　「麝香の臍」は、麝香鹿の雄の腹部にある鶏卵大の麝香腺のこと。
一一　「治部卿」は、清原俊蔭。「蔵開・上」の巻【四】参照。
一二　以下「仕うまつり給びき」まで挿入句。

一三かかる、世に似ぬ物など見ゆるは」などのたまふほどに、新中納言殿より、「兵衛の君に」とて、御文あり。

御覧ぜさすれば、

実忠「いとあはれにうれしかりしことは、すなはちと思う給へしかど、世の人の心慎ませ給ひしかば、げに、うたてもやと思う給へしほどに、一四念じ聞こえししるしにや、思う給ふるやうにて、平らかにおはしますなるを、限りなく喜び聞こえさせつれど、もの騒がしきがうちに、今までなり侍りにける。一五人は、昔のみ思う給へられて、ものも思ひ給へざりしかば、何ごとを聞こえさせ侍らむ。いでや、

一六ここにても聞きける声を時鳥惑はれしかな死出の山路に

一七とまでなむ。[8] 一人侍るはらからなどをこそ、女、便りには。それは御覧ずらむかし。一八おとどものたまはせしやうに、昔の侍従[9]の君の御代はりに思ほしなさば、一九のたまひし所へもまかり帰らじ。二〇明日のほどにまかりて、今。さらば、時々は、近くを」

一三 倒置法。
一四 挿入句。私がお祈り申しあげた効き目があったのでしょうか。
一五 「人」は、実忠自身をいうか。
一六 「時鳥」に、藤壺をたとえる。「死出の山路」は、「時鳥」(別名、「死出の田長」)の縁。
一七 私の気持ちはいずれおわかりになるでしょう。
一八 「おとど」は、正頼。「国譲・上」の巻【四〇】注三参照。
一九 「のたまひし所」は、小野。
二〇 底本「あすのほと」。「けふあすのほと」とある本もある。
二一 お手紙があったことを、藤壺さまにお話ししたところ、『おまえが書け』とおっしゃいましたので、私が書きました。兵衛の君の宣旨

と聞こえたり。

御覧じて、兵衛に、「かく書き給へ」とて書かせ給ふ。

「かくなむと聞こえつれば。[二二]『みづから聞こえむずれば、まだ[10]はかばかしき心地もせぬを。[二三]一夜は、御すまひ制し聞こえむとてなむ。などか、今は、[11]または帰り給ふべからむ。世の人のあるやうにて、近くものし給へかし。[二四]さらば、思ひ聞こえつべしや』」

とて聞こえ給ひて、奥の方に、

「『惑ひけむ』[12]とか。[二五]さらざりせばと。

[二六]山辺にし住むと聞かずは時鳥なべて知らせぬ声[13]はせましや

あはれと聞きしかば」

とて賜ひつれば、[二七]私にも文書きて取らせつ[二八]。

西の対の御産養の物ども取り出でたれば、[二九]君たち、挑みつつ取り給へり。物に入れて納め給ふ。

かくして、中納言、御文見給ひて、「げに、わが心ざしを見給

書きの体で、後は、藤壺の言葉。「蔵開・中」の巻【三】の中務の君の手紙参照。

二二　下に「代筆を頼みました」の意の省略がある。

二三　先日の夜は、願いを聞いてくださらないのでお諫めしようと思って、余計なことまで申しあげてしまいました。

二四　そうしてくださったら、私のほうも親しくお思い申しあげるつもりです。

二五　「さらざりせば」は「惑はざりせば」の意。次の歌の「山辺にし住むと聞かずは」に同じ。

二六　「なべて知らせぬ声」は、普通の人に聞かせることがない声の意。

二七　「私にも」は、兵衛の君自身の私信としてもの意。

二八　使の者に与えた。

二九　「君たち」は、正頼の男君たち。

へばこそ、かくものたまへる」とのたまふ。

一〇　実正、実忠に、志賀の北の方を訪ねたことを語る。

宰相、参り給ひて、「宮にも内裏にも、昨日参りて侍りしに、宮の御消息、『「日ごろ経るままに、いかに心細く。今は、効なし。世に、人の、皆あることにこそあめれ。ただ、例の人のあるやうにてものし給へ。何か、さてものし給ふ」など聞こえよ』となむ」。宮の君、「など。おのれは、密か男し、人と文通はしやはする。さする人をこそは、よきにはし給ふめれ」。宰相、「かかるをぞのたまふぞかし。誰か、みそかなるわざする。疎からぬ御仲にこそ。かく、なのたまひそ」。「誰かは、宮にある人の限り、この盗人を、よしと言ふ。人は、幸ひの鬼こそあめれ。ありとある限り、皇女にもおはせよ、上臈にもあれ、面やは見え給へる。夜昼入り居給へれば、宮人らは、上のも下のも、わび言をこそすなり

一　実忠がいる故太政大臣邸に。
二　春宮の、宮の君への伝言。
三　藤壺のことをあてこすって言う。「国譲・上」の巻【三五】注三参照。
四　「疎からぬ仲」は、実忠と藤壺がいとこ同士であることをいう。
五　底本は、下に七字程度の空白があり、「たれかは」以下を改行している。
六　「この盗人」は、藤壺をののしる言葉。
七　あの人(藤壺)は、人の幸せを邪魔する鬼なのです。
八　春宮にお逢いになっていません。
九　春宮が藤壺のもとに。
一〇　「宮人」は、春宮にお仕えする人の意。
一一　「わび言」は、恨み言、

しか。出でて往にたれば、院の御方も、参上り給ひて、[一二]立ちぬる月よりは障りものし給はず悩み給ふなり。[一三]ここにも御文賜ひ、御返りのたまふ。『[一四]逆子障へて死なずなりにけむこそ、陰陽師・巫、神・仏もなき世なめれ。ここばくの人の、我を本にてせぬわざをすれば、言ひだに言はずなりにけるこそ。同じくは、[一五]この宮、男子生み給はなむ、我こそはと思ひて[一六]生み連ねたる者の、口開かず圧し伏せつべく」とのたまへば、宰相の君、「天下に言へど、[一七]時の人の母とするや。梨壺と、世に思ひためれど、何ごともあらじ。まして、上臈にはおはすとも、[一八]宮などのは、わが心寄せもあらむ」とのたまへば、「いで。あなかま給へ」など腹立ち給ふを、[一九]中納言聞き給ふを、かたはらいたく思ほすほどに、民部卿おはして、物語し給ふついでに、「先つ頃、[二〇]かの山もとにまうでて侍りき。[二一]かののたまひ置きしことども、[二二]侍りし書ども奉りて、『うち渡り給ひね』と聞こえしかば、『今さらに、何しにかは。若き人は、さも』などなむ。御服、いと重く着給へりき。かく不用にしなし

愚痴の意。
一二 「立ちぬる月」は、先月。嵯峨の院の小宮の懐妊は、ここに初めて語られる。
一三 「ここ」は、一人称。宮の君。
一四 逆子がつかえて死ななかったとは。
一五 嵯峨の院の小宮。
一六 「生み連ねたる者」は、御子を次々と生んだ藤壺をいう。
一七 「時の人の母」は、今を時めく春宮候補の母の意。
一八 嵯峨の院の小宮。
一九 「中納言」は、実忠。
二〇 「かの山もと」は、志賀山の麓。【三】参照。
二一 「かののたまひ置きしこと」は、故太政大臣の遺言をいう。「かののたまひ置きしことども聞こえて」の意。
二二 「侍りし書」は、財産分与の文書。

奉り給ひつるは、[二三]いかにぞとて、隠れ給ひしかど、見奉りしかば、[二四]皆、容貌人にこそは。年ごろ、さばかりものを思しつつ、[二五]服やつれし給へれど、さらぬ人にも多くまさりてなむ。[二六]女君は、いとをかしげにて、見まほしき容貌なむし給ひけるに、御髪のいと長げなりしを[二七]掻い越して見給へりしかば、いとうるはしく多くて、七尺ばかりにぞありし。頭つき・[二八]顔様、いとめでたかりき。かかる人を見給はで[17]、いたづらになし給ふ、なでふわざぞ[18]。よき女子は、親の面をも起こすものにはあらずや。[二九]人の容貌にも、音に聞き給ひて、[三〇]御身をも妻子をもいたづらになし給ひなむ[19]、そこの思ほし騒ぎし人に、かの君劣り給はじや。見苦し。早く、ともかくもし給へ」と聞こえ給へば、「昔は、さても侍りぬべかりし。年ごろまからねば、忘れ侍りにけむ。[三一]今は、人見給へむとも思ひ給へず。なほ、[三二]かの賜びたる所に置かせ給ひて、時々を訪はせ給へ。[三三]ここには、小野にまかりて、暑きほど過ぐして、[三四]ありやうに従ひて、まうで来べくは、時々もまうで来むかし」。民部卿、「何ぜむにか、

二三 「いかにぞとて」は、「見奉りしかば」に係る。
二四 「皆」は、母娘二人ともの意。
二五 「服やつれ」は、喪中に死者を悼んでやつれること。
二六 「女君」は、袖君。
二七 「掻い越す」は、髪を肩や頸越しに前に垂らすの意。参考、『枕草子』「古体の人の指貫着たるこそ」の段「中納言の君の、紅の張りたるを着て、頸より髪を掻越し給へりしが」。
二八 「顔様」は、顔の様子の意。参考、『源氏物語』「常夏」の巻「（近江の君の）腹立ちたまふ顔様、気近く愛敬づきて」。
二九 顔の美しさの点でも。「劣り給はじや」に係る。
三〇 挿入句。
三一 今は、妻をそばに置きたいとも思いません。
三二 「かの賜びたる所」は、

今また帰り給ふべき。年ごろさてものし給へるを、公私（おほやけわたくし）惜しみ給ひ、交じろひ[20]のついでなどにも、常に[21]思ひ出でられ[三五]給ひつつ、いみじく悲しくなむ侍る。今はかく親もおはしまさずなりぬるを、[三六]あまたある仲[22]らひにもあらず、今は、かうてものし給ふぞ、旅のやうに思ほさるらむ。今は、[三七]侍る所も、いと便（びん）なくなりにたり。昔のやうにはあらで、[三八]童部（わらはべ）の侍る所に入りて見給ひて、同じ所にものし給へ。何せむに帰り給ふべき」と申し給へば、〔実忠〕「鈍色（にびいろ）の衣（きぬ）[23]の[三九]けにや侍らむ、いとむつかしう侍れば、湯など沸かさせてものせむとなり。今、侍りしやうにはあらで、京にもまうで来なむや」とのたまへば、民部卿、

[四〇]今はかく野辺見し人もなきものを君さへほかへ行かずもあらなむ

とのたまへば、中納言の君、

[四一]わがゆゑと嘆きし道に渡れかし君がしるべにならむとぞ思ふ

と聞こえ給へば、宰相、

袖君が相続した屋敷をいう。
三三 「ここ」は、一人称。実忠。
三四 その時の状況次第で。
三五 私に思い出されなさっての意で、「給ふ」は、実忠に対する敬意の表現。
三六 兄弟が多いわけでもない。
三七 「侍る所」は、実正の私邸をいう。実正が妻子を引き取ったために手狭になったのである。
三八 「童部」は、実正の北の方をいう。
三九 「け」は、原因の意。
四〇 「野辺見し人」は、野辺送りをしたの意で、故太政大臣をいう。
四一 「君」は、故太政大臣。「君がしるべになる」は、父が行く冥土への道の道案内になるの意。

亡き人の道のしるべに君ならば[24]後（おく）れて我も何か惑はむ

とのたまふを、宮の君[25]、聞き給ひて、

[四二]ありし世[26]もかからばとのみ嘆かれて君にもつひに後れぬるかな

と聞こえ給ふ。

中納言は、御前（ごぜん）などして出で給ひぬ。民部卿も宰相も、宮の君に、「いかに心細く思ほすらむ。今、たがひに[四三]、しばしば参らむ。宿直人（とのゐ）なども任（さ）させてを」とて、殿[四四]へおはしぬ。

一一　六月、実忠の北の方と袖君、三条の屋敷に迎えられる。

かくて、六月[1]になりぬ。民部卿、袖君の御迎へし給はむとて、[一]三条殿にものし給ひて、損なはれたる所繕はせ、池払はせ、御調度どもは、皆あれば、置き所あるべきやうにしつらはせ、御簾（みす）かけさせ給ふ。屏風（びやうぶ）・御帳（みちやう）よりはじめて、新しく清げなり。この殿

四二「かからば」は、こんなにつらいなら死んでしまいたいの意。

四三「たがひに」は、本来、漢文訓読語。この物語では、この例のみ。ここは、二人で交互にの意。

四四「殿」は、それぞれの私邸。

一「三条殿」は、袖君が季明から相続した屋敷。

二「三日まで物参るべきこと」は、転居後三日間の食事の世話をいう。「蔵開・下」の巻【三五】注六参照。

三【三】参照。

四 なんの準備もしておりませんので。「心」は、用意、準備の意。

五 底本「さらはさらは」。あるいは、「さらば」一つは衍か。

は、一町に、檜皮のおとど五つ、廊・渡殿、板屋どもあまた、蔵などあり。池近く、をかしげなり。

三日まで物参るべきことなど、人々にのたまひて、御車三つ、御前などあまたして、かの麓におはして、近くなれば、我先立ちておはして聞こえ給ふ、「前には、日の暮れにしかばなむ、急ぎて。さらば渡らせ給へとてなむ、いと暑く苦しく侍れども、今日ならで、よろしき日の侍らざりつれば、参り来つるを」と聞こえ給へば、「なでふ心をか」。「ただ、おはすらむままにて。人見るべき所にも侍らぬを」と聞こえ給へば、「さらば、さらば、はや率ておはしましねかし。わいても、世を憂しと入りぬめりしを、いづちにこそ」と聞こえ給へば、「など思す。事や出で来む。渡らせ給ふまじきさまにのたまふは、いかなることぞ」。北の方、「ここには、何しにかは。これより深くとこそは。世の中の心憂く思ひ給へられしかばこそ、年ごろ、かうても。疎からぬ」。「一所は、かく、ここにも、いかでかものし給はむ。この御後見し給

六　袖君を早くお連れください。

七　なんといっても、私は、この世をつらいと思ってこの山里に入った身ですから、どこにも行くつもりはありません。助動詞「めり」は、自分を客観的に表現したものか。実忠のことをいうと解する説もある。『躬恒集』「世を憂しと山に入る人山ながらまた憂き時はいづち行くらむ」による表現。

八　「これより深く」は、歌による表現か。参考、『公任集』「世を憂しとのがると聞けば我はいとどこれより深く入りぬべきかな」。

九　「疎からぬ」は、歌による表現か。参考、『後撰集』雑一「古里の三笠の山は遠けれど声は昔の疎からぬかな」（藤原兼輔）。

一〇　「一所」は、あなたお一人の意。

ふと思してこそは。かく、山里には、この君を住まはせ奉り給ふべきか。さりとも、ここには劣らじ。そがうちに、わいても、中納言の君おはせむ」と、「ここ、よく守りて、人に毀たせで仕うまつれ」と仰せ給びて、我も御車にておはしぬ。

北の方は、そぞろに思さるれど、この君をかくだにあらせむやはと思して、おはして見給へば、いとおもしろく広くて、調度どももなき物なし。いと清げにて、這ひ入りて見給ふに、もの憂がり給ひつれど、からうてもありぬべしと見給ふ。御座所は、このおはすべき、女君のおはすべきこと、さまざまなり。おとどの出居の方々ならむと思ほす。人々の曹司などは、いとよくてあり。御蔵には、故殿の置かせ給へる布・銭などあり。細かなる物などはなし。御前の物などは、のたまひ置きたる人々参る。民部卿は、「三日過ぐして参らむ」とて、外ながら帰り給ひぬ。

からうて、三日過ぎぬれば、新宰相もろともにおはして、「いとめやすくおはしぬる。いま一つのことも、いかでせさせ奉りてし

一一「この君」は、袖君。
一二「さりとも」は、都にお移りになってもの意。
一三 それに、お移りになったら、なんといっても、中納言殿がおいでになることもあるでしょう。
一四 以下は、実正が従者に命じた発言。
一五 三条殿においでになって。
一六 御座所は、北の方のも、袖君のも、それぞれ、しかるべく用意されている。
一七「おとど」は、故太政大臣。「出居」は、寝殿造りで、母屋の南の廂に設けられた一室。
一八 底本「なとはなし」。あるいは、「なきはなし」の誤りか。
一九 注一一に、「三日まで物参るべきことなど、人々にのたまひて」とあった。
二〇「外ながら」は、建物

かな」と聞こえ給ふ。物など、心して奉り給ふ。

［三条殿に。］

一二　梨壺腹の御子立坊の動きに、正頼家の人々動揺する。

かくて、藤壺には、御心地も、今はさかだち給ひにたれど、大殿はなほおはしまして労り奉り給へばにやあらむ、殊に損なはれ給はず、づしやかにあてになりまさり給ひて、めでたくおはす。綾の掻練の一重襲・二藍の織物の衣脱ぎかけておはするを、おとど見奉り給ひ、君たちのおはするに、「若きぬしたち、見習ひ給へ。子持ちは、かくぞ労りなすよ」とのたまふ。誰々も、ほほ笑みておはさうず。宰相の君、「人からにこそものし給ふめれ」。おとど、「わが御方も、かく恐ろしげなる人、ここら作り出で給へれど、さりげにやは。内裏のなどよ」とのたまひて、若宮の御方を見やり給へば、やむごとなき人、参り集ひて、居立ちて、こな

の中に入らないままの意。

二「新宰相」は、源実頼。

三「いま一つのこと」は、北の方と実忠を対面させること。

一「さかだつ」は、産後の衰弱が快復して元気になるの意。

二 挿入句。【五】参照。

三「脱ぎかく」は、袖を通さずに肩にかけるように着る、羽織るの意。

四「おはさうず」は、「国譲・上」の巻【一五】注二四参照。

五「わが御方」は、妻の大宮をいう。

六「かく恐ろしげなる人」は、正頼の子どもたちをいう。

七「内裏の」は、内裏の女御の意。仁寿殿の女御。

八「若宮の御方」は、若宮が住む、寝殿の東の方。

たなどにも渡り給はず。いと[九]けけし[6]くておはするを、いかならむ、人々の、[一〇]さ思ひて、かくはあめるを、恥や見むずらむと思すほどに、宮より、

「日ごろは、いかが。うちはへ、[一一]ここには悩ましくなむあれば。まだ、え対面せずやと思ふに。[一二][7]そこには、けしうはものし給はじを、下局にやは。後ろめたくはこそ。[一三]人、もろともによ。いでや、

[一四]君を待つわがごと我を思ひせば今までここに来ざらましやは

[一五]思ふこそ、ねたく。まかで[8]られし時も、謀るやうにて。かく数にも思はれざめれば、しばしはものせじと思へど、あやしく、心よりほかにて」

となむあるを、御方、「あなあやしや。[一六]ただにてやは。例の憎げ言し給ふめり。あないとほし」とて、「この頃は、誰々かものし給ふ。いづくにか、御使は、[9]かく遣はす。内裏わたりには、[10]何ごとかある」とのたまはすれば、「この頃は、例の御書遊ばしなど

九 「けけし」は、よそよそしいの意。
一〇 若宮が立坊するものだと思って。
一一 「ここ」は、一人称。春宮。
一二 「そこ」は、二人称。あなたは、それほどお加減が悪くないでしょうから、下局においでになりませんか。「下局」は、藤壺をいう。
一三 「人」は、御子たちをいう。
一四 「ここに来」は、参内することをいう。
一五 上に、「と」を補う説もある。
一六 私は出産で苦しんでいたのに。
一七 「院の御方」は、嵯峨の院の小宮。
一八 「左衛門」は、嵯峨の

はせさせ給はで、御心地悩ましとて。参上り給ふことは、院[一七]の御方こそは。そこに候ふ、[一八]左衛門といふ人、忍びて申ししは[11]、『五[一九]月ばかりより、御気色ありて悩ませ給ふ』となむ申しし。御使は[二〇]一夜[12]参り侍りしかど。申すまじきことなれど、内裏わたりには、梨壺の御方の[二一]御勝事[13]し給へることをなむ、[二二]やむごとなき所々喜ばせ給ふなる。ある所には、『物の[二三]筋といふもの絶えぬと見れど、つひには出で来ぬるものなりけり。かかる折にし合はせ給へることと』とて、常に、ある所には、御文[14]通はせ給ふとなむ承る。[二四]かの御方も、『疾く参り給へ』と侍るなる」と聞こゆ。

[二五]宮の御返り[15]、

「承りぬ。悩ましげにのたまふなるは、いかやうにか。いともいとも[二六]聞こえさせ。ここにも、なほいと苦しくなむ侍れば、え参り侍らぬ。[二七][16]まことや、『待つ』[17]とか侍るは、

[二八]下葉より下より色は変はりつつまつとはさらに言はずもあらなむ」

院の小宮づきの侍女だろう。

一九　【一〇】注三参照。今は、六月。

二〇　春宮のお使として、先日の夜、小宮さまのもとにうかがったのですが、そのような様子は感じられませんでした。

二一　「勝事」は、すばらしい出来事の意で、ここは、梨壺の皇子出産をいう。

二二　「やむごとなき所々」は、后の宮をはじめ、藤原氏の人々をいう。

二三　「物の筋」は、藤原氏の血を引く者が立坊することをいう。

二四　「かの御方」は、梨壺。

二五　春宮へのお返事。

二六　下に省略がある表現か。

二七　「まことや」は、話題を変える時の言葉。

二八　「色変はる」に春宮の心変わりをたとえ、「まつ」に「松」と「待つ」を掛ける。

と奉り給ひつ。

藤壺「[二九]かのことは」。おとど、「空言にあらじ。内裏の后、いと[三〇]おぞく心かしこく[18]ものし給ふ。やむごとなき人々、[19]御氏なり。[20]さすれば、必ず、さ思すならむ。后、[三一]大殿、大臣、公卿たち、心を一つに、例を引きて、[三二]これをと申さむには、何の疑ひかあらむ。我は、[三三]馬に交じりたらむ牛のやうにて、何ごとをかは。民部卿ばかりこそは。[三四]太政大臣だにものし給はましかばこそは。ものの悪しきにやあらむ、折しもこそあれ、ものし給はず。子どもとてあるは、下臈なり。[三五]因縁とてものし給ふも、わが筋をと思さむ、道理なり。女子をば、何とかは。心憂しと思ひて、子どもをあらせ奉らずとも、わが身こそ、[21]やまめにて、いたづらにならめ。何の面目かあらむ。それは、皆思ひたらむかし。いみじき恥をも、[三六]老いの波に見つるかな。[三七]太政大臣の[22]御気色は見むと思へど、をこは、まだしうものせぬ」とのたまへば、藤壺、「何か、いと[23]むつかしうは思[24]ほす。[三八]まことに定め果てられぬと[25]聞こしめすとも、夢ばかりもの

二九 「かのこと」は、使の発言の中の、梨壺に関する件をいう。
三〇 「おぞし」は、気が強いの意。
三一 「大殿」は太政大臣忠雅、「大臣」は右大臣兼雅。
三二 「国譲・上」の巻【一九】注三七参照。
三三 「馬に交じりたらむ牛」は、すぐれたものの中に劣ったものが交じるたとえ。
三四 故太政大臣源季明。
三五 「因縁とてものす」は、「国譲・上」の巻【四〇】注一〇参照。
三六 「老いの波」は、寄る歳を寄る波にたとえたもの。
三七 藤原忠雅。正頼の六の君の婿。
三八 梨壺腹の御子が春宮に。
三九 下に「見え給ひそ」の省略がある。

しき気色に、な。[三九]この折[26]に、人々の御心ざしどもを見給へ。人の心ざしのみこそ、あはれにもつらうもあれ。年ごろ、かくてものし給へるに、さもあらでしもやと思ふ折に、かかることのあるは、え、さるまじきにこそは。また、親王（みこ）[27]にておはするには、などかはある。[四〇][28]あが仏を、『鶴の子の』[四一]といふこともあるを、聞こしめしたる気色、ゆめ、人々に見え給ふな」と聞こえ給へば、[正頼]「あないみじや。若君をば、いかでか、ただ親王[四二]にては見奉らむ。かかる。[四三][29]おほかたに思すなる[30]御心ぞや」と、ほろほろと泣き給ふ。左[四四]衛門督（かみ）[忠澄]「何かは。思さじ。よに、さるやう侍らじ。異人（ことひと）々は知らず、[四五]太政大臣（おほきおほとの）[四六][31]はらからなるを、え思し捨てじ。いづくにも[四七]、いかで。見給ふれば、疎（おろそ）かなる御仲[四八]どもにも侍らざめり。いかでか、御ために後ろめたき心は」。大宮は、「これはさるものにて、[四九]小宮の、男生（う）み給ひつらむ時まで定まらずはぞ、むつかしからむ。院の切（せち）[32]に聞こえ給はむことは、いかでか」。おとど、「それは、天（てん）下（げ）に、[五〇][33]御まら[34]七つ八つつき給へる男、一度（ひとたび）に、三四生（む）まれ給ふと

四〇　私の大切な若宮を。

四一　『元輔集』「育みて君巣立てずは鶴の子の雲の中にや千世を知らまし」による表現。

四二　「ただ親王」を、立坊しない親王の意と解した。

四三　「おほかたに思ふ」は、どうでもいいと思うの意。

四四　正頼の長男忠澄。

四五　底本「大きおほ殿」。

四六　太政大臣忠雅が梨壺の父兼雅と兄弟であることをいう。

四七　どの婿君も、裏切ったりなさらないと思います。

四八　「御仲」は、夫婦仲。

四九　梨壺さまの御子のことはともかくとして、小宮が男御子をお生みになる時まで春宮が決まらなかったら。

五〇　「まら」は、男性器の意。「天下に……三四生まれ給ふとも」は、どんなことが起こってもの意の比喩か。

も、さかしらさしいらへせむとす。世をまつりごち馴れ給へる御[五一][35]王位だに、臣下の、[五二]諸口と申すことは、え否び給はぬことなり。[五三]そのかみ、[五四]婿も舅も、心を一つにて愁へ奏せむ[36]。これこそむつかしけれ。それも、[五五]よう思ふ[37]時は、[五六]女子もあれば、さりともと思ふものを」などのたまひて[五七]。

また、宮〔春宮〕より、御文あり。

「心行かぬやうにありつれば、あやしさに、[五八]立ち返り。何と聞き給へるやうやある。ここには、さらに思ほえずなむ。人々消息したりしにこそ、時々も。それも、この頃は、悩ましくても[38]のせず。[五九][39]枝の鳥・草木だに、待たず訪[40]ふなる。あなすずろや。

[六〇]うちはへてまつのみ繁る住吉は下葉も枝も何か変はらむ

とのみを。[六一]おのれ平らかにてぞ、何ごとも。かくては、えこそ」

とのたまへれば、おとど、見給ひて、「かくのたまふめるを、参り給へかし」。御方〔藤壺〕、「何しにか。梨壺参り給ひなむ。人少ななればこそあらめ」とて、御返り、

五一 「御王位」は、天皇をいう。

五二 「諸口と」は、口を揃えての意。

五三 「そのかみ」は、春宮を決める時の意。

五四 「婿」は正頼の婿である太政大臣忠雅たち、「舅」は春宮の舅である兼雅をいうか。

五五 希望的な考え方をすると。

五六 「女子」は、忠雅たちと結婚している、正頼の娘たちをいう。

五七 接続助詞「て」でとめた表現。

五八 折り返しお手紙をさしあげます。

五九 枝にとまる鳥や、草木に咲く花でさえ、待っていなくてもやって来ると言います。

六〇 「まつ」に「松」と「待つ」を掛ける。注二八の歌の返歌。

六一 何ごとも、私が息災で

藤壺六二「深山木の下には風は早くとも枝木は露も過ぐなとぞ思ふ
数ならぬ身の、[41]六三淵瀬をば思ひ給へずや」

とのみ聞こえ給ふ。

かくて、この生まれ給へる御子をば、今宮と聞こゆ。御湯殿参りて、寝起き給へるを、大宮は、抱き給ひて、「をかしくもおはするかな。六四ただ若宮にこそあめれ。これは、わが子にし奉らむ」。

［ここは、絵。六五西。］

一三　女一の宮、五月ごろから懐妊する。

かくて、一の宮、五月より孕み給ひぬ。こたみ、いたく悩み給へど、一大将の君には、さも知らせ給はず。ただ御心地悩み給ふやうにてあれば、思ほし騒ぎて、祭り祓へせさせ、所々にも御修法行はせ給ひて歩きし給はず。

二女御の君もおはしまさねば、夜昼、薬師・[1]陰陽師・験者など召

いてのことです。

六二「深山木」に春宮、「風」に春宮のほかの妃たち、「枝木」に藤壺自身、「露」に春宮の若宮への愛情をたとえるか。底本「枝木」は、平安時代の仮名作品にほかに例が見えない語。「枝に」の誤りと見る説もある。

六三「淵瀬を思はず」は、物事の判断がつかないの意。「淵瀬を知らず」に同じ。

六四　若宮（第一御子）にほんとうにそっくりです。

六五「西」は「西の対」の誤りか。

一「大将の君」は、仲忠。

二　母の仁寿殿の女御は、四月五日に参内していた。「国譲・上」の巻【三五】参照。

しつゝおはしますに、[三]弾正(だんじやう)の宮と御物語し給ふ。(三の宮)「藤壺の、里にものし給ふ、時々まうでてもの申さむと思へども、この月ごろは、[四]殿などものし給ふめれば。[五]初めまうでたりしに、もの騒がしくて、ものも申さでまうで来にき。[六]人の心ざしは、いとよく見知り給へるにこそあめれ、[七]新中納言推(お)し給ふを見れば。まろが心ざしを知り給はぬにやあらむ」。(女一の宮)[八]「とこそ語り給ひしか、[九]大宮、『さることあり』とのたまひければ[2]」と聞こえ給へば[3]、男宮[4]、(三の宮)「効(かひ)なのことや。あまり侮(あなづ)られては、[一〇]過ちせられ給はむに。誰も誰も、何わざかし給はむ。幼かりければこそ、さりぬべき折ありけれど、人々の心を慎(つつ)みつつ。今ならましかば、かくねたき心地せましや」。女宮、(女一の宮)「あなむくつけ。かくはのたまふ。[一一]人をばいたづらになさむと思(おぼ)すか。いとど、[一二]この見ゆる者、『さぞあらむ』と言ふものを、戯(たはぶ)れにても、あなゆゆしや」とのたまへば、(三の宮)「よくのたまふなめり。[一三]心ある人の、思ふことをぞ知るかし。ただ今、かくあるほどなめれば、まめやかには、さも思はず。世の中定まりなむ時、

三 「弾正の宮」は、朱雀帝の三の宮。女一の宮の兄。

四 「殿」は、藤壺の父正頼。

五 「初め」は、藤壺が退出した最初の日の意。「国譲・上」の巻【一〇】参照。

六 「人」は、私以外の人の意。

七 倒置法。藤壺が実忠を新中納言に推挙したことをいう。

八 「と」が受ける具体的な内容を省略した表現。

九 倒置法。

一〇 「過ちせられ給ふ」の「られ」は、受身の助動詞。「給ふ」は、藤壺に対する敬意の表現。

一一 「人」は、藤壺をいう。

一二 「この見ゆる者」は、夫の仲忠をいう。「蔵開・上」の巻【三】の仲忠の女一の宮への発言に、三の宮について、「よし。見給へ。これぞ、事は引き出で給はむ」

大臣、高き位にものし給ふとも、[一四]憎くもてなし給ふらむ本意遂げむとす」とのたまへば、いみじく怖ぢ給ふ。

かかるほどに、大将、入り給ひて、「今のほどは。薬師どもに問ひ侍れば、『熱などにやおはすらむ』となむ。[一五]もの問ふには、『霊気』とぞ。されば、[一六]真言院の律師のもとに、消息言ひ遣はしつ。参り来ば、[一七]護身せさせ奉らむ。三条より、『言ふべきこと侍り』とて、度々侍るを、ただ今の間にまかりて、いと疾くまうで来なむ」とてまかりぬ。

一四　仲忠、三条殿を訪れる。梨壺参内する。

[一]「召し侍りけるを、すなはち候はむとせしかど、[二]かしこに侍る人の、日ごろいたく悩み給へば、女御などはものし給はぬほどなれば、[三]また譲る人なくて、え候はず侍りつる」。北の方、「え、さらに承らざりけり。いかやうにか。などか、かくなどのたまはざり

とあった。
一三　ご自身もその思いがあるから、私の気持ちがわかるのですね。
一四　私は、藤壺さまがしゃくにさわる扱いをなさっているし返しをしようと思っているのです。
一五　陰陽師に占わせると、「物の気のしわざだ」と言いました。
一六　「真言院の律師」は、忠こそ。「蔵開・下」の巻【三八】注七参照。
一七　「護身」は、「護身法」の略。真言密教で、陀羅尼を唱えて一切の魔障を除く法。

一　以下、兼雅の三条殿での場面。
二　「かしこに侍る人」は、女一の宮。
三　ほかに世話を頼める人もなくて。

し。参りて見奉らましものを』。大将、「知らず。『霊気』など言ひて。四物参らずなむありつるを、昨日今日は重くなりてなむ」。おとど、「いとほしきかな。五参るべうこそあめれ。もし、六前にありし筋にやあらむ」と聞こえ給ふ。「さも見え侍らず。さりし時も、七かくはものし給はざりき。さても、八ほどなくは、いかが」と聞こえ給ふ。

おとど、「消息申したりしは、『后の宮よりのたまふことなむありし。いかなることにか、「思ふ時には、さもありぬべきことなれど、世の乱れとなり、騒がしかりぬべきうちに、天下に、まさる心ありと、誰々も思ほえじ」となむ。いかなることぞと申さむ』とてなり。宮も、九かしこを、一〇『参らず』とのたまふめるに、[1]今宵なむ参らせむと思ふ。藤壺参り給ひなば、一一装束の薫物のやうなるべし。一二鼬の間の鼠[2]としも仕まつれとてなむ」とのたまへば、「いかなるべきことにか侍らむ。仲忠は、一三いかでか取り申さむ。殿の御ためにやごとなきことなり。それによりて、一四侍らむ所に思

四 接続助詞「て」でとめた表現。
五 お見舞いにうかがわなければなるまい。助動詞「めれ」、不審。「なれ」とあるべきか。
六 「前にありし筋」は、懐妊をいう。
七 前の懐妊の時も、こんなふうに食事もなさらないということはありませんでした。
八 「ほどなし」は、いぬ宮を出産したばかりだの意。
九 春宮。
一〇 「かしこ」は、梨壺をいう。
一一 「装束の薫物」は、添え物、飾りのたとえで、藤壺を「装束」、梨壺を「薫物」にたとえたもの。梨壺などは装束の薫物のように単なる添え物でしょう。
一二 「鼬の間の鼠」は、天敵の鼬がいない間の鼠の意。

ひ疎(うと)まれむも、苦しうなむ。一五ただ、后の宮ののたまはむ、奉り給へ。一六非常(ひざう)と見ることも侍らば、いとよ[3]きことなり」と聞こえ給へば、おとど[4]、「身のためには、いとよかるべきことなれど、おほかた騒がしかるべければ。ここにも、さぞ思ふや。一七さらば、はやものせられよ。つとめてぞ、ここにもまうでむ」とのたまへば、大将帰り給ひぬ。

梨壺、御車二十ばかりして、御前(ごぜん)いと多くて参り給ひぬ。生(む)まれ給へる宮は、母宮のもとにおはす。

[三条殿に。]

一五　忠こそ、仲忠の依頼で女一の宮の加持をする。

かくて、大将、帰り給ひて、宮に、「今の間(ま)は、いかが。『言ふべきことあり』と侍(はべ)りしかば、まかりたりつるに、一やむごとなきことども申されつれど、僻(ひが)いらへをなむしてまうで来ぬる。さる

当時の諺。【六】注三六、「菊の宴」の巻【一九】注二参照。

一三　私は、何も意見を申しあげられません。

一四　「侍らむ所」は、妻の女一の宮をいう。

一五　ただ、后の宮がおっしゃっているのですから、梨壺さまを参内させなさるのがいいと思います。

一六　「非常」は、万が一の出来事の意。

一七　そういうことなら、女一の宮さまのもとに早くお帰りなさい。夜が明けたら、私もお見舞いにうかがおう。

一　父上が重大なことをいろいろと申していらっしゃいましたが、適当な返事をして帰って参りました。立坊問題に関わるつもりはないことについての弁解である。

は、梨壺、今宵ぞ参られける。されど、[二]そなたにもまからずなりぬ。[三]里人も、今参らむ」と聞こえ給ふほどに、「[四]律師参り給へり」と申せば、「なほ、こなたに」とて、簀子に御座敷かせて請じ入れ給ふ。「これは、恥づかしき人ぞや」とて、直衣装束にて出で給ふ。

律師は、綾の装ひいと清らにて[1]参り給へり。姿・顔・頭つきいとめでたう、御供の者ども、装束[2]清らに容貌よき、十人ばかり、若法師十人、[五]大童子三十人ばかり、檳榔毛の車の新しきに乗りて参り給へり。中門より、大童子はとどめて、侍・法師・童して入り給ひて居給へり。

おとど、「[六]宮の中などにては対面賜はれど、そのこととなくては、え取り申さぬことをなむ。さるは、[七]昔より心ざし侍れど、自然に怠る」。律師、「山臥も、いかでかと心ざし侍れど、殿の仰せ言賜はらぬを嘆き侍るに、たまたま[八]仰せ賜へれば」と申し給ふ。

おとど、「いとうれしくて。ここにも、数に思さねばや訪はせ給

二 けれど、私は、そのお供にも加わらずに帰って来ました。

三 「里人」は、実家の者の意で、父兼雅をいうか。

四 「律師」は、忠こそ。

五 「大童子」は、寺で召し使う童子のうち、上童子の下、中童子の上。

六 底本「宮の中」。宮中の意。「みやのうち」と読むか。参考、『源氏物語』「梅枝」の巻「いはけなくより宮の内に生ひ出でて」。

七 じつは、昔から会ってお話ししたいと思いながら、心ならずも失礼してしまいました。

八 「たまたま」は、漢文訓読語。

九 「邪気」は、物の気のこと。平安時代の仮名作品には、この例のほか、『源氏物語』に二例見える。参考、

はざらむと思ひ給へつるに。内裏(うち)の召しなどにも参り給ふ時多きを、いかならむと思ひ給へつるに、かくものし給へるをなむ。消息(せうそこ)聞こえたりつるは、ここに、立ちぬる月のつごもりより悩み給へるを、日ごろ重くなりまさりてなむ。これかれにもの問はせ侍れば、『邪気(ざけ)』[九]など申す。[一〇]作善(さぜん)など[3]行はせ侍れど、なほ心もとなきを、[一一]ただ今は、[一二]現れたる薬師仏(やくしぼとけ)にこそはとてなむ、一夜二夜(ひとよふたよ)ばかりものせさせ給へ」と聞こえ給ふ。忠こそ[一三]「心には、久しく候ひなむ。『仏』とのたまはするなむ、いと恐ろしくて、まかり逃げぬべく。この頃は、所々に、かくなむ。[一四]后の宮の姫宮も、かくなむ悩ませ給ひて、仰せ侍りつれど、まづ殿にをとてなむ」など聞こえ給ふ。

大将、「親の御もとよりだに去りけむ御心を、恐ろしや。奥の方におはしまさせむ」とて、しつらはせて入れ奉らせ給ひつ。

かくて、仲忠「参上(まうのぼ)り給へ」[一五]とあり。南の廂(ひさし)に、よき御屏風(びやうぶ)立てたり。例の空薫物(そらだきもの)などして参り給ふ。

かくて、宮に、[一六]典侍(ないしのすけ)の申し給ふ、「いと腹汚く幼くおはします。

『源氏物語』「柏木」の巻「邪気なんどの、人の心たぶろかして、かかる方にて勧むるやうも侍なるを」。
一〇「作善」は、供養などをして仏や僧に善行をなすことをいう。平安時代の仮名作品にほかに例が見えない語。
一一　以下「とてなむ」まで挿入句。
一二「現れたる薬師仏」は、この世に示現した薬師仏の意。
一三　長く滞在するつもりで参りました。
一四「后の宮の姫宮」は、嵯峨の院の大后の宮の姫宮の意で、小宮をいう。小宮も懐妊中である。【三】注一九参照。
一五「参り給ふ」は、「加持参り給ふ」の意か。
一六「典侍」は、【八】注一参照。

これは、何の罪にてある御心地にもあらず。[一七]知らせ奉り給はねば、おとどは騒ぎ給ふ。それはとまれかうまれ、『生きて働き給ふ仏』と言はれ給ふ、加持(かぢ)参り給へば、[一八]ともかうもこそあれ。[一九]かかる人は、さる心してこそ加持参れ。いと恐ろし。おとどに聞こえむ」と申せば、宮(女一の宮)、「何心地とも知らず。いと苦しきは、死ぬべきにこそあんめれ」とのたまへば、(典侍)「あなさがなや」などむつかり居給へり。

[4]律師(りつし)は加持参り給ふ。[二〇]さらに早き陀羅尼(だらに)読ます。[二一]童(わらは)より声限りなくありし人なれば、まいて、[5]いと尊し。

一六　暁方、仲忠、忠こそに、講書の禄の帯を見せる。

暁になりて、(仲忠)「この世の中のこと、とさまかうざまに、皆承り見給へつるを、この御陀羅尼(だらに)をのみなむ、[一]音に承れど、まだ承らざりつる。げに、いと尊くおはしけり。いかで、秋深からむほど

[一七] 懐妊なさったことをお知らせ申しあげなさらないから、右大将殿がお騒ぎになるのです。
[一八] お腹のお子さまに何かあるとたいへんです。
[一九] 懐妊中の人には、それなりの注意をして加持をしてさしあげるものです。
[二〇] いつもより激しい陀羅尼を読ませる。「陀羅尼」は、梵語の呪文。「読ます」は、仲忠の動作か。
[二一] 忠こその声については、「吹上・下」の巻【六】参照。

[一] 噂ではうかがっていたけれど、まだお聞きしたことがありません。
[二] 「これ」は、仲忠が弾く琴を聞くことをいう。
[三] 忠こそは正頼家の春日詣での際に仲忠が弾く都風

に、木の葉の降り落ち、風の声心細からむ時、人の聞かざらむ山里にて、琴に合はせて承りにしかな」。律師、「いと尊き仰せ言にも侍るかな。ただこれをのみなむ、夜昼、仏神にも申しなむかし。ほのかに承りて、多うは、これによりてまかり出でしなり。されど、仰せ言、全く、え承らざりつれば、思う給へ嘆きつるを、かく仰せらるれば、思ひのかなひ侍るなりとなむ。わいても、御琴の音はいと承らまほしく、ただにも、え仕うまつるまじきにぞ思う給へわびぬる」。「琴ぞ、え仕うまつり合はすまじかなる。そもそも、いとあやしくて、御行ひにつき給ひけるは、などてにて侍りけむ。春日にて見奉り侍りしは、いとこそ悲しう侍りしか」。「山にまかり籠もりしゆゑは、いといみじきことの侍りけるを、さらに知り給へざりき、ただすずろにもの悲しく、世には侍るまじき心地のせしかば、親をも見捨ててまかり出でにし。その人、継母に侍りし人なり。宮仕へし侍りしほどに、言ふ言ふことのありしを、そのこと、便なかりしかば、聞かぬやうにて侍りしに、

の琴を聞いている。「春日詣」の巻【四】参照。

四「仕うまつる」は、忠こそが仲忠の琴の音に合わせて陀羅尼を読むことをいう。

五「そもそも」は、話題を変える時の漢文訓読語的な表現。

六「いといみじきこと」の具体的な内容は、「忠こそ」の巻【二】【三】参照。

七 挿入句。私は、その時はまったくわかりませんでした。

八 その原因になった人は、私の継母だった人です。

九「宮仕へ」は、忠こそが殿上童だったことをいう。「忠こそ」の巻【五】注一参照。

一〇「言ふ言ふこと」は、継母（一条の北の方）が忠こそに何度も言い寄ったことをいう。「忠こそ」の巻【八】注三、【一〇】参照。

[一一]怨(ゑん)じたるにやありけむ、[一二]親にあやしきことを申しけるを、え知らで思ひ給へ嘆きしを、不意に、[一三]異様(ことやう)にて会ひて侍りしに、『など、かくはなりにたるぞ』と問ひ侍りしかば、『継子(ままこ)なりし人のために、親の宝とする帯を取り隠して、[4]「これを売らす」[5]と言ひ、「帝(みかど)傾け奉らむとす」と奏しけり』となむ聞かせ侍る』と申ししを、[一四]山臥(やまぶし)の上[6]に聞きなし侍りて、その日、つひに。[一五]後(のち)のことまで、先(さい)つ頃知り侍りにき。このことを聞き侍りしかば、いとよう逃げ[7]けりとなむ。さるを聞き給ひて、責めのたまはざりける親の御心(み)なむ、いと悲しき」と申し給ふ。大将(仲忠)、「いと恐ろしかりける、人の心にこそは。そのことは、[一六]左のおとどぞのたまひしや。さることありける帯は、仲忠のもとに[一七]侍る。[一八]故おとど、[8]失せ給はむと[9]て、[一九]『そこ(千蔭)にものし給はばと思ひしを、[10]今は誰にかは』とて、[二〇]院になむ奉られたりけるを、[二一]内裏(うち)になむ渡りてける[11]を、[二二]去年(こぞ)の師走に、御書(ふみ)仕まつりしに、禄(ろく)になむ賜はりて侍る[12]。げに、世になき[13]、いみじき宝にこそは。かかる物を、さ聞こえなしけむが恐ろし

一一 挿入句。
一二 「親」は、橘千蔭。
一三 「吹上・下」の巻【一五】参照。
一四 「山臥の上」は、私自身に関することの意。
一五 「後のこと」は、忠こそが家を出た後のことの意。ただし、「春日詣」の巻【四】で、忠こそは父千蔭の死を源正頼から聞いている。
一六 左大臣源正頼。「蔵開・中」の巻【三六】参照。当時は、右大臣。
一七 底本「侍る」。あるいは、「侍り」の誤りか。
一八 橘千蔭。
一九 「そこ」は、二人称。忠こそ。仲忠の立場からの表現。
二〇 嵯峨の院。
二一 朱雀帝。
二二 「蔵開・中」の巻【三】参照。

き」。律師、「さる災ひになむあたりて侍りし」。大将、「その帯は、ものし給はましかば、御物とこそならましか。[14]奉りてむとなむ思ひ給ふる」。律師、「山臥は、何の料にかし侍らむ。僧の具に[二三]玉の帯さし侍らばこそあらめ。持て侍らましかば、とかくのこと、[二四]殿ばらにこそ奉らましか」。大将、「ただ、それかと見給へ」とて見せ奉り給へば、律師、見給ひて[15]、いみじく泣き給ふ。「この帯は、[16]故父の、[二五]内宴にまかり出で給ふとて装束し給ひしになむ見給へし」と聞こゆ。大将、この[二六]春日に侍りし少将仲頼[17]の、入道して侍る[二七]訪ひに、その時の、[二八]同じ声の[二九]人なり、これかれ、今は、仲忠も、かく上達部にて侍り、あるは、[三〇]頭なんどにても侍るを、[三一]類具して[18]訪ひにまからむとす、そのかみ、御前に賜はりて遊び侍りし喜び申し給ふこと、極まりなし。

かくて、明けぬれば、[三二]御方へ下り給ひぬ。おとど、御心とどめて、家司どもに仰せ給ひ、御前より物奉れ給へり。[19]

［律師、加持参り給ふ。］

二三「玉の帯」は、宝石で飾った帯。玉帯。

二四「殿ばら」は、仲忠をいう。

二五「内宴」は、「忠こそ」の巻【二】注三参照。

二六 以下、仲忠の発言。「遊び侍りし」の部分で地の文に流れているか。

二七「訪ひに」は、「類具して」以下に係る。

二八 以下「人なり」まで挿入句。

二九「声」を、楽器の演奏の意と解した。

三〇「頭」は、蔵人の頭。ここは、良岑行正。「国譲・上」の巻【三七】注二七で源実頼が宰相になった後任である。

三一「類具す」は、仲間を連れるの意。

三二「御方」は、忠こその控えの間。

一七　兼雅、女一の宮を見舞い、正頼を桂の別荘の納涼に誘う。

かくて、宮わづらひ給ふとて、[一]右大臣殿参り給へり。[二]宮・左大臣殿、大将、急ぎて御迎へして帰り給ふ。右の大殿、左の大殿に聞こえ給ふ、「ここには悩ませ給ふことのおはしける、いかやうにかと承りになむ参り来つる」。左のおとど、「正頼も、さ承りになむ参り来つる。先つ頃より、かく承れど、けしうはおはせずとありしを、この山籠もりの律師など召されけるに驚きてなむ。[三]殊にそこはかとある御心地にはあらで、起こり給ふ折などして、物参らずとなむ。片方は暑気などにやとぞ見給へ侍る。日ごろは、かく極熱の頃に侍れば、苦しうて、内裏にも参り侍らず」。右のおとど、「兼雅も、久しう参り侍らず。さるは、御国譲らむこと近くなり侍りぬるを、[四]宮へも参るべく侍るを、いと暑く侍りて、片時▲▼え侍らねば。[五]昔、かかりし極熱に、

一　藤原兼雅。【四】注一七参照。
二　仲忠は、大宮と正頼を急いで北の対から迎えて、女一の宮のもとに戻った。
三　特にどこが悪いというご病気ではなくて。
四　春宮。
▲底本二十九丁裏三行目の途中まで。
▼底本四十一丁裏十三行目の途中から。
五　「祭の使」の巻【三】の釣殿での納涼をいうか。ただし、兼雅は参加していない。兼雅は、「内侍のかみ」の巻【七】～【一〇】でも三条の院を訪れている。これは、七月のことで、「極熱」とは言いがたい。
六　「遊猟」は、「内侍のかみ」の巻の【一〇】で、雎鳩を射

この釣殿へこそ、はた、遊猟しに参りしか。今日、さて侍るべくや」。左のおとど、「今日も、昔のやうにせむかし。わいても、朝涼みにこそは」。「さて、朝廷の御急ぎは、真実に、月や定まりて侍らむ」。左のおとどは、「八月ばかりにとは承れど、確かにはまだ承らず。朱雀院、皆造り果てたんなれど、『なほ、疾く急ぎて、あるべからむことせよ』となむ仰せらるれば」。「さらば、同じ頃にも侍らむ。用意はせしめ給へや」。左のおとど、気色見むとてのたまふにやあらむと心遣ひし給へど、誰も誰も、何心なくうち語らひ給ふ。

大将殿は、御酒など参り給ふ。右のおとど、「かく悩ませ給はずは、月も残り少なくなりぬるを、桂の方へ御先賜はらむと思う給へつるを」と聞こえ給へば、左のおとど、「何か。さやうに住みなどし給はば、けしうあらじ」と聞こえ給ふ。「さらば、承りて、つごもり方におはしまさむかし。御覧ぜしよりは、水なども深くなり、魚もいと多く住み侍り。いかなるにかあらむ、山の前

た時のことをいうか。
七 「朝廷の御急ぎ」は、急な譲位をいうか。
八 譲位は、八月十一日。「国譲・下」の巻【六】参照。今は、六月。
九 「朱雀院」は、「蔵開・中」の巻【三六】注二四参照。
一〇 「誰も誰も」は、二人ともの意。
一一 私の桂の別荘へおいでいただきたいと思っていたのですが。
一二 ぜひお招きいただきたいと思います。
一三 今月（六月）の下旬ごろにおいでいただくことにしましょう。
一四 前に御覧になった時よりは。「祭の使」の巻【三】で、正頼が桂川で夏神楽を催した時のことをいう。
一五 「山」を、兼雅の桂の別荘の築山のことと解した。築山の前を通って。

より川なむ入りて侍る、売り買ふ[17]者どもは、家の中よりなむ[一六]行き帰り侍る。御覧ぜさせばや。春秋(はるあき)は、昔よりも木の数あまたになりて、いとをかしく侍り」など聞こえ給ひて、皆帰り給ひぬ。

一八　近澄や五の宮など、女二の宮に思いを寄せる。

かくて、[一][1]二の宮・姫宮は、[二]このおとどの西の方におはします。[三]弾正(だんじやう)の宮は、[四]八の宮の御乳母(めのと)など具しておはしませど、[五]女御の君[2]の聞こえ置き給へれば、二の宮の御もとに、夜も昼もおはします。[六]蔵人(くらひと)の少将、いかでなどは思(おぼ)せど、男宮おはしまいて、いささか気色ありてもの聞こゆる御達(ごたち)もあれば、[3]気色悪(あ)しくてのたまへば、もの聞こゆる人もなし。この君たちは、皆、[4]御達につきて、[5]物を取らせつつ、「盗ませ奉れ」とのたまふもあり。蔵人の少将、[七]中納言の君とて、御身につき仕まつる人に、[6]よろづの宝物を取らせ給ひつつ、[八]「盗人に入れよ」とのたまへど、さるべき折もなし。

一六 敷地の中を通って。桂の別荘には、周囲に築地などを巡らしていないらしい。

一 朱雀帝の女二の宮と女四の宮。

二 三条の院の東北の町の西の二の対か。「国譲・上」の巻【二】注三四参照。

三 朱雀帝の三の宮。西の一の対に住む。

四 朱雀帝の八の宮。

五 「国譲・上」の巻【三五】参照。

六 正頼の十男近澄。

七 「中納言の君」は、女二の宮づきの侍女。

八 盗み出すために、女二の宮さまがいらっしゃる所に入れてくれ。

九 朱雀帝の五の宮。后の宮腹。

一 「宮より聞こゆるほど

いかならむ隙に入れむとうかがひ給ふ。異人もあまた聞こゆる中に、五の宮より切に聞こえ給ふ。

一九　仲忠、女一の宮の懐妊を知り、桂の別荘の納涼に誘う。

宮より聞こゆるほどに、一の宮の御心地を、かかる筋に、大将見なし給ひて、「さりとも、しるく思さるらむものを、のたまはせで、心魂を惑はかさせ給ふものかな。なほなほ、かくことことしき御心こそ。世の中にわびしかりしは、内裏に候ひ極じて、南の宮に、御迎へにとて参りて侍りしかど、はしたなくのたまひしに、えまからざりしに、藤壺の、国の親となり給ふべき御心なればにやあらむ、局などして賜ひしに、出で給はで遣らはせ給ひしこそ、忘れがたくつらく。あひ思さぬ折多くなむ。さては、御遊びし給ひし宵、夜一夜立ちて侍りしこそ。かの君の御声の、ほど近う聞こえしかど、この常に聞こゆることをも、さも」などて、

に」、不審。女一の宮方の侍女から仲忠に連絡があったことをいうか。

二「かかる筋」は、懐妊をいう。

三「惑はかす」は、「俊蔭」の巻【四九】注三四参照。

四 下に「心憂く侍れ」の省略がある。

五 以下は、「国譲・上」の巻【三七】の時のことを回想したもの。

六「南の宮」は、藤壺の里邸である三条の院の東南の町。【三八】注九参照。

七 以下「御心なればにやあらむ」まで挿入句。

八「国の親」は、国母の意。

九 私が常々お願い申しあげていることをもかなえてくださいませんでした。仲忠は、「蔵開・上」の巻【三三】で、「藤壺の御方まかで給はば、必ず見せ給へ」と言っていた。

「三条に、『桂におはしまさむ』とありき。一日二日涼み給へ。宮たちなどして出で給へ」とのたまへば、宮、「苦しきに、いづちか」とのたまふ。「何か。なほ」とて、十九日ばかりにと思ほす。

律師も、十日ばかりありてまかで給へば、おとど、「さらば、かの聞こえし水尾へは、必ず、しか思したれ。今よりは、それよりものたまへ。これよりも聞こえむ」とて、御弟子の中に、絹、物に包みて出ださせ給ふ。律師には、菩提樹の数珠具したる衲など一具奉り給ふ。まかで給ひぬ。

二〇　六月十九日、兼雅一行、桂の別荘に納涼に出かける。

かくて、十九日になりて、御車十二、糸毛には、宮たち、孫王、いぬ宮抱き奉りて、大輔の乳母。次々に、大人・うなゐ・下仕ひ。男宮たち、右のおとど・右大将一つに。尚侍のおとど、女の御車六つして出で立ち給ふ。左のおとども引きてまうで給ひつれば、

一〇「三条」は、兼雅をいう。
一一 副詞「しか」は、漢文訓読語的な表現で、男性の会話文に多く見られる。
一二 菩提樹の実で作った数珠。参考、『落窪物語』巻三「黄金の数珠箱に菩提樹の数珠をなむ入れさせ給ひたりける」。
一三 衲の袈裟。『和名抄』調度部僧坊具「衲 俗云能不、一云太比」。参考、『枕草子』「暑げなるもの」の段「衲の袈裟」。

一 女一の宮づきの孫王の君。中の君。
二「一つに」は、兼雅と仲忠が同じ車に乗ることをいう。
三 男君たちを引き連れて参上なさることになったので。
四 女一の宮の車を先頭に立てて。

これかれ出で給ふ。宮[四]の御車一に立てて、尚侍の殿二にて、押[五]し合はせて二十ばかりなり。御前は、宮ばら・殿ばら、二方[六]に、押し合はせて、数知らず。男の御車、御簾上げて、こぼれ[七]出でて、道のほど遠くて、御笛吹き、琵琶弾きなどしておはします。

おはしまし着きて、寝殿の南面を御方[八]にしつらひ、西面に尚侍のおとど、中[九]には一の宮、東[一〇]に二の宮・姫宮、しつらひたるままに下り給ひぬ。

一の宮、「女御[一一]の君を率て奉らぬこそ効なけれ。をかしきものかな」。船どもの歩く[一二]を御覧じて、興じて、苦しげになくて起き居給へば、大将の君、いとうれしと思ひ給へり。

二一　兼雅、いぬ宮を抱いてかわいがる。

いぬ宮、いとをかしくて出で給へば、引き入れつ。右のおとど、[兼雅]「なほなほ、おはせや。かれ[一]は、好き者の、諷言[二]を申すぞ」など

五 「押し合はせて」は、合計で、合わせての意。
六 「二方」は、女一の宮方と尚侍方か。
七 こぼれんばかりに大勢乗って。
八 「御方」は、主賓である正頼たちの御座所の意。ただし、正頼たちは翌日到着する。【三〇】注一参照。
九 「中」は、寝殿の母屋をいう。
一〇 「東」は、「東面」の意。
一一 「女御の君」は、仁寿殿の女御。女一の宮の母。
一二 「歩く」は、漕いで行き来するの意。参考、『枕草子』「卯月のつごもり方に」の段「菰積みたる船の歩くこそ、いみじうをかしかりしか」。

一 「かれ」は、仲忠をいう。
二 「諷言」は、ここは、相手をうまく言いくるめる言葉などの意か。

て、御簾の前に寄りて、よろづのをかしき物を取う出て、欺き呼び出で給へば、ただ出でに這ひ出で給へるに、かしこう抱き取り給ひつ。父君、おとどの見給ふをば思さで、ほか住みし給ふ宮たちの見給ふを、苦しと思す。いぬ宮は、父おとどの、抱き歩き、をかしき物取らせ馴らはし給ひつれば、男をば怖ぢず、面嫌ひをもせず。祖父おとどは、愛しび、呼び出でて見むと思して、よろづのをかしげなる物、宮・尚侍の御櫛の箱なるを探し取りて、懐に入れて持給へりけるを取らせ給へれば、喜びて抱かれ給へり。おとどのたまふやう、「人の子は、天下に言へども、女はむつましく、男は疎くなむありける。この朝臣をば、親・君のごとくなむ思ひつる。かかれど、このいぬを、今まで見奉らざりつる。かかりけるものを、今まで見ざりける。この、宮に候ふ者は、年ごろ、疎く、をさをさ見語らはず侍りしかど、かしこにものせらるる児をば、すなはちよりなむ見侍る。今日も、このいぬをば見せじとこそは思ひたためれ。ろくつあれば、あが君こそ這ひおはし

三 いぬ宮の父君。仲忠。
四 「面嫌ひ」は、人見知りの意。
五 「宮」は、女三の宮。
六 「この朝臣」は、仲忠をいう。
七 こんなにかわいいのに。
八 対者敬語「侍り」があることから、以下をいぬ宮への発言と解した。
九 「宮に候ふ者」は、春宮妃である梨壺をいう。
一〇 春宮の、梨壺腹の第三御子。
一一 生まれたばかりの時から。
一二 「ろくつ」、未詳。
一三 「あが君」は、兼雅がいぬ宮に話しかけた言葉。
一四 「かしこ」は、いぬ宮が出て来た御簾のもとをいうか。
一五 「起き返る」は、這っ

たれ」とて、懐に入れて、奥に向きて居給へれば、人、え見ず。おとど、かくのたまふを、大将、いとほしと思して、まめだちて居給へり。

　おとどは、[一四]かしこにものし給ひ、「いぬも、いとをかしくなり給へり。[一五]起き返りつつ、人見ては笑ふ。これを常に見まほしけれ[7]ど、[一六]児の里へまかれば、[一七][8]翁をも許さず。心にまかせても、え侍らずや」とのたまへば、母宮たち笑ひ給ふ。尚侍、「あな聞きにくや。翁をば、誰か許さぬ。[一八]心ときめき[9]なりや」とのたまふほどに、[一九]父おとどを見つけて、[二〇]手捧げて[10]這ひ出づれば、「[二一]あれは、あらぬ人ぞよ。いと恐ろしく憎き人ぞ」と居隠し給へど、泣きて這ひ下りて這ひ行けば、父君、掻き抱きて、御簾の内に入れ給ふ。「[二二]ここにか」とてさし入れ給へば、さらに下り給はず泣けば、御簾と御几帳との中に入れて[二三]こしらふれど、船漕ぎ浮かぶを見て、外の[二四][11]方を見てなむ。笑ひて、しばし居給へり。

［[二五]祖父おとど持たせ給へるをかしき物ども、ふさに持たり。］

た状態で上体を起こすの意。
一六 「児の里」は、三条の院をいう。
一七 「翁」は、兼雅がみずからを戯れて言ったもの。
一八 「心ときめき」は、ここは、心配で胸がどきどきすることの意か。
一九 いぬ宮が父仲忠を見つけて。
二〇 「手を捧ぐ」は、両手を挙げて、抱っこしてもらうことをせがむしぐさ。
二一 あれは、父上ではありませんよ。
二二 いぬ宮の乳母に話しかけたものか。
二三 いぬ宮をなだめるけれども。敬語がないから、乳母の動作か。
二四 底本「申てなん」。「指して泣く」の誤りと見る説もある。
二五 以下を「絵解き」と解した。

二二　兼雅、梨壺・女三の宮たちに、桂川の鮎などを贈る。

かかるほどに、[一]魚いと多く、[1]川のほとりに、厳めしき木の陰、花・紅葉などさし離れて、玉虫多く住む榎二樹あり、[2]さる木の陰に、時蔭・松方・近正ら、今、[二]冠得て、[三]物の次官、[3]時の官人にてある、参りて、幄打ちて居たり。[4]魚・苞苴、[四]人の奉りたらむ、[5]多くあり。おとどの、[五]かかる折の料とて、[六]鮎かがりいとをかしげに作り置かせ給へり、[6]それ取り出でさせ給ひて、苞苴添へつつ、梨壺・[七]宮の御方・中の君に奉らせ給ふ。

[八]内裏には、ただ御消息して奉らせ給ふ。

兼雅「まだ[九]大将の悩ましくし給ふに、涼ませ奉るとてものしつればなむ、聞こえずなりける。さて、これは、乳母たちの料に」

[7]と、ことさらに、手づからぞ書き給ふ。

中の君の御もとには、

一 以下「二樹あり」まで挿入句。
二 叙爵して。「祭の使」の巻【三】で、時蔭は右兵衛尉、松方は右近将監、近正は左近将監だった。
三 諸司の次官、あるいは、時めく官人。
四 挿入句。
五 以下「置かせ給へり」まで挿入句。
六 「鮎かがり」は、鮎を糸や紐などで巻いて干した保存食料か。
七 嵯峨の院の女三の宮と故式部卿の宮の中の君。
八 宮中の梨壺のもとには。
九 「大将の」は、「大将の北の方」の意。女一の宮。
一〇 中の君の家は、「蔵開・下」の巻【三五】に「三条の東角に向かひたる家」とあり、兼雅は、中の君に、「近ければ、時々、あからさま

［兼雅］「日ごろは、いかでとなむ。近けれど、しばしばと聞こえぬを、一〇今はおぼつかなき心地なむ。対面久しくなりにけりや。さて、これは、一一桂(かつら)の御荘(みさう)の、手づから取りて侍りつる。効(かひ)なく、例の、人々に取り散らされ給ふな。

一二君がため天(あま)の川原に釣すとて月の桂も折り暮らしつる

となむ、今日は」

と書き給ひ、［兼雅］「これ見給へ」とてさし入れ給ふ。北の方、［尚侍］「あな一三言(こと)よや」と、「『一四思ふため』とか」とてさし出で給へれば、押し巻きて奉れ給ふ。

二三　兼雅・仲忠、男宮たちと酒宴を催し、歌を詠む。

かくて、遊びなど、これかれし給ひて、日やうやう夕影になるほどに、あるじのおとど、かはらけ取りて、弾正(だんじやう)の宮に参り給ふとて、

にこそまうで来め」と言っていた。

一一　底本「一てうのみさらしの」。「桂の御荘の」の誤りと見る説に従った。ただし、「御」の敬語不審。

一二　「天の川原」「月の桂」は、縁語。「月の桂を折り暮らす」は、一日中魚を獲っていたことをいうか。

一三　「言よし」は、口がうまい、言葉が巧みだの意。『古今集』恋四「いで人は言のみぞよき月草の移し心は色ことにして」（詠人不知）による表現か。

一四　「思ふため」、未詳。あるいは、「思ふためし」の誤りで、『後拾遺集』雑二「懲りぬらむあだなる人に忘られて我馴らはさむ思ふためしは」（藤原長能）による表現か。

兼雅[一] 行く水と今日見るどちのこの宿にいづれ久しとすみ比べなむ

弾正の宮、取り給ひて、大将にさし給ふとて、

三の宮[二] 水の色は君もろともにすみ来とも我らは人の心やはする

大将、

仲忠 水はまづ澄み替はるとも円居(まとゐ)ゐる今日の馴(な)らしはいつか絶ゆべき

とて、[三]宮に奉れ給へば、

帥の宮[四] 三千世(みちよ)経て澄むなる川の淵(ふち)は瀬になればぞ心も知る

[五]大守(たいす)の宮、

六の宮 人はいさわが身にかなふ心だに行く先までは知られやはする

八の宮、

[六]我らだにむすび置きてば行く水も人[1]の心も何か絶ゆべき

とのたまへば、大将、仲忠[2]「あが君、よくのたまはせたり。[七]このわたりこそ。あな心憂[八]や」と聞こえ給へば、皆笑ひ給ふ。

一 「すみ」に「澄み」と「住み」を掛ける。

二 「君」は、仲忠をいう。「すみ」に「澄み」と「住み」を掛ける。

三 「宮」は、四の宮（帥の宮）。

四 五句底本「心もしる」、不審。「長き心をも知る」「人の心をも知る」の誤りと見る説もある。黄河の水は千年に一度澄むという。「蔵開・上」の巻【六】注亖参照。参考、『古今集』雑下「世の中は何か常なる明日香川昨日の淵ぞ今日は瀬になる」（詠人不知）。

五 「太守」は、常陸の大守。六の宮。

六 「むすび」に「掬び」と「（契りを）結び」を掛ける。「結び」「絶ゆ」は、縁語。

七 私どものほうこそ親しくしていただきたいと思っ

二四　藤壺から、桂の女一の宮のもとに手紙が届く。

かかるほどに、赤き色紙に書きて、常夏につけたる御文持て参[1]りたり。弾正の宮、「いづくのぞ」と取り給ふ。「藤壺の御方の、[一]宮の御方に参らせ給ふ」と聞こゆれば、「我こそは、宮」とて見給へば、

「日ごろ悩ませ給ふと承りつれば、[2]いかにして参り来むと思ひ[3]給へつれど、ここにも、また、いと苦しく侍るを思う給へつるほどに、いと遠く渡らせ給ひにければ。[二][4]七瀬の旅にてなんとてや。

[三]もろともに朝夕分かず禊ぎせし早くの瀬々ぞ[5]思ひ出らるる

忘れがたくのみこそ」

とて、端書きに、

「これは、なめげなれど、[四]ここにある人の小さき、物食ひ始め

ています。

八「心憂し」は、何に対してそう言っているのかよくわからない。

一「宮の御方」は、女一の宮。

二「七瀬の旅」は、七瀬の祓えの旅の意。「七瀬の祓え」は、七つの川瀬で祓えをすること。「大七瀬」「霊場七瀬」「賀茂七瀬」の別があるが、「霊場七瀬」の中には、大堰川（桂川の上流）がある。

三「早くの瀬々」は、「菊の宴」の巻【六】【三九】の、難波への上巳の祓えの時のことをいうか。ただし、女一の宮が同行したことは語られていない。

四「ここにある人の小さき」は、藤壺腹の第四御子をいう。

けるを、若宮の、『いぬ宮に』とて奉れ給ひける」と聞こえ給へり。

弾正の宮の、御時よく酔ひ給ひて参れり。御覧ずれば、一つには、参る物にはあらで、いと清らなる、いま一つには、参り物なり。取り広げて、宮たち、遊び、参りなどす。弾正の宮、『この御返りは聞こえさせよ』とか。さらば、いらへ聞こえむ」と、いらへ給ふ人のなきに、空答へをし給ひつつ、「さらば」と聞こえ給へば、一の宮、「あな見苦しや。御使の見るに。賜へ、その御文」とのたまへば、なほ聞こえ取り給ひ、『御心地苦し』とのたまはす」などのたまへば、大将、いとをかしと思して、うちほほ笑み給へば、「いで、宣旨書き奉らむ。のたまへ」とて書き給ふ。

「みづから聞こえさせむとすれど、なほ、まだ筆も取られ侍らねばなむ。日ごろは、いかなるにかあらむ、うちはへ悩ましくなむ。今朝は、心にもあらぬ歩きをぞ。御文は、『朝夕』とか。

禊ぎせし瀬々のたぎつ瀬思ひ出でばわが衣手も忘れざらなむ

五 「参れり」は三の宮の動作だろうが、主体敬語がないこと不審。
六 女一の宮のお答えがないのに、一人で勝手に返事をなさって。三の宮の一人芝居である。
七 倒置法。
八 「言ひ取る」は、ここは、勝手に受け答えをするの意か。
九 「宣旨書き」は、代筆の意。「蔵開・中」巻【三】注三参照。
一〇 三の宮は、女一の宮にどう書いたらいいのか聞きながら、自分で勝手に藤壺に返事を書くのである。
一一 代筆であることの断りの言葉。
一二 挿入句。
一三 今朝は、心ならずも桂まで来てしまいました。
一四 かつて一緒に禊ぎをした、あちらこちらの瀬の激しい流れを思い出していらっし一五それにも劣らぬ。『いぬに』とのたまへる物は、『子の徳見つや』とて、大将、一人、皆食ひつめり。一六などか、まろには賜はぬ。これさへねたうこそ」

とて出だし給へれば、大将、尚侍のおとどに、「仲忠一七設けの物や侍る」と聞こえ給へば、一重襲の細長・小袿、袷の袴具して奉れ給ふ。持て出で給ひて、被けさせ給ひて、奉れ給うつ。

二五　鮎を贈った使が、返事を持って戻る。

一鮎の御使ども、いと疾く帰り参りて、御消息ども、皆聞こゆ。御返り言どもあり。

中の君は、

「二近くても、同じおぼつかなさなれば、御文は。さて、『手づから』とぞ。さればこそ、年ごろは、

三わたの原よそになりにし魚取りは雲出づる原を誰か開けけむ

ゃるならば、恋しい思いで、私の袖が涙で濡れていることもお忘れにならないでください。三の宮の藤壺に対する変わらぬ思いを込めたもの。

一五「それ」は、たぎつ瀬をいう。

一六 どうして、私にはくださらないのですか。これも、三の宮自身の気持ちを込める。

一七 使の者への禄として用意してある物はございますか。

一 梨壺・女三の宮・故式部卿の宮の中の君に、「鮎かがり」を贈った使の者。

二 近くに住むようになっても、以前と同じようにあまり来てくださらないので、お手紙をうれしく拝見いたしました。

三「魚取り」に、兼雅をたとえる。「雲出づる原」は、

【三】注三の兼雅の歌の「天の川原」に応じたもの。

『取り散らすな』とあるは、一人言よく」とあり。

おとど、見給ひて、「はかなし者は、例の、乳母に取らせて、一つも食はせでぞあらむ」とつぶやき給ひて、「これ見給へ」とさし入れ給ふ。北の方、見給ひて、「げにや」とのたまふ。

二六　女一の宮、削り氷をほしがる。

かうて、御前ごとに物参る。御折敷どもして、わざと清らなり。鮎、さまざまに料ぜさせて、いと多く、御達の前に衝重しつつあり。

大将、宮の御もとにまうで給ひて、「物は聞こしめしつや。何をか参るべき」と聞こえ給へば、典侍、「物も聞こしめさず。削り氷をなむ召す」。大将、「あな恐ろしや。いみじく忌むものを」。宮、「かかればこそ、いやまさりつれ。氷食はでは、いかでかあ

四「言よし」は、【三】注一三参照。
五「はかなし者」は、中の君をいう。
六 乳母は。

一 女一の宮。
二 参考『枕草子』「あてなるもの」の段「削り氷に甘葛入れて、新しき金椀に入れたる」。
三 懐妊中に冷たい氷を食べることは、絶対に避けなければならないのに。
四「前に」は、いぬ宮を懐妊した時のことをいう。いぬ宮を懐妊した時は、京極殿の蔵にあった産経に従って世話をした。「蔵開・上」の巻【六】注五参照。
五 典薬寮の長官。懐妊中の女一の宮を心配して、同行させていたものだろう。

らむ。[四]前に、『物忌む』と言ひつつ、食はまほしき物も食はせず」とのたまへば、「あな心憂や。食物むつかりを。薬師侍り。言ひて聞こえむ」とて出で給ふ。

[五]典薬頭に問ひ給へば、聞こゆ。[六]「召さぬにや。過ごし給ひぬる時は、熱く冷ややかなる物を[七]驚きて、御胸病ませ給ふ。まだしき時は、いと[八]篤しきものなり」と申せば、大将、かくなむと聞こえ給へば、「あなわびしや。いと暑し」とのたまへば、「[九]団扇も参らせむ」とのたまひて、[一〇]かしらの所は、川のほとり、おとどより西に寄りて屋あるをしたり、そこに氷召せば、小さく割りて、蓮の葉に包みて、様器に据ゑて、[一一]近江守持て参りたり。大将、取り給ひて参り給へば、少し参りて、「からうしてよかりつる心地を惑はすか。など。ここに、な来そ。往ね」とのたまへば、大将、笑ひて、「前には、かくものたまはざりしを。物の罪などにや」とのたまへば、典侍、「度々のことに侍れば。[一二]内裏の御方は、[一三]大守の宮の御時には、いといみじくなむ。[一四]この御時には、例よりも違

六　召しあがらないほうがいいと思います。
七　「驚く」は、刺激を受けて体が反応するの意か。
八　「篤しき」と解する説に従ったが、不審。体によくないなどの意か。
九　『和名抄』調度部服玩具「団扇　宇知波」。
一〇　底本「かしらのところ」、未詳。「御厨子所」にあたる所か。以下「したり」まで挿入句。
一一　「近江守」は、「蔵開・下」の巻【七】の兼雅の発言に、「そこ（仲忠）に使ひ給ふ人にこそあんなれ」とあった。
一二　「内裏の御方」は、仁寿殿の女御。
一三　底本「大宮」。「大守の宮」（六の宮）の誤りと解した。
一四　女一の宮を懐妊なさった時の意。

はせ給ふ[4]もおはしまさざりき」と聞こゆ。いぬ宮、這ひ出で[5]給ひて、物どもに取りかかりてつかみ毀し[一五]給[6]へば、父君、「この人こそ、いとまさなけれ。かかるわざは、女はせぬものぞや。男多かる簾のもとなどには出づるものかは」とのたまふ。

二七　夜、桂川で祓えを行い、夜明けまで管絃の遊びをする。

夜に入りぬれば、[一]灯籠かけつつ、御殿油参りわたしたり。亥の時に、「[二]御祓へ、時なりぬ」と申す。おとどの[三]壇の上より水出だして、[四]石畳のもとまで水堰き入れて、滝落として、大堰川のごと行く。簀子に、御簾かけ、[五]御床立てて、御屏風ども立てたり。そこに、[六]宮三所出で給ふ[3]。尚侍のおとどは、床も立てで出で給ふ。[4]高欄に押しかかりて、[七]御階の前に、[八]おとど、宮たち四人。殿々の御達、こなたかなたに居たり。陰陽頭、[九]御祓へ物して仕うまつる。

一五「毀す」は、「毀つ」に同じ。参考、『竹取物語』「麻柱を毀し」。観智院本『類聚名義抄』「覆　クツカヘス　コボス　コホツ」。

一「灯籠」は、「藤原の君」の巻【三七】注九参照。

二 御祓えをなさる時刻になりました。

三「壇」は、建物の中を土間にして、土を高く盛った所か。

四「石畳」は、寝殿の階の下の敷き石。

五 浜床。

六 女一、二、四の宮の三人。

七「階」は、階隠しの間をいうか。

八 兼雅と、三、四、六、八の宮の四人。

九「祓へ物」は、祓えの時に使う道具。

馬ども[一〇]木綿つけて引きたり。御衣脱ぎ給ふ[5]。一、二の宮唐綾の掻練一襲、姫宮[一一]御小袿[6]、尚侍のおとど白き[一二]繒の一重襲。男宮たち脱ぎ給ふ。

宮たち、[一三]御祓へ仕まつり果つれば[7]、夜更けぬ、御遊びし給ふ。[一四]一の宮和琴、二の宮箏の御琴、尚侍の殿琵琶。宮たちおはすれば、御几帳の後ろに[一五]おはす。一の宮、「いと悪し。なほ、ここにを」と聞こえ給ひて、[一六]御几帳の中に押しやりて、（尚侍）「いとよう侍る」とて、御床に押しかかりて、琵琶弾き給ふ。[一七]し給はぬ、はた、設け給ふ。大将、（仲忠）「ここもとは遠からず[8]」と、男たちの[一八]御遊ばすにも聞こえ給へば、[一九]やがて並び給ふやうなり。

かかるほどに、十九日の月、山の端よりわづかに見ゆ。尚侍のおとど、扇に書きて、[二〇]一の宮に奉れば、

（尚侍）木綿かけて禊ぎをしつつもろともに有明の月をいく夜待たまし

宮、見給ひて、

一〇 「木綿」は、楮の皮の繊維の糸。祓えの際の幣に用いる。
一一 女四の宮。
一二 「繒」は、絹織物の総称。
一三 以下「更けぬ」まで挿入句。
一四 女一の宮が和琴、尚侍が琵琶を弾くことは、ここにだけ見える。
一五 尚侍は。
一六 接続助詞「て」で動作主体が切り替わると解した。
一七 誰もお弾きにならない琴も用意なさっている。
一八 「御」は、「御琴」の略か。
一九 内侍と仲忠が並んで琴を弾いていらっしゃるようだの意か。
二〇 「一の宮に奉れば」とあるが、次の歌は尚侍の歌。底本「たてまつれは」。「たてまつるは」などの誤りか。

女一の宮 長き夜の有明の月も待つべきを禊ぎの神やいかがとぞ思ふ

二の宮、

女二の宮 かくしつつ月をし待たば浅き瀬の禊ぎの神も何か知るべき

姫宮、

女四の宮 月待つと桂わたりに小夜更けて弾く琴の音は神も聞くらむ

とあるを、尚侍のおとど、大将に奉り給へば、また、取りて、

仲忠 神も聞け顔変はりせず八百万世に禊ぎつつ思ふどち経む

とて、人にも見せでさし入れつ。

かくて、夜一夜遊び給ふ。夜明けぬれば、御簾の内に入り給ひぬ。

二八 仲忠、藤壺腹の第一御子に桂川の鮎などを贈る。

大将、白銀の篝四つ、脚つけさせて、鋳物師ども召して作らせ給ひて、取り上ぐる魚ども取らせつ、鮎一籠・鮠一籠、石斑魚・

二一 「長き夜」は、秋分の以後の秋の夜。

二二 参考、『夫木抄』〈天慶二年二月貫之家歌合、晩夏〉「昔より思ふ心は水無月の禊ぎの神ぞ空に知るらむ」(詠人不知)。

二三 「月」「桂」は、縁語。

二四 「顔変はり」の語は、通例和歌に見えない。和歌では「面変はり」を用いる。

一 挿入句。

二 「鮠」は、『和名抄』龍魚部龍魚類「鮠 漢語抄云波江 魚似レ鮎白色」。

三 「石斑魚」は、『和名抄』龍魚部龍魚類「鯏 伊之布之 性伏沈在二石間一者也」。

四 「往来」は、手紙の意。ここは、漢文の手紙で、若宮の漢字の手本になるように書いたものか。

五 「籤」は、書名や年月を記して書籍に挟む札。

小鮒入れさせ、苞苴など添へさせて、藤壺の若宮の御もとに、手づから、往来、月日書きて、籤立てて、御名し給へり。傍らに、

君がため静けき空に住む魚を今日より見せむ千世の日ごとに

と書きて、蘇枋文籤にして、赤き色紙に書きて、撫子の花につけたり。幹了なる人を召して、「これ、三条の院の南の宮に参りて、若宮の御方に持て参れ」とのたまへり。

御使持て参りたれば、若宮見給ひて、「西の対になむ」とて奉れ給へれば、大殿まだおはします、君たち・御方見給ひて、「こち渡り給へ」と聞こえ給へば、おはしたり。「かく書き給へ」とて、このやうに書かせ給ひて、傍らに、

君がかく取り初めければ山川の浅茅ぞ沖の上に見えける

教へつつ書かせ給へれば、いとをかしげにおぼゆ。御使に禄賜びて奉れ給ひつ。

おとど、御前に人召して、調ぜさせ給ひて興じて参る。藤壺には、鮎ならぬ魚煎りて参り給ふ。

六「静けき空」は、「桂」をいうか。
七 蘇枋の板を文の籤にしての意か。
八「幹了なり」は、壮健で才知に秀でるの意。
九 底本「南宮」。【一九】注六参照。
一〇「西の対」は、藤壺の居所。
一一 挿入句。「大殿」は、正頼。正頼がまだ桂に行かずにいることをいう。
一二 正頼の女君たちと藤壺。
一三 若宮が寝殿から西の対に。
一四「この」は、指示語として異例だが、語られていない若宮の手紙をいうか。
一五「山川の浅茅沖の上に見ゆ」は、前の仲忠の「空に住む魚」に応じたもの。
一六「参る」は、「食ふ」の主体敬語。
一七「煎る」は、焼くの意。

かくて、御使参りければ、青き色紙に書きて桔梗につけたり、[一八]見給ひて、「いとかしこうも書き給ひつるかな。いとよう似させ給へり」とのたまへば、右のおとど、取りて見給ひて、「なほ、かしこき君なり」。弾正の宮、「先つ頃見給へしかば、手をこそ習ひ居給ひしか」。大将、「容貌も、いとをかしげにおはすや。坊にこそ」。帥の宮、「若宮よりは、この君こそ、生ひ出で給ひぬべかめれ。いとらうらうじく優にぞ生ひ出で給ひぬべかめる」など。[一九][二〇][二一]

二九　祐澄、乳母に女二の宮への手引きを依頼する。

かくて、その日一日、涼み、網引かせ、日暮るれば、鵜飼はせなどし給ふほどに、宰相の中将の君の御もとより、二の宮の乳母のもとに、女の装ひ一領、白張の一重襲包みて、御文あり。「昨日のつとめて、消息聞こえたりしかど、急ぎて出で給ひに

一八　挿入句。
一九　手本をお召しになったので、ほんのちょっと前にさしあげたばかりです。「国譲・上」の巻【三】参照。
二〇　底本は、一字分空白があり、右に「本」と傍記がある。「一の宮」の誤りと見る説もあるが、男性たちの会話の場面であるから、「弾正の宮」の誤りと見た。
二一　「この君」は、いぬ宮。
一　参考、『源氏物語』「藤裏葉」の巻「東の池に船ども浮けて、御厨子所の鵜飼の長、院の鵜飼を召し並べて、鵜を下ろさせ給へり」。
二　「かの聞こえしこと」は、唐突だが、女二の宮のもとに忍び込む手引きを依頼したことをいう。ただし、このことは語られていない。
三　「宮」は、三条の院の

ければ。かの[二]聞こえしこと、宮[三]にてはいと難かるべきことを、宮たちも、御遊びせさせ給ひて[2]、川[3]ほとりに涼み給ふめる宵の間（ま）にたばかり給[4]へ。昨日のつとめて、追ひ出でまうで来て、このわたりになむ、さる心して侍る。さて、これは、いと暑き日なめるを、脱ぎ替へ給へ」

とあり。

乳母（めのと）、見て、あな恐ろし、人もこそ気色見れとて、「里より、洗ひに遣りたりし物、▲汚[四]▼い物引き入れて持て来たり[5]」とて隠して、

御返り、

（乳母）「かしこまりて承りぬ。昨日は、[五]左のおとど参り給ひて急がし聞こえ給ひしかば[6]、いと疾（と）く出でものし給ひしなり。のたまはせたることは、あな恐ろしや。宮[六]におはします時よりも、宮た[七]ち、垣のごと[八]おはしまさひて、夜（よる）は御巡りにおはしまさふめれば、[九]これかれだに、え近くも参らずなむ。いとかたじけなく、旅に[一〇]おはしまさすなるを、はや帰らせ給ひね。人に気色見えさ

東北の町。仁寿殿の女御の里邸であるための呼称か。女二の宮は、東北の町の西の二の対に住む。【一八】注二参照。

▲底本五十三丁表九行目の終わりまで。

▼底本二十九丁裏三行目の途中から。

四「汚い物」は、下着類をいうか。

五「左のおとど」は、左大臣正頼。

六「宮」は、注三参照。

七「宮たち」は、女二の宮の兄弟の男宮たちをいう。

八「おはしまさふ」は、「あり」の主体敬語として、動作主体が複数の時に用いられる。

九 侍女である私たちでさえ。

一〇「おはしまさす」、不審。あるいは、「おはします」の誤りか。

せ給ふな。さて、賜はせたる物は、あなかたじけなや。かく御匣殿をせさせ給ふをなむ。いかで、この功に、女設けさせ奉りてしかなとぞ、人知れず。まめやかには、宮に渡らせ給ひなむ」

と聞こえさせつ。

三〇 正頼たち一行、桂に合流。仲忠、女二の宮を警護させる。

かくて、左の大殿・左衛門督の君・蔵人の少将・宮あこの侍従など参り給へり。宮たち・おとどたち、「いざ、かかる所にて脚病労らむ」とのたまひて、「をかしき鞠のかかりかな」と、興あるまで鞠遊ばす。皆、上手なり。人々、装束し給へり。宮たち・おとどたちは、直衣奉れり。大将のおとど・蔵人の少将、鞠も上手、さまもよく見ゆ。宮たち、あやしのわざやとて御覧ず。

暮れぬれば、皆入り給ひぬ。宮たちは、二の宮の御方に入り給

二 こんなふうに着る物のお世話をしてくださったことに恐縮しております。

三 「功」は、恩賞、お礼などの意。

一 左大臣正頼と、男君の長男忠澄・十男近澄・宮あこ君。正頼たちは、一日後れて桂に来た。【三〇】注八、【三八】注二参照。

二 「鞠のかかり」は、蹴鞠をする場所。まわりに木を植えることもあった。

三 「装束す」は、ここは、束帯を着て正装することをいう。

四 「潔斎」は、病気の時の食事の意。

五 一日中まったく何も召しあがりませんでした。

六 「含む」は、（水飯を）

ひぬ。大将、一[2]の宮に、「〔仲忠〕今日は、例の風邪(かぜ)の潔斎(いもひ)[四][3]は」。御前(おまへ)なる人々、「まして、今日は、[五]いともの清くて暮らさせ給ひぬ」と聞こゆれば、「〔仲忠〕あな恐ろしや」。水飯(すいはん)して参り給へど、御目塞(ふた)ぎて見にだに見給はねば、[4]いぬ宮膝(ひざ)に据ゑて、さし含(くく)[六][5]めて参りて、「〔仲忠七〕御徳をも見給ふるかな」とのたまへば、宮、「〔女一の宮〕暑し。簀子(すのこ)[6]にを」[7]とのたまへば、「〔仲忠八〕昨夜(よべ)をだに、思ふ所に。今宵、居眠(ゐねぶ)りぞ用なき[九]や」とのたまひて臥(ふ)し給ひて、「[一〇]かの御方に、寝聡(いざと)く、人候へ。聞くやうあり」とのたまへば、乳母(めのと)、胸つぶれて、いかで聞き給ふらむと。蔵人の少将も簀子に居給ひて、[一一]かの人見え給ひつれば、[8]右[一二]のおとど、遠くてさし出(い)で給ひ、「〔兼雅一三〕あなかしこや、人寝(い)ぬな」と、「いと恐ろしき兵(つはもの)[一四]歩(あり)くなり。ほかにては知らず、[一五]ここにては、いとさがなからむ」とのたまへば、宮たち、御目も覚めて起き居給ひぬ。乳母(めのと)は、身も冷え果てて、我にもあらで居たり。

口に含ませるの意。

七　ここは、皮肉で、女一の宮が世話しないおかげでこんな体験をさせてもらえたの意。

八　昨夜でさえ、思いどおりの所で寝られなかったのですから。

九　「用なし」は、「天地無用」などと同じく、「……してはいけない」の意か。

一〇　「かの御方」は、女二の宮がいる所をいう。

一一　「かの人」は、蔵人の少将をいう。

一二　「右のおとど」は、右大臣兼雅。兼雅は尚侍とともに西の廂の間にいたか。

一三　「あなかしこや」は、禁止と呼応して強める表現。

一四　「兵」は、暗に、蔵人の少将近澄をいう。

一五　「ここにては」は、左大将兼雅と右大将仲忠の二人の大将がいる桂ではの意。

三一 暁に、仲忠、女二の宮が小水をするのを垣間見る。

かくて、暁になり、御格子も下ろさず、二の宮の御方とこなたとは、高き御屏風立てたり。おはする所近くては、御几帳立てたり。大将、この折、宮たち見奉らでは、いかでかと思ひて、一の宮いとよく御殿籠もりたるに、脇息を踏み立てて、御屏風の上より覗けば、明けぬと思して、男宮たちは、皆、御殿籠もりたり。二の宮は、御几帳の帷子は、御達うちかけてまだ下ろさず、起き給ひて、いささかなることせむと思して入り給ひつるを、いとよく見奉り給ふ。白き綾一襲奉りて、御髪なども大殿籠もりふくだめたれど、いと気近くうつくしげなりと見る。姫宮も起き上がり給へるを、これは、まだ小さく片成りにてあてなる。よくも生み集め給へる皇女たちかなと見て居給ひぬ。

一 女二の宮がいる東面と、女一の宮がいる寝殿の母屋との間。
二 女二の宮がいらっしゃる所。
三 このあたり、仲忠に対する主体敬語がない部分がある。
四 「踏み立つ」は、踏み台にするの意。参考、『落窪物語』巻一「(あこきは)物踏み立てて(格子を)上げつ」。
五 以下「下ろさず」まで挿入句。
六 「いささかなること」は、小水、おしっこのこと。
七 「入る」は、奥に入ること。寝殿近くに入る。
八 この「ふくだむ」は、下二段活用で自動詞の例か。普通は、『源氏物語』「幻」の巻「少しふくだみたる髪のかかりなど、をかしげなり」

三二　夕方に、人々、桂の別荘から帰る。兼雅、贈り物をする。

かくて、その日の夕方帰り給ひぬ。[一]男宮たちは、あるじのおとどの御馬（むま）・鷹（たか）など奉り給ふ。女宮たちには、黄金（こがね）の[二]やつこの箱に、よろづのありがたき物ども入れて、一の宮よりはじめ奉りて、[三][1]いぬ宮には、箱の小さきに、[四]昨夜（よべ）の物入れて奉り給ふ。乳母（めのと）たちには、装束一領（さうぞくひとくだり）づつ賜ふ。御達（ごたち）の中に、[五]かつらとののなど出（い）ださる。

帰り給ひぬ。

三三　女三の宮たちや藤壺、祓えをする。

帰り給ひて、右のおとど、[一][1]宮に、御祓（はら）へ、大将に御車など五つばかりしてせさせ奉り給ふ。[二]殿の若君などして出（い）で給ひて、[2]逍遥（せうえう）などをかしくし給ひて帰り給ひて、二日ばかりありて、[三]中の君、

のように四段活用である。

九「片成り」は、未成熟だの意。


一「男宮たちには」の意。

二「やつこの箱」、未詳。「香壺（かうご）の箱」の誤りと解する説もある。

三 底本「大宮」。「いぬ宮」の誤りと見る説に従った。

四「昨夜の物」が何をいうか未詳。

五 底本「かつらとの〻」、未詳。「被け物」「かづら物の具」の誤りと見る説などがある。

一 嵯峨の院の女三の宮。
二「殿の若君」は、梨壺腹の御子をいうか。
三 故式部卿の宮の中の君。

[四]東川に、車三つばかりして出で給ふ。おとどは出で給はず。[3]むつましき人々して出で給ふ。[五]近江守にのたまふ、「この、[六]東、祓へしにものすなるを、東川の水に[七]かから[4]むあたりに車立てさせて、鮎など食ふ[5]べきやうにものせさせ給へ。あやしう、若き子のやうに、人するに従ひたる人なれば、心苦しくなむ」とて出だし立て給ひて、帰り給ひぬ。

［三条殿。］

かくて、藤壺も、[八][6]唐崎に御祓へし給はむとて、大殿ももろともに。君たちの御供の人々多かり。御車引き続くるほど、大宮、「[九]あなたの御車も一つに」とのたまへば、藤壺、「いかで。まづ」とのたまふほどに、御車ども[一〇]にたにに引き続けて立ちわづらふ。おとど、「なほ、[一一]かれを促せ」とて、藤壺の御車を一に立てさせ給へば、皆人々、いとあはれと思ひて、唐崎におはしまして、御祓へ厳めしうし給ひて帰り給ひぬ。大殿も帰り給ひぬ。

こなたには、例の[一二][7]番結びて、君達[一三]の宿直し給ふ。

四「東川」は、桂川を西川と言うのに対して、賀茂川をいう。
五「近江守」は、【三六】注二参照。
六 底本「ひんかし」。「東」は「東川に」の誤りか。
七「水にかからむあたり」は、水に達するあたり、すなわち、岸辺をいう。
八「唐崎」は、滋賀県大津市の琵琶湖西岸の地名。
九「あなたの御車」は、藤壺の車をいう。
一〇「にたに」は、大勢、たくさんの意か。「吹上・上」の巻【三】注七参照。
一一「かれ」は、藤壺の車をいう。
一二「番」は、宿直の当番の意。「国譲・上」の巻【三〇】注一参照。
一三「の」は、あるいは、衍字か。

三四　梨壺腹の御子立坊の噂。正頼方、若宮の立坊を祈願する。

かくて経給ふほどに、春宮より、遅く参り給ふとて、ある時はあはれに心苦しげに、ある時は憎げに怨じ給ひ[1]つつ、日に従ひて御使あり。その御使の蔵人の申すやう、『梨壺のなむ坊には居給ふべき』と申しなりにためり。[一][2]御前にも、しばしば参上り給ふ。昼は、殊に渡らせ給はず。日ごろは、殊に御遊びもし給はず」と聞こゆれば、ある時は一行二行と聞こえ給ひ、ある時は聞こえ給はず。かかれば、皆人の申す、[二]「あな異様や。またなき例をもし出で給ふかな。かく侮られ給ふこと」と[3]謗り申す。

[三]殿には、大殿の御方にも藤壺の御方にも、今より、宮司・蔵人・殿上人・帯刀と[四]いき申す人多かり。[五]若宮の御方には、人々参り込みつつ、朝廷のやうになりておはしますを見奉り給ふままに思し嘆くこと限りなく、山々寺々に修法行はせ、神仏に申し給ふ

一　底本「まつり」。「御前」の誤りと見る説に従った。梨壺さまは、春宮の御前にも、しばしば参上なさっています。

二　以下は、春宮の手紙に返事をしようとしない藤壺に対する、宮中の人々の非難の言葉。

三　「殿」は、三条の院。【四五】注四参照。

四　「いき」、未詳。春宮坊の職員・春宮の蔵人・春宮の殿上人・春宮坊の帯刀舎人にと、官職を望む人々が大勢いるの意だろう。

五　若宮が住む東南の町の寝殿は、「国譲・上」の巻【三二】には、「清涼殿の様を造れれど」とあった。

ほど、七月の中の十日になりぬ。

三五　三の宮、藤壺に、変わらぬ思いを語る。

ある夕暮れに、弾正(だんじやう)の宮、西の対[一]に参り給ひて、御物語聞こえ給ふ。（三の宮）「かくてものし給ふほどに[1]しばしばも聞こえまほしけれども、[2]もの騒がしくものし給ふめれば。いとおとなしくなりまさり給ふなりし心地も、みづから聞こえむとせしを、[二]肖物(あえもの)のほど過ぐしつるになむ」。御いらへ、（藤壺）[三]「肖物は、年隔ててこそは。ここにも、つれづれと侍(はべ)るを、誰々にも聞こえまほしけれど、皆こそ思(おぼ)し忘れにたれ」。宮、（三の宮）「さらに忘れ聞こえず。[四]かくて侍るをば、何の心ありてとか思す」。（藤壺）「いで、なほ、心憎くておはしますとこそは」。宮、「このあまたし[五]給ふわざ、時々は、[六]ここにもして賜へ。[3]つひに、かくてやは」。君、（藤壺）「いと見まほしくて、あまたものせらるめるを、何かは」。宮、「まめやかには、年ごろ、かくては侍るを、

一　藤壺が住む東南の町の西の対。
二　「肖物のほど過ぐす」は、子どもは誕生したばかりの時に会った人に似るという俗信があったか。
三　会った人に似るのはもっと大きくなってからでしょう。
四　「かくてあり」は、独身でいることをいう。
五　「あまたするわざ」は、手紙を書くことをいう。
六　「ここ」は、一人称。弾正の宮（三の宮）。
七　「ものせよ」は、婿になれの意。
八　「御心」は、藤壺の心。
九　結婚する気にもなれないので。
一〇　「しるべ」は、知り合い、親しい者の意。
一一　「疎からず」は、三の

ここかしこにも、『ものせよ』と言ふ人侍れば。御心のつらかりしにのみ忘れがたくて、さやうの心も思ほえぬに、なほ、昔のやうにも思ほさで、忍びてしるべにはし給ひなむや」とのたまへば、「あやし。忍びずとも、さて知らぬ人にやは。かく聞こえ承るも、疎からねばこそ」など聞こえ給ふほどに、左大弁の君、いとことことしとて参り給へば、宮、「あな憎や。このうるはし者は、何しに来るぞ」とて聞こえさし給ひつ。

三六　実正、実忠をだまして、北の方と袖君のもとに連れて行く。

かくて、新中納言、藤壺ものし給ふことありしを、かくてあらば、ものしともぞ思すとて、小野よりものし給ひて。

「いとうれしくものし給へる。遅くおはせば、御迎へにまうでむとなむ。ここはいとかく便なきを、日ごろ、侍る所に物のさとしなどせしかば、先つ頃二条殿になむまかり渡りて侍るに、そこに

宮と藤壺が甥と叔母の関係であることをいう。
一二　正頼の次男師澄。藤壺の兄。
一三　「ことことし」は、事ありげだの意か。
一四　「うるはし者」は、融通がきかない者などの意での皮肉か。

一　源実忠。
二　藤壺は、「国譲・上」の巻【四〇】で、「この山里住みし給ふこそ、いと心憂けれ」と言っていた。
三　接続助詞「て」でとめた表現。
四　「侍る所」は、実正の私邸をいう。私どもの所に、忌むようにとの神仏のお告げがあったので。
五　「二条殿」は、実正の別邸か。ここにだけ見える。「三条殿」の誤りと見る説もある。

おはして、聞こえしやうに[六]、内に入りておはしませ」と聞こえ給へば、中納言、「何か。ここにも、しばしは。『もの尋ねむ』[七]とのたまひし人は、いかがは」と聞こえ給へば、「いと暑く侍りつれば、ほど遠くてはものせず。[八]いま少し涼しくなりなむ時」など、つれなく聞こえ給ひて、「なほ、いざ給へ」とて、一つ車にておはす。

下（お）[1]りて、もろともに入りおはするを、北の方など見給ひて驚きて、御几帳（きちやう）立て直しなどす。まづ民部卿入り給ひて、「あな見苦し。こは、何（な）ぞ」とて、御簾（みす）上げ給ひつ。[九]あるじだちつい居給ひて、「なほ、ここには恥ぢ奉る人もなし」と聞こえ給へど、慎（つつ）みて、え入り給はず。民部卿、「なほ入らせ給へ。[一〇]女たち恥ぢ聞こえぬ所に、いと僻々（ひがひが）[2]しく」と聞こえ給ひて、御円座（わらうだ）さし出（い）で給へば、いと渋々（しぶしぶ）に入り給ひて、いとまめやかに見給へば、奥の方に、小さき几帳（きちやう）立てて、人あり。柱もとに、若き女のいと清らなる[3]居たり。

六 実正は、実忠に【一〇】で、「昔のやうにはあらで、童部の侍る所に入りて見給ひて、同じ所にものし給へ」と言っていた。

七 実正は、実忠に、【三】で、「さらば、ここにこそは（北の方と袖君を）尋ね聞こゆべかなれ」と言っていた。

八 実際には、北の方と袖君は、【二】で迎えられている。

九 「あるじだつ」は、主人然と振る舞うの意。実正は、実忠に、実正自身の屋敷だと思わせているのである。

一〇 底本「をんなたち」。あるいは、「女だに」の誤りか。

一一 実忠は、「若き女」を、

中納言、いとあやしく、むつましといひながら、つれなくても居給へるかな、[一一]これは、藤壺の御姉なれば、かくよきぞと見居たり。[一二]姫君は、とまれかうまれ、わが親に見え奉らむ、親の御顔見むと思ほして、伯父（をぢ）おとど見給ふをものにも思ほしたらで、さし向かひて居給へり。中納言は、容貌（かたち）のいとうつくしげなる、まぼらへて居給へり。[一三]女君は、見や知り給ふと恥ぢたれど、誰もものものたまはず。姫君、父君のえ見知り給はぬを、いと悲しと思ほして、え念じ給はで、つぶつぶと泣き給ふを、民部卿、いとあはれと見給ひて、「（実正）思ほし出でずや」と聞こえ給へば、中納言、いとまめにて、ものものたまはず。民部卿、「この君を、いとあさましく、かくなり給ふまで見奉り給はねば、思ひわびて、かく[一四]おはしまさせつるなり。[一五]今、かくておはしませ。[一六]世の人のあらぬやうにては、え長くはものし給はじ」と、「御髪（みぐし）も、かくぞなりたる」とて、掻（か）き出でて見せ奉り給ひて、「[一七]いま一所（ひとところ）も、かく、ここになむ。[一八]天下（てんげ）、世に求め給ふとも、まさる人しもえ侍らじ。

実正の北の方だと思っているのである。実正の北の方は、正頼の七の君。藤壺と同じ大宮腹。

一二「姫君」は、実忠の娘袖君。「若き女」は、袖君だったのである。

一三「女君」は、実忠の北の方。

一四「おはしまさせ」の「せ」は、使役の助動詞。

一五　これからは、こちらで親子三人で一緒にお暮らしください。

一六　世間の人と違って一人でお暮らしになるような生活は、長く続けることはおできにならないでしょう。

一七「いま一所」は、実忠の北の方をいう。

一八　底本「天下よに」。「天下に」「世に」を重複させてさらに強調した表現か。「天下に」の誤りと見る説もある。

実正らをし、人と思すものならば、なほ、かくてものし給へ」と聞こえ給ふ。「年ごろ見ざりつるほどに、大人にこそは」とのたまふままに泣き給ふ。昔の人々、集まりて泣く。真砂君の御乳母前なるを見給ひても、中納言いみじく泣き給ふ。さても、あやしう、心にもあらで来たるかなと思ひ給へり。

民部卿、「故殿のおはしまし時こそ、女親のごと、折々の御洗ましのことなども御口入れ給ひしかど、今は、女はらからとておはするは、さやうに心しらひてもものし給はず。実正らがごときは、みづからのことにもかなふ人し侍らねば、心ざしはありながら、えおぼしきやうにも仕うまつらじ。かく世の中を思し離れにためれば、母君は、よし、な知り給ひそ。この君を御後見立て、よろづのこと、さやうに思ほしてものし給へ」など聞こえ給ひて、御供の人々、所々に据ゑさせ給ひて、物賜はせなどして、「遠くよりおはしましつるままに率て奉るなり。物参れ」とのたまへば、黒き御台一具、精進の物いと清らにして、物参る。仕まつり人は、

一九「し」は、強意の副助詞。

二〇「昔の人々」は、昔仕えていた侍女たちをいう。

二一「真砂君」は、実忠の男君。父実忠を恋い焦がれて亡くなった。「菊の宴」の巻【三五】参照。

二二「故殿」は、故父太政大臣季明。父上が生きていらっしゃった時は、まるで女親のように、折々の洗髪のことなども指図して世話をしてくださいましたけれど。

二三「女はらから」は、季明の大君（宮の君）のことをいう。春宮妃。

二四「世の中」は、特に、男女の仲をいう。

二五「この君」は、袖君。

二六 下二段活用の動詞「後見立つ」は、世話をして育てるの意。

二七「精進の物」を「黒き御台」で出したのは、故太

[二九]袖君[10]・真砂（まさご）君の御乳母（めのと）、おとなびにたれど、容貌宿徳（かたちしうとく）にてあり。童なりし人、大人になりて、若人（わかうど）にてはあり。童ばかりぞ、知らぬはある。

三七　実頼も訪れて、実忠たちの世話をする。

かくて、物参り、御酒（おほみき）など参りて、[一]山里より渡り給ひし日しつらひ置かれたる御方[二]に、（実正）「あなたに入らせ給ひて、いと暑きに、休ませ給へ」と聞こえ給ひて入れ奉り給ふ。昔もて使ひ給ひし調度、いささかに手馴らし給ひし反古（ほうご）など、[三]取り散らし給ふ物なく、[四]し給ひなどして居給ひしままに、異（こと）御調度の清ら[1]なる、あまた添[五]はりたれど、なき物なくしつらひ置かれたり。中納言、なほ、ありがたき心はありかし、親もなくて、我をのみ頼みたりし人[六]の、[2]子持たりしを見捨てて、年ごろありつるに、かく一つも失はでありけるなど見給ふ。こなたにも、昔見給ひし人々の参りて、御衣（ぞ）

政大臣季明の喪中だからか。参考、『讃岐典侍日記』下巻「御台のいと黒らかなる、御器なくてかはらけにてあるぞ、見馴らはぬ心地する」。

二八　「仕まつり人」は、食事のお世話をする人の意。

二九　袖君の乳母と真砂君の乳母。

一　北の方と袖君が志賀山の麓の山里からお移りになった日。

二　「御方」は、北の方の御座所。【二】参照。

三　なくしておしまいになった物がなく。

四　昔使ったり字を書いたりなどなさった時の状態のままで。

五　「添はる」は、加わるの意。

六　「人の」は、「失はでありける」に係る。

[七]取りかけ、御団扇(うちは)[八]など参れば、ただ昔のやうなり。

民部卿は、娘に婿取[九]りしたらむやうに居立ちて、殿[一〇]へもものし給はで、ただこの君[一一]のことを急ぎ給ふ。新宰相も、急ぎ参り給ひて、「実頼(さねより)は、殿[一二]隠れ給ひて後(のち)、夜昼、悲しきことを思ひ給へ嘆きつるに、今日なむ、その心も忘れて、うれしう思ひ給ふる[3]。なほ、かくて経給はば、すべて、同じきはらからと聞こゆとも、親・君と仕うまつらむ」とて、二所(ふたところ)[一三]ながらここにものし給ひ、かしづき仕うまつり給ひつつ、二三日経給へど、北[一四]の方にも姫君にも、まだもの聞こえ給はず[4]。

かかることを、内裏(うち)にも春宮(とうぐう)[5]にも聞こしめして、「らうたく[一五]、いたづらになりぬと聞きつるを、今は宮仕へせむと思ふにやあらむ」とのたまふ。左[一六]のおとど、いみじう喜び給ふ。年ごろも聞こえつるを、わ[一七]が会ひて、さてものせよと言ひしかばにやあらむと思ほす。

七 「取りかく」は、取って衣架などにかけるの意。「蔵開・上」の巻【二五】注二七参照。

八 団扇であおいでさしあげたりするので。

九 ご自分の娘に婿取りをしたかのように立ち振る舞いなさって。

一〇 「殿」は、実正自身の屋敷。

一一 ただ袖君のことを忙しく世話をなさる。

一二 「殿」は、故太政大臣季明。

一三 実正と実頼の二人。

一四 中納言は、北の方にも袖君にも、まだ何も言葉をおかけ申しあげなさらない。

一五 「らうたし」は、いたわしいの意。

一六 左大臣源正頼。

一七 実忠が正頼のもとに中納言になった喜び申しに訪れた時のことか。「国譲・上」

三八　実忠、四日目の夕方、袖君や北の方と対面する。

中納言、世の人、藤壺なども、心ならずや思ほすらむと思して、四日ばかりありて、夕さりつ方、こなたに渡り給ひて、姫君に聞こえ給ふ。「いとめづらしく対面したりしかど、見奉りしにも、おのが心からとはいひながら、よろづのことあはれにおぼえしかば、まめやかにと思ひてなむ。年ごろ、いかでか、今さらにはと。あはれに、かくものしにければ、それも心憂くおぼえて。このわたりには、思ひ出でられむによりてなむ。多くは、え」など聞こえ給ふ。姫君、ともかくもものものたまはで、ただつくづくと泣き給へば、「なほ、年ごろありつらむ物語をこそせめ」などのたまへば、「年ごろ、恋しく悲しくのみおぼえ給ひつるを、からうして対面賜はりたれば、夢の心地して」など聞こえ給へば、「世の中に、え久しかるまじき心地のせしかば、法師にもなりなむと

の巻【四〇】参照。

一 長年、今さら親子の対面などできまいと思っていました。

二 こうして無事にお過ごしだったので。

三 頻繁にうかがうことはできないでしょう。

四 「つくづくと」は、長く続くさまをいう。

五 父上のことを恋しく悲しいとばかりお思い申しあげていましたが。「給ひ」は、実忠に対する敬意の表現。

六 「かなた」は実忠がいた小野。「かなたには」は、「え（参らず）」に係る。

思ひて、山里に、年ごろは」。民部卿、「[六]かなたには、ものし給ふ所とて尋ね聞こえむはかり[七]もなかりしかば、折節に思ひ出でつつ、いかでとのみ思ひながら、年ごろ、え」など聞こえ給へば、『紅葉見むとて、知らぬ人[八]ものせし時にまうでたりし所なむ、そこ』と、殿隠れ給ひしほどに、卿[九]の君ののたまふになむ、さなりとは。いと、さ世離れてはありけむ」なんど、多くの御物語し給ひて、「母君は、いづ方にぞ。『もの聞こえむ』と聞こえ給へ」と聞こえ給へば、女君、喜びて、[一〇]北面に、おはする所にまうで給ひて聞こえ給へば、北の方、「いで、何か」と聞こえ給へば、民部卿、影[一一]のごと添ひて、と[一二]のたまふをも、かうのたまふをも聞き給ひて、[一三]「あが仏、など、かうはのたまふ。消息し給はずとも、まうでて対面し給へとこそは思ひつれ。御上を思ひ聞こゆるにしもあらず。[一四]この君の、世に惜しまれていたづらになり給へば、とさまかうざまにたばかり聞こゆるなり。はやおはして、何心なく語らひ聞こえ給へ。おぼろけに思ひてやは、かう聞こゆる」と申し給へば、

七「はかり」は、目当ての意。

八「知らぬ人」は仲忠をいうと解した。「菊の宴」の巻【三七】〜【三九】参照。

九「卿の君」は、民部卿実正をいう。「国譲・上」【五】参照。

一〇「北面に」と「おはする所に」は同格の表現。

一一「影のごとし」は、いつもそばを離れることがないさまの形容。

一二 袖君がおっしゃることも、北の方がおっしゃることもお聞きになって。

一三「あが仏」は、自分が大切に思っている人に呼びかける言葉。

一四「この君」は、実忠。

一五「鷲の山」は、霊鷲山のこと。古代インドのマガダ国の首府王舎城の東北にあり、釈迦が法華経や無量寿経を説いた山という。

［北の方］「いでや。ここに対面せむにぞ、いとど[一五]鷲（わし）の山にも思ひ入り給はむ」。民部卿、「同じうは、[一六]恋てふ山には」と聞こゆるを、北の方、うち笑ひて、「[一七]年ごろの住まひこそ、さやうには。いでや、今さらにはと思ひ給ふれど、かくのたまへば」とて、[一八]薄鈍（うすにぶ）の一重襲（ひとへがさね）、黒橡（くろつるばみ）の小袿（こうちき）奉りてまうで[6]給ふ。

几帳（きちやう）押し出でて対面し給へば、中納言、［実忠］「昔、[一九]恥ぢ聞こえしなめりしにだに、さもあらざめるを」。几帳押しやりて見奉り給へば、昔に殊に劣り給はず。仁寿殿（じじゅうでん）の女御（にょうご）やうにて、面痩（おもや）せ給へるは、あてに子めきたり。中納言、「あなめづらしや。いと久しうなりにけるかな。あさましう、あり所も知らせ給はざりつれば、年ごろ、山里のつれづれ、春秋の夜寒（よさむ）などには、常に思ひ出でられ給へど、尋ね聞こえむ方なくて。[二〇]ありし人ともあらで見給へ[7]れども、そこには、変はり給へることもなく。ただ、[二一]あはれなる人のみなむ」とて、扇に書きつけて奉り給ふ。

［実忠］[二二][8]雲居より帰りて見れば古里の今[9]雛鶴（ひなづる）ぞ待ち見ざりける

一六「恋てふ山」は、「菊の宴」の巻【三】注三参照。

一七『古今六帖』四帖〈恋〉「いかばかり恋てふ山の深ければ入りと入りぬる人惑ふらむ」の歌により、志賀山の麓の山里のほうが、悩みが深かったと思いますの意か。

一八 北の方は、志賀山の麓の山里にいた時には、「濃き鈍色の御衣一襲、黒橡の御小袿」を着ていた。【三】参照。

一九 底本「はちきこえしなめりしにたに」、語法不審。結婚当初の時のことをいうか。

二〇 まったくの別人のように思っていらっしゃるけれども。「見給ふらめども」とありたいところ。

二一「あはれなる人」は、亡くなった真砂君をいう。

二二「雲居」は小野、「雛鶴」は真砂君をたとえる。「雲居」「雛鶴」は、縁語。

とて奉り給へれば、北の方、泣く泣く、

[北の方二三]昔見し宿も野山に荒れまして帰らぬ鶴（たづ）をまつも枯れぬる

とのたまふを、いとあはれと思して、[実忠]「まめやかには、昔、あやしきそぞろ心のつきて、あくがれ初めにしを、なほ心地の静まらざりしかば、世にもあらじと思ひて、あやしき山里に籠もり侍（はべ）りて、親の御もとにもまうでざりき。ただ[二四]この折にぞ、まうでて見奉りし。[二五]そこにてなむ、ここには平らかにおはしますなど聞きし。[二六]すなはち思ひになりにしかば、今まで。すなはち聞こえむとせしかど、[二七]心深きところつき給へりしかば、[10]いかにぞと[11]思ひ慎（つつ）みてなむ」。北の方、「年ごろは、いとあはれにもの思して居給ふと承りつる。[二八]『わがごとや』と思ひ知られて、いかで訪（とぶら）ひ聞こえむと思ひつれど、それにつけても思ほすことやあらむとてなむ」。中納言、「何かは、今までは。しばしこそ、人を憎しとは思ひしか」など、多く、御物語、年ごろありつることなど、かたみに聞こえ給ふ。

二三 「野山に」は、野山のようにの意。「まつ」に「待つ」と「松」、「かれ」に「枯れ」と「離れ」を掛ける。「鶴」に実忠を、「松」に北の方自身をたとえる。

二四 「この折」は、季明の臨終の時。

二五 「国譲・上」の巻【五】の実正の発言参照。

二六 そのまますぐに父上の喪に服してしまったので、今までご連絡もできませんでした。

二七 「心深きところ」は、物事を深く思い詰める性格の意。

二八 『信明集』〈山里にあるに、女もさてあるに〉「わがごとや人も言ふらむ山里は心細さぞ住みうかりける」による表現か。『後撰集』恋二「わがごとや君も恋ふらむ白露のおきても寝ても袖ぞ乾かぬ」（詠人不知）

中納言、「いとよかめり。かくてものし給へば、[二九]ここには、さらむ[12]ついでにも。[三〇]添へてものし給へば、わづらはしうて。[三一]来る折あらば。親はらからのごと語らひ来にたれば、恐ろしとこそ思さるらめ」など、夜(よ)更くるまで聞こえ給ふほどに、夜(よ)さりの御台参り、物など聞こしめして、[三二]御方(おほん)に渡り給ひぬ。

かくて、御はらからの君たちは、ものし給はず、小野へや帰り給ふとて、[三三]北の方たちの御もとに、「かかることのあればなむ」とて、夜(よる)も昼ものし給ひて、[三四]人々の参る物なども、皆、「持てまうで来(こ)」とのたまひて、[三五]内にも奉れ給ひ、[三六]こなたにも取り[三七]散らし給ひつつ、人にも賜ひなどしてものし給ふほどに、昔見語らひ給ふ人は、上達部(かんだちめ)も殿上人もめづらしがり喜び、あるは、興(けう)ある物など奉れ給ふ。

によると解する説もある。
二九　私も、こちらには、機会を見つけてうかがうことにいたします。
三〇　兄上たちをいつもそばに従えていらっしゃるので。
三一　また来る時があったら、その時にお話の続きを。
三二　「御方」は、実忠の御座所をいう。
三三　実正と実頼自身の北の方たち。
三四　人々が召しあがる物なども、皆、ご自分たちの屋敷に、「こちらに持って来い」と命じて持って来させて。
三五　「内」は、実忠の北の方たちの所をいう。
三六　「こなた」は、実忠の所をいう。
三七　「取り散らす」は、分配するの意。

三九　仲忠や正頼たち、実忠のもとを訪れて語る。

右大将も、夕暮れの涼しげなるにものし給ひて、「ここにかうてものし給ふと、ただ今なむ承る。年ごろ、おはする所に参り来むと思ひ給ふれど、とかく障りてなむ。さるは、かの見つけし山里にも、いかでもろともにとぞ思ひ給へつるや。かの人は、おはして訪ひ給ひきや。誰とは聞き給ひしか」とのたまへば、中納言、「年ごろは、尋ね訪はせ給ふとこそ、深き山人には」と申し給ふ。北の方・姫君などは、見給ひて、かの山里にものし給ひし人にこそはあめれ、見しよりも、いと宿徳に清げにもなりにたるかな、誰ならむと見給ふ。かくて、物語などし給ひて帰り給ひぬ。

かかるほどに、左のおとど、君たちに、「新中納言、本妻に帰り給ひて、このただ東にものし給ふなるを、訪ひにものせむ。故殿の、『いたづらになすな』とのたまひしものを、かく世づきて

一「かの見つけし山里」は、仲忠と実忠が訪れた志賀山の麓の山里をいう。「菊の宴」の巻【三九】で、仲忠は、「時々は紅葉見る所にし給へ」と言っていた。

二 底本「思ひ給つる」。「思ひ給ふる」の誤りと見る説もある。

三「深き山人」は、実忠自身をいう。

四「君たち」は、正頼の男君たち。

五「本妻」は、もともとの妻の意。

六 正頼の三条の院のすぐ東。三条大路の南、大宮大路の西にあった。「蔵開・上」の巻【一九】注四参照。

七「故殿」は、故太政大臣

ものし給ふなる喜び申さむ」とのたまひて、[八]左衛門督（さゑもんのかみ）・宰相の中将などしておはしたり。

民部卿驚きて、[九]三所（みところ）ながら出（い）でて御迎へして入り給ひぬ。おとど、〔正頼〕「かくてものし給ふとなむ、一日（ひとひ）承りし。[一〇]すなはちと思ひ給へしを、いと暑く侍（はべ）りてなむ。いとうれしく、思ふやうにておはするを、限りなく喜び聞こゆるを」。民部卿、〔実正〕「あからさまに、[一一]妹訪（とぶら）ひにものし給へりしを、言ひとどめて侍るなり。なほ、山里にとなむ、いと忘れがたげに」。おとど、「御心と、かくてものし給ふにあらずやは」とて、「かねてまうでける喜びにこそ。[一二]祈りなどする[3]時、幸ひといふことあるは」とて、皆笑ひ給ふほどに、内より、精進（さうじ）の御肴（さかな）して、心殊にいと清らに[4]て、御酒（おほみき）参り給ふ。

中納言にかはらけさし給ふとて、

〔正頼〕[一三]忘るなと契り置きけむたらちねも笑みて見るらむ雲の上にて

中納言、賜はりて、

〔実忠〕[一四]契りけむ雲居をかつは忘れねばここにと君が見るをしぞ思ふ

季明。正頼の兄。「国譲・上」の巻【四】参照。

八　正頼の長男忠澄と三男祐澄。

九　実正・実頼・実忠の三人。

一〇　すぐにご挨拶にうかがおうと思ったのですが、とても暑くて失礼してしまいました。【三四】に「七月の中の十日になりぬ」とあった。それから数日たっている趣であるから、「いと暑く」とあること、残暑としても、やや不審。

一一　「妹」は、男性から、姉または妹をいう語。ここは、故太政大臣季明の大君（宮の君）をいう。

一二　幸せを願って祈ると、それが実現すると言います。

一三　「たらちね」は、ここは、父の意で、故太政大臣季明をいう。

一四　「雲居」に父季明をたとえ、「君」は正頼をいうか。

民部卿、

実正一五 追ひ上る(のぼ)雲も知るらむ山里に尋ね出でつつ契る心を

宰相、

実頼一六 昔のも今のも雲は晴れぬらむ契りし宿にありと見つれば

左衛門督、

忠澄一七 雲よりもおのが山々年経つる君をば誰か嘆かざるべき

宰相の中将、

祐澄一八 山里に行きつつ見ればうち眺め一人経しこそあはれなりしか

民部卿、「あな憎や。同じ心に」一九とのたまへば、祐澄二〇『いらへずは』と仰せられつれば」などて、御酒度々(おほんみきたび)聞こしめす。御物語など久しくし給ひて、新宰相の君して、内に、御消息(せうそこ)、正頼『いとうれしくてものし給ひけるを、喜び聞こえさせに。今だに、二一◆あくがらし給はで、いとようとどめ給へ』と聞こえ給へれば、北の方、かはらけに、かく書きて、瓶子(へいじ)持た

一五「追ひ上る雲」は、亡き母を追うようにして亡くなった父季明をたとえる。

一六「昔の（雲）」に母、「今の（雲）」に父をたとえる。

一七「雲」に亡き両親をたとえ、「おのが山々年経つる君」は北の方とは別々の山里で長年過ごしていた実忠をいう。

一八 祐澄が小野の実忠のもとを訪れたことは、「国譲・上」の巻【三九】注三参照。

一九「同じ心に」は、祐澄が実忠の北の方に言い寄っていたことをあてこすって言ったもの。

二〇 父上が、「唱和せよ」とおっしゃったので。

二一「あくがらす」は、「あくがる」の他動詞形で、さまよい出るようにさせるの意。参考、『源氏物語』「帚木」

せて奉り給ふ。

実忠の北の方[二二]巣立つことまだ知らざりし雛鳥(ひなどり)の枝はいづれぞ知らず顔にも

とあり。おとど、見給ひて、

正頼「げに。いとことわりや。されど、

[二三]鳥の居る同じとぐらは訪(と)ひしかど古巣を見てぞとめずなりにし」

とて奉り給へば、中納言、何ごとならむ、かたはらいたしと思(おぼ)す。

かくて、民部卿、[二四]凶事(けうじ)の所なれば、被(かづ)け物はせで、御供の人々に[6][二五]腰差(こしざし)など給ふ。おとど、帰り給ふとて、「[二六]かくてのみを、今はものし給へ。さておはせば、から近きほどなるを、さし歩みつつ参り来む」とておはしぬ。

四〇　十日ほどして、実忠、藤壺に、手紙を贈る。

かくて、十日ばかりありて、民部卿、[1]なほ、夜(よる)は[一]殿へおはし、

の巻「（夕顔を）あはれと思ひしほどに、わづらはしげに思ひまつはす気色見えましかば、かくもあくがらさざらまし」。

▲底本四十一丁裏十三行目の途中まで。

▼底本五十三丁表十行目から。

二二 「雛鳥」は、亡き真砂君をいう。

二三 「鳥」は、雛鳥に対して、実忠をいう。「とぐら」は、鳥の巣の意。

二四 「凶事」は、故太政大臣の喪中の意。

二五 「腰差」は、軸に巻いた絹布。被け物として用いる。【三】注三七参照。

二六 これからは、小野に戻らずに、このままこちらでお暮らしください。

一 「殿」は、実正の自邸。

昼はここにのみおはす。中納言は、藤壺いかに聞き給ふらむと、静心なく思ほして、小野の殿へ帰りなむと思せど、あはれに、よろづの人々参りて、故殿の人も名簿奉りなどし給ひ、仕うまつる受領などもまめやかなる物・果物など奉れば、時の所のやうなり。

藤壺に、御文奉れ給ふ。

実忠「御消息聞こえたりしすなはち、遠くまかりて。山里制せさせ給ひしかば、『時々は』と聞こえさせしかば、一日、あからさまと思ひ給へてまうで来しを、思ひのほかなるやうなることども侍りて。おのづから聞こしめすらむ。

古里にありとは人に知らるれど涙にのみぞうき寝せらるる

いつしか、内裏にも。さらば、『時々』とのたまはせしかばなむ、今日までも、かく近きほどに侍るを、ありしやうなる折も、いかでかとなむ。参らせ給ひなば、いつをいつとかは」

と聞こえ給へり。

御返り、

二 「故殿の人」は、亡き季明にお仕えしていた人。
三 「名簿」は、「藤原の君」の巻【三】注三参照。
四 「時の所」は、今を時めく人の所の意。
五 「御消息」は、【九】で、藤壺に贈った手紙をいう。
六 「国譲・上」の巻【四〇】で、実忠は藤壺に「かやうに、時々侍らむ」と言っていた。
七 「うき」に「浮き」と「憂き」を掛ける。
八 「国譲・上」の巻【四〇】で、藤壺は「時々、兵衛がもとに訪はせ給へ。さてを聞こえむ」と言っていた。
九 「生ひ直り」は、これまでの生活を改めることの意。
一〇 やはり、こうして近く

（藤壺）「日ごろは、近くものし給ふと承りつれば、生ひ直りをもとなむ。『時々』と聞こえしことは、なほ、さてのみおはせば、さる折もありなむ。とみに参るまじくなむ。

そこにかくありと聞こゆる今よりぞ言ひてしことも思ひ知らるる」

と聞こえ給ふ。

四一　実忠、袖君や北の方と会って、いろいろと語る。

中納言、いとはなやかにもてなされて、かくてもつきなからずや、山里に、つれづれと、男（をのこ）どもをのみ使ひておはせしよりはと思ほさるれど、なほ、世の人の心を慎（つつ）みて、北の方にはものも聞こえ給はず。塗籠（ぬりごめ）はなくて、中戸（なかど）を立てて、東（ひんがし）の方には北の方、西には中納言と、いと疎々（うとうと）しうて、女も召し使ひ給はず、使ひつけ給へる男（をのこ）をのみ召し使ひ給ひつつおはす。

においでになれば、またお話しできる時もきっとあるでしょう。

一一　すぐに参内するつもりはありません。

一　「山里に……おはせしよりは」は、倒置法。

二　「おはす」は、間接話法的な敬意の表現。

三　母屋には塗籠はなくて。

四　「中戸」は、殿舎を東西に隔てる中仕切りの戸。参考、『紫式部日記』「母屋の中戸より西に、殿の上おはする方にぞ、若宮はおはしまさせ給ふ」。「中の戸」に同じ。「蔵開・中」の巻【三五】注八参照。

五　底本「ことくしう」。「疎々しう」の誤りと見る説に従った。

六　小野に籠もっていた時にいつも使っていらっしゃった男ばかりを。

時々、姫君[七]のみ呼びわたし給ひつつ物語し給ふ。〔実忠〕「年ごろは、
何ごとかし給ひつる。一日(ひとひ)ここにものし給へりしは、かの山里に
5 おはせしぞかし。そのかみは、中将にぞありし。それ[八]は、よろづ
のことする中に、琴(きん)の上手(じやうず)ぞ。それこそ、紅葉見るとてありし、
[九]そこにやありけむ、[一〇]琴(きん)弾きしを、『よくなりぬべき琴(こと)かな』との
たまひしか。その後は、よくなりにたりや」。〔袖君〕「年ごろは、夜昼、
恋しく悲しくのみおぼえ給ひつつ、世に、え侍(はべ)るまじくのみおぼ
えしかば、かくても、え対面すまじきにやと嘆かれて、よろづの
ことも効(かひ)なく、つれづれとなむ眺め侍る」。君、〔実忠〕「などか、まうで
たりしには、ここには、『我ぞ』とはのたまはざりし」。〔袖君〕「さ思う
6 給へて、母君[一一]制し給ひしかど、出(い)でて、聞こしめしもやするとて、
よろづのことを聞こえしかど、知ろしめさずなりにしかば、いと
こそ悲しく侍りしか」と聞こえ給へば、心誤りこそしたりけれと
思(おぼ)して、もののたまはず。
[一二]かくなどてもてなして隔て給へど、北[一三]の方には、人の寝静まり

七 「姫君」は、袖君。
八 「それ」は、「かの山里におはせし（人）」のこと。
九 挿入句。あなただったのでしょうか。
一〇 袖君は「菊の宴」の巻【三七】で琴を弾いているが、これは実忠たちが訪れる前のことで、実忠と仲忠が袖君の琴を聞いたことは語られていない。また、仲忠が袖君の琴を評した発言も見えない。
一一 「菊の宴」の巻【三八】参照。
一二 「かく」は、「中戸を立てて、東の方には北の方、西には中納言と、いと疎々しうて」の状態をいう。
一三 「北の方」は、北の方がいる東の方をいう。
一四 「密か人」は、「密か男」に同じ。「国譲・上」の巻【一五】注三参照。

たる夜々、[7]中戸よりみそかに入りて、時々ものなど聞こえ給へど、ゆめに人には知られ給はず。[一四]密か人のやうにてぞ聞こえ給ふ。「年ごろ、[一五]心変はりてあるやうなりつれど、御もとより出でて、異人を目に近くだにぞ見ざりつる。[一六]この西の院にありし時、[一七]もの聞こえし人の御もとなりし、兵衛といひしになむ、もの聞こえ継がせしかど、[8][一八]ゆめに近きことも言はずなりにき。この胸[9]ばかりぞ、かくてありつる。[一九]形異なる頃しも、人にもの聞こゆるやうなれば、なほ、かくてはあらむ」とて出で給ひぬ。

四二　ある日の昼、実忠、袖君に北の方への手紙を託す。

昼つ方、御文書きて、中戸のもとにて、姫君を招き寄せて、「これ、母君に奉れ給ひて、御返り取りてを」とのたまへば、持ておはして、[一]さらぬやうにて奉り給へば、[二]民部卿ものし給ふ、北の方、[三]かくこれかれ[1]ものし給ふに、もの言はずと見給ふらむと思せ

一五「心変はる」は、ほかの女性に心を移すの意。参考、『大和物語』一四一段「男は、心変はりにければ、ありしごともあらねば」。

一六「この西の院」は、この屋敷の西にある三条の院。

【三九】注一六参照。

一七「もの聞こえし人」は、藤壺をいう。

一八 その兵衛にも親しく話をすることがまったくないままになってしまいました。

一九「形異なる頃しも」は、出家を心ざした今になっての意。

一「さらぬやうにて」は、実忠からの手紙だと気づかれないようにしての意。
二 挿入句。
三 こうして民部卿殿（実正）も宰相殿（実頼）も来てくださっているが。

ば、取りて見給ふに、民部卿、（実正）[四]「あなたのか。賜へ[2]。見む」とのたまへば、姫君、（神君）「かしこに立ち給へり。（実忠）『人に見すな』とのたまひつるを」。（実正）「いかが思しなるらむと、いとゆかしく思ひ給ふるに」とて取りて見給へば、

（実忠）「いとあはれに、昔のみおぼえしかば、よろづ聞こえむとせしを、[五]山籠もりの、心なきやうにやと慎ましくて。

あひも見で経る年月（としつき）は何なれや暮れがたくのみ見ゆる秋の日

[六]暮れにだに心静かにもがな。忍びて、こなたにも、やがて」

とあり。

民部卿、（実正）「さればこそ。[七]悪（あ）しくやはたばかり聞こえたる。早く御返り言（こと）聞こえ給へ」とのたまへば、（北の方）「何か」とて書き給はねば、

姫君、

（神君）[八]「思ほし出（い）づるなるは近かりし昔のかひにやと思ひ給ふるも[3]、げに、いかにとなむ。いでや、

[九]よそなれどなほ夕暮れは頼まれき変はるを見つる今ぞ悲しき

四 「あなたのか」は、実忠からの手紙かの意。

五 「山籠もりをしていた私が女性と親しく語り合うことは思慮がないと思われるのではないか」と憚られて。

六 せめて今日の暮れにでも心静かにお話ししたいと思います。

七 お二人が縒りを戻せるようにうまくお計らいいたしました。

八 「かひ」に「峡」と「効」を掛ける。私たちのことを思い出してくださったとのことですが、それは、昔暮らしていた所の近くに峡があった効なのだろうか。

九 「よそなり」は、別々に暮らしていたことをいう。「変はる」は、心変わりをするの意。

一 実忠が北の方のもとに。

心細くのみなむ」
とて奉り給ふ。

四三　その夜、正頼、実忠の北の方に贈り物をする。

かくて、夜さりつ方、こなたに渡り給へるほどに、左の大殿より、よい蜜・瓜・焼米・生海松・水蕗など奉れ給へり。北の方の御もとに、御文あり。
「一日参りたりしかど、『出で立ちしたり』などありしかば、わづらはしさになむ、急ぎ。さて、海松は、旅人のもとにとて。
　わたつ海の底に入りてぞ求めつるものとみるめを潜き出でむ
とて
見馴らひし給へや。焼米は、嫗の歯は堪へで嚙み残したる。若人の御もとに」
とあり。

二 「焼米」は、籾のままの米を焼いて籾を取り去ったもの。『和名抄』飲食部麴糵類「糒米　夜岐古女　空穂物語国譲中巻、也伊古女、即是　焼㆑稲為㆑米」。
三 「水蕗」は、鬼蓮の異名。「祭の使」の巻【二】注一七参照。
四 「出で立ち」は、ここは、出発の準備の意。【三九】の実正の発言に、「なほ、山里にとなむ、いと忘れがたげに」とあった。
五 下に省略がある表現か。
六 「旅人」は、実忠をいう。
七 四句「ものと」、未詳。「みるめ」に「海松布」と「見る目」を掛ける。「みるめを潜き出でむとて」は、二人がふたたび逢うことができるようにと願っての意。
八 「嫗」は、正頼の妻大宮を戯れて言ったもの。「若人」は、北の方をいうか。

取り寄せて見給へば、いとよき瓜・よき水蕗、折櫃に積みて、大きなる瓮に、（正頼）九[6]「大姫君、御覧ぜよ」と書きつけたり。開けて見給へば、白銀の瓮どもに、練りたる絹・[7]唐綾など入れて、糸を輪に曲げて組みて、沈の枌につけたり。中納言、見給ひて、（実忠）「あなかたじけなや。一〇わづらはしく御心ざしあるを、逢ふ期得給へる」とて奉り給ひつ。[8]

御返り言は、

（実忠の北の方）「何ごとか。あやしうなむ」

とて、

「この海松は、

一一伊勢の海人もみるめをかくし潜きせば[9]うきに心は沈まざらまし

焼米は、一二おほかみにこそはとなむ。[10]さても、一三大和のには見え侍らずなむ。あなかしこ。いと疾く一四[11]供養せむ」[12]

一五[13]と書かせ給ひて、御使に禄賜ひて奉れ給ひつ。

九「大姫君」は、北の方をいうか。

一〇 気がひけるほどのお遣いがあったおかげで、私とふたたび逢うことがおできになったのですね。「逢ふ期」は、贈られた「枌」に掛けた表現。

一一「伊勢の海人」に実忠をたとえ、「みるめ」に「海松布」と「見る目」を、「うき」に「浮き」と「憂き」を掛ける。引歌、『古今集』恋四「伊勢の海人の朝な夕なに潜くてふみるめに人を飽くよしもがな」（詠人不知）。

一二「おほかみ」は、「大嚙み」と「（伊勢の）大神」を掛けて戯れたもの。

一三「大和」は、日本の意か。

一四 伊勢の大神に供物としてさしあげたいと思います。

一五「書かす」は、実忠が北の方に書かせるの意。

四四　七月下旬、袖君、喪服を脱ぐ。実忠、いったん、小野に戻る。

かくて、夜々、なほまうで給ふ。姫君に、「今は、御服[一]脱ぎ給ひてよ。明日なむよき日」と申し給へば、『人々の[二]脱がせ給はむ時に』とこそ、母君はのたまへ」と申し給へば、「用なきこと。形のごとくにて親ありとならば」とて、御車ども・御前などして[三]脱がせ奉り給ふ。

帰りおはしたるを見給へば、濃き御衣・小袿など着給へる、御容貌いと清ら[1]なり。[四]藤壺のやうなる人の、気少し劣りたるなり。父君、いとよき御娘なりと見給ふ。

かくて、小野へものせむと思ほす。北の方、同じ[五]装束いと清ら[2]にして奉れ給ふとて、

[六]君にとて縫ひし衣も来ぬほどに涙の色に濃くぞなりぬる[3]

御返し、

一『喪葬令』には、「凡服紀者、……祖父母、養父母、五月」とある。故太政大臣は、袖君の祖父であると同時に、養父でもあった。【三】注七、および、「国譲・上」の巻【五】注三参照。故太政大臣が亡くなったのは二月下旬だった。現在は、七月の下旬である。

二「人々」は、故太政大臣の男君である、実正・実頼・実忠たちなどをいう。

三 喪服を脱ぐ時には、川原に出かけて祓えをする。

四 藤壺に似ているが、見た目の感じは少し劣っている。

五「同じ装束」は、袖君が着た「濃き御衣」と同じ装束の意か。

六「涙の色」は、紅の涙の色の意。

涙にし濡れける衣の黒ければなほ墨染めといかが思はぬ

とて、あからさまに小野へおはしぬ。

四五　春宮、藤壺の返事を持って来ない蔵人を謹慎させる。

かくて、春宮は、藤壺の参り給はず、御返り聞こえ給はぬと思ほし嘆きて、院の御方・梨壺なども久しうなむ参上らせ給はず、御局へも渡らせ給はず、つれづれとものも聞こしめさず、日に従ひて御気色悪しうなりおはしませば、内裏にも、「折しまれ、かかる頃しも悩み給ふなること」と聞こえ給へば、后の宮、「何か。殊なることにもあらじ。暑気などにや。さては、そぞろなることを思すにこそあらめ」など聞こえ給ふ。

これはたの蔵人召して、御文賜ひて、「これ、前々のやうにならば、さらに、な参りそ。候はせじ」と仰せらるれば、いたう嘆きて持て参りて奉る。

七「涙」は、紅の涙。紅色は濃くなると黒みを帯びて見える。「菊の宴」の巻【三五】注三七、「あて宮」の巻【三】注一〇参照。


一「院の御方」は、嵯峨の院の小宮。

二「かかる頃」は、譲位が近いこの大切な時期の意。

三 今までと同じように、この手紙の返事をもらって来なければ、もう戻って来なくていい。

四 春宮の手紙に返事をしようとしない藤壺に対する、宮中の人々の非難をいう。【三四】注二参照。

五「なぞや」は、反語の副詞。「露の命」は、露のようにはかない命の意。「露の命も」の下に「惜しからむ」などの省略がある。『風葉集』恋三「藤壺の女御久しく参

見給へば、

（春宮）「度々聞こゆれど、ものものたまはせざめれば、いとおぼつかなくなむ。[四]人のあやしがり騒ぐなむ聞きにくく。聞こえじと思へども、さてのみはあるまじければ」

とて、

「[五]もろともにありてぞ夜々も惜しまれしかくてはなぞや露の命も
いでや、小さき人々あまたあめれば、[六]そこの御ためにこそ。命も、[七]さらぬことも、いかでかは。[八]心憂かうめれば、世にあらまほしくもあらず」

などあり。

見給ひて、例の、ものものたまはず。蔵人（これはた春宮）「『御返り持て参らずは、[九]簡削らむ』と仰せられつるものを。[一〇]特に労りなさせ給ひてとどめられ侍りなば、いと効なく」など申す。孫王の君をはじめて、兵衛、「[一一]あこきを顧みさせ給ふと思ほして、しるしばかり聞

り侍らざりける頃、御心地例ならず思されければ、賜はせける　うつほの帝の御歌」。
六 私の命はあなたのためにこそ必要だ。私が死んで困るのはあなたのほうなのですよの意。
七 「さらぬこと」は、暗に、天皇の位をいう。
八 「心憂かうめれば」は、「心憂かんめれば」に同じ。
九 日給の簡。「内侍のかみ」の巻【三八】注四参照。ここは、春宮の殿上人の名を記したものか。「簡削る」は、除籍するの意。
一〇 「特に」は、平安時代の仮名作品にほかに例が見えない語。
一一 「あこき」は、ここは、姉が弟をいう呼称か。これはたは、兵衛の君の弟。「国譲・上」の巻【三四】注四参照。

こえ給へ。一二これがいたづらになりなば、いと悲しう」など、集まりて申す。君、「御返り聞こえずとて、御使を罪し給はば、一三わがためにぞあらむ。罪し給はば、喜びと思はむ。さばかりだに仰せられたらば、一四これにまさりたらむ職にも、申しなしてむ」とのたまへば、蔵人、「いかがし侍らむ。やがて参らずや侍るべき。参りて、かかるよしをや啓し侍るべき」。上、「ただ、参りて、『御返りも聞こえず』と、乳母たちして申させよ」とのたまへば、泣く泣く参りて、さ啓せさす。

宮、これは、一五乳母子とて、いとらうたくする者ぞ、これを解き捨てたらば、一六これがこと言ひに、文はおこせてむと思ほして、一七勘事に据ゑ給ひつ。

四六　春宮、藤壺が返事をくれない理由がわからずに悩む。

かくて、日ごろ待ちおはしませど、一殿の君たち参り給ふに、こ

一二「これ」は、これはたをいう。

一三「わがためにぞあらむ」は、私が春宮からそれだけ大切に思われているからなのでしょうの意か。

一四私が、お願いして、これはたを、春宮の蔵人以上の官職につけましょう。

一五兵衛の君は、藤壺の乳母子。したがって、これはたも藤壺の乳母子になる。

一六このことで文句を言うために。

一七「勘事に据う」は、謹慎させるの意。

一　正頼の男君たち。

れにやと思ほせど、御消息（せうそこ）も聞こえ給はず。いみじう恐ろしき、人の心かな、何により、かく深く怨（ゑん）ずらむ、二人々参上（まうのぼ）らすとにやあらむと思し給ふ。三

四残りは次々にあるべしとぞ。1

二　私がほかの妃たちを参上させていると思っているからなのだろうか。
三　底本「おほし給ふ」、語法不審。ただし、この物語には、「楼の上・上」の巻に一例、「楼の上・下」に二例見えるので、底本のまま本文を立てた。
四　物語の巻末の常套的な表現。「俊蔭」の巻【六三】注二参照。

国譲・中

一　正頼・兼雅の任大臣の大饗が、相次いで催される。

今日は、左大臣（正頼）が、任左大臣の大饗を、藤壺がいらっしゃる東南の町で、寝殿が、風情もあり、建て方も厳かなので、そのままなさる。いつものように盛大に催しなさる。上達部は、皆、いつものお身内の方々なので、藤壺は特に御覧にならない。右大臣（兼雅）だけが、客人としておいでになった。

翌日は、右大臣が、任右大臣の大饗をとても盛大に催しなさる。三条殿が、とても風情があり、特に立派に造られているので、そちらでなさる。寝殿は上達部の座、東の一の対は弾正の宮（三の宮）の座、廊は諸大夫の座として調えられ、東の二の対は、廊にかけて、所々に座が設けられた。上達部は、いつもはおいでにならない所なので、気を遣いながら参上なさる。左大臣もいらっしゃる。右大臣が、左大臣に、「私が初めて大臣大饗を催す日ですから、畏れ多いことですが、宮たちを、お誘いして、こちらにお連れ申しあげてください」とお願い申しあげなさるので、左大臣が、弾正の宮と帥の宮（四の宮）に、その旨を申しあげなさると、宮たちは、「父帝が、度々、『大饗が催されても参加してはならない』とおっしゃるので、左大臣殿の大饗にも参加いたしませんでした。けれども、そう言ってくださるのですから」と言って、左大臣と一緒に参上なさる。右大臣は、喜んで恐縮なさる。この大饗のことは、女三の宮は、まったく関わっていらっしゃらない。

　この左大臣が、あるじの右大臣に、「こちらには、初めて相撲の還饗をなさった時にうかがいました。長年の間に、見違えるような様子に改めなさいましたね。昔から、決まり切ったことであるかのように、こうして親しくしてきましたから、右大臣殿のお気持ちも以前と同じで変わることはないと思いますけれど、これといった理由もなく、ことさらにお話をすることもできなくなりました」と申しあげなさる。あるじの右大臣が、「私も、心を隔てる気持ちはまったく持っていないのですが、思わずご無沙汰してしまいました。特に、今は、右大将（仲忠）などまで女一の宮さまの婿としてそちらに寄せていただいておりますので、昔以上に親しみの気持ちを強く感じています」。左大臣が、「前にうかがった時には、右大将殿が、まだまだ若くていらっしゃったので、くつろいで息がつける気持ちもしました。この度は、言葉をおかけすることも憚られるほどでございます」。あるじの右大臣が、「右大将は、『前に約束してくださった、琴を弾いた褒美をくださらない』と言って、いつも嘆いていましたのに」。左大臣が、「約束したから、褒美はさしあげたではありませんか。右大将殿が妻になさった女一の宮さまは、私の子としてお育て申しあげた方ですよ。妻として見申しあげて、結婚しなければよかったとは、けっしてお思いにならないでしょう」。あるじの右大臣が、「けれども、右大将は、願いがかなわなかったように思っております。ところで、先日、中納言殿（実忠）が、ずいぶんと久しぶりにそちらに参上なさったそうですが、どういうことだったのでしょうか。左大臣殿のことを深くお恨み申しあげて、宮仕えをなさらないと聞いておりました。それはそうと、今回の中納言昇進の件は、これまでのいろいろなことを、何もかも忘れてしまいそうな、藤壺さまのご配慮ですね。このことを見ておりますと、心遣いとはこういうものだと感じ入ってしまいます」。左大臣が、「亡き太政大臣殿（季明）のお言葉があったからなのです」。あるじの右大臣が、「そんなふうに言ってごまかそうとなさっても無駄です。藤壺さまのご配慮だからだと思ったから、世間の人が、誰もが、感じ入って敬い申しあげているのです」。こんなふうにいろいろとお話をなさって、お二人の仲はとてもよさそうに見える。

　女性たちの所には、きちんと正装した侍女や女童や下仕えの者たちが、とても大勢いる。被け物を、さまざまに、とても美しく調えて持って来させなさる。引出物も、すべて揃っている。上臈の侍女たちは、格別にすばらしい者たちである。

　一晩中管絃の遊びをして夜を明かしなさる。庭の池に、鶴に扮した舞人が、かくる楽（未詳）に合わせて現れて舞う。夜が明けてお帰りになる。

二　実正、実忠に小野から都に戻るように勧める。

中納言（実忠）は、亡き太政大臣（季明）の屋敷にまだ滞在していて、小野へ帰ってしまいたいとお思いになるが、「藤壺さまがおっしゃったことは、どうしたらいいのだろう。藤壺さまがああ言ってくださったからといって、里住みを続けていたら、世間の人は、心変わりしたように思うことだろう。今となってはなんの効もないことだ。かといって、お言葉に反して小野に帰ったら、藤壺さまは、『もともと小野に籠もる気持ちだったのだ』とお考えになるにちがいない」など思い悩んで、民部卿（実正）に、「藤壺さまからこんなお言葉をいただきました」と申しあげなさると、民部卿が、「そんなふうに言っていただいたのだから、ほんとうに藤壺さまのお気持ちをお思いになるなら、お言葉に従ったほうがいい。これまでと同じように小野にお帰りになったら、藤壺さまへの愛情がないように思われることでしょう。今のまま宮仕えもなさらなかったら、帝をはじめ誰もが残念にお思い申しあげているのですから、聞いていていたたまれない思いをすることでしょう。あなたが泣く泣く出入りなさっていたのに、あたかもあなたを軽く見ているかのように、少しの声さえもかけてくださらず、思慮も深く落ち着いたところもあると、世間で思われていらっしゃる方が、今になって、会って、そこまで申しあげてくださったのに、あなたは、聞こうとなさらずに、長年の藤壺さまへの愛情がなくなってしまったのでしょう。今回のご昇進は、亡き父上が生きていらっしゃった時に宮仕えをなさっていたとしても、左大弁殿（師澄）を越して昇進することはおできにならなかったのですから、藤壺さまのあなたへのご配慮は並みたいていのものではありません。時々は小野にもお通いになったとしても、やはり、志賀山の麓の山里で暮らしていらっしゃる北の方をお迎えして、洗濯など身のまわりの世話をおさせ申しあげなさるといい」。中納言が、「私だけなら、小野から都に通いながらでもかまいません。藤壺さまにも、『前の妻であれ、新しい妻であれ、女性を、けっしてそばに置くつもりはございません』と申しあげました」。民部卿が、「それなら、袖君のことはもうどうでもいいとお考えなのですか。新しい御子が生まれたとしても、その御子は小さい方でしょう。大きく成長なさった袖君のことは、どうでもいいと思っていらっしゃるのですね」。中納言が、「いえ、そんなことはありません。今は、自分の身さえどうなるのかわからないのですから」。民部卿が、「それなら、私がお捜し申しあげなければなりませんね。亡き父上(季明)が遺してくださったという、数多くの調度品や家などは、どなたが相続なさるのですか。誰にも相続されないままでは、遺された効がありません」。中納言が、「私にくださった屋敷はいただけるでしょうか。いただけるのでしたら、私が時々滞在できるようにお調えください」。民部卿は、「そんな必要はありません。そこは、今さら手を入れる必要などないほどきちんと調った所です。袖君が相続なさった屋敷は、何もかも備わっていて、今すぐにお移りになっても、まったく不都合はありません」などと申しあげなさる。

「ここは。」

三　実正、志賀の実忠の北の方に都に戻るように勧める。

民部卿（実正(さねまさ)）が、中納言（実忠(さねただ)）の北の方が住んでいらっしゃる志賀山の麓の山里に参上なさったので、北の方がお会いになった。民部卿が、「長年、消息もまったくわからず、どこに住んでいらっしゃるのかもお聞きすることができずにおりましたが、ある人が知らせてくれたことで、こちらにおいでになるとわかりました。なんとも、驚きました。けれども、端(はた)からは理解できないご夫婦の間でのお嘆きなのでしょう。中納言は、心を変えて、都に戻って来ているようです」と申しあげなさると、北の方は、「まあ、なんてことをおっしゃるのですか。中納言殿のことを恨んではおりませんから、いい結果になったと思って喜んでいます。それにしても、訪ねてくれてもいい中納言殿でさえ、ここ何年も、夢の中にも現れてくれないのに、思いもかけずおいでくださったことをうれしく思っております」。民部卿が、「亡き父上（季明(すえあきら)）のご遺言がありますので、すぐにうかがおうと思ったのですが、ほどなく喪(も)に服してしまったので、うかがうことができませんでした。父上は、『こちらにいる袖君を、私の養女にし申しあげて、おまえがお世話をいたせ。父親は、この世を捨てておしまいになった人のようだ。だから、お育て申しあげることはおできにならないだろう』とおっしゃっていました」と言って、お遺し申しあげなさった物を書き記した文書をさしあげなさる。民部卿は、「袖君が相続なさった屋敷は、特に広いわけではありませんが、若い女性がお住みになるには、とても風情がある所です。いずれ袖君に譲ろうとお考えになっていたからでしょうか、亡き父上は、長年心をこめて造らせなさっていて、袖君がお使いになる物をすべて用意なさっています。早くお移りください。その南の屋敷は、中納言が相続なさいました。すぐ隣ですから、せめてこれからは仲よくなさってください」と申しあげなさる。北の方も財産分与の文書を御覧になって、激しくお泣きになる。北の方が、「こんなにも人里離れた辺鄙な所で、世間のことは、まったく聞こえてきませんので、太政大臣殿がお亡くなりになったことも、ずいぶんとたってからお聞きしました。悲しくてなりません。親もないような娘を持っていて、『たとえ父親に見捨てられたとしても、太政大臣殿が生きていらっしゃったら』と思っていたのですが、こんな遺言までしてくださっていたとは」と言ってお泣きになる。喪服なども着ていらっしゃる。袖君は、軽服の喪服を着ていらっしゃる。北の方は、「袖君を養女にしてくださったことを聞いておりましたら、ここにいる袖君にも、重服の喪服を着せなければなりませんでした。このような物をお見せするのは恥ずかしいのですが」と言って、濃い鈍色の御衣一襲と、黒橡色の小袿を御簾の下から出してお見せ申しあげなさる。民部卿が、泣いて、

　山里を一人で眺めていらっしゃって、私の家で皆が喪服を着ていることを、どのような思いで聞いていらっしゃったのでしょうか。

とお詠みになると、北の方は、

太政大臣殿がお亡くなりになって、どなたもが喪服を着ていらっしゃると聞いたので、
私も喪服を着て深く悲しみにくれておりました。

と申しあげなさる。

民部卿が、「ところで、袖君は、どれほど成長なさいましたか。昔は、美しいと噂の方にも劣らないと評判でいらっしゃったのですから」と言って、御簾を手で持ち上げて、中を見申しあげなさると、鈍色の几帳を立てて、北の方と袖君のお二人がすわっていらっしゃる。袖君は、薄鈍色の御衣一襲、小袿と掻練の袿一襲を着ていらっしゃる。十七歳ほどで、髪がとても美しい。髪の形もお姿も、とてもかわいらしい。北の方は、とても落ち着きがあり、魅力的で、髪はきちんと調っていて美しい。三十五歳ほどでいらっしゃる。民部卿が、袖君に、「私を、父親だとお思いください。これからは、私がすべてお世話いたしましょう」などと言って、袖君の髪を引き出して御覧になると、とても多くて、長さは七尺ほどもある。北の方が、「髪などはもっと長く豊かになってもおかしくなかったのですが、夫婦の仲がこんなふうになってしまった時から、袖君は、夜も昼も思い嘆き、ある時は、すっかり沈みこんで、枕から頭も上げられずに嘆いたために、顔かたちも、世間並みにならなかったようです。どういうわけか、私の子どもたちは、ほかの子どもたちと違って、父親を恋しく思いながら悲しんで、一人は死んでしまいました。この袖君も、今でもまだ父のことを忘れていないようですので、この子もひょっとして亡くなるのではないかと思うと心配です」。民部卿

が、「なんともおかしなことですね。どのような前世の宿縁があることだったのでしょうか、中納言にとっては、どんなこともが藤壺さまとの恋の妨げのようなので、普通には見られない奇矯な振る舞いをなさったのだと思っております。今は、やはり、都の屋敷にお移りください。近いうちに、吉日を選んでお迎えに参ります」。北の方が、「お断りします。今さら、つらい思いをした都に戻るつもりはありません。若い袖君は、お連れくださる所にご一緒すればいいと思います。私は、喪服を着たこの機会に、このまま出家して生きていこうと思います。ここにいたままでもかまいません」。民部卿は、「何をおっしゃるのですか。なんともわけがわからないことを。早くお移りください。父親があのような状態の今、母親であるあなたまでも袖君のおそばにおいでにならなかったら、どうなることでしょう。袖君のお世話をなさる人がいなくては。それにしても、あなたが出家なさるほどのことではないと思います。中納言も、このまま世を捨ててしまおうと思い詰めた心を、最後には、お慰めになる時も、きっとあるでしょう」などと申しあげなさる。

北の方は、民部卿にお食事をさしあげなさる。さまざまな折敷を四つ、して（未詳）の引き干しと果物などを肴にして、家の前にある柑子・橘・ひとこ（未詳）・楝などを取らせて、酒をさしあげなさる。お供の人には、御前駆にも下人にも、皆、さまざまに饗応なさる。御前駆には皆腰差、下人には禄などをお与えになって、民部卿はお帰りになった。

［志賀山の麓。］

四　藤壺の出産のための産屋の準備が進む。

藤壺は、出産の予定が今日明日にあたっていらっしゃったので、産屋のしつらいをおさせになって、どなたも皆、東北の町においでになるので、左大臣（正頼）の男君たちは、三四人ずつ、毎晩宿直をなさり、女君たちは、藤壺のおそばにつき添って、夜、泊まる方もいらっしゃる。すると、春宮から、充分に大きな、白銀と黄金の橘が入った餌袋一つを、黄みを帯びた色紙一重ねで覆って、龍胆色の組紐で結び、八重山吹の造花につけて、お手紙には、

「あまり間を置かずにお手紙をさしあげようと思っておりましたが、約束してくれた時が過ぎても参内してくださらなかったので、そのことがつらくて、最近は、夜の間はどのように過ごしていらっしゃるのだろうと、気にかかっていました。ところで、これは、幼い御子たちにさしあげてください。そちらで御子たちをそばで見ていらっしゃる間だけでも、かわいがりなさってください。

　うらやましいことです。今、橘は、五月になって咲くのを待っています。それなのに、あなたを待っている私は、いつになったらお迎えすることができるのでしょうか。

と思うと、参内なさるのが待ち遠しくてなりません」

と書いてお贈り申しあげなさる。

大宮が餌袋を開けて御覧になると、大きな橘の皮を横に切って、その中に、黄金を実に似

せて包んで、袋いっぱいに入れてある。大宮が、「まあ手がこんだことを。これは、どのようにしてご用意なさったのですか」とお尋ねになると、いつもの蔵人（これはた）が、「兵衛佐殿（顕澄）と源中納言殿（涼）が、春宮のご依頼をお引き受けして、春宮の御前で、お二人がご用意なさいました」とお答えする。大宮が、「このようなすばらしい物は、源中納言殿だけがお作りになれたでしょうね」とおっしゃる。大宮は、人々に、黄金を包んでお配り申しあげなさる。蔵人の少将（近澄）が、「兄上たちも、こちらへおいでください。その見返りに、橘を食べさせましょう」とおっしゃる。男君たちは、皆、手に黄金の橘の実を持っていらっしゃる。

藤壺は、春宮に、

「ここ何日もお手紙をくださらなかったので、とても心細い思いがしておりました。ところで、橘の歌をうかがっても、私には、そうは思われませんのに。

ご自身も昔からのお妃たちをそばに置いて親しくしていながら、花が咲く橘のことを、どうしてうらやましくお思いになるのでしょうか。

くわしいことは、いずれ、また」

とお返事をさしあげなさる。大宮は、使の者に女の装束一領をお与えになる。

こうしているうちに、孫王の君が藤壺のもとにいる夕暮れに、老女たちがやって来て、壊れかけた大きめの黒い水桶を重ねて四つ持って来て置いて帰ってしまった。局の人々が、

「おかしな物ですね。藤壺さまのもとに、こんな物を持ち込んで帰ってしまいましたよ」と言って見ると、大きな葉椀を白い組紐で結んで、五つ入れてある。取って局の中に入れたところ、大きさは桶ほどである。もう一つには、開けて中を見ると、一つには、練った絹をご飯を盛ったように入れてある。もう一つには、綾を同じように仕立てて入れてある。もう一つには、鰹と鮭などのように仕立てて、沈香が入っている。葉椀の蓋に、老女の筆跡で、

「今日、やっとのことで、祈って一つ手に入れた枚手です。充分に数は揃いませんが。

私の願いも聞いてくれないままになってしまったかさまには、神の多かる葉椀そてとぞ
（未詳）」

と書いてあるのを見て、孫王の君が、「誰なのでしょう」と言うと、藤壺は、「例の右大将殿（仲忠）の気まぐれでしょう。長い間、このようなことはなかったのに」とおっしゃる。乳母は、「藤壺さまが里に滞在なさっている間にとお考えになったようです」と言う。孫王の君は、ぜひこのお返事を申しあげたいと思うけれど、お返事するのにふさわしい理由も機会もないので、藤壺の御前に持って来てお目にかけると、藤壺は、「見た目にもとても美しい、神のお下がりですね」とおっしゃる。沈香の鰹などは配った。ご飯に見立てた絹や綾と葉椀は手もとに残しておく。

五　四月下旬、藤壺、春宮の第四御子を出産する。

こうしているうちに、四月の下旬になって、たいそう無事に、男御子がお生まれになった。出産の兆候もおありでないうちにお生まれになったのだった。人々は、その様子を聞くことがおできにならなかった。父の左大臣（正頼）も母の大宮も、とてもお喜びになる。どうなるのだろうかと心配していた時に、無事に出産なさったので、皆で、お生まれになった御子をかわいがっていらっしゃる。

春宮からは、何度もご連絡がある。

左大臣は、親しくお仕えしている人を御前に呼び寄せて、出産した藤壺のために、さまざまに調理して食事をさしあげなさる。呼び寄せた人がうまくできないことは、左大臣がご自身で手をお下しになる。大宮腹の男君たちは、宮中に出仕をせずに籠もっていらっしゃる。左大臣ご自身が手をお下しになるので、男君たちが、「私たちは何をお手伝いしたらいいのでしょうか」と申しあげなさると、左大臣は、「おまえたちは、まだ若くてうまくできないだろう。歳をとった私は、子どもや孫を生んだ大勢の母の世話をすることにも馴れている。出産したばかりの人は、この機会に、充分に世話をして、心遣いをすると、容姿も特に損なわれないものだ。春宮が藤壺を大切に思ってくださっているということだから、衰えさせることなく参内させたい」と言って、ほかに例がないほどすばらしい物をいろいろと調理して食事をさしあげなさる。

六　七日の産養が行われ、諸所から贈り物が届く。

どなたも、とても贅を尽くした産養のお祝いをなさる。

春宮から、七日の産養は、屛風や敷物をはじめとして、脚がついた長持三つ、唐櫃五具に、綾と錦をはじめ、さまざまな物を入れさせなさっている。春宮の大夫を使として、

「これまでのお手紙は拝見いたしました。ご自身でお書きになったものではないので、気にかかっていました。どうなることかと心配していましたが、私の願いがかなったのでしょうか、無事に出産なさったとうかがって、うれしく思っています。自分の子が生まれるのに、宮中で心配しているだけで、自分の目で何も見ることができなかったことを、今後は変えたい気持ちです。ところで、これは、宮中を離れて旅住みをしているあなたのためにと思ってお贈りしたものです。大勢の子どもたちの親におなりになったことを、とてもうれしく思います。今は、早く会いたくてなりません。できるのなら、ほんの少しだけでも、ご自身でもお手紙をお書きください。夢のようなお手紙だったら、寝ている途中で起こされたとしても、ちゃんと見ることができるでしょう」

とお手紙をさしあげなさる。

大宮が、その手紙を見て、「あなたも、こうして、人の親におなりになったのだから、心

をおくばりになることが、大切です。お手紙に、『気にかかっている』と書かれているのですから、横になったままでもいいからお返事をさしあげなさい」とおっしゃるので、お返事をさしあげなさる。藤壺が、

「お手紙ありがとうございました。まだ筆を取ることもできませんが、お手紙に、『気にかかっている』とお書きになっていたので、横になったままでお返事をさしあげます。どうなることかと嘆いていましたが、今日までは、こうしてお返事を書けるようになりました。でも、これから先は、どうでしょう。お手紙に、『子どもたちの親に』とかありましたが、うれしい気持ちの一方、『人の親の心は闇に』という歌があるので、案じてもいます。今は、こんな気持ちがしています。旅住みをしている私にお贈りくださった物は、この家のあるじ（正頼）までお喜び申しあげています。くわしいことは、いずれ、また」とお書きになったので、大宮が、包ませて、使に女の装束、下人に禄などお与えになってお贈り申しあげなさった。

女一の宮のもとから、御子を生んだ藤壺のおとと（未詳）の御膳や、児の御衣と産着を、とても美しく調えてお贈りした。白い折櫃に、黄みを帯びた絵を描いて、白銀の銭と黄金の銭が積んである。御石の台に、いつものように、鶴がいる。洲浜に、右大将（仲忠）の筆跡で、

石の上に、千年の寿命がある鶴をたくさん見たので、今から御子の将来のご繁栄も推し

量られます。

とお書きになっている。

源中納言（涼）の北の方（さま宮）も、とても盛大に産養をしてさしあげなさる。男君たちの産養は、左衛門督（忠澄）が取りしきって、皆、細かいところまですべて、それぞれ担当なさる。あらゆる所から、産養の祝いの品々が贈られてくる。

左大臣（正頼）は外に出ておすわりになる。昔、この三条の院に男君や婿君たちが住んでいらっしゃった時は、それ以外の客人や親王たちが何人かお集まりになった程度だったが、今では男君や婿君たちは皆お移りになったけれど、太政大臣（忠雅）と親王たちを除いて、右大将をはじめとして、全員が参上なさった。春宮の殿上人などは、参上しない者はいない。下人も、残る者なく参上した。

左大臣が、笛や琴を演奏なさったので、右大将が、「ここ何年も、長い間、左大臣殿の演奏を耳にしておりませんでしたが、今夜のために取っておおきになったのですね」。左大臣は、「若いあなたたちの演奏がすばらしかったので、遠慮していました。私は歳老いて耳もよく聞こえなくなりましたが、今夜は、恐ろしい鼬のような太政大臣殿や親王たちがおいでにならないと聞いておりましたよ。何か一つ演奏なさってください。私も演奏してみましょう」と言って、笙の笛をお渡し申しあげなさる。左大臣は、口笛をお吹きになる。兵衛督（師澄）と源中納言は、大篳篥。人々は、琴を弾いて、一晩中管絃の遊びをして夜を明かしなさる。歌などを詠んで、夜が明ける前には、皆、被け物をいただいてお帰りになった。

夜が明けると、大宮が、昨夜の贈り物を、あちらこちらへお配り申しあげなさる。源中納言は、宿直をなさる。

七　九日の産養。仲忠や涼など、産養の品を贈る。

こうして、産養の九日目の夜は、太政大臣（忠雅）が、宮中の大饗のお食事と同じ物を用意なさる。あちらこちらから、とても贅を尽くした品々をお贈り申しあげなさる。右大将（仲忠）がお贈りになった物は、大きな海を模して、蓬萊の山を浮かべ、その山の下の亀の腹には、いい香りがする裛衣香を入れてある。蓬萊の山には、黒方・侍従・薫衣香・合わせ薫物を土にして、小鳥が翼を休め、玉の枝が並んで立っている。海辺には、黒い色の沈香の鶴が四羽、どれも、波でぐっしょり濡れて並んでいて、色は真っ黒だ。白い色の白銀の鶴も六羽いる。大きさは、実際の鶴と同じほどで、腹は白銀をふっくらと鋳させてある。その中には、麝香や、ありとあらゆる珍しい薬を、腹いっぱいに入れてある。その鶴に、

仲忠　不死の薬が生えている蓬萊山の麓に住む鶴が、また、夫婦で羽を並べて、雛鳥が孵ったことを、喜ばしく思います。

と書かれている。使の者は、どこからとも知らせることなく、夕暮れに紛れて持って運んで来て置いた。

源中納言（涼）が、右大将と同じように、玩具に仕立ててお贈り申しあげなさる。その夜も、どなたも、管絃の遊びなどをなさるが、今夜はくつろいでいて落ち着いた雰囲気である。

八　翌朝、産養が終わり、典侍、藤壺たちと会話する。

夜が明けたので、朝早くから、敷物を敷き替え、しつらいを通常に改めて、人々も装束を調えたりなどしてお仕えする。典侍は、出産当初から参上していて、いつものように、湯殿の儀式を行う。湯殿の役は、孫王の君とともに、殿守という侍女がお世話する。

落ち着いて話ができる時なので、藤壺の御前で、人々がいろいろな話をしている機会に、典侍が、「あちらこちらの産屋に参りましたが、その中で、産養の品々がたくさんあってははなやかだったのは、こちらの産屋でした。天から七種の財宝が降ってきたかのようで、風情があり、晴れやかな気分になったのは、いぬ宮さまの産屋でした。今回の産養は、とても理想的ですばらしいものだと思われます。兵衛督殿（師澄）の産屋は、風情はないものの、盛大ではなやかだった点では、ほかに例がないほどでございました。被け物は美しくて、どれもこれも、七種の財宝に作り替えたかのようで、とても美しくて立派なものでした」と言うと、藤壺が、「女一の宮さまの所で、さぞかし、これまでにないほどすばらしい思いをなさったことでしょうね。あの右大将殿（仲忠）が、心に入れて一生懸命になさったことですから」。典侍が、「それはそれとして、それ以外にもありました。いぬ宮さまがお生まれになってすぐに、父の右大将殿が舞を舞いなさったことをはじめとして、おもしろいことが数限りなくありました。七日の産養の夜は、左大臣殿（正頼）が舞を舞って、ほかの上達部をそそのかしなさったので、方々が、一緒に舞を舞ったり、琴を弾いたりなさったのです。そのようなことは、ほかの産屋では考えられないことです。その効があって、いぬ宮さまは、とてもかわいらしく育っていらっしゃいます。最近では、歯吹きをなさっています。人の顔を御覧になると、誰にも笑ってばかりいらっしゃいます。右大将殿は、急な用事がある時でも、いぬ宮さまを連れて来てかわいがって、手もとからお放しになりません。夜も昼も、膝にすわらせ申しあげていらっしゃいます。ほんとうに、とてもかわいい御子でいらっしゃいますよ」。藤壺が、「右大将殿と女一の宮さまとの仲は、いかがですか」。典侍が、「たいそうすばらしいご夫婦仲だと思います。先ごろ、女一の宮さまがこちらにおいでになったそうですが、その時に、右大将殿が参上したのに、女一の宮さまがお相手申しあげなさらなかったということで、右大将殿は、女一の宮さまがお戻りになってから、五日も六日も、御帳台に籠もって横になって、恨み言を申しあげていらっしゃいました。右大将殿は、『皆さまが琴の演奏をなさっていたのを、立ったまま聞いていた時に、藤壺さまが、琴の琴を、私どもの一族と同じ奏法でお弾きになったので、とても信じられない思いがしました。同じような琴の音とは言っても、私どもの一族の奏法はほかとは違っていますし、帝の御前でしか弾いていませんのに』と言って、ひどく驚いていらっしゃいました」。藤壺が、「ところで、女一の宮さまは、どうおっしゃっていましたか」とお尋ねになると、典侍が、「存じません。そうくわしくも聞いておりませんでしたので。ほんとうに聞こえたのだろうかという程度にしか聞いておりません」とお答え申しあげるので、藤壺は、それを聞いて、右大将殿は私に過分な評価をなさったものだとお思いになる。

九　人々、贈り物を見る。藤壺に、実忠からの手紙が届く。

大宮が、孫王の君にお命じになったので、孫王の君が、七日の夜と九日の夜の二晩、手もとに残しておかせた産養の品々を持って参上した。大宮が、蓬萊の山を見て、「ずいぶんと手がこんだ物ですね。どなたからの贈り物でしょうか」とおっしゃる。右大将（仲忠）が孫王の君と相談してお贈り申しあげなさった物なので、孫王の君は、おもしろいと思ったけれども、口には出さなかった。大宮が、岩の上に立ててある二羽の鶴をはずして御覧になると、沈香の鶴は、とても重くて、持った手がぐっしょり濡れる。侍女たちも、「まあすばらしい贈り物だこと」と騒ぎたてる。白銀の鶴は、金属製ではあるが、特に重くもなく、その腹の下には物が入れてある。書きつけてある歌は、金泥によって葦手で書かれている。方々が、集まって、「これは、誰の筆跡なのか」と思って御覧になるけれど、どなたもおわかりにならない。藤壺が見て、「右大将殿の筆跡だと思います。前に、若宮のためにと言って、手本が贈られてきましたが、それと同じ筆跡です」と申しあげなさると、左大臣（正頼）が、

「おっしゃるとおり、右大将殿の筆跡ですね。こんなことは、ほかには誰もできません。これを贈ってもらって何もせずにいるのは、なんとも間の抜けたことですね。どうしたらいいのでしょう」と言って、香炉を取り寄せて、蓬萊の山の土を薫かせてあちらこちら試させなさると、まったくほかに例がない香りがする。沈香の鶴の香りも、この世のものとは思われない。白銀の鶴はと思って御覧になると、麝香の臍が、腹の半分ほど入れてある。左大臣が、取り出して、その香りをお試しになると、とても親しみやすいいい香りではあるが、普通の香とは違っている。左大臣が、「どうして、右大将殿が贈ってくれたこのすばらしい香の香りは、ほかの所のものとは違うのだろう」。宰相の中将（祐澄）が、「ある人が、こっそりと、『右大将殿は、まったく思いもかけない所から、亡き治部卿が将来した唐物を手に入れられた』と申しておりました」。左大臣が、「おまえの言うとおりだ。右大将殿は、去年の冬、京極殿の蔵にあった書物を、人に聞かせずに、帝の御前で講書をなさった。このような、この世のものとは思われない香などが見えるのは、その京極邸の蔵にあった物だったのだな」などとおっしゃっているところに、新中納言（実忠）から、「兵衛の君に」と言って、お手紙がある。

藤壺にお目にかけると、お手紙には、

「お話しすることができて、ほんとうに心の底からうれしかったので、すぐにお手紙をさしあげようと思ったのですが、世間の人がどう思うかと気になさっていたために、実際に困ったことがあってはと思って遠慮しておりました。その間に、私がお祈り申しあげた効き目があったのでしょうか、願っていたとおりに、無事に御子がお生まれになったと聞いて、とても喜んでおります。でも、なんだか落ち着かない思いをしているうちに、お手紙をさしあげられないまま、今になってしまいました。私は、昔のことばかり思い出されて、何も考えられずにいましたので、何も申しあげられません。それはそうと、

ここでも聞いたという時鳥の声を探し求めて、私は、これまで、死出の山路で迷っていたのでした。

とまで思っています。兄弟が一人しかいなければ、女性はその人を頼りに思うのでしょうが。藤壺さまには、ご兄弟が大勢いらっしゃるから、私などを頼りになさることはないと思います。私の気持ちはいずれおわかりになるでしょう。左大臣殿もおっしゃっていたように、昔の侍従の君（仲澄）の代わりだと思ってくださったら、『帰るな』とおっしゃった小野へも帰らないつもりです。明日あたりいったん帰って、すぐに戻って参ります。そうしたら、時々は、近くにうかがいます」

と書かれていた。

藤壺は、読んで、兵衛の君に、「こんなふうにお書きください」と言って、

「お手紙があったことを、藤壺さまにお話ししたところ、『おまえが書け』とおっしゃいましたので、私が書きました。藤壺さまは、『私自身でお返事申しあげたいのですが、ま

だ体調が戻っていないので、代筆を頼みました。先日の夜は、願いを聞いてくださらないのでお諫めしようと思って、余計なことまで申しあげてしまいました。でも、どうして、今も、また小野にお帰りにならなければならないのでしょうか。世間の人のように、ご夫婦で近くにお暮らしください。そうしてくださったら、私のほうも親しくお思い申しあげるつもりです』とおっしゃっています」

と書かせて、お返事申しあげて、奥の所に、

「『死出の山路で迷われた』とか。そんなことがなかったとしたらと。

山辺で暮らしていらっしゃると聞いていなかったら、時鳥は、普通の人に聞かせることがない声をお聞かせすることはなかったでしょうに。

聞いて、いたわしいと思ったから、声をお聞かせしたのです」

と書いてお渡しになったので、兵衛の君は、私信としても手紙を書いて、使の者に与えた。西の対に置いていらっしゃった産養の品々を持って来させたところ、男君たちが、競い合ってお取りになった。取った品は、物に入れてしまっておおきになる。

中納言は、藤壺からの手紙を読んで、「ほんとうに、私の愛情がおわかりになったから、こうしてお手紙をくださったのだ」とおっしゃる。

一〇　実正、実忠に、志賀の北の方を訪ねたことを語る。

宰相（実頼）が、亡き太政大臣（季明）邸に参上なさって、「春宮のもとにも帝のもとにも、昨日参上いたしましたが、春宮が、『姉上に、「時間がたつにつれて、さぞかし心細い思いをしていらっしゃるのではないかと案じております。お父上がお亡くなりになったことは残念ですが、今となっては、どうにもならないことです。この世で、誰にでも皆あることです。何はともあれ、ほかの方々と同じように参内なさってください。どうして、いつまでもそちらに籠もっていらっしゃるのですか」などと申しあげてくれ』とおっしゃいました」。宮の君が、「どうしてそんなことをおっしゃるのでしょう。私は、ひそかに男を通わせたり、男と手紙の遣り取りをしたりなどしません。春宮は、そんなことをする人を寵愛なさっているのです」。宰相が、「春宮は、姉上のこういうところをおっしゃっているのですよ。誰も、ひそかに男を通わせたりなどしていません。藤壺さまと中納言（実忠）は、いとこ同士ではありませんか。こんなふうにおっしゃってはいけません」。宮の君が、「春宮にお仕えしている人で、この盗人のことを、よく言う人などいません。あの人は、人の幸せを邪魔する鬼なのです。皇女であれ、身分が高い妃たちであれ、どなたも、春宮にお逢いになっていません。春宮が藤壺のもとに夜も昼も入り浸っていらっしゃるので、春宮にお仕えする人たちは、身分が高い方も低い者も、恨み言ばかり言っていたそうです。藤壺が里に退出してしまったので、小宮さまも、夜の御殿に参上なさって、先月からは月のものがなくて気分がすぐれずにいらっしゃると聞きました。私にもお手紙をくださいましたし、お返事もなさいました。逆子がつかえて死ななかったとは、陰陽師も巫女も、神も仏も、この世にはいないようですね。藤壺が自分のことを第一に考えて自分勝手なことをするので、大勢の妃たちが何も口にすることさえないままになってしまったのは、おかしいと思います。同じことなら、自分が一番寵愛を受けていると思って御子を次々と生んだ藤壺が何も言えずに圧倒されるように、小宮さまが男御子を生んでくだされぱいいのに」とおっしゃると、宰相が、「藤壺さまは、なんと言っても、今を時めく春宮候補の母君と思われていらっしゃる方ですよ。世間では、梨壺さまだと思っているようですが、問題にもならないでしょう。まして、身分が高い妃であっても、小宮さまなどの御子のことは、ご自身の期待もあるのでしょう」とおっしゃるので、宮の君は、「何をおっしゃるのですか。もうおっしゃらないでください」などと言ってお怒りになる。

宰相が、中納言がこの話をお聞きになっているのを気まずく思っていらっしゃる時に、兄の民部卿（実正）がやって来て、いろいろとお話をなさる。その機会に、民部卿が、中納言に、「先ごろ、志賀山の麓に行って参りました。父上が遺言なさったことをお知らせし、北の方と袖君への財産分与の文書をお渡しして、『都にぜひお移りください』と申しあげたところ、北の方は、『私は、今さら都に戻るつもりはありません。でも、若い袖君はお連れください』などとおっしゃいました。北の方は、重服の喪服を着ていらっしゃいました。その姿を見られないようになさっていましたが、『あなたがお見捨て申しあげなさった妻子は、どんな方々なのだろう』と思って見申しあげたところ、お二人とも、とても美しい方でした。長年、あれほどつらいもの思いをして、喪服姿でやつれていらっしゃったのに、普通の装束をお召しになっている人以上にお美しいと思いました。袖君は、とてもかわいらしくて、ずっと見ていたいお顔だちでした。その時、袖君が、とても長かった髪を肩越しに前に垂らして私を御覧になったのですが、髪は、とても美しく豊かで、七尺ほどもありました。髪の形も顔の様子も、ほんとうにすばらしい方でした。あなたは、こんな人を見捨てて、身を破滅させなさるとは、どういうつもりなのですか。すぐれた女の子は、親の名誉となるものではないのですか。あなたが、評判を聞いて、思いをかけて取り乱した人に、顔の美しさの点でも、袖君は劣っていらっしゃらないでしょうね。このままでは、ご自分自身をも妻子をも身を破滅させておしまいになるでしょう。みっともないことです。早く、なんとかなさってください」と申しあげなさると、中納言が、「昔は、おっしゃるとおりだったでしょう。でも、ここ何年も行っておりませんので、どんな容姿だったか忘れてしまったのだと思います。今は、妻をそばに置きたいとも思いません。やはり、父上が袖君にお与えになった屋敷に住まわせて、時々は様子を見にお訪ねください。私は、小野に戻って、この暑い時期が過ぎてから、その時の状況次第で、戻って来ることができたら、時々こちらにうかがいましょう」。

民部卿が、「どうして今さら小野にお帰りにならなければならないのですか。長年小野に籠もっていらっしゃることを、帝をはじめ誰もが残念に思って、私が出仕した際などにも話題になさるので、私はいつもあなたのことが思い出されて、とても悲しい思いがいたしました。今はこうして父上もお亡くなりになったのですから、兄弟が多いわけでもないし、今となっては、この屋敷で過ごしていらっしゃることが、旅住みのようにお感じになられることでしょう。今では、私どもの住まいも、とても手狭になっております。昔とは違いますが、私どもの妻がいる家に入って、どんな所か見て、一緒にお暮らしください。どうして小野にお戻りになるのですか」と申しあげなさると、中納言が、「喪服を着ているせいでしょうか、とても気分が悪いので、薬湯などを煎じさせて飲もうと思います。これからは、今までとは違って、都にもやって来ることにいたします」とおっしゃるので、民部卿が、

今では、野辺送りをした父上もいらっしゃらないのですから、あなたまでほかへ行かずにいてほしいと思います。

とおっしゃると、中納言が、

父上には、私のことが心配で行くことができないと嘆いていらっしゃった冥土に、安心して行っていただきたい。私も、すぐに後を追って、父上の道案内になりたいと思います。

と申しあげなさるので、宰相が、

あなたが、亡き父上の冥土への道案内をなさるならば、私も、先立たれて取り乱すことなく、後を追うことができるでしょう。

とおっしゃる。宮の君が、それを聞いて、

　父上が生きていらっしゃった時も、「こんなにつらいなら死んでしまいたい」と嘆いてばかりいましたが、それもかなわないまま、父上にもついに先立たれてしまいました。

と申しあげなさる。

中納言は、御前駆などを伴って屋敷を出てお行きになった。民部卿も宰相も、宮の君に、「さぞかし心細く思っておいででしょう。これからは、私たち二人が、交互に、しばしばうかがいましょう。宿直人なども任命させておいてください」と言って、それぞれの屋敷にお帰りになった。

一一　六月、実忠の北の方と袖君、三条の屋敷に迎えられる。

六月になった。民部卿（実正）は、袖君をお迎えする準備をなさるために、袖君が相続した三条の屋敷を訪れて、壊れた所を修理させ、池を掃除させて、調度品は、皆揃っているので、その置き場所をきちんと調えさせて、御簾をかけさせなさる。屏風や御帳をはじめ、すべてが新しく美しい。この屋敷は、一町の広さで、檜皮葺きの殿舎が五つ、廊と渡殿があり、たくさんの板屋や蔵などがある。池が近くて、趣がある。

民部卿は、お移りになった後の三日間の食事のことなどを、人々に命じておいて、三輌の車で、御前駆などを大勢伴って、志賀山の麓においでになる。お住まいが近くになると、自分が先頭に立ってお入りになる。

民部卿が、「この前うかがった時には、日が暮れてしまいましたので、急いで帰ってしまって申しわけありませんでした。とても暑くて堪えがたい時季ですが、今日以外にふさわしい日がありませんでしたので、都に戻ってくださいとお願いしにやって参りました」と申しあげなさると、中納言(実忠)の北の方が、「なんの準備もしておりませんので」。民部卿が、「ただ、このままお移りくだされば結構です。人目のある所ではございませんから」と申しあげなさると、北の方が、「それならば、袖君を早くお連れください。なんといっても、私は、この世をつらいと思ってこの山里に入った身ですから、どこにも行くつもりはありません」と申しあげなさるので、民部卿が、「どうして心配なさっているのですか。心配なさるようなことは起こらないでしょう。ご自分はお移りになるおつもりがないようにおっしゃるのは、どういうことなのですか」。北の方が、「私は、どうして一緒に行けましょう。この山里よりも山奥に籠もろうと思っています。世の中がつらく思われたから、何年も、ここで暮らしてきたのです。昔の親しい声を聞くことになるなら、私はこのままこちらにとどまります」。民部卿は、「あなたお一人で、どうして、こうして、ここでお暮らしになるのでしょう。袖君の世話をしようとお考えになって、都にお移りください。このまま、山里に、袖君を住まわせ申しあげなさってはいけません。都にお移りになっても、この山里よりはいいでしょう。それに、お移りになったら、なんといっても、中納言殿がおいでになることもあるでしょう」とおっしゃって、従者に、「ここを、しっかりと見張って、人に荒らさせないように管理せよ」と命じて、ご自分も、車で、袖君が相続した三条の屋敷においでになった。

北の方は、どうしたらいいのかとまどいなさるが、袖君をこのままにしておくわけにはゆくまいと思って、三条の屋敷においでになった。北の方が、御覧になると、この三条の屋敷は、とても風情があって広くて、調度品もすべて揃っている。とても美しい所だと思って、中に入って御覧になると、気が進まないようにおっしゃっていたけれど、北の方は、ここに来てよかったとお思いになる。御座所は、北の方のも袖君のも、それぞれ、しかるべく用意されている。どちらも亡き太政大臣（季明）の出居の場所なのだろうとお思いになる。侍女たちの曹司などは、充分に調えられている。蔵には、太政大臣がお遺しになった布や銭などがある。細々とした物などはない。お食事などは、言いつけておおきになった人々がご用意申しあげる。民部卿は、「三日間を過ごしてから参ります」と言って、建物の中に入らないままお帰りになった。

三日間が過ぎたので、民部卿は、弟の新宰相（実頼）と一緒にやって来て、「見ていてとても安心できるお暮らしぶりです。もう一つのことも、ぜひかなえてさしあげたいものです」と申しあげなさる。贈り物など、心をくばってお贈り申しあげなさる。

［三条の屋敷に。］

一二　梨壺腹の御子立坊の動きに、正頼家の人々動揺する。

藤壺は、産後のご気分も、今では快復なさったけれど、左大臣（正頼）がまだ滞在していて世話をしてさしあげなさったからであろうか、特にやつれることなく、落ち着いてますます気品が加わったような感じで、立派におなりになる。左大臣は、藤壺が綾の掻練の一重襲と二藍襲の織物の衣を羽織っていらっしゃるのを見申しあげて、そこにいらっしゃる男君たちに、「若い方々よ、私を見習いなさい。子を生んだ人は、こうやって世話をするのですよ」とおっしゃる。どなたも、ほほ笑んでいらっしゃる。宰相の中将（祐澄）が、「その人によるのでしょう」。左大臣が、「大宮も、こんなに恐ろしそうな子どもたちを大勢お生みになったけれど、そんなふうには見えないでしょう。仁寿殿の女御なども同じです」と言って、若宮がいらっしゃる寝殿の東のほうを御覧になる。そちらには、身分が高い方々が、参上して集まって、一心に世話をしていて、この西の対などにもおいでにならない。とてもよそよそしい様子でいらっしゃるので、左大臣は、「どうなることだろう。人々は、若宮が立坊するものだと思って、こうして集まって来ているようだが、立坊できずに、恥ずかしい思いをすることになるのだろうか」とお思いになっている。

そんな時に、春宮から、

「ここ数日は、どのように過ごしていらっしゃいますか。私はずっと体調がすぐれずにいたので、お手紙をさしあげられませんでした。まだ会うことができないのかと思うと、つらくてなりません。あなたは、それほどお加減が悪くないでしょうから、下局（しもつぼね）においでになりませんか。心配なさることは、何もありません。御子たちも一緒に。それはそうと、あなたが参内することを待っている私と同じくらいに、私のことを思ってくださっていたとしたら、あなたは今ごろはこちらに来ていらっしゃっていたでしょうに。

　こう思うと、しゃくにさわってなりません。退出なさった時も、すぐに参内すると言って、私をだますようにして退出なさいましたね。こんなふうに人数（ひとかず）にも思ってもらえないようですから、しばらくは手紙を出さずにおこうと思うのですが、どういうわけか、心ならずも、こうしてお手紙をさしあげてしまいました」

とお手紙がある。藤壺が、それを見て、「ああおかしなことを。私は出産で苦しんでいたのに。いつものように、憎らしいことをおっしゃること。ああ嫌だ」と言って、使の者に、「最近は、どなたが春宮の上局に来ていらっしゃるのですか。春宮は、どなたに、こんなふうに、手紙の使を遣わしていらっしゃるのですか。宮中は、どんな様子ですか」とお尋ねになると、使の者が、「最近は、これまでのように漢籍を学ぶことなどはなさらずに、体調がすぐれないと言って休んでいらっしゃいます。上局に参上なさったのは、嵯峨（さが）の院の小宮さまだけです。小宮さまにお仕えしている、左衛門（さえもん）という人が、こっそりと、『小宮さまが、五月ごろから、懐妊の兆候があって苦しんでいらっしゃる』と言っておりました。春宮のお使として、先日の夜、小宮さまのもとにうかがったのですが、そのような様子は感じられませんでした。私などが申しあげていいことではありませんが、宮中では、梨壺さまが男御子をお生みになったことを、藤氏の方々が喜んでいらっしゃるそうです。ある所では、『藤氏の血を引く方が立坊することは終わってしまったのかと思っていたけれど、結局は、継ぐ方が現れるものだったのですね。立坊に間に合うように、梨壺さまが御子を出産なさったことよ』と言って、頻繁に、お手紙の遣り取りをなさっているとうかがいました。春宮は、梨壺さまにも、『早く参内してください』とおっしゃっているそうです」と申しあげる。

藤壺は、春宮に、

「お手紙ありがとうございました。お手紙には、体調がすぐれないとありましたが、いかがですか。心の底から心配しております。私の方でも、まだとても気分がすぐれないので、参内できません。ところで、『待っている』とかございましたが、

下葉のさらに下から色は変わっているのに、松とは、けっして口になさらないでください（心変わりをなさっているのに、「待つ」とはけっして口になさらないでください）」

とお返事をさしあげなさった。

藤壺が、「使の者が言っていたことは、どうなのでしょう」。左大臣が、「嘘(うそ)ではないでしょう。后の宮は、とても気が強く的確な判断をなさる方です。ご一族は、身分が高い方々です。ですから、必ず、梨壺さまの御子を立坊させたいとお考えになるでしょう。后の宮、太(だい)

政大臣殿（忠雅）、右大臣殿（兼雅）、公卿たちが、心を合わせて、先例を引き、梨壺さまの御子を春宮にと申しあげたら、なんの疑いもなく、その御子が立坊なさるでしょう。私は、馬の中に交じった牛のようなもので、何もできないでしょう。頼りになるのは、民部卿殿（実正）だけです。せめて兄上（季明）だけでも生きていてくださったら。運が悪いのでしょうか、よりによって、こんな時に、兄上はおいでになりません。子どもたちがいるとはいっても、どの子も官位が高くありません。縁があって婿になった方々もいらっしゃいますが、その方々もご自分の一族を第一にお考えになるのは、当然のことです。娘たちには、何も期待できません。婿君たちが、不愉快だと思って、娘たちを離縁させたとしても、娘たちが、独身に戻って、みじめな思いをするだけです。不名誉な思いをすることでしょう。誰もが、そんなことはわかっていると思います。この歳になって、こんなにもみっともない思いをするとは。太政大臣殿がどんなお考えでいるのか確かめてみたいと思っているのですが、愚かしいことだと思って、まだできずにいます」とおっしゃると、藤壺が、「どうしてそんなにわずらわしくお考えになるのですか。実際に梨壺さまの御子が春宮に決められたとお聞きになっても、ほんの少しでも不愉快な様子をお見せにならないでください。この機会に、人々のご意向をよくお確かめになってください。人の気持ちばかりは、思いやり深くも薄情でもあるものです。長年、こうして若宮がいらっしゃって、確実に立坊なさるだろうと思っていましたが、そんな時に、梨壺さまが御子をお生みになったということは、若宮の立坊が不可能になったということでしょう。それでも、親王でいらっしゃるのですから、なんの不満もありません。私の大切な若宮を、『鶴の子の』と言うこともあるのですから、この件を聞いていらっしゃる様子を、けっして、人々にお見せにならないでください」と申しあげなさるので、左大臣は、「ああたいへんなことになった。若宮を、どうしてただの親王として見申しあげられましょう。お話をうかがっていると、このことを、どうでもいいと思っていらっしゃるのですね」と言って、涙をぽろぽろと落としてお泣きになる。左衛門督（忠澄）が、「何をおっしゃるのですか。ご心配にはおよびません。けっして、そのようなことにはならないでしょう。ほかの方々はともかく、太政大臣殿は、梨壺さまの父上の右大臣殿とご兄弟ですが、若宮のことをお見捨てになることはできないでしょう。どの婿君も、裏切ったりなさらないと思います。私が見たところ、どの方のご夫婦仲もいいようです。若宮のために心配になるような心はお持ちではありません」。大宮が、「梨壺さまの御子のことはともかくとして、小宮が男御子をお生みになる時まで春宮が決まらなかったら、やっかいなことになるでしょう。嵯峨の院が強くお願い申しあげなさることは、春宮も拒むことはおできにならないでしょう」。左大臣は、「その件は、たとえ、まらが七つも八つもついた男御子が、一度に三人も四人もお生まれになったとしても、さし出がましくても口をはさむつもりです。長く国を治めていらっしゃる帝でさえ、臣下が口を揃えてご意見申しあげることは、拒むことはおできにならないものです。春宮をお決めになる時には、婿も舅も、心を合わせて、帝に訴え申しあげるでしょう。こちらのほうがやっかいです。それでも、希望的な考え方をすると、娘たちがいるから、まさかそんなことはないだろうとは思うのですが」などとおっしゃって。

また、春宮から、

「不満に思っているようなお手紙だったので、どういうことなのかと思って、折り返しお手紙をさしあげます。何かお聞きになったことがあるのですか。私には、まったく身におぼえはありません。妃（きさき）たちが手紙を贈ってきた時に、時々返事はしました。それも、最近は、気分がすぐれないのでしていません。枝にとまる鳥や、草木に咲く花でさえ、待っていなくてもやって来ると言います。ああ、どうしていいのかわかりません。

松ばかりがいつも繁っている住吉では、下葉も枝も色が変わることはありません（ずっとあなたを待ち続けている私は、心変わりなどしたことはありません）。

とばかり思っています。何ごとも、私が息災でいてのことです。このままでは、生きていられそうにもありません」

とお手紙がある。左大臣が、それを読んで、「こんなふうに言ってくださっているのですから、参内しなさい」。藤壺は、「参内するつもりはありません。梨壺さまが、きっと参内なさるでしょう。人少なだからこんなふうにおっしゃるのでしょう」と言って、

「深山木（みやまぎ）の下に風が激しく吹いたとしても、木の枝は、置いた露も消えずにいてほしいと思っています（春宮にはどんな声が聞こえてきても、私は、若宮への愛情を忘れずにいてほし

いと願っています）。

人並みでない私は、どうしたらいいのかわからずにいます」

とだけお返事をさしあげなさる。

今回お生まれになった御子は、今宮と申しあげる。湯殿の儀式をしてさしあげた後、眠りから目をお覚ましになった今宮を、大宮は、抱きながら、「かわいらしい御子ですね。若宮に、ほんとうにそっくりです。この御子は、私の子にいたしましょう」とおっしゃる。

［ここは、絵。西。］

一三　女一の宮、五月ごろから懐妊する。

女一の宮は、五月になって懐妊なさった。今回は、ひどくお苦しみになるけれど、右大将（仲忠）には、そのことも知らせなさらない。そのために、右大将は、病気にかかって苦しんでいらっしゃるのだと思って、心配して取り乱し、祭りや祓えをさせ、所々にも修法を行わせて、外出なさらずにいる。

仁寿殿の女御も参内していてこちらにいらっしゃらないので、右大将は、夜も昼も、医師や陰陽師や修験者などを呼び寄せて籠もっていらっしゃる。その間、女一の宮は兄の弾正の宮（三の宮）とお話しなさる。弾正の宮が、「藤壺さまが退出していらっしゃるので、時々うかがってお話ししたいと思うのですが、ここ何か月も、左大臣殿（正頼）などがおそばにいらっしゃるようなので、うかがうことができません。退出なさった最初の日にうかがったのですが、その時は、なんだか騒がしいことがあって、何も申しあげることなく帰って参りました。新中納言殿（実忠）を推挙なさったところを見ると、藤壺さまは、私以外の方の思いはとてもよくおわかりになっているようです。それなのに、私の思いはわかってくださらないのでしょうか」。女一の宮が、「大宮が、兄上が慕っていらっしゃったことをお話しになったそうですが、藤壺さまは、そのことはわかっていたとおっしゃっていました」と申しあげなさると、弾正の宮が、「今さらどうしようもありません。あまりに軽く見ていらっしゃると、罰をお受けになるでしょう。求婚なさっていた方々は、皆、何をしようとお考えなのでしょうか。昔は、しかるべき機会もあったのに、幼かったから、まわりの人々の心を憚って、何もできなかったのです。今だったら、こんなふうに悔しい思いをせずに思いを遂げていたでしょうに」。女一の宮が、「まあ恐ろしい。こんなことをおっしゃるなんて。藤壺さまを破滅させようとお考えになっているのですか。あちらに見える右大将も、『そんなことが起こるだろう』と言っていましたから、冗談であっても、ああ、ますます不吉な思いがします」とおっしゃるので、弾正の宮が、「右大将殿は、よくぞ言い当てなさいました。ご自身もその思いがあるから、私の気持ちがわかるのですね。今は、藤壺さまは出産なさったばかりですから、私も、本気でそう思っているわけではありません。若宮が立坊なさって世の中が落ち着きを取り戻した時に、右大将殿は大臣や高位高官にお就きになったとしても、私は、藤壺さまがしゃくにさわる扱いをなさっているし返しをしようと思っているのです」とおっしゃるので、女一の宮は、とても恐ろしいとお思いになる。

こうしているうちに、右大将が、入って来て、「今、ご気分はいかがですか。医師たちに尋ねたところ、『熱の病などにおかかりになっているのでしょう』と言っておりました。陰陽師に占わせると、『物の気のしわざだ』と言いました。ですから、真言院の律師（忠こそ）のもとに、連絡するために使を遣りました。やって参りましたら、護身法をおさせ申しあげましょう。三条殿の父のもとから、『相談したいことがある』と言って、何度も連絡がありましたので、今のうちに出かけて、すぐに帰って来ます」と言って出かけた。

一四　仲忠、三条殿を訪れる。梨壺参内する。

右大将（仲忠）が、「来るようにとのご連絡がありましたので、すぐにうかがおうと思ったのですが、あちらにいる女一の宮が、ここ数日ひどく苦しんでいらっしゃるし、仁寿殿の女御さまなどがおいでにならない時なので、ほかに世話を頼める人もなくて、うかがうことができませんでした」。尚侍が、「まったく聞いていませんでした。お加減は、いかがですか。

どうしてご連絡くださらなかったのですか。うかがってお見舞いいたしましたのに」。右大将が、「何が原因だかわかりません。陰陽師は、『物の気のしわざだ』などと言っています。宮は、食事もなさらずにいたのですが、昨日今日は症状が重くなっています」。右大臣（兼雅）が、「お気の毒なことだ。お見舞いにうかがわなければなるまい。ひょっとして、前と同じように懐妊なさったのではないだろうか」と申しあげなさる。右大将は、「そんなふうにも見えません。前の懐妊の時も、こんなふうに食事もなさらないということはありませんでした。それにしても、いぬ宮をお生みになったばかりですから、どうでしょう」と申しあげなさる。

右大臣が、「連絡をさしあげたのは、『后の宮から手紙があった。その内容は、どういうことなのだろうか、「いろいろ考えると、藤氏から春宮が立つのは当然なことなのだが、そうなると、この世が乱れることになり、騒がしいことが起こりそうだ。だから、誰も、絶対に、藤氏から春宮を立てようとは考えないだろう」ということだった。これにどう対応したらいいのか相談しよう』と思ったからです。春宮も、梨壺（なしつぼ）のことを、『参内してくれない』とおっしゃっているようなので、今晩、参内させたいと思う。藤壺さまが参内なさったら、梨壺などは装束の薫物（たきもの）のように単なる添え物でしょう。藤壺さまが参内なさるまで、鼬（いたち）がいない間の鼠（ねずみ）のようにお仕えすればいいと思って」とおっしゃると、右大将が、「どうしたらいいのでしょうか。私は、何も意見を申しあげられません。父上のために重大なことです。でも、そのことで、妻の女一の宮に疎まれるのも、つらいことです。ただ、后の宮がおっしゃっているのですから、梨壺さまを参内させなさるのがいいと思います。万が一、梨壺腹の御子が立坊することになったら、とてもすばらしいことです」と申しあげなさるので、右大臣は、

「私自身のためには、とてもすばらしいことだと思うのだが、世の中を騒がせることになりそうだから、ためらわれるのだ。でも、私も、あなたと同じ考えだ。そういうことなら、女一の宮さまのもとに早くお帰りなさい。夜が明けたら、私もお見舞いにうかがおう」とおっしゃる。そこで、右大将はお帰りになった。

梨壺は、車二十輛ほどで、大勢の御前駆とともに参内なさった。お生まれになった御子は、母の女三の宮のもとにお残りになる。

［三条殿に。］

一五　忠こそ、仲忠の依頼で女一の宮の加持をする。

右大将（仲忠）は、帰って来て、女一の宮に、「今、ご気分はいかがですか。『相談したいことがある』という連絡がございましたので、三条殿にうかがったところ、父上が重大なことをいろいろと申していらっしゃいましたが、適当な返事をして帰って参りました。じつは、梨壺は、今晩参内なさいました。けれど、私は、そのお供にも加わらずに帰って来ました。ところで、私の父も、じきにお見舞いに参ります」と申しあげなさる。

その時、「律師（忠こそ）が参上なさいました」と連絡申しあげるので、右大将は、「やはり、こちらへお通しせよ」と言って、簀子に敷物を敷かせて招き入れなさる。女一の宮に、「今いらっしゃった方は、気後れするほど立派な人ですよ」と言って、直衣装束を着て出てお行きになる。

律師は、とても立派な綾の装束を着て参上なさった。姿も顔も頭の形もとても美しく、お供は、立派な装束を着た、美しい顔だちの者が十人ほどで、若法師を十人、大童子を三十人ほど連れて、新しい檳榔毛の車に乗って参上なさった。中門の所に大童子は残して、律師は、そこから、従者と法師と童とともに入って、座にお着きになった。

右大将が、「宮中などではお目にかかりましたが、何か特別な理由がないとお話しすることができずに嘆いていました。じつは、昔から会ってお話ししたいと思いながら、心ならずも失礼してしまいました」。律師が、「私も、ぜひ会ってお話ししたいと思っていたのですが、右大将殿のお言葉がいただけないことを嘆いておりました。そんな折に、たまたま、来るようにとご連絡があったので、喜んでやって参りました」と申しあげなさる。右大将が、「とてもうれしく思います。私のほうでも、人並みに思っていらっしゃらないから訪ねてくださらないのだろうかと思っておりましたのに。帝のお召しなどがあって参内なさる時も多いので、私の所になど来ていただけるだろうかと心配しておりましたが、こうして来てくださってほっといたしました。ご連絡をさしあげたのは、お願いしたいことがあるからです。こちらで、妻の女一の宮が、先月の末からご病気で苦しんでいらっしゃるのですが、ここ数日ますます症状が重くなっていらっしゃいます。陰陽師たちに占わせたところ、『物の気のしわざだ』などと申します。作善のための供養などを行わせましたが、それでもまだ不安なので、一晩か二晩加持をしてください。今は、この世に示現した薬師仏だと思って期待しております」と申しあげなさる。律師は、「長く滞在するつもりで参りました。でも、『薬師仏だ』とのお言葉を聞いて、とても恐縮して、逃げ帰ってしまいたくなります。最近は、所々で、同じような話をお聞きします。嵯峨の院の小宮さまも、女一の宮さまと同じように苦しんでいらっしゃるので、来るようにとのお言葉がございましたが、何よりもまずこちらにと思ってやって参りました」などと申しあげなさる。右大将は、「親のもとからでさえ逃げ出したお心の持ち主だと聞いていますので、恐ろしく思います。奥のほうに入っていただきましょう」と言って、御座所をしつらえさせてお入れ申しあげなさった。

右大将が、「こちらにおいでください」とおっしゃる。南の廂の間に、立派な屏風が立ててある。

母屋では、典侍が、女一の宮に、「まことに意地が悪く思慮の浅いなさり方です。ご気分がすぐれないのは、何かの罪のためではありません。懐妊なさったことをお知らせ申しあげなさらないから、右大将殿がお騒ぎになるのです。それはともかく、『今の世に生きていらっしゃる仏』と評判の律師が加持をしてさしあげなさるのですから、お腹のお子さまに何かあるとたいへんです。懐妊中の人には、それなりの注意をして加持をしてさしあげるものです。ほんとうに恐ろしい。右大将殿にお知らせしましょう」と申しあげなさると、女一の宮が、「私は、何が原因で気分がすぐれないのかわかりません。でも、こんなに苦しいのだから、きっと死んでしまうのでしょう」とおっしゃるので、典侍は、「なんともひねくれたお考えです」などと、文句を言っていらっしゃる。

律師は、女一の宮に加持をしてさしあげなさる。いつもより激しい陀羅尼（だらに）を読ませる。子どもの頃から声がとてもすばらしい人だったので、今は、その頃よりもまことに尊い。

一六　暁方、仲忠、忠こそに、講書の禄の帯を見せる。

夜明け近くになって、右大将（仲忠（なかただ））が、律師（忠こそ）に、「この世の中のことを、あれこれと、すべて見聞きしてまいりましたが、あなたがお読みになる陀羅尼（だらに）だけは、噂（うわさ）ではうかがっていたけれど、まだお聞きしたことがありません。今日、実際に耳にして、ほんとうに尊くていらっしゃると思いました。秋が深まった頃、木（こ）の葉が散り、風の音が心細く感じられる時に、誰も聞く人がいない山里で、あなたの陀羅尼を、ぜひ、私が弾く琴（きん）に合わせて聞いてみたいと思います」。律師が、「とてもありがたいお言葉をいただきました。私も、右大将殿が弾く琴（きん）を聞けることを、夜も昼も、ひたすら神や仏にもお祈りいたします。私が山を下りた理由の多くは、前にほのかに耳にした右大将殿の琴（きん）を聞くことができるのではないかと期待したからです。けれども、右大将殿からは、会いたいとのお言葉をまったくいただけずに嘆いておりましたので、こんなふうに言ってくださると、思いがかなったのだと、うれしく思います。なんといっても、右大将殿の琴（きん）の音（ね）はぜひとも聞きたいと思うのですが、それに対して、私の陀羅尼をそれに合わせて読むことができそうもないことをつらく思っているのです」。右大将が、「私の琴のほうが、あなたの陀羅尼に合わせて弾くことなどできそうにありません。ところで、まったく理解できないのですが、どうして出家なさったのでしょうか。左大臣殿（正頼）の春日詣での際にお会いした時は、とても悲しく思いました」。律師が、「山に籠もったのは、とてもいたたまれないことがあって、ただもうどうしていいのかわからず悲しくなり、この世で生きていられそうもない気持ちがしたので、親を捨てて家を出てしまったためです。そのことについては、どうしてそんなことになったのか、その時はまったくわかりませんでした。その原因になった人は、私の継母だった人です。私が殿上童として宮仕えをしていた時に、何度も言葉をかけてきたのですが、不都合な内容だったので、聞かぬふりをしていたところ、そのことで恨んでいたのでしょうか、父におかしなことを吹き込んでいたのです。私は、それを知らずに思い嘆いていたのですが、後に、思いがけず、変わり果てた姿のその人に会った時に、『どうしてこんなふうになってしまったのですか』と尋ねたところ、『継子だった人を陥れるために、父親が宝物として大切にしている石帯をこっそり隠して、父親に、「この石帯を売らせようとした」、「謀反を起こそうとしていると、帝（嵯峨の院）に告げ口した」と、嘘を聞かせたのです』と申しましたので、聞いていて、私に関することだとわかって、その日、ついに、事情を知った次第です。私が家を出た後のことも、先ごろ知りました。このことを聞いて、あの時逃げ出していてほんとうによかったと思いました。そんなことをお聞きになって、私を叱責なさらなかった父上のお気持ちを考えると、悲しくてなりません」と申しあげなさる。右大将が、「その人は、なんとも恐ろしい心を持っていたのですね。今のお話は、左大臣殿がおっしゃっていました。そんなことがあった石帯は、私のもとにございます。亡きお父上が、お亡くなりになる時に、『忠こそがいたら譲りたいと思ったが、もう誰も譲る人がいない』と言って、嵯峨の院に献上なさったそうです。それが、今の帝（朱雀帝）のもとに渡っていたのですが、去年の十二月に、講書をいたした際に、私が禄としていただきました。ほんとうに、ほかにないほどすばらしい宝物ですね。このような物を使って、あなたを陥れようとし申しあげたとは、恐ろしいことです」。律師が、「そんな災難にあってしまいました」。右大将が、「その石帯は、出家せずにあのままいらっしゃったとしたら、あなたの物となっていたでしょう。だから、お返し申しあげたいと思います」。律師が、「出家した身には、無用な物です。僧の持ち物として玉の帯をさすならばともかく、そうではありませんから。私が持っていたとしたら、何もかも、右大将殿にさしあげたでしょう」。右大将が、「何はともあれ、その石帯かどうかとお確かめください」と言ってお見せ申しあげなさると、律師は、見て、激しくお泣きになる。律師が、「この石帯は、亡き父が、内宴に出かけるために束帯を身につけていらっしゃった時に見た物です」と申しあげる。右大将が、「左大臣殿の春日詣での際に一緒にいた少将仲頼が出家して籠もっているので、仲間を連れて様子を見に行こうと思います。あの時、一緒に楽器の演奏をした人です。一緒にいた人々も、今では、私もこうして上達部になっていますし、蔵人の頭などに昇進した人もいます。あの時、右大将殿（正頼）の前に呼んでいただいて琴の演奏をしました」と言って、心からお礼を申しあげなさる。

夜が明けたので、律師のために用意された控えの間にお下がりになった。右大将は、心をこめて、家司たちに命じて、ご自分の所からお食事をさしあげなさる。

［律師が、女一の宮のために加持をしてさしあげなさっている。］

一七　兼雅、女一の宮を見舞い、正頼を桂の別荘の納涼に誘う。

女一の宮が苦しんでいらっしゃると聞いて、右大臣（兼雅）がお見舞いに参上なさった。右大将（仲忠）は、大宮と左大臣（正頼）を急いで北の対からお迎えして、女一の宮のもとにお戻りになる。

右大臣が、左大臣に、「こちらで女一の宮さまがご病気だと聞いて、どんなご様子なのかと案じてお見舞いに参りました」。左大臣が、「私も、そのことをうかがうために、こちらに参上したところです。先日来、ご病気だとは聞いておりましたが、それほど重症ではいらっしゃらないということだったのに、山籠もりの律師（忠こそ）などをお召しになったと聞いて驚いております。女一の宮さまは、特にどこが悪いというご病気ではなくて、突然お苦しみになる時などがあって、お食事もなさらないそうです。一つには暑気あたりなどではないかと思って見ております。ここ数日は、こんなふうに酷暑の頃でございますから、私も苦しくて、参内もいたしておりません」。右大臣が、「私も、長い間参内しておりません。じつは、譲位が近くなったことでもあり、春宮のもとへもうかがわなければならないとは思うのですが、あまりにも暑くて、ほんの少しの間も出歩くことができないので、参内する気になれずにいます。そういえば、昔、こんな酷暑の頃に、こちらの釣殿（つりどの）へ、猟をして楽しむためにうかがいましたね。今日も、同じようにできるでしょうか」。左大臣が、「今日も、昔のようにしましょう。特に、朝の涼しい頃がいいですね」。右大臣が、「ところで、急なご譲位は、ほんとうのところ、何月なのか決まったのでしょうか」。左大臣が、「八月ごろにとはうかがっていますけれど、確かなところはまだ聞いておりません。朱雀院（すざく）を、すっかり造り終えたということですが、帝（みかど）は、『やはり、早く急いで、しかるべき準備をせよ』とおっしゃいましたので」。右大臣が、「それなら、譲位は同じ頃でもございましょう。ご準備はなさってくださいね」。左大臣は、こちらの様子を探ろうと思っておっしゃっているのだろうかと用心なさるけれど、お二人とも、親しくお話しなさる。

右大将が、お二人に酒などをさしあげなさる。右大臣が、「この月も残り少なくなってしまいましたが、こんなふうに女一の宮さまがご病気でなければ、私の桂（かつら）の別荘へおいでいただきたいと思っていたのですが」と申しあげなさると、左大臣は、「ぜひお招きいただきたいと思います。以前と同じようにして住んでいらっしゃるならば、さぞかしすばらしいことでしょう」と申しあげなさる。「それならば、お引き受けして、今月の下旬ごろにおいでいただくことにしましょう。前に御覧になった時よりは、桂川は、池の水なども深くなり、魚もとても多く住んでいます。築山の前を通って桂川が流れ込んでいるのですが、どういうわけでしょうか、魚を売り買いする者たちは、敷地の中を通って行き来しております。お目にかけたいものです。昔よりも木の数も格段にふえて、春と秋は、まことに風情があります」などと申しあげなさって、お二人ともお帰りになった。

一八　近澄や五の宮など、女二の宮に思いを寄せる。

女二の宮と女四の宮は、右大将（仲忠）が住む東北の町の西の二の対に住んでいらっしゃる。西の一の対に住む弾正の宮（三の宮）は、八の宮の御乳母などをそばに置いていらっしゃるけれど、仁寿殿の女御がお頼み申しあげなさっておいたので、女二の宮のもとに、夜も昼もついていらっしゃる。蔵人の少将（近澄）は、なんとしても女二の宮を自分のものにしたいとはお思いになるけれど、弾正の宮がそばについていて、少しでも不審な様子で、女二の宮に話しかける上臈の侍女たちでもいると、機嫌を悪くしてお叱りになるので、女二の宮に話しかけようとする者もいない。女二の宮を狙っている方々は、皆、上臈の侍女たちに取り入って、中には、物を与えて、「女二の宮さまを盗ませ申しあげよ」とおっしゃる方もいる。蔵人の少将は、中納言の君といって、女二の宮のおそばに仕えている侍女に、たくさんの宝物を与えて、「盗み出すために、女二の宮さまがいらっしゃる所に入れてくれ」とおっしゃるけれど、そんなことができる機会もない。どのような機会に入れてくれるのだろうかと待っていらっしゃる。ほかにも、女二の宮への思いを訴える方が大勢いる中で、五の宮も心をこめて求婚し申しあげなさる。

一九　仲忠、女一の宮の懐妊を知り、桂の別荘の納涼に誘う。

女一の宮の侍女から連絡があったことで、右大将（仲忠）は、女一の宮がご気分がすぐれないのは懐妊のせいだと知って、「いくらなんでも、懐妊だということははっきりおわかりになっていたのでしょうに、私にはお知らせくださらずに、心を惑わせなさるものですね。やはり、こうして事を荒だてようとするお心が情けない。これまでつらかったのは、宮中にいて疲れ果てたにもかかわらず、お迎えするために、東南の町にうかがいましたのに、そっけないお言葉しかいただけず、退出することもできずにいた時のことです。藤壺さまは、さすがに国母となるにふさわしいお心遣いがおありだからでしょうか、局などを用意してくださったのに、あなたはそこに出て来てもくださらずに、私を追い払いなさったのは、今でも忘れることができずにつらく思っています。私が愛しているほどには愛してくださらない時が多くございます。それ以外では、管絃の遊びをなさった夜、一晩中立っていた時に、つらい思いをしました。藤壺さまの声がすぐ近くに聞こえたのに、私が常々お願い申しあげていることをもかなえてくださいませんでした」などと言って、「父上が、『桂においでいただきたい』とおっしゃっていました。一日か二日、桂の別荘でお涼みください。妹宮たちも一緒にお出かけください」とおっしゃるので、女一の宮は、「気分が悪いのに、どこに行けましょう」とおっしゃる。右大将は、「そんなことはないでしょう。やはり、ぜひに」と言って、十九日頃に行こうとお考えになる。

律師（忠こそ）も、十日ほどたってお帰りになるので、右大将は、「それなら、この前申しあげたように、必ず、水尾へ行くお心づもりでいてください。これからは、あなたのほうからもご連絡ください。私のほうからもご連絡いたしましょう」と言って、弟子たちに、物に包んで、絹を与えさせなさる。律師には、菩提樹の実で作った数珠を添えた衲の袈裟などを一揃いさしあげなさる。律師はお帰りになった。

二〇　六月十九日、兼雅一行、桂の別荘に納涼に出かける。

こうして、六月十九日になって、車十二輛で、桂にお出かけになる。糸毛の車には、女宮たちと孫王の君がお乗りになる。いぬ宮をお抱き申しあげて、大輔の乳母も乗る。次々の車には、侍女と女童と下仕えの者たちが乗る。男宮たち、右大臣（兼雅）と右大将（仲忠）は、同じ車にお乗りになる。尚侍は、女車六輛とともに出発なさる。左大臣（正頼）も男君たちを引き連れて参上なさることになったので、皆さまでお出かけになる。女一の宮の車を先頭に立てて、その次に尚侍の車が続き、合わせて二十輌ほどである。御前駆は、宮さま方と殿方、双方で、合わせて、数えきれないほどである。男たちが乗った車は、御簾を上げて、こぼれんばかりに大勢乗って、遠い道のりを、笛を吹いたり、琵琶を弾いたりなどしながらお進みになる。

桂の別荘は、寝殿の南面は主賓である左大臣たちの御座所としてしつらえてあったので、西面に尚侍、母屋に女一の宮、東面に女二の宮と女四の宮が、桂の別荘に着いて、それぞれ、しつらえられていた所に、車からお下りになった。

女一の宮が、「母上をお連れしなかったことが残念です。すばらしい景色ですね」とおっしゃる。桂川を漕いで行き来する船を見て、おもしろがって、苦しそうなご様子もなく起きてすわっていらっしゃるので、右大将は、とてもうれしいとお思いになる。

二一　兼雅、いぬ宮を抱いてかわいがる。

いぬ宮が、とてもかわいらしいご様子で御簾の外に出て行こうとなさるので、侍女たちが引っ張って中に入れた。祖父の右大臣（兼雅）が、「さあさあ、こちらにいらっしゃい。あそこにいるのは、好き者で、うまいことを申しあげる人ですよ」などと言って、御簾の前に近寄って、いぬ宮がおもしろがりそうな物をあれやこれやと取り出して、うまくそそのかして呼び出しなさると、いぬ宮が這い這いをしながら出ていらっしゃったので、うまい具合に抱き取りなさった。父の右大将（仲忠）は、右大臣がいぬ宮を御覧になることはなんともお思いにならないが、よそに住んでいらっしゃる男宮たちが御覧になることを、困ったこととお思いになる。いぬ宮は、右大将が、抱いて歩きまわり、普段から玩具を与えていらっしゃるから、男の人を怖がりもせず、人見知りもしない。祖父の右大臣は、いぬ宮のことをかわいく思って、御簾の外に呼び出して見たいと考えて、女三の宮や尚侍の櫛の箱にあった、いぬ宮がおもしろがりそうな物を、あれやこれやと探し出して、懐に入れて持っていらっしゃったのだった。右大臣がそれをお与えになると、いぬ宮は喜んで抱かれていらっしゃる。

右大臣は、「子どもというものは、なんと言っても、女の子は親しみが感じられ、男の子は親しみが感じられないものだな。この右大将の朝臣のことは、男の子だから、親しみを感じるというよりは、あたかも親や主君のように思ってきた。女の子なのに、このいぬ宮を、今まで見申しあげなかった。こんなにかわいいのに、今まで見ずにいたとは」とおっしゃって、いぬ宮に向かって、「春宮のもとにお仕えしている娘（梨壺）は、長年、疎遠で、ほとんど会って親しく話をすることもございませんでしたが、あちらでお生まれになった子は、生まれたばかりの時から見ているのですよ。今日も、お父上は、いぬ宮さまのことを、私には見せたくないと思っているようです。でも、ろくつ（未詳）があるから、いぬ宮さまは、私のもとにこうして這って来てくださったのですね」とおっしゃって、いぬ宮を懐に入れて、奥を向いてすわっていらっしゃるので、誰もいぬ宮を見ることができない。右大臣がこんなふうにおっしゃっているのを、右大将は、申しわけないと思って、真面目くさった顔をしてすわっていらっしゃる。

右大臣が、いぬ宮が出て来た御簾のもとにおいでになって、「いぬ宮さまも、とてもかわいくおなりになりましたね。上体を反らして、人を見ては笑います。いぬ宮さまをいつも見たいのですが、里の三条の院に帰ると、このじいさんにも見せてもらえません。思いどおりにはできませんね」とおっしゃると、女一の宮たちがお笑いになる。尚侍が、「まあ聞いていられません。おじいさんがいぬ宮さまを見ることを、誰もだめだなどとは言いません。何か起こるか心配で胸がどきどきしますね」とおっしゃっていると、いぬ宮が、父の右大将を見つけて、抱いてほしくて、手を挙げて、右大臣の懐から這って出ようとなさるので、右大臣は、「あれは、父上ではありませんよ。とても恐ろしくて憎らしい人です」と言って、すわったまま、右大将の姿を見せないようになさる。それでも、いぬ宮が、泣いて這いながら膝から下りて、這って来るので、右大将が、抱き上げて、御簾の内にお入れになる。右大将が、「ここに、誰かいますか」と言ってさし入れなさると、いぬ宮は、まったく下りようともせずにお泣きになる。侍女たちが、御簾と御几帳（みきちょう）との間に入れてなだめるけれども、いぬ宮は、泣きやまないまま、漕ぎながら浮かんでいる船を見て、御簾の外の方を向いていらっしゃる。右大将は、笑いながら、しばらくの間、そこにすわっていらっしゃった。

「祖父の右大臣が持たせなさった、いぬ宮がおもしろがりそうな物を、侍女がたくさん持っている。」

二二　兼雅、梨壺・女三の宮たちに、桂川の鮎などを贈る。

この桂の別荘は、川には魚がとても多く、その川のほとりの、花や紅葉などとは離れた所に、玉虫がたくさん住む、鬱蒼と繁った二本の榎の木がある。その木の陰に、今では、五位に昇進して、諸司の次官や、時めく官人となっている時蔭・松方・近正たちが、参上して、幄を張った中にいる。人が献上した物と思われる魚や苞苴がたくさんある。右大臣（兼雅）が、このような時のためにと思って、とても趣深く作って置いておきになった鮎かがりを取り出させなさって、苞苴を添えて、梨壺・女三の宮・故式部卿の宮の中の君にお贈り申しあげなさる。

右大臣は、宮中にいる梨壺のもとには、ただ手紙だけを書いてお贈り申しあげなさる。

「大将（仲忠）の北の方（女一の宮）が気分がまだすぐれずに苦しんでいらっしゃるので、涼ませ申しあげようと思って、桂に来ているので、ご連絡をさしあげないままになってしまいました。ところで、これは、乳母たちのためにお贈りいたします」

と、ことさらにご自身でお書きになる。

中の君のもとには、

「ここ数日、どうしていらっしゃるかと、気にかかっていました。近くに住んでいても、しばしばお訪ねできずにおりますので、今は心配しております。お会いすることがないいまま、ずいぶんと時間がたってしまいましたね。ところで、これは、桂の別荘で、私自身の手で取った物でございます。せっかくお贈りした効もなく、いつものように、人々に配って失わないようになさってください。今日は、

あなたのために、天の川原で釣りをしようと思って、月の桂をも折りながら、一日を過ごしてしまいました」

と書いて、「これを御覧ください」と言って、御簾の内にさし入れなさる。北の方（尚侍）は、「まあお口がうまいですね」と言って、「『思うため』とか」と言ってさし出しなさったので、巻いて、右大臣は中の君にお贈り申しあげなさる。

二三　兼雅・仲忠、男宮たちと酒宴を催し、歌を詠む。

こうして、管絃の遊びなどを、あれやこれやとなさって、夕方になって日がだんだんかげってきた頃に、あるじの右大臣（兼雅）が、盃を手にして、弾正の宮（三の宮）にさしあげなさりながら、

この別荘を流れる水が澄むのと、今日この別荘に集まっている方々がこの世に住むのと、どちらが長く続くのか比べてほしいものです。

と詠みかけなさる。弾正の宮は、その盃を取り、その酒を飲んで、さらに、右大将（仲忠）

にさしあげなさりながら、

　この川の水の色がいつまでも澄み続けるように、あなたもこの世に住み続けるとしても、
　私たちは、そんなことができる気がしません。

と詠みかけなさる。大将は、その酒を飲んで、

　この川の水が真っ先に澄んで入れ替わったとしても、ここにこうして楽しく集まっている今日の習わしは、いつまでも絶えることはないでしょう。

と詠んで、帥（そち）の宮（四の宮）に盃をさしあげなさる。帥の宮が、

　三千年の年月を経て一度澄むという、定めないこの世の川の淵（ふち）は、瀬になると、心もわかるのです。

大守（たいしゅ）の宮（六の宮）が、

　ほかの人はさあどうだかわかりませんが、思いどおりになるはずの私自身の心でさえ、
　将来どうなるのかわかるはずがありません。

八の宮が、

　せめて私たち兄弟だけでも親しく契りを結んでいたら、流れる水も、ここに集う人の心も、いつまでも絶えることはないでしょう。

とお詠みになる。右大将が、「八の宮さま、上手にお詠みになりました。私どものほうこそ親しくしていただきたいと思っています。ああ情けない」と申しあげなさるので、皆お笑い

になる。

二四　藤壺から、桂の女一の宮のもとに手紙が届く。

こんなふうにしている時に、使の者が、赤い色紙に書いて、常夏（とこなつ）につけた手紙を持って参上した。弾正（だんじょう）の宮（三の宮）が、「どちらからのお手紙か」と言ってお受け取りになる。「藤壺（ふじつぼ）さまが、宮の御方（女一の宮）にお贈り申しあげなさったお手紙です」と申しあげると、弾正の宮は、「私こそが宮だ」と言ってお読みになる。お手紙には、

「ここ数日ご気分がすぐれずに苦しんでいらっしゃると聞いていましたので、ぜひともお見舞いにうかがいたいと思っておりましたが、私のほうも、また、とても気分が悪くて、どうしようかと思っているうちに、ずいぶんと遠くにお出かけになってしまったので、お見舞いもできないままになってしまいました。七瀬（ななせ）の祓（はら）えの旅の途中でお立ち寄りになったのでしょうか。

女一の宮さまと一緒に、昔、朝にも夕べにも禊（みそ）ぎをした、あちらこちらの瀬のことが思い出されます。

あの頃のことが忘れられません」

と書いてあって、端書きに、

「これは、失礼かと思いましたが、こちらにいる小さい子（第四御子）が初めて食べた食

事を、若宮（第一御子）が、『このお下がりを、いぬ宮さまにさしあげたい』と言ってお贈り申しあげなさった物だそうです」

とお書き申しあげなさっていた。

弾正の宮は、ご機嫌よくお酔いになって、藤壺からの贈り物をお渡しした。女一の宮が御覧になると、一つには、お食事ではなく、とても美しい作り物が、もう一つには、お食事が入っている。男宮たちが、それらを取り出して広げて、遊んだり、召しあがったりする。弾正の宮が、『このお返事は、私がお書きするように』とおっしゃるのですか。そういうことなら、私がお返事いたしましょう」とおっしゃって、そのお答えがないのに、一人で勝手にお返事をなさって、「そういうことなら」と申しあげなさるので、女一の宮は、「まあみっともないこと。お使いが見ていますのに。そのお手紙をお返しください」とおっしゃるが、弾正の宮は、それでも勝手に受け答えをして、「女一の宮は、『ご気分がすぐれずに苦しい』とおっしゃっています」などとおっしゃる。右大将（仲忠）が、それを聞いて、なんともおかしいと思って、ほほ笑んでいらっしゃると、弾正の宮は、「さあ、代筆の手紙をさしあげましょう。なんて書いたらいいのかおっしゃってください」と言いながら、ご自分でお書きになる。

「自分自身でお返事をお書きしたいと思うのですが、やはり、まだ筆も手にすることができませんので、代筆で失礼いたします。ここ数日、何が原因なのでしょうか、ずっと気分がすぐれずにおります。今朝は、心ならずも桂まで来てしまいました。お手紙には、『朝にも夕べにも禊ぎをした』とかありましたが、

かつて一緒に禊ぎをした、あちらこちらの瀬の激しい流れを思い出していらっしゃるならば、恋しい思いで、私の袖が涙で濡れていることもお忘れにならないでください。

私の思いも、その『激しい流れ』にも劣っていません。『いぬ宮に』と言ってお贈りくださった物は、『わが子の恩恵に与ることができた』と言って、大将が、一人で、皆食べてしまったようです。どうして私にはくださらないのですか。このことまでがねたましい気持ちです」

と書いて、使の者にお渡しになったので、右大将が、尚侍に、「使の者への禄として用意してある物はございますか」とお尋ね申しあげなさると、一重襲の細長と小袿に、袷の袴を添えてお渡し申しあげなさる。右大将は、それを持って出て、使の者に被けさせて、藤壺のもとにお贈り申しあげなさった。

二五　鮎を贈った使が、返事を持って戻る。

鮎をお贈りした使たちが、すぐに帰って来て、それぞれの方のご様子を報告申しあげる。返事のお手紙もある。

故式部卿の宮の中の君の手紙には、

「近くに住むようになっても、以前と同じようにあまり来てくださらないので、お手紙をうれしく拝見いたしました。ところで、お手紙に、『私自身の手で取った物だ』とありましたね。だから、ここ何年間は、広い海でどこかに行ってしまった漁師でしたが、雲が湧き出る天の川原を誰が開けて導いてくれたのでしょうか。『人々に配って失わないように』とありましたが、ご自分だけ言葉巧みにおっしゃいますね」

と書いてある。

右大臣（兼雅）が読んで、「あの頼りない人は、いつものように、乳母に渡して、乳母はあの方に一つも食べさせずにいるのだろうな」とつぶやいて、「この手紙をお読みください」と言って、御簾の内にさし入れなさる。北の方（尚侍）は読んで、「おっしゃるとおりですね」とおっしゃる。

二六　女一の宮、削り氷をほしがる。

こうして、方々の前に食事をさしあげる。折敷に載せてあって、ことさらに美しくしつらえてある。鮎は、さまざまに調理させて、とても多くて、上臈の侍女たちの前には衝重に載せて置かれている。

右大将（仲忠）が、女一の宮のもとに参上なさって、「何か召しあがりましたか。何をさしあげたらいいのでしょうか」とお尋ね申しあげなさると、そばにいた典侍が、「お食事は、何も召しあがっていません。削った氷を食べていらっしゃいます」とお答えする。右大将が、「なんとも恐ろしいこと。懐妊中に冷たい氷を食べることは、絶対に避けなければならないのに」。女一の宮が、「そう言って氷を食べさせてくれないから、なおさら食べたくなるのです。氷を食べずにはいられません。いぬ宮がお腹にいる時も、『食べてはいけない物がある』と言って、私が食べたい物も食べさせてくれませんでした」とおっしゃるので、「ああ情けない。食べ物のことで駄々をこねるなんて。医師が来ております。相談してみて、なんて言ったかお知らせしましょう」と言って出てお行きになる。

典薬頭にお尋ねになると、「召しあがらないほうがいいと思います。食べ過ぎなさると、熱い物も冷たい物に対して体が反応して、胸が苦しくおなりになります。懐妊した最初の頃は、体にとてもよくありません」とお答え申しあげるので、右大将は、「典薬頭も、こう言っています」と申しあげなさる。女一の宮が、「ああ苦しい。暑くて我慢できない」とおっしゃるので、右大将は、「団扇であおいでさしあげましょう」と言って、かしらの所（未詳）に、氷を取り寄せなさる。そこは、桂川のほとりで、殿舎から西側にある建物があてられている。近江守が、氷を小さく割って、蓮の葉に包み、器に載せて持って参上した。右大将が、受け取ってお渡し申しあげなさると、女一の宮は、少し召しあがって、「やっとのことで気分がよくなったのに、まだ気分を悪くさせるつもりなの。どうしてここにいるの。ここにはもう来ないで。あっちへ行って」とおっしゃるので、右大将は、笑って、「前に懐妊なさった時には、こんなふうにもおっしゃらなかったのに。何かの罰があたったのでしょうか」とおっしゃる。典侍が、「ご懐妊中に機嫌が悪くなるのはよくあることでございますから。仁寿殿の女御は、大守の宮（六の宮）さまを懐妊なさった時には、それはたいへんでございました。この女一の宮さまを懐妊なさった時には、普段とお変わりはありませんでした」と申しあげる。

いぬ宮が、また、御簾の内から這って出て来て、そこらの物に取りすがって手をかけて崩しなさるので、父の右大将は、「この子は、とてもいけない子だ。女の子は、こんなことはしないものです。男性が大勢いる御簾のもとなどには出たりするものではありませんよ」とおっしゃる。

二七　夜、桂川で祓えを行い、夜明けまで管絃の遊びをする。

夜になったので、あちらこちらに灯籠をかけて、御殿油をお灯しする。亥の時（午後十時）に、「祓えをなさる時刻になりました」と申しあげる。殿舎の壇の上から流して、途中で堰きとめた水を、石畳のもとまで引き入れて、滝にして落としている。その水が、大堰川のように流れてゆく。簀子に、御簾をかけ、浜床を立てて、その周囲に屏風を立ててある。

そこに、三人の女宮たちが出ていらっしゃる。尚侍は、浜床も立てずに出ていらっしゃる。高欄にもたれかかりながら、階隠しの間の前に、右大臣（兼雅）と、四人の男宮たちがおすわりになる。方々の上臈の侍女たちが、あちらにもこちらにもすわっている。陰陽頭が、祓えのための道具を使って、祓えをしてさしあげる。馬は、木綿をつけて引いて来ている。右大臣は、御衣を脱いでいらっしゃる。女一の宮と女二の宮は唐綾の掻練一襲、女四の宮は小袿、尚侍は白い絹織物の一重襲を着ていらっしゃる。男宮たちも、御衣を脱いでいらっしゃる。

祓えをし終えた頃に、夜が更けた。宮たちが管絃の遊びをなさる。女一の宮は和琴、女二の宮は箏の琴、尚侍は琵琶をお弾きになる。尚侍は、女宮たちがおいでになるので、几帳を立てて、その後ろにいらっしゃる。女一の宮が、「そんな所においでになるのはほんとうに困ります。やはり、こちらにいらしてください」とお勧め申しあげなさったので、尚侍は、琵琶を几帳の内に押し入れて、「ご配慮、ほんとうにありがとうございます」と言って、女宮たちがおいでになる浜床にもたれかかって、琵琶をお弾きになる。誰もお弾きにならない琴も用意なさっている。右大将（仲忠）は、右大臣や、四人の男宮たちが演奏なさる時にも、「ここでも遠くはありません」と申しあげなさって動こうとなさらないので、そのまま尚侍と並んで弾いていらっしゃるようだ。

こうしているうちに、十九日の月が、山の稜線からわずかに顔を出す。尚侍が、木綿襷をかけて禊ぎをした後にご一緒に有明の月を待つこんな夜は、もう訪れないでしょう。ですから、今日を楽しみましょう。

と、扇に書いて、女一の宮にさしあげると、女一の宮は、それを見て、

秋の長い夜の有明の月が出るのを待って管絃の遊びをしなければならなかったのに、今日の禊ぎの神は、どうお思いになったでしょうか。

と書きつけなさる。女二の宮が、

こうして楽しく琴の演奏をしながら月が出るのを待っていたら、桂川の浅い瀬の禊ぎの神も気にはなさらないでしょう。

女四の宮が、

月が出るのを待ちながら、この桂で、夜が更けて弾く琴の音は、禊ぎの神も心をとめて聞いてくださるでしょう。

と、次々と書きつけた扇を、尚侍が、右大将にお渡し申しあげなさると、右大将もまた、それを受け取って、

禊ぎの神もお聞きください。親しい者たちが、これからもずっと、禊ぎをしながら、歳をとっても容色が衰えることのないまま過ごしたいと思います。

と書きつけて、誰にも見せずに、御簾の内に入れた。

こんなふうにして、一晩中、管絃の遊びをなさる。夜が明けたので、皆、御簾の内にお入

りになった。

二八　仲忠、藤壺腹の第一御子に桂川の鮎などを贈る。

右大将（仲忠）は、鋳物師たちを呼び寄せて、脚をつけさせて作らせなさった、四つの白銀の篝に、釣り上げて取っておいた、鮎一籠と鮠一籠、さらに、石斑魚と小鮒を入れさせ、苞苴などを添えさせて、藤壺腹の若宮（第一御子）のもとにお贈り申しあげなさる。手紙は、ご自分の手で、月日を書き、籤を立てて、署名なさった。その傍らに、

若宮さまのために、桂に住んでいる珍しい魚を、今日からは、千年間、この日が訪れる度にお見せしましょう。

と書いて、蘇枋の木を籤にして、赤い色紙に書いて、撫子の花につけた。才知に秀でた人を召して、「これを、三条の院の東南の町に参上して、寝殿にいらっしゃる若宮さまのもとに持って行け」とお命じになる。

お使が持って参上したので、若宮が見て、「母上がいらっしゃる西の対に持って行くように」と言って、お手紙をお贈り申しあげなさると、女君たちと藤壺が見て、若宮に、「こちらへおいでください」と申しあげなさるので、若宮がおいでになった。左大臣（正頼）は、桂に行かずに、まだこちらにおいでになる。藤壺が、「こんなふうにお書きください」と言って、返事を書かせて、その傍らに、

右大将殿がこうして魚を初めて取ってくださったので、山や川にある浅茅が沖の上に見えました。

藤壺が教えながら書かせなさったので、とてもかわいらしく思われる。お使に禄を与えて、桂にお手紙をお贈り申しあげなさった。

左大臣が、御前に人を召して、献上された魚を料理させて、興味を持って召しあがる。藤壺には、鮎以外の魚を焼いて、御前にさしあげなさる。

お使が帰って参上したので、右大将は、若宮のお手紙を御覧になる。お手紙は、青い色紙に書いて、桔梗の花につけてある。右大将が、「まことに上手にお書きになりましたね。手本をお召しになったので、ほんのちょっと前にさしあげたばかりです。私の字にとてもよく似ていらっしゃる」とおっしゃると、右大臣（兼雅）が手に取って見て、「やはり、すばらしい方ですね」とおっしゃる。弾正の宮（三の宮）が、「先ごろ見申しあげたところ、字の練習をなさっていました」。右大将が「容貌も、ほんとうにかわいらしくていらっしゃいますね。春宮におなりになるのにふさわしい方です」。帥の宮（四の宮）が、「若宮よりは、こちらのいぬ宮さまのほうが、ご立派に成長なさるでしょう。まことに利発で気品もある姫君に成長なさるにちがいないとお見受けされます」などとおっしゃる。

二九　祐澄、乳母に女二の宮への手引きを依頼する。

その日は、一日中、涼んだり、網を引かせたりして、日が暮れると、鵜飼いなどさせていらっしゃったが、そんなところに、宰相の中将（祐澄）のもとから、女二の宮の乳母のもとに、女の装束一領と白張の一重襲を包んで、手紙が贈られてくる。その手紙には、

「昨日の朝早くにお手紙をさしあげたのですが、急いで出発しておしまいになったので、行き違いになってしまいました。以前にお願い申しあげたことは、東北の町ではなんとも難しいでしょうから、女宮たちも、管絃の遊びをなさって、桂川のほとりで涼んでいらっしゃる宵の間に、女二の宮さまのもとに忍び込む機会を作ってください。昨日の朝早くに、あなたを追いかけてやって来て、この近くに、そのつもりで忍んでおります。ところで、この装束は、とても暑い日ですから、お着替えくださいと思ってお贈りした物です」

と書いてある。

乳母は、この手紙を見て、「ああ恐ろしい。誰かがけはいを察するとたいへんだ」と思って、「里から、前に洗濯してもらうために送った物と下着類を入れて持って来たのです」と言って、贈られた装束を隠して、

「お手紙をいただいて恐縮しております。昨日は、左大臣殿（正頼）が参上して急がし申しあげなさったので、大急ぎで出発なさったのです。ご依頼の件ですが、それは、なんとも恐ろしいことです。東北の町においでになる時以上に、男宮たちが、まるで垣根のようにまわりを囲んで、夜は警護のために巡回なさっているようですので、侍女である私たち

でさえ、おそば近くにも参上することができません。まことに畏れ多いことに、お屋敷を出てこんな所にまで来ていらっしゃるということですが、早くお帰りになってください。誰にもけはいを察せられないようにしてください。それはそうと、お贈りくださった物は、なんとも畏れ多いことです。こんなふうに着る物のお世話をしてくださったことに恐縮しております。人知れず、『ぜひとも、このお礼に、女二の宮さまとの間を取り持ち申しあげたい』と思っております。真面目な話、東北の町にお戻りください」

とお返事申しあげた。

三〇　正頼たち一行、桂に合流。仲忠、女二の宮を警護させる。

こうしているうちに、左大臣（正頼）・左衛門督（忠澄）・蔵人の少将（近澄）・宮あこの侍従などが参上なさった。男宮たちや左右の大臣たちは、「さあ、このような所で、脚気の治療をしよう」と言って、「蹴鞠をするのにふさわしい所だなあ」と言って、心行くまで蹴鞠をお楽しみになる。誰も皆、蹴鞠の名手である。人々は、束帯を着て正装していらっしゃる。男宮たちや大臣たちは、直衣をお召しになっている。右大将（仲忠）と蔵人の少将は、蹴鞠も上手で、身のこなしも洗練された感じである。男宮たちは、「どうして、こう何もかもすぐれていらっしゃるのだろう」と思って見ていらっしゃる。日が暮れてしまったので、皆、建物の中にお入りになる。男宮たちは、女二の宮のもとにお入りになった。右大将が、女一の宮に、「今日は、いつものご病気の際のお食事を召しあがりましたか」とお尋ねになる。御前にいる侍女たちが、「いつにもまして、今日は、一日中まったく何も召しあがりませんでした」とお答え申しあげるので、「なんとも恐ろしいこと」とおっしゃる。右大将が、水飯を用意してお食事をさしあげなさるけれど、女一の宮は、目をふさいで、まったく見向きもなさらないので、右大将は、いぬ宮を膝にすわらせて、口にその水飯を含ませてさしあげて、「あなたのおかげで、私は、こんな体験をさせていただけますよ」とおっしゃる。女一の宮が、「暑苦しい。簀子に出ていて」とおっしゃるので、右大将は、「昨夜でさえ、思いどおりの所で寝られなかったのですから。今宵は、眠ったりしてはいけませんね」と言って、そのままそこで横におなりになる。右大将が、「侍女たちは、女二の宮さまのおそばにいて、眠り込まぬようにせよ。よからぬ噂を聞いている」とおっしゃるので、乳母は、どきっとして、どうしてお耳になさったのだろうかと思う。蔵人の少将も簀子にいらっしゃって、それがお見えになったので、右大臣（兼雅）が、遠くで御簾の外に顔を出して、「絶対に、誰も寝るな」と言って、「とても恐ろしい武士が歩きまわっているぞ。ほかの所ではともかく、二人の大将がいるこの桂の屋敷では、何かあったら、まことにみっともないだろう」とおっしゃるので、男宮たちは、目も覚めて、起きてすわっていらっしゃる。乳母は、すっかり身も凍りついて、茫然としている。

三一　暁に、仲忠、女二の宮が小水をするのを垣間見る。

夜が明ける前になって、格子も下ろさずに、女二の宮がいらっしゃる東面と、女一の宮がいらっしゃる寝殿の母屋(もや)との間には、高い屏風(びょうぶ)を立てて隔てている。女二の宮の御座所(おましどころ)のそばには、几帳(きちょう)が立ててある。右大将（仲忠）が、「この機会に、ぜひとも、女宮たちのことを見申しあげたい」と思って、女一の宮がぐっすりとお眠りになっている間に、脇息(きょうそく)を踏み台にして、屏風の上から覗(のぞ)くと、男宮たちは、もう夜が明けると思って、皆、安心してお眠りになっている。几帳の帷子(かたびら)は、上臈(じょうろう)の侍女たちがかけたまま、まだ下ろしていない。女二の宮は、起きて、おしっこをしようと思って、奥にお入りになった。大将は、それを、はっきりと見申しあげなさる。女二の宮は、白い綾(あや)の御衣一襲(ひとかさね)をお召しになって、髪なども寝起きだからぼさぼさになっているけれど、右大将は、まことに親しみやすくてかわいらしいと思って見る。姫宮も起き上がっていらっしゃったが、こちらは、まだ小さく子どもも子どもしていらっしゃるが、気品が感じられる。右大将は、仁寿殿(じじゅうでん)の女御はこんなに美しい皇女たちをたくさんお生みになったものだと思って見続けていらっしゃる。

三二　夕方に、人々、桂の別荘から帰る。兼雅、贈り物をする。

その日の夕方お帰りになった。男宮たちには、あるじの右大臣（兼雅）の馬や鷹(たか)などをお贈り申しあげなさる。女一の宮をはじめ、女宮たちには、黄金のやつこ（未詳）の箱に、めったに手に入らないさまざまな珍しい物をいくつも入れて、いぬ宮には、小さな箱に、昨夜の贈り物を入れてお贈り申しあげなさる。乳母たちには、装束を一領（ひとくだり）ずつお与えになる。上﨟（じょうろう）の侍女たちの中には、かつらとのの（未詳）などを出される。

こんなふうにして、皆さまはお帰りになった。

三三　女三の宮たちや藤壺、祓えをする。

右大臣（兼雅）は、桂（かつら）からお帰りになって、右大将（仲忠）の車など五輛（りょう）ほどで、女三の宮に祓（はら）えをおさせ申しあげなさる。梨壺（なしつぼ）腹の御子なども一緒に連れて出かけて、途中であちらこちらを見物して楽しみながらお帰りになった。

それから二日ほどたって、故式部卿（しきぶきょう）の宮の中の君が、賀茂川（かもがわ）に、車三輛ほどで祓えにお出かけになる。右大臣は、一緒にお出かけにならない。気心の知れた者たちと一緒にお出かけになる。右大臣は、近江守（おうみのかみ）に、「この人が、賀茂川に祓えをしに出かけると言っているので、賀茂川の岸辺あたりに車を立てさせて、鮎（あゆ）などを食べることができるように配慮してください。この人は、どういうわけか、若い娘のように、人の言いなりになる人なので、気がかりでね」とおっしゃって、中の君を出発させて、三条殿にお帰りになった。

［三条殿。］

藤壺も、唐崎で祓えをなさるために、左大臣（正頼）も一緒にお出かけになる。男君たちのお供の者たちが大勢つき従う。出発するために車を連ねている時に、大宮が、「あちらの藤壺のお車もご一緒に」とおっしゃると、藤壺は、それを聞いて、「そういうわけにはまいりません。母上のお車を先に」とおっしゃるので、大路には車をたくさん連ねたまま立ち往生する。左大臣が、「やはり、あちらの車を先に行かせよ」と言って、藤壺のお車を先頭に立てさせなさるので、そこにいた人々は、皆、そのご配慮にとても感動する。一行は、唐崎に出かけて、厳かに祓えをしてお帰りになった。左大臣も、東北の町にお戻りになった。

藤壺がいらっしゃる東南の町では、いつものように宿直の当番を決めて、男君たちが寝ずの警護をなさる。

三四　梨壺腹の御子立坊の噂。正頼方、若宮の立坊を祈願する。

こうして過ごしていらっしゃるうちに、春宮から、藤壺がなかなか参内なさらないので、ある時にはしんみりとつらそうに、また、ある時には不愉快そうにお恨みになって、毎日お使がある。その使の蔵人が、『梨壺さまがお生みになった御子が立坊なさるに違いない』との噂が広まっているようです。梨壺さまは、春宮の御前にも、しばしば参上なさっています。昼は、特に春宮のほうからお出向きになることはございません。ここ数日は、特に管絃の遊びもなさっていません」と申しあげると、藤壺は、春宮からの手紙に、ある時には、一二行のお返事しかなさらず、また、ある時には、まったくお返事をなさらない。こんな様子を見て、宮中では、誰もが、「まあ、なんということですか。このうえない無礼な振る舞いをなさるものだ。春宮がこんなふうに軽んじられなさるとは」と非難し申しあげる。

左大臣（正頼）の三条の院では、左大臣のもとにも藤壺のもとにも、今から、春宮坊の職員、春宮の蔵人、春宮の殿上人、春宮坊の帯刀にと、官職を望み申しあげる人が大勢いる。若宮のもとには、参上した人々が混み合って、まるで朝廷のようになっている。それを見申しあげながら、左大臣は、宮中での噂もあって、複雑な思いでこのうえなくお嘆きになって、多くの山や寺に修法を行わせ、神仏にお祈り申しあげなさる。そのうちに、七月の中旬になった。

三五　三の宮、藤壺に、変わらぬ思いを語る。

ある日の夕暮れに、弾正の宮（三の宮）が、藤壺が住む東南の町の西の対に参上なさって、いろいろとお話し申しあげなさる。弾正の宮が、「こうして退出なさっている間に度々お話し申しあげたいのですが、なんとなく騒々しいようでいらっしゃったので、控えておりました。お生まれになった御子がずいぶんと成長なさったとうかがいましたので、そのお祝いの気持ちも、自分の口から申しあげたいと思っておりましたが、私などに似ることのないようにと思って遠慮しているうちに、ご無沙汰してしまいました」。藤壺が、「会った人に似るのはもっと大きくなってからでしょう。私のほうでも、何もすることがなくてつまらないので、いろいろな方とお話し申しあげたいと思っているのですけれど、私のことなど、皆さまはお忘れになってしまったのですね」。弾正の宮が、「私は、まったく忘れておりません。私がこうして独身でいるのは、どんな気持ちがあってとお思いなのですか」。藤壺が、「さあ、やはり、奥ゆかしくていらっしゃるのだと思っております」。弾正の宮が、「藤壺さまがほかの方にたくさんお書きになっているお手紙を、時々は、私にも書いてください。私は、こうして、お手紙をいただけないまま終わってしまうのでしょうか」。藤壺が、「私も見てみたいお手紙を、たくさんいただいていらっしゃるようですのに、どうして私の手紙など」。弾正の宮が、「じつは、長年、私が独身でおりますので、あちらこちらに、私に、『婿になれ』と言う人がおりますので、困っているのです。藤壺さまのお心が冷淡だったことばかりが忘れられずに、結婚する気にもなれないので、やはり、昔のように疎ましくお思いにならずに、こっそりと、親しい者とお考えになってはいただけませんか」とおっしゃるので、藤壺は、「おかしなことをおっしゃいますね。こっそりとしなくても、そんな知らぬ仲ではありません。こうしてお話し申しあげたりうかがったりしているのも、親しいからです」などと申しあげなさる。そこに、左大弁（師澄）が、二人でこそこそ話をしているのはまことに事ありげだと思って参上なさったので、弾正の宮は、「ああ憎らしい。この融通がきかない者は、何をしに来るのか」と言って、途中でお話をおやめになった。

三六　実正、実忠をだまして、北の方と袖君のもとに連れて行く。

新中納言（実忠）は、「藤壺さまが都に戻るようにとおっしゃったのに、このまま小野に籠もっていたら、藤壺さまは不快にお思いになるのではないか」と思って、小野からお帰りになって、民部卿（実正）のもとを訪れなさる。

民部卿が、「都に戻って来てくださって、とてもうれしく思います。なかなかおいでにならないのなら、こちらからお迎えにうかがおうと思っていました。見ておわかりになるようにこの家ではまことに不都合ですし、ここ数日、私どもの所に、忌むようにとの神仏のお告げがあったので、先ごろ二条殿に移りました。ですから、そちらにおいでになって、先日申しあげたように、その二条殿にご滞在ください」と申しあげなさるので、中納言が、「そういうわけにもまいりません。こちらにも、しばらくの間だと思っております。ところで、『捜し出そう』とおっしゃっていた人は、どうなりましたか」と申しあげなさると、民部卿は、「遠い所で、こう暑いと、行くこともできません。もう少し涼しくなった時に訪ねようと思っています」などと、素知らぬふりで申しあげなさって、「ともかく、さあ、一緒に行きましょう」と言って、同じ車に乗っておでかけになる。

袖君が相続なさった三条の屋敷では、民部卿と中納言が、車から下りて、一緒に入っていらっしゃるのを、北の方などが見て驚いて、几帳をあらためてきちんと立てたりなどする。

まず民部卿がお入りになって、「ああ見苦しい。なぜ御簾を下ろしているのか」と言って、御簾をお上げになった。主人然としてすわって、「言ったとおり、ここにはあなたを恥ずかしがり申しあげる人もいません」と申しあげなさるけれど、中納言は、遠慮して、中にお入りになることができずにいる。民部卿が、「ともかくお入りください。女性たちが恥ずかしがってもいない所なのに、遠慮なさるとは、ほんとうに素直な態度ではありませんね」と申しあげて、円座をさし出しなさるので、中納言が、渋々お入りになって、まことに真面目くさった顔つきで御覧になっていると、奥の所に、小さな几帳を立てて、人がいる。柱のもとには、若くてとても美しい女の子がすわっている。

中納言は、「親しい間柄とは言っても、私に対して平然としていらっしゃるとは、おかしなことだなあ。この方は、藤壺さまの姉君だから、こんなに美しいのだ」と思って見ている。袖君は、「何はともあれ、父上に私の顔を見ていただこう。私も父上のお顔を見たい」と思って、伯父の民部卿が見ていらっしゃるのも何とも思わずに、中納言に向かい合ってすわっていらっしゃる。中納言は、とてもかわいらしい顔の姫君をじっと見つめていらっしゃる。一方、北の方は、「私の顔を見ておわかりになるのか」と思うときまりが悪いけれど、お二人とも何もおっしゃらない。姫君は、父君が見ても、自分の娘だとおわかりにならないことを、とても悲しく思って、我慢できずに、ぽろぽろとお泣きになる。それを見て、民部卿が、とてもかわいそうだと思って、「この子のことを思い出しなさいませんか」と申しあげなさると、中納言は、とても真剣な顔つきをして、黙っていらっしゃる。民部卿は、「なんともあきれたことに、この子のことを、こんなに成長なさるまで放って置き申しあげなさるので、どうしたらいいのかと悩んで、こうしてお迎えしたのです。これからは、こちらで親子三人で一緒にお暮らしください。世間の人と違って一人でお暮らしになるような生活は、長く続けることはおできにならないでしょう」と言い、「袖君は、髪も、こんなに長く美しくなっていますよ」と言って、衣から引き出してお見せ申しあげなさる。民部卿は、さらに言葉を続けて、「もうお一人、北の方も、ここにおいでです。どんなに探しても、これ以上の人は見つけられないでしょう。私のことを、人並みの者と思ってくださるのなら、やはり、このままここで三人でお暮らしください」と申しあげなさる。中納言は、「長年会わずにいるうちに、こんなに成長なさったとは」と言いながらお泣きになる。昔お仕えしていた侍女たちも、集まって来て泣く。亡き真砂君の乳母が前にいるのを御覧になるにつけても、中納言は激しくお泣きになる。中納言は、「それにしても、そんなつもりもなかったのに、なんでここに来たのか」と思っていらっしゃる。

民部卿が、「父上が生きていらっしゃった時は、まるで女親のように、折々の洗髪のことなども指図して世話をしてくださいましたけれど、今は、私たちの姉妹である宮の君は、父上のように気を遣ってくださいません。私などは、自分自身のことでも世話をしたいと思うような人はいないので、その気持ちはあっても、心のままに袖君のお世話をすることができないでしょう。あなたは、こうして、男女のことにご関心をなくしたようですから、北の方のことは、しかたがない、お構いにならなくてもいいでしょう。でも、この袖君をしっかりと世話をして育てて、何かにつけて、そのように考えてお過ごしください」などと申しあげ、お供の者たちを所々にすわらせて、食事を与えたりなどして、「中納言殿が遠くからおいでになったので、そのままこちらにお連れ申しあげたのだ。お食事をさしあげよ」とおっしゃると、侍女たちが、黒い食膳一具に、精進の物をとても美しく調理して、中納言に食事をさしあげる。食事のお世話をする人は、袖君の乳母と真砂君の乳母で、どちらも若い盛りは過ぎてしまっているけれど、容姿は重々しく落ち着いた感じの人だ。昔まだ女童だった者も、裳着をすませて、若い侍女として仕えている。女童たちの中にだけ、中納言を知らない者がいる。

三七　実頼も訪れて、実忠たちの世話をする。

食事も酒なども召しあがってから、民部卿（実正）は、「とても暑いから、あちらに入ってお休みください」と申しあげて、北の方と袖君が志賀山の麓の山里からお移りになった日に飾りつけておおきになった御座所に、中納言（実忠）をお入れ申しあげなさる。中納言が昔使っていらっしゃった調度も、少し字を書いてみたりなさった反古紙なども、なくしておしまいになった物がなく、それをなさった昔の状態のままで、ほかの美しい調度が多く加わっているけれど、その当時の物はすべて調えられている。中納言は、「やはり、妻は、ほかに例がないほどすばらしい心の持ち主だったのだ。親もなく、私だけを頼りにしていた人が、子どもまで生まれたのに、私がそれを見捨てて長年放っておいたにもかかわらず、こんなふうに一つもなくすことなく取っておいてくれたとは」などと思って御覧になる。こちらにも、中納言が顔見知りでいらっしゃった侍女たちが参上して、中納言の装束を取って衣桁にかけたり、団扇であおいでさしあげたりするので、まるで昔に返ったような気持ちである。

　民部卿は、ご自分の娘に婿取りをしたかのように立ち振る舞って、ご自分のお屋敷にも帰らずに、ただ袖君のことを忙しく世話をなさる。新宰相（実頼）も、急いで参上して、「私は、父上がお亡くなりになって後、夜も昼も、悲しい思いで嘆いておりましたが、今日は、そんな気持ちも忘れて、うれしく思っております。このままこちらにおいでになるのなら、同じ母をもつ兄弟ではあっても、あなたのことを父親だとも主君だとも思って、どのようなことでもお仕えいたしましょう」とおっしゃって、お二人ともこちらに滞在して、大切に世話してさしあげて、二三日お過ごしになる。しかし、中納言は、北の方にも袖君にも、まだ何も言葉をおかけ申しあげなさらない。

　このことを、帝も春宮も聞いて、「身を破滅させてしまったと聞いて、いたわしく思っていたが、これからは宮仕えをしようと思っているのだろうか」とおっしゃる。左大臣（正頼）は、とてもお喜びになる。「長年そう申しあげていたのに。この前、私が会って、宮仕えに復帰するように言ったからであろうか」とお思いになる。

三八　実忠、四日目の夕方、袖君や北の方と対面する。

中納言（実忠）は、「このままでは、世間の人も藤壺（ふじつぼ）さまなども、不本意にお思いになるだろうか」と考えて、四日ほどたって、夕方になってから、北の方と袖君のもとを訪れて、袖君に、「先日、会ってとても珍しい気持ちがしたのですが、お顔を拝見した時にも、自分自身で選んだことはいいながら、いろいろなことが感慨深く思われたので、『心を落ち着けて、真剣な気持ちでお話ししよう』と思って、今まで言葉もかけずにいました。長年、今さら親子の対面などできまいと思っていました。こうして無事にお過ごしだったので、うれしく思う一方、つらく思われて。こちらへは、何かで思い出した時に、うかがうつもりです。頻繁にうかがうことはできないでしょう」などと申しあげなさる。袖君が、何もおっしゃらずに、ただずっと泣き続けていらっしゃるので、中納言は、「このまま、長年の積もるお話をしましょう」などとおっしゃる。袖君が、「長年、父上のことを恋しく悲しいとばかりお思い申しあげていましたが、やっと会っていただいたので、夢のような気持ちがしています」などと申しあげなさると、中納言は、「世の中に長く生きていられそうにない気持ちがしたので、法師にもなってしまおうと思って、何年も山里にいたのです」とおっしゃる。民部卿（実正）が、中納言に、「住んでいらっしゃる所を探し出し申しあげる目当てもなかったので、何か機会があるごとに思い出して、ぜひにとばかり思いながら、長年、小野のお住まいをうかがうことができませんでした」などと申しあげなさると、中納言は、袖君に、「『紅葉を見るために、あなたが知らない人が志賀に出かけた時に、私もお供したのですが、その時に立ち寄った所が、あなたたちのお住まいだったのだ』と、父上がお亡くなりになった時に、兄上のお話を聞いてわかりました。そんな所だから、あんなにも浮き世離れしたお暮らしぶりだったのでしょう」などと、お話をたくさんして、「母上は、どちらにいらっしゃるのですか。『お話し申しあげたい』とお伝えください」とお願い申しあげなさる。

袖君が、喜んで、母君がいらっしゃる、寝殿の北の廂の間に参上して、そのことをお伝え申しあげなさると、北の方は、「いいえ。中納言殿とお話などできません」とお断り申しあげなさる。民部卿が、影のようにいつもそばを離れずにいて、袖君がおっしゃることも、北の方がおっしゃることもお聞きになって、「あなたさま、どうしてお断りになるのですか。『中納言殿からご連絡がなくても、あなたのほうから出向いてお会いになればいい』と思っていました。私は、あなたのことをご心配申しあげているわけではありません。中納言殿が、世に惜しまれながら身を破滅させておしまいになったので、もとに戻ってほしいと思って、あれこれと計略をめぐらせ申しあげているのです。早く中納言殿のもとに行って、わだかまりを捨ててお話し合い申しあげてください。いいかげんな気持ちで、こんなふうに申しあげているわけではありません」と申しあげなさると、北の方が、「いいえ。私などが会うと、ますます思い詰めて、鷲の山にも入っておしまいになるでしょう」。民部卿が、「同じ入るのなら、恋という山にお入りになればいいのに」と申しあげると、北の方は、笑って、「恋という山に入ると思い悩むと言いますが、長年住んでいた志賀山の麓の山里のほうが、悩みが深かったと思います。それはそうと、今さらとは思いますけれど、こんなふうに言ってくださるので」と言って、薄鈍色の一重襲と黒橡色の小袿を着て、中納言のもとに参上なさる。

北の方が几帳を外に押し出してお会いになったので、中納言が、「昔、結婚したばかりで恥ずかしくお思い申しあげていた時でさえ、こんなふうに几帳を隔てたりなどしなかったのに」と言って、几帳を押し退けて、北の方のお顔を見申しあげなさると、特に昔に劣っていらっしゃるわけではない。仁寿殿の女御によく似ているが、顔が痩せてほっそりしていらっしゃるところは、気品があって子どもっぽい感じである。中納言が、「ああ珍しいこと。ずいぶんと長い間お会いしませんでしたね。どういうわけか、お住まいもお知らせくださらなかったので、長年、山里に籠もって何もすることがない時や、春秋の夜が寒く感じられる時などには、いつもあなたのことを思い出していたのですが、お捜しする手だてがなくて、どうにもなりませんでした。私のことを見て、まったくの別人のように思っていらっしゃるけれども、あなたは、変わっていらっしゃいませんね。ただ、亡くなったかわいそうな真砂君がここにいないことだけは、昔とは違いますね」と言って、扇に、

雲の浮かぶ空から帰って来て見ると、古里で、私の帰りを待っていた雛鶴は、今では私

に会うこともなく亡くなっていました。

と書きつけてお渡し申しあげなさると、北の方は、泣きながら、

あなたが昔見た宿も、今では野山のようになってますます荒れて、松が枯れるように、帰って来ない鶴を待ちながら、待ちきれずに家を出てしまいました。

とおっしゃる。中納言は、それを聞いて、とても申しわけなく思って、「じつは、昔、自分でも説明のつかない浮ついた気持ちになって、家を出てしまいましたが、それでもまだ心が静まらなかったので、俗世で暮らすまいと思って、辺鄙な山里に籠もっていたために、親のもとにもうかがいませんでした。ただ父上の臨終の時に、参上して、父上にお目にかかりました。そこで、あなたが無事に暮らしていらっしゃるなどと聞きました。そのまますぐに父上の喪に服してしまったので、今までご連絡もできませんでした。すぐにご連絡をさしあげようと思ったのですが、物事を深く思い詰めるご性格でしたから、どうしようかと遠慮しておりました」とおっしゃる。北の方が、「何年もの間、もの思いをしながら、まことにいたわしく過ごしていらっしゃるとうかがっていました。歌に『私と同じように、山里で心細い思いで暮らしていらっしゃるのだろうか』とあるように感じられて、ぜひともご連絡をさしあげようと思ったのですが、それにつけてもどんなお気持ちになられるのだろうかと思って遠慮いたしておりました」。中納言が、「どうして今までそんな気持ちでおりましょうか。しばらくの間は、人のことを憎らしいと思っていました。でも、今ではそんな気持ちもありま

せん」などと言って、長年積もるさまざまなお話などを、たがいにたくさん申しあげなさる。

中納言が、「ほんとうによかった。こうしてこちらにおいでになるのですから、私も、こちらには、機会を見つけてうかがうことにいたします。兄上たちをいつもそばに従えていらっしゃるので、わずらわしくて。また来る時があったら、その時にお話の続きを。兄上たちが、まるで親や兄弟かのように親しげにやって来ているので、恐ろしいと思っていらっしゃるでしょう」などと、夜が更けるまでお話し申しあげなさるうちに、夜の食事の用意をしてさしあげたので、食事などなさって、ご自分の御座所(おましどころ)にお戻りになった。

中納言の兄君たちは、「中納言は、ここに住まずに、小野へお帰りになるかもしれない」と心配して、ご自分の北の方たちのもとに、こういうことだからと事情を説明して、夜も昼もこちらにいらっしゃる。人々が召しあがる物なども、皆、ご自分たちの屋敷に、「こちらに持って来い」と命じて持って来させて、中納言の北の方たちにもさしあげ、中納言にも配り、仕える者たちにもお与えになったりしていたが、そのうちに、昔中納言と親しくなさっていた人は、上達部も殿上人も珍しく思って喜び、風情がある物などをさしあげる方もいらっしゃる。

三九　仲忠や正頼たち、実忠のもとを訪れて語る。

右大将（仲忠）も、夕暮れの涼しそうな頃に来て、「ここにこうして滞在していらっしゃると、たった今お聞きしたところです。長年、籠もっていらっしゃる小野にうかがおうと思っておりましたが、何かと差し障りがあってうかがえませんでした。ところで、二人で見つけたあの志賀山の麓の山里にも、ぜひまた一緒に行ってみたいと思っておりました。あの山里においでになって、あの人のもとをお訪ねになりましたか。あの人が誰なのかお聞きになりましたか」とおっしゃると、中納言（実忠）は、「長年、山深く住む私も、大将殿はわざわざ訪れてくださると待ち望んでおりました」と申しあげなさる。北の方と袖君などは、右大将を見て、「あの山里においでになった人のようだ。あの時に見たよりも、まことに風格があって立派になったものだなあ。誰なのだろう」とお思いになる。右大将は、いろいろとお話などをして、お帰りになった。

　こうしているうちに、左大臣（正頼）が、男君たちに、「新中納言殿が、北の方のもとに戻って来て、このすぐ東の屋敷に滞在していらっしゃるそうだから、お訪ねしよう。亡き兄上（季明）が、『身を破滅させるな』とおっしゃったから、こうして普通のご夫婦としての生活にお戻りになったということをお祝い申しあげよう」と言って、左衛門督（忠澄）と宰相の中将（祐澄）などを連れておいでになった。

　民部卿（実正）は驚いて、ご兄弟三人でお出迎えして、皆でお屋敷にお入りになった。左大臣が、中納言に、「こちらにいらっしゃると、先日お聞きしました。すぐにご挨拶にうかがおうと思ったのですが、とても暑くて失礼してしまいました。とてもうれしいことに、私たちの願いどおりふたたびご夫婦仲よくお暮らしになっていることを、このうえなくお喜び申しあげます」。民部卿が、「ほんのちょっとの間、姉のもとを訪ねていらっしゃったので、引きとめたのでございます。相変わらず、小野の山里のことが忘れられずに、帰りたいとおっしゃっています」。左大臣が、「中納言殿は、ご自分の意志で、こうしてお帰りになったのではないのですか」と言い、「それなら、前もって祝い申しあげたことになりますね。幸せを願って祈ると、それが実現すると言います」と言って、皆でお笑いになっているうちに、御簾（みす）の内から、格別に美しく調理した精進物の肴（さかな）と一緒に、酒をさしあげなさる。

左大臣が、盃（さかずき）に酒を注いで、中納言に勧めて、

「妻子のことを忘れるな」と、生前に約束して言い遺しなさった父上も、今は、雲の上
で、ほほ笑みながら見ていらっしゃるでしょうね。

とお詠みになると、中納言は、その盃を受け取って、

左大臣殿が、父上と約束なさったこともお忘れにならなかったから、ここに来てくださ
ったのだと思うと、私もうれしく思います。

とお返しになる。民部卿が、

亡き母上を追うようにして亡くなった父上も、中納言が籠もっていた山里を探し出して、
都に戻るようにと約束した私の心をわかってくださっているでしょう。

宰相（実頼）が、

昔亡くなった母上も今回亡くなった父上も、この屋敷で中納言夫婦が仲よく暮らしていらっしゃるのを御覧になって、ほっとしていらっしゃるでしょう。

左衛門督が、

誰もが、亡きご両親以上に、奥さまとは別々の山里で長年過ごしていらっしゃった中納言殿のことを嘆いていたはずです。

宰相の中将が、

山里に行って見る度（たび）に、一人でぼんやりともの思いに沈んで過ごしていらっしゃった中納言殿のことを、私は悲しく思っていました。

と、それぞれお詠みになる。民部卿が、「ああ憎らしいこと。あなたまで、私たちと同じ気持ちで、この場で歌を詠むなんて」とおっしゃると、祐澄は、「父上が、『唱和せよ』とおっしゃったので」などと言って、お酒を何杯もお飲みになる。

左大臣は、長い間いろいろとお話をして、新宰相（実頼）に頼んで、御簾の内の北の方に、「中納言殿がこちらに滞在なさっていることをとてもうれしく思って、お喜び申しあげるために参りました。せめて、これからは、中納言殿をここからさまよい出るようにさせなさらずに、しっかりと居着かせるようにお心がけください」

と申しあげなさると、北の方は、盃に、

夫は、巣立つことをまだ知らなかった雛鳥（ひなどり）（真砂（まさご）君）が今どこにいるのかを知らないご様子でした。

と書いて、瓶子を持たせてお渡し申しあげなさる。左大臣は、それを見て、「なるほど。そうおっしゃるのも当然です。しかし、親鳥（実忠）が暮らす同じ巣（小野）を見舞ったことがあったのですが、古巣で悲しい思いをしているのを見ていながら親鳥を引きとめることができないままになってしまいました」

と詠んでお返し申しあげなさる。すると、中納言は、「どんな遣り取りをなさっているのだろうか。気になることだ」とお思いになる。

民部卿は、太政大臣の喪に服している所だから、被け物はせずに、お供の人々に腰差などをお与えになる。左大臣は、お帰りになる際に、中納言に、「これからは、小野に戻らずに、このままこちらでお暮らしください。そうなさったら、こんなに近い所ですから、歩いてでもこちらにうかがいましょう」と言ってお帰りになった。

四〇　十日ほどして、実忠、藤壺に、手紙を贈る。

十日ほどたって、民部卿（実正）は、相変わらず、夜はお屋敷にお帰りになるが、昼はこちらにばかりいらっしゃる。中納言（実忠）は、「妻と一緒に暮らしていることを、藤壺さまはどんな思いで聞いていらっしゃるのだろう」と思うと落ち着かなくて、小野の屋敷へ帰ってしまおうとお考えになるけれど、殊勝に、さまざまな人々が参上して、亡き太政大臣（季明（すえあきら））にお仕えしていた人もあらためて中納言に仕えるために名簿をさし出したりなどし、家司（けいし）としてお仕えしている受領なども実用的な物や果物（くだもの）などをさしあげるので、今を時めく人の屋敷のようである。

中納言は、藤壺に、

「この前お手紙をさしあげてからすぐに小野に帰って、また戻って参りました。小野に籠もるなとおっしゃったので、『時々は宮仕えをいたします』とお返事いたしましたが、先日、ほんのちょっとと思ってこちらにうかがったところ、思いがけないようなことがいろいろございまして。このことについては、私のほうから申しあげなくてもお聞き及びでしょう。

人には、妻のもとに戻って来ていると思われていますが、私は、涙の海に浮きながら、つらい思いで独り寝ばかりしております。

藤壺さまは、すぐにも宮中にお戻りになることでしょう。『時々は話をする』とおっしゃったから、今日も、こうして近い所に来ております。ですから、ぜひ、以前のように会ってお話ししたいと思います。参内しておしまいになったら、それもいつになるかわかりませんね」

とお手紙をさしあげなさる。

藤壺は、

「ここ数日は、近くにおいでになるとうかがっていたので、これまでの生活を改められたのだと、うれしく思っていました。『時々は』と申しあげましたが、やはり、こうして近くにおいでになれば、またお話しできる時もきっとあるでしょう。すぐに参内するつもりはありません。

私の願いを聞いてくださって、小野から戻ってそちらにお住まいだとうかがいましたので、今からは、私へのお気持ちが真実のものかどうかも、おのずとわかることです」

とお返事申しあげなさる。

四一　実忠、袖君や北の方と会って、いろいろと語る。

中納言（実忠）は、とても大切に世話をされて、「山里で、ずっと、男たちばかりを使っていた時よりは、こうして過ごすのも悪くはないな」というお気持ちになられるけれど、それでも、世間の人の気持ちを憚って、北の方には声もおかけ申しあげなさらない。母屋には塗籠はなくて、中仕切りの戸を間に立てて、東には北の方、西には中納言が、それぞれお暮らしになる。中納言は、北の方ととてもよそよそしくして、女も身近にお使いにならず、小野に籠もっていた時にいつも使っていらっしゃった男ばかりを召し使っていらっしゃる。

中納言は、時々、袖君だけを呼び出してお話しなさる。「ここ何年もの間、何をして過ごしていらっしゃったのですか。先日こちらにいらっしゃった方は、あの志賀山の麓の山里においでになった方ですよ。あの時は、中将でした。あの方は、なんでもおできになる方ですが、中でも、琴の名手です。その方が、紅葉を見るためにおいでになって、琴を弾いているのを聞いて、『この人は、きっと上手になるでしょうね』とおっしゃっていました。あれは、あなただったのでしょうか。その後、上達しましたか」。袖君が、「何年もの間、夜も昼も、父上のことが恋しく悲しいとばかり思われて、生きていることができそうもないと思っていました。ですから、こんなふうにして会うことはできないのだろうかと嘆かれて、何をしても上達することもなく、ずっとぼんやりと過ごしておりました」。中納言が、「ところで、私が志賀山の麓の山里にうかがった時に、どうして私に名告ってくださらなかったのですか」。袖君が、「母上はおとめになりましたけれど、私は、名告ろうと思って、御簾のもとまで出て、声を聞いたらわかってくださるのではないかと思って、いろいろとお話し申しあげたのです。それなのに、気づいてくださらなかったので、とても悲しい気持ちになりました」と申しあげなさるので、中納言は、あの時は正常な判断ができなかったのだと思って、何もおっしゃらない。

中納言は、こんなふうにして中仕切りの戸を隔てて別々に暮らしていらっしゃるけれど、東にいる北の方のもとに、人が寝静まった夜に、中仕切りの戸からこっそりと入って、時々お話し申しあげたりなさる。けれども、誰にもまったく気づかれていらっしゃらない。まるでひそかな愛人であるかのようにお話し申しあげなさる。中納言は、「長年、心変わりをしたような状態でしたけれど、あなたのもとを出てからは、ほかの女性をそばで見ることさえもなく過ごしてきました。この屋敷の西にある三条の院に居続けていた時に、言葉をおかけしていた方がいたのですが、その方のもとにいた、兵衛という名の侍女に、取り次ぎをさせていました。でも、その兵衛にも親しく話をすることがまったくないままになってしまいました。私の心の内だけでは、こんなふうに思っていました。出家を心ざした今になって、女性と親しくお話しするようなのも見苦しいので、やはり、こうして別々に暮らしましょう」と言ってお戻りになった。

四二　ある日の昼、実忠、袖君に北の方への手紙を託す。

昼頃、中納言（実忠）が、手紙を書いて、中仕切りの戸のもとで、袖君を招き寄せて、「この手紙を母上にさしあげて、お返事をもらってください」とおっしゃるので、袖君が、持って行って、中納言からの手紙だと気づかれないようにしてお渡し申しあげなさる。この時、民部卿（実正）も来ていらっしゃった。北の方は、「こうして民部卿殿も宰相殿（実頼）も来てくださっているが、見ていて、返事もしないと思って心配なさるだろう」とお思いになるので、手に取って御覧になる。民部卿が、「中納言殿からのお手紙ですか。お渡しください。見ましょう」とおっしゃるので、袖君が、「父上は、あちらに立っておいでです。『誰にも見せるな』とおっしゃいましたのに」と申しあげなさると、民部卿は、「お父上があなたたちのことをどんなふうにお考えになっているのだろうかと、とても知りたいと思っておりますので」と言って、お手紙を手に取ってお読みになる。お手紙には、

「昔のことを思う度に、とても申しわけない気持ちになるので、いろいろとお話し申しあげたいと思っていたのですが、『山籠もりをしていた私が女性と親しく語り合うことは思慮がないと思われるのではないか』と憚られて。

お互いに会うこともなく過ごしてきた年月は、なんだったのでしょうか。今は、この秋の短い一日でも、暮れるのが待ちきれない思いでおります。

せめて今日の暮れにでも心静かにお話ししたいと思います。人目を忍んで、こちらに、日が暮れたらすぐにうかがいます」

と書いてある。

民部卿が、「思ったとおりだ。お二人が縒りを戻せるようにうまくお計らいいたしました。早くお返事を申しあげてください」とおっしゃると、北の方は、「お返事などできません」と言ってお書きにならないので、袖君が、

「『私たちのことを思い出してくださったとのことですが、それは昔暮らしていた所の近くに峡があった効なのだろうか』と思います。それも、『おっしゃるとおり、さぞかし暮れるのが待ちきれない思いでいてくださるだろう』と思います。それはそうと、

昔は、別々に暮らしていましたけれど、それでも、夕暮れには、いつか来てくださるのではないかと期待できました。心変わりをなさったことを知った今のほうが、夕暮れになると悲しい気持ちになります。

心細くてなりません」

と書いてお贈り申しあげなさる。

四三　その夜、正頼、実忠の北の方に贈り物をする。

夜になって、中納言（実忠）が北の方のもとにおいでになっている時に、左大臣（正頼）から、蜜・瓜・焼米・生海松・水蕗など、すばらしい物をお贈り申しあげなさった。北の方のもとに、左大臣からのお手紙がある。

「先日そちらにうかがいましたが、その際、民部卿殿（実正）が、『中納言殿は小野に帰る準備をしている』などとおっしゃいましたので、困ったことだと思いながら、急いで帰ってしまいました。ところで、この海松は、そちらにおいでになっている中納言殿にさしあげたいと思って採った物です。

この海松布は、海の底に潜って探し求めた物です。お二人がふたたび逢うことができるようにと願って。

これからは一緒にいて親しくなさってください。焼米は、私どもの家の老妻（大宮）の歯では噛むことができずに残した物です。これは、若いあなたのもとにと思ってお贈りします」

と書いてある。

北の方が取り寄せて御覧になると、瓜や水蕗もまことにすばらしい物で、折櫃に積んであって、大きな瓮には、「これは、大姫君が御覧になってください」と書きつけてある。開けて御覧になると、いくつもの白銀の瓮に、練った絹や唐綾などを入れて、糸を輪に曲げて組んで、沈香の朸に結びつけてある。中納言が、見て、「ああ畏れ多いことだ。気がひけるほどのお遣いがあったおかげで、私とふたたび逢うことがおできになったのですね」と言って、北の方にお渡し申しあげなさった。

左大臣へのお返事は、

「何ごとでしょうか。お手紙の内容がよくわかりません」

と書いて、

「お贈りいただいた海松は、

伊勢の海人ならぬ中納言も、左大臣殿と同じような気持ちで海松布を潜って探してくれたら、私もつらい思いで心が沈むことはなかったでしょうに。

焼米は、私ではなく、伊勢の大神にさしあげたほうがいいのではないかと思います。それにしても、日本の国では見られないほどのすばらしい物ですね。なんとも畏れ多いことです。すぐにでも伊勢の大神に供物（くもつ）としてさしあげたいと思います」
と、中納言が北の方に書かせて、使の者に禄（ろく）を与えて行かせなさった。

四四　七月下旬、袖君、喪服を脱ぐ。実忠、いったん、小野に戻る。

中納言（実忠）は、それ以来、毎晩、北の方のもとに参上なさる。袖君に、「もう、喪服を脱いでおしまいなさい。明日は吉日です」とお勧め申しあげなさると、「母上は、『皆さまがお脱ぎになった時に、一緒に』とおっしゃっています」とお答え申しあげなさるので、中納言は、「そんな配慮は無用です。形ばかりでも、あなたに親がいると思っていらっしゃるならば、喪服をお脱ぎなさい」と言って、何輛（りょう）ものお車と御前駆（ごぜんく）の者などをつけて川原に行かせて、喪服を脱がせ申しあげなさる。

お帰りになったのを御覧になると、濃い紅色の御衣と小袿（こうちき）などをお召しになっていて、お顔はまことに美しい。藤壺（ふじつぼ）に似ているが、見た目の感じは少し劣っている。中納言は、とてもすばらしい娘に成長したと思って見ていらっしゃる。

袖君が喪服を脱いだのを見とどけて、中納言は、いったん小野に戻ろうとお思いになる。

北の方は、袖君と同じ装束をとても美しく仕立てて、中納言にお贈りになり、その装束に、

あなたに見ていただこうと思って縫った衣も、あなたが来てくださらない間に、紅（くれない）の涙
の色でこんなふうに濃くなってしまいました。

と歌をお詠みになる。中納言は、返事を、

紅の涙で濡れたというあなたの衣の色がこんなふうに黒くなったのですから、私も同じように墨染めの衣を着ていると、どうしてお思いにならなかったのですか。

と詠んで、ほんの少しの間、小野にお戻りになった。

四五　春宮、藤壺の返事を持って来ない蔵人を謹慎させる。

春宮は、藤壺が参内もなさらないし、手紙をさしあげてもお返事もくださらないことを嘆いて、嵯峨の院の小宮や梨壺なども長い間参上させず、その局にもお渡りにならない。長い間お食事もなさらずに、日がたつにつれてご気分が悪くおなりになったので、帝も、后の宮に、「折も折、譲位が近いこの大切な時期にご病気におなりになるなんて」と申しあげなさると、后の宮は、「ご心配になることはありません。特別なことでもないでしょう。暑気あたりなどでしょうか。そうでなければ、他愛もないことで嘆いていらっしゃるのでしょう」などとお答え申しあげなさる。

春宮は、蔵人（これはた）を呼び寄せて、手紙を渡して、「今までと同じように、この手紙の返事をもらって来なければ、もう戻って来なくていい。もうおまえを召し使うつもりはない」とおっしゃるので、蔵人は、ひどく嘆いて、春宮の手紙を持って参上して、藤壺にお渡しする。

藤壺が、その手紙をお読みになると、

「お手紙を何度もさしあげたのですが、少しもお返事をくださらないようなので、とても気にかかっています。このことを、まわりの者たちが不審に思って騒ぎたてるのを聞いていると、居たたまれない思いがします。もうお手紙をさしあげるのはよそうと思うのですが、そうもできずに、こうしてお手紙をさしあげました」

とあって、

「以前は、一緒に過ごしていたから、夜ごとに命を惜しむ気持ちになりました。でも、こうして離れて過ごしていると、露のようにはかない命も惜しむ気持ちにはなれません。それはそうと、そちらには幼い御子たちが何人もいるようですから、私が死んで困るのはあなたのほうなのですよ。私は、自分の命も、それ以外のことも、惜しくなどありません。あなたが私のことを不快に思っているようなので、私はもう生きていたいとも思いません」

などとお書きになっている。

藤壺は、春宮の手紙をお読みになっても、いつものように、何もおっしゃらない。蔵人は、「春宮は、『お返事を持って戻らないと、蔵人の職を除籍するぞ』とおっしゃいましたのに。特にご恩顧によって春宮の蔵人にしていただいたのですから、このまま除籍されましたら、ご恩顧をいただいた効（かい）もなくなります」などと申しあげる。孫王（そんおう）の君をはじめとして、蔵人の姉の兵衛の君も、藤壺のそばに集まって来て、「この子の将来をお心にかけて、ほんの少しだけでもお返事をさしあげてください。この子が身を破滅させてしまったら、私もとても悲しいのです」などとお願い申しあげる。藤壺が、「私がお返事をさしあげないからといって、使のこれはたを除籍なさるならば、私が春宮からそれだけ大切に思われているからなのでしょう。除籍なさったら、私にとっての喜びだと思いましょう。それでもそんなふうにおっしゃるなら、私が、お願いして、これはたを、春宮の蔵人以上の官職につけましょう」とおっしゃるので、蔵人は、「私はどうしたらいいのでしょう。このまま春宮のもとに参上せずにいていいのでしょうか。それとも、参上して、このことをご報告申しあげたらいいのでしょうか」と申しあげる。すると、藤壺が、「春宮のもとに参上して、『お返事もいただけませんでした』とだけ、乳母たちに頼んで報告させなさい」とおっしゃるので、蔵人は、泣く泣く参上して、春宮にそのとおり報告申しあげさせる。

春宮は、「このこれはたは、藤壺が、乳母子として、とてもかわいがっている者だ。この者を解任したら、このことで文句を言うために、きっと手紙はよこすだろう」と思って、謹慎させなさった。

四六　春宮、藤壺が返事をくれない理由がわからずに悩む。

春宮は、それ以来、藤壺（ふじつぼ）からの手紙をずっと待っていらっしゃるけれど、左大臣（正頼）

の男君たちが参内なさる度に、藤壺からの手紙の使ではないかとお思いになっていても、藤壺はご伝言さえも申しあげなさらない。春宮は、「藤壺は、なんとも恐ろしい心の持ち主だなあ。何が原因で、私のことをこんなに深く恨んでいるのだろう。私がほかの妃たちを参上させていると思っているからなのだろうか」とお思いになる。

この残りは、後の巻々にあるはずだということだ。

国譲・下

この巻の梗概

后の宮は、藤原忠雅・兼雅たちを招集し、梨壺腹の第三御子立坊の協力を求める。源正頼に婿取られている忠雅たちが消極的な態度を崩さないので、后の宮は春宮に直談判するが、春宮も承諾しない。后の宮は、譲位とともに第三御子を立坊させるように、帝にも働きかけるが、帝は春宮（新帝）の判断にまかせようと言う。八月十一日に譲位があり、藤壺は女御になった。后の宮の暗躍により、第三御子の立坊の噂が広まってゆく。正頼方の懸念は、藤原氏優位な政治構成を背景にして、大臣・公卿たちが合議のうえで第三御子を推挙する動きであった。正頼方は新帝の意志を期待するだけで手が出せず、出産のために里邸に退出していた藤壺をはじめ女君たちは婿たちを牽制する。二

主要登場人物および系図（国譲・下）

◇は系図の中に重複して出ている人
※は春宮妃

嵯峨の院
大后の宮
源涼
式部卿の宮
兵部卿の宮
朱雀帝（朱雀院）
女三の宮◇
小宮※
大宮
后の宮
五の宮
姫宮
春宮（帝）◇
仁寿殿の女御
三の宮
四の宮
六の宮
八の宮
十の宮
女一の宮◇
女二の宮
女四の宮
一の御子
二の御子
四の御子

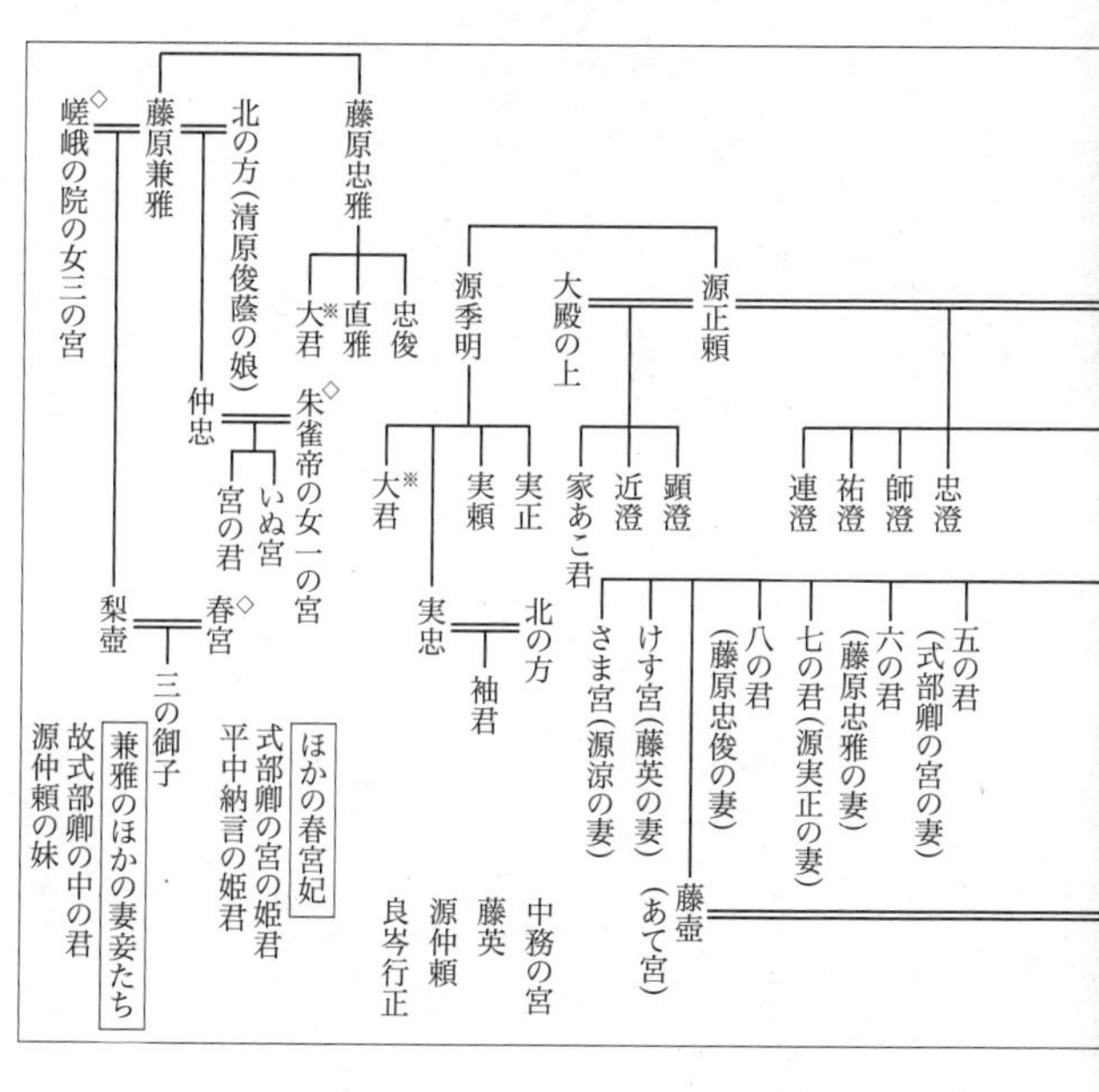

十三日に新帝が即位する。世評では第三御子の立坊が有力である。懐妊した嵯峨の院の小宮の御子誕生を待って立坊を期待する大后の宮の動きもある。十月に、新帝の意志により藤壺腹の第一御子が春宮となった。立坊争いをどう終息させるかは、新帝に与えられた最初の課題だった。年が返り、世の中は平安を取り戻す。三月十日ごろには、嵯峨の院で花の宴が催され、朱雀院や新帝をはじめ、人々が集い春の一日を楽しんだ。

一　后の宮、忠雅たちに梨壺腹の御子の立坊を謀る。

かくて、中宮より、太政大臣に、「その日の夜さり、聞こゆべきことなむある、大納言・宰相もろともに、忍びてものし給へ。切なること聞こえむ」とて奉り給へり。右の大殿にも、「大将もろともにものし給へ、ものし給へ」とあり。おとどたち、「かしこまりて承りぬ」と、「今、さらば、仰せ言侍るに候はむ」と聞こえ給ひて、その夜になりて、皆参り給へり。

后の宮、御前の人、皆立てさせ給ひて、請じ入れ奉り給ひて、太政大臣に聞こえさせ給ふ、「消息に聞こえしやうは、昔より、この筋に、かくし来ることの、今違ひとて、行く末まで絶えぬべきこと聞こえむとてなむ。御国譲りのことこの月になりぬるを、のたまふやうは、『同じ日、春宮も定めさせせむ』となむあめる。それを、おのらもあるに、一の上にては、そこにこそものし給へ。

一 藤原忠雅。
二 「その日」は、具体的な日づけをぼかした表現。
三 挿入句。
四 忠雅の長男忠俊と次男直雅。
五 右大臣藤原兼雅。梨壺の父。忠雅の弟。
六 右大将仲忠。
七 上は后の宮への、下は忠雅・兼雅同士の発言か。
八 「この筋」は藤原氏のことで、代々、藤原氏から春宮が立って来たの意。
九 「この月」は、八月。譲位は、八月十一日。【六】参照。
一〇 「おのら」は、一人称。ここは、単数。后である私もいるし、そのうえ。
一一 「一の上」は、通例、左大臣をいう。この物語にまた、次々、かくやうごとなくものし給ふを、かの[一二]筋は、[一三]大臣(おほいまうちぎみ)のみこそは。[一四]太政大臣(おほきおとど)のものし給はずなりぬ。[一五]さては、皆、下臈(げらふ)にてのみこそは。この筋にしつることを、一世(いつせい)の源氏の娘、后(きさき)になり、子、坊に据ゑたることはなかなるを、などか、これしもさるべき。宮に、[一六]娘を、これかれ奉り給ひし時は、この中に、さりともとこそ思ひしか。[5][一七][6]足り給ふ歳のおぼゆるまで[一八]さることのなきを思ひ嘆きしほどに、[一九]すずろなる人出(い)で来て、二つなく時めきて、子をただ生みに生めば、これにこそはあめれ、この筋の絶えぬべきことと、[7]くちをしく思ひつるを、この梨壺の、思ひのほかに、[二〇]夢のごとし給(たう)べるに、かかる折に、これを坊(ばう)[8]には据ゑむとなむ思ふ。[9][二一]女は、世になきものにもあらず。この御身の筋を思ほし捨てで、[10]来(き)し方行く先、またこの筋の恥とある[二二]大いなることをとどめ給へ」と聞こえ給へば、太政大臣(おほきおとど)、とみにものものたまはず。

しばし思ほしためらひて、「忠雅(ただまさ)らは、ともかくも、[二三]いかでか。

も、「国譲・上」の巻【四〇】注二では、左大臣忠雅をいう例が見えるが、ここは、太政大臣をいう。

一二「かの筋」は、源氏。

一三 左大臣源正頼。

一四 故太政大臣源季明。「の」の語法、やや不審。

一五 それ以外は。

一六 忠雅の娘も春宮妃。

一七「足り給ふ歳」は、春宮の年齢をいう。

一八「さること」は、御子が生まれることをいう。

一九「すずろなる人」は、藤壺をいう。

二〇「夢のごとす」は、梨壺が御子を生んだことをいう。

二一 忠雅も、その子の忠俊・直雅も、正頼の婿になっているゆえにいう。

二二「大いなること」は、「大事」の訓読語か。

二三 反語表現。下に「定め申さむ」などの省略がある。

臣下といふものは、君の、若くおはします、御心の疎かにおはします時こそ侍れ、かく明王のごとおはします世には、何ごとをかは定め申す。ただ、[二四]御子のよしみに、『かくなむと思す。[二五]いかが』と聞こえ給はむに、御心に定めさせ給ひて、これをと思さば、何の疑ひか侍らむ」。中宮、『それは、さばかり、この頃、[二六]里なりとてだに、恋ひ悲しび、物も参らず、[二七]影のごとなり給はむ人は、まいて、かけても聞き給ひなば、いたづら人になり給ひなむものを。ただ、[二八]人の国にも、大臣・公卿定めてこそは、よろづのことをもしけれ、これかれ、心を一つにて、このことを、『かくなむあるべき。この筋のむげになくはこそ、異筋の交じらめ。かく、[二九]さるべき人を[11]措きては、いかでか』と、[12]おのらもそこにも申さばこそは、さすがに、道理失ひ給はず、さかしくおはする人なれば、心には飽かず悲しと思すとも、世を保たむと思ほす御心あらば、許し給ふやうあらめ。おのれ一人、かうなむ思ふとは申さじ」。おとど、「忠雅は承り侍りぬべし。[13]公卿・大臣定め申し侍りなむ。

二四 春宮はお子さまなのですから。
二五 「思す」は、間接話法的な敬意の表現。
二六 藤壺さまが里下りしているというだけでも。
二七 参考、『古今集』恋一「恋すればわが身は影となりにけりさりとて人に添はぬものゆゑ」（詠人不知）。
二八 「人の国」は、唐の国。以下「よろづのことをもしけれ」まで挿入句。
二九 「さるべき人」は、梨壺腹の御子をいう。
三〇 上は后の宮へ、下は忠俊と直雅への発言と解した。
三一 こういったことは、まず、位の低い者たちから意見を申し述べるものだ。
三二 「上」を、「父上」の意と解した。
三三 右大臣兼雅をいう。

[三〇]14近う は娘のことなれど、ここにこそは。[三一]まづ、かかることは、下よりなむ。いかなるべきことぞ、男ども」とのたまへば、宰相・大納言、「さらに知り給へぬことなり。[三二]上の定めさせ給はむままにこそ従ひ侍らめ」。15おとど、「さらば、[三三]大臣は。[三四]御娘・16孫なり。[三五]大将は、下臈なれど、行く末ただ今、[三六]物の固めと侍り給ぶ人なり。その妹・甥の上なり。[三七]あるべからむこと定め申し給へ。忠雅は、それを承らむ」。

右のおとど、「いとも尊く、[三八]かく思はしめさせ給ひける。17かく仰せ承るはうれしけれど、ここに五人候ふ人は、四人は、[三九]皆犬に侍り。兼雅も、この朝臣侍れば、思ひすべきにも侍らず。[四〇]降り居おはしますべき帝の、あまたの皇子たちの母にて候ひ給ふも、代を継ぎ給ふべき君の、二つなく思ほして、三所の君持ち、18かう候ひ給ふも、19[四一]同じ人の娘なり。この御仲ども、疎かなるにあらず。[四二]いかが、命をかけ給へるやうなり。[四三]この太政大臣、この子どもの母まかり隠れて後、この女御の20 21一つ腹の22持給びて、また、一日一

三四　あなたの娘と孫に関することです。
三五　右大将仲忠をいう。
三六　「物の固め」は、「世の固め」の意。
三七　「侍り給ぶ」は、特殊な敬語。「春日詣」の巻【二】注四参照。
三八　「思はしめさせ給ふ」の「しむ」「さす」は、ともに、尊敬の助動詞。異例な敬語表現。
三九　「犬」は、婿の意。参考、『遊仙窟』「女聟是婦家狗。打殺無レ文」。
四〇　以下、仁寿殿の女御と藤壺のことをいう。
四一　「同じ人」は、正頼。
四二　「いかが」は、強調を表す。参考、『枕草子』「淑景舎、春宮に参り給ふほどのことなど」の段「いかがめでたからぬことなし」。
四三　太政大臣藤原忠雅の妻は、大宮腹の六の君。

夜、[23]他の所をなむ知り給ばざなる。その腹に、子四人侍なり。かの大納言の朝臣は、その[25]妹の八にあたるをなむ持て侍るなる。それ、また、[四四]子二人、また、今日明日にて侍り。それ、[四五]去年の冬、はかなき人にもの言ひ触れて侍りとてまかり去りて、親のもとに侍りければ、子の幼きを取り持てなむ、せむ方なくてもてわび給ひけるが、からうして、この頃なむ、[四六][26]『あからさまに』など言ひて渡りて侍るなる。[27]宰相の朝臣の[28]も、[四七]兼雅が姉の腹なり。それも、子ども侍り。仲忠の朝臣、かの家に侍らねど、[四八]あるが中の[29]君にしてもてかしづき侍る人につきて侍り。子に、限りなく愛しうする女子侍り。[四九]またもあるやう侍なり。かくのごと、手を組みたるやうに行き交じり、この仲に、いささか疎かならず、命を限りて侍るに、かかることをなむあひ定むると聞き侍りなば、この娘どもをも取り放ちて、帝にも、かれこれにも、またあひ見せ奉るべきにも侍らず。いとよき人なれど、[五〇]いと急に強き人になむ侍る。また、[30]しか思はむ、ことわりになむ。家の尊きことは、かやうの折

四四　「蔵開・下」の巻【一八】に、「御子は、五つなる男、三つなる女、孕み給へり」とあった。

四五　藤大納言と八の君の不和は、「国譲・上」の巻【一】注九など参照。

四六　「国譲・上」の巻【一】の忠俊の発言に、「ただあからさまに渡り給ひて、帰り給ひねかし」とあった。

四七　正頼の妻大殿の上は、兼雅の姉。藤宰相の妻は、大殿の上腹の三の君。

四八　「あるが中の君にしてもてかしづき侍る人」は、女一の宮をいう。

四九　女一の宮の懐妊は、「国譲・中」の巻【三】参照。

五〇　「急なり」は、気が短いの意。参考、『源氏物語』「賢木」の巻「祖父大臣、い

の用意なり」と聞こえ給へば、中宮、大きに御声出だし給ひて、（后の宮）[31]「その仁寿殿の女[32]の子どもも侍るは。など、すべて、この女の子どもは、いかなるつび[五一]かつきたらむ。つきとつきぬるものは、皆吸ひつきて、大いなること[五二]の妨げもしをり」とのたまへば、太政大臣、（忠雅）「かの大将の朝臣の聞き[33]侍るに、いと不便なる仰せなりや」と聞こえ給ふ。「忠雅らは、人にも侍らず。かの朝臣は、男だに恥づかしく侍るものを」とてうち笑ひ給へば、皆笑ひぬ。（后の宮）「さぞかし。女なるおのらだにこそ、筋の絶えむ[34]ことは思へ。ぬ[五三]したちは、何のなり給ひつればか、[五四][35]女の子愛しとて、かかる大いなることの妨げをばなさるる。世の中に、女はなきか。それにま[36]さりたらむ人をも、おのれ奉らむ。近う[37]は、おのが一人持ち奉りたる[五五][38]女皇子得給へ。さりとも、その女の子どもには劣らじ。いとかくつたなく、な計り[39]給ひそかし[40]」。太政大臣、（忠雅）「なほ、これは私事なり。なほ、侍ることを、かうなむと申さるる[五六]なめり。[五七][41]妻子を思はぬ人なれど、[五八]事の道理のあることなり、かくは[42]心を調へ

と急にさがなくおはして」。

五一　「つび」は、女性の性器のこと。『和名抄』形体部茎垂類「屎　通鼻」。

五二　「大いなること」は、梨壺腹の御子の立坊をいう。

【二】注三参照。

五三　以下、それでもほんとうに男として生まれたのかという気持ちでの発言である。

五四　この「女の子」は、妻の意か。

五五　「女皇子」は、朱雀帝の女三の宮。

五六　「申さる」の「る」は、尊敬の助動詞。兼雅の動作と解した。

五七　妻や子を顧みない人ですが。

五八　挿入句。

てなむ、え申すまじく侍る。なほ、ただ、啓するやうに、御子の君に、あるべきやうを、よからむ折こしらへ聞こえ給へ」と、「仰せ言にて許し給はば、この中に幸ひにてこそ侍らめ」。后の宮の、「そこたちは、妻方をのみ思して、宮の二つなく思したる見てのたまふにこそあめれ。よしや。我やは、世の中のことどもまかせて見をらむ」とのたまふ。

右のおとど、「さても、この坊がねの君をば、まだ御覧ぜぬにやあらむ。その君は、もとより天地に受けられて、明王がねと生まれ給へる人なり。かれをきしろひ圧さば、いと悪しからむ。なほ、『かかる御面だにも見ず』と言はれ騒がれ侍りつるに、かかることの侍るこそ、恥少し免れて思ひ給へつれ。寵あらむ人にきしろひて、いたづらにならむと思ひ給へず。しるしのやうにても、え侍らずのみこそ」。宮、「あな凡俗な。ふぐりつきて、男の端となりて、かうものを言はむよな。一人してだに、かしこき者は。ただ、女の子どものやうにて」と腹立ち給ひて、「その朝にも、

五九 「御子の君」は、春宮をいう。
六〇 春宮自身のお言葉で梨壺腹の御子の立坊をお認めくださるならば。
六一 宮が藤壺を。
六二 反語表現。「我は、世の中のことどもまかせて見をらじ」の強調表現。
六三 「坊がねの君」は、藤壺腹の第一御子をいう。
六四 生まれながらに天地の神々に認められて。
六五 「御面」は、春宮の顔。
六六 「凡俗」は、「蔵開・中」の巻【三】注一五参照。
六七 「ふぐり」は、陰嚢のこと。『和名抄』形体部茎垂類「陰嚢 俗云布久利」。
六八 底本「そのあしたにも」。底本に従って本文を立てたが、意未詳。
六九 挿入句。「婚き狂ひ」は、男が妻を求めて自分を見失うの意。ここは、春宮

宮とても、[六九]婚(めま)き狂ひをこそし給へ、いと憎げには思はせず。[七〇]おほ[50]
かた、[七一][51]あまがつ女なれば、[七二]面(おも)わわけたるに、[52]さぞ[53]現(あらは)さざらむ。げ
に、気色の恐ろしげに、人を殺すべからむは、何(な)ぞ」。太政大臣(おほきおとど)、
「さ侍る人なり。さらに、ただ人と侍らず。気色・ありさま、い
と恐ろしき人に侍り。かの大将の朝臣、[54]よろづに、[55]まだ[56]若き男(をのこ)に
[57]こそ侍れど、いとよく人見侍る人なり」。大将、（仲忠）「うたて。[七三]遊びの
やうに申さるるかな。なほ、見侍るに、いとかしこく見え給ふ[七四]君
なり。[七五]かの侍る所に住み給ひし時は、[七六]近く侍りしことなり、いと
恐ろしく侍りし」と聞こえ給へば、后(きさい)の宮、[七七]「さる者しもぞ、神(かみ)
仏(ほとけ)は欲しうし給ひしかな」と[58]のたまへば、おとどたち、「よきこ
と聞き侍れど、えなむ、この中には定め侍らぬ。なほ、[七八]申しつる
やうに奏せさせ給へ」とて、皆まかで給ひぬ。

が藤壺を偏愛していることをいう。

七〇「せ」は使役の助動詞か。

七一「あまがつ女」の「あまがつ」は、凶事を移し負わせる形代の人形。藤壺を罵った言葉だろう。

七二「面わわく」は、顔が崩れてぼろぼろになるの意。

七三「遊び」は、「口遊び」と同じで、冗談の意。

七四「君」は、藤壺をいう。

七五「かの侍る所」は、正頼の三条の院。

七六 挿入句。

七七 そのような者（藤壺）は、かつては、神も仏もほしがってお召しになったものです。藤壺の死を願う呪いの言葉。

七八「奏す」は、春宮に申しあげるの意。先ほど申しあげたように、后の宮から春宮にお話し申しあげなさってください。

二　数日後、后の宮、春宮に梨壺腹の御子の立坊を迫る。

かくて、日ごろありて、[一]宮に、「聞こえさすべきことなむある。渡らせ給へ」とあれば、渡らせ給へり。御物語など聞こえさせ給ひて、「[二]かうかうなむ思ふ。いかにあるべきことぞ」と聞こえ給へば、宮、いと御気色悪しくて、青くなり赤くなり、ものも聞こえ給はず。いと久しくありて、「昔より、誰も、親の仰せ言は、ともあれかうもあれ、否び聞こえじと思ふ本意侍れば、否び聞こゆべきには侍らず。この国ならず、[三]大きなる国にも、国母・大臣、一つ心にてこそ事を計りけれ。臣下ども、[四]御足末にて、やむごとなくてものせらるめるを、あひ定めて、ともかくもせさせ給ふばかりになむ。ここに、はた、[五]かの人離れては、いと便りなく侍るに、[六]かかること侍らば、参るべきにも侍らず。されば、[七]かの人、幼き者

一　春宮。
二　「かうかう」は、梨壺腹の御子を立坊させることをいう。
三　「大きなる国」は、中国のこと。
四　「足末」は、一族の意。「国譲・上」の巻【一九】注三八にも、「古里は、皆足末なり」と見える。
五　「かの人」は、藤壺をいう。
六　梨壺腹の御子が立坊することになったら、藤壺はもう参内するはずもありません。
七　藤壺やその腹の御子たちと一緒に。

もろともに、生くとも死ぬとも、もろともに山林にも入りて侍るばかりにこそは。位・禄も、顧みむと思ふ人のためにこそは。何ぜむにか、これをいたづらになしては、世にも侍るべき」とて、涙をこぼして立ち給ひぬ。

宮、「聞こえじと思ひつることを。これらが、妻方に思ひて。『おのらは知らず顔にて、さはせむ』と言ふを。かかる仲らひに、離れたる人をば入れ交ぜむが憎さに、心に、しかしか申せば、かくのたまふなめり。おほかたは、さはれい」など腹立ちておはす。［ここは、后の宮。］

三　后の宮、兼雅に梨壺腹の御子の立坊をけしかける。

かくて、また、后の宮、右の大殿に、「忍びて、直衣姿にてものし給へ。聞こゆべきことなむある」と聞こえ給へば、その夜参り給へり。

八　春宮としての位も封禄も。
九　私の口からは申しあげたくないと思っていたのに。
一〇　私は関わっていないふりをして、梨壺腹の御子を立坊させよう。
一一　「離れたる人」は、藤原氏以外の人の意。
一二　「心に」は、私の判断での意か。
一三　「さはれ」は、「さはあれ」の約。「い」は、強調の終助詞か。
一四　「后の宮」は、常寧殿。
【七】注五参照。

一　右大臣兼雅。

宮、対面し給ひて、「宮に、かのありしこと聞こえしかば、『ともかうも、あるべからむさまざまに[二]。ここには[三]、いかでか』とありしかど、気色なむよくも見えざりし。それ、思ふやうは、上[四]に聞こえて、同じ日[五]定めさせ給ひて、ただ[六]太政大臣の御心なり、そ[七]こにはあなたかなた[八]により給はむやは、位に居給ひぬる[1]すなは[2]ち[3]すべきなり。しばしこそ[九]思さめ。[一〇]王昭君を胡の国へ遣り給へる、楊貴妃を殺させ給へる帝、なくやはありける。太政大臣は、[一一]妻を思ひ給ひつれば、それに[4]慎み給へるにこそあれ。すべきやう必ずと思ふを、さる心知り給へれとなむ」。おとど、「ともかうも、御心と定めさせ給ふらむ[一二]になむ。ここには、皆々人[5]、かの[6]族に入り交じりて侍れば、心一つによろづ思ひ給ふとも、力なう侍るべければ、[7]思ひかけぬなり。ただ、仰せ言になむ[一三]。よろづのこと、仲忠の朝臣に語らひて侍るを、おほかたの心寄せよりも、また、思ひ侍るめる筋侍めれば、よにも動じ侍らじ」[一四]。宮、「いと不用の御子ぞ。さこそあなれ。さ不孝ならむ者をば、子とも、な見給ひ

二 「さまざまに」は、「あるべからむさまざまに」が、上の「ともかうも」に応じて、複数の表現をとったものか。

三 「ここ」は、一人称。

四 「上」は、朱雀帝。

五 譲位と同じ日に春宮をお決めになって。

六 挿入句。問題なのは太政大臣殿のお気持ちだけです。

七 挿入句。「そこ」は、二人称。

八 「あなたかなた」は、平安時代の仮名作品にほかに例が見えない表現。

九 春宮は、しばらくの間は不満にお思いになるでしょう。でも、いずれはわかってくださると思います。

一〇 漢の元帝と唐の玄宗皇帝の故事をいう。

一一 底本「女」。「妻」と解した。

一二 下に「従はむ」などの

そかし。さもあらばあれ。それらは、一つ心ならずともありなむ。ただ、一の上だに、『一つ心ならむ』とのたまへば」。「承りぬ。ただ、せさせ給はむになむ」とてまかで給ひぬ。

四　后の宮、帝に、梨壺腹の御子の立坊を勧める。

かかるほどに、上渡らせ給ひたるに、「国譲りは、実に、いつほどにか侍らむ」。上、「この十日余日ばかりになむ」。「坊に、同じ日やは定めさせ給はぬ」。上、「何か。さあらずとも。騒がしきやうなり。のどかにもありなむ」。宮、「そのよしは、かうかう思ふことなむある。その人なかりし時こそ、あるに従ひてと思ひしか。かかる人ありとならば、同じくは、申さむぞ、その腹のをとなむ」。上思ほすやう、小宮孕み給へなり、それ、もし男ならば、それを、もし、これをもやとこそ思ひ聞こえ給はめ、さあらぬものから、左大臣の思はむことあり、こくばくの皇子の祖父に

省略がある。
一三　「給ふ」は、下二段活用「給ふ」の終止形の例。
一四　「動ず」は、心が動くの意。
一五　あなたたち親子は、私の味方になってくれなくてもかまいません。
一六　「一の上」は、太政大臣忠雅をいう。【一】注二参照。

一　底本「十日よひ」。今は八月。
二　あるいは、「坊は」の誤りか。
三　のんびりと構えていてもいいでしょう。
四　梨壺腹の御子が生まれる前は、お生まれになっている藤壺腹の若宮が次の春宮になられるだろうと思っていました。
五　「同じくは、その腹のをとなむ申さむぞ」の倒置表現。

て、かくあること思ひて、女御をもまかでさせ給ひて参らせずは、いかがせむと思ほして、「何か。ただ今ならでもありなむ。おのづから、位にあり定まりて、親とあらむ人の、心よろしからむやうに定められむ。さしも思はざらむ人を子にしたらば、あぢきなく、さかしらをも。恥づかしき人に、さもおぼえじや」とのたまへば、「この仁寿殿の盗人により、のたまふぞかし。不興し奉りて籠もりをりて、恋ひ悲しび待ち居て、青蠅のあらむやうに立ち去りもせでおはすれば、いかに恐ろしく思さるらむ。さる人のゆかりをこそ思すらめ」。上、うち笑はせ給ひて、「何か。さまでも思すや。めづらしき人ならばこそ。神さびにたる、子どもの母をば、何か。十の君の、まだ見ざりつるがありければ、それ見にこそ、時々渡れ。さて、のたまふやうは、かしこに、静かになりなむ時、あるべきやうに語らひ給へ。便りあるべからむことをのたまはせむには、よも否びられじ。やむごとなき人の、皆御足末にてあんめるを。わいても、『思ふ人の類』とのたまへど、世をば、

六　嵯峨の院の小宮。
七　「給へなり」は、「給へるなり」の撥音便「給へんなり」の撥音無表記の形。
八　嵯峨の院と大后の宮は。
九　たとえそうでなくても。「ものから」は、ここは、逆接仮定条件を表すか。
一〇　「親とあらむ人」は、新帝となる春宮をいう。
一一　底本「こ」。あるいは、「ばう（坊）」の誤りか。
一二　さし出がましいことをしたとお思いになるでしょうの意か。
一三　「恥づかしき人」は、春宮をいう。
一四　異例だが、「恋ひ悲しび待ち居て……おはすれば」の「おはす」を、帝に対する敬意の表現と解した。
一五　「さる人のゆかり」は仁寿殿の女御の父正頼や妹藤壺をいう。「ゆかり」は、縁者の意。

[二一]左大臣、仲忠の朝臣となむまつりごつべき。[二二]太政大臣、いとよき人なれども、才なむなき。才なき人は、世の固めとするになむ悪しき。[二三]右大臣は、ありさま・心もかしこけれども、女に心入れて、好いたるところなむついたる。さるべき人は、頼もしげなくなむある。この二人は、大将の朝臣はさらに言ふべきにもあらず、[二四]いま一人も、才もあり、[二五]心もいとかしこく重し。その人、臥し籠もりて、娘どもをも[二六]取り乱りて惑はさむに、人々なむ騒ぐことあらむ。よし。見給へ」と聞こえ給へば、「よし。聞こえじや」など怨じ聞こえ給ふ。

五　譲位の前日、春宮、藤壺に手紙を贈る。

かくて、御国譲り明日になるまで、藤壺、[一]蔵人のことも申させ給はず。宮、かうながらあらば、いたづらになりなむと思して、その日、[二]勘事許させ給ふ。さて、夜さり方、異蔵人して聞こえ給

一六　新しい女御ならばともかく。
一七　「神さぶ」は、歳をとるの意。
一八　十の皇子。以下は、仁寿殿の女御が三条の院に退出した時のことか。十の皇子は、現在、女御とともに宮中にいる。「国譲・上」の巻【三】参照。
一九　「かしこ」は、春宮をいう。
二〇　后の宮の「さる人のゆかりをこそ思すらめ」の発言をいう。
二一　源正頼。
二二　藤原忠雅。
二三　藤原兼雅。
二四　「いま一人」は、左大臣源正頼をいう。
二五　「心重し」は、思慮深いの意。
二六　「取り乱る」は、無理やり引き離すの意か。

ふ、

春宮「日ごろは、殊に参り給ふやとのみ。年ごろ契り聞こえしことを違へ給ふなめるこそ。[1]

三もろともに思ひ初めてし紫の雲の原をも一人見よとや」[2]

と聞こえ給へれば、ただ、かくなむ。[3]

藤壺四長き世を見るべき人は異なれどよそにのみ聞く雲の原をば[4]

と聞こえ給へれば、この、后の宮ののたまひしことによりてなりけりと思ほして、あな幼や、天下に言ふともと思す。[5]

六　朱雀帝、譲位して後院に移る。新帝、女御を任じる。

十一日に、御国譲り給ひて、帝は朱雀院に出で給ふ。仁寿殿の女御、御供仕うまつり給ふ、一后の宮は内裏におはしませど。藤壺のもろともに見給はぬを、夜昼思ほし嘆きて、さらに、人も参上らせ給はず。二異君たちは、皆参り集ひ給へり。


一「蔵人のこと」は、謹慎させられたこれはたの件。「国譲・中」の巻【四五】参照。

二 これはたの謹慎をお解きになる。

三「紫の雲の原」は紫宸殿のことか。「紫の雲の原を見る」は即位することをいうか。春宮は、【三】注六でも、即位の日に参内しない藤壺のことを思って、「よろづのこともろともにと思しし人に見せぬこと」と思っている。

四「よそにのみ聞く雲の原をば」は、倒置法。

一 倒置法。
二 藤壺以外の妃たち。
三「妃」は、皇后に次ぐ天皇の妻で、内親王を原則とする。史実では、妃は、醍醐天皇の時の為子内親王しばしありて、女御なし給ふ。ただ今しもなし給ふまじけれども、藤壺を参らせ給はむと思して、急ぎなさせ給ふ。小宮、[三]妃に、[四][1]故太政大臣殿の、一の女御、[五]今の大殿の、二の女御、[六]藤壺とをなし給はむとする時に、后の宮の聞こえ給ふ、「いかでか、梨壺をばなし給はぬ。さかしき代ならば、これ、坊の親ともなり[2]給び、[七]高き位にもなるべき人なり。かく乱るる[3]折なれば、[4]と言ひかく言ふにこそあなれ。必ずなし給へ」と聞こえ給へば、帝、「二人は、[5]太政大臣の娘なり。[八]これは、下臈にこそあらめ。[九]あひ次いでこそは。[一〇]これをしては、いかでか」と聞こえ給へば、后の宮、「この、[一一]時なしのさがな者を、[6]ななし給ひそかし」と聞こえ給へば、[帝]「いかでか。これこそ。ある中の上臈なれど、[一二]朝廷に、世を静め、久しう仕うまつりたる人の娘なり、そのうちに、いと便りなく心細き人にこそ。[一三]ここにだに顧みずは、いかがせむ。[一四]なほなして、[一五]牛車を梨壺に許さむ」と申し給へば、后の宮、「さも、とさまかうざまに、申すことを聞こしめさぬかな」と聞こえ給へど、皆

が最後の例。
四　源季明の大君。宮の君。
五　太政大臣藤原忠雅の大君。
六　藤壺とともに女御に任命しようとなさる時に。
七　「高き位」は、皇后の位をいう。
八　「これ」は、梨壺をいう。
九　序列に従って任ずべきです。
一〇　梨壺を女御にしては。
一一　「時なしのさがな者」は、季明の大君のこと。「国譲・上」の巻【七】注八参照。
一二　以下「娘なり」まで挿入句。
一三　せめて私だけでも面倒を見なければ。
一四　予定どおりに季明の大君を女御に任じて。
一五　「牛車を許す」は、宮内門まで牛車を乗り入れることを許可すること。

[7]なり給ひて、梨壺には[8]牛車を許し[9]給はむとす。

かくて、妃の宮は承香殿に、[一六]故大臣殿の[10]宣耀殿、[一七]今のは麗景殿に、左の大殿のはやがて藤壺、式部卿の宮のは登華殿、右の大殿の梨壺、[11]平中納言殿の君[12]貞観殿に住ませ給ふ。御名も、皆、しか申す。[13]登華殿は、女御になり給はずて、[14]父宮よりはじめ奉りて、かかる恥を見ることと思し嘆きて参り給はず。宣耀殿は、[一八]服にて、里に。帝は、久しく、人も参上らせ給はず。

[国譲りの所。]

七　后の宮、忠雅と姫宮との結婚を画策する。

かくて、后の宮の思すやう、[一]同じ日坊を据ゑずなりぬれば、今はしにくかりぬべきこと、[二]一の人の心だに一つになしてば、子ども親に従はざらむやはと思して、[三]彼岸のほどに、[四]よき日を取りて、さるべきこと思し設けて、[五][1]后町に[六]忍びてものせむ、院、聞こしめ

一六　故太政大臣季明の大君。

一七　今の太政大臣忠雅の大君。

一八　父太政大臣の服喪中で。源季明が亡くなったのは、二月の下旬。「国譲・上」の巻【六】参照。『喪葬令』には、「凡服紀者。為二君。父母。及夫。本主一。一年」とある。

一　譲位と同じ日に春宮を決めることができないままになってしまったので。

二　「一の人」は、ここは、兄の太政大臣をいう。【一】注二の「一の上」参照。「吹上・下」の巻【三五】注六には、右大臣を「一の人」と言った例も見える。

しても、悪(あ)しうものたまはじ、七右大将をだによき婿にし給へば、八これも、歳もまだ若う、容貌(かたち)も心もめやすし、世の一の人にもあればなど思ほして、太政大臣(おほきおとど)に、「后の宮聞こゆべきことなむある。今宵、ここに忍びてものし給へ」とあり。

おとど、あやしく、かかるほど、よき日といふなる日しも、かうかうのたまひつれば、九坊定めのことにやあらむ、わづらはしと思して、忠雅一〇「かしこまりて承り候(さぶら)ひぬ。候ふべきよし仰せられたるは、一一日ごろ、労(いたは)るところ侍(はべ)りて、院にも内裏(うち)にも参り侍らぬ、今、今日明日過ごしてためらひて参り侍らむ」と聞こえ給ひつれば、一二宮、くちをしう、いかでかこれ呼び取らむ、一三天下(てんげ)に思ふ人持たりとも、一四わが御子(みこ)を見奉らむ人は、疎(おろ)かにはあらじと、御心一つに、人には言はで思ほす。

度々(たび)聞こえ給へど、参り給はず。

三「彼岸」は、ここは、八月の秋分の日の前後七日間。
四 婚姻に吉日という日を選んで。
五「后町」は、常寧殿の異称。【三】注一四参照。
六 こっそりと結婚させよう。
七 仲忠。朱雀院の女一の宮の婿。
八「これ」は、太政大臣忠雅をいう。
九 梨壺腹の御子の立坊の件なのだろうか。
一〇「かしこまりて承り候ひぬ」は、消息文の慣用的な表現。
一一 以下「参り侍らぬ」まで挿入句。
一二 后の宮。
一三 たとえ愛する妻を持っているとはいっても。
一四「わが御子」は、朱雀院の姫宮。后の宮腹。女三の宮か。

八　大宮や正頼の女君たち、藤壺を祝い、さまざまに話す。

かくて、藤壺の御方に、喜び聞こえ給ふとて、これかれ渡り給へり。大宮も、式部卿の宮の御方も、太政大臣、兵部卿の宮、民部卿殿の北の方も渡り給へり。「必ず、何かはと思へることとなれど、あやしく妨げられつるやうに聞こえ侍るを、かくてとだに」とのたまへば、「年ごろは、かしこの、国譲りのことによりて思ひ嘆き、心も損なひたるやうにて、湯水も参らずものし給ふこそ、いと見苦しけれ。子持たるも苦しげなるものにこそ」。大宮、「いでや。ここにも、この御ことを、とさまかうざまに思へば、おぼろけにやは。ほとほど、かくも、えあるまじきにこそは聞こえつれ。また、いかなる恥を見むとすらむとぞ、かしこにも思ひ嘆かるめれ」。太政大臣、「そのこと、いと騒がしかりなむや。一日も、后の宮から召すめりきや。

一「藤壺の御方」は、藤壺の里邸。三条の院の東南の町。
二「式部卿の宮の御方」は、正頼の五の君。大宮腹。
三 順に、正頼の六の君、十二の君、七の君。いずれも、大宮腹。
四 女御になられてよかったとだけでもお祝いしようと思ってやって参りました。
五「かしこ」は、父正頼をいう。
六「おぼろけにやは」は、とても心を痛めていましたの意。
七 危うく女御になることもできそうもないと聞いていました。
八「かしこ」は、夫正頼をいう。

度々になりぬれど、『わづらはし』とて参り給はずなりにし気色を、[一〇]『それは、かやうの筋なるべし』とは申せど、さらにのたまはせねど、しるくなむ」。[5]大宮、「[6]方々、とさまかうざまにたばかり給ふめり。ただ、ここには、[一一]おとどをのみ頼み聞こえたる。[一二]さりとも、一つ心になり給はずはとこそ思へ」。[7]北の方、「[一三]かしこには、世にも、かくも思し騒ぐが苦しきこととこそ[8][一四]思はれためれ」。大宮、「いさや。いとあやしきことをぞ、人言ひつるや。まことにやあらむ。『おとどを、あるやむごとなき所に取り込めらるべし』とや。それこそ、いと恐ろしきたばかりなれ」。北の方、「いづこに。いかが聞こしめしつるぞや」。「后の宮の姫宮にとかや」。北の方、胸つぶれて、「あな心憂や。さも知らずかし。[一五]ここには、さる気色もなきは、隠さるるにやあらむ。[一六]幼き者どもあまた侍るに、[一七]またも見まほしうて侍るに、さる、[9]名立たる、[10]めでたくおはする所に取り込められなば、[一八]顧みもせじ。いかさまにせむ」と、気色悪しうて聞こえ給へば、「いさや。さぞ言ふなりつる。確か

九　夫（忠雅）をお召しになったようです。
一〇　后の宮のご用件は、立坊のことなのでしょう。
一一　「おとど」は、太政大臣忠雅。六の君の夫。
一二　どんなことがあっても、太政大臣殿があちらの味方をなさらなければと思っています。
一三　「かしこ」は、夫忠雅をいう。
一四　底本「思ひはれためれ」。「思されためれ」の誤りと見る説もある。
一五　「ここ」は、一人称。
一六　太政大臣と六の君の間には、現在、三人の男君と一人の女君がいる。【三】注八参照。
一七　六の君は、現在懐妊中である。【三四】注三参照。
一八　この部分に、夫忠雅に対する敬意の表現がないことに注意。

なることにやあらむ」。北の方、「夜(よる)、度々(たび)、『忍びて(后の宮)』とぞあるや」。宮、「朱雀院(ざくゐん)(大宮す)は、一九一の宮よりまさるはなしとぞ思したなる。それは、小さくより思しつきたればにこそ。二〇かの宮、さらに劣り給はざなる。まだ二一片成り(かたな)にて、いとをかしげにおはすなり。いま少しねび給はば、いとようなり給ふべき人にこそ」。北の方、「『二の宮(忠雅)、思ふやうにおはすなり。いかで見奉るものにもがな。二二大将こそ、うらやましくめざましけれ』と、時々のたまふを、二三この宮、さやうに聞こえ給へば、よも、悪(あ)しと思はじや」[11]。民部卿殿の、七の君[12]「ここにも、二四『あの乳母(めのと)の言ふ』とて二五言ひしは、日など取ら[13]れたりけり。それは、ただ、二六このことによりよろづのことをすとてたばかるめり」など、二七女御の君と御物語し給ふ。

「新中納言(七の君)のことは、昨夜(よべ)聞こしめしたりや。いとこそをかしかりけれ。二八かの三条に、昔の人を迎へ置きて、さも知らせで、二九おのが侍るぞとて率(ゐ)てまかりたりければ、袖君のあらぬものに生ひな[14]りてあんなるを、三〇おのれと見なしたりけるは、いとこそあやしか

一九 女一の宮。藤原仲忠の妻。
二〇 「かの宮」は、朱雀院の姫宮。后の宮腹。
二一 「片成り」は、未成熟だの意。「国譲・中」の巻【三二】注九参照。
二二 右大将仲忠をいう。
二三 「この宮」は、姫宮。「思はじや」に係る。
二四 姫宮の乳母。
二五 「言ひしは」は、七の君の侍女がか。
二六 梨壺腹の御子の立坊のためにあらゆる策を講じる。
二七 「女御の君」は、藤壺をいう。この呼称は、ここが初出である。
二八 以下は、「国譲・中」の巻【三六】参照。
二九 「おの」は一人称。ここは、七の君自身をいう間接話法的な表現。
三〇 「おのれ」も一人称。「国譲・中」の巻【三六】で、

りけれ。されど、[三一]おのが方々なむ、いと疎く、心にもあらぬやうにてものせられける。『小野へ』とて帰り給ひけるを、一日なむ、『ここにものせむ』とておはしたなる。かの北の方こそ、いとよき人なれ。[三二]かしこには、いとめでたきものにぞせらるなる。[15]『中納言をばいと疎きものにして、[三三]いらへも、昔は声も聞こえざりける人に、今は、親はらからのごとして、親も子もさし向かひてある』とぞ言ふめる」[16]。女御の君、「年ごろ、いとあやしくて、所々にものせられたりつれば[17]、[三四]かの中納言に対面して[18]、『なほ、かくてを』とこそものせしか。かの袖君[19]のよく生ひなり給へるを、いかで内裏に参らせてしかな。むつましき人の、いと奉らせまほしきを」。北の方、「『さなむ思ふ』とあらば、いとよく奉られなむ。今、事のついであらば、[三五]かしこにものし侍らむ」と聞こえ給ふ。

袖君を見た実忠は、七の君だと思い、「これは、藤壺の御姉なれば、かくよきぞ」と思ったとある。

三一　「おのが方々」は、別々にの意。「国譲・中」の巻【四二】に、「中戸を立てて、東の方には北の方、西には中納言と、いと疎々しうて」とあった。

三二　「かしこ」は、夫実正をいう。

三三　「昔は、いらへも声も聞こえざりける人」に同じ。この「人」は、実正や実頼をいうか。「国譲・中」の巻【三八】に、「親はらからのごと語らひ来にたれば、恐ろしとこそ思さるらめ」とあった。

三四　「国譲・上」の巻【四〇】の藤壺の発言参照。

三五　夫（実正）に申してみましょう。

九　仁寿殿の女御や女一の宮たちも、藤壺を祝う。

一朱雀院の女御の御もとより、

「必ず必ずあるべきことと思う給へしかど、うたてきしろふ人がちなりけるを、かくものし給ふをなむ。いま一つのことを。四内裏の御用意にこそは」

と聞こえ給へり。

御返り、

「承りぬ。のたまはせたることは、もし参ることあらば。六徒歩走りの苦しかりしをのみなむ。さて、ものたばかりは、そがいとさまざまなるを、あぢきなく、人の御ためにさへあべかなるをぞ思ひ嘆く」

と聞こえ給ふ。

八藤大納言殿の北の方は、立ちぬる月のつごもりにぞ子生み給へ

一　仁寿殿の女御。「朱雀院の女御」の呼称は、ここのみ。

二　こうして女御におなりになったことをお喜び申しあげます。

三　「いま一つのこと」は、藤壺腹の若宮の立坊をいう。

四　参内の準備をなさるのがいいでしょう。

五　もし参内することになったら、その時はよろしくお願いいたします。

六　「徒歩走り」は、のんびりと落ち着いていられないことの意の比喩的な表現で、退出前の気苦労な生活をいうか。

七　姉上たちにまでご迷惑がかかるのではないかと思って嘆いています。

八　「藤大納言殿の北の方」は、正頼の八の君。藤原忠俊の妻。大宮腹。夫といさかいをしていたが、母大宮

る。まださかだち[九][3]給はねど、[4]御使して聞こえ給ふ。

[一〇]源中納言殿より、

(さま宮)「参りにても聞こえさすべけれども、[一一]ここに日ごろ悩まるるに、[5]見給へ譲る人もなくてなむ。いともうれしくは、いつしかと待ち聞こえしやうにおはしますなるを。[一二]尚侍(ないしのかん)の殿たちなどには、物や遣はすべき。さらば、のたまはせよ。[一三]ここにものし侍らむ」

と聞こえ給へり。[6]

御返り言(こと)、

(藤壺)「承りぬ。悩み[一四]給はむは、いかやうなるにか。さらに承らざりけり。待ち給ひけることは、時過ぎたるやうにては。[一五]乳母(めのと)たちは、いさや、さするものにやあらむ。[一六]今、さらば、聞こえむ」

と聞こえ給ふ。

一の宮より、

(女一の宮)「日ごろ、あさましく、[一七]頭(かしら)ももたげられずありて、え聞こえざ

に説得されて私邸に移った。「国譲・上」の巻【二】参照。
九　「さかだつ」は、産後の衰弱が快復して元気になるの意。
一〇　「源中納言殿」は、源涼の妻さま宮をいう。正頼の十四の君。大宮腹。
一一　「ここ」は、夫涼をいうか。
一二　この「物」は、女御になった挨拶としての贈り物か。
一三　私どもで用意いたしましょう。
一四　底本「給はん」。あるいは、「給ふらむ」の誤りか。
一五　乳母たちには。あるいは、尚侍(俊蔭の娘)を戯れて言ったものか。
一六　そういうことなら、近いうちにお願いいたします。
一七　女一の宮は懐妊中である。

りつるほどに、思ふもしるき御喜びあなるをなむ。[一八]これはさるものにて、かのことをなむ念じ聞こゆる。[一九]ここにあめる者は、（仲忠）[二〇]『あやしきことあなるを、さらに知り侍らぬを、もし誰々も思ほしや疎（うと）むらむ』とぞ、いとほしがり聞こゆる」

とぞ聞こえ給へる。

御返り、

（藤壺）「日ごろは悩ませ給ふなるに、みづからは参り来まじけれど[7]え、さも侍らぬをなむ。思ほしけることを、[二一]いでや、[二二]この頃の花桜ばかりにぞ思う[8]給へらるる。[9]のたまはせたる、人の御消息（せうそこ）は、[二三]さる御心のなからむこそ、僻（ひが）みたるやうには。[10]かくのたまはせたるをなむ、頼もしうは」

と[11]聞こえ給ふ。

一〇　正頼の六の君、夫忠雅と姫宮の結婚の件を嘆く。

一八　今回のこと（女御になったこと）は当然のこととして、今度は、若宮が立坊なさることをお祈りしております。

一九　「ここにあめる者」は、仲忠をいう。

二〇　立坊のことで変な動きがあると聞いていますが。

二一　ご心配いただいた若宮の立坊の件を。

二二　現在は、八月。「この頃の花桜」は、存在しない、あり得ないことの比喩か。

二三　同じ藤原氏として、右大将殿にそのようなお気持ちがないことのほうが、かえって不自然なように思われます。

[一][1]太政大臣殿の北の方、かくて後は、思ほし鬱じて、親はらからにも聞こえ給はず、夜昼思し嘆きて泣き給ひつつ、よきことも悪しきことも知らぬやうにて経給へば、聞こえ給はず。[二]おとど[三]は、[四]この君をぞ、[2]私物にてらうたくし給へど、心も行かずのみおはす。

[五]兵部卿は、[六]心住みし給ひて後、まだ藤壺に対面し給はざりつれば、年ごろの御物語聞こえ給ふとて、切にとどめ聞こえ給へば、[3]まだ渡り給はず。かくて、御方々も、大宮・男君たちも、皆おはす。御装束どもは、袷一襲、[七]御小袿ども、さまざまに、いと清らなり。

夜さりになりて、太政大臣殿より御迎へ奉り給へれど、「今宵は、ここになむ」と聞こえ給へば、おとど、例ならずあやしと思しておはしたり。北の方、「いと狭うて、これかれものし給へば、さらに対面すべき所もなし。帰らせ給ひね。[4]いま一日二日ばかりありて、そなたにを」と聞こえ給へば、おとど、「あやしう。例ならずのたまへば、聞き馴らはぬ心地なむ。[八]驚きながらなむ。[九]など、かうは遥けげにはのたまへる。ただ、ここもとに出で給へ」

一　底本「左大弁殿」。「太政大臣殿」の誤りと見る説に従った。
二　夫の太政大臣に。
三　「おとど」は、太政大臣忠雅。
四　「この君」は、妻六の君。
五　「兵部卿」は、兵部卿の宮の北の方。ちご宮。大宮腹。
六　底本「こゝろすみ」。未詳。三条の院を出て兵部卿の宮の屋敷に移り住んだことをいうと解した。
七　藤壺が女御になったことで、女君たちは略礼装の小袿を着るのである。
八　驚いて、私自身でお迎えにうかがったのです。
九　どうして、こんなふうに突き放すような言い方をなさるのですか。

と聞こえ給ふ。大宮、「なほ対面し給へ。一〇かしこの御過ちやある」と聞こえ給へば、(六の君)「かかることのありけるを知らせざりけるが憎ければぞや。あぢきな」と聞こえ給ふ。簀子(すのこ)に御座(おまし)参りて、一一左衛門督(さゑもんのかん)の君・宰相の中将・左大弁など一二侍り給ひて、「おはしますべき所に、これかれものせらるべければ」一三とて据ゑ奉れり。

一一　忠雅、参内を促す后の宮に、病気を理由に断る。

一御前に、こなたの御腹の君たち、皆おはするほどに、后(きさい)の宮は、このことを、いかでと思(おぼ)して、二姫君を玉のごとく繕ひ磨き奉り給ふべし。三天下(てんげ)の吉祥(きちじやう)天女を持たる者の、四夷(えびす)なりとも、わが宮をばと思しつつ、度々(たび)御消息(せうそこ)を聞こえ給へど、五かく病(やまひ)申しをのみしつつ参り給はぬを、我、六まことの、天地に受けられたる国の親ならば、しはづさじと思して、昔、七若小君を求めし中将の母北の方の兄人(せうと)、宰相になりて、若くて失せにける、子の小さかりけるを取

一〇　太政大臣殿が犯した過ちではありません。
一一　順に、正頼の長男忠澄・三男祐澄・次男師澄。いずれも、大宮腹。
一二　客体敬語の「侍り」を地の文に用いた例。普通は、「候ひ給ふ」を用いる。
一三　下に「このような簀子で失礼いたします」の意の省略がある。

一　藤壺の御前。
二　底本「ひめ君」。「ひめ宮」の誤りと見る説もある。
三　「吉祥天女」は、「内侍のかみ」の巻【二】注一七参照。
四　「夷」は、物の情趣を解さない者のたとえ。参考、『狭衣物語』巻一「(狭衣の大将が)うち涙ぐみ給へるまみ・気色は、荒き夷も靡きぬべき御気色し給ひたれ

りて養はせ給ひける、今は、宮の[八]権の大夫になして、いとやむごとなきものにし給ふ人、いとかしこう、よろづ正しう、公人なり、太政大臣も同じ御親族にて馴れ仕うまつる人にて、御文を書きて取らすとてのたまふやう、「これ、人に持たせで、懐に入れて、太政大臣の御もとに持て行きて、[2]人伝てならで、御手に確かに奉れ。悩み給ふとてあるは、まことか空言か、[九]確かに案内して言へ」とのたまふ。

かしこまり賜はりて持て参るに、[一〇]この南の御門に、大殿の御車・御前など、[一一]きたに立てり。ここにおはするなるべしと思ひて、[3]下りて入り、見れば、おとど、これかれしておはす。[一二]宮亮、消息申させて、ただ[4]まうでにまうでて、御階のもとに侍るを、疾く見つけ給ひて、何ごとならむ、これに見えぬること、わづらふよし申したるものをと思して、もののたまはず。

御簾の内に集まりて立ち騒ぎ給ふ。左衛門督の君、「宮の大夫の朝臣侍り」と申し給へば、「何ごとによりてぞ」と[一三]問はせ給ふ。

ば」。
五　「病申し」は、病気での欠勤届け。
六　「思して」は、「御文を書きて取らす」に係る。
七　この中将は、「俊蔭」の巻【三八】注六参照。
八　底本「宮の権かみ」。中宮職の権の大夫。
九　しっかりと様子を確かめて報告せよ。
一〇　「この南の御門」は、藤壺がいる、三条の院の東南の町の南の門。
一一　「きたに」、未詳。大勢、たくさんなどの意と思われる。
一二　「宮亮」は、「宮の権の大夫」と同じと解した。
一三　「問はせ給ふ」の「せ」は、使役の助動詞。

「宮の御使に候ひつるなり。[一四]『これ、[一五]目のあたりにて参らせよ』と侍りつる[一六]下しの侍りつれば」とて、懐より、陸奥国紙にてある文を、[一七]蔵人の少将の君して奉らす。御簾の内には、「さればよ」[5]とて、集まりて惑ひ給ふ。北の方は、[一八]青草の色になりて、今宵[一九]呼びもて往なむずるにこそあめれと、涙を流して臥しまろび給ふ。異人々、いとほしと思す。[6]おとどは、胸つぶれて開けて見給へば、「切なることありて、度々、『ものし給へれ』[7]と聞こゆれど、『悩ましげにて』とのみあるを、さしもおはせぬさまに承るは、[二〇]怠り給ひけるにや。ただ、あからさまに、[二一]立ちながらものし給へ。から、数にもあらず、人侮られなる身にはあれども、[二二]昔の人々、『世にあらむ限りは、思しからむこと聞こえ合はせて[二三]あれ』とこそのたまひしか、よろづの憂はしからむことをも、誰にかは聞こえむとてこそ。必ず」[8]と書き給へり。

見給ひて、夢にも[二四]このこととは思さで、この、春宮定めのこと

一四 后の宮のお使として参上いたしました。
一五 太政大臣殿に直接お目にかかってお渡しせよ。
一六 「下し」は、下命の意。
一七 「蔵人の少将」は、正頼の十男近澄。
一八 「青草」は、青々とした草。参考、能因本『枕草子』「草は」の段「雪間の青草」。三巻本は「雪間の若草」。
一九 「呼びもて往ぬ」は、声がかかって行ってしまうの意か。
二〇 ご病気がお治りになったのでしょうか。
二一 「立ちながら」は、少しの間の意。
二二 「昔の人々」は、亡き父母をいう。以下「のたまひしか」まで挿入句。
二三 「誰にかは聞こえむ」は反語表現。あなた以外にはご相談できないの意。
二四 「このこと」は、自分

にこそあらめ、から御消息（せうそこ）などあるに、思ほし疎（うと）みて、[二五]いとどあひ見え給はじと思して、いといとほしく思ほす。[二六]内にも、かかることを知り給へれば、限りぞと思ほして、北の方は、うつ伏し臥（ふ）して泣き給ふ。

おとど、

[忠雅]「かしこまりて承りぬ。日ごろは、[二七]乱れ足の気（け）にや侍らむ、さらに踏み立てられ侍らず、立ち動きもし侍らぬを、[二八]年ごろあひ顧み侍りつる者の、親のもとにまうで来て、にはかにわづらひ侍りて、『[二九]いとあやしくなむ』と告げまうで来つれば、むなしくもこそなり侍れ、見給へざらむやはとて、[三〇]乱り車ながらまかり下（お）りてなむ。[三一]昔のことどもは、何か仰せらるる。[三二]よろづのこと、いかでとのみこそ。少しも踏み立てられ侍らば、参り侍らむ」

とて、[三三]押し包みて奉り給ひつ。

[三四]宮亮が御（み）もとへ参りて奉るを御覧じて、[后の宮]「いづくに、いかやう

が婿取られること。

二五　（妻は）ますます会ってくださらなくなるだろう。

二六　「御簾の内にも」の意。

二七　挿入句。「乱れ足の気」は、脚気のこと。『和名抄』疾病部病類「脚気　一云脚病、俗云阿之乃介」。

二八　「年ごろあひ顧み侍りつる者」は、北の方をいう。

二九　「あやし」は、ここは、危篤だなどの意か。

三〇　「乱り車」は、装いを調えていない車の意で、慌てて来たことをいうか。

三一　亡き父上と母上のことは、おっしゃるまでもありません。

三二　私も、どんなことでもぜひご相談したいと、いつも思っています。

三三　「押し包む」は、包み文にするの意。参考、『源氏物語』「若紫」の巻「御手などはさるものにて、ただはか

にて会ひつる」と問はせ給へば、「左大臣の家の、[三五]藤壺の女御のものし給ふ方に、公卿たち、あまた、これかれしてなむものし給ひつる」。宮、「心地病むとあるは、さあるにや」。「くはしうは、え見奉らず。車は、門の外に立ちて侍りつ。[三六]簀子に、殊なることもなげにて」など聞こゆれば、宮、なほ、聞かじと思ふなめり、負けじ、[三七]脚病むと言ふは、輦車の宣旨を申し下さむなど[三八]思ふ。

一二　六の君、忠雅との対面を拒み、忠雅むなしく自邸に帰る。

おとど、なほ簀子におはす。夜の更けゆくままに、八月十七日ばかりの月の、やうやう高くなり、御前の遣水・前栽、さまざまにおもしろく、虫の音もあはれに、風も涼しきままに、北の方、かくて後、[一]わが心とこそ、親の御もとなどにおはして、よそなる折もあれ、恐ろしき所に取り込められなば、いかさまにせむなど思し嘆く。異人々も母屋の御簾のもとに集まり、[二]おはする所のい

なら押し包み給へるさまも、また、好きたる御目どもには、目もあやに好ましう見ゆ」。

三四「宮亮」は、注二三参照。

三五「藤壺の女御のものし給ふ方」は、三条の院の東南の町をいう。

三六 太政大臣殿は、簀子におすわりになっていて、特にご病気という様子はありませんでした。

三七 脚気にかかっていると言うのなら、帝にお願いして、輦車の宣旨を下してもらおう。「輦車の宣旨」は、輦車に乗って宮門を出入りすることを許可する宣旨。

三八 底本「思ふ」。「思す」の誤りと見る説もある。

一 以下「よそなる折もあれ」まで挿入句。これまで、自分の意志で、親のもとなどに行って、太政大臣殿と別々にいた時はあったけれ

と近ければ、おとどのたまふ、「今参りたらむ童部のやうに、御簾の外に候はせ給ひて、内にこれかれ御覧ずるこそはしたなけれ。例ならず、かかるは、内裏[三]の御方の御もてなしにやあらむ」など聞こえ給へど、出で給はず。夜一夜おはすれば、君たち[四]、え立ち給はず。

暁に、おとど帰り給ふとて、御消息あり。

「よろづ、あやしく、馴らはぬ心地こそ。よき物の師なりや。[五]

[六]世の中はかかるものともしら露のおき居て消ゆる今朝ぞ知り
　ぬる

[七]老いの学問をなどなむ。ただ今、渡らせ給ひねとて、御迎へに奉る」

とあり。

北の方、御返りも聞こえ給はず、御消息もなければ、御迎への人は、日一日立ち暮らして、帰り参りて、「ともかくも仰せられず」と申せば、あやしと思す。[八]この御腹の君たち四所、十一なる

ど、それ以外は別々にいた時などなかった。「おはす」を、間接話法的な敬意の表現で、北の方に対する敬意と解した。

二　北の方がおいでになる所。

三　「内裏の御方」は、藤壺。

四　左大臣（正頼）の男君たちは、簀子を立ち去ることがおできにならない。

五　「よき物の師」は、経験したことのないつらい思いをさせた北の方を戯れて言ったもの。

六　「白露」の「しら」に「知ら（ず）」、「おき」に「置き」と「起き」を掛ける。「かかる」「白露」「起き」「消ゆる」は、縁語。「消ゆ」は、つらい思いをすることをいう。

七　「老いの学問」は、「老い学問」に同じ。「蔵開・上」の巻【一五】注四参照。ここも、戯れて言ったもの。

をこのかみにて、四つ、五つなるおはす。七つにおはする女君ぞ、父母、いみじう愛しうし給ふ。女は、それが限り。

一三　八月二三日、新帝即位し、人々、加階する。

　かかるほどに、「御即位二十三日あるべし」とののしる。帝は、かかることを、何とも思さで、ただ、藤壺の参り給はぬを、夜昼思し嘆けど、御使も久しう奉り給はず、[一]后の宮聞こえ給ひしことをのみ、心憂しと思しつつ、[二]御つれづれと眺めおはしませば、御乳母たち、命婦・[三]蔵人などは、「かかる物の初めに、おもしろく興あることをこそ。かく、ものをのみ思ほし嘆き、日々に御容貌の衰へおはしますこと」など言ふ。女御・更衣たち、参り集まりて、「身の効なくて、[四]とてもかくても、めづらしからぬ世なりや」など言ふ。

　かくて、御即位になりぬ。上達部皆参り給ふに、太政大臣、[五]暇

八　六の君腹の子どもたち。【八】注二六参照。

一　后の宮が、梨壺腹の御子を立坊させよと言ったことをいう。【三】参照。

二　「御つれづれと」は、副詞に接頭語「御」がついたもの。

三　女蔵人。

四　「とてもかくても」は、藤壺が宮中にいてもいなくてもの意。

五　「暇文」は、欠勤届け。病気を理由に欠勤届けを出したのである。【二】注五参照。

六　【五】注三参照。

七　「陣」は、陣の座のこと。儀式の際、上達部たちが列座した。

八　「給へなり」は、「給へるなり」の撥音便「給へんなり」の撥音無表記の形。

九　「もて扱ふ」は、もて

文出だして参り給はず。御心も行かず、よろづのこともろともにと思しし人に見せぬことと思せど、これかれそのかし聞こえ給へば、出で給ひぬ。例の事なりぬれば、上達部、陣にてのたまふ、「太政大臣の、かかる大事に参り給はぬかな。暇文出だし給ひつれど、殊に悩み給ふこともなかなるものを」とのたまへば、また、異人、「かの北の方、親のもとに籠もり居給へなれば、小さかりし子どもの騒ぐなるをこそもて扱ひてものし給ふなれ」と。右の大殿・右大将、このことの聞こえの出で来たるにこそあめれ、さは思ひしことぞやなど、心の中に思ほす。宰相・藤大納言などは、太政大臣をだに、かくし奉り給へば、まして、いかになど思ほしつつ。

かくて、爵賜ひに、皆人加階し給ふ。大殿・右の大殿、二位になり給ふ。春宮亮、四位、階越えて、学士の右大弁、三位になる。家あこの衛門尉、冠得給ふ。女爵に、女御・更衣、皆爵賜はりぬ。乳母たち、加階す。蔵人たち、爵得などす。

あますの意。
一〇　底本「右おほ殿」。右大臣藤原兼雅。
一一　「この」を「かの」の誤りと見る説もある。
一二　太政大臣忠雅の子息たち。宰相直雅は正頼の三の君、藤大納言忠俊は正頼の八の君の婿である。
一三　接続助詞「つつ」でとめた表現。
一四　新帝即位にともなう加階である。
一五　左大臣源正頼と右大臣藤原兼雅。
一六　「春宮亮」は、正頼の五男顕澄。大殿の上腹。
一七　「右大弁」は、藤英。右大弁は、従四位上相当。
一八　「冠得」は、五位に叙せられたことをいう。「蔵開・上」の巻【一八】注五〇、「蔵開・下」の巻【一四】注四参照。
一九　帝の乳母たち。
二〇　女蔵人。

かくて、つごもりに、司召しの頃、右衛門督かけたる宰相亡くなりにければ、宰相には右大弁季英、右大将、按察使かけ給ふ。右衛門督に兵部大輔、「いと難くなり給へり」と、世に言ふ。兵部大輔に顕澄、右大弁春宮亮、これはたの蔵人右衛門尉になりぬ。

一四　六の君と忠雅の不和の噂を聞き、仲忠、恐れる。

かくて、太政大臣の北の方、大宮の御もとに渡り給ひて、おとどの御消息あれど、御返りも聞こえ給はず、夜ごとにものし給へど、対面し給はず。宮もおとども、「あぢきなし。童部にもあらず。心の変はり給はむにだに。身一つにもあらず、子どもあまたあり。かくものし給ふめれば、忘れ果てじとこそ思はめ。かくのたまふめるを、対面し給へ」と聞こえ給へば、北の方、「何か。あまねう人に知られぬ前に、かしこにもかうのたまふほどに、おのが心と去り侍りなむとなむ。これかれ見馴らひてもあるものを、

二一　この「宰相」は、誰のことか未詳。
二二　正頼の四男連澄。大宮腹。
二三　底本「右大弁＝東宮佐」。「＝」の本文不審。藤英が顕澄の後を襲って春宮亮になったと解した。ただし、藤英は三位で宰相、春宮亮は従五位相当であるから、やや不審。
二四　「これはた」は、兵衛の君（藤壺の乳母子）の弟。

一　六の君の母大宮も父正頼も。
二　妻は、夫が心変わりをなさった場合でも、そんな態度をとってはなりません。
三　底本「思はめ」。あるいは、「思さめ」の誤りか。
四　私のほうから離縁したいと思っています。
五　「これかれ」は、侍女たちをいう。
六　「私だけは、気をしっ

『[六]おのれしも、かしこき心に忘れじ』となむただつきたりし乳母なくて、懐にのみ馴らひたる子の求め泣くなれば、らうたきに、とさまかうざまにたばかりて迎ふれど、許されぬをのみなむ、いと悲しくは」とて、ものも聞こえ給はねば、[七]おとど、かく[八]やむごとなき折にも参り給はず、君たちをのみもてわづらひ給ひつつ、姫君をば、北の方のいと愛しうし給ひしかば、これ見には、さりとも渡り給ひなむと思しつつ、目を放ち給はずまもらへておはする、右の大殿の聞き給ひて、さ思ひしことぞや、[九]后の宮にもしか聞こえてきかしと思す。

右大将、我もかかる目をやと思し怖ぢて、歩きもし給はず。夜[一〇]昼添ひ居て、御消息あれば、まづ取りて、[一一]人の参りまかですれば、車の音すれば、尋ね問はせ給ひて、心ゆるひなく思す。

かり持って見捨てまい」と言ってつきっきりで世話をしてくれていた乳母がいなくなって。この乳母がいなくなった事情はわからない。

七　「おとど」は、太政大臣忠雅。

八　「やむごとなき折」は、新帝の即位式をいう。

九　【二】【三】の、兼雅の后の宮への発言参照。

一〇　夜も昼も妻女一の宮のそばにいて。

一一　「人の参りまかですれば」と「車の音すれば」は、並列の表現。

一五　朱雀院の宮たち、朱雀院を訪れ、滞在する。

かくて、[一]朱雀院には、異人々、また参らせ給はず、[二]仁寿殿の女御のみ、出で給ひし御供に仕うまつり給ひて候ひ給へば、上、「今は、かく、中宮も内裏にのみこそは。異人々は参りもせじ。そこにのみは、添ひて、皇子たちはあまたあれば、むつましきものには。ただ人のやうに、子ども前に据ゑて、つい並びてあらむと思ふなむ」などて、御局広く造りしつらはせ給ひて、殿上人・上達部も、さりぬべき御前に任し、車どもなどして、「[1]女皇子たち、一の宮も参り給へ」とて奉らせ給へれば、大将、「[2]この頃、[三]いたく損なはれ給ひにためり。さあらざらむ時、ことさらにも参らせ奉らむ」とてとどめ奉らせ給ひつ。[四]異は、参り給ひぬ。上、見奉り給ひて、「[五]一の宮をこそ、事もなしと思ひしか。[六]これも、けしうはあらざりけり。琵琶・箏の琴の上手もがな。この

一　この「朱雀院」は、後院としての朱雀院。
二　仁寿殿の女御だけが、院が宮中をお出になったお供をなさって、院のおそばにいらっしゃるので。【六】に、「仁寿殿の女御、御供仕うまつり給ふ」とあった。
三　女一の宮の懐妊中のやつれをいう。
四　「異」は、女二の宮と女四の宮をいう。
五　【八】の大宮の発言にも、「朱雀院は、一の宮よりまさるはなしとぞ思したなる」とあった。
六　「これ」は、女二の宮をいう。
七　三、四、六、八の宮の四人。十の宮は、「蔵開・上」の巻【三五】に「四つばかり」とあるように、まだ幼少なので含まれない。
八　妻がいるのは、四の宮と六の宮。

皇女たちの料にせむ」とのたまふ。

男皇子[七]たちも、皆、同じ所にて、夜昼、御遊びせさせ給ひておはします。御妻[八]持給へるは、夜はまかで給ふ。弾正の宮は、夜昼候ひ給へば、上、「などか、この[九]宮たちの、見る限りまかでぬは、里もなき、[一〇]要ずる人のなきか」と申し給へば、女御、（仁寿殿）[一一]「これかれ、さものする人侍れど、いかなるにか、かく一人のみぞ」と聞こえ給へば、（院）「もし、藤壺をや。[一二]月見るやうに思ひけむ。実忠の卿[一三]こそ、さやうに聞きしか。それだに、今は、さもなかなるものを」。（仁寿殿）「それ、[一四]山里に侍るままに候ひしとて、喜びにまで来たりけるを、[一五]言ひこしらへ侍りければ、時々京に通ひまうで来けるを、民部卿の言ひたばかりて侍りけるにこそ」。上、「あやしみ思ひしは、こしらへられにたりけるにこそは。[一六]心さへこそあらまほしう。[一七]かの朝臣は、山籠もりこそあいなかりしか」。女御、「いでや。[一八]いと幸ひなく侍りける人にこそ。[一九]若君のまだ生まれ給はず、[二〇]さる気色侍りける夜、（帝）[二一]『思ふやうにてあらば、必ず、しかせむ』とのたまは

九「この宮たち」は、妻がいない三の宮と八の宮。
一〇 底本「ようする」。婿にと望むの意。
一一 以下、特に、三の宮についていう。
一二「月見るやうに思ふ」は、手の届かないものを望むの意か。
一三「卿」は、上達部につける敬称。
一四 山里に籠もっている間に中納言に任じていただいたということで。
一五「言ひこしらふ」は、説得するの意。
一六「心」は、藤壺の心。
一七「かの朝臣」は、実忠をいう。
一八 藤壺は、とても不幸な人です。
一九「若君」は、藤壺腹の第一御子。
二〇「さる気色」は、懐妊をいう。

せければ、親も[二二]、これかれも、さ思ひて侍りけるを、かかる折節にも、かく、やむごとなく、妨げ給ふ人の出で給ふめれば、父母、今まで世に侍りて、かかる恥を見るこそと、伏し沈みて、[二三]湯水も[3]絶えて思ひ嘆き侍るなれば、親を嘆かするにまさる、幸ひなきことは、いづくにか」と聞こえ給へば、[4]上、「よに、さ[5]契られたらば、違へられじ。我らが心には似ず、[二四][6]さるところし給ふ人の御心なれば。[二五]ある所かかると聞こえしかど、『[7]あるまじきこと』とぞものせしや」とのたまひて、夜昼ものし給ふ。

［ここは、仁寿殿の女御の御方。］

一六　后の宮、手紙で、兼雅に梨壺腹の御子の立坊を促す。

后の宮、聞こしめして、思ふやうに子ども率ゐて、わがままに、はた、[1]めざましやと思して、右の大殿に御消息奉り給ふ、「対面聞こえまほしけれど、これもかれもわづらはしくし給へ

二一　男御子が生まれたら、将来必ず春宮にしよう。
二二　「親」は、父正頼と母大宮。
二三　「湯水も絶ゆ」は、湯も水も飲まなくなるの意。「あて宮」の巻【三】注一参照。
二四　心にしっかりしたところがおありの方ですから。
二五　「ある所」は、后の宮をいう。

一　この「聞こゆ」は、耳にするの意。
二　「かのこと」は、梨壺腹の御子の立坊のこと。
三　「そこ」は、二人称。
四　「昔の懸想人」は、藤壺をいう。
五　「なんどて」は、「などて」に同じ。
六　「ここ」は、一人称。

ばなむ、『ものし給へ』と聞こえぬ。太政大臣（おほきおとど）に聞こゆべきことありて、度々（たび）、『ものし給へ』と聞こゆれど、悩むことありてなど聞こゆれど、一さしもあらぬやうに。二かのことは、いかが思しなりぬる。三そこにもや、四昔の懸想人（けさうびと）の心慎ましなんどて、五長き世の喜びとあるべきことをも、せじとは思すらむ。六ここには、よろづに思へど、人に会ひつつ言ひ語らふべきにもあらず。七かの人にも会ひ給ひつつ、よく言ひ語らひ給はば、さりともなむ。八大将、そこにやむごとなく思さむことを、何か妨げむ。九さらば、子とも、な見給ひそかし。天下（てんげ）に一〇かしこき身なりとも、親の見給はざらむには、いと悪（あ）しからむは。一一四人（よたり）の翁（おきな）を語らひてこそ、事はなしけれ。一二五人の心を一つにて、一三『昔より、かうなむある。このこと許されずは、山林に交じりて、朝廷（おほやけ）にも仕うまつらじ。一四何を勇みにてか』と申されば、さりとも、え否び給はじ。このことにかなはざらむ人をば、一五かく数ならず思はれたりとならば、この世にもあの世にも、深くつらしと思はむ」


七「かの人」は、太政大臣忠雅をいう。

八「大将」は、右大将仲忠をいう。

九もし妨げたりするようなら。

一〇「かしこき身」は、仲忠が朱雀院の女一の宮の婿になっていることをいう。

一一「四人の翁」は、『史記』留侯世家に見える、東園公、綺里季、夏黄公、甪里先生の四人の翁。四皓の故事のことで、漢の高祖が戚夫人の子如意を皇太子につけようとした時、当時の皇太子、呂后の子孝恵帝を守った。

一二太政大臣忠雅・藤大納言忠俊・藤宰相直雅、右大臣兼雅・右大将仲忠の五人。

一三「昔より、かうなむある」は、昔から、藤原氏から春宮が立ってきたの意。

一四何を励みとして朝廷にお仕えいたしましょう。

とあり。

おとど、「大将を、な見そ」とのたまひつるに驚きて、坊をば[一六]据ゑずは据ゑず、大将を疎[4]かにはいかが思はむ、かくのたまふが恐ろしくかしこ[5]きことと思して、御返り言、

（兼雅）「かしこまりて承りぬ。仰せられたること、よに、いかで[一七]と思ひ給ふれど、あひかなふ人の侍らぬになむ。今、方々のたまひ[一八][6]語らひて聞こえさせむ」

と聞こえ給ひて、大将の御もとに、「宮より、かくなむ」とて奉り給へれば、見給ひて、人にも見せで隠しつ。

「ここは、絵。右大臣[7]殿。宮の御方[一九]。右近の小君といふ人、御前にて聞こゆるやう、『宮亮[二〇]・大進[8]にて、思ふやう[二一]にておはしまさば、まかり[9]ならむ』と申す人侍る」。宮（女三の宮）、「あな聞きにくや。所違[10]へなり」とのたまふ。人々、多く参り集へり。人の奉りたる物[二二]、いと多かり。

ここにて、宮[二三]、乳母たちなどして遊び給へり。殿の内、引き替

一五 「かなふ」は、同意するの意。
一六 梨壺腹の御子を春宮に立てることができないなら、それでもかまわない。
一七 下に「否び申さむ」の省略がある。
一八 「のたまふ」は、申しつけるなどの意。「俊蔭」の巻【三四】注一五参照。
一九 「宮の御方」は、嵯峨の院の女三の宮が住む「南のおとど」。「蔵開・下」の巻【七】注一参照。
二〇 「宮亮」は春宮坊の第二等官、「大進」は、春宮坊の第三等官。
二一 梨壺さまの御子が立坊なさったら。
二二 「人の奉りたる物」は、梨壺腹の御子が立坊したら任官したいと望む人からの献上の品である。
二三 この「宮」は、梨壺腹の御子。

へたるやうに、人多く参り集ひて、市のごとののしる。」

一七　梨壺腹の御子立坊の噂が広まり、正頼たち動揺する。

かくて、内裏(うち)よりはじめ、世界にののしりて言ふやうには、「梨壺(なしつぼ)の御腹のなむ居給ふべき。后(きさい)の宮、夜昼泣く泣く聞こえ給へば、帝(みかど)、さ思(おぼ)しなりにたんなり。[一]おとどたちは、知らぬやうにて、皆、心を一つにてなむものし給ふなる」と言ひののしる。

[二][1]左のおとどは、[三]御婿たちを、つらしと思す。御婿たち、かく言ふことを、いかに思すらむ、[四]夢にても知らねどなど、かたみに思せど、誰々もものも聞こえ給はず。

[五]女御の君につき奉りつつ[六]物望みせし人々、一人、目に見えず。[七]若宮の御方に参り集ひし[2]人々も参らねば、[3]引き替へたるやうに、いとしめやかに眺めおはします。内裏(うち)よりも久しく御消息(せうそこ)も見えねば、[八]おとど、このこと実(じち)に定まりなば、またの日法師になりな

一 「おとど」は、太政大臣藤原忠雅と右大臣藤原兼雅をいう。
二 左大臣源正頼。
三 太政大臣忠雅は六の君、藤大納言忠俊は八の君、藤宰相直雅は三の君の婿。
四 私たちはまったく関わっていないのに。
五 「女御の君」は、藤壺。
六 任官を望んでいた人々。
七 「若宮」は、藤壺腹の第一御子。
八 「おとど」は、正頼。

む、なぜふにか[九]、世に経交じるべきと思し嘆きて、君たちも、皆集ひて、よろづにこしらへ給へど、思ほし慰むべくもあらず。

藤壺は、よろづに[4]思ほせど、ものものたまはず、帝の[一〇]、御心を誤りにたればこそは、人はかくは言ふらめ、かく言ふもしるく[一一]、御返し聞こえねど[5]、立ち返り賜ひし御使も見えぬは、いかなるにかあらむ、このことは、げにげに、さなりて[一二]、おとども、のたまふ[一三]やうになり給はば[6]、我も尼になりなむ、何か世に交じらむと思ほす。宮たちを見奉りておはす。若宮は、何心もなくて遊び歩(あり)き給ひ[一四]。

一八　仲忠、女一の宮に立坊問題で弁明し、水尾行きを告げる。

かく言ふほどに、十月になりぬ。大将、宮に聞こえ給ふ、(仲忠)「世に人の言ふなることは、ここ[一]にも知りて侍(はべ)らむやうに聞き給へら[二]むがいとほしきこと。おのづから御覧ずらむ。御即位[1]に参りて侍

九 「なぜふにか」は、「なでふにか」(「何といふにか」の転)に同じ。
一〇 帝が正常な判断ができなくなっておしまいになったから、世間の人はこんなふうに噂しているのだろう。
一一 世間でこんなふうに噂しているとおりに。「立ち返り賜ひし御使も見えぬは」の部分に係る。
一二 「さなる」は、梨壺腹の御子が立坊するの意。
一三 「のたまふやうになる」は、出家することをいう。ただし、「法師になりなむ」は、心内文だった。
一四 底本「たまひ」。「たまふ」の誤りと見る説もある。

一 「ここ」は、一人称。
二 底本「たまへらん」。あるいは、「たまふらむ」の誤りか。

りしままに、[三]院のかく旅におはしますだに参らず、[四]三条にもまからで侍るは、知り侍らぬよしを、[五]一所（ひとところ）に御覧じてば、罪にはあて給はじとてなむ。太政大臣（おほきおとど）の、一人、月ごろ思し嘆くなるを、[六]人の御上とも承らず。ここには、見給へ[2]わづらふべき人あまたも侍らねど、[七]一所（ひとところ）の御心を思ひ給ふるも恐ろしくなむ」。宮（女一の宮）、「それは、人のし給ふにもあらざなる。対面（たいめ）し給はぬをこそ、誰々ものたまはすなれど、『聞くやうあり』とて、[八]正身（さうじみ）[3]こそ対面賜はざんめれ。[九]ここには、さやうにたばからるとも、[4]し果てられむやうをこそ見侍らめ」。[一〇]大納言（仲忠）、「何ごとを。[5]いかやうなる筋に」。宮、「皆集はれてこそ定められけれ。知らず顔にも」。大将、「すべて、このこと、なのたまひそ。さらに知り侍らず。さるは、去年（こぞ）より、『水（みづ）尾（のを）[6]に、[一一]山籠もり訪（とぶら）ひにまからむ』と言ひ契りて侍るを、[一二]花盛りにも、とかく障（さは）りてものせずなりにしを、この頃、『紅葉の散らぬ前（さき）に』とてまかり出（い）で立つ[7]なるを、一二日侍らざらむほどの後ろめたければなむ。さあらむほど、『（藤壺）あからさまに渡り給へ』とあ[8]

三　院が宮中を出てお入りになった後院の朱雀院にさえ参上せず。
四　「三条」は、父兼雅の三条殿。
五　「一所」は、女一の宮をいう。
六　聞いていて他人事とも思われません。
七　あなたがどうお思いになるかと考えると、恐ろしいのです。
八　「正身」は、六の君。
九　「ここ」は、一人称。
一〇　仲忠。仲忠は大納言でもあるから、誤りとは言えないが、不審。
一一　「山籠もり」は、源仲頼をいう。
一二　この年の花盛りの頃に、仲忠は父兼雅とともに一条殿に出かけている。「蔵開・下」の巻【二九】参照。

りとも、ゆめ渡らせ給ふな。まかり歩(あり)きてまうで来るに、こなたにおはしまさぬ時は、いと便りなくわびしくなむ。なほ、[一三]さ聞こゆる心あり、帰りまで来なむ待たせ給へ」と聞こえ給へば、宮、「[一四]いづちか。[一五]苦しくのみあれば。[一六]臥(ふ)し起きも心やすくてこそ。日ごろは、[一七]これかれものし給はねば、人少なにてさうざうしきをのみなむ」。大将、「それ、さぞ、げにおはしますめる。[一八]この東(ひんがし)の対に侍る人を召し上げて候(さぶら)はせ給へ。琴(こと)などいとよう弾きて、さまざまにせぬわざなう、よき人なり。心などもよげに侍るめり」。宮、「[一九]恥づかしげに。[二〇]かくいと異様(ことやう)なる[9]頃しも、いかでか」。大将、「[10]何か。[二一]いと恥づかしき侍らぬ人なめり」とて参上(まうのぼ)らせ給へば、いとめやすく装束(さうぞ)きて上(のぼ)り給へり。

容貌(かたち)も、いとおとなおとなしう清げなり。宮、御琴(こと)賜ひつつ弾かせ給ふ。いとおもしろく弾き、さまざまにいとらうらうじく、をかしき人得つと思ほす。[二二]按察使(あぜち)の君といふ。

大将殿ののたまふ、「水尾へまかるなり。御消息(せうそこ)やある」。按察

一三 挿入句。

一四 反語表現。私は、どこにも行くつもりはありません。

一五 女一の宮は懐妊中である。

一六 寝起きが楽になってから出かけたいと思います(でも、今はどこにも行くつもりはありません)。

一七 女二の宮たちが、朱雀院に出かけていて、一緒にいないことをいう。

一八 「この東の対に侍る人」は、仲頼の妹。「国譲・上」の巻【二】注三六参照。

一九 こちらが気詰まりになるほどすばらしい方だと聞いています。

二〇 女一の宮が懐妊中であることをいう。

二一 気詰まりになることは少しもない人だと思います。

二二 「按察使の君」の呼称

使、[二三]「かく現れて侍りとて、恥ぢ侍（はべ）なるものを」と聞こゆれば、大将[11]は、「よに、さもあらじ。いとよく褒め聞こえむとす[12]」とのたまふ。いぬ宮[13]、をかしげにて、[二四]一人立ちし、歩み始め給ふほどなり。父君[14]、見奉り給ひて、（仲忠）「ここに、かくむつましくなし奉るは、この子によりてなり。[二五]火水（ひみづ）に入れども、[二六]宮は見も入れ給はず。乳母（めのと）どもの限りは後ろめたければなむ。侍らざらむほどに出だし給ふな。いと[二七]慌たたしくて、出でつつ、人に見ゆれば、見苦しくなむ。上局（うへつぼね）などして、かくてものし給へ」とのたまひ置く。

宮に、（仲忠）「今、いと疾（と）くまうで来なむ。聞こえさするやうにを」とて出で給ふ。[二八]そこにて、それかれ待ちつけ給ふ。

一九　仲忠、涼・藤英・行正たちと、水尾に出発する。

山籠もりに取らせ給ふべき物とて、御衣櫃一掛（みそびつひとかけ）・[1]唐櫃（からひつ）一掛持たせ給ふ。[一]細緒（ほそを）といふ持たせ給へり。御供には、御前（ごぜん）六人、御馬副（むまぞひ）

の由来、未詳。仲忠が按察使であることによるか。

二三　兄は、私がこうして人前に姿を見せたと言って、恥ずかしく思っているそうですのに。

二四　いぬ宮は、前の十月中旬に生まれている。

二五　「火水に入る」は、危険な目にあうことのたとえ。

二六　女一の宮。

二七　「慌たたし」は、落ち着きがないの意。

二八　「そこ」は、仲忠が住む三条の院の東北の町の東の一の対。

一　「細緒（風）」は、琴を伝授する者が弾く琴だった。「沖つ白波」の巻【四】注二参照。

六人。御前、二人は四位、二人五位、二人、やむごとなき官ある六位。御随身四人、雑色六人。装束、白き綾の指貫、襖、露草して蠟摺りに摺りて、白き綾の袿、青馬。御供の人よりはじめて、さまざまの白・青、ほどほどに着たり。中納言は、赤色の織物の襖、鈍の指貫、綾掻練の袿、赤馬。御前二人は劣れり。山守といふ琴持たせ給へり。右大弁は、青鈍の襖、そのたい、皆、同じ色の襖。御馬副四人、制ありて、学生ども。御前四人、秀才二人・進士二人。御供の人、皆、大学の衆の下臈なる。頭の中将は、青色の襖、白の指貫、薄色の綾の袿。供の人、かくのごとし。琵琶持たせたり。雅楽の権の頭、琴持たせたり。右馬助近正は和琴、左衛門の非違の尉時正、笛持たせたり。これかれ、装束は心にまかせたり。律師、童四人・法師四人・童子六人、これも、皆、よう、装束、皆調へたり。この人々の御供に、かかる物の上手の限りおはし集ひて栄耀栄し給ふべしとて、人の数少なく選らるとて、我も我も見聞かむと思ひて、雑色は、やむごとなき侍の人ぞ出で

二 「やむごとなき官ある六位」は、六位の蔵人などをいうか。
三 「襖」は、「狩襖」の略。狩衣に裏をつけたもの。
四 底本「らうすり」。「蠟摺り」と解する説に従った。ここは、「襖」の説明。
五 享和本『新撰字鏡』「騘驄　馬白色又青色　阿乎支馬」。
六 それぞれの身分に応じて着ている。
七 「中納言」は、源涼。
八 鈍色を喪服以外に用いた例である。
九 二人の四位がいないことをいうと解した。
一〇 底本「山もり」。「山守(風)」は、俊蔭が嵯峨の院の大后の宮に贈った琴。「俊蔭」の巻【一九】参照。あるいは、「宿守」の誤りか。「吹上・上」の巻【九】参照。
一一 藤原季英(藤英)。

立つ。御衣櫃(みそひつ)・破子(わりご)[9]持ちには、侍(さぶらひ)出で立つ。[10]

かくて、[二〇]二条の院に集まりて、そこにて饗(あるじ)などして出で立ち給ふ。大宮の大路(おほち)より北ざまに上(のぼ)り給ふほど、[二一]車どもいみじく立て続け、見る。徒歩人(かち)も、いと多かり。忍びて、やむごとなき人ど[二二]も。なほ、かかる中にも、大将は、いとこよなう清げなり。山路まで、御送りの人、いと多かり。至り着き給ひて、麓より、「迎へにものせよ」とて帰されぬ。

［水尾(みづのを)の道。］

二〇　水尾に到着。仲忠たち、夜通し管絃の遊びをする。

かくて、至り着き給ひて、[一]山籠もりは、年ごろ、堂などもいと広く厳(いか)めしう、[二]滝いとおもしろう落としたる所に住みて、[三]里なりし女子(をんなご)迎へて、物習はす、山犬・里犬といふ男子(をのこご)どもに、笙(さう)・よき横笛吹かせて、箏(さう)の琴(こと)、娘に習はして居たる夕暮れに、うち群

一二　「たい」、未詳。
一三　「制」は、制約の意。その具体的な内容は、未詳。
一四　「頭の中将」は、良岑行正。行正は、「国譲・上」の巻【三七】注三七で源実頼が宰相になった後に蔵人の頭になったか。
一五　清原松方。松方が雅楽の権の頭だったことは、ここに初めて見える。
一六　藤原近正。近正が右馬助だったことも、ここに初めて見える。
一七　底本「時まさ」。「時蔭」の誤りか。
一八　忠こそ。
一九　「栄耀栄す」は、盛儀をするなどの意。
二〇　「二条の院」は、仲忠が朱雀院から拝領した私邸。
二一　物見車。
二二　底本「とも」。「どもも」の誤りと見る説もある。

れておはしたれば、山籠もり、喜びかしこまり聞こえ給ふこと限りなし。

前の紅葉の林に、御座、二方敷きて、皆居給ひぬ。「まづ。疲れ給ひぬらむ」とて、山の法師ばら・童部出だして、をかしき枯木拾はせて、御前に白銀の鋺など取り出でて、御膳炊かせ、御前の朽ち木に生ひたる菌ども羹に煮させ、苦菌など調じて、白銀の金椀に入れつつ参れば、君たち、興じつつ、召し添へつつ参る。物語などし給ふほどに、御破子ども持ちて参れり。取り栄して、山籠もりの御弟子・童子、その辺の者の、この君に仕うまつるなど召し集め、賜ひて、御果物ばかり御前には参れり。御酒度々聞こしめして、物の音ども掻き立て、山風は、紅葉の散りたるをば吹き立て、枝なるをば散らしなどする夕暮れの興あるに、まづ、松方の雅楽頭、大きなる木の節のいとをかしきを取りて、山臥に御かはらけ参るとて申す、「権の頭は、昔のいささかの御歩きにも、後れ奉らずこそ仕うまつりしか。かかる道に赴き給ひにし折、

一 「山籠もり」は、仲頼。以下「物習はす」まで挿入句。
二 「あて宮」の巻【三】に、「山の上より、大いなる滝、前に落ちたり」とあった。
三 仲頼の子どもたちについては、「蔵開・下」の巻【一〇】参照。
四 「まづ」を、まずはゆっくりとなさってくださいの意と解した。
五 「鋺」は、煮炊きに用いる鍋の一種。
六 「菌」は、茸の総称。
七 「羹」は、熱い汁物。「蔵開・中」の巻【三】注一参照。
八 「苦菌」は、きのこの一種。黒川本『色葉字類抄』「苦菌 ニカタケ」。
九 「召し添ふ」は、おかわりをして召しあがるの意か。
一〇 「山臥」は、仲頼。
一一 自らを「権の頭」と呼称すること、不審。

告げさせ給はましかば、御供に仕うまつりて、御弟子にても候ひなましものを。世の中に交じらひ侍れど、何の[一四]勇みも侍らぬに」と、泣く泣く、御かはらけ、「[一五]猿の供養も侍るなり」とて、

吹上[一六]に誘[10]ひし友の山深く尋ねて君を見るが悲しさ

「山籠もりも、今日は[11]」などて、

[一七]谷風の吹き上げにかひも思ほゆる山の錦に円居せる今日

大将も、

百敷の昔の友を見に来れば嵐の風も錦をぞ敷く

中納言の君、

君をのみ尋ねて今は秋山も紅葉も深くなりにけるかな

右大弁、[一八]昔の藤英なりし火影姿思ひて、

[一九]織女の逢ふ夜ぞ我も君を見し誰も心のめづらしきかな

律師、

限りなく憂かりし身だにあり果てぬ山にて君が思ひをぞ知る

中将、

一二　松方は、少将だった仲頼の部下の将監であった。
一三　「かかる道」は、仏道。
一四　なんの励みもございませんのに。
一五　「猿の供養」は、「蔵開・上」の巻【一八】注三七参照。
一六　松方は、「吹上・上」の巻【三】で、仲頼を吹上に誘った。「吹上」と「山」を対比して詠む。
一七　「谷風」は、日中、平地から谷に向かって吹き上げる風。「吹き上げ」に「吹上」を、「かひ」に「貝」と「効」を掛ける。
一八　「祭の使」の巻【三〇】に、「そこばくの中を分けて、昼よりも明かく照り満ちたる火影に見えたる姿、限りなくめづらし」とあった。
一九　「祭の使」の巻の七月七日の試策の日に、藤英と仲頼の出会いは語られていない。

行正二〇 君をだになしと嘆きし百敷にありし世さへも変はりぬるかな

右馬助、

近正二一 君によりしぐるる袖の深き色を折れる紅葉と里人や見む

二二時蔭、

二三 いにしへは君が衣に見えし色の今は山辺に散り迷ふかな

とて、中将は琵琶、山籠もり箏の琴、権の頭琴、近正和琴、時蔭横笛、右大将の御もとなる二四縫殿頭笙の笛、また、それらが中に篳篥吹く者と吹き合はせて、異人々は唱歌し、歌歌ひ、夜一夜遊び給ふ。

所々に見やれば、遠う、火を焚きて、その山の巡りの山臥二五にたにあり。近う見れば、[12]火を山のごと熾して、大いなる鼎立てて、栗を、手ごとに二六搔きて、粥[13]に煮させ、よろづの果物食ひつつ、人々の御もとなる人に賜び居たり。夜更け[14]ゆけば、露・霜置く。夜一夜遊び明かし給ひて、つとめてになれば、御粥参る。露に濡れたる御衣ども脱ぎ替へ給ひて、山籠もりの御供に、よき人の

二〇「ありし世も変はる」は、御代替わりがあったことをいう。

二一「しぐるる袖の深き色」は、濃い紅色。

二二 時蔭は、「国譲・中」の巻【三】注二参照。

二三「君が衣に見えし色」は、仲頼があて宮（藤壺）を思って流す涙で染まった紅の色。『風葉集』雑一「右少将仲頼頭下ろして水尾に侍りけるに、紅葉の頃、これかれまかりて歌詠み侍りけるに　うつほの時蔭」、三句以下「染めし色の今は山路に散り紛ふかな」。

二四「縫殿頭」は、従五位下相当。仲忠の御前の五位二人のうちの一人か。

二五「にたに」は、大勢、たくさんの意か。「吹上・上」の巻【三】注七参照。

二六「搔く」は、皮をむくの意か。

子どもの四人あるに、[二七]四所ながら取らせ給ふ。

二一　翌日、夜が明けるまで、詩を作って楽しむ。

その日は、題出だして、用意しつつ詩作り給ふ。右大弁の御も[1]となる秀才、一人は詩作る、一人は講師す。かかるほどに、源中[一]納言殿より、檜破子・ただの破子[二]・屯食[三]など、いと多うあり。御前どもに参る。人々にも賜ぶ。よき物いと多う持て込み給ひて、日暮れて、詩作り果てて、読ませ給ひて、おもしろき句は、皆誦し給ふ。[四]右大弁の御声はいと高う厳めしう、大将の御声はいとおもしろうあはれなり。

夜更くるまでは、詩誦じ、暁方になりて、風いとあはれに、木の葉雨のごとくに降るほどに、律師、陀羅尼読み給ふ。大将、[五]いみじく愛で給ひて、箏の琴弾き合はせ給ふ。おもしろきこと限りなし。[六]山のも里のも、皆、涙落とさぬはなし。しばし遊ばせ[七]給ひ

二七　「四所」は、仲忠・涼・藤英・行正の四人。

一　「源中納言殿」は、都にある涼の屋敷。

二　「ただの破子」は、「檜破子」に対して、杉などで作ったものをいうか。

三　「屯食」は、強飯の握り飯。

四　藤英の声は、「祭の使」の巻【三〇】に、「藤英、おのれが作れる詩を、声の限り振り立てて誦する声、高麗鈴を振り立つるに劣らず」とあった。

五　「国譲・中」の巻【一六】の仲忠の発言参照。

六　水尾の人々も、都から来た人々も。

七　「せ」は、使役の助動詞。

て、山籠もり、常[2]のことにて陀羅尼を読み給ふ。中納言、八山守（やまもり）召して九調（しら）めさせ給ふ。

かくて、しばしありて、君たち、一〇もろ声に詩（ふみ）遊び給ふ。律師（りし）、山籠もりの御（み）声のいと尊きを聞き愛（め）でて、かはらけ取りて、かく申し給ふ、

忠こそ 一一 出（い）づとせし身だに離れぬ火の家を君水尾（みづのを）にいかですむらむ

山籠もり、

仲頼 一二 煙（けぶり）立つ家は思ひの苦しさに身も消ちがてら入れる水尾

大将、

仲忠 一三 ここにかくあるどち誰か燃[3]えざりし袖の水脈（みを）にも温（ぬる）みやはせし

中納言、

涼 一四 人よりは我ぞ煙の中なりし今も消えねどえやは出でける

弁殿、

藤英 一五 夜を暗み[4]蛍求めしわが身だに消えし思ひの目に煙りつつ

八 山守風の琴。【一九】注一〇参照。

九 「調む」は、「調ぶ」に同じ。「させ給ふ」の最高敬語不審。

一〇 声を揃えて詩を吟じてお楽しみになる。

一一 「火の家」は、「火宅」の訓読語。「火宅」は、仏教語で、この世、現世の意。「すむ」に「住む」と「澄む」を掛ける。「火」と「水」を対比する。「水」「澄む」は縁語。

一二 「煙立つ家」は、「火の家」を言い換えたものか。「思ひ」の「ひ」に「火」を掛ける。「煙」「火」「消ち」は縁語で、「水尾」の「水」と対比する。

一三 「袖の水脈」は、袖を流れる涙をいう。

一四 「えやは出でける」は、出家することはできなかったの意。

一五 「蛍求めし」は、車胤の故事をいう。「祭の使」の巻

中将、
（行正）燃えわたる火のほとりにはありながら乾かぬものは袖にぞありける
などのたまひつつ遊び明かし給ふ。

二二　翌日、人々、仲頼に贈り物をする。

かくて、日やうやう晴れもてゆくほどに、種松、山籠もりの御料に、粥の料・合はせ、いと清らに調じて、馬どもに負ほせて、乾飯、馬二十ばかりに負ほせて、布の襖、綿厚く入れて、いと多う持たせ、長櫃どもに飯入れさせ、酒、樽に入れて持たせてまうでて、山臥ども召し集めて、飯・酒食はせ、乾飯・襖一つづつ取らす。大将、持たせ給へりし唐櫃・御衣櫃、山籠もりに奉り給ふ。唐櫃には、浅香に沈の脚つけて、蘇枋を朸にして、白銀の鉢・金椀・箸・匙・茶匙・銚子・水瓶など、よろづの調度尽くし入れた

【一七】注九参照。「思ひ」の「ひ」に「火」を掛ける。「火の目に煙る」は、いまだに断ちがたい藤壺への思いをいう。

一六「燃えわたる火のほとりにはあり」は、【三〇】の「近う見れば、火を山のごと熾して」いる様子をいう。

一　源涼の祖父。紀伊守神南備種松。

二「合はせ」は、おかず。

三「ほしひ」は、「ほしいひ」の約。

四「そ」は、「そん」の撥音無表記の形。『和名抄』器皿部漆器「樽　今案無ニ和名一　酒樽、有レ脚酒器也」。

五「せかう」は、「せんかう」の撥音無表記の形。「浅香」は、唐櫃の材質。

六「朸」は、唐櫃を担う棒。

七「匙」は、『和名抄』調度部厨膳具「匙　賀比　所ニ

り。御衣櫃には、御法服一つ、限りなく清らにて、夜の装束、綾の指貫に、織物の襖、綾の袿[9]どもなどして、その襖に書きて結びつけたる、

仲忠 露けくて山辺に一人臥す人の夜の衣に脱ぎ替へよとぞ

子どもの装束、女子のも、いと清らにし入れて[10]奉り給ふ。山籠もり、見て、

仲頼 世を捨てし苔の衣に脱ぎ替へばまたまたさらに[11]ものもこそ思へ

とて賜はり給ひぬ。

中納言は、絹・綾を、糸のくぐつ[九][12]に入れて、供養のやうにて、[13]三袋ばかり奉り、右大弁も、いとをかしき物奉り給ふ。律師は、よろづの行ひの具[14]、[一〇]菩提樹の数珠よりはじめて、[一一]用ある物を奉り給ふ。中将は、墨染めの装束、袿・指貫・黒橡の上の衣、[一二]五条の袈裟具したる法服三具、[一三]衆に装束四具、[15]上童の料に袈裟の料二[一四]、下種の装束[一五]二十二ばかり、童子の中に、皆し給ふ。これよりほか

以取レ飯也」。

八 「茶匙」は、匙より小さいものという。

九 「くぐつ」は、藁などで網のように編んだ袋。ここは、それを、糸で編んだのである。

一〇 「菩提樹の数珠」は、「国譲・中」の巻【一九】注三参照。

一一 底本「有用物」。

一二 「五条の袈裟」は、五幅（いつの）の布で作った袈裟。「三衣」の一つ。

一三 底本「しう」を「主」と解して、仲頼とする説もあるが、仲頼の四人の「御供」のことと解した。

一四 底本「に」。

一五 底本「廿二」。「二十具」の誤りと見る説もある。

は、心にまかせて、をかしきつとども。

二三　翌日、人々、親しく語って、水尾から都に帰る。

かくて、物など参りて、またの日は、詩[1]作り、その寺にも巡りの寺にも、御読経せさせ、[一]金鼓(こんぐ)打たせなどし給ひて、その[2]夜(よ)は、とまりて、とさまかうざまに遊び給ふ。

山籠もり、大将に聞こえ給ふ、（仲頼）「昔、[二]一条殿に侍(はべ)りし人の便りなげにて侍めりしを見給へ捨ててまかり籠もりて、年ごろ、いかで侍らむと思ひ給へしを、[三]殿になむ顧みさせ給ふと承るをなむ、深う喜びかしこまり聞こえさする。わいても、昔だにようも侍らざりしを、いかやうにと思ひ給ふるになむ、かたはらいたくは」。大将、（仲忠）[四]「年ごろ、さてものし給うしを、え承らざりき。去年(こぞ)、事のついでありて、[五]かしこにのたまひしになむ、驚きながら聞こえむとせし。これかれ集はれて騒がしかりしほどは、[六]さしわきたる

一 「金鼓」は、法要に用いる打楽器。参考、『枕草子』「正月に寺に籠もりたるは」の段「侍めきて細やかなる者など具して、金鼓打つこそ、をかしけれ」。

二 「一条殿に侍りし人」は、仲頼の妹。「蔵開・中」の巻【三四】注五参照。

三 「殿」は、仲忠。

四 長年、一条殿に住んでいらっしゃったことは、まったく存じませんでした。

五 「かしこ」は、父兼雅をいう。

六 特別扱いするようで憚られましたので、ご連絡できませんでした。

やうなりしかば、え。三の宮迎へ奉りてしかば、[七]これかれ、ほかへ渡り給ひなりにしかば、この三条の[八]本家(ほんけ)なりし方になむ侍るな[九]る[一〇]東(ひんがし)の対になむ住ませ奉る。さても、殊に頼もしげなることもなけれども、みづからをだに人にもし給はぬかな。[一一]幼き者の侍る[3]めるを、[一二]憎み汚がるめれば、身にはらうたくおぼえ侍るになむ、預け奉りてなむ侍る。いとめやすく[一三]景迹(きやうさく)なる人にこそものし給ふめれ。君をのみ見奉りて、かしこに対面せざらましかば。人の言ふことは、空言(そらごと)になむ」。山籠もり、「さだに御覧じなさば、いとうれしく、仏の御徳となむ。この侍る[一四]童部(わらはべ)も、[一五]母とて侍る、身一[4]つだに侍りがたげに承れば、ここら召し集めて、[一六]松の葉をも苔(こけ)の衣(ころも)をも、もろともにこそはと思ひ給へてなむ。女子(をんなご)をさへものして侍るを、[一七]童部(わらはべ)は、いかで宮仕へも仕うまつらせむと思ひ給ふれど、[一八]親は便りなく侍れば、いかでかはとてなむ」。大将、[一九]「いづこに、いかにせむとか思ほす。せむやうをのたまへ。[二〇]かの叔母(をば)君に預け奉りて、一向(いかう)にこのことを後見(うしろみ)奉らむ」。[5]いらへ、(仲頼)「いとうれ

七 「蔵開・下」の巻【三八】参照。
八 「本家」は、妻の実家の意。ここは、女一の宮が住む三条の院の東北の町をいう。
九 底本「はへるなる」、不審。「侍る」の誤りと見る説もある。
一〇 「東の対」は、東の一の対。「国譲・上」の巻【二】参照。
一一 「幼き者」は、いぬ宮。
一二 妻女一の宮が。
一三 「景迹なり」は、すぐれている、すばらしいの意。
一四 「童部」は、仲頼の子どもたちをいう。あるいは、「童部ども」の誤りか。
一五 仲頼の妻。宮内卿在原忠保の娘。
一六 「吹上・下」の巻【六】に、「木の実・松の葉を供養とし、……木の皮・苔を衣として」とあった。
一七 この「童部」は、仲頼の娘をいう。

しきことなむ。昔だに、いと御前（おまへ）に候ひがたかりし[二一]上には、え候[6]はじ。今居給はむ春宮に奉らむとなむ」。大将、「藤壺（ふぢつぼ）の一の宮こそは。それぞ、さらに、ただの人とは見え給はぬ。今ながら、内裏（うち）の御気色に劣り給（た）ばず、いと気（け）かしこくなむ」。

山籠もり、「また承るやうが侍る。[二二]さらば、まして、いかに、これらがためにうれしう。[二三][7]候はせまほしう侍らむ」。大将、「あなうたて。なでふ、さることか」。中納言[涼]、「さりと、皆、定まりたるやうにこそ。『日さへ取られにたり』とか申すなる」。大将、「すべて知り侍らず。[二四]ここには忍びてなむ」。中納言、「御心にこそ、忍びてとか思（おぼ）せど、異人（ことひと）は、しか思ひたらざめり。[二五]さも、はた、おぼえたることなれば」。大将、「おのづから、つひには見えなむ。ただ、藤壺、はた、[8]さや思すらむと思ふのみこそ、いみじうかたはらいたけれ。それも、おとなしき心つき給ふめれば、[二六]さ思すやうもあらむ」などて、「さらば、[二七]このあこたちは、今日も、いざかし」。山籠もり、[二八]「今年（こんねん）ばかりは、物の音（ね）少し聞き知らせ侍

一八「親」は、仲頼自身をいう。
一九 私ができることをおっしゃってください。
二〇「かの叔母君」は、仲頼の妹（按察使の君）。
二一「上」は、新帝。
二二 梨壺さまの御子が春宮にお立ちになったら。
二三 私は娘を梨壺さまの御子に宮仕えさせたいと思います。
二四 私には秘密にして、いろいろと謀りごとが進められているのです。
二五 人からそんなふうに思われるのも、また、当然です。
二六 私が変な動きに荷担していないことはわかってくださるでしょう。
二七 こちらのお子さまたちは、今日にでも都にお連れいたしましょう。「あこたち」は、ここは、仲頼の子どもたちをいう三人称的用法。

りて、年返りて奉らせむ」など、これかれ、多く、御物語多くして帰り給ふ。

御装束どもは、白き襖、綿入れて、[二九]白銀の泥して絵描きたり、綾掻練の袿、薄色[三〇]の香の指貫。御供の人は、薄色の襖、露草して[三一]遠山に摺れり、綿、皆入れたり。下人は、朽葉色の襖など、心にまかせて着たり。

山籠もり、子ども・法師・童部御供にて、麓まで御送りし給ふ。君たちは、御馬引かせて、徒歩より、大将は笙の笛、中納言は横笛、中将篳篥、松方・近正は、御前に立ちて、陵王・落蹲舞ひて、異人々、[三二]後に立ちて、錦のごとく散りたる紅葉の上を歩み出で給ふ。山の嵐は、色々の紅葉、雨のごとく降りかくれば、御[三三]襖に色々につきて、麓にて、別れを惜しみて、歌詠みて、山籠もりは帰り給ひぬ。

君たち御迎へに、さまざま、人多く参れり。大将・中納言の御迎へに、人、小鷹手に据ゑつつ参れり。帰り給ふままに、野辺ご

二八 底本「こんねん」。平安時代の仮名作品には珍しい語。

二九 「国譲・中」の巻【九】注七には、「黄金の泥」の例があった。

三〇 「香」は、「香色」「香染め」の略。

三一 「遠山に摺る」は、「遠山摺り」のこと。布地に遠山の模様を青く摺り染めにしたもの。『後撰集』恋二「逢ふことは遠山摺りの狩衣きては効なき音をのみぞ泣く」（元良親王）。

三二 底本「四ゐ」。「しり（後）」の誤りと見た。

三三 「御襖」は、敬語があるので、仲忠・涼たちの「白き襖」である。

三四 「あさる」は、通例、魚貝や海草を採るの意に用いるが、ここは、鷹狩である。

三五 藤英は三条の院の西北の町、仲忠は三条の院の東

とに[三四]あさらせ給ひて、御餌袋に入れさせ給へり。[三五]右大弁は、道にて別れ給ひぬ。人々は、大将の御送りして、[三六]殿へ帰り給ひぬ。

二四　仲忠、邸に戻り、女一の宮がいることに安心する。

御供人に饗設けて、御前には被け物し、御馬副・雑色には[一]腰差せさせ、入りて見給へば、[二]宮歩き給はでおはすれば、いとうれしと思す。小鳥ども、生きたるは、いぬ宮に奉り給へば、弄び給ふ。御餌袋なるは、調じて、宮に参り給ふとて聞こえ給ふ、

仲忠　君がため小鷹手に据ゑ[三]徐松むしり食ふ鳥を取りつつ

宮、

女一の宮[四]　鷹据ゑて野辺にと言ふはわがためにかりの心を知らするはせは

とのたまへば、[仲忠五]「思ひ隈な」とて、按察使の君に、山のありつるやうなど御物語し給ふ。

北の町に住む。一行は、大宮大路を南に下り、三条坊門で別れたのか。

三六　「殿」は、それぞれの自邸。

一　「腰差」は、軸に巻いた絹布。被け物として用いる。

二　「宮」は、女一の宮。仲忠は、【六】で、女一の宮に、「帰りまで来なむ待たせ給へ」と言っていた。

三　底本「徐」の下に一字空白があり、右に「本ノママ」と傍記がある。次の女一の宮の歌から見て、「野辺に出づ」などの内容と解した。「松むしり食ふ鳥」は、「松むしり」（キクイタダキの異名）のこと。

四　「かり」に「狩」と「仮」を掛ける。「知らするはせは」、未詳。「知らするはなぞ」などの誤りか。

五　「思ひ隈なし」は、思い

［ここは、絵。］

二五　仲忠、朱雀院を訪れ、水尾を訪れたことを報告する。

一かく歩(あり)き始め給ひてぞ、院に参り給ひける。二上、聞こしめして、御前に召して、もののたまはで、三つれづれと[1]まもり給ふ。久しうありて、(朱雀院)「年ごろ、かかる住まひの、かく、せまほしかりつることも見まほしきこともせむとこそ思ひしか。などか参られざりつらむ」と、「一の宮も久しう見ねば、四迎へに[2]ものせしかど、[3]とどめられにきとか」とのたまへば、大将、いとほしう苦しと思ひて、ものも奏し給はず。久しうありて、(仲忠)「年ごろ、労(いたは)るところありて、まかり歩(あり)きも、え[4]し侍(はべ)らざりつる。仲頼(なかより)が侍る所にまかりて、あひ労り侍り[5]てなむ。からうして参りて五なむ、からうして参り侍りつる」と申し給へば、上、[6](院)「それは、皆人、六類(るい)してこそものせらるると聞きしか。なでふことかありし」と問はせ給へば、

やりがないの意。私に対する思いやりがないのですね。

一　【二四】に「右大将、我もかかる目をやと思し怖ぢて、歩きもし給はず」とあり、【二八】に「御即位に参りて侍りしままに、院のかく旅におはしますだに参らず」とあった。

二　「上」は、朱雀院。

三　「つれづれとまもり給ふ」は、「蔵開・上」の巻【三〇】注三七参照。

四　【三五】参照。

五　この「参る」は水尾から都に帰ること、次の「参る」は院のもとに参上することをいうか。途中の「なんからうしてまいり」を衍字と見て、「からうして参りて侍りつる」の誤りと見る説もある。

六　「類す」は、仲間同士連れだつの意。「国譲・中」

（仲忠）「侍りしやう」とて、くはしく奏し給ふ。作りたりし詩（ふみ）どもなど御覧ぜさせ給ふ。

［七］［ここは、院。女御へ。］

二六　仲頼、妻に手紙を贈る。

かくて、山籠もりは、人々の奉り給ひし物ども見給ひて、人々に賜（た）ぶべきは賜ひて、わが御用になるべきはなど［一］して、中納言の、（涼）［二］「粥（かゆ）の料に」とてありし物をば、子どもの母君のもとに遣（や）り給ふとて、御文には、

（仲頼）「日ごろは、これかれ、人々ものし給へれば、騒がしくてなむ。いかにつれづれにとのみぞ。なほ、［三］人のあるやうにてあらまほしく思（おぼ）されば、さやうにても。［四］わいても、［五］ここに見奉りしやうにてもありにきと、な思しそ。今の人の心は、さしもあらじ。［六］山の末よりも時々訪（とぶら）ひ聞こえむにもつきてものし給ひぬべうは、

の巻【二六】注三参照。

七　底本「こゝは院女御へ」。「ここは、院の御前」の誤りと見る説もある。

一　「など」が受ける具体的な内容を省略した表現か。ここは、「とどめなどして」の内容となる。

二　「粥の料」は、種松から【三】で贈られた物。

三　やはり、世間の人々と同じように再婚したい気持ちがおありならば、そうなさって結構です。

四　「わいても」は、「な思しそ」に係る。

五　「ここに見奉りしやうにてもありにき」は、仲頼と結婚していたことをいう。

六　「山の末」は、山の頂き、山奥の意。こんな山奥から、時々物を送ってお世話いたすことに頼ってお暮らしになることができるな

さても。

松風の寒きままに年を経て一人臥すらむ君をこそ思へ

さては、これは、『粥の料』とて、人の賜へりし。そこにて煮させ給へ。子どもの宿直物、綿多く入れて賜へ。恋ひ聞こゆれど、しばし琴も習はさむとてなむ」

とて奉れ[2]給ふ。

女君、見給ひて、いみじく泣きて、御返り、

（仲頼の妻）「承りぬ。七真人たち、いとめでたうはなやかにてまうで給ふな[3]りしをなむ、いと悲しう承り[4]し。『八世人のやうにて』とか。いでや。人に見えぬべき所なりとも、今さらに、さる心をば、いかでか。九さやうなるさまにて、近うだに、いかでとこそ。『松風』は、それをのみなむ。

一〇一人寝る夜寒もいさや苔を薄み霜おく山の嵐をぞ思ふ

この粥の料は、のたまへるやうに」

と書きて奉り給ひつ。絹・綿を見れば、いと多かり。親に奉り給

らば、そうなさってもかまいません。

七「真人たち」は、身分が高い方々の意で、仲忠たちをいうか。

八「世人」は、「世の人」に同じ。注三参照。

九 あなたと同じように出家して、なんとしても、せめておそば近くに参りたいと思っています。

一〇「苔」は、「苔の衣」の意。「おく」に「置く」と「奥」を掛ける。『風葉集』冬「少将仲頼、水尾に籠もり居て侍りける後、『松風の寒きままに年を経て一人臥すらむ君をこそ思へ』と申して侍りければ　うつほの修理大夫忠章の娘」。仲頼の妻の父は、宮内卿在原忠保。「修理大夫」になるのは、【四五】参照。

一一「引き散らす」は、引っ張って伸ばすの意か。

ふ。按察使の君のもとに、箱に入れて奉り給ふ。御達も、皆賜はりて、引き散らしてむしりなどす。女君、「昔も今も、この吹上の君の御贈りをこそ、豊かに見れ」とのたまふ。
［ここは、本家、宮内卿殿。］

二七　仲忠や藤英のもとに、梨壺腹の御子立坊を望む人々集まる。

かくて、三条の院には、四面巡り立ちし馬・車も、をさをさ見えず、藤壺の御方に、一つもなし。大将殿に、いと多かり。東中将の御方に、あまたあり。大殿には、えつと参る人々、君たちの御車ども。

右大弁の殿の御方、式部大輔かけたれば、この頃、非時せむとて、大学の衆らの車あまた立つ。徳、いとかしこし。世に重く思はれ、人に許されたり。学士なりしかば、今も、帝、御心に御書入れ給へれば、常に御前に候ひて、いと時なり。奏することも、

「むしる」は、つまんで広げるの意という。
二　「吹上・上」の巻【一八】参照。
三　「本家」は、妻の実家の意。

一　「大将殿」は、仲忠が住む東北の町の東の一の対。「国譲・上」の巻【九】に、「(大殿の町)御婿は、東の一の対に、右大将」とあった。
二　「東中将」は、未詳。「藤宰相」の誤りと見る説もあるが、不審。
三　「大殿」は、正頼が住む東北の町の北の対。
四　「えつと」、未詳。「え避らで」の誤りと見る説もある。
五　式部省は、大学寮を管理する。
六　「非時」は、臨時の除目をいうか。
七　藤英は、帝の春宮時代

いと疾く聞こしめす。容貌も、[4]いとものものし。

北の方に聞こゆるやう、「昔、[九]氏の院に、[一〇]鶴脛・裸にて、[一一][5]上に居つつ、[6]書の見ゆる限りは[一二]参らで、[一三]夜は蛍を集めて学問をし侍りし時に、心地、常におもしろく頼もしく、思ふことなく侍りし。今、かう朝廷に仕うまつり、[一四]かかる御仲に候へど、もの思はしうわびしうなむ。それは、かう[7]見奉る限り、親にも対面し給はず、[8]世には[9]心も行かぬやうにて経給へば、生きて侍る効なむなき。つたなき人につき給へりとて、親を勘事し[10]奉るなむ、僻みたるやうなる。[一五]おとどは、御前去らず召し使ひ給ひ、公事につけても思ほし数まへたり。[一六]御前をも、かくてこそ思しめし顧み給ばめ。いとあぢきなき御物恥なり。世の中は、はかなきものぞや。藤壺の、昔より[11]名立たり給ひて、多くの人をいたづらになし、宮仕へをし給ふとては、傍らほとりに人寄せ給はず、[12]すなはちより子を生み給ひしかば、坊・后がねとののしられ給ひしかど、[一七]音もし給はず。[一八]思ひかけざりし人の、昨日今日[13]うち生み出だし給へるこそは、

の学士だったために。「常に御前に候ひて」に係る。

八 「心に入る」は、関心を持つの意。

九 「氏の院」は、藤原氏の学問所である勧学院。

一〇 「鶴脛」は、着物の裾が短くて脛を長く出しているさま。

一一 「上」は、自分の曹司に対して講堂などをいうか。

一二 底本「まいらて」。あるいは「まからで」の誤りか。

一三 以下は、車胤の故事による。「祭の使」の巻【一七】注九参照。

一四 あなたと夫婦になっていますが。

一五 「おとど」は、正頼。

一六 「御前」は、二人称。

一七 今では、帝はご連絡もなさいません。

一八 「思ひかけざりし人」は、梨壺をいう。

一九あめれ。[14]かかれば、二〇かくはなやかに見給ふらむ人々はかなうなりて、季英[15]人々しくならむとも知らず。二一『勧学院の藤英』と言はれ侍りしかども、上達部の端にまかりならずや。二二博士とて侍る人、侍らぬをぞ思ひ侍る」と聞こゆれど、[16]いらへもし給はず。

［ここは、二三右大弁殿。］

二八　梨壺腹の御子立坊の噂に、正頼家の人々動揺する。

かくて、「春宮、一月の内に居給ふべし」と言ふ。二右の大殿・右大将殿には、御門[1]の外には、人も避りあへず、馬・車立ち、市のごとくののしる。后の宮よりは、[2]日ごとに、御消息あり。

三条の院には、内裏の御使も見えず。三かかることの筋も聞こえ給はねば、四おとど、ともあれかうもあれ、五このこと定まりなば、またの日、頭下ろして、山に籠もりなむと思ほして、六さるべき所思し設け、法服など設け給へば、[3]男も女君たちも、集ひて候ひ給

一九　春宮にお立ちになるようですの意。
二〇　こうして今は時めいていると思って見ていらっしゃる人々。「見え給ふらむ」の誤りと見る説もある。
二一　「勧学院の藤英」と言って馬鹿にされましたけれども。「祭の使」の巻【一七】参照。
二二　思うと、当時博士だった人でも、現在上達部になっている人はいません。
二三　右大弁が住む西北の町の西の対。

一　「月の内」は、十月中。
二　右大臣（兼雅）の三条殿と右大将（仲忠）が住む東北の町の東の一の対。
三　「かかることの筋」は、藤壺腹の御子の立坊の噂。
四　「おとど」は、正頼。
五　「このこと」は、梨壺腹の御子の立坊。

ひて、泣く泣く聞こえ給へば、おとど、「我、女子多かる中に、[七]この子、生まれしよりらうたげなりしかば、懐[八]よりと言ふばかりに生ほし立てて、いかで、これをだに、人並み並みにと思ひしに、ある時は[九]体面に面立たしき時もあり、ある時はいとをかしき時[4]もあり来しに、なほ、いかでと思ひて持たりしに、これによりて、人の恨みも負ひ、[5]いたづらになるといふ人[6]も聞こえ、[一〇]しひて宮仕へに出だし立てたれば、やすからずうらやまれ言はれし人の、かく人笑へに恥を見むを見ては、世にも交じらふべきか」[7]とのたまふほどに、[一一]「明日になりぬ」と言ふ。

君たちはよろづに聞こえ給ふをも、「すべて、我、このこと聞かじ。人も言ふな」とのたまひて、その日のつとめて、[一二]塗籠にさし籠もり給ふ。大宮、「我も、[一三]なぜふにかかる目を見るべき」[8]とて、もろともに入り給ひぬれば、君達は、[一四]左右の戸口に並み居、[9]え去らで泣き惑ひ給ふこと限りなし。

六 出家して籠もるのにふさわしい所を用意なさって。
七 「この子」は、藤壺をいう。
八 「藤原の君」の巻【七】注一四に「一人ばかりは懐住みせさせてあらむ」とあり、「蔵開・下」の巻【三】注四に「そこをば、懐と言ふばかりに生ほし立て奉りしかば」とあった。
九 「対面に」と解する説もあるが、面目が立つの意で、「体面に」と解した。
一〇 底本「きこえ」。「聞こえしかど」の誤りと見る説もある。
一一 立坊の日は明日に決まったの意。
一二 東北の町の、正頼夫婦が住む北の対の塗籠。
一三 「なぜふに」は、「なでふに」に同じ。【一七】注九参照。
一四 塗籠の東と西の戸口。

二九　藤壺腹の第一御子立坊決定。近澄、正頼たちに告げる。

その日、昼つ方、「参り給へ」とて、御使あり。かくなむと聞こゆれど、音もし給はねば、参り給はぬよしを申させ給へば、[一]太政大臣を召す。それも参り給はねば、立ち返り召せば、今はかくにはかになりにたれば、[二]我すると、人[1]も思ふべきにあらずと思して参り給ふ。

[三]蔵人の少将の君を、[四][2]左衛門督の君、「なほ、参りて、物の気色も案内せよ。ここに、『参り給へ』とありつる、[五]疑ひあり」とて参らせ給へば、[六]あれか人かにもあらで参り給ふ。

かくて、酉の時ばかりに、[七]おとど参り給ひつれば、上、ともかくものたまはで、御硯取り寄せて、ものを書かせ給ひて、封じて、[八][3]頭の中将して奉らせ給ふ。おとど、見給ひて、御気色よろしきを、蔵人の少将、これは、わが[九]御甥の御子なれば、思ふやうな

一　底本「大き大殿」。太政大臣忠雅。
二　底本「我」。あるいは、「わが」と読むべきか。私が梨壺腹の御子の立坊に関わったと、誰も思うはずはない。
三　正頼の十男近澄。
四　底本「さへもんのすけのきみ」。「左衛門督の君」の誤りと見た。長男忠澄が近澄を宮中に行かせるのである。
五　どういうことなのか事情がわからない。
六　何がなんだか事情がわからないまま参内なさる。
七　「おとど」は、太政大臣忠雅。
八　「頭の中将」は、良岑行正。【一九】注一四参照。
九　「甥の御子」は、梨壺腹の御子。梨壺は、忠雅の姪。「甥」は、一族の歳下の男の意か。「あて宮」の

りと思したるなりと思して、わが親はいたづらになり給ひぬと思ふに、色も形もなくなりて候ふを、上、御覧じて、をかしうあはれなりと思して、うちほほ笑ませ給ひて、「少し生き出でて、太政大臣の御後につきて立ち給へ」とのたまへば、御供に、のたまふことやあると、気色を見歩き給ふ。その夜は、職の御曹司にとまり給ふ。そこにまうでて、御前に候ひ給ふ。

暁方に、おとど、人間を計らひて、御文を、いと小さく書きて賜ふ。賜はりて、急ぎ出でて見れば、おとどの御もとにある御文、いとよく封じてあり。従者の行く末も知らず、御門に立てる馬に乗りて馳せて、三条の院に参り給ふを、君達、太刀を抜きて殺しに来る者かと思して、いかに言はむとするものならむと、身も冷え果てて、ものも言はねば、宰相の中将、からうして、うちわななきて、「いかにぞ。誰か定まり給ひぬる」とのたまふ。少将、「いさ。え聞かず。おとどの御文ぞある」と、うちわななきてのたまふ。君たち、「開けて見む」と騒ぎ給ふ。

巻【三〇】注一六参照。

一〇 「生き出づ」は、元気を出すの意。

一一 「職の御曹司」は、太政大臣の宿所。『西宮記』臨時五宿所「大臣・納言宿盧、職曹司也。見二国史一也」「一大臣宿所。在二宜陽殿東庇一」。「俊蔭」の巻【五四】注一〇参照。

一二 蔵人の少将近澄は。

一三 正頼のもとに宛てられた忠雅の手紙。

一四 従者がついて来ているかどうかもかまわずに。慌てているさまをいう。

一五 「御門」は、近衛の陣のある陽明門をいうか。

一六 正頼の三男祐澄。

一七 どなたが春宮にお決まりになったのか。

一八 父上へのお手紙を勝手に開けるわけにはいきません。

一九 大宮。

少将、「御文を、いかで」とて、塗籠の戸を叩きて、「近澄候ひ侍り。取り申すべきこと侍り」と言ふ声を聞くに、おとどは、いとどものおぼえ給はず。宮、言ふべきことこそはあらめとて開け給へば、君達、押し込み入れて、御文を奉り給へば、おとど、御衾を引き被きてうつ伏し臥して、御文を、左衛門督の殿に、「読め」とのたまへば、女手して、

「春宮には、若宮居給ひにけり。昨日の酉の時ばかりになむ、宣旨下り侍りにし。例の作法にもあらず、御心一つにせさせ給ひて、『宣旨の前に、人に漏らすな』となむ仰せられたる。巳の時にぞ、列引くべう侍る。参り給へ」

と聞こえ給へり。

おとど、いとすくよかに起き居給ひて、「かしこには告げつや」とのたまへば、「まづ、ここに参るとて」と申し給へば、「はや告げよ」と、「思ひ極じぬらむ」とて、御気色いとよし。

少将は、南の宮に参りて見給へば、若宮をば膝に据ゑ奉りて、

二〇　正頼の長男忠澄。

二一　底本「とのたまへは」。上の「御文を」を受ける言葉がない。あるいは、「とてたまへば」の誤りか。

二二　平仮名で。ことさらに、「女手して」とあるのは、男性同士の手紙は漢文が普通であったからだろう。ここは、忠雅がこの手紙を大宮や藤壺たちも読むことを考えて仮名で書いたものか。

二三　「若宮」は、藤壺腹の第一御子。

二四　帝がご自分の判断でお決めになって。参考、『新儀式』公事部臨時下「冊二命皇太子一。或依二公卿論奏一、或有二勅答一、或不レ待二上表一、随レ法冊命也」。

二五　「かしこ」は、藤壺の里邸をいう。三条の院の東南の町。

二六　「南の宮」は、「国譲・中」の巻【一九】注六参照。

[二七]今宮をば抱き奉り給ひて、帝の年ごろの[二八]御契りを思し出でつつおはするに、[二九]蔵人の君、[12]かうかうなむと聞こえ給へば、女御の君、うち笑ひ給ひて、「されこそ。年ごろの御契りはよも過ち給はじと思ひつれど、あやしう言ひののしりつれば、心地も[13]慌たたしうぞありつるや」とて、[三〇]宮を引き据ゑ奉り給ひて、[三一]御裳引きかけておはするほどに、おとど・君達、装束し給ひて、うち連れておはして、寝殿の[三二][14]東の御方に渡し奉り給ひつ。二の宮をば西の対に移し奉り給ひて、君達、殿人率ゐて、しつらひ仕うまつり給へば、片時に[15]玉のごとしつらはれぬ。所々、皆あるべきやうにしつらはれぬ。[三三]御前には、いと雪の降れる庭のごと砂子敷かれたれば、かねて[16]せられむやうなり。

かくし据ゑ奉り給ひて、皆、内裏へ参り給ひぬ。[三四]上には、乳母たち、大人・童、[17]里なりしも、皆まうで、髪上げ、装束したり。[三五]西の御方には、例の御方々、皆渡り給ひぬ。大宮、[三六]太政大臣の、[三七]式部卿の宮の北の方たちは、寝殿に渡り給ひぬ。

二七「今宮」は、藤壺腹の第四御子。「国譲・中」の巻【三】参照。
二八「契り」は、第一御子を立坊させるとの、帝の約束をいう。【三六】注四参照。
二九 蔵人の少将近澄。
三〇 第一御子。若宮。
三一 藤壺が裳をつけるのは、新春宮に対する礼である。
三二 底本「偪」、未詳。「東」の誤りと解した。
三三「御前」は、寝殿の前庭。
三四「上」は、春宮の御所となった寝殿をいう。
三五「西の御方」は、藤壺の居所。
三六 底本「大おと、の」。「太政大臣の北の方」の意。正頼の六の君。大宮腹。
三七 正頼の五の君。大宮腹。

三〇　仲忠・兼雅・実忠、第一御子の立坊を知る。

[一]大将、聞き給ひて、[二]このことにより、頭を、えさし出でで、朱雀院、[1]僻々しきやうに思されき、三条に、はた、えまうでで、からき目を見つるかなとて、内裏へ急ぎ参り給ひぬ。

[三]右の大殿、[四]中宮よりかくのたまへれど、夢にも思ひかけず、[五]さるべくは、[六]かかる人の腹に、ここら生まれ集まり給はましやと、天下に言ふとも、まさにと思して、かくなむと、人にものたまはず、[2]心の馴らひならねど、[七]人に心も置かれじ、よからぬ者、一二人、心を合はせてだに、悪しと思はれぬれば、人をいたづらになすものなりとて思しかけざりつれば、かかるをも、何とも思さず。されども、内裏へも参り給はず。

[八]新中納言は、小野へものし給ひて、この頃は、京にものし給ひて、例の、[九]方々、疎々しうてものし給ふに、[一〇]それも聞こえ給はで、

一　右大将仲忠。
二　仲忠は、【一八】で、女一の宮に、「院のかく旅におはしますだに参らず、三条にもまからで侍るは、知り侍らぬよしを、一所に御覧じてば、罪にはあて給はじとてなむ」と言っていた。「三条」は、父兼雅の三条殿。
三　底本「右おほ殿」。右大臣兼雅。
四　【三】【一六】参照。
五　梨壺腹の御子が立坊できるなら。
六　「かかる人」は、藤壺をいう。
七　「人」は、特に、正頼たち源氏方の人々をいう。
八　源実忠。
九　夫婦別々によそよそしく暮らしていらっしゃるので。【八】注三参照。
一〇　北の方に対しても話しかけ申しあげなさることなく。

昔を思し出づることも多かり。されど、人々のいとほしう言ひののしりつれば、いとほしう思ほしければ、二かかれば、三耳やすく聞き給ひて。

三一　仁寿殿の女御、藤壺に、立坊決定を祝う手紙を贈る。

かかるほどに、一院の女御の御もとより、[1]御文あり。

（仁寿殿）「月ごろ、二いと思はずに[2]承りつれば、心憂く思ひ給へつるを、ただ今なむ承り直しつる。まことにやあらむ。おほかたのいとほしさよりも、殿に思し嘆きつるなむ、いみじう。三宮たちも、みづから参り来むとすれば、四ゆゆしげなることとなれば、物の初めにはとてなむ。五今、今日明日過ごしてを[3]聞こえさせむとなむ」

[4]とあり。

御返り、

二　藤壺腹の第一御子（若宮）が立坊なさったので。
三　接続助詞「て」でとめた表現。それを聞いてほっとなさっている。

一　「院の女御」は、仁寿殿の女御。
二　なんとも不本意な結果になるのではないかと聞いておりましたので。梨壺腹の御子の立坊の噂をいう。
三　「宮たち」は、仁寿殿の女御腹の皇子たち。
四　「ゆゆしげなり」は、不吉だの意で、立后・立坊できなかったことをいう。
五　下に「お祝いに行こうとするのを引きとめております」の意の省略がある。
六　「のたまはせたること」

「藤壺承りぬ。[六]のたまはせたることは、今朝、[5]太政大臣の消息になむ、さやうにありける。今のほども、いかにとぞ。いとわづらはしく恐ろしき世の中なれば、今、[七]見給へ定めて、ことごとには聞こえむ。宮たちの、[八][6]さやうに思ほすは、何ごとにかは思ほし屈ずらむ」

と聞こえ給ふ。[7]

三二　夕方、立坊の宣旨。春宮坊の官人の除目が行われる。

かくて、夕方になりて、[一]宣旨持て参りて、上達部など、皆参り給へり。[二]中納言殿に今日は設けし給ひつれば、皆あるべきやうにせられぬ。

[三]帯刀どもは、[四]君たち・御婿たちの中に、さりぬべき一人づつ出だしてなし給ふ。[五]殿上人・蔵人なども、[1]これかれ、[六]御労りにて、皆なりぬ。[2]

は、第一御子（若宮）が立坊したことをいう。

七 今、はっきりしたことを確認して、くわしいことはまたご連絡いたします。

八 底本「御やうそこ思ふには」。「さやうに思ほすは」の誤りと見る説に従った。不吉なことだと思っていらっしゃるのは。

一 使の者が立坊の宣旨を持って参上して。

二 「中納言殿」は、源涼。

三 「帯刀」は、春宮坊の帯刀舎人。

四 正頼の男君たちや婿君たちの中で、それにふさわしい者を一人ずつ推挙して任命なさる。

五 春宮の殿上人と春宮の蔵人。

六 「労り」は、官位の昇進などの世話の意。ここは、正頼の「御労り」である。

七宮司(みやづかさ)なさるるほどに、八大将殿より、人のなるべき、御文してあり。見給へば、

(仲忠)「日ごろ、九宮に度々(たび)参れど、もの騒がしきやうにて、え聞こえさせず。さるは、みづから聞こえ明らめぬべきことも侍るを、いかで。さて、年ごろ、あひ顧みるべき者の[3]侍(はべ)るを、数ならぬ心地して、え労り[4]侍らぬを、この折にだにこそはとてなむ。かれこれの一〇御賜はり、しか侍るなれど[5]、御労りになさせ給へとてなむ。一一さも仕うまつりぬべき者なり。『「一二宮大進(みやのだいじん)にまかりならむ」となむ申す』と申し侍る」

と聞こえ給へり。それは、一三伊予介(いよのすけ)になされしが[6]いま一人なりける。

御返り、

(藤壺)「承りぬ。のたまはせたる人のことは、いとやすきことなり。一四一人はここにものせよとあれば、さるべき人も侍らぬを思ひ給へわづらふを、さりぬべしと御覧ずる人侍らむを喜び聞こゆる」

七 春宮坊の職員たちの除目をなさっている時に。
八 右大将仲忠。
九 「宮」は、南の宮。東南の町。藤壺の里邸。
一〇 「賜はり」は、藤壺のご推挙の依頼の意か。
一一 充分にその任に堪えられる者です。
一二 「宮大進」は、春宮坊の第三等官。
一三 「伊予介になされし」は、「蔵開・下」の巻【三】注二参照。
一四 春宮坊の職員の内の一人は私が推挙せよということだったので。
一五 春宮大夫。前春宮の時は、正頼、さらに兼雅が務めていた。「内侍のかみ」の巻【二八】注一六参照。
一六 春宮の伯父たち。藤壺の兄君たち。
一七 右大将仲忠。
一八 正頼の四男連澄。【三】

と聞こえ給ふ。

かくて、[一五]大夫には、[一六]伯父たちならまほしう思したれども、帝、心寄せあるやうに聞こゆるうちにて、さてぞよからむと思して[7]、[一七]大将をなし給ふ。亮には[一八]右衛門督かけて、権の亮には[一九]大殿の御労りにて、[二〇]学士にはもとより宮に仕うまつる[8][二一]文章博士、[二二]大進は大将の殿人[9]、少進には、大宮の御労りにて一人、[二三]女御の君の労り給ふ一人、[二四]もと宮人[10]、なりぬ。それより次々の、皆、これかれ、御労りになりぬ。[二五]御匣殿、[二六]右大弁の北の方。

［ここは、春宮の初めの所。］

三三　后の宮、第一御子の立坊を知り、腹を立てる。

かくて、后の宮は、御心にこそよろづ思したばかりつれ、[一]帝に初め聞こえ給ひしに御気色悪しかりしかば、殊に聞こえ給はざりしかば、かかることも、[二]上には、殊に恨み聞こえ給はざりけり。

注三参照。藤英が任じられた春宮亮が変更されたものか。

一九　「大殿」は、正頼。

二〇　東宮の学士。

二一　前春宮の時には、藤英が文章博士を務めていた。「沖つ白波」の巻【三】参照。ここは、藤英の次に文章博士になった人だろう。

二二　大進は定員一人。少進は定員二人。

二三　「女御の君」は、藤壺。

二四　「もと宮人」は、もともと春宮に仕えていた人の意。

二五　春宮の御匣殿の別当。春宮の女官長のような役割か。

二六　藤英の北の方。正頼の十三の君。けす宮。

一　【三】参照。

二　「上には」は、表だってはの意。

[三]下地には、いとねたしと思すこと限りなし。この[四]腹の御子たち、皆死ななむ、[1]つひに思ふ[五]ことせむなど思して、朱雀院に出で給ひぬ。[六]女御憎しと思すこと、昔よりこよなし。いかで、憎み立てて、院の内にも候はせじと思せど、[七]近きおとどを二つ三つばかり賜はり給へば、皇子たちの、御局をしつつ、[八]やむごとなき人の御娘を迎へ、[九]八の宮も、[一〇]宰相の御娘を得給ひて、迎へて候ひ給ふ。我も我もと清らをしつつ、めでたき御勢ひなり。[一一]弾正の宮、御妻なけれど、もの少し[2]おぼえ、容貌よく、親ある人、我も我もと参り集へば、それしもぞ、人はさまざま多く候ひ給ふ。

　女御の御もとに、宮たち集ひて、御容貌は[一二]花を折りたるごとし[3]て、大人も童も、夜昼遊びののしり給へば、[一三]帝は、これを御覧じて聞こしめすとて、こなたにのみおはしまして、「[院][一四]一の宮迎へて、[4]大将の朝臣[5]あらせて、遊びをせさせて聞きてしかな[6]」とのたまひ、父おとど・御はらからの君達、常に参り仕うまつり給ふ。大将も婿たちも、院に参り給ふとて、[一五][7]訪ひ聞こえ給ふ。[一六]五の宮も、[一七]二の

三「下地」は、本心の意。
四 藤壺腹の御子たちは。
五「思ふこと」は、梨壺腹の御子の立坊をいう。
六 仁寿殿の女御。
七「近きおとど」は、朱雀院の御座所。
八 皇子たちの妻については、「沖つ白波」の巻【四】の「絵解き」参照。その時、八の宮はまだ童だった。
九 八の宮は最近結婚したらしい。【五】注九参照。
一〇 正頼の三男、宰相の中将祐澄の娘。
一一 三の宮。
一二「花を折る」は、顔の美しさの形容。
一三「帝」は、院の帝の意。朱雀院。
一四 女一の宮。朱雀院（当時は、帝）は、「蔵開・上」の巻【五】で、「かの皇女とともに、琴など弾きつつ聞かせ給へ」と言って、仲

宮をぞ切(せち)[8]に聞こえ給へば、[一八]いかでかと思したり。

かく、后(きさい)の宮、わが御族(ぞう)よりはじめ、上達部(かんだちめ)・親王(みこ)たちを、憎しと思したれば、[一九]むつましかるべきおとどたちも、かしこまりて参り給はず。かかれば、なほ心憂い世なり、[二〇]これらが世になり果てぬるにこそはあめれ、かかることを見で、御髪(みぐし)下ろして、さりぬ[9]べからむ所に籠もり居にしかなと思せど、ただ今は心納めぬやうなりと思す。

［朱雀院(すざくゐん)。］

三四　六の君、忠雅の邸に戻り、夫婦仲が修復される。

かくて、[一]太政大臣(おほきおほとの)[1]の北の方は、このことによりてこそ、宮の御婿取りもあべかりしか、[二]今は音もなし、若君達(きんだち)は恋ひ泣き給ふ、[三]御腹はゆくゆくと高くなる、何心もなく出(い)で給ひて、秋の頃ほひ、夜寒(よさむ)に、心細きを、月ごろ離れ給ひて、心細く思(おぼ)す。おとども夜(よ)

忠に二条の院を与えていた。
一五　仁寿殿の女御のもとをお訪ね申しあげなさる。
一六　朱雀院の五の宮。后の宮腹。
一七　朱雀院の女二の宮。仁寿殿の女御腹。
一八　「いかでか」は、なんとしてでも女二の宮に近づきたいの意。「国譲・中」の巻【一八】注九参照。
一九　「むつましかるべきおとどたち」は、太政大臣忠雅や右大臣兼雅たちをいう。
二〇　仁寿殿の女御の一族がはぶりをきかせる世の中になってしまうのだろう。

一　底本「おほき大殿」。「太政大臣の北の方は」は、「何心もなく出で給ひて」に係る。その間は、挿入句。
二　今では太政大臣に后の宮から手紙も来ない。
三　太政大臣の北の方は懐

ごとにおはしつつ泣きわび給へば、いかがせむとて渡り給ひぬ。
（忠雅）「何ごとよりも、いかに思ほしてありつるぞ」と聞こえ給へば、（六の君）「かかることをなむ聞きし」[2]なども聞こえ給はず、世の中にのの[四]しり出で給ふ宮なれば、男の御心といふものねたくともと思して、[五]おとどのとどめ給へるやうに聞こえ給ふ。おとど、（忠雅）「さ思しけるこそは心憂けれ。天下(てんげ)にしか[3]のたまふとも、[六]こなたに疎(おろ)かなる心はありなむや。よし、親、さのたまふとも、あはれと思さば、月ごろ、かくわびさせ給はましやは。[七]そこを疎(おろ)かに思ふ人にて、人の思しのたまふやうにしてましかば。わがやうなる人にしもなく[4]て、子どもなどを、いかにし給はむ。[5]よき人はありとも、おのが心ざしのやうなる人は、えしもあらじや」。北の方、聞き給ひてけりと思して、ありしやうを初めより聞こえ給ふ。[八]（六の君）「宮の御文奉りし時は、限りとなむ思ひし。その御文を見せ給はずなりにしかば、つらきになむ」と聞こえ給ふ。おとどは、（忠雅）「それは、げに、さ聞き給ひければ、[九]思しけむ。[一〇]いかでか、さ、大空には思ひて。

妊中だった。「ゆくゆくと」は、どんどんとの意。
四「ののしり出づ」は、評判になるの意。「給ふ」は、朱雀院の姫宮に対する敬意の表現。
五「おとど」は、正頼。
六 あなたに対して。
七 私にあなたへの愛情がなくて、人の思わくや勧めに従って姫宮さまと結婚したとしたら、どうなったことでしょうか。
八【二】に、后の宮から手紙が来た時、「限りぞと思ほして、臥して泣き給ふ」とあった。
九 心配なさったことでしょう。
一〇 あなたを疎かに思って、ほかの女性と結婚などするはずはありません。

[一一]ここにありや」とて、取り出でて奉り給ふ。

かくて、ありしより、御仲いとめでたし。

［大殿の北の方、御物語し給ふ所。君達、遊び歩き給ふ。女君、御髪、[一二]かいしきばかり、いとをかしげにて、雛遊びし給ふ。御達三十人ばかり、童あまた。御前に、人の奉りたる物、いと多かり。簀子に、[一三]大納言・宰相いますかり。[一四]宰相の中将・蔵人の少将など、物語し給ふ。］

三五　大后の宮、第一御子の立坊を知って残念に思う。

[一]かくて、嵯峨の院、もし、[二]宮、男もぞ生[1]み給ふと思して、朱雀院、降り給ひて、初め参り給へりけるに、大后の宮聞こえ給ふ、「いかで聞[2]こえさせむと思ひ給へ[3]つるに。[4]この宮、時過ぎて[三]めづらしきことのありけるを、『[四]もし思ふやうにてあらば、かく今日明日になりにたるは、かくし給へ』と、内裏にも聞こえむとな[5]む

一一　后の宮からのお手紙は、ここにありますよ。
一二　「かいしき」、未詳。
一三　太政大臣の子の、藤大納言忠俊と藤宰相直雅。
一四　正頼の三男祐澄と十男近澄。

一　以下、立坊前に時間を遡らせている。
二　嵯峨の院の小宮。
三　「めづらしきこと」は、懐妊をいう。
四　もし期待どおりに男御子が生まれたら、こうして今日明日に迫った立坊の際には、その御子を春宮にお立てください。

思ふ。院にも、御心得て申させ給へ。[五]三条の皇女も、聞きて、つらしと思はめど、[六]かの人まだ小さかりし時、[七]そこをば大人になし給ひしや、[八]さ思ひて奉りしかば。[九]目に近く見るは愛しきうちに、[一〇]さ侍るべければ」と聞こえ給ひければ、院「それまで定まらずは、さこそものすべう侍なれ」。后の宮、大后「それを、定まるまじきやうに聞こえ給へかし。これを思ふになむ、限りになりにたる命は惜しう、[一一]冥途はやすかるまじう」など聞こえ給ひけるに、[一二]かく聞こしめして、くちをしう、[一三]急ぎてもしてけるかなと思す。朱雀院は、さぞあらむと思しければ、悪しとも聞こしめさず、ただ、嵯峨の院の后ぞいかに思すらむとぞ思しける。

三六　藤壺腹の第二御子、梨壺腹の第三御子、親王となる。

かくて、内裏の帝、[一]母后の、御心も行かでまかで給ひにしを、いとほしと思して、ただ今生まれ給へる梨壺の御子を、[二]坊に据ゑ

五「三条の皇女」は、正頼の妻大宮。
六「かの人」は、嵯峨の院の小宮をいう。
七 挿入句。「そこ」は、二人称。大宮が朱雀院を大人になるように育てたことをいうか。ただし、ここだけ大宮に対して主体敬語で表現していること、不審。
八 男御子が生まれたら立坊させるつもりで入内させたのですから。
九 小宮は嵯峨の院に退出している。
一〇 御子が誕生しそうなのですから。
一一 安心して死んでゆけそうにありません。
一二 藤壺腹の第一御子（若宮）が立坊なさったとお聞きになって。ここで、物語の時間がもとに戻る。
一三 急いで春宮を決めたものだなあ。

よともこそのたまひしかとて、親王になし給ふ。[三]藤壺の二の宮は二、かれは三の親王になし給ふ。春宮孕まれ始め給ひしより、帝[四]「世の中に、平らかに、思ふやうならば、必ず」などのたまひ契りて、年月行くも待たせ給ひしほどに、あるは生まれ、あるは孕まれ給へるを、母后は、[五]昔よりの筋ありとて、大臣・公卿、一つ心にてのたまひたばかるなり、[六]おほやけ帝、大后、[七]孕まれ給へる皇女を思して、返す返す、[八]帝一つ御心にして妨げ給ふべしと聞こしめして、人にものたまはで、御心一つに思して、その日まで音もせで、にはかにはかには据ゑ給ふなりけり。后の御気色を見、世人の言ひののしるなりける。

三七　帝、藤壺に手紙を贈り、参内を促す。

藤壺の参り給はぬことを、夜昼、上は思し嘆く。人も殊に参上らず、渡り給ふ所もなし。起き臥し思すに、月ごろ、御使も奉り

一　母后の宮が不快にお思いになったまま宮中を退出なさってしまったことを。
二　母后の宮は、帝（当時は、春宮）に、梨壺腹の御子を立坊させたいと言っていた。【三】参照。
三　藤壺腹の二の宮を二の親王、梨壺腹の御子を三の親王になさる。「二の宮」は、底本「二みや」。
四　「私が生きている間に、無事に、願いどおりに男御子が誕生したら、その御子を必ず立坊させよう」などと約束なさって。【三九】注六参照。
五　昔から藤原氏から春宮が立ってきたことを理由にして。
六　底本「おほやけみかと」、不審。嵯峨の院のことをいうのだろう。「院の帝」の誤りと見る説もある。
七　「孕まれ給へる皇女」は、嵯峨の院の小宮。

給はで、[一]坊据ゐてば、その喜びはしてむ、それにつけてをと思して待たせ給へど、さもあらねば、あさましう心強き人にもあるかな、例の、我こそは負けぬべかめれとて、木工助（もくのすけ）なる蔵人（くらひと）して、文奉れ給ひければ、御達（ごたち）、めづらしがり喜びて、御簾（みす）のもとにただ出で（い）に出で、かはらけさしなどす。御文には、

帝「立ち返り聞こえてもおぼつかなく、度々（たび）のを、『見つ』[二]とだにあらざりしかば。見る人もあやしがりしを、常に、世のためしにはあらでもありぬべしや。[三]月ごろは、あるやうにもあらずや」

とて、

「[四]山彦の答へざりしを声々にまだしら雲と騒がれしかな

[五]なほ参るまじきにや」

とあり。

いとめづらしと思して、御返り、

藤壺「いとめづらしう賜はせ給へるは、かしこまりて承りぬ。いと

八 「帝」は、今の朱雀院。

一 若宮を春宮に立てたら、そのお礼を言うためにきっと使をよこすだろう。それをきっかけにしてこちらからも使を遣わそう。「を」は、間投助詞。

二 「見つ」は、「春日詣」の巻【七】注三の参考の『平中物語』参照。

三 ここ何か月は、生きた心地もせずにいます。

四 参考、『古今集』恋一「うちわびて呼ばはむ声に山彦の答へぬ山はあらじとぞ思ふ」(詠人不知)。「白雲」の「しら」に「知ら(ず)」を掛ける。

五 まだ参内なさらないおつもりですか。

六 「御喜び」は、第一御子を春宮に立ててくださったお礼。

七 「白雲も色変はりぬ」は、

もいともうれしき御[六]喜びは、まづ奏せむと思ひ給へしかども、月ごろ、仰せ言(ごと)も侍らざりしかば、いかなる御気色にかと思ひ給へ慎(つつ)みてなむ。[帝]『山彦』とかやのたまはせたるも、いさや。

[七]白雲も色変はりぬと聞きしかば山彦もいかが答へうからぬ

[八]おぼろけにや。参り侍らむことは、[九]この宮今日明日参り給ふべかんめり、同じくはとてなむ」

と聞こえ給ひて、織物の細長(ほそなが)、袷(あはせ)の袴(はかま)一具(ぐ)賜ふ。御返り賜ふ。

御覧じて、参りぬべかめりと思して、

[帝]「昨日は、めづらしきなむ。『雲の色』とか。

[一〇]立つ雲を色々乱る風といへど出づる月日をかざしやはする

『喜び』とかあるは、おぼろけの心ざしにや。この宮一人によりてなむ、あまたの親にも恨みられ奉りぬる。[一一]次第は、[3]逆しまなりや。[一二]いま片方(かたへ)も、うらやましとこそ思へ。それらも、皆」

とて、[一三]これはただの蔵人(くらひと)[4]して奉り給ふ。喜びて持て参れり。

大宮もおはす。見給ひて、[大宮]「嵯峨(が)の院も[一四]聞こえ給ふことありと

第一御子立坊の件が変更になったの意。「山彦もいかが答へうからぬ」は、反語表現で、「山彦も答へうし」の強調表現。

八　いいかげんな気持ちでお手紙をさしあげなかったわけではありません。

九　挿入句。

一〇　「立つ雲を色々乱る風」は、第一御子の立坊を妨げる動きを、「出づる月日」は、第一御子の立坊をいう。「かざしやはする」は、反語表現で、「かざさず」の強調表現。

一一　春宮のお供で参内するなんて、順序が逆ではありませんか。「逆しまなり」は、平安時代の仮名作品にほかに例が見えない語。

一二　「いま片方」は、第二御子たちをいう。

一三　「これはただの蔵人」は、兵衛の君（藤壺の乳母子）

聞きしぞかし」とのたまへば、女御の君[5]、「とこそ聞け[一五]。あやしくも」とて笑ひ給ふ。

御返り、

「承りぬ。『月日[6]』とか侍るは[7]、

[一六]いづれとも雲隔つれば月も日もさやけく人に見ゆるものかは

それも御心にこそはと承りしかば」

と聞こえ給ふ。

三八　仲忠、藤壺を訪れ、正頼と、春宮参内の日を決める。

かくて、春宮も、[一]御読経に、物の初めなりとて、僧綱たち・名ある[二]智者どもなど召して、[三]論議などせさせ給ふ。大将、参り給ひて、夕方、[四]西のおとどに参り給ひて、簀子に褥参り給ひて、これかれもの聞こえ、大将、女御の君にもの聞こえ給ふ。孫王の君[1]して御いらへ[2]など言ひ継がせ給へば、大将、「今

の弟。【三】注三で、右衛門尉になっている。

一四 朱雀院に申し入れなさったことがある。

一五 「と」が受ける具体的な内容を省略した表現。私も、そう聞いています。

一六 「いづれとも」は、「見ゆるものかは」に係る。「雲隔つ」は、第一御子の立坊を妨げようとする動きをいう。

一 十月に行われた季の御読経か。

二 「智者」は、智恵や見識がすぐれた僧。学問僧。

三 「論議」は、僧が仏教上の教義を議論すること。参考、『源氏物語』「賢木」の巻「法師ばらの才ある限り召し出でて、論議せさせて聞こし召させ給ふ」。

は、かく、ありしよりも親しく仕うまつるべく侍るを、御通辞なくとも承りなむは」などて、「先つ頃、世の中にあやしきことを申しけるを、卑下せる所に、いかに思う給ひたらむと、聞こしめしけむことをなむ、ここにもかしこにも、限りなく思う給へ嘆きて、誰々もまかり歩きもせで侍りつる。ある所より、かの三条に、とかくのたまはすることとなむありける。さる心も思ひ知れとて、かの宮消息にて侍りし、事定まりて御覧ぜさせむとてなむ、まだ失はで侍る」とて、この隠してし宮の御文を奉り給ひて、聞こえ給ふ、「かくも聞こゆまじけれど、昔の心ざし失はず、今行く先、頼み聞こゆることも、なほ侍れば、うたてある心も持たる者ぞともぞ思し出づる」と聞こえ給へば、見給ひて、大宮なども、いと恐ろしくもありけるかなと。大将も、「御覧じてば、賜はりなむ」と聞こえ給へば、女御の君、かく書きて、出だし給ふ。

藤壺　来る春を雲に知らせずなりにせば藤も絶えぬる松にやあらまし

四「西のおとど」は、三条の院の東南の町の西の対。藤壺の居所。

五 仲忠が春宮大夫になったことをいう。

六「蔵開・上」の巻【一八】にも、「唐土よりは近かんめれば、通辞なくとも承りなむ」とあった。

七「卑下せる所」は、自分たちをいうか。「卑下せる所に」は、「思う給へ嘆きて」に係る。

八「ここ」「かしこ」は、仲忠と父の兼雅をいう。

九「かの三条」は、父兼雅の三条殿。【一六】参照。

一〇【一六】に、「人にも見せで（后の宮からの手紙を）隠しつ」とあった。

一一 下に「思す」などの省略があるか。

一二「春」に春宮、「雲」に宮中、「藤」に藤壺、「松」に帝をたとえる。

大将、見給ひて、

[一三]石の上の種よりまつと聞きしかば緑も春ぞ深く知るべき

など聞こえ給ふほどに、大殿、おはし合ひて、[一四]内裏に宮参り給ふべきことを定め給ふ。十月十五日、女御もろともに参り給ふべし。あるべきことども、皆定め給ふ。

かくて、皆、参り給はむとて、童・下仕へ調へ、大人三十人、童八人、唐綾の青色の五重襲、綾の上の袴、下仕へ八人、[一五]檜皮の唐衣・袿ども着たり。

三九　実忠、藤壺に手紙を贈る。藤壺、袖君の参内を促す。

かくて、出で給ふに、[一]三条の新中納言殿より、御文あり。

「いともいとも思ふやうなる御喜びは、まづみづから参りて聞こえさせむとせしを、ゆゆしげなるさまに思う給へ慎みてなむ。[二]『近う候はば』とかのたまはせしを、[三]影踏むばかりにて久しう

一三 「まつ」に「待つ」と「松」を掛ける。若宮を懐妊なさった時から将来の立坊を期待なさっていたと聞いていましたので、立坊なさった後も、いよいよすこやかに成長なさることでしょうの意。底本「石」は、「いは（岩）」と読むべきか。

一四 正頼は、春宮大夫になった仲忠と、参内の時期を相談するのである。

一五 檜皮色の唐衣と袿。

一 「三条の新中納言殿」は、実忠。

二 「国譲・中」の巻【九】の藤壺からの手紙に、「世の人のあるやうにて、近くものし給へかし」とあった。

三 『後撰集』恋二「立ち寄らば影踏むばかり近けれど誰かなこその関を据ゑけむ」（小八条の御息所）による表現。

なりぬれど、いとおぼつかなくて。参り給へるなれど、四朝妻(あさづま)の心地してなむ。

　身を捨てし山辺にもなほあるべきを今も惑はす君にもあるかな

のたまはせむままにと思う給ふるこそ、心ならぬやうにも」

と聞こえ給へり。

見給ひて、御返り、

（藤壺）「見給へつ。五宮の御ことは、悪(あ)しきやうに言ひ騒ぐなりしかば、いとど、六昔の人のものし給はぬをなむ、あはれに心細く思ひ給へし。今も心ゆるひなく恐ろしき世なれば、御宮仕ひなどし給ひて、七後見(うしろみ)聞こえ給はば、頼もしうなむ。八民部卿殿に聞こゆることありしや、聞き給ひけむ。なほ、九さ思(おぼ)したらば、よも、後ろめたうは」

と聞こえ給ふ。

見給ひて、民部卿殿のものし給ふに、（実忠）一〇「かかる、何ごとにか侍(はべ)

四「朝妻の心地」は、朝を迎えて夫を送り出す妻のようなつらい気持ちの意か。

五 立坊の件に関しては。

六「昔の人」は、故太政大臣季明をいう。

七 春宮の後ろ盾となってくださったら、頼もしく思います。

八 藤壺は、【八】で、民部卿実正の北の方に、「かの袖君のよく生ひなり給へるを、いかで内裏に参らせてしかな。むつましき人の、いと奉らせまほしきを」と言っていた。

九 底本「さおほしたらは」。「さおほしたゝは（さ思し立たば）」の誤りと見る説もある。

一〇 藤壺さまからのお手紙にこんなことが書かれていますが、なんのことでしょうか。

る」と聞こえ給へば、（実正）「そよ。さることありけり。[一一]姫君の御ことぞや。（藤壺）『[一二]「むつましき人奉らまほしきを、ことことしくはあらで、忍びて、局（つぼね）にものし給ふやうにて参らせ奉り給へ」と聞こえよ』となむ、女御になり給ひし喜びに、[一三]かしこにものする人のまうでたりけるにのたまひける」[1]と申すに、中納言、（実忠）「苦しや。前々（さき）のやむごとなき人をだにも、あるものともし給はざなるものを、[一四]これらは、何のごとにかあらむ。親の、人並み並みにて労（いたは）るにこそ、女は、人とも見ゆめれ。かかるいたづら人の子をば、何にせむ」。民部卿、（実正）「それは、さしもあらじ。[一五]かの女御の、御心に入れ給ふと見給はば、[一六]いとあはれにぞ思さむ。前々（さき）の人はあれど、皆仲ど（あ）もの悪しければ、女御も心解けずものし給ふなれば、それに従ひて、上ものし給ふ[2]となり。[一七]かしこに労り給はば、いとよくぞあらむや。[一八]この御服（ぶく）果てて、四月ばかりに、裳（も）など着せ奉り給うて出だし奉り給へ。[3]おのらも、もろともにこそ参らせ奉らめ。[一九]ただの人のさりぬべきもなし。[二〇]宰相の中将こそは、昔より心ざしあり

一一 袖君。「国譲・中」の巻【三】注三に、「御歳十七歳ばかり」とある。
一二 親しい間柄の人を入内させたいので。
一三 「かしこにものする人」は、実正の北の方をいう。正頼の七の君。
一四 「これら」は、袖君をいう。
一五 「かの女御」は、藤壺。
一六 帝もとてもいとしくお思いになるでしょう。
一七 「かしこ」は、藤壺をいう。
一八 父上の一周忌が終わって。故太政大臣の薨去は、この年の二月下旬だった。「国譲・上」の巻【六】参照。
一九 現在、臣下の中で、袖君の婿にふさわしい人もいません。
二〇 正頼の三男祐澄。
二一 朱雀院の五の宮。后の

などあめれど、聞き見るに、もの思ふ人にこそ。さあらぬ若き人々はあまたあれど、させむやは」。

中納言、「この日ごろ、[二一]五の宮の御文とて、度々見ゆれど、世の中のわづらはしさに、『ものな聞こえそ[4]』とてぞ侍る」。民部卿、「それは、さるあだ人にて、女ありと聞く所にて、さぞのたまふなる。[二二]朱雀院の二の宮も思ひかけて、入りなどし給ふなれど、[5]男皇子集ひて、夜昼遊びをしつつ起き居給ふなれば、[二三]上も、それ聞こしめすとておはしますなれば、[二四]さすとも。[二五]帝の御前に参りなど[6]し給ふなれば、その折には入らむとて、[7]兵を設けてぞ待ち給ふなる。一日、[二六]左の大殿ののたまひしは、『后の宮の、[二七]よくもし給はずは、[二八]この皇子して名を立てさせて、恥を見せて捨て給ひてば、いかがせむ。子どもよりはじめて、人とあらむ人申し加へて、[8]この皇女まかでさせ奉り給へ』とのたまひしかど、[二九]頼み給ふ子ども[9]の中にも、さ思ひたるも多かんなれば、いかにあらむ。[三〇]かくあやにくくおはする宮なれば、[三一]よろしと聞き給はば、ただ入りに入り

宮腹。

二一　五の宮は。【二二】注一六参照。

二二　朱雀院。【一五】参照。

二三　たとえ五の宮が入り込んでも、思いをかなえることはできないでしょう。

二四　男皇子たちは帝の御前に参上したりなどなさるそうですから。

二五　左大臣正頼。

二六　「よくもし給はずは」は、「よくもせずは」を主体敬語で表現したものか。

二七　五の宮に女二の宮さまとの浮き名を立てさせて。

二八　正頼の男君たちの中では、祐澄や近澄が女二の宮を狙っていた。「国譲・中」の巻【一八】および【三九】など参照。

二九　「かくあやにくくおはする宮」は、五の宮をいう。

三〇　袖君のことをなかなか美しいとお聞きになったら。

おはしなむ。なほ、さ思ほせ」。「いさや。心々にて思ほし合はせむに恥づかしげなるものを、同じ所にて見比べ給はば、土と玉とのごとこそあらめ」。「いで、何か。この君、殊に劣り給はじ」。中納言、「いみじきことをもし給ふかな。いかならむ人とか思す。女一の宮こそ、劣り給はずと聞きしか。それも、向かひ居給へりしかば、気劣りてこそ。世にたぐひあるべき人にもあらずや」。民部卿、「片方は、見なしなり。思ふ人は、さぞ見ゆるや」。「ありきは、あやしき容貌族にこそ」などのたまふ。

「ここは、三条の西の方。民部卿・中納言、物参る。御前に、地炉して、鋺などして物調ず。破子・すみ物あり。

これは、東の方。御簾の内に、北の方臥し給へり。姫君、物参る。大人・童、多かり。姫君の御乳母の言ふ、「上のうちはへ悩み給ふを、おとどの気近う見給へば、『いかなるぞ』とも聞こえつべけれど、もて離れ給へればこそ」。真砂君の乳母、「葦の根延ふらむとも知らずや」。姫君、「あな聞きにく。何ごとぞや」など

三二 やはり、袖君の入内を決心なさってください。

三三 「土と玉」は、格段に違いがあることのたとえ。「土」は袖君、「玉」は藤壺。

三四 「この君」は、袖君をいう。

三五 「人」は、藤壺をいう。

三六 実忠は、藤壺と女一の宮が碁を打つのを垣間見たことがある。「国譲・上」の巻【六】注四参照。

三七 一つには、そう思って見るからです。

三八 「ありきは」、未詳。藤壺の姉妹のことをいうか。

三九 「容貌族」は、美人ばかりの一族の意。

四〇 「三条」は、袖君が相続した三条の屋敷。「国譲・中」の巻【四二】に、「中戸を立てて、東の方には北の方、西には中納言と」とあった。

四一 「地炉」は、地火炉。今の、囲炉裏。

のたまふ。」

四〇　十月十五日、春宮、藤壺とともに参内する。

かくて、春宮参り給ふ日になりぬ。御車、宮の御方に十、女御の御方に二十、糸毛六つ、檳榔毛二十、うなゐ・下仕へ車二つづつ。副車どもは、これかれ出だし給ふ。車の口つき[一]ども、装束調へ、容貌も選ひて、十人づつ[1]つけたり。宮の副車は、[二]褐の衣、冠したり。あるは、白襲・白袴、あるは、薄色の下襲・[三]裾濃の袴、心々にせられたり。女御の御方の副車は、狩装束、車ごとに心々なり。

かくて、春宮は、[四]東の大路の前、[五]大宮の大路に引き立てたり。[2]赤糸毛にて、輦車の大きなるやうなり。黄なる御車牛かけたり。御車副は、嵯峨の院の[六]厨の人の子なるを、丈等しく、容貌あるを選ひて十二人、掻練襲の下襲、深い沓履きて、後には、

四二　「すみ物」、未詳。「あて宮」の巻【三】注一五参照。

四三　「上」は、実忠の北の方。

四四　『拾遺集』恋四「葦根延ふうきは上こそつれなけれ下はえならず思ふ心を」（詠人不知）による表現。

一　「口つき」は、車につけた牛を引く人。口取り。

二　「褐」は、濃い藍色。「祭の使」の巻【八】注六にも、「褐の衣着たる男ども」の例があった。

三　「裾濃」は、裾になるほど濃く染めたもの。

四　三条の院の東にある大路の前の意か。

五　不審。次に「南の御門、三条の大路」ともあり、大宮大路の西、三条大路の南だと、三条の院は神泉苑の位置にあたる。

六　底本「庖」。

宮の蔵人所の衆ぞ仕うまつる。[3]女御の御車は、[七]南の御門、三条の大路に引き立てたり。御車、牛黒うてかけたり。御車副、[八]御方の侍の人十二人、葡萄染めの下襲着たり。後に、二十人仕うまつる。上達部、[九]左の大殿の御子ども三人、[一〇]源中納言・藤中納言・右大弁。[一一]太政大臣[4]の御族は、后の宮聞こしめすことありとて仕うまつらず。[一二]民部卿の御族は、服なり。さあらぬ殿上人は、四位五位なきなし。六位も、目開きたるはなきなし。[一三]宮おはしませば、[一四]蔵人ども、宮の御車に奉る所に、さながら仕うまつり[一五]給ふ。御車の後に、乳母二人。[一六]左大臣殿の君たちは、女御の御車に奉る。大宮いと参らせまほしう思せど、[一七]まかで給はむがわづらはしかるべければ、とまり給ひぬ。一の[5]副車は、宮たちの御乳母三人・孫王の君。

　かくて出で給へば、皆人、馬に乗りぬ。[一八]次第司二人、事行ひつつ、女御の君の御車の次には[一九]御匣殿、副車、さながら立つ。その次に、よろづの宿徳乗りたれど、女御の御方の副車の後にぞ立て

七　三条の院の東南の町の南の門。三条の院は、三条大路の北に位置することになる。「蔵開・上」の巻【一九】注四参照。
八　藤壺の侍所の人々。
九　正頼の長男左衛門督忠澄、次男左大弁師澄、三男宰相の中将祐澄の三人か。
一〇　「源中納言」は、源涼。「右大弁」は、藤英。「藤中納言」は、未詳。
一一　底本「おほき大殿」。藤原忠雅。
一二　源実正の一族。故季明の喪中なので参加しない。
一三　春宮。
一四　春宮の蔵人。
一五　「給ふ」の敬語不審。
一六　正頼の女君たち。
一七　正頼は。
一八　「次第司」は、祭りや行幸などの際に道の往来や行列を指図する役。
一九　「御匣殿」は、藤英の北の方。正頼の十三の君。

ける。[二〇]宮たちの御乳母の言ふやう、「同じ御腹に生まれ給ひつる、同じ宮に仕うまつれど、[二一]いかなる人の、一の車に乗るらむ、我ら、いかなれば、宮の[二二]長女・御廁人の後に立つらむ」と腹立つ。孫王の君、「かの宮をかしづき聞こえ給へばぞや」と言ふ。

大宮の大路より上り給へば、多くの左右の物見車、内裏まで立てたり。夜静かに、月の光[6]昼のごとくあり。御前松[二三]きたき灯したり。糸毛の車には御前六人、檳榔毛には四人、灯灯せり。車の簾高く上げて、[二四]後口より[二五]こぼれ出でつつ乗りたる人は、装束・容貌、あらはにめでたし。

物見車、大将・中納言とを見て言ふやう、「これは、名立たりし涼・仲忠ぞな。めでたくもなりまさりにけるかな」と言ふ。右大弁を見て、「これは、藤英ぞかし。生きながら、人の身変はるものなりけり。この世にも浄土はありけり」。また、ある女、[二六]頭の中将を見て、[二七]「これは、仲頼・行正ぞな。いといみじく清らなりや。あはれ、[二八]源少将法師あらましかば、いかならまし。容貌・

二〇 「宮たち」は、第二御子と第四御子。
二一 以下「乗るらむ」まで挿入句。「一の車」は、春宮の車。春宮の乳母の内二人は、春宮の車に同乗した。
二二 「長女」は雑用をする下級女官、「御廁人」は便器の清掃をする下級女官。
二三 「きたき」、未詳。「きたに」と同じ語で、大勢、たくさんなどの意か。「吹上・上」の巻【三】注七参照。
二四 「後口」は、牛車の後方の乗車口。
二五 「こぼれ出づ」は、出だし衣をしているさまか。参考、『源氏物語』「若菜上」の巻「色々こぼれ出でたる御簾の端々」。
二六 「頭の中将」は、良岑行正。【一九】注一四参照。
二七 これは、かつて、仲頼・行正と並び称されたあの行正ですよ。

心めでたかりしをはや。手を書き、歌をよく詠みしぞや」と、車ごとに言ふ。

[二九]少将の妻・母、一つ車にて物見る。母、「わが婿の君を滅ぼし給ひてし人の、めでたくてものし給ふかな。かかりける幸ひ人を思ひかけ給ひけるぞ、おほけなきや」。娘、「さればこそ、死に入りて久しかんめりしか。山へ入るとてこそ、生き出でたりしか。[三〇]そのかみ侍従なりし人だに、かくなり給ふめれば、かの君、今は大臣にもなりなまし」。母、「かの大将のやうに、いかで。宰相などには、さもありなまし。されど、君なればこそ、[三一]かかる君たちの、うち群れて深き山辺を尋ねて、いみじう心ざしをして訪はれ給へ。その御徳にこそ、かかるおもしろき目をも見れ」とて、[三二]皆泣く。娘、

[三三]語らひて群れ来る鳥を見る時ぞ残れる袖も朽ち果てぬべき

母、

[三四]袖のみや朽ちは果つらむ君なくてみも見る効の見えずもある

二八「源少将法師」は、仲頼。藤壺が春宮に入内した後に出家した。

二九 仲頼の妻とその母（在原忠保の妻）。

三〇「そのかみ侍従なりし人」は、仲忠。仲忠が仲頼と紀伊国の吹上の涼のもとを訪れた時、仲頼はすでに少将（正五位下相当）だった。侍従は、従五位下相当。

三一 仲忠や涼たちが、仲頼が住む水尾を訪問したことをいう。【三〇】以下参照。

三二「皆」は、二人ともの意。

三三「鳥」に、仲忠・涼・行正をたとえる。

三四「君」は、仲頼をいう。「み」に「身」と「見」、「かひ」に「効」と「卵」を掛ける。「卵」は、鳥の卵の意。

三五「御前」は、行列の先頭の意。

三六「中の御門」は、大内裏外郭東面の待賢門。

かな

など言ふほどに、御前[三五]は中[三六]の御門に至りぬれば[三七]、後は、宮[三八]まだ近し。

かくて、参り給ひて、まづ、春宮入り給ふ。御車に、乳母二人は候ふ。いま二人[三九]は、蔵人[四〇]二十人と歩み入り給ひぬ。梅壺[四一]に下り給ふべきとて。輦車[四二]の宣旨申して、女御入り給ふ。御輦車にては、宮たち[四三]、今宮[四四]の御乳母、孫王の君候ふ。後に、大人[9]六十人ばかり、童・下仕へ歩み、四位五位具したり[10]。異君たち、皆[11]おはす。

かくて、藤壺に下り給ひぬ。御送りの人、男女、まかで給ひぬ。

［春宮参り給ふ所。］

四一　帝、久しぶりに藤壺と会って親しく語り、贈答する。

かくて、参上ら[1]せ給ひて、月ごろの御物語、遅く参らせ給へる[一]ことなど、かたみに聞こえ給ひ[2]つつ、まだ御殿籠もらぬに、「丑

三七　「ば」は、「ど」の誤りか。

三八　「宮」は、三条の院の東南の町。藤壺の里邸。

三九　春宮の四人の乳母の内の残りの二人。「国譲・上」の巻【三】に、春宮（若宮）の乳母は四人とあった。

四〇　春宮の蔵人。

四一　「梅壺」は、凝花舎。春宮の御所か。春宮の御所は、梅壺が多かった。「あて宮」の巻【三】注二参照。

四二　「輦車の宣旨申す」は、藤壺がみずからや春宮たちのために輦車の宣旨を申請したことをいうか。

四三　「宮たち」は、第二御子と第四御子。

四四　「今宮」は、第四御子。【三九】注三七参照。今宮は生まれたばかりなので、乳母がつき添うのである。

一　なかなか参内なさらなかったこと。

二つ」と申すに、女御下り給ひなむとすれば、（帝）「しばし待ち[3]給へ」とて、「この頃の夜は、[二]かう言ひても、まだ暗し。

一人寝し夜は待ちかねし時の間の憂くも今宵は思ほゆるかな

明けがたかりしものかな」とのたまへば、女御、

（藤壺）夜々は知りけるものを今宵しもなほさへ憂くはなどか聞くらむ

上、（帝）「うたてうも言ひなさるるかな。さりとも、[三]『打ち鳴す鐘の』」などのたまふほどに、明かくなれば、急ぎ下り給ひぬ。

すなはち、御文あり。

（帝）「ただ今は、

[四]嘆きつつふる夜もあれど朝ぼらけおきつる霜のわびしかりつる」

女御、

（藤壺）[五]明けぬれば雲の上にもとまらずておき行く霜の寒きをぞ知る

と聞こえ給ふ。

二 この刻限になっても。

三 「打ち鳴す鐘」は、『万葉集』巻一一「時守の打ち鳴す鼓読みみれば時にはなりぬ逢はなくもあやし」（作者未詳）、『古今六帖』四帖〈雑の思ひ〉「時守の打ち鳴らす鼓数見れば辰にはなりぬ逢はぬあやしも」などによる表現か。

四 「ふる」に「経る」と「降る」、「おき」に「起き」と「置き」を掛ける。「降る」「置き」は、「霜」の縁語。

五 「おき」に「起き」と「置き」を掛ける。「雲の上」は、帝が住む清涼殿をたとえたもの。

一 「襷がけ」は、袴が長いので、腰の紐を肩に十文字にかけて結んだざま。

四二　帝、春宮の弟宮たちをかわいがり、春宮とも対面する。

二の宮、赤らかなる綾掻練の[1]一重襲・織物の直衣・[一]襷がけの御袴、今宮、[二]小紋の白き綾の御衣一襲奉りて襷かけて、いとをかしく[2]肥えて這ひ歩き給ふを、[3]上[三]渡らせ給へば、皆出だし据ゑ奉りて、乳母たちは、御几帳の後ろに並み居て、いづれの宮をかまづ抱き給ふと、挑み交はして見るに、二の宮遊び給ふを掻き抱き給ひて、御膝に据ゑつつ掻き撫でつつ見給ふ。御髪は、[四]瑩じかけたるやうにめでたし。肩うち過ぎたり。御容貌、いとめでたし。上、[4]

[帝][五]「坊をこそ、まづ見むと思へ。呼びに遣りて賜へ」と聞こえ給へば、[藤壺]「今、今日明日過ごして」とのたまふ。今宮の御乳母、いとねたしと思ふ。[六]二の宮の[5]は、[七]されど[八]我こそとて誇る。今宮、何心もなく、ただ笑ひに笑ひて、二の宮に這ひかかり給へば、上、これは、たぐひの人ぞ、[九]など、これも憎くはあらねど、[一〇]いたく我に

二「小紋」は、錦や綾などに細かい模様を織り出したもの。参考、『源氏物語』「横笛」の巻「白き薄物に唐の小紋の紅梅の御衣の裾、いと長くしどけなげに引きやられて」。

三「上」は、帝。

四「瑩じかく」は、「あて宮」の巻【五】注八参照。

五「坊」は、春宮の意。

六「二の宮の」は、二の宮の乳母の意。

七 帝は春宮をまず最初に見たいとおっしゃったけれど。

八 底本「我」。「わが」で、「わが君（宮）」の意か。

九「など」は、反語の副詞。「など隔てむ」などの省略。

一〇 私にひどくつらい思いをさせたなあ。藤壺が第四御子出産を理由に退出したままなかなか参内しなかったことをいう。

ものを思はせつるやとてのたまふ、

　二葉にもまだ見えざりし玉葛這ふまで待つぞ久しかりける

女御、

　待つだにも苦しからずは玉葛立つをぞ君に見せむと思ひし

上、「遅く参り給ひしかば、これを、いと憎く、見じと思ひつれど、親の罪も負ふまじきものかな」とて掻き抱き給ふ。おはしまし暮らして、「夜さり参上り給へ」とておはしましぬ。参上りて、「下り給はば、坊呼びて据ゑ給へれ。ここにものせむ」とのたまふ。下り給ひて、左衛門の君に、「渡し奉り給へ。さのたまへ」とのたまへば、大殿・上人などして渡り給ひぬ。

上、知らぬ顔にて渡り給へば、いといとおとなしう、紐つい挿して候ひ給ふ。御髪は居丈にて、いと気高う清らなり。「げに、これは、聞きつるやうに、ただの人には見えざりけり。親にこそ、いとよう似たりけれ。あいなう、心さへ似るかな」とのたまへば、女御、「いかがは侍らむ」。上、「人の、え持たるまじく、心強く

一一 「二葉」は、生まれたばかりの状態をいう。「玉葛」は、「這ふ」の枕詞。

一二 「玉葛」は、「立つ」の枕詞か。

一三 母親が憎くても、子はかわいいものですねの意。

一四 「参上りて」を、藤壺が帝のもとへ参上するとの意に解した。

一五 私のほうから行きましょう。

一六 正頼の長男忠澄。

一七 春宮は、左大臣正頼や春宮の殿上人などと一緒に藤壺においでになった。

一八 「紐つい挿す」は、「国譲・上」の巻【三】注一六参照。

一九 母親。

二〇 「人の、え持たるまじ」は、人のいうことを聞かずわがままだなどの意か。

こそは」とのたまはす。

四三　ほかの妃たちの動向。

かく、来つつ、常に宮たちを見給ふ。夜ごとに参らせ給ひ、昼も日々に渡らせ給へば、女御、「身一つ候ふだに、ゆゆしく、聞きにくきこと候ふものを、かく、若き宮たち引き連れて候ふこと、いかにうたてあること侍らむ」。上、「今は、さもあらじ。人々[一]の心を遣りてもいとよくありぬべかりけるものを、思ひのままにありてこそ、院[二]にも騒がれ奉りしか」などのたまひて、順[三]にて参上[1]らせ給へば、いとはなやかになまめかしくもてなし給ひて、世の中[四]、まつりごともいとかしこうせさせ給ふ。御学問に心を入れて、御遊びも常にせさせ給ひて、いとおもしろし。

梨壺は、なほ、もののたまひ触れなどす。異人[五]は、参上り給へど、殊[2]なることなし。人の御宿直[六]の夜も、藤壺[七]の御ためには、さ

一　「人々」は、ほかの妃たちをいう。

二　「院」は、朱雀院。「蔵開・中」の巻【三〇】参照。

三　「順」は、底本「巡」。ほかの妃たちも順に夜の御殿に参上させなさるの意。

四　あるいは、「世の中のまつりごと」の誤りか。参考、『源氏物語』「若菜下」の巻「春宮も、おとなびさせ給ひにたれば、うち次ぎて、世の中のまつりごとなど、ことに変はるけぢめもなかりけり」。

五　「異人」は、ほかの妃たちをいう。

六　「あて宮」の巻【一〇】には、「まれに、人の宿直の夜は、夜更くるまで、この御局にのみおはしまして、この御遊びなどし給ふ」とあった。

七　藤壺の女御のことを気づかって、それと気づかれない配慮をなさる。

るやうにもあらずもてなし給ふ。八妃の宮は、藤壺参り給ふべしとてまかで給ふに、九さがな者は、まだ参り給はず。一〇式部卿の宮のは、女御にならずとて、父宮思し嘆くと聞こしめして、度々召しければ、いかがはせむとて参り給へれば、輦車許され給ひぬ。時々参上り給ひ、昼も時々渡らせ給ふほどに、十月ばかりより妊じ給ひぬ。父宮、少しうれしと思す。

四四　世の中が治まり、正頼と仲忠、帝の政治を補佐する。

かくて、世の中定まりけり。一太政大臣は、さるやむごとなき一の人におはす。二左大臣のおとど、世の中をまつりごち、帝もまつりごとを預け給へるやうにて、いささかのことものたまはせではし給はず、奏し給ふことも否び給はず。おとども、朝廷の誇りとあるべきことは、御ためにもやむごとなきことなれば、奏し給はず。三右のおとどをば、心憎き、恥づかしきものの、四心ある人にし

八「妃の宮」は、嵯峨の院の小宮。懐妊中だった小宮は、藤壺の参内をきっかけに、父院が住む嵯峨の院に退出していたのである。

九「さがな者」は、故太政大臣季明の大君をいう。宣耀殿の女御。【六】注二一、および、「国譲・上」の巻【七】注八参照。季明が危篤になって退出したまま参内していない。

一〇 式部卿の宮の姫君。【六】参照。

一 藤原忠雅。「一の人」は、【七】注二参照。

二「左大臣のおとど」は、源正頼。

三「右のおとど」は、右大臣藤原兼雅。

四「蔵開・上」の巻【三五】の帝（当時は、春宮）の発言にも、「かかる梨壺ばかりこそ、心もおいらかに、見

給ふ。右大将[五]は、公私にも、かしこきものに思はれ給へり。さあらぬ人も、調ひよし。新中納言[六]、よろづ、人に惜しまれ、上も、これ宮仕ひせさせてしかなと思す。

四五　年返る。新年の儀式が続き、司召しが行われる。

かくて、年返りぬ。一日の日、朝拝聞こしめす。二日、朱雀院、嵯峨の院に参り給ふ。三日、朱雀院に行幸あり。

大将、思ひあるべければ、爵賜ひはせず、[一][1]やごとなき者どもに賜ふ。[二]これはた、冠賜はりぬ。

次々の節会どもも、皆聞こしめす。[三]内宴には、[四]中納言殿の御息所なり。容貌も清げなり。ある中に下臈[2]にて、賄ひ給ふ。

司召しにもなりぬ。女御奏し給ふ、「[五]宮内卿忠保の朝臣は、よき官は、え賜はるまじき人にや侍らむ」。上、「さも、え聞こえず。よろしき人なん[3]めるを、嵯峨の院の御ために過[六]ちしたることあり

る目も汚げなきうちに、親なども、心ある人なり、この朝臣の聞くやなど思ひて」とあった。

五　「右大将」は、仲忠。

六　「新中納言」は、源実忠。

一　捨ておけない者たちに位階をお譲りになる。

二　これはたの蔵人。【三七】注一三参照。

三　内宴の賄いの役は。

四　「中納言殿の御息所」は、平中納言の姫君。

五　「宮内卿忠保」は、源仲頼の妻の父。「嵯峨の院」の巻【三〇】に、「もとより勢ひなく悪き人の、無徳なる官にて年ごろ経ければ、家内いと悪きに」と紹介されていた。

六　この「過ち」の具体的な内容は、わからない。

て沈む[七]とこそ聞きしか」。女御、「さ侍らば、いとあはれにて侍るなるを、修理大夫[八]の空きて侍るなるにやはなさせ給はぬ」。上、「など。労るべきやうやはある」。女御、「さも侍らねど、兵衛[九]が[一〇]親方にて、常に申さすれば」など聞こえ給へば、なされぬ。世の中に、いみじき官得つるものかなと驚き騒ぐ。

左のおとど、よき折に奏し給ふ、「この、[一一]放ち遣はしてし滋野真菅[4]は、[5]さかしき人に侍りしかば、その罪を後までは蒙り侍るまじ。かく御代の初めなどは、天下の罪ある者を許させ給ふなる。[一二]あの男子どもがあはれにて侍るなる。召しに遣はさむは、いかが侍らむ」。上、「ともかうも知らざりしことなり。これかれ、よろしう定められて、あるべからむやうにものせられよ」とのたま[6]へば、喜びて、皆召しに遣はす。

四六　嵯峨の院の小宮、男御子を出産する。

七「沈む」は、官位に恵まれずに失意の状態になるの意。

八 修理大夫は従四位下、宮内卿は正四位下相当。

九 兵衛の君。藤壺づきの侍女。

一〇「親方」は、親代わりの意。参考、『源氏物語』「総角」の巻「(薫は宇治の姫君たちの) 親方になりて聞こえ給ふ」。なぜ忠保が兵衛の君の親代わりになっているのかは、未詳。藤壺は忠保が兵衛の君の親代わりであることを理由にしているが、実際は自分への恋のために出家した仲頼への贖罪のためである。

一一「放ち遣はす」は、流罪にするの意。参考、『源氏物語』「須磨」の巻「遠く放ち遣はすべき定めなども侍るなるは、さまことなる罪に当たるべきにこそはべかかるほどに、妃の皇女、男皇子生み給へり。父帝・母后、かかりけるものを、いましばし坊定まらざらましかばと思す。御産屋いとになく、所々より、御産養、例の作法なり。三条の院よりも、厳めしう仕うまつり給ふ。

［ここは、嵯峨の院。妃の宮の御方。］

四七　在原忠保、兼雅の三条殿を訪れ、任官のお礼をする。

かくて、修理大夫は、おぼえぬ喜びして、驚き喜ぶこと限りなけれど、出でて歩かむとするに、歳老い、牛車・装束もなし。直衣装束は、娘着せたれど、上の衣はなし。娘、形見にせむとて、少将の装束一具持たりける取う出たれど、上の衣は、え着るまじ。

とかうたばかるほどに、三日も過ぎぬ。からうして、所々に喜び申すとて言ふ、「ここらの年ごろ、朝廷に捨てられ奉りて、諸財資を売りて、代々に悲しくわびしき目を見て、わづかに侍る女

るなれ」。「あて宮」の巻【六】参照。

三　「あの男子ども」は、真菅の息子たち。長門の権介に流された少将和正は、正頼の家司でもあった。

一　嵯峨の院の小宮。

二　「三条の院」は、正頼邸。正頼の妻大宮は、小宮の同腹の姉にあたる。

一　夫の左近少将源仲頼。

二　従四位下の修理大夫は浅紫の袍、正五位下の少将は深緋の袍であるから、忠保が仲頼の袍を着られないのである。「吹上・下」の巻【二】注七参照。

三　「吹上・上」の巻【六】で、忠保は、仲頼の吹上行きの費用にするために御佩刀を質に入れている。

四　たった一人の娘の夫でございました山臥（仲頼）。

の童の夫に侍りし山臥の、苔の衣を脱ぎ、[五]松の葉を包みて、深き山より訪ひ侍るも分かちて養ひ侍るに[六]かかりて、一人の従者も侍らず、衣裳も侍らで籠もり侍るに、明王の出でおはしまして、かくまかり浮かびたる喜びを、すなはち奏せむと思ひ侍りつれど、かくのごと[七]払底し侍りつるほどに、今までになり侍りにけり」と申すを、異人は、[八]なほ聞き給ふ。

右のおとど、「げに、いとあやしう沈み給へるを、いかに思はれつらむ。この御喜びは、兼雅らにはのたまはじ。[九]春宮の女御になむ、返す返す申さるべき。かの女御こそ、度々申されけれ。[一〇]異人あまたあり、かの御はらからの[一一]左大弁、[一二]かけて仕うまつらむと、切に申されけれど、ぬしを申しなされけるとこそ聞きしか」。修理大夫、驚きて、「何のゆゑにか、女御、さ奏せしめ給ひけむ。私事には侍れど、仲頼の朝臣の山にまかり籠もりしも、かの女御によりてとて、[一三]童部のわび申すことを、聞こしめす所や侍らむとかしこまり侍りて、忠保は、『男の[一四]好きといふものはあやしき

五「松の葉」は、僧の食料。【三】注一六参照。「あて宮」の巻【三】注一にも、「木の実・松の葉を食きて」とあった。

六「かかる」は、世話を受けるの意。

七「払底」は、何もなくなって貧乏になるの意。

八「なほ」は、なおざりに、なんの関心もなくの意。

九「春宮の女御」は、藤壺をいう。

一〇 ほかにも修理大夫になることを望んでいる人が大勢いて。

一一 藤壺の兄師澄。

一二「かく」は、兼任するの意。左大弁は従四位相当。

一三「童部」は、娘をいう。

一四「好き」は、好き心の意。

一五「天下の仙人」は、久米の仙人のことか。

一六「新中納言」は、源実忠。実忠は、任中納言の優

ものに侍りければ、おほけなき心の侍りて、身をも滅ぼして侍るにこそあれ。女御知り給ふべきことにもあらず』と、愚かなる心にも制し侍るを、身の便り[11]なきままに申すなり」。おとど、「男子の好きは、さぞあるや。女あると聞けば、[一五]天下の仙人もまめなら[12]ざめればにこそ。かの女御、有識にて、さやうのことを思して労られたるにこそはあらめ。[一六]新中納言、御はらからを越してこそはものせらるなりしか。かしこに、蔵人の少将などして[一七]申させ給へ」とのたまへり[13]。

「ここは、右大臣殿の御方。修理大夫、歳六十ばかりなり。

[一八]宮、おとどに、[一九]梨壺の御文見せ奉り給ふ。兼雅「この頃は、なまで[二〇]給ひそ[14]。藤壺、[二一]隔てもこそ思せ」。女三の宮「[二二]今、衣替へのほどにものせむ」とて、[二三]生まれ給ひし宮の、脇息を押さへて立ち給へるを、[二四]抱きて歩き給ふ。」

先権のある藤壺の兄左大弁師澄や、帝が推す藤壺の兄宰相の中将祐澄を抑えて、正頼の推挙により、中納言になった。「国譲・上」の巻【三七】参照。

一七　任官のお礼を。

一八　嵯峨の院の女三の宮。梨壺の母。場所は、三条殿の南のおとど。梨壺が参内した後、第三御子は女三の宮のもとで育てられている。

一九　梨壺から贈られた、女三の宮に御子とともに参内を促す手紙か。

二〇　「まで」は、「まうで」に同じ。

二一　「隔て」は、心隔ての意。

二二　四月の衣替えの頃に参内いたしましょう。

二三　「生まれ給ひし宮」は、梨壺腹の第三御子。

二四　兼雅の動作。

四八　仲忠、兼雅邸を訪れ、母尚侍と会話する。

[1]かうて、尚侍(かん)のおとどの御方に、大将まうで給ひて、[仲忠一]「なほ申すべきことの侍(はべ)るを、疾(と)く渡り給ひなむや」。北の方、[尚侍二]「この昼ぞまうで侍りぬる。夜(よる)は、殊にもとまり給はず。[三]かの宮見奉りにぞ、かく昼間には」。大将、「[四]この東にはものし給ふや」。北の方、「わざとにはあらで、夕暮れ・夜(よる)の間(ま)にぞ、[五]極(ごう)じ隠れせらるなるや」。大将、「さ思(おぼ)すべき人にこそは。年ごろ、いかに思ひつらむ。かの[六]按察使(あぜち)の君なども、いとめやすき人にぞ[2]ありける。かかる人どもを見捨てて、いかでものし給ひつらむとこそ。しばしば参り来べきを、かしこに、[七]疑はしきほどになり給ひぬるを、人少なにて、心細げに思したればなむ、まかり歩(あり)きも、えせぬ」。北の方、「げに。さぞなり給ひぬらむ。参らむとするを、按察使など、憎しと見むと思へば、恥づかしくてこそ。[八]院のは、などか、今まではま[九]

一　父上に申しあげたいことがあるのですが。
二　この昼に女三の宮さまの所にお出かけになったばかりです。
三　「かの宮」は、梨壺腹の第三御子。
四　「この東」は、故式部卿の宮の中の君の所をいう。「蔵開・下」の巻【三五】に、「三条の東角に向かひたる家」とあった。
五　「極じ隠る」で、こっそりと隠れるの意と解したが、「小牛隠れ」「小路隠れ」などと解する説もある。
六　「按察使の君」は、仲頼の妹。兼雅の妻の一人。
七　「疑はしきほど」は、女一の宮がいつ出産なさってもおかしくない時期の意。
八　「院の」は、「院の女御」の意。仁寿殿の女御。女一かり出給はざらむ」。「いさや。かの二の宮を、五の皇子の、[一〇]世を世ともし給はず、[一一]帝・后ももの聞こえ給はぬ人の、いかで取らむ[3]とのみし給ひて、『まかで給はば、ともかくもせむ』とのみあれば。[一二]里にも、[一三]え避らぬ、『人知れず盗まむ。入らむ』とのみあなれば、それに怖ぢて、えまかで給はぬぞや。藤壺の、さばかりののしられ給ひしかど、情けづき、人の御返り言、申すべき、えすまじきは、さてこそあらまほしくてし給ふ[4]なりしか。[一四]これは、もの騒がしくぞあるや。[一五]さては得ぬものと懲りにたるにこそはあらめ。さてのみあらむやはとて、明日ぞ、これかれ、[一六]大事して迎へ奉り給ふ[5]べかなる」と聞こえ給ふほどに、[一七]おとどおはしぬれば、御物語など聞こえ給ふ。

［ここは、右大臣殿。］

の宮の母。

九 「まかり出」を、「まかり出で」の約と解した。

一〇 「世を世ともせず」は、世を憚らずに傍若無人に振る舞うの意。

一一 「帝」は、院の帝。朱雀院。

一二 下に「仁寿殿の女御は退出なさることができないのでしょう」の意の省略があると解した。

一三 「え避らぬ」は、女二の宮のそばにいることを避けることのできない人の意。女二の宮を狙う祐澄や近澄をいう。

一四 「これ」は、女二の宮をいう。

一五 普通に手紙を贈って求婚などしていては手に入れることはできないと懲りてしまったのでしょう。

一六 厳重に警護して。

一七 「おとど」は、兼雅。

四九　仁寿殿の女御退出。祐澄・近澄、女二の宮を狙う。

かくて、御迎へに、おとど・君たち出で給ふ。左衛門督の君、「何か。参り給はずとも、忠澄は、参りて、まかでさせ奉りてむ」。おとど、「しかれど、一所をだに、我らかしづき奉るべし。いはむや、七所の孫の宮たち迎へ奉りたらむに、何のことかあらむ。宿徳づくらむ間に事引き出でては、え効もあらじ。わがぬしたちの御心も知らず。若き男女、親はらからと具し給ふ、やすく思ふべきにもあらざりけり」とのたまへば、宰相の中将、うち笑ひて、「聞こしめし懲りたることやあらむ。さやうに好いたる人も、今は侍らぬものを」と、つれなく言ふ。下には、いかでこの折に盗まむと思ひたばかる。蔵人の少将は、ものも言はで、下りて入り給はむほどに入り臥しなむ、そゐに殺されむやは、また、さらば、さて死なむと思ひおはす。

一　仁寿殿の女御と宮たちのお迎えに。
二　正頼とその男君たち。
三　父上は参上なさらなくても。
四　あるいは、「は」は「ら」の誤りか。
五　「一所」は、仁寿殿の女御お一人の意。
六　女一の宮を除く七人の孫の宮たち。
七　のんびりと構えている間に。
八　「さやうに好いたる人」は、暗に、仲澄のことをいうか。
九　「下には」は、心の中ではの意。
一〇　近澄。
一一　それを理由に殺されることはないだろう。「そゐに」

かくて、皆出で立ち給ふ。おとど、「私の大事は、このことにまさるはあらじ。このこと、かく同じ心にし給はざらむをば、恨み申さむ」。[一二]民部卿・源中納言・右大弁まうで給ふ。上達部は御馬にて、御前、弓・胡簶負ひたる[一三][5]武士どもあまたして、[一四]衛門督・宰相などは、馬にてまうで給ふ。

朱雀院の御門には、后の宮おはすれば、[一五]陣居たり。御車も寄せさせず。御門に引き立てて参り給へり。

[一六]上おはします。女御、（仁寿殿）「まかで侍りて、[一七][6]御産平らかにものし給はば、いと疾く参り侍りなむ」。上、（朱雀院）「かく大事してものせらるれば、頼もしきものを。されど、今日、やむごとなき迎へ人ども頼もしくあめれば、男皇子たちは、な率てものし給ひそ[7]。いとさうざうしからむ」とのたまふ。上、思ほす心ありて、制しのたまはせて、[一八]御車近う寄せさせ給ふ。左のおとど・右大将・左衛門督、近く候ひ給ふ。

五の宮、いと[一九][8]しどけなき気色にて、上立ち給へる前より、二の

は、「そゆゑに」の約。訓点資料に多く見られる語。

一二　源実正（正頼の七の君の婿）・源涼（正頼の十四の君の婿）・藤原季英（正頼の十三の君の婿）。

一三　底本「ものをのかしと」。「武士ども」の誤りと見る説に従った。

一四　正頼の長男左衛門督忠澄。

一五　「陣」は、警護のための武士たちの詰め所。

一六　「上」は、朱雀院。

一七　底本「さらん」。「こさん（御産）」の誤りと解する説に従った。参考、『枕草子』「正月に寺に籠もりたるは」の段「御産平らかに」。

一八　「御車」は、仁寿殿の女御たちが乗る車。

一九　底本「しきなき」。「しどけなき」の誤りと見る説に従った。ここは、取り乱した様子をいう。

宮の御もとへ、ただ入りに入り給ふ。(朱雀院)「いづちぞ。あな騒がし。かの大臣(おほいまうちぎみ)[二〇]・大将[二一]の朝臣(あそん)[9]の見るぞ。いとけしからずや」とて引きとどめ給へば、涙を流して、ただ泣きに泣き給ふ。(朱雀院)「など、皇子(みこ)の誤り[二二]て見ゆる。思ふ心[10]あらば、我にこそ言はめ」とのたまへば、涙を拭(のご)ひて候ひ給ふほどに、皆引き連れて出で給ひぬ。

御車の左右(さう)には、おとど・大将の御車を引き並べて、御前の君(きん)達(だち)うち囲みておはしませば、ここにかしこに、ひたぶる[二三]の装束(さうぞく)したる者どもうち群れつつ、奥寄る(あうよ)[二四]べくもあらねば[11]、隠れぬ。大将、宰相の中将・蔵人(くらひと)の少将のなきを[12]、これは、皆、疑はるるやうあらむ[二五][13]、ここをば離れぬかれらぞわづらはしきと思ほして、御車を引き別れて、走り先立(さい)ちて、宮[二六]に下(お)りて入りて見給へば、宰相の中将、かかるわざのために、片時[二七]に千里行く馬(むま)立て飼ひ給ひけるに、鞍(くら)置きて[14]、やむごとなくむつましう仕うまつり給ふ四[二八]人[二九][15]、狩衣(かりぎぬ)に藁沓(わらうづ)履きて隠れ立ちたり。をかしと見て、上に上(のぼ)り[三〇]て見給へば、御車寄するほどにあたりて立(た)[三一][16]給へり。見ぬやうにして

二〇 左大臣正頼。
二一 右大将仲忠。
二二 「誤る」は、「心誤る」の意。
二三 「ひたぶる」は、ものものしく恐ろしいの意か。五の宮の命を受けた武士。参考、『源氏物語』「玉鬘」の巻「海賊のひたぶるならむよりも、かの恐ろしき人の追ひ来るにやと思ふに」。
二四 「奥寄る」は、人目に立たずに近づくの意。
二五 女二の宮さまと血がつながったこの二人がやっかいなのだ。
二六 「宮」は、三条の院の東北の町。仁寿殿の女御の里邸であるための呼称か。寝殿に女御が住む。
二七 「片時に千里行く馬」は、駿足の馬をいう慣用的

入りて、紙燭をさして入りて、御帳の内、その辺を巡りて見給へば、蔵人の少将、直衣姿にて、壁代と御障子との狭間に立てり。いとをかしと見て待ち奉り給ふに、おはし着きぬ。

御車寄せて、御几帳さして、仲忠「はや下りさせ給へ」と聞こえ給へば、三二おとど・左衛門督と立ち給へば、女御の君、仁寿殿「あな見苦しや。ここには、三三恥ぢ奉らず。三四物恥し給ふ人、ここにものし給ふめり」。大将、仲忠三五「宮たちもおはしまさぬをとて候ふなり。仲忠をば、な疎ませ給ひそ。灯を暗うなさむ」とて、御前松も暗うなさせ給へば、さるやうこそはあらめとて、まづ下り給ひて、宮たち下ろし奉り給ふ。おとど・左衛門督、御几帳さして入り給へば、大将、後に立ち、入り給へば、やがて三六御座所へも入れ奉り給はず、三七一の宮の御方におはしまさせて、御帳の内に入れ奉りつ。宰相の中将、この大将、今日、盗人の気色を見てするにこそあらめ、宮たちもおはせで、いとようたばかりつべかりつるものをとて、三八歯噛みをして出でぬ。少将も、滑り出でて往ぬ。

な表現。
二八　底本「給」、不審。
二九　狩衣に藁沓を履くのは、女二の宮を奪い取ってすばやく逃げるための恰好。
三〇　「上に上る」は、ここは、寝殿に上ることをいう。
三一　「立給へり」は、「立つ給へり」の促音便無表記の形か。祐澄の動作。
三二　仲忠が正頼・忠澄と一緒にの意。
三三　「奉る」は、仲忠に対する敬意の表現。
三四　「物恥し給ふ人」は、女宮たちをいう。
三五　男宮たちが朱雀院に残って一緒に退出しなかったことをいう。
三六　仁寿殿の女御の寝殿の御座所。
三七　女一の宮は、東の一の対に住む。
三八　「歯噛み」は、歯ぎしりのこと。悔しがるさま。

つとめては、つれなくて、皆出で来たり。[三九]大将、見合はせて、いとをかしと思ひたれど、いとまめやかにて、気色いと悪しくて、宰相の中将居給へり。

五〇　五の宮、退出した女二の宮に、手紙を贈る。

かくて、五の宮、弾正の宮[一]の膝を枕にして、夜一夜、泣く泣く物語して、「まろをば、いかにせよとて、この宮[二]をばまかでさせ奉り給へるぞ。かかる心ありとて、宮[三]も月ごろは見給はず、上[四]もよからず思したれど、それも思はず。宮[五]の、我を子にして助け給へ」などのたまひ明かして、つとめて、御文書きて、「これ、御文[六]の中にて奉り給へ。まろをも、よも、憎しと思はじ[七]。見る人に憎まれぬ人を。宮たち[八]、さぞ[1]思しつらむ」とのたまへば、弾正の宮の、「ここにこそ、人に憎まれて、一人[九]のみ侍れ」。五の宮、「あな痴れや。同じ[一〇]所[2]なりけむ人を、何に慎みて。ただには[一一]あら

三九　祐澄と近澄は二人とも。
一　三の宮。弾正の宮。母は仁寿殿の女御。
二　「この宮」は、女二の宮。
三　「宮」は、母の后の宮。
四　「上」は、父の朱雀院。
五　「宮」は、異母兄の三の宮。
六　兄上のお手紙の中に入れて、女二の宮さまにお贈り申しあげてください。
七　底本「思はし」。敬語不審。
八　「宮たち」は、女二の宮たち。
九　いまだに独身でいます。
一〇　兄上は、藤壺さまと同じ屋敷に住んでいらっしゃったのに、何に遠慮なさったのですか。
一一　私はこのままですますつもりはありません。
一二　女二の宮さまのことで、手も出さずに今までこんな

じぞ。わりなくても、ものをだに言ひ初めつれば。人こそ、我を、いかでと思ひたれ。いづれの男か、人を思ひかけて、それに鬱じて一人はある。上の御心を思はずは、[一二]宮をも、今までかく思はましやは。昨夜は、よろづのことおぼえざりしかど、[一三]捕らへて参り給ひにしかばこそは、え見合はせ奉らずなりにしか」。弾正の宮、[一四]「中納言の娘のもとに御文遣はすと聞きしは。それこそ、人も見つべう聞こゆれ」。五の宮、「よしと、人の言ひしかば、文遣りしかども、返り言もせず」。兄宮、『なほ、それをのたまへかし』と言ふなり。[一五]ここにも、かくてのみやは侍らむ。[一六]いかで見むと思ひしを、さのたまふと聞きしかば」。五の宮、「二の皇女を賜べ。[一七]それは譲り聞こえむ」などて、[一八]「この文を、疾く疾く」とのたまへば、二の皇女の御もとに、御文書き給ふ。

「夜の間は、いかが。昨夜、御送りも、えせずなりにしをなむ。

[一九]平らかにやと、おぼつかなくなむ」

とて、

ふうに苦しい思いをしなかったでしょうに。

一三　奪い取るかのようにして宮中からお屋敷にお帰りになってしまったので、女二の宮さまと顔を合わせ申しあげることもできないままになってしまいました。

一四　「中納言の娘」は、実忠の娘。袖君。【三九】注三参照。

一五　「なり」を断定の助動詞と解した。

一六　私も袖君をぜひとも妻に迎えたいと思っていたのですが、あなたが求婚なさっていると聞いたので、遠慮したのです。

一七　袖君は兄上にお譲りいたします。

一八　この手紙を、兄上の手紙の中に入れて、すぐにでもお贈りください。

一九　無事にお着きになったのかと、気にかかっています。

「二〇これは、いとあはれにのたまへば、いとほしさに奉るなり」
と書き給へり。
見給へば、五の皇子の御文には、[5]
「昨夜は、御供にと思ひしを、あさましく、上[6]の許させ給はず
なりにしかば、二一中空になむ。
　二二帰り行く雁の里へと思ひしを雲に惑ひて一人音も泣く
今、そこに参り来む。わいても、二三近き衛りどもこそ、いと恐ろ
しけれ」
と聞こえ給へり。
二の皇女、見給ひて、「あなうたてや」とのたまふ。女御の君、
見給ひて、〔仁寿殿〕「げに、さもし給ひてまし。あなわづらはしや」など
のたまふ。宰相の中将・蔵人の少将など、今は気色も出ださで、
女御の君には見え奉り給はで、まうで語らひ給ひつつ、よろづの
こと、心ざし深う仕まつり給ふ。

二〇 この手紙は、五の宮があなたのことでとてもつらそうにお話しになったので、気の毒に思ってさしあげるのです。
二一 『古今集』恋一「初雁のはつかに声を聞きしより中空にのみものを思ふかな」(凡河内躬恒)による表現か。
二二 「雁」に、女二の宮をたとえる。
二三 「近き衛り」は、暗に、「近衛」をいう。祐澄は宰相の中将、近澄は蔵人の少将である。右大将仲忠も含むか。

一 女一の宮。
二 「産屋の」は、「産屋の設け」の略か。
三 いぬ宮が生まれた時よりも。いぬ宮の時の産屋の様子は、「蔵開・上」の巻

五一　女一の宮、出産が近づき苦しむ。女二の宮略奪計画。

かくて、大将殿は、[一]宮の平らかにおはしますべきことを、神仏に申させ、所々に修法などせさせ給ふ。[二]産屋の、[三]ありしよりも清らにして待ち給ふに、[四]十月といふ上の十日過ぎぬ。人々心もとながり給ふに、中の十日も過ぐれば、よろづの、かしこしと言はる僧都・僧正申し集めて、[五]不断の御修法、七八壇せさせ給ふ。[六]真言院の律師して[七]孔雀経の御誦経行はせなどして思し騒ぐに、二十三日の昼つ方より悩み始め給ひて、その夜、夜一夜悩み給ふ。いとほしがり騒ぎて、[八]大宮・尚侍のおとど渡り給ひて、明くる日、一日悩み暮らし給へば、[九]民部卿の北の方・[一〇]大殿の、[一一]子生み給ひていくばくもなければ、「消物に」とて聞こえ給ひければ、渡り給ひぬ。[一二]宮の内よりはじめて、左右の大殿、朱雀院よりも、誦経の使、乗り連れて行き違ひつつ、[一三]初瀬・壺坂まで、よろづの所々に

【七】参照。
四　底本「十月」。懐妊から十か月の意。臨月である。
五　参考、『紫式部日記』「後夜の鉦打ち驚かして、五壇の御修法時始めつ」。
六　「真言院の律師」は、忠こそ。
七　「孔雀経」は、「吹上・下」の巻【六】注七参照。
八　仲忠の母。兼雅の北の方。
九　源実正の北の方。正頼の七の君。
一〇　「大殿の」は、「大殿の北の方」の意。太政大臣藤原忠雅の北の方。正頼の六の君。
一一　七の君の出産は語られていない。六の君の出産が近いことは【三四】注三に見えるが、その出産も語られていない。
一二　「宮」は、【四九】注二六参照。
一三　「初瀬」は長谷寺、「壺坂」は壺坂寺。

詣で、左右のおとど、御子たちも、皆おはしましぬ。よろづの人、皆簀子（すのこ）に居並み給へり。

かかる折に、人々騒ぎて静心あらじと思ひて、一四例の君達（きんだち）[1]は、一五乳母（めのと）を語らひて、よろづの宝物を取らせて、「日だに暮れば、盗ませよ。入れよ[2]」とて、暮るるを待ち給ふ。

朱雀院（すざくゐん）には、一六帝（みかど）、やすくもおはしまさず、出（い）で入り思ほし嘆きて、おはしまさむとすれば、后（きさき）の、腹立ちてののしり給ひて、いみじきことをし給ひて、「（后の宮）この一七盗人死ななむ[3]」と、一八手打ちてのたまへば、一九御心を破らじとて、えおはしまさず。

五の宮、かしこの人[4]多く騒ぎ居[5]たらむ、この折は盗み[6]出でむとて、日の暮るるを待ち給ふをも知らず、女御の君よりはじめて、宮にかかり奉り給ひて惑ひ給ふに、二〇二の宮は、何心もなくて、西の方に、人少なにておはす。一の宮、二一まかで給ひし夜（よ）のことを聞き給ひにしかば、二二さるいみじき御心にも、「二の宮（女一の宮）に[7]、『おはして、我を見給へよ』と聞こえよ」とのたまへば、さ聞こゆ。二三宮の御

一四 「例の君達」は、女二の宮を狙っている男君たち。
一五 女二の宮の乳母。「国譲・中」の巻【三九】など参照。
一六 「帝」は、院の帝。朱雀院。
一七 「盗人」は、仁寿殿の女御をののしる言葉。后の宮は、【四】でも、女御のことを、「この仁寿殿の盗人」と言っていた。
一八 「手打つ」は、人を呪うしぐさ。
一九 「心を破る」は、機嫌を損ねるの意。参考、『源氏物語』「玉鬘」の巻「（大夫監の）心を破らじとて、祖母おとど出で会ふ」。
二〇 「国譲・中」の巻【一八】注二にも、「このおとどの西の方におはします」とあった。
二一 女二の宮が朱雀院から

方々を恥ぢ聞こえ給ひて、惑ひて、泣く泣く入り給へり。「こち（女一の宮）寄り給へ。わがもと、な退（しりぞ）き給ひそ」とて据ゑ奉り給へるに、心知りたる人々は、いみじく泣く。

その夜（よ）、いと恐ろしく病み明かし給ひて[8]、その日の昼つ方より、をさをさものものたまはず、ただ萎（な）[9]えに萎え臥（ふ）し給ひぬ。女御の君、声も惜しみ給はず、臥しまろび泣き給ふ。大宮、「あなかまや。[二四]かくのたまへば、いとど[二五]湯水も参らず惑ひ給へば、『我（仲忠）も死なむ』と泣き焦がれ給ふめり。[二六]あまた持給へる[10]そこに[11]だに、かくのたまはするを、まして、[二七]ただ一人持ち給へる父母、いかが聞き給ふらむ。[二八]誰も、かかる目をこそは見しかど、今まではあらずやは」と聞こえ給へば、「（仁寿殿）あまたおはすれど、この宮をば、小さくより、[二九]上の、限りなく愛（かな）しきものにし給ひて、『（院）宝持ちたる心地こそすれ』とのたまひつつ、年ごろ見ぬことと思ほし嘆きて、[三〇]迎へ奉り給ひしにも、参り給はざりしを、いとくちをしと思ほしたりしものを、いま一度（ひとたび）見せ奉らずなりぬるにやあらむと思へば、

退出なさった夜のこと。
二二　「さるいみじき御心」は、出産のためにとても苦しいお心の意。
二三　一の宮のおそばにいらっしゃる方々。
二四　あなたがこうして大騒ぎをなさるから。
二五　「湯水も参らず」は、「忠こそ」の巻【八】注六参照。
二六　お子さまを大勢お持ちのあなたでさえ。
二七　「ただ一人持ち給へる父母」は、仲忠と女一の宮をいう。
二八　私たち女は誰でも出産する時には同じつらい経験をしましたけれど、皆、今まで無事に生きているではありませんか。
二九　「上」は、朱雀院。
三〇　【二五】で、朱雀院が皇女たちを招いた時、仲忠が女一の宮をとどめて、女一の宮は参上できなかった。

いみじう悲しくなむ。[12]三一この宮により奉りてこそ、おのれをも、人とも思したれ。片時も見奉らでは、いかがはあらむ」と泣き惑ひ給ふ。

朱雀院（すざくゐん）より、御使、

「『ただ今もいみじう聞きつるは、いかなることにかあらむ。定かにのたまへ。いとくちをしく、年ごろいとおぼつかなく思ひつるを、かく言ふ効（かひ）なかなること。三二ただ今ものせむとするを、男（をのこ）ども一人もなく、皆そこにものしにければなむ。心の内に、三三おのれにあひ見むと念じ給へ。ここにも、限りなく念願し侍るを』と三四聞かせ給へ」

とあり。

大宮、見給ひて、かくなむと申し給へば、女一の宮「ねたく。召しし折、参りなむとせしものを」。三五息の下にのたまふ。

大宮、御返り、

「かしこまりて承りぬる。三六仰せ言（ごと）賜へる人は、この昼つ方より、

三一 この女一の宮がいらっしゃるから、院も、私のことも、人並みの者だとも思ってくださっているのです。

三二 私も、今すぐにでもそちらにうかがいたいのですが、お供をする者たちが一人もいず、皆そちらに行ってしまったので、うかがうことができません。実際は、后の宮に気がねをして行けないのである。

三三 「おのれ」は、一人称。ここは、間接話法的に、院自身をいう。

三四 女一の宮に。

三五 息も絶え絶えにおっしゃる。

三六 「仰せ言賜へる人」は、女一の宮をいう。

三七 「こんなに苦しんでも、無事に出産するものだ」と

もののたまはず、いと頼もしげなくなむ。[13]かくても、[三七]平らかにあるものとは思う給へながら、心細くなむ。かくなむとも[三八]の し侍りつれば、『参らずなりにけること』[14]となむ聞こえ給ふ」とて奉り給ふ。

五二　女一の宮、難産の末に男君を生む。産養が行われる。

大将殿、衣は脱ぎもあへ給はず、直衣などの上に水を浴みつつ[一]惑ひ給へば、人々脱ぎ替へさせつつ、庭に出でて[1]、大願を立てて申し給ふ、「この人、え免れ給ふまじくは[二]、おのれを殺し給へ。片時後らし給ふな」と、臥しまろび泣く。簀子に、上達部・親王たちおはす。ありとある人は、立ち並みて額つく。朱雀院の御使は、降る雨の脚[三]のごと参りては[2]、立ち並みてあり。よろづの所々の御使あり。

左右のおとど、下りて[四]おはして、「などか、かく見え給はぬも[五]

思って安心してはいるのですが。

三八「父院が、お手紙でこんなふうにおっしゃっていますよ」とお伝えしたところ。

一「水を浴む」は、斎戒沐浴することをいう。参考、『栄華物語』巻一六「北の方、ものもおぼえ給はで、隠れたる方にて水浴み給ひて、……ただ十方の仏神を拝み給ひつつ泣かせ給ふ」。

二　死をのがれることがおできにならないのなら。

三「降る雨の脚のごと」は、頻繁なことのたとえ。参考、『源氏物語』「夕顔」の巻「内裏より、御使、雨の脚よりもけに繁し」。

四「下りて」は、仲忠がいる庭に下りての意。

五　こんなふうに取り乱す方だとはお見えにならなかったのに。

のを、心弱く見え給ふ。よろづのこと、心を静めてこそ」とて集まりて上りて、父おとど（兼雅）、「女にもまた会ひぬるものにこそあれ。親こそ、え会はざんなれ。よしや。兼雅をば、さも思ふらむ。[六]形のやうなる女子もあり、女親をば、いかにせよと思ふぞ。[七]昔は忘れにたるか」とのたまへば、（仲忠）「女親には、[八]堪ふるに従ひて仕[3]うまつり侍りにき。殿に、まだ、え仕うまつらぬ。仲忠が代はりには、いぬを顧みさせ給へ。女子なれど、[九]ただにはあらじと見給[4]ふる者なり、いとよく仕うまつりなむ。[一〇]この君いたづらになり給はば、やがて淵川にも落ち入りて死に侍りなむ。さらに後れじとす」と、声も惜しまず泣けば、尚侍のおとど、「[一一]目もこそ二つあれ。一所を、親・君と頼み奉るわが子には、などか、かくはのたまふ。わが子の身代はりに、我こそ死なめ」と臥しまろび給ふ。左のおとど（正頼）は、「[一二]男は、必ず、かかる目をぞ見る。[一三]左衛門佐の折になむ、かかる目見侍りし。[一四]人の愛しうおぼえ侍りしよりも、嵯峨の院の思しめしけむことを思ひ侍りしなむ、いとからかりし。

六 「形のやうなる女子」は、絵に描いたようにかわいい女の子の意か。
七 「昔」は、「俊蔭」の巻で、母と北山のうつほに住んでいた頃のことをいう。
八 「堪ふるに従ふ」は、自分のできる限りのことをするの意。参考、『源氏物語』「夕霧」の巻「このほどの宮仕へは堪ふるに従ひて仕うまつりぬ」。
九 挿入句。
一〇 「この君」は、女一の宮。
一一 「目もこそ二つあれ」は、「俊蔭」の巻【三】注一参照。
一二 男の子が生まれる時には。
一三 底本「左衛門のすけ」。「左衛門督」の誤りか。連澄。忠澄ならば、同じく、長男誕生の時になる。

これも、院の、かく思し騒ぐらむを聞き給ふらむところ、苦しうおぼえ給ふらむ[5]」。大将、（仲忠）[一五]「それまでもおぼえ侍らず[6]。かの御身のいみじきをのみなむ。御方々ものし給ふとて、あたりへだに寄せられねば、御面（おもて）をだに、え見奉らぬこと」とのたまふ。左のおとど、うち笑ひ給ひて、[一六]「かかりける御仲を、初めは心行かず思ほして、勘当（かんだう）せられしはや」とのたまへば、人々笑ふ。（正頼）「ものな思しそ。正頼生け奉らむ。人の疲れにたるならむ。かやうのことは、人疲れぬれば、かうもあり。おのれ、二十余（よ）人の子どもの親なり。[一七]ここらの御子（みこ）たちは、誰（た）がをも誰（た）がをも、居立ちてなむ生（う）ませ奉りし。まづ湯参れ」とて、おとどは湯、父おとどは[一八]物取りて、食（す）かせ給へば、え食（す）かせ給はず。からうしてこしらへて参りて、（正頼）「いざさせ給へ[7]」とて[一九]率て入りて、「人々、しばし[二〇]入り給へ。[二一]このぬし、え見奉らずとわび惑ひ給ふ。入れ奉らむ」。女御の君、（仁寿殿）「何か。くちをしうなり給ひにたるものを、今さらに」とのたまへど、人は出で給ひぬ。

一四　「人」は、妻大宮をいう。大宮は、嵯峨の院の女一の宮。

一五　今はそんなことまで考えている余裕はありません。

一六　こんなに仲がよろしかったのですね。それなのに、結婚なさった当初は、約束と違うとご不満に思って、私をお咎めになりましたね。

一七　私の娘たちが生んだ大勢のお子さまたちは、どの娘のお子さまたちも、私が一心に世話をしてお生ませ申しあげたのです。

一八　「物」は、ここは、食べ物の意。

一九　仲忠を連れて母屋に入って。

二〇　底本「いり給へ」。奥に入ってくださいの意と解した。「出で給へ」の誤りと見る説もある。

二一　「このぬし」は、仲忠をいう。

二の宮は添ひおはするに、小さき几帳隔てたり。女御の君、「おのれは、物の恥も知らず。[二二]前にいとよう見給ひてしものを」とのたまへば、入りて見給ふに、[8]いと御腹高くて、息づき臥し給へり。大将、「わが君は、いかにし侍れとてか、かくは臥し給へる」とて掻き起こして、湯参り給ふを、え参らねば、「ともかくもなり給ふとも、仲忠が心ざしと、御湯聞こしめせ」と、泣く泣く聞こえ給へば、一啜り参る。御膳一口含め奉り給へば、食き給ひつ。喜びて、脇息に尻かけて、掻き抱き上げ給へば、[9]心しらひたる人ぞ、[10][二三]抱きつきて侍る。

おとど、[二四]弓走り引きて、[二五]うち声作り給ふ。大徳たち近う候へど、加持高うもせさせ給はず、「弱き人は、それに惑ひ給ふものぞ」とて、みそかに読ませ給ふ。真言院の律師一人、いちはやく読む、いと尊し。

おとど、「かかる折には、人多く、な候ひそ。騒がし」とて、御湯度々参りて、[二六]弦打ちしつつ、[11]声作り居給へるに、寅の時ばか

二二　仁寿殿の女御は、いぬ宮出産の時に、仲忠に顔を見られている。「蔵開・上」の巻【八】参照。

二三　助産の心得のある人が腰を抱いて支える。客体敬語の「侍り」を地の文で用いた例である。

二四　「弓走り引く」は、「蔵開・上」の巻【七】注三参照。

二五　「うち」は、接頭語「声作る」は、悪霊などを退散させるために普通とは違った声を出すこと。

二六　「弦打ち」は、「弓走り引く」に同じ。「蔵開・上」の巻【三】注二参照。参考、『栄華物語』巻五「御湯殿の弦打ちや読書の博士など」。

二七　「いかいか」は、赤子の泣き声の擬声語。

二八　「後の物」は、後産のこと。

りに、「[二七]いかいか」と泣く。驚きて、女御探り給へば、後の物[二八]平らかなり。

臥せ奉りて、大将、やがて添ひ臥し給ひぬ。[二九]典侍、「仕うまつるやうあり。あやし」と聞こゆれば、「なほ、[三〇]さて仕うまつり給へ」とて起き給はず。笑ひて、物など着せ替へ奉りて、「いとあやし。なほ起きさせ給へ」と、集まりて聞こゆれば、[12]左のおとど、「よかんめり。なほ休ませ奉れ。いみじく惑ひ給へる人なめり。まづ湯参れ。[三一]そもそも、何ぞ」と問ひ給へば、「[三二]翁」と、いと心地よげに、典侍申す。「[三三]あなむくつけ。はや追ひやれ。いと[三四]恐ろしき者なり」とのたまへば、尚侍のおとど、「さらば、賜はりて、率てまかりなむ」とのたまふ。宮、「何か。しばし。今見る」とのたまふ。大将、「いみじき目見給へるものを、何か見給ふべき」と聞こえ給へども、「何か憎かるべき」とて許し給はず。

[三五]御臍の緒切りて、湯殿参る。講師、[三六]書読む。左のおとど、御膳、湯につけて、まづ大将のぬしに参らす。「いみじう[13]焦られ給へる、

二九　いぬ宮が生まれた時も登場した典侍。「蔵開・上」の巻【三】注九参照。

三〇　私がここにいるままでお世話いたしてください。

三一　ところで、お生まれになったのは、男御子か、女御子か。「蔵開・上」の巻【八】注一・注六参照。

三二　「翁」は、男の子だと答えるとともに、その長寿を寿いだ表現か。いぬ宮が生まれた時には、「夜目(嫁)にもしるくぞ」とあった。

三三　「翁」と言われたのに対して、戯れて、「あなむくつけ」と答えたもの。

三四　「恐ろしき者」は、女一の宮を苦しめた恐ろしい者の意。

三五　臍の緒を切るのは、「蔵開・上」の巻【八】注三〇参照。

三六　「書読む」は、「あて宮」の巻【三】注五参照。

ことわりや。よくもあらで、あまた侍るが、[三七]一人欠けにたるだに、いかが思ふ。御後見しに参りつるぞ」とて[三八]参り給ふ。

かく、いみじう病み給ひつれど、生み給ひては、殊なることもなし。ただ、事なく、御身[三九]すくみてぞおはする。朱雀院に、御使参りて、くはしく奏す。限りなく喜び給ひて、よろづの物多く奉り給ふ。左のおとど、いたくわづらひ給ひつとて、例の、御手づから、君たち率ゐ給ひつつ、物調じて賜ふ。

例の、御産養、所々よりあり。御産屋、いとおもしろう厳めしけれど、大将入り臥し給ひつれば、[四〇]あることもなし。女御殿も、え入り給はず。尚侍のおとどのみ、夜昼仕うまつり給ふ。御達、「いぬ宮の御時おもしろかりしを、[四一]こたみは冷めたりや」と言ふ。

五三　出産後七日が過ぎ、尚侍・仲忠、女一の宮と語る。

かくて、七日過ぎぬれば、尚侍のおとど、[一]宮に聞こえ給ふ、

三七「一人欠けにたる」は、正頼の七男仲澄が死んだことをいう。

三八「参る」は、食事をさしあげるの意。

三九「すくむ」は、疲れなどで体がこわばって動かなくなるの意。

四〇 底本「ある事もなし」。通常の産屋の儀式も行われないの意と解した。「あることもなし」と見て、出産したようにも見えないの意と解する説もある。

四一 今回は楽しくありませんね。

一 女一の宮。
二「さかだつ」は、産後の衰弱が快復して元気になるの意。
三「御方」は、仁寿殿の女御。
四 お生まれになった御子

「少しさかだち給はば、院に参り給ふべかなり。御方、疾く参り給ひなむ。こたみのは、なほ、嫗・翁率てまかりて、つれづれとさうざうしくて侍るに、もてかしづき種にもし奉らむ。ゆかしく思さむ時は、率て奉りて御覧ぜさせむ」と聞こえ給へば、大将も、「いとよきことなり。憎しとも、常に参りて見侍りなむ。御覧ぜむと思さむほどは、迎へて見せ奉らむ」とのたまへば、宮、「いさや。かく恐ろしきことなれば、またあるべくもあらぬを、赤をこそはいぬが弄びにもとてぞや」。「さらば、何かは」と聞こえ給へば、乳母・湯殿の典侍率ゐてまかで給ひぬ。

かくて、大宮も、おとどと渡り給ひて、よろづの物調じて奉り給ふ。

大将、「いみじうわづらひ給ひつれば、御髪や落ちむと思ふこそ、いとゆゆしけれ」。宮は、「さるは、少し人心地もせば、院に参らむと思ふものを。かくてやみぬるにやあらむと思ひしかば、いと恋しくおぼえ給ひしものを」。「それも、見どころありて、人

は、やはり、私たち夫婦が屋敷に連れて帰って、老夫婦二人で暮らしていても何もすることがなくてつまらないので、私たちがお育てすることにいたしましょう。

五　「赤」は、赤子の意。この赤子は、いぬ宮の遊び相手としても、そばに置いておきたいと思います。

六　尚侍が。湯殿の儀式を行うためである。

七　「落つ」は、髪が抜け落ちるの意。

八　「おぼえ給ひしものを」の「給ふ」は、朱雀院に対する敬意の表現。

九　それも、あなたが、美しくて、人並みでいらっしゃったから、それゆえに、院は、今でも、お会いしたいとお思い申しあげなさるのでしょう（美しくなければ、会いたいなどとお思いにならないでしょう）。

のやうにものし給ひしかば、それを思して、ゆかしがり聞こえ給ふにこそあらめ。今は、効(かひ)なからむや、見え奉り給ひぬべしや、見奉らむ。起き給へ」と聞こえ給へば、(女一の宮)「さらば、見よ」とて起き給へり。大将、うち笑ひて、試みに、(仲忠)「向かひ居給へるこそつ[一〇][6]れなけれ」とて、御髪(みぐし)を掻(か)き撫(な)でて見給へば、落ちげもなくめでたし。

かくて、少し痩せ青み給ひつれど、いと清らなり。(仲忠)「かくながらも、憎げ[一一]には見奉り給はずとも、いま少し人となりてこそは。しばし念じ給へ。衣替(ころもが)へのほどにを参らせ奉らむ。わが君、かくて見奉るこそ、いたづら[一二]人見奉りたる心地すれ。死にて臥(ふ)し給へ[7]りしさま[8]よ。いづれ[一三]の世に、左の大殿(おほとの)の御心を忘れむ」。宮、「ものもおぼえざりしに、律師(りし)の加持せしこそ、遠く聞こえて、助かる心地せしか。いかで、この喜び言はむ」。大将、「今[一四]、よくものし侍らむ。いといみじき人なり」などのたまふほどに、左近の乳[一五]母[9]といふ、騒がしげなる気色にて出(い)で来て申すやう、「いと恐ろ

一〇 「つれなし」は、出産前と変化がないことをいう。
一一 院は、見て、さほど醜いとはお思い申しあげなさらないと思いますが。
一二 死んだ人と会っている気持ちがします。
一三 反語表現。「いづれの世にも、左の大殿の御心を忘れじ」の強調表現。
一四 律師には、今に、充分にお礼をいたしましょう。
一五 女一の宮の乳母。「左近の乳母」の名は、ここにだけ見える。
一六 「越後の乳母」の名もここにだけ見える。
一七 「一壺」は、壺いっぱいの意。
一八 ささいなことがあって追い出したところ。
一九 それを案じて、先日の夜も、女二の宮をこちらへお呼び申しあげたのですよ。

しきことをこそ聞き侍りつれ。二の宮の[一六]越後の乳母は、宰相の中将に盗ませ奉らむとたばかりて、多くの物賜はりにけるは。大きなる瑠璃の壺に黄金[一七]一壺入れて、沈の衣箱に絹・綾入れてこそ賜はりにけれ。かかること知りたる下種を、[一八]はかなきことにてうち[10]追ひ出でければ、腹立ちて言ひののしりければ、皆人聞き侍りつ。前々も、多くの物得てけり」と聞こゆ。宮、「さればこそ、[一九]それを思ひて、一夜も呼び入れ奉りしぞかし。あなかまや。聞きにくし」。大将、「何ごとぞや」とのたまへば、宮、[二〇][11]「あらず」とのたまふ。大将、[二一]「いとよく知りて侍ることぞや」。[12]五の宮も、狩衣姿にて、[二二]細殿に立ち給へりけり。さる騒ぎに、[二三]少将入りなましかば、いかならまし。心すとも、さるべき心か」とのたまふ。乳母、[二四]「左近らこそ、さる[13]労り物も賜はらず、恐ろしき謀りことも仕うまつらでやみぬれ」。大将、（仲忠）[二五]「破れ子持ちにおはすとも、今も、さやうにたばかられよかし、[二六]否とも言はじや、[二七]御伯父どもに」などのたまふ。

出産の日、女二の宮を「西の方」から呼び寄せたことをいう。【五二】参照。
二〇　何でもありません。
二一　私はよく知っているのですよ。
二二　朱雀院の細殿。五の宮が狩衣姿で細殿に立っていたことは語られていない。
二三　蔵人の少将近澄。
二四　私は、そのような心づけをいただいてもいませんし、恐ろしいくわだてにも最後まで関わりませんでした。
二五　「破れ子持ち」は、子どもを生んだばかりの女の意。「蔵開・上」の巻【三五】注六五参照。
二六　挿入句。
二七　倒置法か。「御伯父ども」は、特に祐澄をいう。祐澄は女一の宮を狙っていた。「蔵開・中」の巻【八】注七など参照。

［ここは、御産屋の所。］

五四　三月十日、嵯峨の院、花の宴を催す。

かくて、年いと遅き年にて、三月上の十日ばかり、花盛りなる、嵯峨の院、花の宴聞こしめさむとて、造りしつらはせ給ふ。よろづの宝物を尽くして、御前の物ども設け給ふ。多くの設け物[1]せさせ給へば、[一]源中納言は、院の源氏なれば、多くの賭物調じ給ひて奉り給ふ。

かくて、十日なむ、その日なりける。かねて、朱雀院に、［嵯峨の院］「花御覧じに渡らせ給へ[2]」と聞こえ給ひつれば、参り給ふを、内裏の帝聞こしめして、朱雀院に参らむと思ふを、同じくは、その日、嵯峨の院に参らむと思して、御供にとて、度々[二]中納言を召すに、参り給はむともなければ、[三]明日になりて、蔵人御使にて、［帝］「嵯峨の院に参るべきを、[四]院の御供に[五]民部卿これかれ仕うまつるべけれ

一 「源中納言」は、源涼。
二 「中納言」は、源実忠。
三 花の宴を翌日にひかえて。
四 この「院」は、朱雀院。
五 「民部卿」は、源実正。実忠の兄。
六 「御供」は、私（帝）のお供の意。
七 私のお供をしてくださいませんか。
八 この世の人で、明日の花の宴を見ない人は、ひねくれているようです。
九 「かの女御」は、藤壺をいう。
一〇 「心ざし」は、愛情の意。
一一 「申し給ふこと」は、「国譲・上」の巻【四〇】の、藤壺の「世の人のあるやうに、宮仕ひなどし、侍る人なんどしてものし給はば、ここにも絶えず聞こえ承らむ。さらば、げに、このわたり

ば、六御供に人候ふまじきを、里に、はた、久しうものせらるなるを、七仕うまつられなむ。八世にあらむ人の、明日見ざらむや、僻みて」など仰せられたり。

民部卿、「かく度々仰せらるるを、なほ参り給へ。九かの女御、よに、一〇心ざしなくて歩き給ふとも聞き給はじ。一一申し給ふことを聞き給ふとぞ思さむ」[3]。中納言、「何か。それをば[4]思ふ[5]にしあらねど、久しう交じらひもし侍らぬに、一二そこばくの帝の御前には、いかでか候ふらむ。そがうちに、嵯峨の院は、いかに、一三目癖つい給へる帝ぞは」。民部卿、「[6]東人は、[7]宮内には来ぬものか。さ思ひてこそ参るべかなれ」とて、候ふべきよし奏せさせ給ふ。民部卿、喜びて、我仕うまつらむとて調ぜられたる一四服直しの御衣どもを奉り給ひて、我は、あるに従ひて仕うまつり給はむとす。

大将も、暇文出だして参り給はぬを、行幸あるべしとて召せば、一五え参るまじきよしを一六奏せさせ給へば、かくて、宮、「なほ参られよかし。などかは」とのたまへば、「かくておはするを一七見す見す

に御心ざしあるとは知るべき」の発言をいう。

一二 「そこばくの帝」は、嵯峨の院・朱雀院の二人の院の帝と、内裏の帝（今上帝）をいう。

一三 「目癖つく」は、気難しそうな目つきをするなどの意か。

一四 「服直し」は、服喪の期間が過ぎて喪服を脱いで常服に改めること。参考、『源氏物語』「少女」の巻「（朝顔の姫君の）御服直しのほどなどにも」。

一五 仲忠は、産後の女一の宮を案じて花の宴に参加しようとしないのである。

一六 「奏せさせ給へば」、不審。「奏せさせ給へり」の誤りと見る説もある。

一七 「目に見す見す」ではない「見す見す」の副詞の例は、平安時代の仮名作品にほかに例が見えない。

[8]捨て奉りて、静心もなからむに、『詩作り、遊びせよ』と責めらるれば、[一八]空にて、過ちをしてや騒がれむ。そのうちに、嵯峨の院は、[9]見つけ給ふ所に、[一九]重役に任しあて給ふ。[二〇][10]神泉にて騒がしき目を見せ給ひしも、[二一]かの御そそのかしにて、上は責め給ひしぞかし。わいても、さてぞ、[二二]かくても候ふぞかし」などのたまひて、その日になりて、「事欠けぬべし。[二三]右のおとどは院の御供に仕うまつり給ふべければ、[二四]大将候ひ給はではあるまじ」と騒げば、むつかりて参り給ひぬ。

五五　朱雀院と帝も訪れ、詩宴が催される。

辰の[一]一点ばかりに、[二]朱雀院に、上達部・親王たち率ゐて参り給ひぬ。辰の二点ばかりに、内裏の帝、行幸し給へり。[三]この院、喜びかしこまり給ふ。花の陰に、[1]舞人ども楽所の者ども、皆候ふ。文人は、博士よりはじめて、[四]進士より出でたる人二十人、[五]擬生も

一八　気もそぞろになって。
一九　重い役目をお命じになる。
二〇　仲忠が神泉苑の紅葉の賀の際に琴を弾いて奇瑞を起こしたことをいう。「吹上・下」の巻【一〇】参照。
二一　嵯峨の院のお勧めで、その時の帝（朱雀院）が琴を弾くようにお責めになったのです。「吹上・下」の巻【九】参照。
二二　女一の宮と結婚していることをいう。「吹上・下」の巻【三】注五参照。
二三　右大臣藤原兼雅。左大将を兼任している。
二四　右大将仲忠。

一　「点」は、一日を十二に分けた「時」をさらに四つに分けたもの。「刻」に同じ。記録類に多く見られる。
二　朱雀院におかれては。

召したり。

しばしありて、右大将・源中納言・新中納言・宰相の中将・右大弁・頭の中将・蔵人の少将近澄などは、文[六]の人に召さる。嵯[七]峨の院に題賜はせて、探[八]韻[2]せさせ給ふ。仰せらるる、「この宴にも、[九]ありしにも[3]せじ、公卿たちに役仕うまつらせむ。右大弁季英の朝臣に、判仕うまつらせむ。右大将の朝臣には、講師仕うまつらせむ」。朱雀院、「いと興あり。朝[一〇]臣は、詩講師することをなむ申し侍る」。内裏の帝、「御[一一]前の講ぞ。いとになく仕うまつりき。よき今日の講師に侍り」と、皆許し給へば、大将、さればよ、何ごとにあて給はむとは思ひつる、いかで仕うまつらむとすらむと思ほす。

かくて、皆、探韻す。大将書を賜はりに参るを、嵯峨の院、御覧じて、「この朝臣見る時こそ、齢延[一二][4]ばはる心地すれ。いと景迹になりまさりにける。この国の人にはあまりにたる人かな」。朱雀院、「この頃は、憔[一三]悴しにたるにこそ侍るめれ。先つ頃、ほ[一四]と

三　「この院」は、嵯峨の院。
四　進士出身で任官した人。
五　「擬生」は、擬文章生のこと。「吹上・下」の巻【五】注八参照。
六　「文の人」は、文人の意。
七　嵯峨の院におかれては。
八　「探韻」は、韻字を一字ずつ探り取って詩を作ること。また、その韻字。
九　挿入句。
一〇　右大将の朝臣。仲忠。
一一　仲忠が講書した時のことをいう。「蔵開・中」の巻【二】以下参照。
一二　「延ばはる」は、「延ばふ」の自動詞形か。
一三　「憔悴」は、やつれ衰えるの意。
一四　「ほとほとし」は、危篤だの意。「ほとほとしき病者」は、女一の宮のことをいう。

ほどしき病者をなむ持て侍りて、かしこく心労[一五]し侍るなり」。嵯峨の院、「さ聞き侍りき。[一六]三の内親王のもとに訪ひにものして侍りしかば、[一七]頼もしげなくものして侍りしを、殊なることもなくものせられけるを喜び侍る」。朱雀院、「[一八]いみじう侍りけるを、からうして仲媒して侍る」。嵯峨の院、「今日、この朝臣に、なんでふわざし出ださせて、重き禄賜はせむ」。院、うち笑はせ給ひて、朱雀院[一九]「今は、賜はすべき禄もなし」などて笑はせ給へど、[二〇]いささか慎みたる気色もなく、いとめやすくて入りぬ。次に、源中納言[5]、めやすくて入りぬ。

新中納言出で来たるを、帝たち、「山籠もりは、いかで率て来たるにかあらむ。今日、めづらしきことは、まづ、これありけり」と驚き給ふ。内裏[6]の帝、「からうして召し出でたるなり」とのたまへば、朱雀院、「あたら、さてもありぬべき公人の、あやしうてもありつるかな。[二一]この朝臣の、常に嘆きしものを」などのたまふ。

一五 「心労す」は、平安時代の仮名作品にほかに例が見えない語。

一六 「三の内親王」は、嵯峨の院の女三の宮。梨壺の母。

一七 一条殿で暮らしていた女三の宮が、仲忠の配慮で兼雅に迎えられたことをいう。

一八 右大臣が渋ってとてもたいへんだったそうですが、右大将がやっとのことで間に立ってくれたのです。

一九 藤壺が帝に入内し、女一の宮が仲忠と結婚した今、もう、仲忠に与える禄がないの意。「賜はす」は、間接話法的な敬意の表現。

二〇 以下、仲忠の動作。

二一 「この朝臣」は、仲忠。

二二 「難くもあらず」、および、「五位六位なる……そなたに居たり」は、挿入句。

二三 「天下の失礼」は、大

午の二点ばかりに、[7]擬生の男どもに御題ども賜ふに、[二二]難くもあらず、五位六位なる、[8]あらはなる所に候ひ、[9]近衛府の官人ども、左右に候ひ、そなたに居たり、[10]近く参りて仕うまつらせ給ふ。[11]探韻賜はる人のめやすきをば褒め給ふ。見苦しきをば笑はせ給へば、[12]臆しつつ、[二三]天下の失礼を仕うまつり合へり。上たちも、御詩遊ばす。親王たち・上達部、御心にまかせて作り給ふもあり。

朱雀院の皇子たちは、[二四]后腹の二の皇子は、御病して、法師になり給ひて[二五]西山におはす、[二六]大殿腹の四人、后腹の、五人候ひ給ふ。七の皇子は、[二七]中の君の姉女御の御腹、それ参り給はず。九の皇子は、[二八]更衣腹、童にて参り給はず。嵯峨の院の皇子は、[二九]三人ながら、内裏の御供に仕うまつり給へり。御前ごとに、皆参れり。文人・楽所の者どもなどに、物賜ふ。上たち、御琴遊ばし、上達部・親王たち、詩仕うまつり給ふ。楽所には、楽仕うまつり合はせて、いとおもしろし。

申の一点ばかりに、[三〇]擬生の文台取らせ給はむとすれば、あるは、

変な失態。「失礼」は、「蔵開・中」の巻【三六】注三五参照。

二四　以下「西山におはす」まで挿入句。朱雀院の二の皇子は、「吹上・下」の巻【九】注三参照。

二五　「西山」は、京都西郊の山々。北は愛宕山、南は天王山に及ぶ。仁和寺などがある。

二六　左大臣正頼の娘仁寿殿の女御腹の四人と、后の宮腹の五の宮、合わせて五人。

二七　故式部卿の宮の中の君の姉である女御。「内侍のかみ」の巻【三】注三、「蔵開・中」の巻【三四】注二参照。

二八　この更衣は、誰か未詳。「蔵開・上」の巻【三〇】注一八参照。

二九　【五六】注七参照。

三〇　擬文章生が作った詩を載せるための文台。

[三一]清く[13]書きたるもあり、あるは、半ら書きたるもあり。とかくし惑ひて、[三二]手を広げて奉り参るに、道に倒るるもあり。かく惑ふを、今日の物見にはしたり。

[三三]花誘ふ風緩に吹ける夕暮れに、花、雪のごとく降れるに、大将、詩奉りに、胡簶負ひて、冠に、花、雪のごとく散りて、「右の近き衛りの府の大将藤原仲忠」と申し給ふ声、いと高う厳めし。嵯峨の院、「[三四]よき講師の試みの声なりや」[14]とて笑はせ給へど、つれなくて入りぬ。

詩、皆奉り[15]果つれば、文台取らせ給ひて読ませ給ふ。大将、参らせ給ひて、読み申し給へば、帝たちよりはじめて、皆見給ふ。いささか、怖ぢつらむところなし。朱雀院、かかる、物に心強き、物に怖ぢなき人、いかで[三五]前後知らず惑ひけむ、なほ、[三六]わが皇女を疎かには思はざりけりと思す。やむごとなき詩どもをば誦ぜさせ給ふ。大将の詩を、皆帝たち誦じ給ふ。[三七]かはらけ参る。新中納言、いみじう褒めらる。右大弁、[三八]かはらけ参る。

三一 「清く」は、すっかり、完全にの意。
三二 「手を広ぐ」がどういう様子をいうのか、未詳。平安時代の仮名作品には『竹取物語』『更級日記』にも見えるが、いずれも片手を開いた状態である。
三三 「花誘ふ風」は、花を散らす風の意。「吹上・上」の巻【一〇】注八参照。
三四 この名告りは、この後の講師のためのすばらしい予行演習ですね。「蔵開・中」の巻【二】注二参照。
三五 「前後知らず」は、「蔵開・中」の巻【一六】注一〇参照。ここは、女一の宮の出産の際に仲忠が慌てふためいたことをいう。【五三】参照。
三六 「わが皇女」は、女一の宮をいう。
三七 右大将に盃をさしあげる。

五六　嵯峨の院以下二十人の人々、唱和する。

かくて、御遊び始まりて、朱雀院、「老いせる春を弄ぶ」[1]と、歌の題に書かせ給ひて、嵯峨の院に奉り給へば、御かはらけ取りて、内裏の帝に奉り給ふとて、

嵯峨の院[二]

春来れば髪さへ白くなる花に今年は君もゆき添ふるかな[2]

内裏の歌、

帝[三]

積もりける花をもなどか見ざりけむ春とは我も言はれつる世に

朱雀院、

[四]白くとも千世し積もらば花を見に[3]いづれの春か連れて来ざらむ[4]

式部卿の宮、

[五]積もりゆく花も嘆くに木隠れて空に知られぬ下枝なりけり

三六　新中納言に盃をさしあげる。

一「老いせる春を弄ぶ」は、深まる春の景色を眺め楽しむの意。

二「髪さへ白くなる花」は、仲忠の冠に「花、雪のごとく散る」さまを見て詠んだもの。「ゆき」に「雪」と「行き」を掛ける。「行き添ふ」は、行幸が加わることをいう。

三「積もりける花」は、雪が積もるように枝に咲き乱れる花の意か。「春とは我も言はれつる世」は、春宮時代をいう。

四「いづれの春か連れて来ざらむ」は、反語表現。「いづれの春も連れて来む」の意。

五「空に知られぬ下枝」は、式部卿の宮自身をいう。「空に知られぬ」は、参考、

など申し給へば、この宮、[六]「数回仕うまつりそしたりや」とて、御かはらけ参り給ふ。かはらけ下りて、[七]中務の宮、

[八]かくばかり枝は盛りに匂ひつついつかは春の深く積もりし

兵部卿の親王、

[九]いにしへの春の宮をや君は皆恋ひてを惜しむ花は散らめや

弾正の宮、

散る花ぞ頭の雪と見えわたる花こそいたく老いにけらしな

帥の親王、

[一〇]うち群れて花をし折りて挿頭さずは何にか春の老いも知らまし

五の宮、

風をいたみ我らに降れる花をさへ頭の雪と見るな宮人

常陸の大守の親王、

[一一]桜花咲かざらませば野辺に出でて春の齢を何に知らまし

太政大臣、

『拾遺集』春「桜散る木の下風は寒からで空に知られぬ雪ぞ降りける」(紀貫之)。

六 何回も盃を重ねて飲み過ぎてしまいましたよ。

七 中務の宮は、式部卿の宮・兵部卿の宮とともに、嵯峨の院の皇子「三人」の中の一人か。「蔵開・上」の巻【一五】注二参照。ただし、「藤原の君」の巻【四】には、「先帝の御はらから」とあった。

八 「枝は盛りに匂ふ」は、嵯峨の院の子孫が繁栄していることをいう。

九 「いにしへの春の宮」は、かつて春宮だった頃の意。「君」は、三人の帝。

一〇 「春の老い」は、嵯峨の院が歳老いたことをいう。

一一 「春の齢」は、嵯峨の院の年齢の意。

一二 「心々に君が惜しむに」は、子孫の皇子たちが思い

忠雅一二 桜花いつか飽くべき野辺に出でて心々に君が惜しむに

左のおとど、

正頼一三 元結(もとゆひ)に花結べりと見ゆるまで見れどもかかる春の花かな

右の大殿、

兼雅一四 散りぬとて手ごとに折れば桜花髪さへ白くなりまさるかな

右大将、

仲忠一五 桜花いく世[8]をふれば木(こ)隠れて見る人ごとに老いを見すらむ

民部卿、

実正一六 老いも皆[9]花折り[10]遊ぶこの暮れは春さくらやと知りて[11]分くらむ

藤大納言、

忠俊一七 立ち寄れば老いをのみます桜花折りつつ挿頭(かざ)す君はいく世ぞ

一八 権中納言、

忠澄一九 散る花に頭(かしら)の多く白(しら)くるは世々を隔つる宿に咲けば[12]か

源中納言、

涼二〇 花の色は盛りに見えて年ごとに春のいく度(たび)老いをしつらむ

思いに散る花を惜しんでいるのですからの意。

一三 「見ゆるまで」は、「かかる」に係る。

一四 「髪さへ白くなりまさる」は、（桜の花が降りかかって）歳をとった私たちの髪までいっそう白さをますの意。

一五 「ふれ」に「経れ」と「降れ」を掛ける。

一六 「老い」は、歳老いた人の意。「さくら」に「咲く」と「桜」を掛ける。

一七 「老いをます」は、桜の花が降りかかって白髪に見えるさまをいう。

一八 正頼の長男忠澄。忠澄は、左衛門督に権中納言も兼任している。

一九 「世々を隔つる宿」は、代々上皇御所となってきた嵯峨の院をいう。

二〇 「いく度」に「行く」と「幾度」を掛ける。「花の色」

右衛門督[13]、
連澄[二一]老いぬとて春をば惜しむ頃しもぞよろづの花は盛りなりける
新中納言、
実忠[二二]君群れて花見る今日と思はずは山の朽ち木も春を知らめや
とあるを、朱雀院、いといたく誦ぜさせ給ひて、かはらけ参らせ給ひてのたまふ、
[二三]わが前に木高くなりし本桜山辺に枝ぞ朽つと嘆きし
内裏の[二四]御、
[二五]朽ちぬとて嘆きし枝は春を知るありし桜の見えぬ今日かな
嵯峨の院、
[二六]もろともに生ひし桜のまづ枯れて残れる枝を見るが悲しさ
[二七]なんどて、御かはらけ、度々になりぬ。
御時よきほどにて、御遊び盛りて、大将・源中納言などに箏の琴賜ひて、皆人々も物の音仕うまつり合はせて、[二八]順の舞し、歌歌ひ、[二九]猿楽せぬはなし。上たちいみじう興じ合はせ給ひて、朱雀院、

に嵯峨の院の子孫を、「春」に嵯峨の院をたとえるか。
二一 ここも、「春」に嵯峨の院を、「花」に嵯峨の院の子孫をたとえる。
二二 「君」は、三人の帝をいう。「山の朽ち木」に、自分自身をたとえる。
二三 「本桜」に源季明を、「枝」に実忠をたとえる。
二四 「御」は、「御歌」の略。
二五 「枝」に実忠を、「ありし桜」に季明をたとえる。「春を知る」は、再び官界に復帰したことをいう。
二六 「もろともに生ひし桜」は、季明が嵯峨の院と親しく一緒に育ったことをいうか。「残れる桜」は、実忠をたとえる。
二七 「なんどて」は、「などて」に同じ。
二八 「順の舞」は、宴席などで、列座の人々が順に舞う舞。

「今日、いと興ある日なりや。三〇[14]いぬる年の秋、仲頼[15]が侍る所[16]にて、三一この族まかりて、人も聞かぬ所にて、おのがどち、隠したる手ども現して、興栄し侍りけるこそ、いとになく侍りけれ」。嵯峨の院、「さ聞くや。三二忠まろ法師に陀羅尼[17]読ませて[18]、かの朝臣の琴弾きける暁、三三ただ人などの、皆集ひにけるをや」とのたまへば。

五七　帝、大后の宮に対面し、小宮のもとで御子を見る。

内裏の帝、立ち給ひて、一后の宮に対面し給へり。后の宮、〔大后〕「あなかしこや。久しうもなりにけるかな。二三条に侍りし皇女の、三若菜摘みにまうで来たりしままにや侍らむ」。帝、「しばしばもまで来べきを、四まかり歩きも心にまかせ侍らざりければなむ」。宮、〔大后〕「今はかく五今日明日になりにて侍れば、聞こえさせ置くべきことも聞こえさせ置きて、冥途もやすくと思ひ給へつ[1]るを、いといとうれしく渡りおはしましたることをなむ。六この、

二九「猿楽」は、滑稽なしぐさの意。

三〇 仲忠たちが水尾を訪れた時のことをいう。【三〇】以下参照。ただし、十月のことだった。

三一「この族」は、仲忠・涼たちをいうのだろう。

三二 忠こそ。「忠まろ」の呼称は、ここ一例のみ。

三三「ただ人」は、音楽などを解さない普通の人の意。


一 嵯峨の院の大后の宮。

二「三条に侍りし皇女」は、正頼の妻大宮。

三 大后の宮の六十の賀を正月二十七日の子の日に行った時のことをいう。「菊の宴」の巻【一九】参照。

四「まで来」は、「まうで来」に同じ。

五「今日明日となる」は、死期が近いことをいう。

六「この、暑げなる夏に

暑げなる夏にて侍りつる人は、思ほえず、老いの後に出で来て侍りしかば、中に愛しく思ひ給へて、顧みさせ給へとて参らせし効[2]なく、人数にも思ほされざなれば、恥づかしう思ひ給へつるを[3]、[七]この位譲り侍りなむとなむ思ひ給ふる[4]。『便なきこと』と、これかれ聞こゆとも、昔思う給へし[5]心ざしかなふると思して、必ずをせさせ給へ」。

帝、久しく思ほしわづらひて、「まだ物の心も知らず侍りし時、見馴れ奉りにしかば、むつましく頼もしき[6]ものには、かしこ[八]をなむ。あやしく、人にもし給はず、疎々しくものし給ひしかば、思ほし直すまでとなむ、しばしもの聞こえざりし。のたまはすることは、かやうのことは例問はせてなむものすなるを、勘へさせ侍[7]らむに、さる例あらば、何かは。さらずは[九]、[一〇]封賜はりなどをこそは、御位久しくものすべく侍るなれ」。宮、「封賜はりなどせずとも、この位とこそ言はせまほしく侍れ。あが君[8]は、坊の母[一一]をとこそは思すらめ。この人をば、あはれと思さましかば、かかること[一二]

て侍りつる人」は、嵯峨の院の小宮をいう。

七 この后の位をぜひとも譲りたいと思っております。

八 「かしこ」は、小宮をいう。

九 もし立后できなかったら。

一〇 「封」は、封戸。小宮さまには封戸をいただくなどの処遇をして、祖母上にはいつまでも皇太后でいていただきたいと思っております。

一一 「坊の母」は、春宮の母の意。藤壺。

一二 「かかること」は、小宮が懐妊したことをいう。

一三 私がこんなお願いをするのではと思って。

一四 「かれ」は、春宮をいう。

一五 春宮を立てる時には、この子にしよう。

一六 「のたまふ」は、申しつけるなどの意。「俊蔭」

も侍りけるを、しばし待たせもこそはし給はましか。[一三]さもや聞こゆるとて、急ぎし給へるこそは」。帝、「かかることの、疾(と)くものし給はましかば、何の疑ひにかは。年ごろさもあらで、[一四]かれが出でまうで来たりしかば、何心もなく、[一五]『さあらむ折は、させむ』[一六]とのたまひてしかば、[一七]空言(そらごと)せずといふ族(ぞう)にまかりなりにたれば、はた変[9]へじと[10]てなむ。[一八]かれも思ほし捨[11]つべきにもあらぬを」とて聞こえ給へば、宮、「すべて、幸ひなき者は」とて、御気色よからねば、立ち給ひて、[一九]妃(ひ)の宮の御方に参[12]り給ひて、(帝)「いといたく酔(ゑ)ひにけり」とて、装束(さうぞく)解き広げて臥(ふ)し給ひて、「いとよく申し勘(かう)[13]じてさいなませ給ふなめりな。よろづのこと、かたみに馴らひて、あはれにむつましくこそ。[二〇]あさましううち泣き給ひしかば、恐ろしさにこそ聞こえざりしか。などかは、[二一]かかるわざをも、疾(と)[14]くし給はざりし」など御物語し給ひて、(帝)「いでいで。[二二]この持給へらむもの見せ給へ」と聞こえ給へば、(小宮)「あなむつかしや。なでふ、さるものをか」。上、(帝)[二三]「かかるほどのを、まだ見ねばぞや。かかる

の巻【三四】注一五参照。
一七　「内侍のかみ」の巻【三七】注三に、「天子空言せず」とある。
一八　「かれ」は、春宮をいう。
一九　「妃の宮」は、嵯峨の院の小宮。小宮は、出産のために嵯峨の院に退出していた。【三五】注九参照。
二〇　「蔵開・中」の巻【三〇】に、「先つ頃も、『渡り給へ』と聞こえ、かしこにもまうでて侍りしかども、聞こゆるにも従ひ給はず、いと荒々しく御気色のあれば、月ごろ、かしこまりて、ものも聞こえず侍り」とあった。
二一　「かかるわざ」は、御子を生むことをいう。
二二　「この持給へらむもの」は、生まれたばかりの第五御子をいう。
二三　こんな生まれたばかりのわが子を、まだ見たことがありませんのでね。

ついでにここのを見で、いつか。なほ見せ給へ」とのたまへば、乳母（めのと）召して見せ奉り給ふ。まだ五十日（いか）にも足り給はず、いとつぶ[15]らかに白く[16]肥え給へり。上、抱（いだ）き給ひて、「あな小さや。人、初めは、かくある。我らも、さぞありけむかし。かかるものを大きになすこそ、女は恐ろしけれ。[二四]宮は、いと大きになりにけり。[二五]初めは、いとあさましや」。[小宮][二六]「月ごろ御覧じ馴らひたらむを」。[帝][二七]「それは、まかでにき。大きになりにたり。それをぞ、小さきと見しか[二八]ど」[17]とて、「これをも、対面とや言はむ」とて、衵（あこめ）の御衣（ぞ）脱ぎて、乳母に賜ふ。

二四 春宮。
二五 初めてこんなに小さな子を見ると、とてもびっくりしますね。
二六 藤壺腹の第四御子が参内していたことをいう。【四三】参照。
二七 物語には語られていないが、第四御子たちは里邸に退出したのだろう。
二八 下に「この子のほうがもっと小さい」の意の省略がある。

五八　亥の時に、帝、還御する。

かくて、上達部（かんだちめ）・殿上人、[1]座に着き候ひて、御輿（こし）寄せてぞ、「久しくなりぬ」と奏せさせ給ふ。上、[帝]「あなもの憂や。ここにとまりなばや」とのたまふに、「亥（ゐ）四つ」と申すに、[一]「時なりぬ」と

一 お帰りの時刻になりました。
二 慌ただしく急きたてるから帰ることにします。
三 「宮」は、大后の宮。

て騒ぐに、帝「[二]静心なく言へば。さは、疾く参り給へ。[三]宮に[2]、とか[3]く聞こえこしらへ給へ」とて出で給ふに、[四]后の宮より、[五]源中納言奉り給へりし女の装ひ[4]二十領ばかり、桜の色の細長、袷の袴など、上達部・殿上人に賜ふ。院の御方よりも、例の[六]公様にてはあらで、親王たち・上達部に例の女の装束一具、殿上人には細長・袴、下﨟の詩作りなどには[七]腰差・[八]捧物の綿、擬生[5]の衆まで賜ふ。[九]大将には、講師の禄とて、御馬一つ、親王たちにも、御馬一つ、[一〇]帝たちには、世にかしこき帯・御佩刀など奉り給ふ。

［ここは、嵯峨の院の花の宴の所。］

大后の宮に、うまく取りなし申しあげてください。

四　大后の宮。

五　源涼。

六　底本「おほやけやう」。「公ざま」に同じで、宮中の公的な儀式の意。ただし、「公様」は、平安時代の仮名作品にほかに例が見えない語。

七　「腰差」は、軸に巻いた絹布。被け物として用いる。

八　「捧物」は、神仏に奉る供物。貴人へ奉る物をもいう。ここは、嵯峨の院に献上された綿を下賜したの意か。

九　右大将仲忠。

一〇　「帝たち」は、朱雀院と内裏の帝。

国譲・下

一　后の宮、忠雅たちに梨壺腹の御子の立坊を謀る。

后の宮から、太政大臣（忠雅）に、「ぜひともお話し申しあげたいことがあります。いついつの日の夜になってから、大納言殿（忠俊）や宰相殿（直雅）と一緒に、人目にたたないようにおいでください。大切なお話があるのです」とご連絡をさしあげなさる。右大臣（兼雅）にも、「右大将殿（仲忠）と一緒に、ぜひともおいでください」とご連絡がある。太政大臣と右大臣は、「ご連絡をいただいて恐縮しております」とお返事申しあげてから、たがいに、「そういうことなら、ご連絡をいただいたのでうかがおう」と申しあげて、その夜になって、皆、后の宮のもとに参上なさった。

后の宮が、前にいた人を、皆立ち退かせさせて、人々を招き入れて、太政大臣に、「昔から、春宮はこの藤原氏の血を引く方が立ってきたのに、今回はそれができずに、このままでは、将来にわたって、藤原氏の血筋が絶えてしまいそうなので、そのことを相談しようと思って連絡をさしあげたのです。譲位はこの八月にと決まりましたが、帝は、『同じ日に、春宮も決めさせたい』とおっしゃっているようです。そのことですが、后である私もいるし、そのうえ、臣下の最上位である太政大臣のあなたも藤原氏です。また、ここにおいでの方々も、次々に、高い官位を得ていらっしゃいます。それに比べて、源氏方としては、左大臣殿（正頼）がいらっしゃるだけです。前の太政大臣殿（季明）はお亡くなりになってしまいました。それ以外は、皆、官位が低い人たちばかりです。一世の源氏の娘が后になったり、その子を春宮に立てたりしたことはなかったというのに、藤原氏から代々立ってきた春宮を、どうして、今回に限って、源氏方に許してしまわなければならないのですか。あなたも、右大臣殿も、娘を春宮のもとに入内させなさいました。その時には、私は、どちらになるにしても、その中から、后になり、春宮もお立ちになるのだろうと思っていました。春宮が御子を持つのに充分なお歳になったと思われるまで御子が生まれないことを嘆いていた間に、わけがわからぬ女が突然現れて、このうえなく寵愛を受けて、子を次から次へと生んだので、『その御子が春宮になるのだろう。藤原氏の血筋が絶えてしまうにちがいない』と、残念に思っていました。でも、藤原氏の梨壺さまが、思いがけずに、夢のように御子をお生みになったのですから、『この機会に、その御子を春宮に立てたい』と思います。あなたもご子息たちも、左大臣殿の婿になっておいでですが、妻とすべき女など、この世にほかにもいるではありませんか。ご自分たちが藤原氏の一員であることをお忘れにならずに、過去にとっても将来にとっても、藤原氏にとって恥となる重大事を阻止なさってください」と申しあげなさると、太政大臣は、すぐには何も言わずにだまっていらっしゃる。

太政大臣は、しばらく気持ちを落ち着かせてから、「私は、どうしたらいいのか決めることはできません。臣下というものは、帝が、お若い時や、正常な判断がおできにならない頃ならともかく、今のように明君のようでいらっしゃる時には、どんなことであっても私たちがお決め申しあげることなどできません。ただ、春宮はお子さまなのですから、春宮が、『梨壺が生んだ御子を春宮に立てたいと思います。いかがですか』と申しあげなさった時に、春宮自身のお心でお決めになって、その御子をとお思いになったのなら、なんの疑いもなく決まることでしょう」。后の宮が、「そうですが、今、藤壺さまが里下りしているというだけでも、あんなにも恋しく思いながら悲しんで、お食事も召しあがらずに影のようにやつれてしまわれた春宮が、まして、梨壺さまがお生みになった御子が次の春宮に立つことを少しでもお聞きになったら、身を破滅させておしまいになるかもしれませんのに。唐の国でも、何ごとも、大臣と公卿が決めて行ったと聞いています。ただ、皆、心を合わせて、次の春宮のことを、『梨壺さまがお生みになった御子を春宮に立てるべきです。わが藤原氏の候補が一人もいないならば、藤原氏以外の春宮が立つのもしかたがないでしょう。しかし、こうして梨壺さまが御子をお生みになったのですから、春宮たるべきその御子をさし措いて、別の春宮を立てるわけにはいきません』と、私もあなたも申しあげたら、いくら藤壺さまを偏愛しているとはいえ、道理をわきまえていて、分別がおありになる春宮ですから、心の中では納得できずに悲しいとお思いになったとしても、帝として世を治めようとお思いになる心があるならば、意見を受け入れてくださることもあるでしょう。私一人だけで、『こう思う』とは申しあげるつもりはありません」。太政大臣は、后の宮に、「私は承知いたしました。唐の国と同じように、公卿と大臣でお決め申しあげることにいたしましょう」と言って、子どもたちに、「身近な娘に関することだが、私は、后の宮のお考えに賛成だ。だが、こういったことは、まず、位の低い者たちから意見を申し述べるものだ。おまえたちは、どうしたらいいと思っているのか」とお尋ねになると、宰相と大納言は、「私たちが、まったく関知することではありません。父上がお決めになったとおりに従いましょう」とお答えする。次に、太政大臣は、「それでは、右大臣殿は、どうお思いになりますか。あなたの娘と孫に関することです。右大将殿は、まだ位は低いが、今現在も将来も、国政の中枢を担い、朝廷を守る人です。右大将殿にとっては妹と甥に関することです。どうしたらいいのか、右大臣殿のご意見をお聞かせください。私は、それをお聞きしたい」とおっしゃる。

　右大臣が、后の宮に、「こんなふうに思ってくださっていたとは、とてもありがたいことでございます。このようなお言葉をお聞きするのはうれしいのですが、ここにいる五人の内の四人は、皆、左大臣家の婿でございます。私も、ここにいる右大将の朝臣が左大臣殿の孫の女一の宮の婿となっていますので、自分の意見を持つことなどできません。譲位なさることになる帝の、たくさんの皇子たちの母君としてお仕えしていらっしゃる仁寿殿の女御も、皇位をお継ぎになることになる春宮の、このうえなく寵愛して、三人の御子を生み、こうしてお仕えしていらっしゃる藤壺さまも、同じ左大臣殿の娘です。人と人とのこのような関係は、無視できるものではありません。左大臣殿は、どうしてでしょうか、命をかけていらっしゃるようです。太政大臣殿は、ここにいる大納言殿と宰相殿たちの母君が亡くなった後、仁寿殿の女御の妹の六の君を妻にお迎えになってからは、また、昼も夜も、ほかの女性に関心がなくなっておしまいになったと聞いています。その六の君との間には、御子が四人生まれているそうです。また、あちらの大納言の朝臣は、六の君の妹の八の君を妻に迎えていると聞いています。八の君は、また、子どもが二人いて、ほかにも、今日明日にも生まれます。八の君が、去年の冬、大納言殿がつまらない女に言葉をかけたといって屋敷を出て、親のもとに帰ってしまったので、大納言殿は、幼い子どもたちを抱えて、どうしていいかわからずにもてあましていらっしゃいましたが、最近になって、やっとのことで、『ほんの少しの間』などと言って戻って来ているそうです。宰相の朝臣の北の方も、私の姉の大殿の上が生んだ三の君です。三の君も、子どもたちがいます。仲忠は、左大臣殿の娘ではありませんが、左大臣殿が中でも特に大切な方として育てている人を妻としています。子に、とてもかわいがっている女の子がいます。今また懐妊しているそうです。このように、二つの家が手を組んでいるように姻戚関係を結んでいて、生きている間は、その仲らいに、まったく疎遠なこともない親密な関係でいますのに、このようなことを皆で決めたと耳にしましたら、左大臣殿は、娘たちをも引き離して、帝にも、ここにいる者たちにも、二度と会わせ申しあげようとはしないにちがいありません。左大臣殿は、とてもすばらしい人ですが、まことに気が短くて頑固な人です。一方では、左大臣殿がそう思うのも、当然です。左大臣家が身分の高い人たちと縁組みをしてきたのは、このような時のことを考えての配慮だったのです」と申しあげなさると、后の宮は、大きく声を張り上げて、「その仁寿殿の女御の娘たちもいるのですね。左大臣の女の子たちは、誰も彼も、どうして、そして、どんなつびがついているのでしょう。一度ついたものは、皆吸いついて、大事の妨げもしでかすのです」とおっしゃる。太政大臣は、「あそこに右大将の朝臣が聞いておりますのに、まことに不都合なお言葉です」と申しあげなさる。さらに、「私どもは、たいした者でもございません。それにひきかえ、あそこにいる右大将の朝臣は、男でさえ気後れするほどすばらしい方ですのに」と言ってお笑いになると、ほかの人たちも皆笑った。

后の宮が、「私が言ったとおりです。女の私でさえ、皇統に藤原氏の血筋が絶えることを案じています。あなたたちは、妻が愛しいために、こんな大事の妨げをなさるけれど、それでも男としてお生まれになったのですか。世の中に、ほかに女はいないのですか。私が、今の妻たち以上にすばらしい人をさしあげましょう。身近なところでは、私が一人持っている女皇子を妻にお迎えなさい。いくらなんでも、あなたたちの妻たちには劣りはしないでしょう。こんなふうに、あまりにもふがいないことを相談なさらないでください」。太政大臣が、「やはり、これは私的な考えです。右大臣は、やはり、自分が考えていたことを、こうだと申しあげなさったのだと思います。妻や子を顧みない人ですが、こうして心を一つに揃えて申しあげることはできないはずです。それは事の道理があることとです。やはり、ただ、今申しあげたように、春宮に、どうすべきかを、ちょうどいい機会を見計らって説得申しあげなさってください」と言って、重ねて、「春宮自身のお言葉で梨壺腹の御子の立坊をお認めくださるならば、私たちにとっても幸いでございます」。后の宮は、「あなたたちは、妻のことばかりを気にして、また、春宮が藤壺さまだけをこのうえなく寵愛するのを見て、そんなふうにおっしゃるのですね。わかりました。私は、この世のことを手をこまねいて見ているわけにはいきません」とおっしゃる。

右大臣が、后の宮に、「ところで、春宮候補の若宮を、まだ御覧になっていないのでしょうか。若宮は、生まれながらに天地の神々に認められて、立派な帝となるべく生を受けられた方です。そんな方に対して無理に張り合うことになったら、まことに不都合でしょう。やはり、藤壺さまを寵愛なさるあまり、『春宮のお顔さえも見ることがない』と言われて、まわりから騒がれていましたので、梨壺腹の御子を次の春宮にと考えていただいただけでも、少しは恥をのがれてよかったと思っております。春宮に寵愛されている藤壺さまと張り合って、身を破滅させようとは思いません。ほんの少しであっても、梨壺腹の御子が立坊する可能性はありません」。后の宮は、「ああだらしない。ふぐりがついて、男の端くれとして生まれてきていながら、こんなことを言うとは。まともな判断ができる者は、誰一人としていないのですね。皆、まるで女の子みたいではないですか」と言って腹を立てて、「その朝にも（未詳）、春宮も、藤壺さまに対して自分を見失ったかのように寵愛なさってはいても、それほど憎らしそうに思われていません。藤壺さまは、あまがつ女だから、顔が崩れてぼろぼろになっているのに、おそらく、それを隠しているのでしょう。ほんとうに、恐ろしそうな顔をして、人を殺してしまいそうですが、どうしてなのでしょう」。太政大臣が、「おっしゃるとおりの人です。けっして、並みの人ではありません。見た目の様子も人となりも、ほんとうに恐ろしいほどすばらしい人です。そこにいる右大将の朝臣は、まだ若くはありますが、何かにつけ、人を見る目が充分にある人です」。それを聞いて、右大将が、「困ります。冗談のように申しあげなさるのですね。私が見ていても、藤壺さまは、おっしゃるとおり、ほんとうに立派な方だと思います。私が今いる三条の院に、入内前に住んでいらっしゃった時は、私も近くにおりましたが、とても恐ろしいほどにすばらしい方でした」と申しあげなさると、后の宮は、「そのような者は、かつては、神も仏もほしがってお召しになったものです」とおっしゃる。太政大臣と右大臣は、「すばらしいお話をうかがいました。でも、私たちでは決めることはできません。やはり、先ほど申しあげたように、后の宮から春宮にお話し申しあげなさってください」と言って、皆退出なさった。

二　数日後、后の宮、春宮に梨壺腹の御子の立坊を迫る。

何日かたって、后の宮から、春宮に、「どうしてもお話し申しあげたいことがあります。こちらへおいでください」と、ご連絡があったので、春宮は后の宮のもとにおいでになった。后の宮が、いろいろとお話など申しあげなさって、「梨壺腹の御子を次の春宮に立てたいと思います。どうお思いですか。立坊の件は、どうしたらいいですか」と申しあげなさると、春宮は、ひどくご機嫌が悪くなって、顔が青くなり赤くなって、何もお返事申しあげなさらない。

ずいぶんと時間がたってから、「昔から、誰であっても、親のお言葉は、どんなことであってもお断りいたすまいと思う気持ちを持っておりましたので、お断り申しあげるつもりはございません。この国のみならず、唐の国でも、国母と大臣が、心を合わせて、相談して事を進めたと言います。臣下たちは、皆、ご一族で、位も高くていらっしゃるようですから、相談して、どのようにでもなさればいいと思います。一方、私は、藤壺と離れていて、とても心細い気持ちでおりますが、梨壺腹の御子が立坊することになったら、藤壺はもう参内するはずもありません。ですから、私は、藤壺やその腹の御子たちと一緒に、生きていられようとも死ぬことになろうとも、山に入って籠もるだけでございます。春宮としての位も封禄も、世話をしようと思っている人のためのものです。この者たちを破滅させたら、私も生きていられません」と言って、涙をこぼしてお立ちになった。

后の宮は、「私の口からは申しあげたくないと思っていたのに。皆、妻たちのことを気にして。『私は関わっていないふりをして、梨壺腹の御子を立坊させよう』と言ったのに。皇統の中に、藤原氏以外の人を入れることが気にくわなくて、私の判断で、そのことを申しあげたから、こんなふうにおっしゃるのだ。もうこれ以上は、どうとでもなればいい」などと言って、腹を立てていらっしゃる。

［ここは、常寧殿。］

三　后の宮、兼雅に梨壺腹の御子の立坊をけしかける。

また、后の宮が、右大臣（兼雅）に、「人目を忍んで、直衣姿でおいでください。お話ししたいことがあります」と連絡申しあげなさったので、右大臣は、その夜参内なさった。后の宮は、右大臣に会って、「春宮に、先日の件を申しあげたところ、『どのようにでも、したいようになさってください。私はお断りいたしません』とおっしゃいましたけれど、ご機嫌はよくも見えませんでした。ですから、『帝に申しあげて、帝が、譲位と同じ日に春宮をお決めになって、春宮が帝にお即きになったら、すぐに梨壺腹の御子を次の春宮にしたらいい』と思います。問題なのは太政大臣殿（忠雅）のお気持ちだけです。あなたはどちらにも気兼ねなどなさらなくていいでしょう。春宮は、しばらくの間は不満にお思いになるでしょう。でも、いずれはわかってくださると思います。王昭君を胡の国へお遣わしになった帝も、楊貴妃を殺させなさった帝もいたではありませんか。太政大臣殿は、北の方をいとしく思っていらっしゃるから、そのことで遠慮なさっているのです。私は、今、藤原氏のためにしなければならないことを必ずやり遂げようと思っていますので、そんな気持ちをおわかりくださいと思ってお呼びしたのです」。右大臣が、「私は、どのようにでも、后の宮さまがご自分の心でお決めになったことに従うつもりです。私は、一族の者たちが、皆、左大臣殿（正頼）の一族と姻戚関係を結んでいて、私の心一つであれこれ考えたとしても、どうにかなるものでもありませんから、梨壺腹の御子の立坊など期待していなかったのです。ともかくにも、お言葉どおりにいたします。どんなことでも、仲忠に相談しているのですが、仲忠は、妻が正頼家につながっているという以上に、特別な思いがあるようですから、けっして心が動くことはないでしょう」。后の宮が、「まったく役にも立たないお子さまですね。右大将殿のことは聞いています。そんな親不孝な者は、子どもだともお思いになってはいけません。しかたがありません。あなたたち親子は、私の味方になってくれなくてもかまいません。ただ、太政大臣殿だけでも、『味方しよう』とおっしゃったのですから」。右大臣は、「承知いたしました。ただ、ご計画に従います」と言って退出なさった。

四　后の宮、帝に、梨壺腹の御子の立坊を勧める。

こんなことがあって何日かして、帝がおいでになった時に、后の宮が、「譲位は、ほんとうのところ、いつごろなのでございましょうか」とお尋ねになる。帝が、「今月の十日過ぎごろにと考えています」。后の宮が、「春宮は、同じ日にお決めにならないのでしょうか」。帝が、「そんな必要はないでしょう。急がなくてもいいと思います。慌ただしいようです。のんびりと構えていてもいいでしょう」。后の宮が、「こんなことを申しあげるのは、梨壺腹の御子を立坊させたいと思っているからなのです。梨壺腹の御子が生まれる前は、お生まれになっている藤壺腹の若宮が次の春宮になられるだろうと思っていました。でも、梨壺腹の御子がお生まれになったということになったら、同じことなら、その御子をと思います」。帝が、「嵯峨の院の小宮が懐妊なさったそうだ。生まれる御子が、もし男御子ならば、院も大后の宮も、あるいは、その御子を立坊させたいとお思い申しあげなさるだろう。たとえそうでなくても、左大臣（正頼）がどう思うかも気になる。大勢の皇子たちの祖父として、こんな動きを不快に思って、仁寿殿の女御をも退出させなさってそのまま参内させなかったらどうしよう」と思って、「そんな必要はありません。今すぐでなくてもかまわないでしょう。親である春宮が、天皇の位に即いてから、おのずと適切な判断をしてお決めになるでしょう。そのつもりもない人を春宮にしたら、困ったことに、さし出がましいことをしたとお思いになるでしょう。気後れするほどすばらしい春宮に、そんなふうにも思われたくありません」とおっしゃると、后の宮は、「仁寿殿の女御のような奴のことを気遣って、そんなことをおっしゃるのですね。あいつが帝のご機嫌をそこねて里に籠もり続けると、帝は恋しく思いながら悲しんで待ち続けていらっしゃって、参内したらしたで、青蠅が飛びまわるように、帝のもとを立ち去りもせずにまとわりついているから、帝はさぞかし恐ろしく思っていらっしゃるのでしょう。そんな奴の縁者である、父の左大臣や妹の藤壺のことを、気にしていらっしゃるのですね」。帝が、笑って、「そんなことはありません。そんなことまで気をまわしなさるのですか。新しい女御ならばともかく。すっかり歳をとった、大勢の子どもたちの母のことなど気遣うはずはありません。十の宮の顔をまだ見たことがなかったので、その顔を見るために、仁寿殿の女御のもとに時々行きました。それはそれとして、今おっしゃった件は、即位して落ち着いてから、春宮に、こうしてほしいとお話しください。ちゃんとした理由があってお話しになったら、まさかお断りにはならないでしょう。位が高い方々が、皆ご一族でいらっしゃるのですから。『仁寿殿の女御の縁者』とおっしゃいましたけれど、その中でも、この世は、左大臣と仲忠の朝臣とが政治を執り行うのがいいと思います。太政大臣（忠雅）は、とても立派な人ですが、学才がありません。学才がない人は、世の柱石とすることはできません。右大臣（兼雅）は、人となりといい、心持ちといい、すばらしい人ですが、女性にうつつを抜かして、好色なところがあります。そんな人には、安心して政治をまかせられません。それにひきかえ、今言った左大臣と仲忠の朝臣の二人は、仲忠は言うまでもなく、もう一人の左大臣も、学才もあり、心持ちもまことにすばらしく思慮深いから、政治をまかせるのにふさわしい人たちです。そんな左大臣が、屋敷に引き籠もって、娘たちまでも、それぞれの夫から無理やり引き離して慌てさせるだろうから、人々が騒ぐことになるでしょう。もういい。この後どうなるか見ていてください」と申しあげなさるので、「わかりました。もうこれ以上申しあげません」などとお恨み申しあげなさる。

五　譲位の前日、春宮、藤壺に手紙を贈る。

藤壺（ふじつぼ）は、譲位の日の前日まで、春宮に、謹慎させられた蔵人（くろうど）（これはた）を許すようにともお願い申しあげさせなさらない。このままでは、蔵人は身を破滅させてしまうだろうと思って、その日、蔵人の謹慎をお解きになる。春宮は、そして、夜になって、別の蔵人を遣わして、

「ここ何日か、今日は特に参内なさるのではないかと期待ばかりして過ごしています。長年お約束申しあげたことを破るおつもりのようですね。初めから一緒に見ようと思っていた紫の雲の原（紫宸殿（ししんでん））をも、私一人で見ようというおつもりなのですか」

と申しあげなさる。すると、藤壺は、ただ、

これからの長い年月をご一緒に見ることになる方は別の方だというのに、私は、その雲の原のことを自分とは関わりのないものと聞くばかりです。

とお返事申しあげなさったので、春宮は、この前、后の宮がおっしゃったことが原因だったのだと気づいて、「なんとも幼いこと。誰がなんと言ったって、そんなことはないのに」とお思いになる。

六　朱雀帝、譲位して後院に移る。新帝、女御を任じる。

帝は、八月十一日に、譲位なさって、宮中を出て後院の朱雀院にお移りになる。后の宮は内裏にお残りになるけれど、仁寿殿の女御がお供申しあげなさる。

新帝は、藤壺が一緒にいて見てくださらないことを、夜も昼も嘆いて、まったく誰も参上させなさらない。藤壺以外の妃たちは、皆参内してお集まりになっている。

しばらくして、女御をお決めになる。譲位の後すぐにお決めにならねばならないことでもないけれども、藤壺を参内させたいと考えて、急いでお決めになったのであった。嵯峨の院の小宮は妃に、亡き太政大臣（季明）の大君は一の女御に、今の太政大臣（忠雅）の大君は二の女御に、藤壺とともに女御に任命しようとなさる時に、后の宮が、「どうして梨壺を女御になさらないのですか。賢明な帝の御代なら、梨壺は、春宮の母ともなり、后にもなって当然な方です。こんなふうに秩序がない時代だから、人々があれこれ変な噂を立てているのです。絶対に梨壺を女御にしてください」と申しあげなさると、新帝は、「女御にした二人は、太政大臣の娘です。でも、梨壺は、父親がそれより身分が低いでしょう。序列に従って任ずべきです。梨壺を女御にしては、秩序を保つことができません」と申しあげなさる。后の宮が、「亡き太政大臣殿の大君は、帝の寵愛を受けてもいず、性格も悪いのですから、女御になさいますな」と申しあげなさると、新帝は、「そういうわけにはいきません。この人は、女御になって当然な人です。この世を平安に保ち、朝廷に長く仕えてきた人の娘です。妃たちの中でも、身分は高いけれど、まったく頼る者もいなくて心細い思いをしている人です。せめて私だけでも面倒を見なければ、どうなってしまうことか。この人を予定どおりに女御に任じて、梨壺には牛車での参内を許すことにしましょう」と申しあげなさる。それを聞いて、后の宮が、「それにしても、私がお願い申しあげることは、何もかもお聞き入れくださらないこと」と、文句を申しあげなさるけれど、新帝のお考えどおりに、皆、女御におなりになって、梨壺には牛車での参内をお許しなさることになった。

妃の宮は承香殿に、亡き太政大臣の大君は宣耀殿に、今の太政大臣の大君は麗景殿に、左大臣（正頼）の九の君はそのまま藤壺、式部卿の宮の姫君は登華殿、右大臣（兼雅）の大君は梨壺、平中納言の姫君は貞観殿に住まわせなさる。それぞれの妃たちの名も、皆、その殿舎名でお呼びする。登華殿は、女御におなりにならなかったので、父宮をはじめとして、こんな恥ずかしい目にあうことと嘆いて参内なさらない。宣耀殿は、父太政大臣の服喪中で、自邸に籠もっていらっしゃる。新帝は、長い間、夜の御殿に誰も参上させなさらない。

［譲位の所。］

七　后の宮、忠雅と姫宮との結婚を画策する。

后の宮は、「譲位と同じ日に春宮を決めることができないままになってしまったので、今となっては、梨壺腹の御子の立坊のために動くことは難しいだろう。太政大臣（忠雅）だけでも同意してくれたら、子どもたちも親に従うはずだ」と考えて、彼岸の頃に、吉日を選び、しかるべき準備をして、「常寧殿でこっそりと結婚させよう。朱雀院は、そのことを聞いても、不都合だともおっしゃらないだろう。右大将（仲忠）のことでさえ、すばらしいと思って婿になさったのだから。太政大臣だって、まだ歳も若く、容姿も性格も感じがいい。今の世の第一の人でもあるのだから」などと思って、太政大臣に、「お話しいたしたいことがあります。今晩、こちらに、こっそりとおいでください」とご連絡をさしあげなさる。

太政大臣が、「なんだろう。こんな時期に、吉日とされる日に、こんなご連絡があったのだから、梨壺腹の御子の立坊の件なのだろうか。やっかいなことだ」と思って、「ご連絡をいただいて恐縮しております。ここ数日、体調をくずしていて、朱雀院にも宮中にもうかがっておりませんが、参上せよとご連絡をくださったので、一両日養生して、すぐに参上いたします」とお返事申しあげなさったところ、后の宮は、「残念なこと。なんとしてでも、この人を婿に迎えたい。たとえ愛する妻を持っているとはいっても、私の娘を見たら、気に入るだろう」と、誰にも言わずに、お一人でお思いになる。

后の宮は、その後も、何度もご連絡申しあげなさるけれど、太政大臣は参内なさらない。

八　大宮や正頼の女君たち、藤壺を祝い、さまざまに話す。

藤壺の女御がおいでになる三条の院の東南の町には、女御におなりになったお祝いを申しあげるために、人々がお集まりになった。大宮も、式部卿の宮の北の方（五の君）も、太政大臣（忠雅）の北の方（六の君）、兵部卿の宮の北の方（十二の君）、民部卿（実正）の北の方（七の君）もこちらにおいでになった。

大宮が、「必ず女御におなりになると思っていましたが、理不尽にも邪魔をする動きがあるような噂が聞こえてきましたので、女御になられてよかったとだけでもお祝いしようと思ってやって参りました」とおっしゃると、藤壺の女御が、「ここ何年も、父上が、譲位の件で心を痛め、まるで病気にかかったかのように、湯も水もお飲みにならずにいらっしゃるのは、見ていてとてもつらいのです。子どもを持つのも苦しいものなのですね」。大宮が、「いえ、父上だけではありません。私も、あなたのことを、あれやこれやと心配したから、とても心を痛めていました。危うく女御になることもできそうもないと聞いていました。父上も、また、どんな辱めを受けることになるのだろうかと思い嘆いていらっしゃいました」。太政大臣の北の方が、「立坊の件に関しては、これからとても騒々しいことになるでしょう。先日も、后の宮が夫をお召しになったようです。何度もご連絡がありましたけれど、夫は、

『やっかいなことだ』と言って参上なさいませんでした。その様子を見て、『后の宮のご用件は、立坊のことなのでしょう』と申しあげたのですが、夫は何もおっしゃいませんでした。でも、立坊の件だということは、はっきりとわかりました」。大宮が、「いろいろな方々が、あれやこれやと計略をめぐらせていらっしゃるようです。でも、私は、ひたすら太政大臣殿だけをお頼り申しあげています。どんなことがあっても、太政大臣殿があちらの味方をなさらなければと思っています」。太政大臣の北の方が、「夫は、世間でもこんなふうに騒ぎたてているのがつらいことだと思っておいでのようです」。大宮が、「さあ、どうでしょう。そういえば、人が、なんともおかしなことを噂していましたよ。ほんとうのことなのでしょうか。『太政大臣殿を、ある高貴な方の所に婿として迎え入れなさることになっている』とか。それこそ、ほんとうに恐ろしい計略です」。太政大臣の北の方が、「どちらに婿取られるのですか。どのようにお聞きになったのですか」。大宮が、「后の宮腹の姫宮さまにとか」。北の方が、びっくりして、「まあ情けない。そうとは知りませんでした。そんなそぶりも見せないのは、私には隠していらっしゃるのでしょうか。幼い子どもたちが大勢いるうえに、また生まれますのに、そんな、美しいと評判の方の婿として迎え取られてしまったら、私たちのことなど見向きもしなくなるでしょう。どうしたらいいのでしょう」と、不愉快そうに申しあげなさると、「さあ、どうでしょう。そんな噂を聞きました。確かなことなのでしょうか」。大宮太政大臣の北の方が、「夜、何度も、『こっそりと来るように』と連絡がありました」。大宮が、「朱雀院は、『女宮たちの中で、女一の宮以上に美しい方はない』と思っていらっしゃると聞いています。でも、それは、小さい頃からお気に入りだったからでしょう。姫宮さまは、けっして女一の宮さまに劣ってはいらっしゃらないそうです。まだこれから成熟する方で、とてもかわいらしいと聞いています。もう少し大人におなりになったら、とても美しくおなりになる人です」。太政大臣の北の方が、「夫が、時々、『女二の宮さまは、理想的な方でいらっしゃるそうだ。ぜひお顔を見申しあげたい。一緒に住んでいる右大将殿（仲忠）は、うらやましい、と同時に、気にくわない』とおっしゃっているのですから、姫宮さまのことを、そのように申しあげなさったら、夫も、まさか、不都合だと思わないでしょう」。民部卿の北の方は、「私どもの所でも、『姫宮さまの乳母が言ったことだ』と言って話していたことによると、結婚の日取りなどをお決めになったそうです。そのことでは、ただ、梨壺腹の御子の立坊のためにあらゆる策を講じると言って計略をめぐらせているようです」などと言って、藤壺の女御といろいろとお話しなさる。

民部卿の北の方が、「新中納言殿（実忠）の件は、昨夜お聞きになりましたか。とてもおもしろいことがあったと聞きました。私の夫が、袖君が相続なさった三条の屋敷に中納言殿の北の方をお迎えしておいて、そのことを知らせずに、この私がいることにして、中納言殿を連れて来たところ、まるで別人のように成長なさっていた袖君を見て、この私だと思い込んだのだそうです。なんともおかしな話ですね。せっかくお連れしたのに、北の方と別々の部屋にいて、とてもよそよそしいままで、不本意に思って過ごしていらっしゃるとのことです。中納言殿は、いったんは、『小野に戻る』と言ってお帰りになったそうですが、先日、『ここで暮らそう』と言って戻っていらっしゃったと聞きました。中納言殿の北の方は、ほんとうに美しい人です。夫は、その北の方のことを、とてもすばらしい方だと思ってお世話なさっているそうです。夫は、『中納言に対してとてもよそよそしくしていて、昔は、手紙の返事ももらえず、声も聞くことができなかった私たちに、今は、北の方も袖君も兄弟や親のように接してくれる』と言っているようです」。藤壺の女御が、「長年、まったく理解できないのですが、別々に暮らしていらっしゃったので、中納言殿に会った時に、『やはり、一緒にお暮らしください』とお願いしたのです。美しく成長なさった袖君を、ぜひ入内(じゅだい)させたいと思います。親しい間柄の人に、ぜひとも入内してほしいのです」。民部卿の北の方は、「藤壺さまが『袖君を入内させようと思う』とおっしゃったら、喜んで入内させなさることでしょう。今度、機会があったら、夫に申してみましょう」と申しあげなさる。

九　仁寿殿の女御や女一の宮たちも、藤壺を祝う。

仁寿殿(じじゅうでん)の女御のもとから、

「必ず女御になるはずだと思っておりましたけれど、困ったことに、競い合う人が多いと聞きましたので、こうして女御におなりになったことをお喜び申しあげます。次は、若宮の立坊をお祈りしています。参内の準備をなさるのがいいでしょう」
とお手紙をさしあげなさった。

藤壺の女御は、

「お手紙ありがとうございました。参内の件は、もし参内することになったら、その時はよろしくお願いいたします。宮中で一人で動きまわるようにしていた頃の気苦労ばかりが思い出されます。ところで、さまざまに計略をずいぶんとめぐらせているそうですが、困ったことに、姉上たちにまでご迷惑がかかるのではないかと思って嘆いています」

とお返事申しあげなさる。

藤大納言（忠俊）の北の方（八の君）は、先月の末に子をお生みになった。まだ快復なさっていないけれど、使を立ててお手紙をさしあげなさる。

源中納言（涼）の北の方（さま宮）から、

「そちらへうかがってお祝いを申しあげなければならないのですが、夫がここ数日病気で苦しんでいらっしゃって、ほかに看病を頼める人もいないので、うかがうことができません。一刻も早くと待ち望み申しあげていたことがかなって、女御におなりになったとうかがい、まことにうれしく思っております。尚侍さまたちなどには、何か贈り物をなさるのでしょうか。もしそうなら、おっしゃってください。私どもで用意いたしましょう」

とお手紙をさしあげなさった。

藤壺の女御は、

「お手紙ありがとうございました。源中納言殿がご病気だとうかがいましたが、おかげんはいかがですか。まったく存じませんでした。待ち望んでくださっていたということは、もう時機を逸したかのようです。乳母(めのと)たちには、さあどうでしょう、贈り物をするものなのでしょうか。そういうことなら、近いうちにお願いいたします」

とお返事申しあげなさる。

女一の宮から、

「ここ数日、どういうわけか、枕から頭も上げられずにいて、お手紙をさしあげられなかったのですが、その間に、思っていたとおりに女御におなりになったと聞いて、とてもうれしく思っております。今回のことは当然のこととして、今度は、若宮が立坊なさることをお祈りしております。私の夫(仲忠)は、『立坊のことで変な動きがあると聞いていますが、私はまったく関わっておりませんのに、もしかしたら、誰もかれも、私が荷担しているのではないかと、疎ましく思っていらっしゃるだろうか』と言って、心を痛めております」

とお手紙をさしあげなさった。

藤壺の女御は、

「ここ数日お加減が悪いとお聞きして、私の方からはおうかがいできませんが、お見舞いもできないことをつらく思っております。ご心配いただいた若宮の立坊の件は、いやはや、もう無理なのではないかと案じております。お知らせくださった、右大将殿のお言葉は、同じ藤原氏として、右大将殿にそのようなお気持ちがないことのほうが、かえって不自然なように思われます。でも、こう言ってくださったことで、右大将殿を頼りにできる気持ちがいたします」

とお返事申しあげなさる。

一〇　正頼の六の君、夫忠雅と姫宮の結婚の件を嘆く。

太政大臣（忠雅）の北の方（六の君）は、夫の婿取りの話を聞いてからは、ふさぎ込んで、親や姉妹にもお話し申しあげず、夜も昼も嘆いて泣いて、物事の理非もわからないような様子で過ごしていらっしゃるので、太政大臣にご連絡申しあげなさらない。太政大臣は、この北の方を大切にしてかわいく思っていらっしゃるけれど、北の方は心が晴れずにいらっしゃる。兵部卿の宮の北の方（ちご宮）は、三条の院を出て兵部卿の宮の屋敷でお暮らしになって以来、まだ藤壺の女御に対面なさっていなかったので、藤壺の女御が、長年の積もるお話を申しあげたくて、無理にお引きとめ申しあげなさったために、まだ屋敷にお帰りにならずにいる。同じように、ほかの女君たちも、大宮や男君たちも、全員いらっしゃる。女性たちの装束は、袷一襲と小袿で、さまざまに、まことに美しい。

夜になって、太政大臣のもとから迎えをさし向け申しあげなさったけれど、北の方は、「今夜は、こちらに泊まります」と申しあげなさったので、太政大臣は、いつもと違っておかしいと思って、ご自身でおいでになった。北の方が、「人々が集まっていらっしゃるのですから、とても狭くて、会うことができる場所などまったくありません。お帰りください。もう一日か二日ほどここにいてから、そちらに戻ります」と申しあげなさるので、太政大臣は、「おかしいですね。いつもと違うおっしゃりようだったので、聞いて変だと思いました。ですから、驚いて、私自身でお迎えにうかがったのです。どうして、こんなふうに突き放すような言い方をなさるのですか。何はともあれ、こちらに出て来てください」と申しあげなさる。大宮が、「やはりお会いなさい。太政大臣殿が犯した過ちではありません」と申しあげなさると、北の方は、「こんなことがあったというのに、それを私に知らせてくれなかったことが腹立たしいからなのです。不愉快なこと」とお返事申しあげなさる。簀子に敷物を敷いてさしあげて、左衛門督（忠澄）・宰相の中将（祐澄）・左大弁（師澄）などがおそばにいて、「お通しすべき所に、人々がおいでになるので、このような簀子で失礼いたします」と言ってすわらせ申しあげなさった。

一一　忠雅、参内を促す后の宮に、病気を理由に断る。

藤壺の女御の御前に、大宮腹の男君や女君たちが皆集まっていらっしゃる時に、后の宮は、太政大臣（忠雅）をぜひとも婿取りたいとお考えになって、姫宮を玉のように美しく装いたて申しあげなさっているにちがいない。后の宮は、「天下の吉祥天女のような美しくて理想的な妻を持った、物の情趣を解さない夷のような者であっても、この宮を妻にしたいとお思い申しあげないはずはない」と思って、何度もご連絡をさしあげなさるけれど、太政大臣は、こうして病気を理由にして参上なさらない。そこで、「私が天地の神々に認められたまことの国母ならば、し損なうことはないだろう」と考えて、太政大臣への手紙を書いて、中宮職の権の大夫にお渡しになる。この権の大夫は、昔、若小君を捜し求めた叔父の中将の母である北の方の兄の、若くして亡くなった宰相の子で、まだ小さかったために、后の宮が引き取って養っていらっしゃった人である。后の宮は、この人を中宮職の権の大夫に任じて、今ではとても重用していらっしゃる。権の大夫も、まことに聡明で、何をするにも理非をわきまえていた官人で、同じ一族の者として、太政大臣にも親しくお仕えしていたのだった。后の宮は、この権の大夫に手紙を渡す時に、「この手紙を、人に持たせずに、懐に入れて、太政大臣殿のもとに持って行って、おまえ自身の手で、ご本人の手に確かにお渡し申しあげよ。ご体調がすぐれないというのは、ほんとうなのか嘘なのか、しっかりと様子を確かめて報告せよ」とお命じになる。

　権の大夫が、謹んで手紙をいただいて、それを持って、三条の院に参上すると、東南の町の南の門に、太政大臣の車や御前駆の者たちなどがたくさん立っている。権の大夫は、太政大臣殿はこちらにいらっしゃるにちがいないと思って、車から下りて、三条の院に入って行って見ると、太政大臣が大勢の方々と一緒においでになる。権の大夫が、来た旨を告げさせて、奥に進んで、御階のもとで控えていると、太政大臣は、すぐにそれを見つけて、「何をしに来たのだろう。こんな所で見つかってしまったこと。病気にかかっていると申しあげたのに」と思って、何もおっしゃらない。

御簾の内では、女君たちが集まって騒ぎたてていらっしゃる。左衛門督（忠澄）が、太政大臣に、「中宮大夫が参上しています」と申しあげなさると、太政大臣は、「なんで来たのか」と尋ねさせなさる。権の大夫が、「后の宮のお使として参上いたしました。『この手紙を、太政大臣殿に直接お目にかかってお渡しせよ』というご下命がございましたので」と言って、懐から、陸奥国紙に書かれた手紙を、蔵人の少将（近澄）に託してお渡しする。御簾の内では、女君たちが集まって、「思ったとおりだ」と言って動揺していらっしゃる。太政大臣の北の方は、顔が青草のように真っ青になって、「今宵、声がかかって行ってしまうのだろう」と、涙を流して、転げまわってお悲しみになる。ほかの人々は、気の毒だとお思いになる。太政大臣が、どきどきしながら、后の宮からのお手紙を開けてお読みになると、

「どうしても申しあげたいことがあって、何度も、『こちらへおいでください』とご連絡をさしあげたのに、『体調がすぐれない』というお返事ばかりだったのですが、今はそうでもいらっしゃらないようにうかがいました。ご病気がお治りになったのでしょうか。た

だ、一時的に、少しの間こちらにおいでください。私は、こんなふうに、人数にも入らぬ、人から軽んじられる身ではありますけれども、『いろいろな心配なことを、太政大臣殿以外にはご相談できない』と思ってご連絡をさしあげたのです。亡き父上と母上は、『生きている間は、願いごとがあったら兄弟にご相談申しあげよ』とおっしゃいました。必ずおいでください」

とお書きになっている。

太政大臣は、お読みになって、自分が婿取られることだとは少しも思わず、「今回の立坊の件であろう。こんなふうにお手紙などがあると、妻は、疎ましく思って、ますます会ってくださらなくなるだろう」と思って、とてもつらいお気持ちになる。御簾の内でも、手紙の内容がわかっていらっしゃるので、もうこれでおしまいだとお思いになって、北の方は、うつ伏せになってお泣きになる。

太政大臣は、

「お手紙をいただいて恐縮しております。ここ数日は、脚気（かっけ）なのでございましょうか、立ち上がることも動きまわることもまったくできずにいたのですが、長年連れ添ってきた妻が、親のもとに出かけて、急に病気にかかり、『非常に危険な状態だ』と連絡がありましたので、『亡くなったらたいへんだ。私が看病しないわけにはゆくまい』と思って、車を調える間（ま）もなくこちらに来て、車を下りた次第です。亡き父上と母上のことは、おっしゃるまでもありません。私も、どんなことでもぜひご相談したいと、いつも思っています。少しでも立ち上がることができるようになったら、そちらにおうかがいいたします」

とお返事を書いて、包み文にしてお贈り申しあげなさった。

后の宮が、権の大夫がご自分のもとに参上してお渡しした太政大臣の手紙を見て、「どこで、どんなふうにして会ったのか」とお尋ねになると、権の大夫は、「太政大臣殿は、左大臣殿（正頼）の三条の院の、藤壺の女御がおいでになる東南の町に、公卿の方々や大勢の人たちと一緒にいらっしゃいました」とお答えする。后の宮が、「病気だとおっしゃっていたが、ほんとうだったのか」。権の大夫が、「くわしくは見申しあげることができませんでした。車は、門の外に停められていました。太政大臣殿は、簀子におすわりになっていて、特にご病気という様子はありませんでした」などと申しあげると、后の宮は、「やはり、私の言うことを聞くまいと思っているようだ。負けるつもりはない。脚気にかかっていると言うのなら、帝にお願いして、輦車の宣旨を下してもらおう」などと思う。

一二　六の君、忠雅との対面を拒み、忠雅むなしく自邸に帰る。

太政大臣（忠雅）は、まだ簀子にすわっていらっしゃる。夜が更けてゆくにつれて、八月十七日頃の月が、次第に高く昇り、庭の遣水や前栽がさまざまに秋の風情をたたえ、虫の音もの悲しげに聞こえ、風も涼しく吹く。北の方は、それを聞きながら、「これまで、自分の意志で、親のもとなどに行って、太政大臣殿と別々にいた時はあったけれど、それ以外は別々にいた時などなかった。この後、恐ろしい所に婿として迎え取られてしまったら、どうしたらいいのだろう」などと思ってお嘆きになる。ほかの方々も母屋の御簾のもとに集まっていて、北の方がおいでになる所がとても近いので、太政大臣は、北の方に、「新参者の童のように、私を御簾の外にすわらせて、皆さまが御簾の内で御覧になるのは、いたたまれない思いです。いつもと違って、こんな仕打ちをなさるのは、藤壺さまのお計らいなのでしょうか」などと申しあげなさるけれど、北の方は出ていらっしゃらない。太政大臣が一晩中簀子におすわりになっているので、左大臣（正頼）の男君たちは、簀子を立ち去ることがおできにならない。

夜が明ける前に、太政大臣がお帰りになる時に、北の方に、

「わけがわからないまま、今までしたことのなかった経験をたくさんさせていただいた気持ちです。あなたは、すばらしい先生ですね。

夫婦の仲がこんなにもはかないものだとは知りませんでした。白露が置いてもすぐに消える朝を、寝ずに起きていてつらい思いで迎えながら、それがわかりました。

歳をとって、こんなことを学ぶとは。それはそうと、すぐに、お帰りくださるために迎えの者をさし向けます」

とご伝言なさる。

北の方が、お返事も申しあげなさらないし、ご伝言もくださらないので、お迎えに来た者は、一日中立ったまま日を暮らして、太政大臣邸に帰って来る。「何もお言葉をくださいませんでした」と申しあげると、太政大臣はいぶかしくお思いになる。北の方との間には四人のお子さまがいらっしゃる。十一歳を筆頭に、四歳と五歳の男君がおいでになる。七歳の女君を、両親ともに、とてもかわいがっていらっしゃる。女君は、その方だけである。

一三　八月二三日、新帝即位し、人々、加階する。

こうしているうちに、「即位式は今月の二十三日に行われそうだ」との噂が広まる。帝は、即位式のことを、なんともお思いにならず、ただ、藤壺の女御が参内なさらないことを、夜も昼も嘆いていらっしゃるけれど、長い間、使もお遣わし申しあげなさらずに、后の宮が申しあげなさったことばかり、つらいと思って、長い間ぼんやりと眺めていらっしゃる。そこで、帝の乳母たちや、命婦と女蔵人などは、「帝になられた最初には、おもしろく楽しいことをなさるものなのに。こんなふうに、もの思いばかりをして、美しかったお顔も日に日にやつれておしまいになるとは」などと言う。女御と更衣たちは、参上して集まって、「女御や更衣になった効もなく、藤壺が宮中にいてもいなくても、なんの変わり映えもないことだ」などと言う。

即位式が行われた。上達部が皆参内なさるが、太政大臣（忠雅）は、欠勤届けを提出して参内なさらない。帝は、ご気分も晴れず、「どんなことでも一緒にと思っていた藤壺に、この即位式を見せることができないとは」とお思いになるけれど、人々がお勧め申しあげなさるので、出御なさった。恒例に従って無事に即位式が終わったので、上達部が、陣の座で、「太政大臣殿が、これほどの大事に参内なさらないとは。欠勤届けを出していらっしゃるけれど、特にご病気だということもないそうなのに」とおっしゃると、また、ほかの方が、「太政大臣殿の北の方は、親の左大臣殿（正頼）の三条の院に籠もっていらっしゃると聞きました。お屋敷では小さいお子さまたちが騒いでいるということで、太政大臣殿はもてあましていらっしゃるそうです」とおっしゃる。右大臣（兼雅）と右大将（仲忠）は、心の中で、「今回の件の噂が漏れているようだ。こんなことになると思っていた」などとお思いになる。宰相（直雅）と大納言（忠俊）などは、「父の太政大臣に対してさえ、こんな扱いをし申しあげなさるのだから、まして、私たちには、どんなことをなさるのだろうか」などと心配なさっている。

帝の即位にともなう叙位があって、人々は、皆、昇進なさる。左大臣と右大臣は、二位におなりになる。春宮亮（顕澄）は四位に、学士の右大弁（藤英）は、階を越えて、三位になる。家あこの衛門尉は、五位におなりになる。女性の叙位では、女御と更衣が、皆、位階をいただいた。帝の乳母たちも昇進する。女蔵人たちも、位階を得たりなどする。

月末に、除目の頃、右衛門督を兼任していた宰相が亡くなったので、宰相には右大弁季英がなり、右大将が按察使を兼任なさる。右衛門督には兵部大輔（連澄）が任じられたが、これに関しては、「非常に困難な人事だった」と、世間で噂された。次の兵部大輔には顕澄、その後任の春宮亮には右大弁、これはたの蔵人は右衛門尉になった。

一四　六の君と忠雅の不和の噂を聞き、仲忠、恐れる。

太政大臣（忠雅）の北の方（六の君）は、大宮のもとに身を寄せて、太政大臣からのお手紙があってもお返事も申しあげなさらないし、太政大臣ご自身が毎晩おいでになってもお会いにならない。大宮も左大臣（正頼）も、「わけがわからないことをなさいますね。子どもでもないのに。妻は、夫が心変わりをなさった場合でも、そんな態度をとってはなりません。子どもたちも大勢いるのです。こうしてお手紙をくれたり会いに来てくれたりなさっているのですから、あなたのことを忘れるつもりはないとは思っているのでしょう。こうして会いたいと言ってくださっているのですから、お会いになりなさい」と申しあげなさると、北の方が、「会う必要などありません。今回のことが広く世間の人々に知られる前に、そして、夫も、こんなふうに言ってくださっているうちに、私のほうから離縁したいと思っています。でも、たくさんの侍女たちが親しく世話をしてくれてはいるのですが、『私だけは、気をしっかり持って見捨てまい』と言ってつきっきりで世話をしてくれていた乳母がいなくなって、その懐にいつも抱かれていた子が乳母を捜し求めて泣いていることなので、不憫に思って、いろいろと手を打ってこちらに迎えようとしたのですが、それを許してもらえないのが、とても悲しくて」と言って、太政大臣には何も申しあげなさらない。そのために、太政大臣は、即位式というこれほどの大事の時にも参内なさらずに、お子さまたちをどう世話をしたらいいのか困っていらっしゃる。北の方が七歳の女君のことをとてもかわいがっていらっしゃったので、太政大臣は、「いくらなんでも、この子に会うためにはきっと戻っていらっしゃるだろう」と思って、いつもそばに置いて見守っていらっしゃる。右大臣（兼雅）が、それを聞いて、「思ったとおりだ。后の宮にもそう申しあげておいたのに」とお思いになる。

右大将（仲忠）は、私も同じ目にあうかもしれないと、恐ろしく思って、外出もなさらない。夜も昼も女一の宮のそばにいて、女一の宮にお手紙が贈られてくると、真っ先に受け取り、人が訪ねて来たり出かけたり、また、車の音がしたりすると、どこから来たのか、どこへ行くのかと問い質させて、気をゆるすことができない思いでいらっしゃる。

一五　朱雀院の宮たち、朱雀院を訪れ、滞在する。

後院としての朱雀院には、ほかの妃たちを参上させなさらず、仁寿殿の女御だけが、院が宮中をお出になったお供をなさって、院のおそばにいらっしゃるので、院は、「今は、こうして、后の宮も宮中にばかりいらっしゃいます。ほかの妃たちは参院もしないでしょう。あなただけは、私のそばにいてくれるし、皇子たちも大勢いるから、親しく思っています。これからは、臣下のように、皇子たちを前に置いて、二人で並んで過ごせるだろうと思うと楽しみです」などと言って、女御の局を広く造り調えなさる。そして、殿上人と上達部も、しかるべき御前駆に任じて、車を仕立てて、「女皇子たちよ、女一の宮もこちらに参上なさい」と言ってさし向け申しあげなさったので、右大将（仲忠）は、「まだ、今は、とてもやつれていらっしゃいます。快復なさった時に、私からお願いして参院させてさしあげましょう」と言って引きとめ申しあげなさった。ほかの女皇子たちは、参院なさった。院は、女皇子たちを見申しあげながら、「女一の宮のことを、とても美しいと思っていた。でも、この女皇子たちも、なかなか美しかったんだね。琵琶や箏の琴の名手がいればいいなあ。この皇女たちの婿にしたい」とおっしゃる。

男皇子たちも、皆、朱雀院に来させて、夜も昼も、管絃の遊びをさせていらっしゃる。北の方がおいでになる方は、夜になると退出なさる。独身の弾正の宮（三の宮）は、夜も昼も院のおそばにいらっしゃるので、院が、仁寿殿の女御に、「どうして、弾正の宮たちは、私が見ている間中ここにいて、退出しないのですか。妻もなく、婿にと望む人もいないのですか」と申しあげなさると、女御は、「婿にと望む人は何人もいるのですけれど、どうしてなのでしょうか、こうしてずっと独身でいるのです」と申しあげなさる。すると、院が、「ひょっとして、藤壺の女御のことを思っていたのですか。弾正の宮は、藤壺の女御のことを、手がとどかない月を見るように思っていたのでしょうか。中納言（実忠）がそうだったと聞きました。その中納言でさえ、今では、そんな気持ちもなくなったと聞きました」。女御が、「中納言殿が、山里に籠もっている間に任じていただいたということで、そのお礼を申しあげるためにやって参りましたので、藤壺さまが説得いたしましたところ、時々都に通って来るようになったのです。それは、民部卿殿（実正）が計略をめぐらせたのでしょう」。院が、「不思議に思っていたが、藤壺が説得なさったのですね。藤壺は、心遣いまでも申し分のない方だ。中納言が山に籠もったのは困ったことでした。でも、都にもどって来てよかった」。女御が、「いえ。藤壺は、とても不幸な人です。若宮がまだお生まれになる前、懐妊のことがわかった夜に、当時はまだ春宮だった帝が、『男御子が生まれたら、将来必ず春宮にしよう』とおっしゃったということで、親たちをはじめ、誰もかれもがその心づもりでおりましたのに、こんな時になって、こうして、身分が高い方々の中から、邪魔をしようとする人が出て来ていらっしゃったようなので、父も母も、『今まで生きてきて、こんな恥ずかしい思いをすること』と、すっかり沈み込んで、湯も水も飲まずに嘆いているそうです。ですから、親たちを嘆かせること以上に不幸なことはありましょうか」と申しあげなさると、院は、「そう約束なさったのなら、帝はその約束をけっしてお破りにならないでしょう。親の私たちとは似ずに、心にしっかりしたところがおありの方ですから。ある所が変な動きをしていると耳にしましたけれど、『そんなことはあってはならないことだ』と言っておきました」

と言って、夜も昼もお二人で過ごしていらっしゃる。

［ここは、仁寿殿の女御の御方。］

一六　后の宮、手紙で、兼雅に梨壺腹の御子の立坊を促す。

后の宮は、仁寿殿の女御のことを聞いて、「意のままに子どもたちを引っ張り込んで、したい放題に振る舞うなんて、なんとも不愉快だ」と思って、右大臣（兼雅）にお手紙をさしあげなさる。

「お会いしたいのですが、どなたも迷惑がっていらっしゃるので、『おいでください』とお願い申しあげることができません。太政大臣殿（忠雅）に申しあげたいことがあって、何度も、『おいでください』とご連絡をさしあげたのですが、体調がすぐれなくて来られないなどと耳にしました。でも、実際にはそうでもないようです。梨壺腹の御子の立坊の件は、どのようなお気持ちになりましたか。あなたまで、昔思いをかけた人の心が気になるなどと思って、長く将来の喜びとなるはずのことであっても、それをすまいと思っていらっしゃるのでしょうか。私は、心の中ではいろいろと考えてはいても、何度も人に会って説得することもできません。あなたが太政大臣殿に会ってしっかりと説得してくださったら、たとえ躊躇なさっていても、きっと決心なさるでしょう。右大将殿（仲忠）は、あなたが、どうしても実現したいとお思いになっていることを妨げはしないでしょう。もし妨げたりするようなら、自分の子だなどとお思いになってはいけません。内親王の婿になったような尊い身であっても、親が見捨てておしまいになったら、とても具合が悪いことになるでしょう。唐の国でも、呂后は、四人の翁と相談して、物事を実現させたそうです。あなたたち五人が心を合わせて、『昔から、藤原氏から春宮が立ってきました。梨壺腹の御子の立坊のことが許されないならば、私たちは、山に籠もって、朝廷にもお仕えしないつもりです。何を励みとして朝廷にお仕えいたしましょう』と申しあげなさったら、帝も、藤壺に対する寵愛がどんなに深くても、お断りになれないでしょう。このことに同意しない人のことは、私のことをこうして人並みにお思いにならないということでしたら、この世ではもちろん、死んだ後でも、心の底から恨めしく思うことでしょう」

とお書きになっている。

右大臣は、「右大将を、自分の子だと思うな」とお書きになっていることに驚いて、「梨壺腹の御子を春宮に立てることができないなら、それでもかまわない。右大将のことを、疎かに思うわけにはゆくまい。こんなふうにおっしゃることが、恐ろしくも畏れ多いのだ」と思って、

「お手紙をいただいて恐縮しております。おっしゃった件は、けっしてお断りすまいと思っておりますけれど、同意してくれる人がおりませんので。今、ほかの方々を説得いたしましてご連絡をさしあげます」

とお返事をさしあげて、右大将のもとに、「后の宮から、こんな手紙が来ました」と言ってお送り申しあげなさったところ、右大将は、その手紙をお読みになって、誰にも見せずに隠してしまった。

「ここは、右大臣の三条殿。女三の宮の御殿。右近の小君という人が、宮の前で、『梨壺さまの御子が立坊なさったら、春宮亮や大進になりたい』と申している人がおります」とお話し申しあげなさると、宮は、「まあ、そんなこと聞くのも嫌です。お願いする相手が違っています」とおっしゃる。人々が、大勢参上して集まっている。人々が献上した物が、とてもたくさんある。

ここで、梨壺腹の御子が、乳母たちなどと一緒に遊んでいらっしゃる。屋敷の中は、うって変わったように、人が多く参上して集まって、市のようににぎわっている。」

一七　梨壺腹の御子立坊の噂が広まり、正頼たち動揺する。

宮中をはじめとして、世間では、「梨壺腹の御子が春宮にお立ちになるにちがいない。后の宮が、夜も昼も、泣く泣くお願い申しあげなさったので、帝も、その決心をなさったということだ。太政大臣（忠雅）や右大臣（兼雅）たちは、知らぬふりをして、全員で、心を合わせていらっしゃるそうだ」と、しきりに噂する。

左大臣（正頼）は、藤原氏の婿君たちを、薄情だとお思いになる。その婿君たちは、「左大臣殿は、こんな噂が立って、どのように思っていらっしゃるのだろう。私たちはまったく関わっていないのに」などと、たがいに思っていらっしゃるけれど、誰もそのことを口にし申しあげなさらない。

藤壺の女御のおそばに来て任官を望んでいた人々は、今では、一人も姿を見せない。若宮のもとに参上して集まっていた人々も参上しなくなったので、これまでとはうって変わったように、まことにひっそりした感じになって、藤壺の女御はもの思いに沈んでいらっしゃる。帝からも、長い間お手紙も来ないので、左大臣は、「梨壺腹の御子の立坊が実際に決まってしまったら、その翌日に法師になってしまおう。これ以上宮仕えを続けるつもりなどない」と嘆いていらっしゃる。男君たちも、皆集まって、いろいろと慰めなさるけれど、左大臣はお心が慰められるはずもない。

藤壺の女御は、いろいろと思っていることはおありだけれど、それを口にはなさらずに、「帝が正常な判断ができなくなっておしまいになったから、世間の人はこんなふうに噂しているのだろう。私のほうからお返事をさしあげてはいないけれども、世間でこんなふうに噂しているとおりに、以前は折り返しお遣わしになったお使も来ないのは、どうしてなのだろう。実際に、立坊の件がそのとおりになって、父上も、おっしゃったように出家なさったら、私も尼になってしまおう。女御として宮仕えをするつもりはない」とお思いになる。藤壺の女御は、御子たちのお世話をしながら過ごしていらっしゃる。若宮は、無邪気に遊びまわっていらっしゃる。

一八　仲忠、女一の宮に立坊問題で弁明し、水尾行きを告げる。

こんな噂が立っているうちに、十月になった。右大将（仲忠）が、女一の宮に、「世間で、人がいろいろと噂しているそうですが、それを聞いて、私もそのことに関わっているかのように思っていらっしゃるのかと考えると、つらくてなりません。私が関わっていないことは、おのずとおわかりになるでしょう。帝の即位式のために参内したまま、院が宮中を出てお入りになった後院の朱雀院にさえ参上せず、父の三条殿にもうかがわずにおります。それは、『私が今回の件に関わっていないことを、あなただけでもわかってくださったら、罰を与えなさらないだろう』と思ったからなのです。太政大臣殿（忠雅）が、北の方（六の君）に出て行かれて、一人で、何か月も嘆いていらっしゃるそうですが、聞いていて他人事とも思われません。私は、太政大臣殿とは違って、世話をしなければならない子どもは多くもありませんが、あなたがどうお思いになるかと考えると、恐ろしいのです」。女一の宮が、「そのことについては、まわりでそうし向けていらっしゃるわけではないと聞いています。北の方がお会いにならないことを、皆さまがたしなめていらっしゃるそうですが、北の方ご本人が、『おかしな噂を聞いた』と言ってお会いにならないようです。私は、あなたが同じようにおかしなことをお考えになったとしても、最後にはどうなさるのか見とどけるつもりです」。

右大将が、「なんのことをおっしゃっているのですか。どのような根拠があってのことですか」。女一の宮が、「あなたも一緒になって、皆さまが集まってお決めになったと聞いています。それなのに、自分は関わっていないなどとおっしゃって」。右大将が、「この件は、もう何もおっしゃらないでください。私は、まったく関わっていません。ところで、去年から、『水尾（みずのお）に、山に籠もった少将殿（仲頼（なかより））の様子を見にうかがおう』と約束していたのですが、今年の花盛りの頃も、いろいろとさし障りがあって行くことができないままになってしまいました。最近になって、人々が、『紅葉が散る前に』と言って、出発の準備をしているそうです。でも、私は、一日か二日であっても、留守にしている間のことが気がかりなので、どうしようかと悩んでいます。私が水尾に出かけている間に、藤壺（ふじつぼ）さまから、『ちょっとおいでください』とお誘いがあっても、けっしてお出かけにならないでください。私が水尾に出かけて帰って来た時に、あなたがこちらにおいでにならなかったら、私は、どうしていいのかまったくわからずに、つらい思いをすることでしょう。このまま、私が帰って来るのを、こちらで待っていてください。それには理由があるのです」と申しあげなさると、女一の宮は、「私は、どこにも行くつもりはありません。体調がすぐれずにずっと苦しい思いをしていますので。寝起きが楽になってから出かけたいと思います。最近は、妹宮たちも、朱雀院に行っていて、こちらにおいでにならないので、人少なで寂しいのがつまらないのです」。右大将が、「それは、ほんとうにそのとおりでいらっしゃることでしょう。こちらの東の対にいる人（仲頼の妹）を呼び寄せて、そばにお置きになればいい。琴などをとても上手に弾いて、どんなことにも嗜みがあって、すばらしい人です。性格などもよさそうに見えます」。女一の宮が、「こちらが気詰まりになるほどすばらしい方だと聞いています。今は、こんなふうに身重でいつもとまったく違う様子をしている頃なので、呼び寄せるわけにはいきません」。右大将が、「そんなご心配は無用です。気詰まりになることは少しもない人だと思います」と言って、少将の妹を参上させなさると、とても感じがよく身なりを調えて、女一の宮のもとにおいでになった。

この方は、顔も、まことに大人っぽく美しい感じだ。女一の宮が、琴を渡して弾かせなさる。すると、とても上手に弾き、ほかのどんなことも巧みにこなすので、女一の宮は、「すばらしい人に来てもらった」とお思いになる。この方の名を、按察使の君という。

右大将が、按察使の君に、「水尾に行ってまいります。何か、兄上へのご伝言がありますか」。按察使の君が、「兄は、私がこうして人前に姿を見せたと言って、恥ずかしく思っているそうですのに」と申しあげると、右大将は、「絶対に、そんなことはないでしょう。あなたのことを、充分にお褒め申しあげておきましょう」とおっしゃる。いぬ宮は、かわいらしくなって、一人で立って歩き始めなさった頃である。父の右大将は、そんないぬ宮を見申しあげながら、「こちらで、こうして親しくさせていただいたのは、この子のためなのです。この子がどんなに危険な目にあっても、母の女一の宮は見向きもなさいません。乳母たちだけにまかせるのでは心配なので、お世話していただきたいのです。私が出かけている間に、いぬ宮を外にお出しにならないでください。この子は、とても落ち着きがない子で、すぐに外に出て、人に姿を見せるので、見ていてはらはらするのです。こちらに上局を設けて、このままこちらにいてください」と言い置きなさる。

女一の宮に、「すぐに帰ってまいります。申しあげたように、私が留守の間にお出かけにならないでください」と言って出発なさる。そちらに、同行する方々が待っていらっしゃる。

一九　仲忠、涼・藤英・行正たちと、水尾に出発する。

右大将（仲忠）は、山に籠もった少将（仲頼）にさし上げるために、御衣櫃一掛と唐櫃一掛を持たせなさる。また、細緒風という琴を持たせなさっている。お供には、御前駆六人、御馬副六人。御前駆のうちの二人は四位、二人は五位、さらに二人は高い官職に就いている六位。御随身四人、雑色六人。右大将は、白い綾の指貫、露草で蠟摺りに摺った狩襖、白い綾の袿を着て、青馬に乗っていらっしゃる。お供の者をはじめとして、人々は、さまざまの白や青の装束を、それぞれの身分に応じて着ている。中納言（涼）は、赤色の織物の狩襖、鈍色の指貫、綾掻練の袿を着て、赤馬に乗っていらっしゃる。御前駆の中には、右大将とは違って、四位の者はいない。山守風という琴を持たせていらっしゃる。右大弁（藤英）は、青鈍色の狩襖、右大弁のたい（未詳）も、皆、同じ色の狩襖を着ている。御馬副四人は、制約があるので、学生たちが務める。御前駆四人は、秀才が二人、進士が二人である。お供の者は、すべて、大学の身分の低い学生たちである。頭の中将（行正）は、青色の狩襖、白い指貫、薄色の綾の袿を着ている。お供の者も、同じような装束を着ている。琵琶を持たせている。雅楽の権の頭（松方）は、琴を持たせている。右馬助近正は和琴、左衛門の検非違使の尉時正は笛を持たせている。この人たちは、思い思いの装束を着ている。律師（忠こそ）のお供の者は、童四人、法師四人、童子六人で、この者たちも、皆、装束を美しく調えている。このような音楽の名手たちばかりが集まって盛儀をなさるためにお供の人を厳選していらっしゃると聞いて、自分たちもそれを見たり聞いたりしたいと思って、身分が高い従者が雑色となり、下侍が御衣櫃と破子を持って出発する。

人々は、右大将の私邸である二条の院に集まって、そこで食事などして、出発なさる。大宮大路から北上なさる時には、いくつもの物見車がたくさん並べ連ねて見物する。歩いて来て見ている人も、まことに多い。身分が高い人たちも、お忍びで来ていらっしゃる。こんなに大勢の方々がおいでになっている中でも、やはり、右大将は、まことに格段に美しい。山道にさしかかるまで、お見送りの人がとても多い。山の登り口にたどり着きなさって、お供の者たちは、麓から、「後で迎えに来い」と言って帰された。

［水尾への道中。］

二〇　水尾に到着。仲忠たち、夜通し管絃の遊びをする。

水尾（みずのお）では、山籠もりの君（仲頼）は、山に籠もって以来、堂なども広く厳（いか）めしく造り、滝をとても風情ある様子で落とした所に住んで、後には、里にいた女君も迎えて、楽器を習わせている。右大将（仲忠）の一行が水尾にたどり着きなさると、山籠もりの君は、山犬・里犬という男君たちに、笙（しょう）の笛やすばらしい横笛を吹かせて、女君には箏（しょう）の琴を習わせていた時で、夕暮れに、一行が連れだっておいでになったので、このうえなく喜んで恐縮申しあげなさる。

前の紅葉の林に、敷物を二列に敷いて、皆お着きになった。山籠もりの君が、「まずはゆっくりとなさってください。お疲れになったでしょう」と言って、山の法師たちや童子（どうじ）を召し出して、趣がある枯れ木を拾わせ、方々の前に白銀の鋺（まがり）などを持って来させる。それで、ご飯を炊（た）かせ、庭の朽ち果てた木に生えた茸（きのこ）を羹（あつもの）に煮させ、苦茸（にがたけ）などを調理して、白銀の金椀（かなまり）に入れてお出しすると、方々は、それに興味を持って、おかわりをして召しあがる。

いろいろなお話などなさっているうちに、従者が、後れて、いくつもの破子（わりご）を持って参上した。右大将は、それを受け取って喜んで、山籠もりの君の弟子と童子や、この君にお仕えしているその辺の者たちなどを召し集めてお与えになり、人々の前には酒の肴だけをさし上げた。お酒を何杯もお飲みになって、楽器を演奏する。山から吹き下ろす風が、散った紅葉を巻き上げたり、枝に残った紅葉を散らしたりなどする、風情がある夕暮れに、まず、雅楽の権の頭松方が、大きな紅葉の木の、とても風情豊かな節がある枝を持って、山籠もりの君に盃をさしあげながら、「私は、昔は、ちょっとお出かけになる時にも、後れることなくお供いたしました。出家なさった時に、お知らせくださったら、お供をして、弟子としておそばにお仕えしましたのに。私は、そのまま宮仕えを続けていますけれど、なんの励みもございません」と言って、泣く泣く、盃を、「猿からの施しもあると言いますから、私の盃をお受け取りください」と言って、

かつて吹上の浜に行こうと誘ったお友達の方々が、今は山深く尋ねてあなたと会っていらっしゃるのを見ていると、私は悲しくてなりません。

と言うと、山籠もりの君が、「山に籠もった私も、今日は同じ思いでいます」などと言って、

私は、谷風が吹き上げる吹上の浜の貝のことが思い出されます。その効があって、今日は、水尾の山の紅葉のもとに集まって楽しい思いをしています。

右大将も、

宮中で親しくしていた昔の友を尋ねて来ると、山から吹き下ろす風までも、私たちを歓待して、紅葉の錦を敷いて迎えてくれました。

中納言（涼）が、

あなたと会うことだけを目的として、秋の山深く尋ねて来ると、折から、紅葉も深く色

づいて、私たちを迎えてくれました。

右大弁（藤英）が、昔の学生だった時に、三条の院での灯火に照らされた自分の姿を思い出して、

　昔、織女が牽牛と逢う七夕の夜に、私もあなたを見ました。誰もが久しぶりで懐かしい思いでいます。

律師（忠こそ）が、

　とてもつらい思いをした私でさえ最後まで籠もり続けることのできなかった山に、あなたがこうして籠もっているのを見て、あなたのつらいお気持ちが察せられます。

頭の中将（行正）が、

　一緒にお仕えしていたあなたさえもいなくなって寂しい思いをしていた宮中では、御代替わりまでがあって、昔日の感がいたします。

右馬助（近正）が、

　このまま帰ると、あなたのために時雨のように流す涙で染まった私の袖の深い紅色を、都の人は、手折った紅葉だと見るでしょうか。

時蔭が、

　昔は、あなたが涙で染めた衣の色だと見えた紅色が、今は、山辺の紅葉の色となって散り乱れています。

と詠んで、頭の中将は琵琶、山籠もりの君は箏の琴、雅楽の権の頭は琴、近正は和琴、時蔭は横笛、右大将のもとに仕えている縫殿頭は笙の笛、また、お供の者たちの中で篳篥を吹く者と一緒に吹いて、ほかの人々は唱歌をし、歌を歌い、一晩中演奏なさる。

あたりを見わたすと、遠くでは、火を焚いて、その山のまわりに住む山臥が大勢集まっている。近くを見ると、火を山のように熾して、大きな鼎を据えて、仕える者たちに手で栗の皮をむかせ、粥に入れて煮させて、山籠もりの君ご自身はいろいろな果物を食べて、方々のもとに仕えている者たちにお与えになっている。夜が更けると、露と霜が置く。

一晩中管絃の遊びをしながら夜を明かして、夜が明けると、粥を召しあがる。露に濡れたお召し物を脱ぎ替えて、山籠もりの君に仕える者たちの中に、身分が高い人の子どもたちが四人いるので、その者たちに、右大将以下の四人の方々がそれぞれお与えになる。

二一　翌日、夜が明けるまで、詩を作って楽しむ。

その日は、右大将（仲忠）が題を出して、方々充分に心遣いをしながら詩をお作りになる。右大将（藤英）のもとに仕えている二人の秀才のうち、一人が詩を作り、一人は講師を務める。こうしているうちに、源中納言（涼）の屋敷から、檜破子と普通の破子と屯食などが、とても多く届けられている。源中納言は、方々の前にそれをさしあげて、ほかの人々にもお与えになる。豪華な食事をとても多く運び入れなさる。そのうちに、日が暮れて、詩を作り終えて、講師に読ませなさる。おもしろい句は、皆で吟詠なさる。右大弁の声はとても高く厳かで、右大将の声はとてもすばらしく魅力的だ。

夜が更けるまでは、詩を吟じて、夜が明ける前ごろになって、風がまことに心に染みる感じで吹き、木の葉が雨のように降る頃に、律師（忠こそ）が陀羅尼をお読みになる。右大将は、律師の声にたいそう感動して、その声に合わせて箏の琴をお弾きになる。おもしろいことはこのうえない。水尾の人々も、都から来た人々も、誰もが感動して涙を流す。そのまま右大将にしばらく琴を弾いていただいて、山籠もりの君（仲頼）も、いつものように陀羅尼をお読みになる。中納言は、山守風の琴を持って来させて、その声に合わせてお弾きになる。

しばらくして、右大将たちは、声を揃えて詩を吟じてお楽しみになる。律師は、山籠もりの君のまことに尊い声を聞いて感動して、盃を手にして、歌を詠みかけ申しあげなさる。

　もう関わるまいと思って出家したこの私でさえ離れることのできない火宅の世なのに、あなたは、この水尾で、どうして澄みきった心で住んでいらっしゃるのでしょうか。

山籠もりの君が、

　煙が立つ火宅の世にいると、思いの火が燃えて苦しいので、この世を捨てるとその火が消せるのではないかと思って、この水尾に籠もったのです。

右大将が、

　ここにこうして集まっている私たちは、皆、藤壺さまへの恋の思いの火に燃えた者たちです。袖を流れる涙にも、その思いは治まることはありませんでした。

中納言が、

ほかの人以上に、私は恋の炎の煙の中で思いをつのらせていました。その煙は今でも消えてはいないのに、私は、あなたと違って、出家することはできませんでした。

右大弁が、

夜が暗いので、蛍を探し求めましたが、そんな貧しい私でさえ、いったんは消えてしまった藤壺さまへの恋の思いの火がいまだにくすぶっているのです。

頭の中将（行正）が、

こんなふうにあたり一面で焚かれている火のそばにいるのに、涙で濡れたこの私の衣の袖は乾かないものなのですね。

などとお詠みになって、管絃の遊びをしながら夜を明かしなさる。

二二　翌日、人々、仲頼に贈り物をする。

日がだんだん明るくなってゆく頃に、種松が、山籠もりの君（仲頼）のために、とても贅を尽くした、粥の材料とおかずを用意して、何頭もの馬に背負わせ、乾飯を、馬二十頭ほどに背負わせ、綿を厚く入れた布の狩襖を、とても多く持たせ、飯をいくつもの長櫃に入れさせ、酒を樽に入れて持たせて参上する。そして、山臥たちを召し集めて、飯を食わせたり、酒を飲ませたりして、乾飯と狩襖を一つずつ与える。右大将（仲忠）は、持たせなさった唐櫃と御衣櫃を、山籠もりの君にさしあげなさる。浅香の唐櫃には、沈香の脚をつけて、蘇枋を朸にして、白銀の鉢・金椀・箸・匙・茶匙・銚子・水瓶など、ある限りのさまざまな調度が入れてある。御衣櫃には、このうえなく美しく仕立てた法服一つと、夜の装束として、綾の指貫に、織物の狩襖、綾の袿などが入れてある。その狩襖には、歌が、

　この衣は、夜露や涙で濡れながら山辺で一人でやすんでいらっしゃるあなたの夜の衣として脱ぎ替えてほしいと思ってお持ちしたものです。

と書いて結びつけてあった。子どもたちの装束を、女君のも、とても美しく仕立ててお渡し申しあげなさる。山籠もりの君が、それを見て、

　いただいたこの衣を、世を捨てて着た苔の衣に脱ぎ替えたら、出家する前のことを思い出して、ふたたびもの思いをすることになるかもしれません。

と詠んで、衣をいただきなさった。

　中納言（涼）は、絹と綾を、糸で編んだ袋に入れて、供物のようにして、三袋ほどさしあげ、右大弁（藤英）も、とても趣がある物をさしあげなさる。律師（忠こそ）は、さまざまな仏道修行の道具を、菩提樹の数珠をはじめとして、必要な物をさしあげなさる。頭の中将（行正）は、山籠もりの君に、墨染めの装束、袿・指貫・黒橡色の上の衣、五条の袈裟を加えた法服三具、山籠もりの君に仕える者たちに装束四具、童子の中に、上童のために袈裟を

作るための布二つ、下仕えの者のための装束二十二ほど、すべてお贈りになる。これ以外には、思いのままに、すばらしいみやげを贈り物になさる。

二三　翌日、人々、親しく語って、水尾から都に帰る。

食事などなさって、翌日は、詩を作り、その寺にもまわりの寺にも、読経をさせたり、金鼓を打たせたりなどなさって、その夜は、泊まって、さまざまにお楽しみになる。

山籠もりの君（仲頼）が、右大将（仲忠）に、「昔、一条殿におりました妹が、頼る者もない様子で暮らしていましたのに、それを見捨てて山に籠もってしまって、長年、どうしているのだろうかと案じておりました。でも、右大将殿がお世話してくださっているとうかがって、ほんとうにうれしく、恐縮しております。特に、『若かった昔でさえも器量がよくもなかったのに、今ではどのようになっているのか』と思うと、心苦しく思います」。右大将が、「長年、妹君が一条殿に住んでいらっしゃったことは、まったく存じませんでした。去年、ちょっとした機会があって、父（兼雅）からお話を聞いて、驚いてご連絡をさしあげたいと思ったのです。でも、一条殿に女君たちが大勢集まっていて騒々しかった頃は、特別扱いするようで憚られましたので、ご連絡できませんでした。女三の宮さまを父の三条殿にお迎え申しあげたところ、ほかの女君たちも、それぞれ別の所にお移りになってしまいましたので、妹君を、私の妻の里の三条の院にある東の一の対に住んでいただいております。それにしても、特に頼っていただけるようなお世話をしているわけではありませんが、妹君は、控えめな方で、ご自分のことさえも人並みに扱われることを望んでいらっしゃいません。幼い娘がいるのですが、妻が憎んで汚く思っているようなので、私にはその子がかわいく思われて、妹君にお預けしてお世話していただいているのです。まことに見た目にも感じがよく心持ちもすぐれた方でいらっしゃいますね。あなたにだけお会いして、妹君にお会いしなかったら、あなたのお言葉を疑いもしなかったでしょうに。人が言うことは信じられませんね」。山籠もりの君が、「会って、そんなふうに思ってくださったのなら、とてもうれしく、仏のおかげだと思います。ここにおります子どもたちも、母親が自分一人だけでも暮らすことが困難だと聞きましたので、皆呼び寄せて、松の葉も一緒に食べ、苔の衣も一緒に着ようと思って引き取ったのです。娘まで呼び寄せたのですが、この娘にはぜひとも宮仕えをさせたいと思っても、親である私はあてにならないので、それもできないだろうと思って悩んでおります」。右大将が、「どちらに、どのようなかたちで宮仕えをさせたいと思っていらっしゃるのですか。私ができることをおっしゃってください。あの叔母君にお預け申しあげて、私が一心にそのお世話をいたしましょう」。山籠もりの君が、「とてもうれしいお言葉です。春宮だった昔でさえ、藤壺さま以外の妃たちは御前にお仕えすることがまったくできなかったのですから、その帝のもとに入内することはできないでしょう。今度お立ちになる春宮のもとに宮仕えさせたいと考えています」。右大将が、「藤壺さまの第一御子が今度春宮にお立ちになると思います。その御子は、まったく、常人とはお見えになりません。今のうちから、父帝のご様子にも劣ることなく、とても聡明な感じの方でいらっしゃいます」とおっしゃる。

山籠もりの君が、「立坊の件では、ほかの噂も聞いております。梨壺さまの御子が春宮にお立ちになったら、まして、私たちにとってどれほどうれしいことか。私は娘をその御子に宮仕えさせたいと思います」。右大将が、「まあ、なんてことをおっしゃるのですか。そんなことはあるはずがありません」。中納言（涼）が、「梨壺さまの御子が春宮にお立ちになるのだと、すっかり決まったように聞いています。世間では、『日取りまで決められた』とか申しているそうです」。右大将が、「私は、まったく存じません。私には秘密にして、いろいろと謀りごとが進められているのです」。中納言が、「ご自身は、秘密のうちに進められていると思っていらっしゃっても、誰もそうは思っていないようです。人からそんなふうに思われるのも、また、当然です」。右大将が、「私の気持ちは、いずれ、最後にはきっとわかってもらえるでしょう。ただ、『藤壺さまも、また、同じように思っていらっしゃるのだろうか』と思うと、まことに心苦しいことです。でも、藤壺さまは思慮分別がおありのようですから、私が変な動きに荷担していないことはわかってくださるでしょう」などと言って、「宮仕えさせたいということでしたら、こちらのお子さまたちは、今日にでも都にお連れいたしましょう」。山籠もりの君が、「今年ぐらいは、子どもたちに琴を少し習わせて、年が改まってから右大将殿のもとに行かせましょう」などおっしゃって、誰もかれも、積もる話をたくさんしてお帰りになる。

男君たちの装束は、綿を入れて銀泥で絵を描いた白い狩襖、綾掻練の袿、薄色の香染めの指貫。お供の人は、露草で遠山の模様を摺り染めにした薄色の狩襖で、皆、綿が入っている。

下人は、朽葉色の狩襖などを思い思いに着ている。

山籠もりの君は、子どもたちや法師と童部をお供に連れて、麓までお見送りなさる。男君たちは、馬を引かせて、徒歩で、右大将は笙の笛、中納言は横笛、頭の中将（行正）は篳篥を吹き、松方と近正は、前に立って、陵王と落蹲を舞って、ほかの人々は、後ろについて、錦のように散っている紅葉の上を歩いて出発なさる。山から吹き下ろす風が、さまざまな色の紅葉を、雨のように降りかけるので、君たちの白い狩襖につく。そして、麓で、別れを惜しみながら歌を詠んで、山籠もりの君は水尾にお帰りになった。

男君たちをお迎えに、それぞれに、人が多く参上する。右大将と中納言をお迎えするために、人が、小鷹を手にとまらせて参上した。右大将と中納言は、都に帰る途中で、野辺ごとに小鷹狩をして、捕った小鳥を餌袋に入れさせなさった。右大将（藤英）は、途中でお別れになった。ほかの方々は、右大将を三条の院の東北の町にお送りしてから、それぞれの屋敷にお帰りになった。

二四　仲忠、邸に戻り、女一の宮がいることに安心する。

右大将（仲忠）は、お供の者たちに饗応して、御前駆の者たちには被け物をし、馬副と雑色たちには腰差を与えてから、中に入って御覧になると、女一の宮は、どこにもお出かけにならずに屋敷においでになったので、とてもうれしくお思いになる。いぬ宮は見て楽しんでいらっしゃる。捕っている小鳥の中で生きているものを、いぬ宮にお渡し申しあげなさると、いぬ宮は見て楽しんでいらっしゃる。右大将が、小鷹を手にとまらせて、餌袋の中のものは、調理して、女一の宮にさしあげようとして、あなたのために野辺に出かけました。まつむしりを食う鳥を捕りながら。

と詠みかけなさると、女一の宮は、

小鷹を手にとまらせて野辺に出かけたとおっしゃいましたが、小鷹狩をすることで、かりそめの心でいることを私のために知らせるのはどうしてなのですか。

とお答えになるので、「私に対する思いやりがないのですね」とおっしゃって、按察使の君に、水尾での出来事などをいろいろとお話しなさる。

［ここは、絵。］

二五　仲忠、朱雀院を訪れ、水尾を訪れたことを報告する。

右大将（仲忠）は、外出を控えるようになって以来、今回初めて水尾に出かけて、それを機に朱雀院に参上なさった。院は、それを聞いて、右大将を御前に召したまま、声をかけることもなく、長い間じっと見つめていらっしゃる。ずいぶんと長い時間がたってから、院が、「こんな暮らしをして、こんなふうに、在位中にしたかったことも見たかったこともしたいと、長年思っていました。それなのに、どうして参上なさらなかったのですか」と言って、「女一の宮にも長い間会っていないから、こちらに迎えたいと思って使を遣わしたのに、来てくれませんでした。あなたがおとめになったとか」とおっしゃるので、右大将は、申しわけなく心苦しいと思って、何もお答え申しあげなさらない。長い時間がたってから、右大将が、「ここ何年も、体調がすぐれずにいて、外出ができませんでした。仲頼が住んでいる水尾に出かけて、一緒に養生してまいりました。やっとのことで都に戻って来て、ようやくこうして参上した次第です」と申しあげなさると、院が、「そのことは、仲間同士で連れだって、皆でお出かけになったと聞きました。水尾では、どんなことがあったのですか」とお尋ねになるので、「水尾でありましたことは」と言って、くわしくお話し申しあげなさる。皆で作った詩などをお目にかけなさる。

［ここは、朱雀院。仁寿殿の女御へ。］

二六　仲頼、妻に手紙を贈る。

山籠もりの君（仲頼）は、人々がお贈り申しあげなさった物を見て、お仕えする者たちにお与えになるべき物はお与えになって、ご自分でお使いになるべき物は残しなどして、中納言（涼）が、「粥の材料に」と言って贈ってくれた物は、子どもたちの母君のもとにお贈りするということで、手紙には、

「ここ何日か、さまざまな人々がおいでになっていたので、慌ただしくて、ご連絡もできずに申しわけありませんでした。どれほど何もすることがなくてつまらない思いをなさっているのではないかと案じておりました。やはり、世間の人々と同じように再婚したい気持ちがおありならば、そうなさって結構です。私がかつてあなたと結婚していたことなど、特に気になさらないでください。最近の人は、そんなことを気にもしないでしょう。もちろん、こんな山奥から、時々物を送ってお世話いたすことに頼ってお暮らしになることができるならば、そうなさってもかまいません。

松風が寒く感じられるようになるにつれて、長年一人寝をしていらっしゃるあなたのことが案じられてなりません。

ところで、これは、『粥の材料に』と言って、ある方がくださった物です。そちらで粥に入れて煮させてください。子どもたちの宿直物を、綿をたくさん入れてお送りください。

子どもたちは、母親であるあなたのことを恋しくお思い申しあげていますが、しばらくの間は、こちらで琴(こと)をも習わそうと思っています」

と書いてお贈り申しあげなさる。

北の方は、それを読んで、激しく泣いて、お返事を、

「お手紙ありがとうございました。方々が、まことにすばらしく勢いも盛んにそちらにおうかがいなさったことを、おそばにいることができず、とても悲しい気持ちでお聞きしました。『世間の人々と同じように再婚しろ』とか。何をおっしゃるのですか。たとえ再婚できるとしても、今さら、そのような気持ちにはなれません。あなたと同じように出家して、なんとしても、せめておそば近くに参りたいと思っています。『松風』とおっしゃいましたが、私も、松風を、いつもあなたと同じ気持ちで聞いているのです。

私は、一人で寝ていても夜の寒さなど感じません。あなたは、苔(こけ)の衣が薄いので、霜が置く奥山に吹く嵐を、さぞかし寒く感じていらっしゃるだろうと案じています。

送ってくださった粥の材料は、おっしゃったようにいたします」

と書いてお贈り申しあげなさった。北の方が、送ってもらった絹と綿を見ると、とてもたくさんある。その一部は、両親にさしあげなさる。按察使(あぜち)の君のもとには、箱に入れてお贈り申しあげなさる。上﨟(じょうろう)の侍女たちも、皆いただいて、綿を引っ張って伸ばしたりつまんで広げたりなどする。北の方は、「昔も今も、この吹上の君（涼）からの贈り物は、見るも豪華

なものですね」とおっしゃる。

［ここは、北の方の里、宮内卿の屋敷。］

二七　仲忠や藤英のもとに、梨壺腹の御子立坊を望む人々集まる。

三条の院には、その周囲を巡って立っていた馬や車も、ほとんど見えなくなり、藤壺の女御のもとには、馬や車は一つも見えない。右大将（仲忠）のもとには、とても多くの馬や車が立ち並んでいる。東中将（未詳）のもとにも、たくさんある。左大臣（正頼）のもとには、えつと（未詳）参上した人々や、男君たちの車があるぐらいである。

右大弁（藤英）のもとには、式部大輔を兼任しているので、最近は、臨時の任官にあずかろうと思って、大学の学生たちの車がたくさん立っている。右大弁は、人徳があり、まことに聡明な人である。世間の人からも重んじられて、誰からも認められている。帝が春宮だった時の学士だったために、帝が漢籍に関心をお持ちなので、今でもいつも御前にお仕えしていて、とても時めいている。右大弁が奏上することも、すぐにお聞きとどけになる。顔も、まことに貫禄がある。

右大弁が、北の方（けす宮）に、「昔、勧学院で、短い裾から脛を長く出し、裸で、講堂にいて、書物が読める間は曹司に帰ることなく、曹司では夜は蛍を集めてその明かりで学問をしましたが、その頃は、心はいつも楽しく、将来に期待が持てて、なんの心配もありませんでした。でも、今は、こうして朝廷にお仕えして、あなたと夫婦になっていますが、悩みがあってつらい思いをしています。というのは、私と結婚している限り、あなたは両親にもお会いにならず、結婚したことに不満がある様子で暮らしていらっしゃるので、私は生きている効がないのです。ふがいない男と結婚したと言って、ご両親をお咎め申しあげるのは、おかしいと思います。左大臣殿は、私を、いつもおそば近くで召し使い、公事につけても人並みに思って扱ってくださっています。そうすることで、あなたのことも心にかけていらっしゃるのでしょう。それなのに恥ずかしがってお会いにならないのは、まったく筋が通りません。世の中は、すぐに移り変わるものです。藤壺さまが、昔から美しいとの評判がおありで、多くの求婚者を破滅させておいて、入内なさると、おそばに誰も寄せつけないほどのご寵愛を受けて、すぐにお子さまをお生みになったので、その御子は将来の春宮候補、ご自身は将来のお后候補だと噂になっていらっしゃいました。けれども、今では、帝はご連絡もなさいません。思いもかけなかった方の、昨日今日お生みになった御子が、春宮にお立ちになるようです。ですから、こうして今は時めいていると思って見ていらっしゃる人々が落ちぶれて、この私が人並みになるかもしれません。昔は、『勧学院の藤英』と言って馬鹿にされましたけれども、上達部の末席に連なったではありませんか。思うと、当時博士だった人でも、現在上達部になっている人はいません」と申しあげるけれど、北の方はお返事もなさらない。

［ここは、右大弁が住む西北の町の西の対。］

二八　梨壺腹の御子立坊の噂に、正頼家の人々動揺する。

こうしているうちに、人々が、「新春宮は、この十月中にお即きになるだろう」と噂する。右大臣（兼雅）の三条殿と右大将（仲忠）の所では、門の外には、人も避けることができないほどひしめき合っていて、馬や車が立って、市のようににぎわっている。后の宮からは、毎日、お手紙が贈られてくる。

一方、左大臣（正頼）の三条の院には、帝からのお使も現れない。藤壺腹の御子の立坊の噂も聞こえてこないので、左大臣は、「どうであれ、梨壺腹の御子の立坊が決まってしまったら、その翌日に、出家して、山に籠もってしまおう」と思って、出家して籠もるのにふさわしい所を用意して、法服などを準備なさるので、男君たちも女君たちも、おそばに集まって、泣く泣く、気持ちを変えてくださるように申しあげなさると、左大臣は、「私は、娘が大勢いるが、その中でも、藤壺は、生まれた時からかわいらしかったから、ずっと懐に入れて置きたいと言わんばかりに育てて、『せめてこの子だけでも、ぜひ人並みにしたい』と思ってきた。その間、面目が立って晴れがましい思いをした時も、とても楽しい思いをした時もあったので、そのまま、ぜひにと思って手もとに置いていたが、このことで、人の恨みも負い、身を破滅させたという人のことも耳にした。無理に春宮のもとに宮仕えさせたところ、不愉快に思われたり、うらやまれたりして、いろいろと言われた藤壺が、こんなふうに世間のもの笑いになって恥ずかしい思いをすることになるのを見ていて、宮仕えを続けることはできない」とおっしゃる。そのうちに、世間では、「立坊の日は明日に決まった」と言う。男君や女君たちがあれやこれやと説得申しあげなさっても、左大臣は、「私は、もう、何も聞きたくない。皆、黙っていてくれ」と言って、その日の早朝、塗籠に閉じ籠もりなさった。大宮も、「私も、どうしてこんな目にあわなくてはならないのでしょうか」と言って、一緒に籠もっておしまいになったので、男君も女君も、塗籠の東と西の戸口に並んですわって、その場を立ち去ることもできずに、激しく泣いて取り乱しなさる。

二九　藤壺腹の第一御子立坊決定。近澄、正頼たちに告げる。

翌日になって、昼頃、「参内なさってください」と言って、宮中からお使が来る。左大臣（正頼）にそのことをお伝え申しあげるけれど、塗籠の中からは返事もなさらないので、参内なさらない旨を申しあげさせなさる。そこで、今度は、太政大臣（忠雅）をお召しになる。太政大臣も参内なさらないので、ふたたびお召しになると、太政大臣は、「もう立坊決定の時がさし迫っているのだから、今から参内しても、私が梨壺腹の御子の立坊に関わったと、誰も思うはずはない」と考えて参内なさる。

一方、左衛門督（忠澄）は、「やはり、蔵人のおまえが参内して、どうなるのか様子を見て来い。父上に、参内するようにとの連絡があったが、どういうことなのか事情がわからない」と言って、弟の蔵人の少将（近澄）を参内させなさるので、蔵人の少将は、何がなんだか事情がわからないまま参内なさる。

酉の時（午後六時）ごろに、太政大臣が参内なさったところ、帝は、何もおっしゃらずに、硯を持って来させて、何かを書きつけて、封をして、頭の中将（行正）を介してお渡し申しあげなさる。太政大臣が、それを見て、ご機嫌がよくおなりになるので、蔵人の少将は、そのおそばにいて、「これは、ご自分の一族の御子の立坊が決まったので、思いがかなったとお考えになっているのだ」と思い、「父上は身を破滅させておしまいになる」と思うと、色もかたちもなくなっていらっしゃる。帝は、その様子を見て、おもしろくもいたわしいことだと思って、にっこりとほほ笑んで、「少し元気を出して、太政大臣の後について行きなさい」とおっしゃるので、蔵人の少将は、何か話してくださるのではないかと思って、お供について、太政大臣の様子に注意してお歩きになる。太政大臣は、その夜は、宜陽殿にある宿所の職の御曹司にお泊まりになる。蔵人の少将は、そこにうかがって、太政大臣の前に控えていらっしゃる。

夜が明ける前ごろに、太政大臣は、人がいない頃を見計らって、手紙を、とても小さく書いて、蔵人の少将にお渡しになる。蔵人の少将が、その手紙をいただいて、急いで職の御曹司を出て、それを見ると、左大臣のもとに宛てられた手紙で、しっかりと封がしてある。蔵人の少将は、従者がついて来ているかどうかもかまわずに、宮中の門に立っている馬に乗って、走らせて、三条の院に参上なさる。男君たちは、それを見て、太刀を抜いて殺しに来る者かと思い、蔵人の少将が来るのだとわかってからも、どんな報告をするために帰って来たのだろうかと思って、すっかり身も凍りついて、口もきけずにいる。その中で、宰相の中将（祐澄）が、やっとのことで、震えながら、「どうなったのか。どなたが春宮にお決まりになったのか」とお尋ねになる。蔵人の少将は、「さあ、わかりません。聞くことができませんでした。ここに、太政大臣殿からのお手紙があります」と、震えながらお答えになる。男君たちは、「開けて見てみよう」と騒ぎなさる。

　蔵人の少将は、「父上へのお手紙を勝手に開けるわけにはいきません」と言って、塗籠の戸を叩いて、「近澄がここにおります。取り次いで申しあげなければならないことがございます」と言う。左大臣は、その声を聞くと、ますますどうしていいのかわからなくおなりになる。大宮が、何か伝えたいことがあるのだろうと思って、戸をお開けになると、男君たちは、蔵人の少将を強引に中に入れて、手紙をお渡し申しあげなさろうとする。すると、左大臣は、衾を引きかぶってうつ伏せになって、その手紙を、左衛門督に、「読んでくれ」とおっしゃる。手紙は、平仮名で、

　「春宮には、藤壺さまがお生みになった若宮がお即きになりました。昨日の酉の時ごろに、宣旨が下りました。慣例とは違って、帝がご自分の判断でお決めになって、『宣旨を下す

前に、誰にも口外するな』とおっしゃいました。巳の時（午前十時）に、列を作って参内する予定です。左大臣殿も参内なさってください」

とお書き申しあげていらっしゃる。

左大臣が、すっかり元気になって起き上がって、「藤壺の所には告げたのか」とおっしゃると、蔵人の少将が、「真っ先にこちらに参上してからと思って、まだお知らせしていません」と申しあげなさるので、「早く告げよ。今ごろ、途方にくれているだろう」とおっしゃって、とてもご機嫌がいい。

蔵人の少将が、東南の町に参上して御覧になると、藤壺の女御は、若宮を膝にすわらせ申しあげ、今宮をお抱き申しあげて、帝が、昔、若宮を立坊させると約束してくださったことを思い出していらっしゃるところだった。蔵人の少将が、「若宮が春宮にお決まりになりました」と申しあげなさると、藤壺の女御は、笑って、「思ったとおりです。まさか帝が昔のお約束を違えることはなさらないだろうと思っていました。でも、おかしな噂がしきりに流れたので、落ち着かない思いでいたのです」と言って、若宮を膝から下ろして床にすわらせ申しあげて、ご自身は裳をおつけになる。その時に、左大臣と男君たちが、正装して、連れだっておいでになって、若宮を寝殿の東の御方にお移し申しあげなさった。二の宮は西の対にお移し申しあげて、男君たちが、殿人を引き連れて、東の廂の間を調え申しあげなさったので、あっという間に玉のように美しく調えられた。寝殿は、どこもかしこも、春宮の里邸としてふさわしく調えられた。庭には、雪がたくさん降った庭のように砂が敷かれたので、前もって準備されていたかのように見える。

若宮をこんなふうにお据え申しあげたうえで、全員で参内なさった。寝殿には、乳母たちも、侍女と女童も、里に帰っていた者たちまで、皆参上して、髪上げをして正装している。藤壺の女御がいらっしゃる西の廂の間には、いつものご姉妹の女君たちが、皆おいでになった。大宮、太政大臣の北の方（六の君）、式部卿の宮の北の方（五の君）たちは、寝殿にお移りになった。

三〇　仲忠・兼雅・実忠、第一御子の立坊を知る。

右大将（仲忠）は、若宮が春宮に決まったことを聞いて、「このことで、顔を出すこともできずにいて、朱雀院は、私のことを礼儀を知らないようにお思いになられた。父上の三条殿にもうかがうことができずに、つらい思いをしたことだ」と思って、急いで参内なさった。

右大臣（兼雅）は、后の宮から梨壺腹の御子の立坊をもちかけられたが、そんなことはまったく考えることもせず、「梨壺腹の御子が立坊できるなら、藤壺さまに、こんなにもたくさん御子が次々とお生まれになるはずはない」と思い、「誰が何を言っても、梨壺腹の御子が立坊するはずはない」と思って、梨壺腹の御子の立坊の件は、誰にもおっしゃることなく、「私の性分というわけではないが、源氏方の人々に隔て心も置かれたくない。ふとどきな者が、一人か二人、心を合わせただけでも、けしからんと思われてしまうのだから、そんなことを言ったら、身を破滅させるものだ」と思って、考えもなさらなかったので、若宮が春宮におなりになったことも、残念だともお思いにならない。けれども、参内もなさらない。

新中納言(実忠(さねただ))は、いったんは小野へお戻りになったが、近ごろは、都に住んでいて、例によって、夫婦別々によそよそしく暮らしていらっしゃるので、北の方に対しても話しかけ申しあげなさることなく、昔のことを思い出していらっしゃることも多い。けれど、人々が藤壺の女御にとって気の毒な噂(うわさ)をしきりに流していたので、いたわしいと思っていらっしゃったところ、藤壺腹の第一御子が立坊なさったので、それを聞いてほっとなさっている。

三一　仁寿殿の女御、藤壺に、立坊決定を祝う手紙を贈る。

こうしているうちに、仁寿殿(じじゅうでん)の女御のもとから、

「ここ何か月か、なんとも不本意な結果になるのではないかと聞いておりましたので、心配していたのですが、たった今、若宮が立坊なさったことをお聞きしてほっといたしました。ほんとうのことでしょうか。このことでは、どなたもさぞかし嘆いていらっしゃったのだろうとお気の毒に思いますが、それ以上に、父上のお気持ちを考えると、お気の毒でなりません。こちらにいる男宮たちも、自分たちはそちらにうかがいたがっているのですが、后にも春宮にもなれなかった私たちがそちらにうかがうことは不吉なことなので、立

坊なさったばかりの時には控えたほうがいいと思って、引きとめております。今日明日を過ごして、すぐにお祝いを申しあげようと思っています」

とお手紙がある。

藤壺の女御は、

「お手紙ありがとうございました。若宮の立坊のことは、今朝、太政大臣殿（忠雅）からのお手紙に、そのように書かれていたということです。今でも、どうなるものかと案じております。とてもやっかいで恐ろしい世の中ですから、今、はっきりしたことを確認して、くわしいことはまたご連絡いたします。男宮たちが、不吉なことだと思っていらっしゃるのは、何にふさぎ込んでいらっしゃるのでしょうか」

とお返事申しあげなさる。

三二　夕方、立坊の宣旨。春宮坊の官人の除目が行われる。

夕方になって、使の者が立坊の宣旨を持って参上して、上達部なども、皆参上なさった。今日は中納言（涼）のもとで饗応の準備をなさったので、何もかも、春宮にお即きになった若宮にふさわしく調えられた。

春宮坊の帯刀舎人たちは、左大臣（正頼）の男君たちや婿君たちの中で、それにふさわしい者を一人ずつ推挙して任命なさる。春宮の殿上人と春宮の蔵人なども、すべて、左大臣のご推挙で、皆任じられた。

春宮坊の職員たちの除目をなさっている時に、右大将（仲忠）から、手紙で、推挙したい人の依頼がある。御覧になると、

「ここ何日か、東南の町に何度もうかがったのですが、なんだか騒々しいようでしたので、ご連絡申しあげることができませんでした。じつは、私自身でお話ししてはっきりさせたいこともございますので、ぜひともお会いしたいと思っています。ところで、長年、心にかけている者がいるのですが、私は、人並みでないために官位の面倒を見ることができないので、せめてこの機会にと思っております。いろいろな方々からのご推挙の依頼も、それなりにあると聞いていますが、藤壺さまのご推挙で任命していただきたいと思ってお手紙をさしあげました。充分にその任に堪えられる者です。『「春宮の大進になりたい」と申しております』とご連絡申しあげる次第です」

とお書き申しあげなさっている。その者は、右大将が母尚侍と一緒に北山から都に迎えられた時の二人の従者の内の、伊予介に任じられた者とは別のもう一人の従者であった。

藤壺の女御は、

「お手紙ありがとうございました。ご依頼があった人のことは、まことにたやすいことです。春宮坊の職員の内の一人は私が推挙せよということだったので、それにふさわしい者もいずに困っておりましたが、ふさわしいとお思いになる人がいるのでしたら、ご紹介く

ださったことを感謝いたします」
とお返事申しあげなさる。

春宮の伯父である、左大臣の男君たちが、春宮大夫になりたいと望んでいらっしゃったけれども、帝が、それを期待しているという噂がある人々の中から、この人がふさわしいと思って、右大将を任命なさる。春宮亮は右衛門督（連澄）が兼任して、権の亮には左大臣のご推挙の方が任命され、学士にはもともと春宮にお仕えしていた文章博士、春宮大進には右大将の殿人、少進には、大宮が推挙なさった人と、もともと春宮に仕えていて藤壺の女御が推挙なさった人とが就いた。それより下の職員たちも、すべて、いろいろな方々のご推挙で任命された。御匣殿の別当は、右大弁（藤英）の北の方（けす宮）が務めることになった。

［ここは、勅使が立坊の宣旨を持って参上した所。］

三三　后の宮、第一御子の立坊を知り、腹を立てる。

后の宮は、お心ではいろいろと計略をめぐらせなさったが、当時春宮だった帝に初めに梨壺腹の御子の立坊をもちかけ申しあげなさった時にご機嫌が悪かったので、それ以後特にお話し申しあげなさることもなかった。だから、今回のことも、表だっては、特に恨み言を申しあげなさらなかった。でも、本心では、このうえなく忌々しいとお思いになっている。后の宮は、「藤壺腹の御子たちは、皆死んでしまえばいい。最後には念願どおりに梨壺腹の御子を立坊させよう」などと思って、朱雀院に退出なさった。后の宮は、仁寿殿の女御のことを、昔から、格別に憎らしいと思っていらっしゃる。「いやがらせをして、女御を、なんとしてでも朱雀院から追い出してしまいたい」とお思いになるけれど、女御は、朱雀院の御座所に近い殿舎を二つか三つほどいただいて、そこで暮らしていらっしゃった。そのために、皇子たちは、そこに局を設けて、身分が高い人の姫君を北の方に迎え、八の宮も、宰相の中将（祐澄）の姫君を北の方にして、院に迎えて住んでいらっしゃる。皇子たちは、誰もが、我も我もと競って美しく飾り立てて、すばらしくはなやかに暮らしていらっしゃる。弾正の宮（三の宮）は、北の方はいないけれど、少し分別があり、美しく、後ろ盾となる親がいる女性たちが、競って集まって来ているので、そのもとには、特に、さまざまに多くの女性たちがお仕えしていらっしゃる。

仁寿殿の女御のもとに、宮たちが集まって、花を折って挿頭したかのように美しくて、侍女も女童も一緒に、夜も昼もにぎやかに管絃の遊びをなさっているので、朱雀院は、これを見て、ご自分も聞きたくて、こちらにばかりおいでになって、「ここに女一の宮を迎えて、右大将の朝臣（仲忠）を呼び寄せて、管絃の遊びをさせて聞いてみたい」とおっしゃる。女御の父左大臣（正頼）や兄弟の男君たちも、いつも朱雀院に参上してお仕え申しあげなさっている。右大将や婿君たちも、朱雀院に参上なさった時には、女御のもとをお訪ね申しあげなさる。五の宮も、女二の宮に熱心に求婚し申しあげているので、なんとしてでも女二の宮に近づきたいと思っていらっしゃる。

后の宮は、ご自分の一族の方々をはじめとして、上達部や親王たちを、憎らしいと思っていらっしゃるので、親しいはずの太政大臣（忠雅）や右大臣（兼雅）たちも、敬遠して参上なさらない。こんな具合だから、后の宮は、「やはり、この世は思いどおりにならないものだ。仁寿殿の女御の一族がはぶりをきかせる世の中になってしまうのだろう。そんなことになるのを見ることなく、出家して、しかるべき所に籠もってしまいたい」とお思いになるけれど、「今だと、この腹立たしい気持ちを静めることができずに出家したと思われそうだ」と思い返しなさる。

［朱雀院。］

三四　六の君、忠雅の邸に戻り、夫婦仲が修復される。

立坊問題のことがあって、后の宮が太政大臣（忠雅）を婿に迎えようとなさったのであった。今では太政大臣に后の宮から手紙も来ない。若君たちは、母君を恋しく思ってお泣きになる。北の方（六の君）の懐妊中のお腹はどんどんと大きくなる。北の方は、深い考えもなく屋敷を出て、秋になると、夜の寒さが感じられて心細いので、何か月も屋敷を離れていらっしゃることを、不安で寂しくお思いになる。太政大臣も、三条の院に毎晩おいでになって、つらいと言ってお泣きになるので、北の方は、しかたがないと思って、屋敷にお帰りになった。

太政大臣が、「何はともあれ、何を考えて屋敷を出たまま戻っていらっしゃらなかったのですか」とお尋ね申しあげなさると、北の方は、「こんな噂を聞いたからです」などともお答え申しあげなさらずに、「姫宮さまは世間で美しいと評判になっていらっしゃる方だから、男が心を動かすのは、しゃくにさわるが、しかたがない」と思って、父の左大臣（正頼）が引きとめなさったかのようにお返事申しあげなさる。太政大臣が、「そんなふうに思っていらっしゃったとは情けない。誰かが何か変なことをおっしゃったとしても、私があなたに対していいかげんな気持ちを持つことなどあるはずがないではありませんか。たとえ、お父上がそのようにおっしゃったとしても、私のことをいとしいと思っていらっしゃるなら、何か月も、こんなふうにつらい思いをさせたりなさらなかったでしょうに。私にあなたへの愛情がなくて、人の思わくや勧めに従って姫宮さまと結婚したとしたら、どうなったことでしょうか。私のような実直な人間でなかったら、子どもたちなどを、どのようになさるおつもりだったのですか。どんなにすばらしい人がいたとしても、私のようにあなたへの愛情をもった人がいるはずはありません」。北の方は、お聞きになっていたのだと思って、これまでのことを初めからお話し申しあげなさる。「后の宮がお手紙をさしあげた時には、もうこれでおしまいだと思いました。そのお手紙を見せてくださらないままになってしまったので、つらいと思ったのです」と申しあげなさる。太政大臣は、「その件では、なるほど、そんな噂を聞いていらっしゃったということですから、心配なさったことでしょう。あなたを疎かに思って、ほかの女性と結婚などするはずはありません。后の宮からのお手紙は、ここにありますよ」と言って、取り出してお渡し申しあげなさる。

こんなことがあって、お二人のご夫婦仲は、以前よりもうるわしくなった。

「太政大臣の北の方が、話をなさっている所。お子さまたちが、遊びながら歩きまわっていらっしゃる。姫君は、髪がかいしき（未詳）ほどの長さで、とてもかわいらしくて、人形遊びをなさっている。上臈の侍女たちは三十人ほどで、女童も大勢いる。北の方の前には、人が献上した物が、とてもたくさんある。

簀子に、藤大納言（忠俊）と藤宰相（直雅）がいらっしゃる。宰相の中将（祐澄）と蔵人の少将（近澄）などが、いろいろとお話をなさっている。」

三五　大后の宮、第一御子の立坊を知って残念に思う。

嵯峨の院は、「ひょっとして、小宮が男御子をお生みになるかもしれない」と思っていらっしゃった。そこで、朱雀院が、譲位して、初めて参上なさった時に、大后の宮が、「ぜひお話し申しあげたいと思っておりましたので、来てくださってうれしく思います。小宮が、時機を逸したとはいうものの懐妊したということなので、帝にも、『もし期待どおりに男御子が生まれたら、こうして今日明日に迫った立坊の際には、その御子を春宮にお立てください』とお願い申しあげようと思っています。あなたも、私の気持ちを理解して、帝にお話し申しあげてください。三条の皇女（大宮）も、このことを聞いたら、つらいと思うでしょう。でも、小宮がまだ小さかった時に、男御子が生まれたら立坊させるつもりで入内させたのですから、わかってくれるでしょう。あの方は、あなたを大人になるように育ててくださったのですよ。私も小宮が退出して来ていて今そばで見ていていとしいうえに、御子が誕生しそうなのですから」と申しあげなさったので、院が、「お話のように、小宮が男御子を出産するまで春宮が決まらなければ、小宮腹の御子を春宮に立てるのが当然だと思います」とおっしゃると、大后の宮は、「立坊のことを、小宮が出産するまで決めてはならないように、あなたから帝にお話し申しあげてください。このことを思うと、余命いくばくもない命が惜しくて、安心して死んでゆけそうにありません」などと申しあげなさっていたので、藤壺腹の第一御子が立坊なさったと聞いて、大后の宮は、「不本意なことだ。急いで春宮を決めたものだなあ」とお思いになる。一方、朱雀院は、第一御子が立坊なさるだろうとお思いになっていたので、それを聞いても、不都合だともお思いにならないが、ただ、嵯峨の院の大后の宮はどんな思いでいらっしゃるだろうかとご心配なさった。

三六　藤壺腹の第二御子、梨壺腹の第三御子、親王となる。

帝は、母后の宮が不快にお思いになったまま宮中を退出なさってしまったことを、申しわけないと思って、后の宮が、「春宮に立てよ」ともおっしゃっていたということで、お生まれになったばかりの梨壺腹の御子を親王宣下をして親王になさる。藤壺腹の二の宮を二の親王、梨壺腹の御子を三の親王になさった。帝は、藤壺の女御が春宮を懐妊なさった時から、「私が生きている間に、無事に、願いどおりに男御子が誕生したら、その御子を必ず立坊させよう」などと約束して、それ以来ずっと期待させていらっしゃったのだが、その間に、梨壺の御子がお生まれになり、小宮が懐妊なさったことで、帝は、「大后の宮は、昔から藤原氏から春宮が立ってきたことを理由にして、藤原氏方の大臣と公卿が心を合わせて計略をめぐらせなさったそうだ」、「嵯峨の院と大后の宮が、懐妊なさった小宮のことを思って、繰り返し朱雀院を同意させて、藤壺腹の御子の立坊を妨げていらっしゃるにちがいない」とお聞きになって、誰にも相談せずに、ご自分の判断で決めて、立坊決定の日まで何も言わずにいて、急に春宮にお立てになったのだった。世間の人々は、后の宮のご様子を見て、梨壺腹の御子が立坊するだろうと噂し合ったのであった。

三七　帝、藤壺に手紙を贈り、参内を促す。

帝は、藤壺の女御が参内なさらないことを、夜も昼も思い嘆きなさる。ほかの妃たちも帝のもとに特に参上することもなく、帝もその局にお出かけになることもない。寝ても覚めても藤壺の女御のことをお考えになりながら、ここ何か月も、お使もお遣わし申しあげなさらずに、「若宮を春宮に立てたら、そのお礼を言うためにきっと使をよこすだろう。それをきっかけにしてこちらからも使を遣わそう」と思って待っていらっしゃったのに、藤壺の女御からお礼の使も来ないので、「驚くほど強情な人だなあ。また今度も私のほうが負けてしまうようだ」と思って、木工助を兼任している蔵人を使にして、お手紙をさしあげなさったので、上﨟の侍女たちは、珍しがって喜んで、御簾のもとに次々と出て来て、使の者に酒を勧めたりなどする。お手紙には、

「繰り返しお手紙をさしあげてもお返事をいただけず、その手紙を、『見た』とさえ言ってくださらなかったので、とても悲しい思いで嘆いていました。そんな私を見ている人も不思議に思っていましたが、いつも、前例となるようなしうちをなさらなくてもいいではありませんか。ここ何か月は、生きた気持ちもせずにいます」

とあって、

「いくら呼んでも、山彦が答えてくれなかったので、口々に、こんなことはまだ体験したことがないと言って騒がれたことです。

まだ参内なさらないおつもりですか」

とお書きになっている。

藤壺の女御は、「ずいぶんと久しぶりのお手紙だ」と思って、

「ずいぶんと久しぶりにお手紙をいただいて恐縮しております。なんともうれしいことに、

第一御子を春宮に立ててくださったお礼は、すぐにでも申しあげようと思ったのですが、ここ何か月もお手紙をくださらなかったので、何か怒っていらっしゃるのではないかと思って遠慮しておりました。『山彦』とかおっしゃいましたが、なんのことでしょうか。白雲も色が変わってしまった（第一御子立坊の件が変更になった）とお聞きしましたので、山彦も答えるのが嫌になったのです。いいかげんな気持ちでお手紙をさしあげなかったわけではありません。参内の件ですが、春宮は今日明日にも参内なさるご予定のようです、同じことなら、春宮のお供をして一緒に参内したいと思っております」

とお返事をさしあげなさって、使の蔵人に織物の細長と袷の袴一具をお与えになる。そして、お返事をお渡しになる。

帝は、藤壺の女御からのお返事を見て、参内するつもりのようだとお思いになって、

「昨日は、ひさしぶりにお手紙をいただいて、うれしく思いました。『白雲も色が変わってしまった』とかありましたが、

立ち上る雲をあちらこちらから吹き乱す風であっても、さし上る月や日の光をさえぎることはありませんでした（第一御子の立坊を妨げる動きがあっても、その立坊を妨げることはありませんでした）。

『お礼をしたい』とかありましたが、私の愛情はいいかげんなものだったのでしょうか。

この春宮一人のために、大勢の親たちのお恨みをかってしまいました。春宮のお供で参内するなんて、順序が逆ではありませんか。ほかの御子たちも、うらやましいと思うのではありませんか。その御子たちも、皆一緒に連れて参内なさってください」

とお手紙を書いて、蔵人（これはた）を使にしてお贈り申しあげなさる。蔵人は、喜んでその手紙を持って参上した。

大宮もおいでになる。大宮が、手紙を読んで、「嵯峨の院も、今回の立坊の件に関しては、お考えがあって朱雀院に申し入れなさったことがあると聞きました」とおっしゃると、藤壺の女御は、「私も、そう聞いています。おかしなことですね」と言ってお笑いになる。

お返事は、

「お手紙ありがとうございました。『月や日の光を』とかありましたが、

あの頃は雲が隔てていましたので、私には、月も日も、どちらがどちらともはっきりと
　見えませんでした。

それも帝のご判断次第だとお聞きしていましたので」

と書いてお贈り申しあげなさる。

三八　仲忠、藤壺を訪れ、正頼と、春宮参内の日を決める。

春宮も、季の御読経に、春宮になって初めての御読経だということで、僧綱たちや名のあ

る学問僧たちなどを召して、論議などをさせなさる。

右大将（仲忠）も、御読経に参列して、夕方、藤壺の女御がいらっしゃる西の対に参上なさったので、女御は簀子に褥を敷いてさしあげなさって、人々がお話し申しあげると、右大将は、女御にいろいろとお話し申しあげなさる。女御が孫王の君にお返事などを取り次がせなさると、右大将は、「今では、こうして春宮大夫となって、以前よりも親しくお仕えしなければならないのですから、取り継ぐ者などなくてもお話をうかがうことになりますのに」などと言い、「先日、世間で人々がおかしな噂をしていたので、私どもの所では、『藤壺さまは、それを聞いて、どう思っていらっしゃるだろうか』と、藤壺さまがお聞きになったことを思って、私も父も、このうえなく嘆いて、二人とも出歩くこともせずにおりました。ある所から、父のもとに、いろいろとおっしゃって来たことがあったそうです。私の気持ちをわかってほしいと思って、その后の宮からの手紙があるのですが、若宮さまの立坊が決まってからお目にかけるために、まだなくさずに持っております」と言って、隠しておいた后の宮からのこの手紙をお渡し申しあげなさる。そして、「こんなふうに申しあげてはならないのですが、昔の思いを失うことなく、これからも、ずっと、藤壺さまをお頼み申しあげることもありますので、ふとどきな心を持っている者だと思い起こしなさると困ります」と申しあげなさると、藤壺の女御は、その手紙をお読みになり、大宮なども、なんとも恐ろしいことだったのだなとお思いになる。右大将も、「御覧になったら、お返しいただきたい」と申しあげなさると、女御は、こんなふうに書いて、御簾の下からお出しになる。

春が来ることを雲に知らせることのないままになってしまったとしたら、松の木には藤がまつわることもなかったでしょうに（若宮が春宮として参内できなかったら、私も帝のおそばにうかがうことがなかったでしょう）。

右大将が、それを見て、

石の上に蒔かれた種の時から、将来大きな松として生長することを期待なさっていると聞いていましたので、春になると、葉も生い繁って深い緑となることでしょう（若宮を懐妊なさった時から将来の立坊を期待なさっていたと聞いていましたので、立坊なさった後も、いよいよすこやかに成長なさることでしょう）。

などとお返事申しあげなさっているところに、左大臣（正頼）がおいでになって、春宮大夫となった右大将と、春宮が参内なさる手はずをお決めになる。十月十五日に、藤壺の女御と一緒に参内なさることになった。お二人で、その儀式次第も、すべてお決めになる。どなたも、参内なさるために、女童や下仕えを調えなさる。侍女三十人、女童八人は唐綾の青色の五重襲と綾の上の袴、下仕え八人は檜皮色の唐衣と袿を着ている。

三九　実忠、藤壺に手紙を贈る。藤壺、袖君の参内を促す。

右大将（仲忠）がお帰りになると、三条の新中納言（実忠）から、お手紙がある。お手紙

には、

「心の底から待ち望んでいたことが実現したお祝いは、真っ先にみずからうかがって申しあげようと思っていたのですが、私などがうかがったら不吉ではないかと思って遠慮しておりました。前のお手紙に、『夫婦で近くに暮らしたら』とかおっしゃっていましたが、影を踏むことができるほど近くに住んで久しくなったのに、お会いすることもできずに、つらく思っております。参内なさるということですが、朝を迎えて夫を送り出す妻になったような気持ちでおります。

身を捨てて籠もった山にそのままいればよかったのに、お言葉に従って山を出た今でも、藤壺（ふじつぼ）さまは私の心を惑わせるのですね。

藤壺さまのおっしゃるとおりにしようと思っておりますが、それでは、私の意に反した結果になりそうです」

と申しあげなさっている。

藤壺の女御は、その手紙をお読みになって、

「お手紙を拝見いたしました。立坊の件に関しましては、不都合なことのように世間で騒ぎたてているということでしたので、太政大臣殿（季明（すえあきら））がお亡くなりになったことを、ますます悲しく心細く思っておりました。今でも気がやすまることなく恐ろしい世なので、宮中に出仕などして、春宮（とうぐう）の後ろ盾となってくださったら、頼もしく思います。前に民部

卿殿（実正）の北の方（七の君）にお話し申しあげたことがあったのですが、お聞きになったでしょうか。やはり、そのようにお考えくださったら、けっして、心配なさるような扱いはいたしません」

とお返事申しあげなさる。

中納言は、手紙をお読みになって、おいでになった民部卿に、「藤壺さまからのお手紙にこんなことが書かれていますが、なんのことでしょうか」とお尋ね申しあげなさると、民部卿が、「そうそう。そんなことがありました。袖君のことですよ。あちらにいる妻（七の君）が、女御におなりになったお祝いにうかがった時に、藤壺さまが、『中納言殿に、「親しい間柄の人を入内させたいので、事あらたまった感じではなく、こっそりと、私の局においでになるようにして、袖君を参内させなさってください」とお話しください』とおっしゃったそうです」と申しあげると、中納言は、「困りましたね。帝は、以前から入内なさっている身分が高い方々のことさえ、藤壺さまが入内なさってからは見向きもなさらなかったそうですから、袖君のことなど目におとめにもならないでしょう。人並みのしっかりした親がいて、大切に世話をすることで、女性は、一人前の女性として見てもらえるようです。私のような身を破滅させた者の娘など、どうにもならないでしょう」とおっしゃる。民部卿が、「そんなことはないでしょう。藤壺さまが気に入っていらっしゃる方だと御覧になったら、帝もとてもいとしくお思いになるでしょう。以前から入内している方々はいますが、皆、仲が悪いので、藤壺さまも心がやすらがずにいらっしゃるそうですから、帝も、そんな藤壺さまのお気持ちを酌んで、ほかの方々を扱っていらっしゃると言います。藤壺さまが袖君のお世話をしてくださったら、安心して宮仕えできるでしょう。父上の一周忌が終わってから、四月ごろに、袖君の裳着などをしてさしあげて、入内させ申しあげなさったらいいでしょう。私たちも、一緒に、入内のお世話をいたしましょう。現在、臣下の中で、袖君の婿にふさわしい人もいません。宰相の中将殿（祐澄）が、昔から、袖君に思いを寄せているようですが、聞くにつけ見るにつけ、関わりをもつと、女性がもの思いをすることになる人です。そんな心配をしなくてもいい若い人々は大勢いますけれど、婿に迎えるわけにはいかないでしょう」とおっしゃる。

中納言が、「ところで、ここ数日、五の宮からのお手紙が、袖君に何度も贈られてくるのですが、后の宮腹の皇子ということもあって、宮中でやっかいなことになるのではないかと案じられて、『お返事をさしあげないように』と言い聞かせております」。民部卿が、「五の宮は、宰相の中将殿と同様な浮気者で、女性がいると聞く所は、同じようにお手紙を贈っていらっしゃるそうです。朱雀院の女二の宮さまにも思いを寄せて、朱雀院に入り込んだりなさったと聞いています。でも、院には男皇子たちが集まっていて、夜も昼も管絃の遊びをしながら起きていらっしゃり、院も、それをお聞きになるためにおそばにいらっしゃるということなので、たとえ五の宮が入り込んでも、思いをかなえることはできないでしょう。男皇子たちは帝の御前に参上したりなどなさるそうですから、その機会を狙って入り込もうと思って、武士を連れて来て待ち受けていらっしゃると聞いています。先日、左大臣殿（正頼）が、『后の宮が、悪くすると、五の宮に女二の宮さまとの浮き名を立てさせて、五の宮が女二の宮さまに恥ずかしい思いをさせたうえで捨てておしまいになったら、どうしたらいいだろうか。私の子どもたちをはじめとして、人々は全員で一緒にお願いして、女二の宮さまを退出させ申しあげてください』とおっしゃったけれど、頼みになさっているその子どもたちの中にも、女二の宮さまに思いをかけている人も多いということですから、どうなることでしょう。五の宮は、こんなふうに困ったところがおありの宮なのですから、袖君のことをなかなか美しいとお聞きになったら、強引に入り込んでおしまいになるでしょうか。ですから、やはり、袖君の入内を決心なさってください」。中納言が、「さあ、どうでしょう。二人を心の中で思い比べなさった時には美しいと思われても、同じ所で見比べなさったら、袖君と藤壺さまとでは、土と玉とのように格段の違いでしょう」。民部卿が、「いや、そんなことはありません。袖君は、藤壺さまに特に劣ってはいらっしゃらないでしょう」。中納言が、「袖君を入内させるなんて、ずいぶんなことをなさるのですね。藤壺さまのことを、どんな方だとお思いなのですか。女一の宮さまは、藤壺さまに劣ることのないほどお美しいと聞いています。でも、そんな女一の宮さまも、藤壺さまと向かい合っていらっしゃると、劣った感じがしました。藤壺さまは、この世に並ぶ者がいないほど美しい人です」。民部卿が、「一つには、そう思って見るからです。思いを寄せている人には、そんなふうに見えるのですよ」。中納言は、「藤壺さまのご姉妹は、不思議なほど美人ばかりの一族です」などとおっしゃる。
［ここは、袖君が相続なさった三条の屋敷の寝殿の西の方。民部卿と中納言が食事をなさっている。お二人の前には、地炉で、鋺などを使って調理している。破子やすみ物（未詳）がある。

　これは、三条の屋敷の寝殿の東の方。御簾の内に、中納言の北の方が横になっていらっしゃる。袖君が、食事をなさっている。侍女や女童が大勢いる。袖君の乳母が、「北の方が、ずっと体調がすぐれずにいらっしゃるのですが、中納言殿が親しくおそばで看病なさっているので、『どんなお具合ですか』ともおうかがいしたいのですが、取り合ってくださらないので、それもかないません」。真砂君の乳母が、「葦の根が泥地で這い延びるように、中納言殿が、今でもひそかに藤壺さまを恋い慕っていらっしゃるのを知らないのですか」。袖君は、「ああ、聞きたくもありません。何を言うのですか」などとおっしゃる。］

四〇　十月十五日、春宮、藤壺とともに参内する。

　春宮が参内なさる日になった。車は、春宮の御方に十輛、藤壺の女御の御方に二十輛、ほかに糸毛の車が六輛、檳榔毛の車が二十輛、また、女童の車と下仕えの車が二輛ずつ。副車は、方々がお出しになる。車の口つきたちは、装束を調え、容姿がすぐれた人も選んで、十人ずつつけている。春宮の副車には、褐色の衣を着て、冠をかぶった男たちがついた。ある者は白襲の衣を着て白袴を穿き、ある者は薄色の下襲を着て裾濃の袴を穿くなど、思い思いの装束を身につけている。藤壺の女御の御方の副車は、狩衣を着た男たちが、車ごとにそれぞれついている。

　春宮の車は、三条の院の東側の大路の前、大宮大路に立てた。車は、赤糸毛の車で、大きな輦車のようだ。車には、黄色の牛をつけている。車副の者は、嵯峨の院の厨の人の子の中から、背丈が等しく、容姿も美しい者を十二人選び、皆、掻練襲の下襲を着て深い沓を履いている。その後ろには、春宮の蔵人所の者たちがお仕えしている。また、藤壺の女御の車は、南の門に、三条大路に立てた。車には、黒い牛をつけている。車副の者は、女御の従者が十二人で、皆、葡萄染めの下襲を着ている。その後ろには、二十人の者たちがお供している。上達部は、左大臣（正頼）の男君たちが三人と、源中納言（涼）・藤中納言・右大弁（藤英）。太政大臣（忠雅）の一族は、后の宮が聞いてどうお思いになるかと思って、お供することを控えている。民部卿（実正）の一族は、亡き太政大臣（季明）の服喪中である。それ以外の殿上人は、四位と五位の官人が、全員でお供する。六位の者も、分別がある者は、誰もがお供する。春宮が出ていらっしゃったので、春宮の蔵人たちは、春宮が車にお乗りになる所に、全員で集まって世話をしてさしあげなさる。春宮の車の後の席には、乳母が二人乗る。左大臣の女君たちは、女御の車にお乗りになる。左大臣は、大宮を、ぜひ一緒に参内させたいとお思いになるけれど、後で退出なさる時が面倒になるので、大宮はお残りになった。一の副車には、男宮たちの乳母三人と孫王（そんおう）の君が乗る。

　こんなふうにして出発なさると、人々も、皆、馬に乗った。二人の次第司（しだいし）が、指図して、藤壺の女御の車の次には御匣殿（みくしげどの）の別当（けす宮）の車、その後に、女御の副車がすべて立つ。その次の車に、ほかの宮たちの経験豊かな年輩の侍女たちが乗ったけれど、その車は、皆、女御の副車の後に立てた。第二御子と第四御子の乳母が、「先頭の車に乗っているのは、どんな人なのだろう。同じ藤壺さまからお生まれになった、同じ帝の御子にお仕えしているのに、私たちは、どうして春宮の長女（おさめ）や御廁人（みかわやうど）の後についているのだろうか」と言って腹を立てる。孫王の君が、「藤壺さまが、春宮をそれだけ大切にお思い申しあげなさっているからですよ」と言う。

　大宮大路から北に向かってお上りになると、道の左右には、多くの物見車が、内裏まで続いて立ててある。静かな夜で、月の光がまるで昼のように明るく照らしている。車の御前駆（ごぜんく）が松明（たいまつ）をたくさん灯（とも）している。糸毛の車には六人、檳榔毛の車には四人の御前駆が、松明を灯している。車の下簾（したすだれ）を高く上げて、車の後ろの口から外に装束を出して乗っている人は、その装束も顔も、あらわに見えていて美しい。

　物見車に乗った人々が、右大将（仲忠（なかただ））と中納言（涼）を見て、「このお二人は、評判高かった涼と仲忠ですよ。立派になったものですね」と言う。また、右大弁（藤英）を見て、

「これは、藤英ですよ。生きながらに、人の身は変わるものですね。この世にも、浄土はあったのです」と言う。また、ある女が、頭の中将（行正）を見て、「これは、かつて、仲頼・行正と並び称されたあの行正ですよ。なんとも言えず美しい人ですね。ああ、源少将法師（仲頼）が出家せずに今でも宮仕えしていたとしたら、どんなに出世していたでしょう。顔だちといい、心持ちといい、すばらしい人でした。字も美しく、歌も上手に詠んだ人でしたね」という。こんなふうに、どの車の人たちも噂する。

少将（仲頼）の妻とその母は、同じ車に乗って見物している。母が、「わが婿の君を破滅させなさった人が、ご立派になって参内なさるのですね。こんな幸運な方に思いをおかけになったことが、身のほど知らずだったのですね」。妻が、「そんな方に思いをかけたから、入内なさった後、長い間すっかり死んだようになっていたのですね。山へ入ることになって、息を吹き返したものです。あの時は侍従だった人（仲忠）でさえ、こんなに出世なさっているのですから、あの方も、今ごろはきっと大臣にもなっていたでしょうに」。母が、「あの右大将殿のように出世するのは無理でしょう。宰相などには、きっとなったでしょうに。でも、あの方だから、こんなに立派になった方々が、連れだって深い山辺を探し出して、厚意をもって訪れてくださったのです。そのおかげで、私たちも、こんなすばらしい体験ができたのです」と言って、二人とも泣く。少将の妻が、

今、親しく話しながら一緒にやって来る鳥を見ていると、朽ちることなく残っていた袖

も、悲しみの涙で朽ち果ててしまいそうです。

母が、

あなたの袖だけが朽ち果てるわけではありません。私も、あの方がいなくなって、こんな盛儀を見ても張り合いのない感じがしているのですよ。

などと言っている時に、行列の先頭は待賢門に着いてしまったが、行列の末は、まだ、三条の院の東南の町の近くにある。

内裏にお着きになって、まず、春宮が車に乗ったままお入りになる。二人の乳母は、そのまま車に乗ってお供をする。ほかの二人の乳母は、二十人の蔵人と一緒に歩いてお入りになった。春宮は、梅壺で車からお下りになることになっているという。次に、輦車の宣旨を申請して、藤壺の女御がお入りになる。弟宮たちも輦車にお乗りになって、今宮の御乳母と孫王の君もお供する。その後に、六十人ほどの侍女と、女童と下仕えが歩いて入り、四位と五位の官人たちが従った。ほかの女君たちも、皆いらっしゃる。

藤壺の女御は、殿舎の藤壺で輦車からお下りになった。お見送りをした方々は、男君も女君も退出なさった。

［春宮が参内なさった所。］

四一　帝、久しぶりに藤壺と会って親しく語り、贈答する。

帝は、藤壺の女御を上の御局に参上させて、ここ何か月のいろいろな話や、なかなか参内なさらなかったことなど、たがいにお話し申しあげなさって、まだおやすみにならずにいる。そのうちに、宿直申しの者が、「丑二つ（午前二時半）」と申しあげるので、女御が下がろうとなさると、帝は、「しばらくお待ちください」と言って、「この頃の夜は、この刻限になっても、まだ暗いですね。

　一人で寝ていた夜は明けるのを待ちかねていましたが、その時間が、今夜は、あっという間に訪れて、つらく思われます。

一人寝で過ごした頃は、なかなか夜が明けませんでした」とおっしゃるので、女御は、

　私がいなくても、毎晩、夜が明けるつらさは体験なさっていたはずなのに、私が参内した今夜に限って、夜明けを告げる声を、どうしてさらにつらい思いでお聞きになっているのでしょうか。

とお答えになる。帝が、「ひどい言い方をなさいますね。そうはいっても、『打ち鳴す鐘の』の歌のように、こんなになるまで逢わなかったのはおかしいことですね」などとおっしゃっているうちに、明るくなったので、女御は急いでお下がりになった。

帝からは、すぐにお手紙が贈られてくる。お手紙には、

「ただ今は、
あなたに逢えずに嘆きながら過ごした夜もつらい気持ちでいましたが、こうして逢うことができたのに、霜が置く明け方になって起きて帰っておしまいになったので、つらく悲しい思いになりました」

とあるので、女御は、

夜が明けてしまったので、帝のおそばにとどまることもできずに、霜が置く寒い明け方に起きて帰って行かねばならないつらさを、今さらながら感じています。

とお返事申しあげなさる。

四二　帝、春宮の弟宮たちをかわいがり、春宮とも対面する。

二の宮は、赤っぽい一重襲の綾掻練の袿に織物の直衣を着て、襷がけにした袴をお穿きになっていて、今宮は、小紋の白い綾の御衣一襲を着て襷をかけて、とてもかわいらしく太って、這い回っていらっしゃる。そこに帝がおいでになったので、乳母たちは、二人の宮を帝の前にすわらせ申しあげて、几帳の後ろに並んですわって、帝がどちらの宮を真っ先にお抱きになるかと、張り合って見ていると、帝は、遊んでいらっしゃる二の宮を抱き上げて、膝にすわらせて頭を撫でながら御覧になる。髪は、磨いたように艶々としていて美しい。肩よりも少し長く伸びている。お顔は、とてもかわいらしい。帝が、「春宮のことをまず最初に見たいと思っていました。呼びに人を行かせて、春宮を連れて来てください」と申しあげなさると、藤壺の女御は、「今日明日を過ごしてから、すぐにお連れいたします」とおっしゃる。今宮の乳母は、とてもねたましいと思う。二の宮の乳母は、「帝は、春宮をまず最初に見たいとおっしゃったけれど、二の宮さまを真っ先に抱いてくださった」と誇らしく思う。今宮は、無邪気に、ただ笑ってばかりいて、這って来て二の宮にまとわりつきなさるので、帝が、「今宮も、同じわが子だ。分け隔てするつもりはない。この子も憎らしいわけではないけれど、私にひどくつらい思いをさせたなあ」と思って、女御に、

生まれた時からまだ一度も見たことがなかったこの子がこうして這うまで、ずいぶんと長い間待っていたのですよ。

と歌を詠みかけなさると、女御は、

待つことを苦しくお思いにならないのなら、この子が立つのを見せたいと思っていたのですが、待ちかねていらっしゃったので、まだ這っているうちにお連れしたのです。

とお返しになる。帝は、「なかなか参内なさらなかったので、この子のことを、とても憎らしくて、見たくもないと思っていましたけれど、母親が憎くても、子はかわいいものですね」と言って、今宮を抱き上げなさる。帝は、一日中藤壺で過ごして、「夜になったら、夜の御殿においでください」と言ってお帰りになった。

女御が夜の御殿に参上すると、帝が、「藤壺にお下がりになったら、梅壺から春宮を呼び

寄せておいてください。私のほうから行きましょう」とおっしゃる。女御は、藤壺に下がって、左衛門督（忠澄）に、「春宮をお連れ申しあげてください。ほかの方々にもそうお伝えください」とおっしゃるので、春宮は、左大臣（正頼）や春宮の殿上人などと一緒に藤壺においでになった。

帝が、素知らぬ顔で藤壺にいらっしゃると、春宮は、とても大人っぽくなっていて、直衣の頸の紐を通して結んで、威儀を調えてお待ち申しあげていらっしゃる。髪は、すわった時と同じ長さで、まことに気品があって美しい。帝が、「なるほど、春宮は、聞いていたとおり、普通の人には見えませんね。母親のあなたに、ほんとうによく似ていたのですね。困ったことに、心までそっくりですよ」とおっしゃるので、女御が、「心が似ているとはどういうことでしょうか」。帝は、「人の言うことを聞かずにわがままで、強情な点ですよ」とおっしゃる。

四三　ほかの妃たちの動向。

帝は、こんなふうに、藤壺を訪れては、いつも宮たちを御覧になる。藤壺の女御を毎晩夜の御殿に参上させなさり、昼も藤壺に毎日おいでになるので、女御が、「私一人が宮中にいるだけでも、忌まわしく、聞いていて不愉快な思いをすることがあるのに、こうして、幼い宮たちを引き連れて宮中にいることで、どんなに困ったことが起こることでしょう」。帝が、

「もう、そんなこともないでしょう。ほかの妃(きさき)たちの心を思いやってなんの不満も感じさせないように扱うこともできたのですが、自分の思いどおりに振る舞ったために、父院にもご注意をいただきましたよ」などと言って、ほかの妃たちも順に夜の御殿に参上させなさることで、まことにはなやかに心やさしく扱って、世の中を、とてもしっかりとお治めになる。帝は、学問に熱心に打ち込み、いつも管絃(かんげん)の遊びもなさって、とてもすばらしい御代である。

　帝は、梨壺に対しては、これまでどおり、言葉をかけたりなどなさる。ほかの妃(きさき)たちは、帝のもとに参上なさるけれど、格別なご寵愛(ちょうあい)はない。ほかの妃が宿直(とのい)をなさる夜も、藤壺の女御のことを気づかって、それと気づかれない配慮をなさる。妃(ひ)の宮（小宮）は、藤壺が参内なさることになったのを機に退出なさっているし、性格が悪い宣耀殿(せんようでん)の女御は、故太政大臣（季明(すえあきら)）の喪に服していて、まだ参内なさらない。式部卿の宮の姫君は、女御にならなかったことで、父宮が嘆いていらっしゃると聞いて、帝が何度もお召しになったので、しかたがないと言って参内なさることになって、輦車(てぐるま)での参内を許していただいた。この姫君は、帝のもとに時々参上なさったり、帝が昼も時々登華殿(とうかでん)においでになったりしているうちに、十月ごろから懐妊なさった。父宮は、少しうれしいとお思いになる。

四四　世の中が治まり、正頼と仲忠、帝の政治を補佐する。

世の中が落ち着きを取り戻した。太政大臣(だいじょうだいじん)（忠雅(ただまさ)）は、しかるべく重きを置かれる第一の人でいらっしゃる。左大臣（正頼）が国の政治を行い、帝もそれを委ねなさったような状態で、帝は、ささいなことでも必ず左大臣にご相談なさるし、左大臣が奏上なさることもお拒みになることはない。左大臣も、また、帝が非難を受けるようなことは、ご自身にとっても重大なことなので、奏上なさらない。帝は、右大臣（兼雅）のことは、立派で気詰まりではあるが、思慮分別がある人として認めていらっしゃる。右大将（仲忠）は、帝をはじめ誰からも、才知がある者と思われていらっしゃる。それ以外の人も、すばらしい方々ばかりである。新中納言（実忠）は、何かにつけて人に惜しまれ、帝も、この人を宮仕えに復帰させたいとお思いになる。

四五　年返る。新年の儀式が続き、司召しが行われる。

年が改まった。一月一日は、朝拝を催しなさる。二日は、朱雀院が嵯峨の院に参上なさる。三日は、帝が朱雀院に行幸なさる。

右大将（仲忠）は、考えるところがあって、ご自分は位階をいただくことはせずに、捨ておけない者たちに位階をお譲りになる。蔵人（これはた）は、従五位下の位をいただいた。

次々に行われる節会も、皆催しなさる。内宴の賄いの役は、平中納言の御息所である。顔も美しい。多くいるほかの妃たちの中では身分が低いので、賄い役をお務めになった。

除目が行われることになった。藤壺の女御が、帝に、「宮内卿忠保の朝臣は、高い官職をいただけない人なのでしょうか」。帝が、「そんなふうには聞いていません。なかなか立派な人のようですが、嵯峨の院に対して過ちを犯したことがあって官位に恵まれないのだと聞いたことがあります」。女御が、「それなら、とてもいたわしい様子でいるそうですから、空いていると聞いている修理大夫にぜひ任じなさってください」。帝が、「なぜ、そんなお願いをなさるのですか。何か世話をしなければならない理由があるのですか」。女御が、「そんなことはありませんが、兵衛の親代わりで、兵衛がいつもお願いしてくれと言っていますので」などと申しあげなさるので、宮内卿は修理大夫に任じられた。世間の人々は、すばらしい官職を得たものだなあと驚き騒ぐ。

　左大臣（正頼）は、ちょうどいい機会を見つけて、帝に、「あの、伊豆の権の守として流罪になさった滋野真菅は、能力がある人でしたから、その罪を後々までも受けるのは正しい処置だとは思われません。このように即位なさった初めなどには、天下の罪のある者を赦免なさるそうです。真菅の男君たちも一緒に流罪になって、気の毒な境遇にいると聞いています。召還の使をお遣わしになっては、いかがでしょうか」。帝が、「私は、何も知らなかった。皆で、適切に定めて、しかるべく処置なさってください」とおっしゃるので、左大臣は、喜んで、全員を召還する使をお遣わしになる。

四六　嵯峨の院の小宮、男御子を出産する。

こうしているうちに、妃の宮（小宮）が男皇子をお生みになった。父の嵯峨の院と母の大后の宮は、「こんなふうに男皇子が生まれたのだから、もうしばらくの間、春宮が決まらなかったらよかったのに」と、残念にお思いになる。産屋はほかに例がないほど立派に設けられて、あちらこちらから、産養の品々が、恒例の作法どおりに贈られてくる。三条の院からも、盛大にお贈り申しあげなさる。

［ここは、嵯峨の院。妃の宮のお住まい。］

四七　在原忠保、兼雅の三条殿を訪れ、任官のお礼をする。

修理大夫（忠保）は、思いがけない昇進をして、このうえなく驚いて喜ぶけれど、出かけようとしても、歳も取っているし、牛車も装束もない。直衣装束は、娘が着せたけれど、袍はない。娘は、形見にしようと思って持っていた少将（仲頼）の装束一具を取り出したけれど、袍の色が異なるために、それを着ることができない。

あれこれと策を講じているうちに、三日も過ぎた。修理大夫が、やっとのことで、所々に任官のお礼を申しあげることができて、「ここ何年もの間、朝廷から見捨てられて、あらゆる財産を売って、お二人の帝の御代の間、悲しくつらい思いをして過ごしてまいりました。たった一人の娘の夫だった山臥（仲頼）が、苔の衣を脱ぎ、松の葉を包んで、山奥から娘のもとに送ってくる物まで、娘が私に分けて養ってくれるのに頼っている状態で、私には、一人の従者もいず、装束もないまま家に籠もっておりましたが、立派な帝の御代になって、私は、こうしてふたたび世に出ることができました。そのお礼を、すぐに帝に申しあげようと思ったのですが、何もかも失ってこんなにも貧乏だったために、今日のこの日になってしまいました」と申しあげるのだが、それを聞いても、誰も、なんの関心をお持ちにならない。

右大臣（兼雅）が、「おっしゃるように、何が理由なのかまったくわからないまま官位に恵まれずにいらっしゃいましたが、その間、どんなにつらい思いをなさったことでしょう。このお礼は、私たちにおっしゃる必要はありません。藤壺さまに、繰り返し繰り返し申しあげなさるべきです。藤壺さまが、何度も帝にお願い申しあげなさったということです。ほかにも修理大夫になることを望んでいる人が大勢いて、藤壺さまの兄君の左大弁（師澄）が、兼任したいと、一心にお願い申しあげなさったのですが、藤壺さまがあなたを推挙したことで修理大夫に任命されたと聞きました」。修理大夫は、驚いて、「どうして、藤壺さまは、帝にそんなふうにお願いしてくださったのでしょう。私事ではありますが、『仲頼の朝臣が山に籠もったのも、藤壺さまのことが原因なのだ』と言って、娘が嘆き言を口にするのを、どなたかがお聞きになるのではないかと恐れて、私が、思慮分別がないながらも、『男の好き心というものは説明ができないものですから、少将殿（仲頼）も、身のほど知らずな恋心を懐いて、身をも破滅させたのです。藤壺さまが関知なさるところではありません』と戒めたのです。娘は頼みにできる人がいないので、そんな嘆き言を申したのです」。右大臣が、「男の好き心とは、そういうものなのですよ。女性がいると聞くと、どんなに修行を積んだ仙人であっても分別を失うようですから。藤壺さまは、思慮深い方だから、そのような事情を察して配慮してくださったのでしょう。新中納言殿（実忠）は、藤壺さまの兄君たちを飛び越して任じられたそうです。藤壺さまの所に行って、蔵人の少将（近澄）などを通して任官のお礼を申しあげておもらいになるといいでしょう」とおっしゃった。

「ここは、右大臣の三条殿。修理大夫がいて、修理大夫は六十歳ほどである。

　女三の宮が、右大臣に、梨壺からのお手紙をお見せ申しあげなさる。右大臣が、「今は、まだ参内なさらないほうがいい。藤壺さまが、不快にお思いになるかもしれません」。女三の宮が、「しばらくして、四月の衣替えの頃に参内いたしましょう」。右大臣は、お生まれになった皇子が、脇息につかまってお立ちになっているのを、抱き取ってお歩きになる。」

四八　仲忠、兼雅邸を訪れ、母尚侍と会話する。

　右大将（仲忠）が、尚侍のもとに参上なさって、「これまでと同じように父上（兼雅）に申しあげたいことがあるのですが、すぐにお戻りになるでしょうか」。尚侍が、「この昼に女三の宮さまの所にお出かけになったばかりです。夜は、特にお泊まりにはなりません。あちらにいらっしゃる皇子にお会いするために、こうして昼間にお出かけになるのです」。右大将が、「父上は、この屋敷の東にある故式部卿の宮の中の君の所にはお出かけになっていますか」。尚侍が、「ことさらにというのではなく、夕暮れや夜の間に、こっそりお出かけになっているそうです」。右大将が、「父上が、そんなふうにお思いになって当然な方です。長年、どれほどつらい思いをなさったことでしょう。あちらの按察使(あぜち)の君（仲頼(なかより)の妹）なども、とても感じのいい人でした。父上は、このような人々を見捨てて、どういうお気持ちでいらっしゃったのだろうと思うと、不思議です。こちらにはしばしばうかがいたいのですが、妻の女一の宮がいつ出産なさってもおかしくない時期になったのに、まわりに人が少なくて、心細そうに思っていらっしゃるので、私は出歩くこともできません」。尚侍が、「ほんとうにそうですね。そういう時期におなりになったのでしょうね。私もお見舞いにおうかがいしたいと思うのですが、按察使の君などが私のことを憎らしいと思って見るだろうと思うと、気がねされてうかがえないのです。仁寿殿(じじゅうでん)の女御さまは、どうして今まで退出なさらないのでしょうか」。右大将が、「さあ、わかりません。世を憚(はばか)らずに傍若無人に振る舞っていらっしゃるのに、父朱雀院も母后の宮もご注意をなさらない五の宮が、あちらの女二の宮さまをぜひわがものにしようと、いつも狙っていて、『仁寿殿の女御が退出なさったら、その隙に、なんとしてでも実行しよう』と言っているので、退出なさることができないのでしょう。また、里の三条の院にも、いつも女二の宮さまのおそばにいる身近な人が、『こっそりと盗み出そう。忍び込もう』とたくらんでばかりいるそうですから、それを恐れて、退出なさることができないのです。藤壺(ふじつぼ)さまは、多くの方々からあれほど求婚されなさったけれど、きちんと配慮して、そのお返事も、申しあげなければならない場合と、申しあげてはならない場合を、ふさわしく判断なさったそうです。女二の宮さまの場合は、なんだか騒々しいことです。普通に手紙を贈って求婚などしていては手に入れることはできないと懲りてしまったのでしょう。けれども、いつまでもこうしているわけにはいかないということで、明日、厳重に警護して、皆でお迎え申しあげなさることになったそうです」と申しあげなさっているうちに、右大臣がお戻りになったので、お話など申しあげなさる。

［ここは、右大臣の三条殿。］

四九　仁寿殿の女御退出。祐澄・近澄、女二の宮を狙う。

左大臣（正頼）と男君たちが、仁寿殿の女御たちや宮たちをお迎えするためにお出かけになる。左衛門督（忠澄）が、「父上がおいでになるまでもありません。父上が参上なさらなくても、私が参上して、退出させ申しあげましょう」。左大臣が、「だが、女御お一人だけでも、私たちは大切にお世話申しあげなければならないのだ。まして、七人の孫の宮たちをお迎え申しあげるために行くことなど、なんでもない。のんびりと構えている間に、誰かが何か事件を引き起こしたら、今までの苦労は報われないだろう。自分の子どもたちだって、何を考えているかわからない。若い男と女というものは、親兄弟と一緒においでだといっても、安心しているわけにもいかないものだ」とおっしゃるので、宰相の中将（祐澄）は、笑って、

「何か、聞いて懲り懲りなさったことがおありなのでしょうか。おっしゃるような色好みな人も、もうおりませんのに」と、自分のことを棚に上げて言う。宰相の中将は、心の中では、「なんとしてでも、この機会に女二の宮さまを盗み出そう」と計略をめぐらせている。蔵人の少将（近澄）は、何も言わずに、「女二の宮さまが車から下りて御座所にお入りになった時に、一緒に入って寝てしまおう。それを理由に殺されることはないだろう。また、殺されるなら、そのまま死のう」と思っていらっしゃる。

皆、出発なさる。左大臣が、「私にとって、これ以上の大事はありません。このことを、私と同じ気持ちになってしてくださらない方は、お恨みいたします」とおっしゃるので、婿君たちの中の民部卿（実正）・源中納言（涼）・右大弁（藤英）が、参上なさる。上達部は馬に乗って、御前駆として弓と胡籙を背負った武士たちを大勢連れて、左衛門督や宰相の中将などは、馬で参上なさる。

朱雀院には后の宮がおいでになるので、門の所に警護のための武士たちの詰め所が設けられている。左大臣一行の車も近寄らせない。そこで、左大臣たちは、門の所に車を立てたまま、中にお入りになった。

朱雀院がいらっしゃる。仁寿殿の女御が、「退出しても、女一の宮が無事に出産なさったら、すぐにでも参上いたします」。院は、「こうして厳重に警護してお迎えくださったから、安心できますね。けれど、今日は、身分が高いお迎えが何人もいて安心できるのですから、男皇子たちは一緒に連れて行かないでください。男皇子たちまでいなくなったら、とても寂しくなるでしょう」とおっしゃる。院は、お考えがあって、車を停めさせた警護の武士たちに命じて、迎えの車を近くに寄せさせなさる。左大臣・右大将（仲忠）・左衛門督は、車の近くで控えていらっしゃる。

五の宮は、ひどく取り乱した様子で、院が立っていらっしゃる前を通って、女二の宮のもとに、どんどんと入って行こうとなさる。院が、「どこに行くのか。ああ騒がしい。あちらで、左大臣や右大将が見ているぞ。ほんとうにけしからんことだ」と言ってお引きとめになると、五の宮は、涙を流して、激しくお泣きになる。院が、「どうしておまえは取り乱しているのだ。何か思うことがあるなら、私に言えばいい」とおっしゃると、五の宮は、院のおそばで涙を拭っていらっしゃる。その時、お迎えの方々がついて、女御や女宮たちの車を引いて院を出ておしまいになった。

女御や女宮たちの車の左右には、左大臣の車と右大将の車を引いて来て並べて、御前駆として左大臣の男君たちがまわりを囲んでいらっしゃるので、あちらこちらに、ものものしく恐ろしく武装した者たちが集まっていたが、人目に立たずに近づくことができそうもないので、身を隠してしまった。

右大将は、宰相の中将と蔵人の少将がここにいないので、「二人は、どちらも、疑われるだけの理由があるのだろう。女二の宮さまと血がつながったこの二人がやっかいなのだ」と思って、女御や女宮たちの車から別れて、車を走らせて先回りをして、車から下りて、三条の院の東北の町に入って見ていらっしゃると、宰相の中将が、こんな時のために、廏（うまや）で飼っていらっしゃった、あっという間（ま）に千里を駆ける馬に、鞍（くら）を置いて、格別に親しくお仕えしていらっしゃる四人の人が、狩衣（かりぎぬ）に藁沓（わらぐつ）を履（は）いて隠れて立っている。右大将は、見て、おかしいと思って、寝殿に上って御覧になると、車を寄せるあたりに、宰相の中将が立っていらっしゃる。右大将が、見ぬふりをして寝殿の中に入り、紙燭（しそく）を灯して奥に入って、御帳台（みちょうだい）の内や、そのあたりを歩きまわって御覧になると、蔵人の少将が、直衣姿（のうしすがた）で、壁代（かべしろ）と襖障子（ふすましょうじ）との狭間（はざま）に立っている。それを見て、右大将は、なんともおかしなことだと思って、女御や女宮たちの車をお待ち申しあげていらっしゃるうちに、到着なさった。

車を寄せて、さし几帳（ぎちょう）をして、右大将が、「早く車をお下りください」と申しあげなさると、左大臣と左衛門督のお二人と一緒に立っていらっしゃるので、仁寿殿の女御は、「まあ見苦しいこと。私が恥ずかしくお思い申しあげているわけではありません。恥ずかしくお思いになる人がここにいらっしゃるのです」とおっしゃる。右大将は、「男宮たちがおいでにならないから心配して、私がおそばにいるのです。私のことを疎ましくお思いにならないでください。灯（ひ）を暗くしましょう」と言って、松明（たいまつ）も暗くなさったので、女御は、何か理由があるのだろうと思って、ご自身が先に車から下りて、次に女宮たちをお下ろし申しあげなさる。左大臣と左衛門督がさし几帳をして、皆がお入りになったので、右大将は、その後ろについてお入りになった。だが、そのまま御座所へもお入れ申しあげなさらずに、女二の宮を女一の宮がいる東の一の対のもとにおいでいただいて、御帳台の内にお入れ申しあげた。宰相の中将は、「この右大将は、今日、女二の宮さまを盗み出そうとしているけはいを察して、こんなことをしたのだろう。男宮たちもおいでにならないし、うまく計略をめぐらせたつもりだったのに」と思って、歯ぎしりをして出て行った。蔵人の少将も、すっと出て行ってしまった。

翌朝、宰相の中将と蔵人の少将が、素知らぬ顔をして現れた。右大将は、目を合わせて、とてもおかしいと思ったけれど、真面目くさった顔をしていると、宰相の中将は、ひどく不機嫌な様子ですわっていらっしゃる。

五〇　五の宮、退出した女二の宮に、手紙を贈る。

五の宮が、異母兄の弾正の宮（三の宮）の膝を枕にして、一晩中、泣きながら、「私に対して、どうしろということで、女二の宮さまを退出させ申しあげなさったのですか。私が女二の宮さまを慕っているからと言って、母宮もここ何か月も会ってくださらないし、父院も不快に思っていらっしゃいます。けれども、私はそんなことは気にしません。兄上が、私を自分の子どもだと思ってお助けください」などとおっしゃって夜を明かして、翌朝、手紙を書いて、「この手紙を、兄上のお手紙の中に入れて、女二の宮さまにお贈り申しあげてください。女二の宮さまは、私のことを、まさか、憎らしいとは思わないでしょう。私は、会った人の誰からも憎らしいと思われない人です。女二の宮さまたちも、きっとそう思ってくださっているでしょう」とおっしゃると、弾正の宮が、「私は、人に憎らしく思われて、いまだに独身でいます」。五の宮が、「なんともばかげたことをおっしゃいますね。兄上は、藤壺（ふじつぼ）さまと同じ屋敷に住んでいらっしゃったのに、何に遠慮なさったのですか。私はこのままですますつもりはありません。どんなに困難でも、求婚し始めてしまったのですから。人は、私のことを、ぜひ結婚したいと思っているのです。男たる者は、いったん恋をして、それがうまくいかずに嫌気がさしたからといって、独身ではいないものです。父院のお気持ちを考えなかったら、女二の宮さまのことで、手も出さずに今までこんなふうに苦しい思いをしなかったでしょうに。昨夜は、何がなんだかわからずにいたのですが、奪い取るかのようにして宮中からお屋敷にお帰りになってしまったので、女二の宮さまと顔を合わせ申しあげることもできないままになってしまいました」。弾正の宮が、「あなたは中納言殿（実忠（さねただ））の娘（袖君）のもとにお手紙を贈っていらっしゃると聞きましたよ。その人は、誰もが妻にしたがっていると評判です」。五の宮が、「ある人が、美しい人だと言ったので、手紙を贈ったのですが、返事もくれません」。弾正の宮が、「『あなたは、これまでと同じように、その人に求婚なさるのがいい』と思って言うのです。私も、このまま独身でいるつもりはありません。私も袖君をぜひとも妻に迎えたいと思っていたのですが、あなたが求婚なさっていると聞いたので、遠慮したのです」とおっしゃる。五の宮が、「それなら、女二の宮さまを私にください。袖君は兄上にお譲りいたします」などと言って、「この手紙を、兄上の手紙の中に入れて、すぐにでもお贈りください」とおっしゃるので、弾正の宮は、女二の宮のもとに、手紙を、

「夜の間は、どのように過ごしていらっしゃいましたか。昨夜は、お見送りもできないままになってしまったことを、心残りに思っています。無事にお着きになったのかと、気にかかっています」

と書いて、さらに、

「この手紙は、五の宮があなたのことでとてもつらそうにお話しになったので、気の毒に思ってさしあげるのです」

とお書きになった。

御覧になると、五の宮の手紙には、

「昨夜は、私もお供したいと思ったのですが、どういうわけか、父院が許してくださらなかったので、どうしていいかわからなくて嘆いていました。

　私も雁（かり）が帰って行く里に一緒に行きたいと思っていたのに、雲の中で迷ってしまって、
　一人で声を上げて泣いています。

すぐに、そちらにうかがいます。でも、とりわけ、近くで護衛している近衛（このえ）の人たちのこ

とが、とても恐ろしいのです」

とお書き申しあげていらっしゃる。

女二の宮は、五の宮の手紙を読んで、「まあ嫌だ」とおっしゃる。仁寿殿の女御も、この手紙を読んで、「五の宮は、ほんとうに、こちらにおいでになるかもしれません。ああやっかいなこと」などとおっしゃる。宰相の中将（祐澄）と蔵人の少将（近澄）などは、今は女二の宮のことはそぶりも見せずに、姉の女御にはお会い申しあげないようにして、女二の宮のおそばに参上なさって親しくお話ししながら、どんなことでも、深い愛情を持ってお世話申しあげていらっしゃる。

五一　女一の宮、出産が近づき苦しむ。女二の宮略奪計画。

右大将（仲忠）は、女一の宮が無事に出産なさることができるように、神仏にお祈り申しあげて、所々に修法などをおさせになる。産屋の用意を、いぬ宮が生まれた時よりも美しく用意して待っていらっしゃるうちに、懐妊して十か月目にあたる二月の上旬が過ぎた。人々がやきもきしていらっしゃるうちに、中旬も過ぎたので、効験があるという評判のあるあらゆる僧都や僧正を集めて、不断の修法を、七壇も八壇もさせなさる。真言院の律師（忠こそ）に孔雀経の誦経を行わせたりなどして騒いでいらっしゃるうちに、女一の宮は、二十三日の昼頃から陣痛が始まって、その夜は、一晩中お苦しみになる。人々は、気の毒に思って大騒ぎをして、大宮と尚侍が女一の宮のもとにおいでになる。翌日も、一日中お苦しみになるので、民部卿（実正）の北の方（七の君）と太政大臣（忠雅）の北の方（六の君）が、子をお生みになってまだ間もないので、「安産のための肖りものになってほしい」と言ってお願い申しあげなさったので、お二人ともおいでになった。宮中をはじめとして、左大臣（正頼）と右大臣（兼雅）、また、朱雀院からも、誦経を依頼する使が、馬に乗って列をなして行ったり来たりしながら、長谷寺や壺坂寺まで、あらゆる所に参詣する。左大臣と右大臣、および、その男君たちも、皆、東北の町においでになった。誰もが皆、簀子に並んですわっていらっしゃる。

こんな時に、「三条の院では、大騒ぎで誰も落ち着かずにいるだろう」と思って、女二の宮を狙っている男君たちは、女二の宮の乳母に取り入って、いろいろな宝物を与えて、「せめて日が暮れたら、女二の宮さまを盗み出させてくれ。女二の宮さまがいらっしゃる所に入れてくれ」と言って、日が暮れるのを待っていらっしゃる。

朱雀院では、院が、気が気でなく、出たり入ったりしながら落ち着かない思いで嘆いて、女一の宮のもとにお見舞いに行こうとなさると、后の宮が、腹を立てて大声をあげて、人を呪詛するしぐさをして、「仁寿殿の女御のような奴は死んでしまえばいい」と、手を打っておっしゃるので、院は、后の宮のご機嫌を損ねないようにしようと思って、出かけることができずにいらっしゃる。

五の宮は、「三条の院の人々は、誰もが大騒ぎをしているだろう。この機会に、女二の宮さまを盗み出そう」と思って、日が暮れるのを待っていらっしゃる。それも知らずに、仁寿殿の女御をはじめとして、懸命に女一の宮のお世話をしてさしあげて取り乱していらっしゃる時に、女二の宮は、無邪気に、西の二の対で、少ない侍女たちと一緒にいらっしゃる。女一の宮は、女二の宮が朱雀院から退出なさった夜のことをお聞きになっていたので、出産のためにとても苦しい思いをしていらっしゃるのに、「女二の宮に、『こちらに来て、私を見舞ってください』と申しあげよ」とおっしゃるので、そうお伝え申しあげる。女二の宮は、女一の宮のおそばにいらっしゃる方々に対して恥ずかしくお思い申しあげて、どうしていいのかわからないまま、泣く泣く、女一の宮のもとにお入りになった。女一の宮が、「もっと近くに来てください。私のそばから離れないでください」と言って、女二の宮をすわらせ申しあげなさると、事情を知っている人々は激しく泣く。

その夜は、一晩中とても恐ろしいほどにお苦しみになって、夜が明けると、その日の昼ごろから、ほとんど口をきかずに、すっかり体の力がなくなって横になっていらっしゃる。仁寿殿の女御は、声も惜しまずに、転げまわってお泣きになる。大宮が、「静かになさい。あなたがこうして大騒ぎをなさるから、女一の宮はますます湯も水も飲まずに取り乱しなさるし、それを見て、今度は、右大将殿が、『私も死んでしまいたい』と言って泣き焦がれなさるようです。お子さまを大勢お持ちのあなたでさえ、こうしてお騒ぎになるのですから、まして、たった一人しかお子さまのいない右大将殿と女一の宮は、どんな思いで聞いていらっしゃるでしょう。私たちは誰でも出産する時には同じつらい経験をしましたけれど、皆、今まで無事に生きているではありませんか」と申しあげなさると、女御は、「子どもはたくさんいらっしゃいますが、父院は、この女一の宮を、小さい時からとてもかわいがって、何度も、『宝物を持った気持ちがする』とおっしゃって、先だっては、何年も顔を見ていないことと思い嘆いて、朱雀院にお迎え申しあげなさいました。その時にも参上なさらなかったので、父院がとても残念に思っていらっしゃったのに、女一の宮をもう一度お会わせできないままになってしまうのではないかと思うと、とても悲しいのです。この女一の宮がいらっしゃるから、院も、私のことも、人並みの者だとも思ってくださっているのです。女一の宮をほんの少しの間でも見ることができなくなったら、私はどうしたらいいのでしょうか」と言って泣いて取り乱しなさる。

朱雀院から、手紙のお使が来る。その手紙には、

「たった今もひどく苦しんでいらっしゃると聞きましたが、どういうことなのでしょう。はっきりとお聞かせください。長年とても会いたいと思っていたのに、なんとも残念なことに、こうして頼りないということになってしまったとは。今すぐにでもそちらにうかがいたいのですが、お供をする者たちが一人もいず、皆そちらに行ってしまったので、うかがうことができません。心の中で、私に会いたいと祈ってください。私も、心の底から会

いたいと願っているのですよ。どなたか、この手紙を、女一の宮に読んでお聞かせください」

と書かれている。

大宮が、その手紙を読んで、「こんなことが書かれているお手紙が贈られてきました」と申しあげなさると、女一の宮は、「しゃくにさわること。父院がお招きくださった時にうかがおうとしたのに」と、息も絶え絶えにおっしゃる。

大宮は、

「お手紙をいただいて恐縮しております。お手紙をいただいた人は、この昼ごろから、口をきくこともおできにならずに、とても心配しています。『こんなに苦しんでも、無事に出産するものだ』と思って安心してはいるのですが、心細くてなりません。女一の宮に、『父院が、お手紙でこんなふうにおっしゃっていますよ』とお伝えしたところ、『父上のもとに参上できないままになってしまったこと』と申しあげていらっしゃいます」

と返事をお書き申しあげなさる。

五二　女一の宮、難産の末に男君を生む。産養が行われる。

右大将（仲忠）は、衣を脱ぐのももどかしく、直衣などの上に水を浴びて取り乱していらっしゃるので、人々が着替えさせると、今度は庭に下りて、大願を立てて、「この宮が死をのがれることがおできにならないのなら、私をお殺しください。私も一緒に死なせてください」と申しあげて、転げまわってお泣きになる。簀子に、上達部や親王たちがいらっしゃる。そこにいた方は、皆、立ち並んで、額を地につけて拝む。朱雀院からの使は、降る雨のようにひっきりなしに参上しては、その場に立ち並んでいる。あちらこちらからもお使が来る。

左大臣（正頼）と右大臣（兼雅）は、庭に下りてやって来て、左大臣は、「こんなふうに取り乱す方だとはお見えにならなかったのに、どうして弱気になっておしまいになったのですか。何ごとも、心を静めてからです」と言って、右大将と一緒に簀子にお上りになる。父の右大臣が、「女は、亡くなっても、また会うことができるものです。でも、親は、亡くなったら、もう会うことはできないと言います。わかりました。父である私のことは、どう思ってもかまいません。あんなにかわいいいぬ宮もいるのだし、母上のことは、どうしろと考えているのですか。昔のうつほ住みの頃のことは忘れてしまったのですか」とおっしゃると、右大将は、「母上には、自分のできる限りのことをしてお仕えしてきました。父上には、まだ、充分にお仕えできていません。私の代わりには、いぬ宮を心におかけください。普通の子ではないだろうと思って見ている娘です。女の子ですが、父上に充分にお仕えすることでしょう。女一の宮さまがお亡くなりになったら、私もすぐに深い川にも身を投げて死んでしまおうと思います。一緒に死ぬつもりです」と言って、声も惜しまずに泣く。尚侍は、それを聞いて、右大臣に、「目だって二つあるのに。この子一人を、親とも君とも頼みにし申しあげているのです。そんな子に、どうしてこんなふうにおっしゃるのですか。この子の身代わりに、私が死にましょう」と言って、転げまわってお泣きになる。左大臣が、「男の子が生まれる時には、必ずこんな目にあうものです。左衛門佐（連澄）が生まれた時にも、こんな目にあいました。妻のことをいとしく思う気持ちよりも、嵯峨の院はどんな思いでいらっしゃるのかを考えて、とてもつらい思いをしました。今回も、院は、あなたが女一の宮さまのことを案じてこんなふうに取り乱していらっしゃることを聞いて、心を痛めていらっしゃることでしょう」。右大将は、「今はそんなことまで考えている余裕はありません。苦しんでいらっしゃる女一の宮さまのことで頭がいっぱいです。女君たちがいらっしゃるために、おそばにも近寄らせてもらえないので、女一の宮さまのお顔をさえ見ることができないのがつらいのです」とおっしゃる。左大臣が、笑って、「こんなに仲がよろしかったのですね。それなのに、結婚なさった当初は、約束と違うとご不満に思って、私をお咎めになりましたね」とおっしゃると、人々は笑う。「ご心配は無用です。私が生かしてさしあげましょう。女一の宮さまは体力がなくなっているのでしょう。人は、体力がなくなると、こんなふうになるものです。私は、二十人以上の子どもたちの親です。私の娘たちが生んだ大勢のお子さまたちは、どの娘のお子さまたちも、私が一心に世話をしてお生ませ申しあげたのです。まず、薬湯をお飲みください」と言って、左大臣は薬湯、父の右大臣は食べ物を取って、右大将に口に含ませようとなさるが、おできにならない。やっとのことでなだめて飲ませ申しあげて、「さあこちらにおいでください」と言って、右大将を連れて母屋に入って、「皆さん、しばらく奥へ入っていてください。この方は、奥さまのお顔を見ることができないことをつらく思って取り乱していらっしゃいます。中にお入れ申しあげましょう」とおっしゃる。仁寿殿の女御は、「お入れするわけにはいきません。今にも死にそうになっていらっしゃるのに、今ごろになってお入れするなんて」とおっしゃるけれど、女君たちは母屋からお出になった。

女二の宮は御帳台のそばにいらっしゃるが、小さい几帳を隔てている。女御が、「私は、何も恥ずかしいことはありません、右大将殿は、以前に、私の顔をすっかり見ておしまいになったのですから」とおっしゃるので、右大将が御帳台の中に入って御覧になると、女一の宮は、お腹がとても大きくて、苦しそうに息をつきながら横になっていらっしゃる。右大将が、「女一の宮さまは、私にどうしろということで、こんなふうに横になっていらっしゃるのですか」と言って抱き起こして、薬湯をお飲ませ申しあげなさろうとするが、飲むことがおできにならないので、「この後、どうおなりになるとしても、今は、私の愛情だと思って、これをお飲みください」と、泣く泣く申しあげなさると、女一の宮は一口お飲みになる。お食事も一口含ませ申しあげなさると、お食べになった。右大将が、喜んで、脇息に腰をかけて、抱き上げなさると、助産の心得のある人が、おそばで、女一の宮の腰を抱いて支える。外では、左大臣が、魔除けのために、激しく弓を引き鳴らして、声をお上げになる。大徳たちがおそばにいるけれど、加持の声は控えさせて、「衰弱している人は、僧が読む読経の大きな声を聞いて取り乱しなさるものです」と言って、小さな声で読ませなさる。真言院の律師（忠こそ）一人だけが、激しく読経をする。その声が、とても尊く聞こえる。

左大臣が、「こんな時には、おそばに人があまり多くいないほうがいい。騒がしい」と言って、薬湯を何度もお飲ませ申しあげて、そのまま、弓を引き鳴らしながら、声を上げていらっしゃると、寅の時（午前四時）ごろに、おぎゃあおぎゃあと泣く。女御が、驚いて、手で触ってお確かめになると、後産も無事にすんでいた。

右大将は、女一の宮を寝かせ申しあげて、そのまま一緒に横におなりになった。典侍が、「まだお世話しなければならないことがあります。そこにいらっしゃっては困ります」と申しあげると、右大将は、「そんなことを言わずに、これまでと同じように、私がここにいるままでお世話いたしてください」と言って起き上がろうとなさらない。侍女たちが、笑って、着せ替え申しあげて、「ほんとうに困ります。やはりお起きください」と、集まって申しあげると、左大臣は、「このままでいい。このまま休ませてさしあげよ。ひどく取り乱していらっしゃった方だ。何はともあれ、女一の宮さまに、薬湯をさしあげよ。ところで、お生まれになったのは、男御子か、女御子か」とお尋ねになると、典侍が、「男御子です」と、とても誇らしそうにお答えする。右大将が、「ああ見るのも嫌だ。早く、どこかに追いやってくれ。女一の宮さまを苦しめたとても恐ろしい子だ」とおっしゃるので、尚侍が、「それなら、私がいただいて、連れて帰りましょう」とおっしゃる。女一の宮は、「やめてください。しばらく待ってください。これからその子の顔を見るのです」とおっしゃる。右大将が、「この子のためにひどくつらい目におあいになったのに、どうして御覧になるのですか」と申しあげなさっても、女一の宮は、「憎らしいはずがないではありませんか」と言って、御子を手放すことをお許しにならない。

臍（へそ）の緒を切って、湯殿の儀式をしてさしあげる。講師（こうじ）が、漢籍を読む。左大臣は、ご飯を、湯につけて、まず右大将にさしあげる。「ひどくやきもきなさっていましたが、もっともなことです。私には、できのよくない子どもたちが大勢おりますが、その中の一人が死んでしまっただけでも、どんなに悲しい思いをしたことか。私はお世話をしにやって来たのですよ」と言って、右大将に食事をさしあげなさる。

女一の宮は、こんなふうに、ひどく苦しんでいらっしゃったけれど、お生みになった後は、特にお苦しみになることもない。たいしたこともなく、ただ、お体がこわばっていらっしゃるだけである。朱雀院に、お使が参上して、くわしくご報告する。院は、とても喜んで、さまざまな物をたくさんお贈り申しあげなさる。左大臣は、女一の宮がとても苦しんでいらっしゃったということで、いつものように、男君たちを引き連れて来て、ご自分の手で調理して食事をお与えになる。

いつものように、産養（うぶやしない）の品々が、さまざまな所から贈られてくる。産屋（うぶや）は、とても風情があって厳かだが、右大将が入って横になっていらっしゃるので、通常の産屋の儀式も行われない。仁寿殿の女御も、お入りになることができない。尚侍だけが、夜も昼も世話をしてさしあげなさっている。上﨟（じょうろう）の侍女たちは、「いぬ宮さまがお生まれになった時は楽しかったのに、今回は楽しくありませんね」と言う。

五三　出産後七日が過ぎ、尚侍・仲忠、女一の宮と語る。

七日が過ぎたので、尚侍（ないしのかみ）が、女一の宮に、「少しお元気になったら、朱雀院（すざくいん）に参上なさらなければならないそうですね。仁寿殿（じじゅうでん）の女御は、きっとすぐに参上なさるでしょう。お生まれになった御子は、やはり、私たち夫婦が屋敷に連れて帰って、老夫婦二人で暮らしていても何もすることがなくてつまらないので、私たちがお育てすることにいたしましょう。会いたいとお思いになった時には、連れて来てお見せしましょう」と申しあげなさると、右大将（仲忠）も、「それはとてもいいことです。憎らしい子ではあっても、私も顔を見に常にうかがいましょう。会いたいとお思いになった時には、お迎えしてお見せ申しあげましょう」とおっしゃるが、女一の宮は、「嫌です。子どもを生むのはこんなにも恐ろしいことですから、もう二度としたくありません。ですから、この赤ん坊は、いぬ宮の遊び相手としても、そばに置いておきたいと思います」とおっしゃる。右大将が、「それならば、やめておきましょう」と申しあげなさったので、尚侍は、湯殿の儀式を行うために、乳母と湯殿の役の典侍（ないしのすけ）を連れて退出なさった。

大宮も、左大臣（正頼）と一緒にお戻りになって、そちらからいろいろな食べ物を調理してお贈り申しあげなさる。

右大将が、女一の宮に、「ひどく苦しんでいらっしゃったので、髪が抜け落ちるのではないかと思って、とても心配していました」。女一の宮が、「じつは、少し元気になったら、朱雀院にうかがおうと思っています。このまま死んでしまうのではないかと思ったので、父上のことがとても恋しく思われましたのに」。右大将が、「それも、あなたが、美しくて、人並みでいらっしゃったから、それゆえに、院は、今でも、お会いしたいとお思い申しあげなさるのでしょう。今、まだ、院にお会いしないほうがいいか、お会い申しあげなさっても大丈夫か、私が確かめてさしあげましょう。お起きになってください」と申しあげなさると、女一の宮は、「それならば、確かめてみてください」と言ってお起きになった。右大将は、笑って、女一の宮の髪の様子を見るために、「向かい合ってすわっていらっしゃるのを見たところでは、変わりがありませんね」と言って、宮の髪を撫でて御覧になると、抜け落ちた様子もなく美しい。

女一の宮は、少し痩せてお顔の色も青いけれど、とても美しい。右大将が、「今のままでも、院は、見て、さほど醜いとはお思い申しあげなさらないと思いますが、もう少し人並みになってから、院にお会いした方がいいと思います。もうしばらく我慢なさってください。

衣替えの頃に参上させ申しあげましょう。女一の宮さま、こうしてお会いしていると、死んだ人と会っている気持ちがします。死んだようになって横になっていらっしゃいましたね。左大臣殿のお心遣いは、いつまでも忘れません」。女一の宮が、「朦朧として何がなんだかわからなかった時に、律師（忠こそ）が加持をしている声が遠く聞こえて、助かる気持ちがしました。ぜひ、このお礼を言いたいと思います」。右大将が、「律師には、今に、充分にお礼をいたしましょう。とても徳の高い方です」などとお話しなさる。その時に、左近の乳母という人が、騒々しい様子で現れて、女一の宮に、「とても恐ろしいことを耳にしました。女二の宮さまの越後の乳母が、女二の宮さまを宰相の中将殿（祐澄）に盗ませ申しあげようと思って計略をめぐらせて、たくさんの贈り物をいただいたと聞きました。大きな瑠璃の壺に黄金をいっぱいに入れた物と、沈香の衣箱に絹と綾を入れた物をいただいたそうです。越後の乳母が、このことを知っている下仕えの者を、ささいなことがあって追い出したところ、その者が腹を立てて大声で言いふらしたので、そこに居合わせた人が皆聞きました。これまでも、何度もたくさんの贈り物をもらったそうです」と申しあげる。女一の宮が、「だから、それを案じて、先日の夜も、女二の宮をこちらへお呼び申しあげたのですよ。もう言わないで。聞きたくもありません」とおっしゃる。右大将が、それを聞いて、「なんのことですか」とお尋ねになると、女一の宮は、「なんでもありません」とお答えになる。右大将は、「私はよく知っているのですよ。五の宮も、狩衣姿で、細殿に立っていらっしゃったそうです。出産の騒ぎの最中に、蔵人の少将（近澄）が女二の宮さまのもとに入ってしまったとしたら、どうなったでしょうか。どんなに用心したとしても、用心しきれるものではありません」とおっしゃる。左近の乳母が、「私は、そのような心づけをいただいてもいませんし、恐ろしいくわだてにも最後まで関わりませんでした」。右大将は、「こんな、子を生んだばかりの子持ち女でいらっしゃっても、今からでも、あの伯父君たちのために、女一の宮さまを盗み出すように計画なされればいい。嫌だとも言わないだろう」などとおっしゃる。

［ここは、産屋の所。］

五四　三月十日、嵯峨の院、花の宴を催す。

この年は季節の移り変わりがとても遅い年で、三月の上旬ごろ、桜の花の盛りの時に、嵯峨の院は、花の宴を催そうと思って、院の内にそのための設備を造って調えさせなさる。さまざまな財の限りを尽くして、お食事の準備をなさる。たくさんの贈り物の準備をなさるので、嵯峨の院の一世源氏である源中納言（涼）は、詩宴の際のたくさんの賭物を用意してお贈り申しあげなさる。

嵯峨の院の花の宴は、三月十日に催された。嵯峨の院は、前もって、朱雀院に、「嵯峨の院の桜を見においでください」と申しあげなさっていたので、参上なさることになった。帝は、朱雀院に参上しようと思っていたのだが、それを聞いて、「同じことなら、その日に、自分も嵯峨の院に参上しよう」とお思いになる。帝は、お供に連れて行きたいと考えて、中納言（実忠）を何度もお召しになるが、中納言からお供しますとの返事もないので、花の宴を翌日にひかえて、帝は、蔵人を使にして、「嵯峨の院に参上したいのだが、朱雀院には、民部卿（実正）をはじめとして、いろいろな人がお供をすることになるので、私の供には誰もいそうもありません。でも、あなたは、家に長く籠もっていらっしゃるそうですから、私のお供をしてくださいませんか。この世の人で、明日の花の宴を見ない人は、ひねくれているようです」などとおっしゃる。

民部卿が、「こんなふうに何度も言ってくださるのですから、やはり、帝のお供をして嵯峨の院に参上なさったほうがいい。藤壺さまは、それを聞いても、自分への愛情がなくなって出歩いていると、けっしてお思いにならないでしょう。むしろ、お願い申しあげなさったことをお聞きになったと思ってくださるでしょう」。中納言が、「いえ。そのことを心配しているわけではないのですが、長い間宮仕えもしておりませんので、三人もの帝の前でどんなふうにお仕えしたらいいのかわからずにいるのです。中でも、嵯峨の院は、どんなに、気難しそうな目つきをしていらっしゃることか」。民部卿が、「東人だって、宮中にやって来るではありませんか。自分が東人になったつもりで参上すればいいと思います」と言って、お供する旨を奏上させなさる。民部卿は、喜んで、自分がお供するつもりで用意なさっていた、喪服を脱いだ時の装束を中納言にさしあげて、自分は、手もとにある装束を着てお供しようとなさる。

右大将（仲忠）も、欠勤届けを提出して参内なさらずにいたが、行幸することになったということで、帝がお召しになったので、お供できないことを奏上させなさると、女一の宮が、それを知って、「やはり、嵯峨の院に参上なさってください。お断りにならないでください」とおっしゃる。右大将は、「出産の後、まだこうして床を離れられずにいらっしゃるのを目の当たりにしながら、あなたをお残しして、心配で心も落ち着かずにいる時に、『詩を作れ。管絃の遊びをせよ』と責めたてられたら、気もそぞろになって、失敗をして騒がれることでしょう。とりわけ、嵯峨の院は、私を見つけなさると、その場で重い役目をお命じになるのです。神泉苑の紅葉の賀の時に、私にどうしていいのかわからない思いをさせなさったのも、嵯峨の院のお勧めで、その時の帝（朱雀院）が琴を弾くようにお責めになったのです。もっとも、なんといっても、そのおかげで、こうしてあなたと夫婦になったのですよ」などとおっしゃっていたが、花の宴の当日になって、人々が、「帝のお供が調えられなくなりそうです。左大将を兼任している右大臣殿（兼雅）は朱雀院のお供をなさるはずだから、右大将殿が帝のお供をなさらないわけにはいかないでしょう」と騒ぐので、文句を言いながら参内なさった。

五五　朱雀院と帝も訪れ、詩宴が催される。

辰の一刻（午前七時から七時半）ごろに、朱雀院が、上達部と親王たちを引き連れて、嵯峨の院に参上なさった。辰の二刻ごろに、帝が行幸なさった。嵯峨の院は、喜んで、恐縮なさる。花の木の陰に、舞人たちや楽人たちも、皆、席につく。文人は、文章博士をはじめとして、進士出身で任官した者たちが二十人、擬文章生もお召しになっている。

しばらくして、右大将（仲忠）・源中納言（涼）・新中納言（実忠）・宰相の中将（祐澄）・右大弁（藤英）・頭の中将（行正）・蔵人の少将近澄などは、文人として召される。嵯峨の院が詩の題を出して、探韻をさせなさる。嵯峨の院が、「この花の宴でも、公卿たちに役目を務めさせよう。以前の神泉苑の紅葉の賀以上のものにしたい。右大弁季英の朝臣には判者を務めさせよう。右大将の朝臣には講師を務めさせよう」とおっしゃる。朱雀院が、「それはとてもおもしろいお考えです。右大将の朝臣は、詩の講師をしたいと言っておりました」。帝が、「かつて、院（朱雀院）の御前での講書の役を、このうえなく立派に務めました。今日の講師として最適だと思います」と、すべてお認めになったので、右大将は、「思ったとおりだ。何の役目をおさせになるのだろうかとは思っていた。どうやって務めたらいいのだろうか」と心配なさる。

探韻が始まった。嵯峨の院が、韻字が書かれた物をいただくために参上した右大将を見て、

「この朝臣を見ると、寿命が延びる気持ちがします。以前よりもずいぶんと立派になりましたね。この国にはおさまりきらないほどの人です」。朱雀院が、「最近は、やつれ衰えてしまっているようです。先ごろ、今にも死にそうな病人をかかえて、ひどく心労がつのっていると聞いています」。嵯峨の院が、「そのことは、私も聞きました。ところで、女三の宮のもとに様子を見るために連絡したところ、かつては一条殿で頼りない暮らしをしていたけれど、今では、右大臣（兼雅）に迎えられて、なんの心配もなく過ごすことができるようになったということなので、私も喜んでおります」。朱雀院は、「右大臣が渋ってとてもたいへんだったそうですが、右大将がやっとのことで間に立ってくれたのです」。嵯峨の院が、「今日、この朝臣に、どんなことをさせて、貴重な禄（ろく）をお与えになるつもりですか」。朱雀院が、「藤壺（ふじつぼ）が帝に入内（じゅだい）し、女一の宮が右大将と結婚した今、もう、右大将にお与えになるのにふさわしい禄などありません」などと言ってお笑いになるけれど、右大将は、帝たちの御前に出ても少しも気後れする様子もなく、感じがいい態度でもとの座に戻った。次に、源中納言も、同じように、感じがいい態度でもとの座に戻った。

新中納言が現れたので、二人の院は、「山に籠もっていた者を、どうやって連れて来たのだろう。今日一番の驚きは、何よりこのことだ」と言ってびっくりなさる。帝が、「やっとのことで呼び出したのです」とおっしゃると、朱雀院は、「残念なことに、あれほど、朝廷に仕えて立派に職務を果たせるはずの人なのに、なぜだか小野に籠もってしまったことだ。

右大将の朝臣がいつも嘆いていたのに」などとおっしゃる。

午の二刻（午前十一時半から十二時）ごろに、擬文章生の男たちに探韻をさせる。その時には、帝の御前近くに参上させて韻字を探らせなさる。題は、難しいものではない。五位と六位の官人たちの座は、庭で、人々が皆見ている所にあり、近衛府の官人たちの座は、その左右にある。擬文章生の男たちの座も、そちらにある。帝たちは、見た目にも感じがいい態度で韻字をいただく人を賞賛なさる。また、びくびくとしてみっともない態度で韻字をいただく人をお笑いになるので、気後れして、たいへんな失態を犯す者たちもいた。院たちも、詩をお作りになる。上達部と親王たちの中には、自分たちも作りたくなって詩をお作りになる方もいる。

朱雀院の皇子たちは、仁寿殿の女御腹の四人の皇子と、后の宮腹の皇子とで、合わせて五人が参加なさっている。后の宮腹の二の宮は、ご病気にかかったために、法師になって西山に籠もっていらっしゃる。七の宮は、故式部卿の宮の中の君の姉の女御腹で、その方も参加なさっていない。九の宮は、更衣腹で、まだ子どもなので参加なさらない。嵯峨の院の皇子は、三人とも、帝のお供をして来ていらっしゃる。どの方の前にも、すべて、お食事をさしあげる。文人と楽人たちなどに、贈り物をお与えになる。院たちは琴をお弾きになり、上達部と親王たちは詩をお作りになる。楽人の座では、院たちの琴に合わせて楽を演奏していて、とてもおもしろい。

申の一刻（午後三時から三時半）ごろ、擬文章生が作った詩を載せるための文台を用意させようとなさると、もうすっかり書き終えている者もいるし、まだ半分しか書いていない者もいる。また、どうしていいのかわからず途方にくれて、手を広げて提出しに参上する途中で、道で倒れる者もいる。こんなふうにうろたえる様子が、今日の見物だった。

花を散らす風が緩やかに吹く夕暮れに、花が雪のように降っているなかを、右大将が、詩を提出するために、胡簶を背負い、冠をかぶって現れた。冠には、花が雪のように降りかかっている。右大将が、「右の近き衛りの府の大将藤原仲忠」と名告り申しあげなさる声は、とても高く厳かだ。嵯峨の院は、「この名告りは、この後の講師のためのすばらしい予行演習ですね」と言ってお笑いになるけれど、右大将は聞かないふりをしてもとの座に戻った。

全員が詩を提出し終えたので、帝は、文台を用意させて読ませなさる。右大将を御前にお召しになる。右大将が詩を読み上げ申しあげなさると、帝たちをはじめとして、誰もが注目なさる。右大将は、臆しているようにはまったく見えない。朱雀院は、「このような、気丈で、物怖じしない人が、どうして女一の宮の出産の時には何がなんだかわからなくなって取り乱したのだろうか。やはり、女一の宮のことを深く愛していたのだ」とお思いになる。帝たちは、すぐれた詩は吟詠させなさる。右大将が作った詩は、帝たち全員で吟詠なさる。右大将に盃をさしあげる。新中納言の詩も、賞賛される。右大弁が、新中納言に盃をさしあげる。

五六　嵯峨の院以下二十人の人々、唱和する。

管絃の遊びが始まって、朱雀院が、歌の題を、「老いせる春を弄ぶ」とお書きになって、嵯峨の院にお渡し申しあげなさると、嵯峨の院は、盃を手にして、帝にお渡し申しあげなさりながら、

　春が来ると、桜の花が雪のように降りかかって髪まで白くなるものですが、その雪のような花に加えて、今年は、帝の行幸までいただいて、とてもうれしく思います。

とお詠みになる。この歌に唱和して、帝が、

　春宮として、今よりもまだ気ままに出かけることのできた間に、こちらにうかがって、雪のように降り積もった花で髪が白くおなりになった院に、どうしてお会いせずにいたのかと悔やまれます。

朱雀院は、

　嵯峨の院が、降り積もる花によって髪が白くなられても、千年も長生きなさるならば、私も、その花を見るために、毎春、必ず、帝と一緒にうかがうことにしましょう。

式部卿の宮は、

　帝は、散り積もる桜の花に言寄せて嘆いておいでですが、私などは、木の陰に隠れて、院にも知ってもらえずに散ってゆく下枝のようなものだったのでした。

などとお詠み申しあげなさる。式部卿の宮は、「何回も盃を重ねて飲み過ぎてしまいましたよ」と言って、盃をお回し申しあげなさる。その盃が順に回ってきて、中務（なかつかさ）の宮は、

枝が生い広がって美しい花を咲かせているように、こんなにも嵯峨の院の子孫が栄えていますが、院は、いつの間（ま）に春秋を重ねられたのでしょうか。とても、そうとは見えない若さでいらっしゃいます。

兵部卿の宮は、

代々の帝たちは、皆、昔の春宮だった頃を恋しく思って散るのを惜しんでいるのでしょうか。でも、この院の花は、いつまでも散ることなく、盛りのまま咲き続けることでしょう。

弾正の宮（三の宮）は、

散る花が、嵯峨の院の頭全体に積もった雪のように見えています。院ではなく、花のほうがひどく歳老いたのですね。

帥（そち）の宮（四の宮）は、

ここに集った私たちが花を折って挿頭（かざし）とすることがなかったら、誰も、嵯峨の院が歳老いたことなど気づかなかったでしょうに。

五の宮は、

風が激しく吹くために、私たちにも花が降りかかっています。宮人たちよ、この花まで、

頭に降り積もる雪だと思って見ないでください。

常陸(ひたち)の大守(たいしゅ)の親王(六の宮)は、

桜の花が咲いて嵯峨の院の髪を白くすることがなかったら、この嵯峨野の野辺にやって来て、院の年齢を知ることはなかったでしょうに。

太政大臣(忠雅)は、

ここの桜の花は、いつまで見ていても見飽きることがないでしょう。この嵯峨野の野辺にやって来て、方々が思い思いに散る花を惜しんでいるのですから。

左大臣(正頼)は、

そばで見ているだけでも、元結(もとゆい)に花を結びつけたのではないかと見えるほどまでに、桜の花が降りかかっていることです。

右大臣(兼雅)は、

桜の花が散ってしまうことを惜しんで、誰もが手折るので、桜の花が降りかかって、歳をとった私たちの髪までいっそう白さをますことですね。

右大将(仲忠)は、

桜の花は、どれほどの樹齢を重ねて降ってきたから、木の陰に隠れて見ているどの人の髪をも白くして、老いた様子を見せるのでしょうか。

民部卿(実正)は、

歳老いて髪が白くなった人も全員が花を折って遊ぶこの春の日の夕暮れは、いったいどの人の髪が今年咲いた桜の花なのかと見分けることはできないでしょう。

藤大納言（忠俊）は、

立ち寄る人は誰でも老いを加える桜の花を、何年にもわたってかざし続けてきた嵯峨の院は、いったいどれほどの年齢なのでしょうか。

権中納言（忠澄）は、

散る花によって誰の頭も白くなるのは、この花が長い年月にわたって栄えてきた嵯峨の院に咲いているからなのでしょうか。

源中納言（涼）は、

花の色は今が盛りに見えるのに、春は、毎年毎年、どれほどの老いを重ねてきたのでしょうか。

右衛門督（うえもんのかみ）（連澄）は、

世間では盛りを過ぎてしまったと言って、行く春を惜しんでいる今、この嵯峨の院ではあらゆる花が今は盛りと咲き誇っています。

新中納言（実忠）は、

今日、帝たちが集まって桜の花を見ることを知らなかったら、山に籠もっていた私は、春の訪れを知ることができなかったでしょう。

と唱和なさる。朱雀院は、この歌を何度も吟詠して、新中納言に盃をさしあげて、
私の前で高く繁っていた桜の木は、分かれた枝が山辺で朽ちていると言って嘆いていました（あなたの父上は、あなたが山に籠もって世に出ないことを嘆いていました）。
とお詠みになる。帝も、
朽ち果ててしまうと言って嘆いていた枝は、春を知りました。でも、今日、その桜の木は見えないことです（父上が、山に籠もってしまったままになるのではないかと言って嘆いていたあなたは、こうしてふたたび世に出て来てくれました。でも、今日、その父上がここにおいでにならないのが残念です）。
嵯峨の院も、
一緒に生えていた桜が先に枯れてしまって、その桜から伸びた枝が残っているのを見ると悲しく思います（親しく一緒に育ってきた太政大臣殿が先に亡くなって、その子のあなたを今こうして見ていると、悲しく思います）。
などと詠んで、何度も酒を飲み交わしなさった。
ご機嫌よく酔った頃、管絃の遊びもたけなわになって、右大将と源中納言などに箏の琴をお渡しになる。ほかの人々も、皆、右大将や源中納言に合わせて一緒に演奏して、誰もが、順に舞を舞ったり、歌を歌ったり、猿楽をして興ずる。帝たちも、一緒にひどくおもしろがって、朱雀院が、「今日は、とてもおもしろい日になりましたね。昨年の秋、仲頼が籠もっ

ている所に、この者たちが出かけて行き、誰も聞かない所で、自分たちだけで、それまで秘めていた奏法を披露して、興の限りを尽くしたそうですが、これまでになくすばらしい出来事だったと聞いています」。嵯峨の院が、「そのことは、私も聞いています。忠まろ法師（忠こそ）に陀羅尼を読ませ、右大将の朝臣が琴を弾いていると、夜が明ける前には、音楽など理解できない者たちまで、皆集まって来たそうです」とおっしゃっていると。

五七　帝、大后の宮に対面し、小宮のもとで御子を見る。

帝は、その場を立って、大后の宮にお会いになった。大后の宮が、「畏れ多いことです。お会いしないままずいぶんと時間がたってしまいましたね。三条の院にいる皇女（大宮）が若菜を摘みにこちらにやって来た時以来でしょうか」。帝が、「しばしばおうかがいしなければならないのですが、思いどおりに出歩くこともできなかったので、ご無沙汰してしまいました」。大后の宮が、「今は、歳をとって、今日死ぬか明日死ぬかという状態になってしまったので、『申しあげておきたいことも申しあげて、心やすらかに死にたい』と考えていました。ですから、おいでくださったことを、とてもとてももうれしく思っています。こちらにいる、暑苦しい夏のように人から疎まれている人（小宮）は、思いもかけず、歳をとってから生まれたので、内親王たちの中でもかわいく思い、心にかけていただきたいと思って、入内させたのです。でも、その効もなく、人数にも思っていただけないと聞いたので、恥ずかしく思っておりました。ですから、この后の位をぜひとも譲りたいと思っております。人々が、『不都合なことだ』と言ってお諫め申しあげたとしても、昔、入内させた時に思っておりました私の願いをかなえるのだと考えて、必ず后にしてください」とおっしゃる。

　帝は、長い間思い悩んで、「まだ物心もつかずにいた頃から親しくしてきましたから、小宮さまのことを、気心の知れた、頼ることができる方だと思っています。でも、どういうわけか、私を人並みにも扱ってくださらず、よそよそしくなさったので、考え直してくださるまでと思って、しばらくの間ご連絡をさしあげずにいました。ご依頼の件ですが、このようなことは前例を探させて決めるということですから、調べさせてみた時に、もしそのような例があったら、支障はないと思います。もし立后できなかったら、小宮さまには封戸をいただくなどの処遇をして、祖母上にはいつまでも皇太后でいていただきたいと思っております」。大后の宮が、「封戸をいただいたりなどしなくても、小宮を、后と呼ばせたいのです。帝は、春宮の母を立后しようとお考えになっているのでしょう。小宮のことを、いとしいと思ってくださるのなら、懐妊もしたというのですから、御子が誕生するまでの間しばらく立坊を待たせてくださればよかったのに。私がこんなお願いをするのではと思って、急いで春宮をお決めになったのでしょう」。帝が、「小宮さまが、早くに男御子をお生みになったとしたら、疑いなく立坊させましたのに。長年御子に恵まれずにいて、春宮が生まれたので、深く考えもせずに、藤壺に、『春宮を立てる時には、この子にしよう』と約束したのです。嘘(うそ)偽りを言ってはならないという天皇の地位に即(つ)いたために、言ったことを違(たが)えてはならないと思って、春宮に立てたのです。春宮も、祖母上の曽孫(ひまご)にあたるのですから、見捨てることなくかわいくお思いください」と申しあげなさると、大后の宮は、「まったく、運がない者は」と言って、ご機嫌がよくないので、帝は、お立ちになって、妃(ひ)の宮（小宮）のもとに参上なさる。

帝は、「ひどく酔ってしまいました」と言って、装束をくつろげて横になって、「大后の宮さまに私のことを悪く申しあげて、私を叱責(しっせき)させなさったようですね。どんなことでも、おたがいに親しくして、とても仲よくやってきましたのに。ひどくお泣きになったことがあったので、恐ろしくなってご連絡申しあげなかったのです。どうしてもっと早く御子をお生みにならなかったのですか」などと話をして、「どれどれ。お生みになった御子をお見せください」と申しあげなさると、小宮は、「まあ嫌だ。どうしてあんな生まれたばかりの子を御覧になりたいのですか」とおっしゃる。帝が、「こんな生まれたばかりのわが子を、まだ見たことがありませんのでね。この機会にこの子を見なかったら、もう生まれたばかりのわが子を見ることはできないでしょう。そんなことをおっしゃらずにお見せください」とおっしゃるので、小宮は、乳母(めのと)をお呼びになって、御子をお見せ申しあげなさる。御子は、まだお生まれになって五十日もたっていないのに、白くてまるまると太っていらっしゃる。帝が、御子をお抱きになって、「ああ小さいなあ。人は、生まれたばかりは、こんなふうに小さいものなのですね。私たちも、こんなふうに小さかったのでしょう。こんな小さな子を大きく育てるとは、女性というものはすごいものですね。春宮は、ずいぶんと大きくなってしまいました。初めてこんなに小さな子を見ると、とてもびっくりしますね」。小宮が、「小さい子は、ここ何か月も見馴れていらっしゃるでしょうに」。帝は、「その子は、退出してしまいました。大きくなりましたよ。その子のことを、小さいと思っていたのですけれど、この子のほうがもっと小さいのですね」と言い、「これも、親子の対面と言うのでしょうか」と言って、着ていらっしゃった袙を脱いで、乳母にお与えになる。

五八　亥の時に、帝、還御する。

上達部と殿上人は、座に着いて、帝の輿を寄せて、「ずいぶんと時間がたちました」と奏上させなさる。帝が、「ああつまらない。ここに泊まりたいなあ」とおっしゃっていると、「亥四つ（午後十一時半）」と申しあげる。それを聞いて、「お帰りの時刻になりました」と言って騒ぐ。帝が、「慌ただしく急きたてるから帰ることにします。それでは、あなたも早く参内なさい。大后の宮に、うまく取りなし申しあげてください」と言ってお出になると、大后の宮のもとから、源中納言（涼）が献上なさった女の装束二十領ほど、桜色の細長と袷の袴などを、上達部と殿上人にお与えになる。嵯峨の院のもとからも、いつもの公的な儀式の時とは違って、上達部と親王(みこ)たちにはいつもの女の装束一具、殿上人には細長と袴、詩を作ったそれより身分が低い者たちなどには腰差(こしざし)と捧物(ほうもち)の綿を、さらに、擬文章生(ぎもんじょうしょう)にまでお与えになる。右大将（仲忠）には、講師(こうじ)の禄(ろく)として、馬一頭、親王たちにも馬一頭、また、朱雀院と帝には、まことに立派な石帯と御佩刀(みはかし)などをさしあげなさる。

［ここは、嵯峨の院の花の宴の所。］

『うつほ物語』五

本文校訂表

上に当該箇所の本文、下に底本の本文をあげた。ただし、上の本文は、底本本文庫の本文のままではなく、底本の本文に対応させた。仮名遣いも、底本にあわせた。

「国譲・上」の巻

【一】
1に—へ
2右大弁は—右大将の
3ひんかし—人はこ
4おほん子—をゝほんね
5はかな—は
6給ひ—給は
7たち—まち
8一人—人
9あからさま—あかるさま
10ね—ぬ
11女宮—女君

【二】
1かへしろ—かくしろ
2は—そ
3しも—も

【三】
1ふよう—ふえそ
2女子—女し
3そ—と
4の—ナシ
5か—ナシ

【四】
1に—にに
2かる—かへる
3女こ—女御
4は—い
5ふかく—ふかし
6つ—と
7候ふ—く
8よりて—こそ
9さらに—さうに
10すみ—すん
11なか—なる
12たる—たり
13める—めな

【五】
1宰相おとゝの—宰相のおとゝ
2いみしく—みみしく
3とも—とゝ
4たら—たう
5らる—らるゝ
6こもら—こも
7ころ—こゝろ
8あり—なり
9たには—たに
10そ—を
11くち—くら
12ふちつほ—つちつほ
13て—てん
14と—ナシ
15こと—かと
16そ—と
17こそ—は
18ね—程

【七】
1一つ—一の
2の—ナシ
3そこ—そた
4ものし—もし
5は—さ
6御—を
7さら—さう
8む—らむ

9いまた―いまは
10やる―やれ
11か―ナシ
12のみ―のこゝ
13わかれ―わかな
14さうし〳〵―さう〳〵し
15たてまつれ―たり［ち］まつれ
16いまは―いまい
17にひいろ―ゝひいろ

【八】
1よせ―よを
2おり―おもひ
3の―ナシ
4て―ナシ
5きたなき―きたなに
6あれ―あはれ
7こそ―こえ
8と―ナシ
9こからひつ―こからうひつ
10おはし―おは
11そ―う
12とも―も
13おほみあるし―おほみあかし
14おはします―おはしす
15つゝ―つく

【九】
1いと―いいと
2のたまはせ―のたませ
3し―ナシ
4給ふる―給へる
5かく―かて

【一〇】
1あこきみす―あこ君す
2とおなし―をものなし
3かくうけ給はら―かはらけ給は
4と―ナシ
5さすれ―さすな
6ましらひ―ましうひ
7おもへ―おもふ
8に―ナシ
9す―給
10の―ナシ

【一一】
1こと―と
2給ひつ―給へ
3おはせ―おはしせ
4るらめ―なしめ
5てん―てら
6わたり―わらひ
7申さ―申な
8は―ち
9さん―さらん
10なれ―るれ
11目―ナシ
12はつ―はく
13ある―ひる
14ものを―もの人〳〵
15まいり―まい
16する―すれ
17まいら―まつら
18と―ナシ
19給ふなれ―給へるれ
20たる―なる
21これ―ゝれ
22そ―こそ
23くるふ―くる
24と―ナシ
25いり―いか

【一二】
1しか―しも
2せうと―せう
3こそ―そ
4おもは―おもはせ

【一三】
1いたき―いたきて

2うとき―ことき
3たに―たち
4と―さ
5と―ナシ
6もておはし―しておほし
7はゝ君―はゝ宮
8たまひに―にたまひ
9に―う
10ん―らん
11おやけ―おやか
12おほそう―おほそを
13と―ナシ
14からもり―かうもり
【四】
1ふさに―たさら
2ける―なる
3きみ―もきゝみ
4と―ナシ
5てうと―てうつく
6よつ―よろつ
7の―ナシ
8まかり―はかり
9二十―二よ
10くら―くし
11の―ナシ

12ゐねふり―ゐてふり
13の―ナシ
14に―よ
15そ―う
16と―ナシ
17さる―きる
【五】
1給ふる―給へる
2おほせられ―おほせれ
3な―かな
4給へす―給
5たん―たま
6は―い
7おはさうす―しはさうす
8に―ナシ
9とり―とも
10し―く
11たる―たり
12かく―いく
13うしなひ―うしなひひ
14給ふ―ナシ
【六】
1ふたかり―ふたりり
2はへる―うつる
3に―よ

4しも―しは
5は―かは
6は―ま
7進―近
8すつる―する
9給へ―給は
10こゝろほそく―こゝろおそく
11ものし―のし
12こと―にと
13なる―なるる
14きみ―きめ
15ふるめき―ふるめそ
16をとこ―をとに
17とふらはるる―ともはそれか
18給へ―給ひ
19つゝ―なく
20の―ナシ
21はらから―はうかう
22たまは―たまふは
23こゝは―つゝこ
【七】
1を―をゝ
2ふはこ―ははこ
3もたうひ―をからひ
【八】

1の―ナシ
2も―り
3と―ナシ
4と―ナシ
5さて―るて
6せ―て
7きみ―きは
8たまはせ―たまはらせ
9御ふみ―御ふ
10おほさる―おほせさる
11は―ナシ
12ま―み
13こたみ―かたみ

【九】

1むこ―はこ
2右大将―右大弁
3ひとつ―ひと
4ならても―なくてこん
5思は―思ひは
6は―い
7さかり―さかも
8かたは―かたはら
9れ―り
10つゝまし―つくまし
11し―た
12そ―か
13いま―いるに
14ら―し
15わか君―なか君
16わか―われ
17ゝひきはて―らひきいて
18したかひ―したかひて
19しか―しに

【一〇】

1はん―えん
2ら―と
3へたう―ふたう
4このかみ―このみ
5むゆか―むゆは
6はつ―はす
7はん―めん
8とり―かり
9かくて―かくや
10そ―も
11おもふ―おも
12うらやま―うらや

【一一】

1やりみつ―やかてみつ
2の―に
3し―ナシ
4ゝ―こ
5の―ナシ
6の―この
7の―ナシ
8に―ナシ
9こと―斗

【一二】

1しんにて―しのひて
2かへ―かへき
3みつくき―みつせき
4思ふ―思ひ
5あり―ある
6をしみ―をえみ
7物せしに―物をしみ
8やる―やり
9た―さ
10ね―ぬ

【一三】

1かゝる―かうる
2いかて―いかゝ
3とは―とら
4の―ナシ
5うへ―うち
6と―ナシ
7ひとひ―ひとより

8に―こ
9か―ナシ
10たまへ―たまへり
11のみ―み
【四】
1しか―しかは
2そわう―すわう
3める―ある
4そわう―すわう
5し給ふ―給し
6おはせ―おはしせ
7きこえよ―きこえ
8なとて―なりて
9もく―もて
10はゝは―はらから
11いうに―いからうに
12いますかり―いまはり
13とりなし―となし
14おはす―らす
15そわう―われら
16いたう―はたう
17に―ナシ
【五】
1の―ナシ
2ここ―こ

3うとからぬとち―ことならぬとき
4ゐ―ゐゐ
5と―ナシ
6からうして―から〔う〕して
7給ふれ―給へめれ
8もりおきつれ―もくはきつれ
9いさ―はさ
10むと―ナシ
11子―ナシ
12この―んの
13て―ん
14かの―の
15しか―し
16きかせ―まかせ
17むまれ―ほまれ
18よ―から
19これ―こゑ
20給ひ―給て
21はかり―はかりに
22に―子
23姫宮―船宮
【六】
1の―ナシ
2こそ―そ
3うた―た

4て―え
5たまふれ―たまへれ
6ひとひ―ひと
7き―こ
8かく―く
9たまへ―たまへり
10させ―せ
【七】
1をんな―をな
2二つとり―ことら
3は―ナシ
4に―わ
5たる―た
6きゝ―きく
7なら―なから
8きかせ―まかせ
9を―をお
10なゝと―ること
11ね―こ
12あな―ある
13の―ナシ
14なり―り
15し給ふ―ナシ
【八】
1なり―なをり

2たら―たぅ
3なむ―な
【二九】
1たのめ―たのみ
2給ひ―給は
3ひゝとひ―のひゝとたひ
4左―右
5一たひ―つたひ
6左―右
7侍りて―侍へ
8よそひ―よひ
9らうたく―らう〱たく
10大殿―大将
11すゝと―すくと
12の―は
13心こはくおはすれ―心にはてめすれ
14いて―い
15うらみ―うちみ
【三〇】
1と―は
2か―ナシ
3給へ―給へり
4か―も
5まさかに―にさかに
6さかしかほ―さかりかを
7は―ナシ
8そ―宮
【三一】
1はへる―給へる
2を―は
3ひさしう―さひしう
4ね―ねは
5そなた―御なた
6もの―もに
7物せ―物
8給―の給
9この―の
【三二】
1の―ナシ
2給つ―給へ
3そくゐ―くゐ
【三三】
1まいら―まいらせ
2給つ―給へ
3と―とて
4けからは―けかうは
5せ―させ
6に―ナシ
7と―ナシ
【三四】
1の―ナシ
2の―ナシ
3ける―けり
4おほちおとゝ―大きおとゝ
5右の大殿―右大将
6左の大殿―右の大将
7ついかさね―つかさね
8こて―のて
9と―の
10きさいの宮―きさいの君
11みいもうと―みいもこと
12みこ―みに
13こと―と
14こもち―こもちい
15おはすれ―おもはすれ
16かん―うへ
17さても―はても
18まつは―まへは
19と―も
【三五】
1ころもかへ―心もかく
2いぬ―いぬる
3わつらはさ―はへらはさら
4しゝう殿―しゝうとの

【三六】
1おほむこと—おほむと
2いてき—てき
3の—ナシ
4の—ナシ
5いてく—いてゝ
7と—ナシ
8ものを—もの

【三七】
1ちうすん—ちうてん
2は—八
3十六日—月六日
4右のおとゝ—左のおとゝ
5まつり—まいり
6左大将—の大将
7に—ナシ
8を—とを
9源宰相—源中納言
10おのれ—おとゝ
11あつそん—あんそん
12さん—てう
13と—ナシ
14やうに—やう
15うゐ—こゐ

【三八】
1しゝう殿—しゝうとの
2の—ナシ
3大きやう—大き
4し—の
5右—左
6おほ宮—おほき宮
7とて—とそ
8いま—いも
9と—こ
10しか—しう
11たまは—たまへは
12なと—なこ
13ぬる—ぬ
14きく—きゝ
15なと—な

【三九】
1侍らぬ—侍ぬる
2右の大との—右大とのゝ
3右大将—左大将
4と—ナシ
5すけすみは—すけすみはすけすみは
6御心しらひ—御心したい

【四〇】
1そこなはれ—そこはなれ
2よきり—よきわ
3よろこひ—よろこひと
4給ふる—給へる
5ははかり—はかり
6こなた—これた
7おはしまさ—おはしま
8ともかくも—もかくも
9し—しか
10こ殿に—わ品々
11見え—見
12へから—へかから
13は—い
14ものし—もし
15給へ—給は
16給へ—給は
17こそ—しす
18も—をも
19給は—給し給は
20つる—給
21かし—りし
22なとか—なこり
23と—ナシ
24ここ—てこ
25うとから—ことかゝ
26かやうに—やうに

27と―ナシ

「国譲・中」の巻

【一】
1の―ナシ
2きよら―きよう
3左のおとゝ―右のおとゝ
4左の大殿―左の大将殿
5大殿―大将
6さらに―さうに
7さるは―ありは
8は―い
9とうて―とらて
【二】
1かくて―よくて
2給は―給へ
3しも―しこひ
4心おもくつしやかに―心をもつくしやかに
5の―ナシ
6左大弁―右大弁
7越し―をし
8時々―時ゝ
9給へ―給は
10と―ナシ
11さらは―さらに
12てうと―てらと
13またく―またて［く本］
【三】
1と―ナシ
2ゝむ―らむ
3たる―たり
4の―ナシ
5ひとり―ひとし
6み―こ
7一かさね―一さねの
8きよけなり―きよけになり
9御くし―御心くし
10は―か
11は―の
12いと―はと
13いろ〳〵―ひろ〳〵
14あふち―あふらち
15ろく―はら
【四】
1せ―ナシ
2よる―より
3きはみ―きこえ
4つれ―ナシ
5り―る
6に―にゝ
7かし―から
8と―ナシ
9をけ―をけい
10ひとつ―ひつ
11なむ―ならん
12いのりいつる―いゝのりつる
13ひらて―ひして
14かす―く［か］す
15思へ―思るへ
【五】
1そこ―こそこ
【六】
1きよら―きよう
2給ひ―てひ
3なかもち―なるもち
4ふみ―ふ
5かつは―よつは
6に―る
7ことことに―かとことに
8まら人―さらふ
9と―とゝ
10御とのゐ―はとので
【七】
1の―ナシ

2もの—も
3きよら—きよう
4右大将殿—左大将殿
5はら—はゝ
6えひ—なひ
7つる—つな
8つらなり—そらなり
9は—をは
10しろき—ろき
11薬ひとはら—菓ひはら
12けちかう—けちから

【八】

1人々—人の
2そはうのきみ—すはらのきみ
3きよら—きよう
4きよら—きよう
5の—ナシ
6ともに—ともの
7こらんし—せんし
8はなち—はたち
9そ—う
10うつくしき—こつ人しき
11と—ナシ
12し—しか
13くはしく—はしへ
14給へ—給は

【九】

1そはうの君—すはうの宮
2たる—たり
3なり—あり
4は—には
5つるは—かいろ
6えられ—えてこれ
7なん—より
8まて—さて
9の—ナシ
10んすれ—んつれ
11いま—いな
12まとひ—まかひ
13こゑ—こひ

【一〇】

1と—ナシ
2みそかをとこ—みそかをこ
3する—すか
4うとから—うとからも
5に—ナシ
6ら—の
7御ふみ—御ふ
8おんやうし—おほんやうし
9かうなき—かうなさ
10こゝはく—こゝはへ
11いひ—いと
12うみつらね—うみつゝね
13いへ—いつ
14と—そ
15に—を
16上らふ—さらふ
17給は—給ては
18なてふ—なてら
19給ひ—給は
20ましろひ—ましまろい
21つねに—つゐに
22なからひ—なるこひ
23の—ナシ
24なら—なく
25宮の君—民部卿君
26よ—と

【一一】

1六月—六日
2に—は
3の—この
4いつゝ—いこ
5さいたち—さはたち
6と—ナシ
7おはす—おもはす

8と―ナシ
9か―ナシ
10はいても―は―日
11おはせむ―おはせよ
12女君―女
13おとゝ―おとこ
14さうし―さらし
15も―と

【二】
1大殿―大将殿
2み―に
3おはさうす―おはすさうす
4御かた―御すかた
5ゐたち―ころたち
6けゝしく―きゝしく
7そこ―そこゝ
8られ―うれ
9かく―はく
10なにこと―なにかと
11ゝ―ゝか
12ひとよ―ひとを
13し―ナシ
14御ふみ―御ふ
15御返―御色
16まこと―こと
17まつ―まつか
18物し―おし
19御うし―御こし
20さ―さる
21こそ―そ
22みけしき―みけしに
23むつかしう―むつましう
24おもほす―ともほす
25と―ナシ
26をり―おも
27みこ―こ
28あか―あ
29おほかたに―おほことに
30おほす―みよす
31はらから―はら
32きこえ―きこゝん
33まら―まう
34なゝつ―なくつ
35みわうゐ―みをうゐ
36そうせ―そうら
37思ふ―思ひ
38物せ―物を
39えた―みた
40とふ―とも
41み―一み

【三】
1おんやうし―おほんやう
2は―ナシ
3きこえ―きにえ
4おとこ宮→おとゝ宮

【四】
1に―と
2と―は
3こと―にこ
4おとゝ―いとゝ

【五】
1きよら―きよう
2きよら―きよう
3おこなは―おこな
4りつし―りんし
5いと―と

【六】
1おと―と
2とき―と
3またく―またに
4とりかくし―とりかへし
5うら―とら
6うゐ―こゐ
7けり―り
8こおとゝ―このおとゝ

9うせ—うけ
10思ひ—思か
11わたりて—わゝりて、
12侍る—侍り
13なき—なか
14こそ—そ
15たまひ—たひま
16こちち—二千千
17なかより—なりより
18くし—はし
19り—ナシ
【七】
1左大臣—左大将
2右大殿—左大殿
3左の大殿—みきの大殿
4に—ナシ
5左のおとゝ—右のおとゝ
6そ—て
7右のおとゝ—左のおとゝ
8さて—たて
9へく—人を
10左のおとゝ—右のおとゝ
11すさくゐん—候さくゐん
12は—い
13ころに—むやこ
14ようい—よしい
15かつら—くら
16たまはら—たまいら
17うりかふ—うちかふ
【八】
1二の宮—この宮
2の—と
3は—ナシ
4みな—御な
5に—と
6に—ナシ
【九】
1みつのを—みつの御
2りつし—りんし
3たひ—たゝ
【一〇】
1に—ナシ
2しもつかひ—しにつからないしも
つかひ
3右のおとゝ—左のおとゝ
4ひとつ—ひとへ
5の—ナシ
【一一】
1とうて—とらて
2る—な
3おかしき—おはしき
4の給ふ—の御
5あそん—あそひ
6ことく—こかく
7まほしけれ—ましほしけれ
8おきな—おきる
9なり—なりき
10はひ—はり
11見—申
【一二】
1かは—かい
2さる—さか
3とき—とし
4あらまき—あらあき
5あり—ありと
6とりいて—よりいて
7と—て
8かつらのみさう—一てうのみさら
し
9の—も
【一三】
1の—も
2あか—ある
【一四】
1もて—にて

2は―ナシ
3給へつれ―給へれ
4なゝせ―なら［本］せ
5そ―に
6ゑひ―こんい
7きよら―きよう
8ほゝゑみ―ほうえみ
9の給へ―み給へ
10みそき―みせき
11ほそなか―ほそなしか
【三五】
1ちかく―ちかへ
2御ふみ―御ふ
3に―ナシ
4と―て
【三六】
1まさり―さり
2かは―か
3大守宮―大宮
4給ふ―給は
5いて―らて
6たまへ―たまふへ
【三七】
1とうろ―ところ
2はらへ―はうへ
3給ふ―御
4かうらん―かうこん
5給ふ―ナシ
6御こうちき―御かうちき
7つかまつりはつれ―つかまつり侍れ
8とほ―とす
9かをかはり―かをはかり
【三八】
1とらせ―はらせ
2てつから―てつかう
3かんてうなる―かんてらなる
4弾正の宮―□（空白）宮
5そちの宮―うちの宮
6こそ―をこそ
7いと―いとおかしけにおはすやはゝにこそうちの宮わか宮よりはこの君をいと
8いうに―遊人に
【三九】
1あみ―あ
2て―し
3かはほとり―かはほとも
4給へ―給へは
5て―ても
6は―ナシ
【四〇】
1左の大殿―右の大殿
2一の宮―に宮
3は―り
4ね―ぬ
5くゝめ―くらめ
6すのこ―十のこ
7と―ナシ
8つれ―つる
【四一】
1おほとのこもり―おとのこもり
【四二】
1犬宮には―大宮
【四三】
1に―下
2せうえう―せうよう
3給は―給か
4かゝら―かえら
5くふ―くに
6からさき―かうさき
7はん―えん
【四四】
1つゝ―つか
2おまへ―まつり

3そしり—はしり
【三五】
1しは〳〵—しを
2物さわかしく—物さわかし
3つひに—つはに
4こころ—ころ
【三六】
1おり—おも
2ひか〳〵しく—ひな〳〵しく
3きよら—きよう
4もの—ものゝ
5も—ナシ
6まさこきみ—さまこきみ
7ことき—ことく
8きよら—きよう
9まいる—まいり
10そて君—かて君
【三七】
1きよら—きよう
2こ—と
3給ふる—給へは
4す—ナシ
5に—ナシ
【三八】
1いまさらに—いまさらか
2も—ナシ
3とて—にて
4あかほとけ—あるほとけ
5きこゆる—きこゆ
6まうて—さうて
7と—し
8くもゐ—くま［も歟］ゐ
9ひなつる—ひな
10は—はは
11と—ナシ
12ついてに—ついつけて
【三九】
1さはり—まいり
2か—ナシ
3する—す
4きよら—きよう
5すは—するい
6に—ナシ
【四〇】
1なほ—なん
2おの—しも
3あはれに—あはれは
4すりやう—すりやし
5御返—御色
【四一】
1は—い
2ぬりこめ—ぬりこへ
3なかと—なると
4うと〳〵しく—こと〳〵しく
5おはせ—おはしせ
6給へ—給ふ
7なかと—なと
8しか—しこ
9むね—はね
【四二】
1物し—物の
2たまへ—たさま
3思ひ給ふる—思ふる
【四三】
1なまみる—なきみる
2たり—たりし
3たひ人—た人
4かつきゐて—かつきゐら
5は—い
6おほひめ君—おひめ君
7からあや—あやから
8給ひつ—給へ
9かく—かへ
10と—ナシ
11くやうせ—やうせ

12む―ナシ
13か丶―丶か

【四四】
1きよら―きよう
2きよら―きよう
3ぬる―ぬそ

【四五】
1これはた―これかた
2給ひつ―給へ

【四六】
1つき〱―つれ〱

「国譲・下」の巻

【一】
1に―の
2り―と
3かしこまり―かしをまり
4給ひて―給へと
5しか―し
6たり―り
7と―ナシ
8はう―はら
9思ふ―思ひ
10て―つ丶
11おき―もき
12と―ナシ
13公卿―よ卿
14ちかう―ちから
15給へ―給は
16むまこ―人まこ
17かく―衣
18もち―も
19も―ナシ
20の―ナシ
21一はらの―へはらへ
22もたうひ―りたらひ
23他―ち
24たうは―たゝは
25おとうと―おとくと
26あからさまに―あのちゝ
27宰相―中将
28の―ナシ
29なか―なきか
30しか―しる
31その―そ
32めのことも―めのとことも
33きき―き
34む―し
35めのこ―そのこ
36まさり―まさる
37ちかう―らかう
38女みこ―みこ女
39はかり―はかう
40かし―も
41めこ―とこ
42は―はゝ
43やは―やを
44右のおとゝ―左のおとゝ
45たに―たて
46つれ―ゝれ
47はうそく―ほうとく
48ふくり―しくる
49かう―から
50おほかた―おはた
51あまかつ女―あまかへ女
52さ―こ
53あらはさ―あらかは
54よろつに―よろつそ
55また―なた
56わかき―わか
57こそ―そへ
58宣へ―実

【二】
1ろく―そく
2かへりみ―かへりてみ

3なぜむにか—なせには
4に—くと
【三】
1ぬる—ぬえ
2すなはち—ほしはし
3すへき—につけ
4つゝみ—つらみ
5ひとひと—ひとのひと
6そう—そ
7思ひかけ—思ひそけ
8一のかみ—一のかゝみ
9させ—ナシ
10まかて—まかせ
【四】
1申さむ—申ける
2こ宮—に宮
3をとこ—おとゝ
4と—の
5はらは—はらさ
6御あなすゑ—御あるすへ
7まつりこつ—まへりこつ
8たる—さる
9なむ—ナシ
10とりみたり—とりみたも
【五】
1なー—る
2はら—はしら
3給へ—給つ
4よそ—よその
5とも—らん
【六】
1太政大臣—天上大臣
2たひ—たか
3をり—おも
4と—ナシ
5太政大臣—大殿大臣
6ゝし—くし
7なり—しり
8うしくるま—しくるま
9給はむ—給
10せんえう殿—せんよう殿
11平中納言—とう中納言
12ちやうくわん—たうくは
13は—に
14て—た
【七】
1きさいまち—きさいまうち
2あしう—あしま
【八】
1も—ナシ
2国譲の—国寺
3も—に
4思へ—思は
5しるく—しなく
6かた〳〵—かたゝ
7に—き
8思は—思ひは
9なたゝる—なたゝるゝ
10めてたく—めてたて
11思は—思ひは
12ここ—こ
13とら—ら
14おひ—思ひ
15そ—こそ
16とそ—ことこそ
17たり—なり
18に—ナシ
19そて君—せて君
【九】
1へか—へり
2そ—こそ
3さかたち—さきたち
4ね—給
5見—ナシ
6給へ—給な

7く—へ
8そ—こそ
9の給はせ—給はせ
10に—にに
11と—ナシ
【一〇】
1太政大臣—左大弁との
2わたくし物—わたし物
3は—と
4ね—ぬ
5しらせ—しら
【一一】
1はゝ北方—はら北方
2人つて—人すて
3おり—おも
4まうてに—申て
5されは—さはれ
6おほす—おほ
7給へ—給つ
8と—ナシ
9みえ—みて
【一二】
1ね—ぬ
2ともかくも—とくかくも
【一三】
1おほしなけゝ—おほしなけく
2ゆか—ゆきは
3おほせ—おほす［せ］
4例—舎
5太政大臣—おほき大将殿
6と—は
7北の方—北の
8宰相—大将
9いへあこ—いゐあし
10かゝい—かくい
11に—ナシ
12右大弁—右大弁二
【一四】
1大宮—東宮
2よこと—まこと
3はらはへ—はゝら人
4れ—ナシ
5て—ナシ
6やむことなき—やらんことなき
【一五】
1女御こたち—女御たち
2たてまつらせ給へ—たちまいらせつ
3て—す
4うゐ—こゐ
5ちきら—ちきゝ
6さる—たる
7ましき—まし
【一六】
1めさまし—めさしまし
2よたりの—よかたり
3なし—な・［と］し
4を—の
5かしこき—かしき
6の給ひ—の給ふ
7右大臣—右大将
8大進—大臣
9まかりなら—まかるら
10ところたかへ—とこゝろたかへ
【一七】
1左のおとゝ—右のおとゝ
2つとひ—つとつとひ
3まいら—まつら
4おもほせ—おもほす
5と—ナシ
6なり—ナシ
【一八】
1御そくゐに—御そくゐに御そくゐに
2たまへ—まへ

3さうしみ―さう〳〵しみ
4る―な
5いかやうなる―いかやうになる
6に―ナシ
7たつ―たん
8ありとも―ナシ
9ころ―こゝろ
10なにか―にか
11は―に
12む―ナシ
13いぬ宮―ぬ宮
14見―ナシ
【九】
1からひつ―にひつ
2ほと〳〵に―ほん〳〵に
3せ―ナシ
4の―ナシ
5とも―とむ
6うたのこんのかみ―うたのかみこんのかみ
7そう―そら
8よう―えう
9わりこ―わはりこ
10立つ―ナシ
【一〇】
1まへ―まつ
2二かた―こかた
3ほうし―ほたし
4おもの―をの
5に―ナシ
6を―こと
7まつかた―よつかた
8に―と
9をり―より
10に―つ
11も―に
12の―ナシ
13に―る
14ゆけ―ゆく
15よところ―よとろ
【一一】
1の―ナシ
2の―ナシ
3もえ―もら
4くらみ―くらめ
5もえ―月
【一二】
1たねまつ―かねまつ
2に―ナシ
3ひとつ―ひと
4からひつ―わひつ
5みそひつ―みそひとつ
6からひつ―にひつ
7よろつ―ころつ
8てうと―てうつ
9うちき―うち
10たてまつり―いてまいり
11さらに―に
12くゝつ―くらつ
13みふくろ―みところ
14おこなひのく―をとないのて
15うへわらは―うへわら
【一三】
1し―の
2その―うの
3はへる―はへり
4て―せ
5いらへ（答）―たふ
6え候は―へこ
7さふらはせまほしう―さらはましう
8はた―はえ
9しり―四ゐ
10う大弁―し大弁
11みち―たち

【二四】
1に—ナシ
2思ひくまな—思ひてまな
【二五】
1まもり—まいり
2物せ—物
3ゝとめ—ゝ
4はへら—はへり
5はへり—はへる
6上—下上
【二六】
1ここ—こ
2て—く
3給ふ—給て
4うけ給はり—給はり
5本け—本に
【二七】
1も—を
2ら—こ
3なり—たり
4いと—こと
5うゐ—こゐ
6つゝ—つく
7たてまつる—たてまへる
8世—せ
9も—にも
10たてまつる—たてまつり
11なたゝり—なゝり
12すなはち—しなはち
13うみいたし—うみてし
14かゝれは—かゝれはかれは
15ひと〳〵しく—ひと〳〵ひさしく
16いらへ—いて
【二八】
1の—ナシ
2ひこと—ひと
3をとこ—おこと
4と—ナシ
5おひ—を
6いふ—いふと
7か—ナシ
8なみゐ—なみを
9さら—さみ
【二九】
1も—に
2さゐもんのかんのきみ—さへもんのすけのきみ
3とうの中将—とう中将
4うちほほゑま—うちおほえま
5て—ぬ
6ある—あり
7御もと—御とも
8たち—ナシ
9をんなて—をんなき
10へう—つう
11まいる—まいり
12きみ—かみ
13あわたゝしう—あわたゝたゝしう
14東—偪
15に—ナシ
16られ—ら
17里なりしも—なりしにも
【三〇】
1ひか〳〵しき—かい〳〵しき
2こゝろ—こゝら
【三一】
1より—に
2思は—思ひ
3を—と
4と—ナシ
5おほき大いとの—おほき大将との
6さやうに思ほす—御やうそこ思ふに
7給ふ—給ふは

【三二】
1も—そ
2ゝり—〳〵り
3あひ返みる—ある返みる
4え—は
5しか—しに
6いま—はま
7おほし—おほえ
8に—ナシ
9のとの人—この人
10宮—宮人

【三三】
1ゝむ—らむ
2おほえ—おほく
3こと—にと
4あそん—あそひ
5あら—あは
6て—ナシ
7とふらひ—とふらへ
8そ—も
9へからむ—へきへからぬ

【三四】
1の—ナシ
2なと—かと
3しか—しる
4なく—なら
5む—す

【三五】
1うみ—うらみ
2きこえさせ—きこえさら
3たまへ—たまひ
4この—一の
5む—ナシ
6さはへるへけれは—はちるへけれ
とは
7に—わ
8なと—れと

【三六】
1も—を
2はう—はら
3大臣—大きさい

【三七】
1はう—はら
2まいら—まつら
3さかしま—さか〳〵ま
4くら人—くら人と（ただし、「と」は捨て仮名か）
5女御のきみ—女御きみの
6月日—月
7は—とは

【三八】
1きみ—きえ
2御いらへ—御はらへ
3みつし—みちし
4たまひたら—たまへなら
5たまへ—たまへる
6し—ナシ
7の—ナシ
8なほ—なら

【三九】
1と申す—中
2と—を
3おのら—をのこ
4の—ナシ
5おとこみこ—おとみこ
6まいり—いり
7入ら—人こ
8ひと—いく
9こども—事こと
10たま—たに
11いみしき—いみし
12むかひゐ—むかへね
13思ふ—給ふ
14かたちそう—方そう
15まかり—さかり

16すみ物—する物
【四〇】
1つけ—け
2あかいとけ—あかすけ
3の—ナシ
4の—ナシ
5人たまひ—人たひ
6昼—ナシ
7の—ナシ
8こそ—そ
9おとな—おもな
10たり—たる
11おはす—おほす
【四一】
1まうのほら—まつのほら
2給ひ—給か
3まち—まかり
【四二】
1ひとへかさね—ひとかさね
2こえ—くえ
3を—御
4うゐ—こゐ
5の—ナシ
6つれ—へれ
7おふましき—おもふまし
8給は—給へ
9けに—けふ
【四三】
1て—ん
2事なる—申なる
【四四】
1そうし—そかし
【四五】
1やごとなき—やとなき
2にて—にもて
3なん—なゝ
4ますけ—ますを
5さかしき—さるわ
6の給へ—給へ
【四六】
1さたまら—さたまり
2つかうまつり—つからまつり
【四七】
1かくて—にて
2歳—御
3とうて—とむて
4きる—きか
5諸さいし—偖さいし
6ふかき—ふるき
7右のおとゝ—左おとゝ
8左大弁—右大弁
9こそ—そ
10たたやす—さたやす
11たより—たゝり
12まめなら—さめなら
13り—と
14給ひ—給は
【四八】
1かうて—かうそ
2そ—こそ
3とら—とゝ
4し—え
5給ふへか—給へる
【四九】
1かしつき—かしへき
2くし—うし
3給は—給ら
4そゐに—うゐに
5もののふとも—ものをのかしと
6御さん—さらん
7給ひ—給て
8しとけなき—しきなき
9みる—みに
10思ふ—思ひ
11は—と

12なき―なに
13こゝをははなれ―こゝなはらなれ
14て―にて
15かりきぬ―かえさぬ
16ゝまへ―ゝまい
【五〇】
1さ―に
2ところ―心
3と―ナシ
4いかて―いる
5このみこ―二のみこ
6上―こ
【五一】
1は―をは
2いれよ―いつれよ
3しな―しら
4おほく―をく
5ゐ―ゝ
6ぬすみいて―ぬすみにて
7に―ナシ
8給ひて―給へ
9なえになえ―なへにく
10もたまへ―もしまく
11そこ―そう
12かなしく―かなしき
13いと―こと
14と―ナシ
【五二】
1には―にはか
2の―ナシ
3たふる―たにる
4給ふる―給へる
5給ふ―侍
6おほえ―おほし
7させ―せ
8て―ても
9心しらひ―心しうひ
10そ―に
11こわつくり―こはくり
12左のおとゝ―右のおとゝ
13いられ給へる―いらへ給へ
14たる―ある
15と―は
【五三】
1おうな―しけな
2もてかしつきくさ―もてかしつきてさ
3の―ナシ
4と―ナシ
5まいら―まいらせ
6つれなけれ―つねなけれ
7り―も
8さま―さる
9と―ナシ
10おひいて―おほひいて
11あらす―あはす
12こと―と
13いたはり物―いたつら物
【五四】
1せ―を
2に―て
3そ―て
4を―をゝ
5思に―思ひ
6あつまひと―あつまりと
7みやうち―にやうち
8ゝて―して
9は―を
10しせにて―こせかて
【五五】
1まひ人―さい人
2せ―ナシ
3に―ナシ
4のはゝる―のはるゝ
5つきに―へき

6の—ナシ
7きさう—きさら
8なる—なり
9このゑつかさ—ての丶つかさ
10ちかく—ちかた
11たんゐ—た人ゐ
12おくし—おはし
13きよく—きよ
14こへ—うへ
15たてまつりはつれ—たてまつりはへれ

【五六】
1おいせ—をせ
2そふる—そめる
3に—よ
4こ—き
5つかうまつりそし—つからまいりそし
6の—は
7は—し［は］
8いくよ—いよく
9みな—みえ［な］
10をり—をも
11しりて—しもに
12はか—春
13右衛門のかみ—左衛門のかみ
14いぬる—いぬ［る］
15なかより—なりより
16はへる—いつる
17たらに—た丶に
18よま—よ

【五七】
1つる—る
2し—せし
3つる—る
4給ふる—給へる
5給へ—給ふへ
6たのもしき—たのもしく
7侍ら—給ら
8あかきみ—ありにに
9かへ—かく
10と—こと
11すつ—す
12に—の
13かうし—ようし
14とく—とは
15つふらかに—つふうかに
16こえ—こそ
17と—とし

【五八】
1さ—た
2に—ナシ
3とかく—かく
4廿くたり—廿人くたり
5の—ナシ